CLIVE CUSSLER

TIEFSEE

ROMAN

NAUMANN & GÖBEL

Tiefsee
Sonderausgabe der Naumann & Göbel Verlagsgesellschaft mbH, Köln, in der VEMAG Verlags- und Medien Aktiengesellschaft, Köln

Originaltitel: Deep Six
Schutzumschlag: Klaus Blumenberg, Bergisch-Gladbach
Gesamtherstellung: Naumann & Göbel Verlagsgesellschaft mbH
Printed in Germany

ISBN 3-625-20341-3

WIDMUNG

Für Tubby's Bar und Grill in Alhambra,
Rand's Roundup auf dem Wilshire Boulevard,
den Black Knight in Costa Mesa
und Shanner's Bar in Denver.

Vorbei – aber nicht vergessen

Clive Cussler · Tiefsee

VORSPIEL

Die »San Marino«

15. Juli 1966
Pazifik

Eine dunkelhaarige junge Frau beschirmte mit der Hand ihre braunen Augen gegen die Sonne und starrte zu dem großen Sturmvogel hinauf, der über dem hinteren Ladebaum des Schiffes schwebte. Sie bewunderte für ein paar Minuten den eleganten Flug des Vogels, dann wurde es ihr langweilig, und sie setzte sich auf, so daß nun regelmäßige rote Streifen auf ihrem braungebrannten Rücken zu sehen waren, die von den Latten eines Sessels auf dem alten Dampfer herrührten.

Sie blickte sich nach der Deckmannschaft um, die aber nirgends zu sehen war, und drückte den Busen in den Schalen ihres BHs in eine angenehmere Lage.

Infolge der heißen Tropenluft war ihr Körper erhitzt und schweißbedeckt. Sie strich mit der Hand über ihren straffen Bauch und spürte, wie der Schweiß aus den Poren drang. Sie lehnte sich beruhigt und entspannt wieder zurück, während das hämmernde Stampfen der alten Maschinen des Frachters und die drückende Hitze der Sonne sie schläfrig machten.

Die Angst, die in ihr getobt hatte, als sie an Bord gekommen war, hatte sich gelegt. Sie lag nicht mehr wach und horchte auf das Klopfen ihres Herzens, versuchte nicht mehr, in den Gesichtern der Besatzung Anzeichen irgendeines Verdachtes zu lesen, und wartete auch nicht mehr darauf, daß der Kapitän ihr mitteilte, er müsse sie in Gewahrsam nehmen. Sie verdrängte allmählich die Gedanken an ihr Verbrechen und begann an ihre Zukunft zu denken. Sie stellte erleichtert fest, daß Schuldgefühl letzten Endes nur eine vorübergehende Gemütsbewegung war.

Aus den Augenwinkeln bemerkte sie die weiße Jacke des chinesisch aussehenden Messeboys, der bei der Treppe auftauchte. Er näherte sich ihr ängstlich, während sein Blick auf das Deck gerichtet war, als mache es ihn verlegen, ihre nahezu unbekleidete Gestalt anzusehen.

»Verzeihen Sie, Miß Wallace«, sagte er, »Kapitän Masters ersucht Sie höflich, heute abend bitte mit ihm und seinen Offizieren zu Abend zu essen, das heißt, wenn Sie sich besser fühlen...«

Estelle Wallace war dankbar, daß ihre zunehmende Sonnenbräune ihr Erröten verbarg. Seit sie in San Francisco an Bord gegangen war, hatte sie eine Erkrankung vorgetäuscht und alle Mahlzeiten in ihrer Kabine eingenommen, um einem Gespräch mit den Schiffsoffizieren zu entgehen. Sie erkannte, daß sie sich kaum für immer absondern konnte. Es war an der Zeit, daß sie sich daran gewöhnen mußte, mit einer Lüge zu leben. »Richten Sie Kapitän Masters aus, daß es mir viel besser geht. Ich freue mich darauf, mit ihm zu Abend zu essen.«

»Das wird er gern hören«, sagte der Messeboy mit breitem Lächeln, das eine große Lücke in seiner oberen Zahnreihe enthüllte. »Ich werde dafür sorgen, daß Ihnen der Koch etwas Besonderes zubereitet.«

Er machte kehrt und schlich in einer Haltung davon, die Estelle selbst bei einem Asiaten ein wenig zu unterwürfig vorkam.

Ihr Entschluß stand fest, und sie starrte zu den drei Decks des Mittelschiffsaufbaus der *San Marino* empor. Über der schwarzen Rauchwolke, die aus dem einzigen Schornstein aufstieg und sich scharf von der abblätternden weißen Farbe der Schotten abhob, war der Himmel von einem unwirklichen Blau.

»Ein seetüchtiges Schiff«, hatte der Kapitän geprahlt, als er sie in die Kabine führte. Er leierte die Geschichte und technischen Daten der *San Marino* herunter, als wäre Estelle ein ängstlicher Passagier bei der ersten Kanufahrt über die Stromschnellen.

Die *San Marino* war 1943 nach dem Standard der Libertyschiffe gebaut worden und hatte militärisches Nachschubmaterial über den Atlantik nach England befördert, wobei sie sechzehn Mal die Überquerung in beiden Richtungen geschafft hatte. Als sie einmal von dem Begleitschutz getrennt worden war, traf sie ein Torpedo, aber sie weigerte sich unterzugehen und schaffte es mit eigener Kraft bis nach Liverpool.

Nach dem Krieg hatte sie unter der Flagge Panamas als eines von dreißig Schiffen der Manx Steamship Company in New York die Weltmeere befahren und in den verschiedensten kleinen Häfen angelegt. Ihre Gesamtlänge betrug 132 Meter, sie hatte einen überhängenden Steven und ein Kreuzerheck, und sie tuckerte mit elf Knoten durch die Dünungen des Pazifik. Sie würde nur noch ein paar Jahre lang Gewinn abwerfen und dann schließlich verschrottet werden.

Roststreifen zeichneten ihre Stahlhaut. Sie sah so schäbig aus wie eine Hure auf der Bowery, doch in Estelles Augen wirkte sie jungfräulich und schön.

Estelles Vergangenheit rückte in immer weitere Ferne. Mit jeder Drehung der ausgeleierten Maschinen vergrößerte sich die Kluft zwischen Estelles eintönigem Leben voll Selbstverleugnung und der strahlenden Zukunft, die sie für sich anpeilte.

Arta Casilighios Metamorphose zu Estelle Wallace begann, als sie unter dem Sitz eines Autobusses auf dem Wilshire-Boulevard während der Stoßzeit einen verlorenen Paß entdeckte. Ohne eigentlich zu wissen warum, steckte ihn Arta in ihre Handtasche.

Auch mehrere Tage danach hatte sie das Dokument noch immer weder dem Busfahrer gegeben noch der rechtmäßigen Besitzerin zugeschickt. Sie studierte die Seiten mit den ausländischen Stempeln stundenlang. Das Gesicht auf dem Foto faszinierte sie. Obwohl die Paßbesitzerin besser frisiert war, sah sie ihr erstaunlich ähnlich. Beide Frauen waren ungefähr im gleichen Alter, ihre Geburtstage lagen kaum acht Monate auseinander. Ihre braunen Augen entsprachen dem Paßbild, und abgesehen vom Unterschied in Frisur und Haartönung hätte man sie für Schwestern halten können.

Sie begann sich so zu schminken, daß sie wie Estelle Wallace aussah, die ihr zweites Ich wurde, das zumindest im Geist an die exotischen Orte der Welt flüchten konnte, die für die schüchterne, mausgraue Arta Casilighio unerreichbar waren.

Eines Abends nach Geschäftsschluß in der Bank, in der sie arbeitete, war ihr Blick auf die Bündel frisch gedruckter Geldscheine gefallen, die am Nachmittag von der Federal Reserve Bank im Geschäftsviertel von Los Angeles geliefert worden waren. Sie hatte sich in den vier Jahren ihrer Anstellung schon so sehr daran gewöhnt, mit großen Geldsummen zu arbeiten, daß sie der Anblick kaum erregte, eine Abstumpfung, die früher oder später bei allen Kassenbeamten eintritt. Doch unerklärlicherweise eröffneten diesmal die Bündel grüner gedruckter Zahlungsmittel eine ganz neue Dimension: Im Unterbewußtsein begann sie sich vorzustellen, daß sie ihr gehörten.

Arta fuhr an diesem Wochenende nach Hause und schloß sich in ihrer Wohnung ein, wo ihr Entschluß reifte und sie das Verbrechen plante, das sie begehen wollte; sie übte jede Bewegung, jede kleinste Geste ein, bis sie ihr glatt und reibungslos gelang. Die ganze Sonntagnacht über lag sie wach, bis der Wecker klingelte; sie war in kalten Schweiß gebadet, aber fest entschlossen, ihren Plan durchzuführen.

Die Bargeldsendung traf jeden Montag in einem Panzerwagen ein und belief sich gewöhnlich auf sechs- bis achthunderttausend Dollar. Nach nochmaligem Zählen wurden die Banknoten bis zur Verteilung am Mittwoch an die Zweigstellen der Bank im ganzen Stadtbereich von Los Angeles aufbewahrt. Sie hatte sich ausgerechnet, daß der Montagabend die richtige Zeit für ihren Coup war, während sie ihre Geldlade im Tresor deponierte.

Nachdem Arta am Morgen geduscht und sich geschminkt hatte, zog sie eine Strumpfhose an. Sie wickelte eine Rolle mit doppelseitigem Klebeband von der Mitte der Waden bis über die Oberschenkel um ihre Beine, wobei sie die äußere Schutzschicht des Klebestreifens nicht abzog. Diese merkwürdige Vorrichtung verdeckte sie mit einem langen Rock, der ihr fast bis zu den Knöcheln und noch einige Zentimeter über den Klebestreifen hinaus reichte.

Als nächstes nahm sie sauber zurechtgeschnittene Päckchen festes Schreibpapier und schob sie in eine große Beuteltasche. Jedes zeigte auf der Außenseite einen frisch gedruckten, funkelnagelneuen Fünfdollarschein und war mit der blauweißen Originalbanderole der Federal Reserve Bank umwickelt. Bei flüchtigem Hinsehen würden sie daher durchaus echt wirken.

Arta stand vor einem bis zum Boden reichenden Spiegel und wiederholte immer wieder, »Arta Casilighio existiert nicht mehr. Du bist jetzt Estelle Wallace.« Die Autosuggestion wirkte. Sie spürte, wie sich ihre Muskeln entkrampften und ihr Atem langsamer, weniger hastig ging. Dann zog sie die Luft tief ein, straffte die Schultern und ging zur Arbeit.

Weil sie bemüht war, nicht aufzufallen, kam sie unabsichtlich zehn Minuten zu früh zur Bank, was eigentlich ein erstaunlicher Vorgang für alle, die sie näher kannten, hätte sein müssen, aber es war ein Montagmorgen und fiel daher niemandem auf. Sobald sie hinter ihrem Kassenschalter Platz genommen hatte, wurde ihr jede Minute zu einer Stunde, jede Stunde zu einem ganzen Leben. Sie fühlte sich merkwürdig losgelöst von der vertrauten Umgebung, doch die Vorstellung, den gefährlichen Plan aufzugeben, verdrängte sie rasch. Glücklicherweise kamen weder Angst noch Panik bei ihr auf.

Als es endlich sechs Uhr war und einer der stellvertretenden Vizepräsidenten die massiven Eingangstüren schloß und versperrte, rechnete sie rasch ihre Geldkassette ab und verschwand unauffällig in die Damentoilette, wo sie in der Sicherheit einer Kabine die Außenschicht des Klebestreifens von ihren Beinen ablöste und sie die Toilette hinunterspülte. Dann nahm sie die falschen Geldpäckchen, klebte sie auf den Klebestreifen und stampfte auf, um sich zu vergewissern, daß keines herunterfallen würde, wenn sie ging.

Als sie sich davon überzeugt hatte, daß alles in Ordnung war, kam sie heraus und trödelte so lange in der Vorhalle, bis die anderen Kassierer ihre Bargeldladen im Tresor deponiert hatten und weggegangen waren. Sie brauchte nur zwei Minuten in der großen Stahlkammer allein zu sein, und diese zwei Minuten bekam sie.

Sie zog rasch den Rock hoch und tauschte die präparierten Pakete gegen solche mit echten Geldscheinen um. Als sie den Tresor verließ und dem stellvertretenden Vizepräsidenten zulächelte, der sie mit einem Nicken durch eine Seitentür hinausließ, konnte sie kaum glauben, daß ihr Coup tatsächlich gelungen war.

Sekunden, nachdem sie ihre Wohnung betreten hatte, zog sie den Rock aus, nahm die Geldpakete von ihren Beinen und zählte sie. Ihre Beute betrug einundfünfzigtausend Dollar.

Das war bei weitem zu wenig.

Eine Welle der bitteren Enttäuschung brandete in ihr auf. Sie brauchte mindestens das Doppelte, um außer Landes gehen und sich ein Minimum an Komfort leisten zu können, während sie den Löwenanteil durch Investitionen zu vermehren hoffte.

Die Mühelosigkeit der Unternehmung hatte sie kühn gemacht. Sie fragte sich, ob sie es wagen würde, ihren Fischzug im Tresor zu wiederholen? Das Geld der Federal Reserve Bank war schon gezählt und würde erst am Mittwoch an die Zweigstellen der Bank verteilt werden. Morgen war Dienstag. Sie hatte noch einmal die Möglichkeit zuzuschlagen, bevor der Verlust entdeckt wurde.

Warum nicht? Die Vorstellung, dieselbe Bank zweimal innerhalb von zwei Tagen zu berauben, erregte sie. Vielleicht fehlte es Arta Casilighio an dem nötigen Mut dazu, aber Estelle Wallace mußte man keineswegs dazu überreden.

An diesem Abend kaufte sie in einem Trödlerladen einen großen, altmodischen Handkoffer und baute darin einen doppelten Boden ein. Sie verstaute darin das Geld zusammen mit ihren Kleidern und nahm ein Taxi zum Internationalen Flughafen von Los Angeles, wo sie den Koffer über Nacht in einem Schließfach verstaute und ein Ticket für die Dienstagabendmaschine nach San Francisco kaufte. Sie wickelte ihr unbenütztes Ticket für Montag abend in eine Zeitung und warf sie in einen Abfallkorb. Somit war alles Notwendige getan, und sie fuhr nach Hause und schlief wie ein Murmeltier.

Der zweite Raub verlief ebenso glatt wie der erste. Drei Stunden, nachdem sie die Beverly Wilshire Bank zum letztenmal verlassen hatte, zählte sie das Geld in einem Hotel in San Francisco noch einmal. Der Gesamtbetrag machte nun einhundertachtundzwanzigtausend Dollar aus. Keine umwerfende Summe, wenn man die Inflation bedachte, aber mehr als ausreichend für ihre Bedürfnisse.

Der nächste Schritt war verhältnismäßig einfach. Sie suchte die Zeitungen nach Schiffahrtsplänen ab und fand die *San Marino,* einen Frachter, der um halb sieben am nächsten Morgen mit dem Bestimmungshafen Auckland, Neuseeland, in See stach.

Eine Stunde vor der Abfahrtszeit ging sie den Laufsteg hinauf. Der Kapitän meinte zwar, daß er nur selten Passagiere mitnähme, erklärte sich jedoch freundlicherweise bereit, sie für einen einvernehmlich ausgehandelten Fahrpreis an Bord zu nehmen, wobei Estelle annahm, daß das Geld in seiner Brieftasche und nicht in der Kasse der Schiffahrtsgesellschaft landen würde.

Estelle trat über die Schwelle der Offiziersmesse und verharrte einen Augenblick lang, als sie sich den sechs Männern gegenübersah, die sie abschätzend musterten.

Ihr kupferfarbenes Haar fiel auf ihre Schultern herab und paßte gut zu ihrem gebräunten Teint. Sie trug ein langes, glattes, rosa T-Shirt-Kleid, das ihre Figur an den richtigen Stellen betonte, mit einem weißen Elfenbeinarmband als einzigem Schmuck. Für die Offiziere war ihre schlichte Eleganz eine Sensation.

Kapitän Irwin Masters, ein hochgewachsener Mann mit graumeliertem Haar, kam auf sie zu und ergriff ihren Arm. »Miß Wallace«, begrüßte er sie mit freundlichem Lächeln, »es ist schön, daß Sie sich bei uns wohlfühlen.«

»Das Schlimmste habe ich überstanden.«

»Ich muß zugeben, ich begann schon, mir Sorgen zu machen. Daß Sie fünf Tage lang Ihre Kabine nicht verlassen haben, ließ mich schon das Schlimmste befürchten. Da wir keinen Arzt an Bord haben, hätten wir uns in einer unangenehmen Lage befunden, wenn Sie dringend ärztliche Behandlung gebraucht hätten.«

»Ich danke Ihnen«, sagte sie leise.

Er sah sie erstaunt an. »Sie danken mir, wofür?«

»Für Ihre Fürsorge.« Sie drückte sanft seinen Arm. »Es ist lange her, seit sich jemand meinetwegen Sorgen gemacht hat.«

Er nickte und zwinkerte ihr zu. »Dafür sind Schiffskapitäne ja da.« Dann wandte er sich an die anderen Offiziere. »Meine Herren, darf ich Ihnen Miß Estelle Wallace vorstellen, die uns mit ihrer entzükkenden Anwesenheit beehrt, bis wir in Auckland anlegen.«

Sie wurde jedem der Reihe nach vorgestellt. Die Tatsache, daß die meisten der Männer mit Nummern bezeichnet wurden, belustigte sie: Der Erste Offizier, der Zweite Offizier, sogar ein Vierter war an Bord. Alle schüttelten ihr die Hand, als bestünde sie aus zartem Porzellan, alle außer dem Schiffsingenieur, einem kleinen, breitschultrigen Mann mit einem slawischen Akzent. Er verbeugte sich steif und küßte ihre Fingerspitzen.

Der Erste Offizier winkte dem Messeboy, der hinter einer kleinen Mahagonibar stand. »Miß Wallace, was würden Sie gerne trinken?«

»Könnte ich einen Daiquiri bekommen? Ich habe Lust auf etwas Süßes.«

»Selbstverständlich«, antwortete der Erste Offizier. »Die *San Marino* ist vielleicht kein Luxus-Kreuzfahrtschiff, aber wir haben die beste Cocktailbar auf dieser Breite im Pazifik.«

»Seien Sie ehrlich«, ermahnte ihn der Kapitän gutmütig. »Sie haben nicht erwähnt, daß wir wahrscheinlich das einzige Schiff in diesen Breitengraden sind.«

»Ein unwesentlicher Umstand.« Der Erste Offizier zuckte mit den Achseln. »Lee, einen deiner berühmten Daiquiris für die junge Dame.«

Estelle sah interessiert zu, wie der Messeboy fachmännisch die Limone ausdrückte und die Bestandteile zusammenmixte. Jede Bewegung erfolgte mit elegantem Schwung. Der schäumende Drink schmeckte gut, und sie mußte ihr Verlangen bremsen, ihn in einem Zug zu leeren.

»Lee«, sagte sie, »du bist ein Wunderknabe.«

»Das ist er wirklich«, stimmte Masters zu. »Es war ein Glück, daß wir ihn angeheuert haben.«

Estelle trank noch einen Schluck. »Sie scheinen etliche Asiaten in Ihrer Mannschaft zu haben.«

»Ersatzleute«, erklärte Masters. »Zehn Mann von der Besatzung sind abgehauen, nachdem wir in San Francisco angelegt hatten. Zum Glück schickte uns die Arbeitsvermittlung Lee und seine neun koreanischen Kameraden vor unserer Weiterfahrt.«

»Alles verdammt merkwürdig, wenn Sie mich fragen«, brummte der Zweite Offizier.

Masters zuckte die Schultern. »Daß Besatzungsmitglieder in einem Hafen abspringen, kam schon vor, als der erste Cromagnon sein erstes Floß zusammenbastelte. Daran ist gar nichts merkwürdig.«

Der Zweite Offizier schüttelte zweifelnd den Kopf. »Einer oder zwei vielleicht, aber nicht zehn. Die *San Marino* ist ein seetüchtiges Schiff, und der Kapitän ist fair. Es gab keinen Grund für solch einen Massenexodus.«

»So ist es eben auf See«, seufzte Masters. »Die Koreaner sind ordentliche, schwer arbeitende Seeleute. Ich würde sie nicht für die halbe Fracht in unseren Laderäumen hergeben.«

»Das ist ein ziemlich hoher Preis«, murmelte der Schiffsingenieur.

»Ist es ungehörig«, fragte Estelle, »wenn ich mich erkundige, was für Ladung Sie befördern?«

»Keineswegs«, antwortete der sehr junge Vierte Offizier eifrig. »In San Francisco wurden unsere Frachträume mit ... «

»Titanbarren vollgeladen«, unterbrach ihn Kapitän Masters.

»Sie sind acht Millionen Dollar wert«, fügte der Erste Offizier mit einem strengen Blick auf den Vierten hinzu.

»Noch einmal dasselbe, bitte«, bestellte Estelle und reichte dem Messeboy ihr leeres Glas. Dann wandte sie sich wieder an Masters. »Ich habe von Titan gehört, habe aber keine Ahnung, wofür es verwendet wird.«

»Wenn man es ordnungsgemäß in reiner Form verarbeitet, wird Titan haltbarer und leichter als Stahl, ein Vorteil, der es bei den Herstellern von Düsenflugzeugen sehr begehrt macht. Es wird außerdem für die Erzeugung von Farben, Kunstseide und Kunststoffen verwendet. Ich nehme an, Sie finden sogar Spuren davon in Ihren Kosmetika.«

Der Koch, ein anämisch aussehender Asiate mit weißer Schürze, schaute aus einer Seitentür heraus und nickte Lee zu, der daraufhin mit einem Mixlöffel an ein Glas klopfte.

»Das Abendessen ist bereit«, verkündete er in seinem stark akzentuierten Englisch und zeigte strahlend lächelnd seine Zahnlücke.

Es war eine phantastische Mahlzeit, und Estelle war davon überzeugt, sie nie zu vergessen. Sechs aufmerksame Männer in eleganten Uniformen umringten sie, und ihre weibliche Eitelkeit war zutiefst befriedigt.

Nach einer halben Tasse Kaffee entschuldigte sich Kapitän Masters und ging auf die Brücke. Die anderen Offiziere verschwanden nacheinander, um ihren Pflichten nachzugehen, und Estelle machte mit dem Schiffsingenieur eine Runde auf Deck. Er unterhielt sie mit Seemannsgarn, Geschichten von unheimlichen Ungeheuern der Tiefe und ausgesuchten Anekdoten über die Besatzung, die sie zum Lachen brachten.

Schließlich kamen sie zu ihrer Kabinentür, und er küßte ihr wieder galant die Hand. Als er sie bat, am nächsten Morgen mit ihm zu frühstücken, nahm sie seine Einladung dankend an.

Sie trat in die kleine Kabine, ließ das Türschloß einschnappen und knipste die Deckenbeleuchtung an. Dann zog sie den Vorhang über das einzige Bullauge des Raumes, zog ihren Koffer unter dem Bett hervor und öffnete ihn.

Der oberste Einsatz enthielt ihre Kosmetika und ihre sorglos hineingestopfte Unterwäsche; sie hob ihn heraus. Darunter lagen ordentlich gefaltete Blusen und Röcke. Sie nahm sie gleichfalls heraus, um später in der Dusche die Falten im Dampf zu glätten. Vorsichtig fuhr sie mit einer Nagelfeile die Kanten des falschen Bodens entlang und hob ihn hoch. Dann lehnte sie sich zurück und seufzte erleichtert. Das Geld war noch in seinem Versteck in mit der Banderole der Federal Reserve Bank umwickelten Bündeln. Sie hatte kaum etwas davon ausgegeben.

Sie stand auf und zog sich das Kleid über den Kopf – sie trug gewagterweise nichts darunter –, ließ sich auf das Bett fallen und verschlang die Hände hinter dem Kopf.

Sie schloß genüßlich die Augen und versuchte, sich den erschrokkenen Gesichtsausdruck ihrer Vorgesetzten vorzustellen, wenn sie entdeckten, daß das Geld und die verläßliche kleine Arta Casilighio zugleich fehlten. Sie hatte sie alle hereingelegt!

Sie spürte eine seltsame, fast sexuelle Erregung, wenn sie daran dachte, daß das FBI sie auf seine Liste der dringend gesuchten Verbrecher setzen würde. Die mit der Untersuchung betrauten Beamten würden alle ihre Freunde und Nachbarn befragen, alle ihre alten Schlupfwinkel durchstöbern, tausendundeine Bank auf plötzliche große Einzahlungen von Banknoten mit laufender Numerierung überprüfen, aber sie würden nichts finden. Arta, alias Estelle, war nicht dort, wo sie deren Meinung nach sein konnte.

Sie schlug die Augen auf und starrte auf die bereits vertrauten Wände ihrer Kabine. Seltsam, der Raum begann sich zu drehen. Die Gegenstände verschwammen vor ihren Augen und wurden wieder deutlich. Ihre Blase verlangte, daß sie eigentlich die Toilette aufsuchen sollte, doch ihr Körper verweigerte dem Befehl den Gehorsam – alle Muskeln schienen erstarrt zu sein. Dann ging die Tür auf, und der Messeboy Lee trat mit einem zweiten asiatischen Besatzungsmitglied ein.

Lee lächelte nicht mehr.

Das darf doch nicht wahr sein, sagte sie sich. Die Mannschaft würde es doch nicht *wagen*, sie zu stören, während sie nackt auf dem Bett lag. Dies mußte ein verrückter Traum sein, verursacht durch die reichlichen Speisen und Getränke, ein Alptraum, den eine Magenverstimmung ausgelöst hatte.

Sie fühlte sich von ihrem Körper losgelöst, als beobachtete sie die unglaubliche Szene aus einer Ecke der Kabine. Die beiden Männer trugen sie sanft durch die Tür, den Korridor entlang und auf das Deck.

Dort waren etliche koreanische Besatzungsmitglieder anwesend, deren ovale Gesichter durch Flutlicht von oben beleuchtet wurden. Sie hoben große Bündel in die Höhe und warfen sie über die Reling. Plötzlich starrte eines der Bündel sie an. Es war das aschgraue Gesicht des jungen Vierten Offiziers, seine Augen waren in einer Mischung von Unglauben und Entsetzen weit aufgerissen. Dann verschwand auch er über die Reling.

Lee beugte sich über sie und machte sich an ihren Füßen zu schaffen. Sie spürte nichts, nur dumpfe Betäubung und Kraftlosigkeit. Er schien eine rostige Kette an ihren Knöcheln zu befestigen.

»Warum tat er das nur?« fragte sie sich vage. Sie beobachtete apathisch, wie man sie in die Höhe hob. Dann wurde sie losgelassen und schwebte durch die Dunkelheit.

Etwas traf sie mit fürchterlicher Wucht, schlug ihr die Luft aus der Lunge. Eine kühle, nachgiebige Masse schloß sich über ihr, ein unbarmherziger Druck wirkte auf ihren Körper ein, zog sie nach unten und preßte ihr Inneres wie in einem riesigen Schraubstock zusammen.

Ihre Trommelfelle platzten, und in diesem Augenblick reißenden Schmerzes wurde ihr Geist vollkommen klar, und sie wußte, daß es kein Traum war. Ihr Mund öffnete sich, um einen hysterischen Schrei auszustoßen. Sie brachte keinen Ton heraus. Der zunehmende Druck des Wassers preßte ihr bald den Brustkorb ein. Ihr lebloser Körper trieb in die wartenden Arme des dreitausend Meter tiefen Abgrunds.

Erster Teil

Die »*Pilottown*«

25. Juli 1989
Cook Meerenge, Alaska

1

Schwarze Wolken türmten sich drohend über dem Meer um die Insel Kodiak auf und färbten die dunkle, blaugrüne Fläche bleigrau. Die orangefarbene Glut der Sonne wurde ausgelöscht wie der Schein einer Kerze. Im Gegensatz zu den meisten Stürmen, die vom Golf von Alaska herabfegten und Windgeschwindigkeiten von 80 bis 160 Stundenkilometern erreichten, brachte dieser eine milde Brise. Regen setzte ein, zuerst nur einzelne Tropfen, dann zu einer wahren Sintflut anwachsend, die das Wasser zu weißem Gischt aufpeitschte.

Auf der Kommandobrücke des Kutters der Küstenwache *Catawaba* hielt Korvettenkapitän Amos Dover ein Fernglas und bemühte sich, den dichten Regenschleier mit seinem Blick zu durchdringen. Es war, als würde er durch einen schimmernden Bühnenvorhang starren. Nach 400 Metern war jegliche Sicht am Ende. Der Regen fühlte sich kalt auf seinem Gesicht an und noch kälter, als er an dem aufgestellten Kragen seiner wasserdichten Jacke vorbei seinen Hals hinunterlief. Schließlich spuckte er die wassertriefende Zigarette über die Reling und betrat die trockene Wärme des Ruderhauses.

»Radar!«, rief er mürrisch.

»Kontakt sechshundertfünfzig Meter voraus und näherkommend«, antwortete der Mann am Radarschirm, ohne von den kleinen Anzeigen auf dem Schirm aufzublicken.

Dover knöpfte seine Jacke auf und wischte sich mit einem Taschentuch die Nässe vom Hals. Probleme waren das letzte, was er bei dem wilden Wetter erwartete.

Im Hochsommer kam es selten vor, daß ein Kutter der Fischfangflotte oder ein privates Vergnügungsschiff vermißt wurde, vielmehr war der Winter die Jahreszeit, in der sich der Golf heimtückisch und gefährlich zeigte. Kalte arktische Winde trafen auf wärmere, aus dem Alaskastrom aufsteigende Luft und lösten unglaubliche Stürme aus, türmten riesige Wellen auf, zermalmten Schiffsrümpfe und vereisten die Deckaufbauten, bis ein Schiff so sehr kopflastig wurde, daß es kenterte und wie ein Stein versank.

Sie hatten den SOS-Ruf eines Schiffes aufgefangen, das sich *Amie Marie* nannte. Ein rasches SOS-Signal, gefolgt von einer Loran-Positionsangabe und den Worten: »... glaube, alle sterben.«

Funksprüche mit dem Ersuchen um weitere Informationen wurden wiederholt ausgesandt, aber der Funker an Bord der *Amie Marie* meldete sich nicht mehr.

Eine Suche aus der Luft kam erst dann in Frage, wenn das Wetter aufklarte. Jedes Schiff innerhalb von hundert Meilen änderte seinen Kurs und fuhr mit Volldampf auf die angegebene Position zu. Wegen der größeren Geschwindigkeit der *Catawaba* nahm Dover an, daß sie das in Seenot befindliche Schiff als erste erreichen würde. Dank der riesigen, dröhnenden Dieselmotore war sein Kutter schon an einem Küstenfrachter und einem Golf-Linienschiff vorbeigezogen, die nun beide in seinem Kielwasser weitab dahinschaukelten.

Dover war ein bärenstarker Hüne, der im Seerettungsdienst seinen Mann gestanden hatte. Er hatte zwölf Jahre in den nördlichen Gewässern verbracht und sich hartnäckig gegen jede widerwärtige Wetterlaune gestemmt, der ihn die Arktik ausgesetzt hatte. Er war zäh und windgegerbt, bewegte sich langsam und schwankend, besaß jedoch einen Geist wie eine Rechenmaschine, der seiner Besatzung immer von neuem Ehrfurcht einflößte. Noch ehe die Schiffscomputer programmiert worden waren, hatte er im Kopf den Windfaktor und den Strömungsabtrieb schneller ausgerechnet und die Position ermittelt, an der das Schiff, Wrack oder etwaige Überlebende gefunden werden mußten, und hatte dann oft den Nagel auf den Kopf getroffen.

Das Summen der Maschinen unter seinen Füßen stieg zu einem schrillen, hohen Ton an. Die *Catawaba* schien wie ein von der Leine gelassener Spürhund die Witterung ihrer Beute aufzunehmen. Alle Besatzungsmitglieder wurden von Jagdfieber gepackt. Ohne sich um den Regen zu kümmern, standen sie auf den Decks und der Brücke.

»Vierhundert Meter«, schrie der Beobachter am Radarschirm.

Da begann auf einmal ein Seemann, der die Bugstange hielt, energisch in den Regen hinauszuzeigen.

Dover beugte sich aus der Tür des Ruderhauses und rief durch den

Lautsprecher: »Hält sie sich über Wasser?«

»Schwimmt wie eine Gummiente in einer Badewanne«, brüllte der Matrose durch die um den Mund gelegten Hände zurück.

Dover nickte dem wachhabenden Leutnant zu. »Maschinen drosseln.«

»Maschinen ein Drittel Kraft«, bestätigte der Leutnant, während er eine Reihe von Hebeln am vollautomatischen Schiffssteuerpult betätigte.

Langsam tauchte die *Amie Marie* durch die Regenwand auf. Sie waren darauf gefaßt, sie halb überflutet, kurz vor dem Sinken vorzufinden. Aber sie lag makellos im Wasser und trieb in der leichten Dünung ohne das geringste Anzeichen von Seenot. Eine unnatürliche, fast gespenstische Stille lag über ihr. Ihre Decks waren verlassen, und als Dover über den Lautsprecher hinüberrief, erfolgte keine Antwort.

»Sie sieht aus wie ein Krebsfänger«, murmelte Dover mehr zu sich als zu jemand Bestimmtem. »Stahlrumpf, etwa fünfunddreißig Meter Länge. Stammt wahrscheinlich aus einer Schiffswerft in New Orleans.«

Der Funker lehnte sich aus der Funkkabine und winkte Dover. »Aus dem Register, Sir: Der Besitzer und Kapitän der *Amie Marie* ist Carl Keating. Heimathafen ist Kodiak.«

Wieder rief Dover das merkwürdig stille Krebsschiff an, diesmal nannte er Keatings Namen. Immer noch keine Antwort. Alle wurden allmählich so nervös wie ein Junge bei seinem ersten Rendezvous, der sich fragt, wie es weitergeht.

Die *Catawaba* fuhr langsam einen Kreis und drehte bei, dann brachte sie die Maschinen zum Stillstand und trieb längsseits.

Die Stahlbehälter für die Krebse waren ordentlich auf dem verlassenen Deck gestapelt, eine dünne Rauchfahne stieg aus dem Schornstein und wies darauf hin, daß die Dieselmotoren im Leerlauf liefen. Durch die Bullaugen oder die Fenster des Ruderhauses waren keine menschlichen Wesen zu entdecken.

Das Team, das an Bord der *Amie Marie* gehen sollte, bestand aus zwei Offizieren, Fähnrich Pat Murphy und Leutnant Marty Lawrence. Sie zogen ohne das übliche Geplauder ihre Schutzanzüge über, die sie vor dem kalten Wasser schützen würden, falls sie zufällig ins Meer fielen. Sie wußten kaum mehr genau, wie viele Routineuntersuchungen ausländischer Fischereifahrzeuge sie durchgeführt hatten, die sich in die 200-Meilen-Fischereizone vor Alaska verirrt hatten, aber dieser Fall gehörte nicht zur üblichen Routine. Keine

Mannschaft aus Fleisch und Blut stand an der Reling, um sie zu begrüßen. Sie stiegen in ein kleines, von einem Außenbordmotor angetriebenes Gummi-Zodiacboot und legten ab.

Bis zum Einbruch der Dunkelheit waren es nur mehr ein paar Stunden. Der Regen war in ein Nieseln übergegangen, doch der Wind hatte sich verstärkt und somit auch der Seegang. Unheimliche Stille lag über der *Catawaba.* Keiner sprach; es war, als hätten sie Angst davor, zumindest bis der Bann aus dieser Ungewißheit gebrochen war.

Sie beobachteten Murphy und Lawrence, während sie ihr kleines Boot an dem Krebsfänger vertäuten, sich auf Deck schwangen und durch eine Tür in die Hauptkabine verschwanden.

Mehrere Minuten schleppten sich dahin. Gelegentlich erschien einer der Suchenden auf Deck, verschwand jedoch gleich wieder in eine Luke. Das einzige Geräusch im Ruderhaus der *Catawaba* kam von Störgeräuschen in dem offenen Radiolautsprecher des Schiffes, der auf maximale Lautstärke aufgedreht und auf Notfrequenz eingestellt war.

Plötzlich, und so unvermittelt, daß sogar Dover überrascht zusammenzuckte, hallte Murphys Stimme laut durch das Ruderhaus.

»*Catawaba*, hier spricht *Amie Marie.*«

»Kommen, *Amie Marie*«, antwortete Dover in sein Mikrofon.

»Sie sind alle tot.«

Die Worte klangen so kalt, daß zunächst niemand ihren Inhalt erfaßte.

»Wiederholen Sie.«

»Nicht der leichteste Pulsschlag in einem von ihnen. Sogar die Schiffskatze hat es erwischt.«

Das Enterteam hatte ein Totenschiff vorgefunden. Kapitän Keatings Leiche lag auf dem Deck, sein Kopf lehnte an einem Schott unter dem Radio. Im ganzen Schiff, in der Kombüse, dem Speisesaal und den Schlafräumen lagen die Leichen der Besatzungsmitglieder der *Amie Marie* herum. Ihre verzerrten Gesichter schienen vor Schmerz erstarrt, und ihre Glieder waren in grotesken Stellungen verkrümmt, als hätten sie in den letzten Augenblicken ihres Lebens heftig um sich geschlagen. Ihre Haut hatte eine merkwürdige schwarze Farbe angenommen, und aus allen Körperöffnungen war Blut ausgetreten. Die siamesische Katze des Schiffes lag neben einer dicken Wolldecke, die sie in ihrem Todeskampf zerfetzt hatte.

Dovers Gesicht spiegelte bei Murphys Beschreibung eher Verwunderung als Schrecken wider. »Können Sie die Todesursache feststellen?« fragte er.

»Ich kann nicht einmal eine einigermaßen vernünftige Vermutung äußern«, antwortete Murphy. »Kein Hinweis auf einen Kampf. Keine Spuren auf den Leichen, aber sie haben geblutet wie geschlachtete Schweine. Sieht aus, als wären sie alle zugleich von derselben Todesursache betroffen worden.«

»Warten Sie.«

Dover drehte sich um und musterte die Gesichter um ihn, bis er den Schiffsarzt, Korvettenkapitän Isaac Thayer, erblickte.

Thayer war der beliebteste Mann an Bord. Er war ein Oldtimer des Küstenwachdienstes und hatte vor langer Zeit die luxuriösen Ordinationen und das hohe Einkommen der Ärzte an Land zugunsten des manchmal harten und beschwerlichen, jedoch den Lohn in sich tragenden Seerettungsdienstes aufgegeben.

»Was halten Sie davon, Doc?« fragte ihn Dover. Thayer zuckte die Schultern und lächelte. »Sieht so aus, als sollte ich einen Hausbesuch machen.«

Dover marschierte ungeduldig auf der Brücke auf und ab, während Doc Thayer ein zweites Zodiac bestieg und über die Strecke zwischen den beiden Schiffen brauste. Dover befahl dem Rudergast, die *Catawaba* so in Position zu bringen, daß sie das Krebsschiff ins Schlepptau nehmen konnte. Er konzentrierte sich auf das Manöver und bemerkte nicht, daß der Funker neben ihm stand.

»Soeben ist eine Meldung eingelangt, Sir, von einem Piloten, der ein Team von Wissenschaftlern auf der Insel Augustin von der Luft aus mit Nachschub versorgt.«

»Nicht jetzt«, wehrte Dover brüsk ab.

»Es ist dringend, Kapitän«, beharrte der Funker.

»Okay, lesen Sie das Wichtigste vor.«

»›Wissenschaftlerteam alle tot.‹ Dann kam etwas Unverständliches und etwas, das klingt wie ›... rettet mich!‹«

Dover starrte ihn verständnislos an. »Ist das alles?«

»Ja, Sir. Ich habe versucht, das Flugzeug noch einmal zu rufen, aber ich bekam keine Antwort.«

Dover mußte keine Karte zu Rate ziehen, um zu wissen, daß Augustin, eine unbewohnte, vulkanische Insel, nur 50 Kilometer nordöstlich von seiner derzeitigen Position lag. Plötzlich schoß ihm eine schreckliche Erkenntnis durch den Kopf. Er griff nach dem Mikrofon und schrie in das Mundstück: »Murphy! Sind Sie da?«

Nichts.

»Murphy! ... Lawrence! ... können Sie mich hören?«

Wieder keine Antwort.

Er blickte durch das Brückenfenster und sah Doc Thayer über die Reling der *Amie Marie* klettern. Für einen Mann mit einer so hünenhaften Gestalt konnte sich Dover äußerst schnell bewegen. Er nahm das Megaphon und rannte hinaus.

»Doc! Kommen Sie zurück, verlassen Sie sofort dieses Schiff«, dröhnte seine Stimme über das Wasser.

Seine Warnung kam zu spät. Thayer war schon in eine Luke gestiegen und verschwunden.

Die Männer auf der Brücke starrten mit verständnislosem Blick ihren Kapitän an. Seine Gesichtsmuskeln verkrampften sich, er stürzte verzweifelt ins Ruderhaus zurück und ergriff das Mikrofon.

»Doc, hier spricht Dover, können Sie mich hören?«

Zwei Minuten verstrichen, zwei endlose Minuten, während Dover versuchte, seine Leute auf der *Amie Marie* zu erreichen. Sogar auf das ohrenbetäubende Geheul der Sirene der *Catawaba* erfolgte keine Antwort.

Endlich kam Thayers Stimme mit merkwürdig eisiger Ruhe aus dem Lautsprecher auf der Brücke.

»Ich muß leider berichten, daß Fähnrich Murphy und Leutnant Lawrence tot sind. Ich kann kein Lebenszeichen an ihnen mehr entdecken. Was immer die Ursache ist, sie wird mich ebenfalls treffen, bevor ich entkommen kann. Sie müssen dieses Schiff unter Quarantäne stellen. Verstehen Sie mich, Amos?«

Dover wollte nicht wahrhaben, daß er plötzlich kurz davor war, seinen alten Freund zu verlieren. »Verstehe nicht, werde mich aber fügen.«

»Gut. Ich werde die Symptome in der Reihenfolge ihres Auftretens beschreiben. Mir wird schon schwindlig. Puls steigt auf hundertfünfzig. Könnte mir die Ursache durch Hautabsorption zugezogen haben. Puls hundertsiebzig.«

Thayer machte eine Pause. Seine nächsten Worte kamen stockend. »Zunehmend Übelkeit. Beine … können nicht … tragen. Heftiges Brennen … in der Sinusgegend. Innere Organe fühlen sich an, als würden sie explodieren.«

Alle auf der Brücke der *Catawaba* beugten sich mit einem Mal näher zu dem Lautsprecher, denn sie wollten nicht verstehen, daß ein Mann, den sie alle kannten und verehrten, in geringer Entfernung von ihnen starb.

»Puls … über zweihundert. Schmerz … unerträglich. Schwärze engt Sehkraft ein.« Deutlich hörbares Stöhnen folgte. »Sagen … sagen Sie meiner Frau ...«

Der Lautsprecher verstummte.

Man konnte den Schrecken geradezu spüren, ihn von den weit aufgerissenen Augen der Besatzung ablesen, als sie das Entsetzen erfaßte.

Dover starrte stumpf zu dem Grab, das *Amie Marie* hieß, und preßte seine Hände in Hilflosigkeit und Verzweiflung zusammen.

»Was geht dort drüben vor sich?« murmelte er tonlos. »Was in Gottes Namen tötet dort alle?«

2

»Ich sage nur, hängt den Bastard!«

»Gib acht, was du vor den Mädchen sagst, Oscar.«

»Die haben schon Schlimmeres gehört. Es ist der helle Wahnsinn! Der Dreckskerl ermordet vier Kinder, und ein idiotischer Richter verwirft den Fall, weil der Angeklagte zu high durch Drogen war, um seine Rechte wahrnehmen zu können. Mein Gott, soll man das glauben?«

Carolyn Lucas schenkte ihrem Mann die erste Tasse Kaffee an diesem Tag ein und brachte ihre zwei kleinen Töchter schnell zur Haltestelle des Schulbusses. Er drohte dem Fernseher mit der Faust, als wäre es die Schuld des Moderators, der die Nachricht durchgegeben hatte, daß der Mörder frei herumlief.

Oscar Lucas hatte eine Art, mit den Händen zu reden, die eine gewisse Ähnlichkeit mit der Zeichensprache für Schwerhörige aufwies. Er saß mit vorgebeugten Schultern am Frühstückstisch, so daß man dem schlanken Mann seine ein Meter achtzig nicht ansah. Sein Kopf war bis auf ein paar graue Strähnen um die Schläfen kahl wie eine Billardkugel, und buschige Brauen zogen sich über seine dunkelbraunen Augen. Er hatte in Washington nie zu den Männern in blauen Nadelstreifenanzügen gehört, sondern trug Sporthose und -jacke.

Er war Anfang Vierzig, und man hätte ihn eher für einen Dentisten oder Buchhalter als für einen Geheimagenten gehalten, der die Abteilung des Secret Service zum Schutz des Präsidenten leitete. Während seiner zwanzigjährigen Dienstzeit als Agent hatte er viele Menschen dadurch getäuscht, daß er aussah wie der gute Nachbar von nebenan, von den Präsidenten, deren Leben er schützte, bis zu den potentiellen Mördern, die er abgeblockt hatte, bevor sie Gelegenheit fanden, in Aktion zu treten. Bei der Arbeit wirkte er konzentriert und ernst, doch zu Hause war er für gewöhnlich voller Übermut und Humor, ausgenommen, wenn er durch die Acht-Uhr-Nachrichten am Morgen verärgert wurde.

Lucas trank einen letzten Schluck Kaffee und stand auf. Er hielt seine Jacke auf – er war Linkshänder – und zog das Hüfthalfter zurecht, das einen S & W,357 Magnum Revolver, Modell 19, mit einem Lauf von 21/2 Zoll enthielt. Die Einheitswaffe war ihm von der Dienststelle zur Verfügung gestellt worden, als seine Ausbildung beendet war und er im Außendienst in Denver als Anfänger Erhebungen über Falschmünzer und Banknotenfälscher anstellte. Er hatte ihn während seiner Dienstzeit nur zweimal gezogen und hatte noch nie außerhalb des Schießstandes auf den Abzug gedrückt.

Carolyn räumte die Geschirrspülmaschine aus, als er hinter sie trat, die blonde Haarmähne beiseite schob und ihr einen Kuß auf den Nacken drückte.

»Ich verschwinde jetzt.«

»Vergiß nicht, heute abend ist die Pool-Party bei den Hardings gegenüber.«

»Ich müßte eigentlich rechtzeitig zu Hause sein. Heute ist nicht vorgesehen, daß der Boß das Weiße Haus verläßt.«

Sie blickte ihn lächelnd an. »Du sorgst dafür, daß er es nicht tut.«

»Ich werde den Präsidenten sofort davon informieren, daß meine Frau es ungern sieht, wenn ich Überstunden mache.«

Sie lachte und lehnte kurz den Kopf an seine Schulter. »Sechs Uhr.«

»Wie du willst«, sagte er gespielt mißmutig und verschwand durch die Hintertür.

Lucas stieß mit seinem Leasing-Dienstwagen, einer eleganten Buick-Limousine, zurück auf die Straße und fuhr ins Stadtzentrum. Bevor er das Ende des Blocks erreichte, rief er über sein Autofunkgerät die Zentrale des Geheimdienstes an.

»Crown, hier spricht Lucas. Ich bin unterwegs zum Weißen Haus.«

»Gute Fahrt«, antwortete eine metallisch klingende Stimme.

Er begann schon zu schwitzen und schaltete die Klimaanlage ein. Die Sommerhitze in der Landeshauptstadt schien nie nachzulassen. Die Feuchtigkeit betrug über neunzig Prozent, und die Fahnen an der Reihe von Gesandtschaften auf der Massachusetts-Avenue hingen schlaff und schwunglos in der stickigen Luft.

Er fuhr langsamer, blieb bei der Checkpointsperre auf der West-

Executive-Avenue stehen und wartete ein wenig ,bis ein uniformierter Wachtposten des Service ihm zunickte und ihn durchließ. Lucas stellte den Wagen ab und betrat durch den nächstliegenden Eingang das Untergeschoß des Weißen Hauses.

Bei dem Secret-Service-Kommandoposten, Codename W-16, blieb er stehen und plauderte mit den Männern, die eine Menge elektronischer Kommunikationsgeräte überwachten. Dann ging er über die Treppe in sein Büro im ersten Stockwerk des Ostflügels.

Jeden Morgen, nachdem er hinter seinem Schreibtisch Platz genommen hatte, überprüfte er zunächst den Stundenplan des Präsidenten sowie die Vorschläge der Agenten, die mit der Planung der Sicherheitsmaßnahmen betraut waren.

Lucas studierte die Mappe, in der die voraussichtlichen »Bewegungen« des Präsidenten verzeichnet waren, zum zweiten Mal, und auf seinem Gesicht spiegelte sich wachsende Bestürzung. Unerwartet war ein wesentlicher Programmpunkt hinzugekommen. Er warf die Mappe ärgerlich auf den Tisch, drehte sich in seinem Drehstuhl herum und starrte auf die Wand.

Die meisten Präsidenten waren Gewohnheitsmenschen, und so hatten sie knapp bemessene Stundenpläne, die sie strikt einhielten. Nach Nixons Kommen und Gehen hätte man seine Uhr stellen können, und auch Carter und Reagan wichen selten von den festgelegten Plänen ab. Nicht so der neue Mann in dem ovalen Büro. Er empfand die Abteilung als lästig und war, was noch schlimmer war, verdammt unberechenbar.

Lucas und seine Untergebenen versuchten rund um die Uhr, »ihrem Mann« immer um einen Schritt vorauszusein, zu erraten, wann und wohin er plötzlich verschwinden und welche Besucher er einladen würde, ohne ihnen Zeit für entsprechende Sicherheitsmaßnahmen zu lassen. Es war ein Spiel, bei dem Lucas häufig verlor. Kaum eine Minute später war er die Treppe hinuntergelaufen und stand im Westflügel dem zweitmächtigsten Mann unter den leitenden Angestellten gegenüber, dem Chef des Mitarbeiterstabes, Daniel Fawcett.

»Guten Morgen, Oscar.« Fawcett lächelte freundlich. »Ich habe mir schon gedacht, daß du um diese Zeit hereinstürmen wirst.«

»Im Stundenplan ist ein neuer Ausflug vorgesehen.« Lucas' Ton war sachlich.

»Das tut mir leid. Aber eine wichtige Abstimmung über die Finanzhilfe für die Ostblockländer steht bevor, und der Präsident will Senator Larimer und den Sprecher des Repräsentantenhauses, Moran, mit seinem Charme dazu bringen, daß sie sein Programm unterstützen.«

»Deshalb lädt er sie zu einer Bootsfahrt ein?«

»Warum auch nicht? Seit Herbert Hoover benützt jeder Präsident die Präsidentenjacht für Besprechungen auf höchster Ebene.«

»Ich habe nichts gegen den Grund«, antwortete Lucas entschieden. »Ich protestiere lediglich gegen die zeitliche Abstimmung.«

Fawcett sah ihn arglos an. »Was paßt dir am Freitag abend nicht?«

»Das weißt du verdammt gut. Bis dahin sind es nur noch zwei Tage.«

»Na und?«

»Für eine Kreuzfahrt den Potomac hinunter mit einer Übernachtung in Mount Vernon benötigt meine Vorausabteilung fünf Tage, um die Sicherheitsmaßnahmen festzulegen. An Land muß ein komplettes Kommunikations- und Alarmsystem eingerichtet werden. Die Jacht muß auf Sprengkörper und Abhörgeräte untersucht, die Ufer müssen abgesucht werden, und die Küstenwache braucht einen Vorsprung, um einen Kutter als Begleitfahrzeug auf dem Fluß bereitzustellen. In zwei Tagen können wir keine ordentliche Arbeit leisten.«

»Glaubst du nicht, daß du aus einer Mücke einen Elefanten machst, Oscar? Morde ereignen sich auf überfüllten Straßen oder in Theatern. Wer hat je von einem Staatsoberhaupt gehört, das auf einem Schiff überfallen wurde?«

»Es kann überall und jederzeit geschehen«, widersprach Lucas. »Hast du den Burschen vergessen, den wir unschädlich machten, als er versuchte, ein Flugzeug zu entführen, mit dem er das Flugzeug des Präsidenten rammen wollte? Tatsache ist, daß die meisten Attentate dann stattfinden, wenn der Präsident sich außerhalb seiner üblichen Aufenthaltsorte befindet.«

»Der Präsident besteht auf dem Datum.« Auch Fawcett konnte sachlich sein. »Solange du für den Präsidenten arbeitest, hast du zu tun, was dir befohlen wird, genauso wie ich. Und wenn er allein in einem Schlauchboot nach Miami rudern will, ist das seine Angelegenheit.«

Fawcett hatte offenbar den falschen Ton angeschlagen. Lucas' Gesichtsausdruck verhärtete sich, und er ging auf den Leiter des Mitarbeiterstabes des Weißen Hauses so weit zu, bis er dicht vor ihm stand.

»Wir wollen gleich einmal eines festhalten: Laut Verfügung des Kongresses arbeite ich nicht für den Präsidenten, sondern für das Schatzamt. Er kann mir also nicht befehlen, ich soll abhauen und tun, was er will. Es ist meine Pflicht, ihm den bestmöglichen Schutz zu bieten und sein Privatleben dabei so wenig wie möglich zu stören. Sobald er den Fahrstuhl zu seiner Wohnung betritt, bleiben meine Leute und ich unten. Aber von dem Moment an, in dem er im Erdgeschoß aussteigt, bis er wieder nach oben fährt, gehört sein Hintern dem Geheimdienst.«

Fawcett war über die Persönlichkeit der Leute, die um den Präsidenten arbeiteten, im Bild. Er wußte, daß er bei Lucas zu weit gegangen war, und war klug genug, den Streit nicht weiterzuführen. Er wußte, daß Lucas fanatisch an seiner Aufgabe hing und dem Mann in dem ovalen Büro fraglos loyal ergeben war. Aber sie konnten nie enge Freunde werden; vielleicht Berufskollegen, zurückhaltend, aber wachsam. Da sie nicht um die Macht als Rivalen kämpften, würden sie zumindest nie zu Feinden werden.

»Kein Grund zur Aufregung, Oscar. Ich nehme den Verweis zur Kenntnis. Ich werde den Präsidenten über deine Bedenken unterrichten. Aber ich bezweifle, daß er es sich anders überlegen wird.«

Lucas seufzte. »Wir werden unser Bestes tun. Aber man muß ihm einmal klarmachen, daß er mit seinen Sicherheitsbeamten unbedingt zusammenarbeiten muß.«

»Was soll ich dazu sagen? Du weißt besser als ich, daß sich alle Politiker für unsterblich halten. Für sie ist Macht mehr als ein Aphrodisiakum, sie ist eine Kombination von Drogenrausch und Alkoholnebel. Nichts versetzt sie so in Entzücken wie ein Haufen Leute, der ihnen zujubelt und ihnen die Hand schütteln will. Deshalb sind sie alle vor einem Mörder ungeschützt, der zur rechten Zeit am richtigen Ort steht.«

»Das brauchst du mir nicht zu erzählen, ich habe bei vier Präsidenten Babysitter gespielt.«

»Und du hast keinen einzigen verloren.«

»Zweimal war ich bei Ford nahe daran, einmal bei Reagan.«

»Du kannst Verhaltensmuster nicht genau vorausberechnen.«

»Das vielleicht nicht. Aber nach all diesen Jahren entwickelt man eine Art sechsten Sinn. Deshalb gefällt mir diese Bootsfahrt ganz und gar nicht.«

Fawcett wurde förmlich. »Du glaubst, daß jemand darauf aus ist, ihn zu töten?«

»Immer ist jemand darauf aus, ihn zu töten. Wir stellen täglich Ermittlungen über 20 potentielle Verrückte an und halten Aufzeichnungen über 2000 Personen auf dem laufenden, die unserer Meinung nach gefährlich oder zu einem Mord fähig sind.«

Fawcett legte Lucas die Hand auf die Schulter. »Mach dir keine Sorgen, Oscar, der Freitagausflug wird erst in allerletzter Minute der Presse bekanntgegeben. Das verspreche ich dir.«

»Dafür bin ich dir dankbar, Dan.«

»Außerdem, was kann schon draußen auf dem Potomac passieren?«

»Vielleicht nichts. Vielleicht etwas Unerwartetes. Und das Unerwartete verursacht mir Alpträume.«

Megan Blair, die Sekretärin des Präsidenten, sah aus dem Augenwinkel Dan Fawcett in der Tür ihres kleinen Büros stehen und nickte ihm über die Schreibmaschine hinweg zu. »Hi, Dan. Ich habe dich nicht kommen sehen.«

»In was für einer Stimmung ist der Chef heute morgen?« fragte er; er informierte sich jeden Tag erst mal über die Lage, bevor er das ovale Büro betrat.

»Müde«, antwortete sie. »Der Empfang zu Ehren der Filmindustrie dauerte bis nach ein Uhr morgens.«

Megan war eine gutaussehende Frau Anfang der Vierzig. Sie zeigte ein strahlendes offenes Lächeln, trug ihr schwarzes Haar kurz geschnitten und hatte etwa zehn Pfund Untergewicht. Sie war ein Dynamo und liebte ihre Arbeit und ihren Chef mehr als alles auf der Welt. Sie kam früh, ging spät und arbeitete auch an den Wochenenden. Sie war unverheiratet und hatte nur zwei flüchtige Affären hinter sich, denn sie zog die Arbeit und das unabhängige Leben als alleinstehende Frau vor. Fawcett bewunderte sie immer, weil sie sich zugleich unterhalten und maschineschreiben konnte.

»Ich werde vorsichtig zu Werke gehen und seine Verabredungen auf ein Minimum beschränken, damit er sich Zeit lassen kann.«

»Du kommst zu spät. Er befindet sich schon in einer Besprechung mit Admiral Sandecker.«

»Mit wem?«

»Admiral James Sandecker, Leiter der Nationalen Unterwasser- und Marinebehörde.«

Ein ärgerlicher Ausdruck flog über Fawcetts Gesicht. Er nahm seine Rolle als Hüter der Zeiteinteilung des Präsidenten ernst und verübelte jeden Übergriff in seinen Aufgabenbereich. Alles, was er nicht genehmigt hatte oder was nicht auf dem Stundenplan stand, bedrohte seine Macht. Wie zum Teufel war es Sandecker gelungen, ihn zu umgehen?

Megan erriet seine Gedanken. »Der Präsident hat den Admiral holen lassen«, erklärte sie. »Er erwartet, daß auch du bei der Besprechung anwesend bist.«

Fawcett nickte etwas besänftigt und betrat das ovale Büro. Der Präsident saß auf dem Sofa und studierte mehrere auf dem großen Kaffeetisch ausgebreitete Papiere. Ein kleiner, magerer Mann mit rotem Haar und dazu passendem Van-Dyke-Bart saß ihm gegenüber.

Der Präsident blickte auf. »Ich bin froh, daß Sie hier sind, Dan. Sie kennen Admiral Sandecker?«

»Ja.«

Sandecker erhob sich und gab ihm die Hand. Der Händedruck des Admirals war fest und kurz. Er nickte Fawcett zu und nahm seine Anwesenheit zur Kenntnis. Es war keine Unhöflichkeit von seiten Sandeckers, aber er war ein Mann, der keine Zeit für gesellschaftliche Spielregeln im politischen Wettstreit hatte. In Washington wurde er gehaßt und beneidet, aber auch allgemein geachtet, weil er nie Partei ergriff und immer in die Tat umsetzte, was von ihm verlangt wurde.

Der Präsident deutete auf das Sofa und klopfte auf ein Kissen neben sich. »Setzen Sie sich, Dan. Ich habe den Admiral ersucht, mich über eine Krise zu informieren, zu der es in den Gewässern vor Alaska gekommen ist.«

»Ich habe nichts davon gehört.«

»Das wundert mich nicht«, sagte der Präsident. »Der Bericht gelangte erst vor einer Stunde in meine Hände.« Er legte eine Pause ein und zeigte mit der Bleistiftspitze auf ein mit einem roten Kreis markiertes Gebiet auf einer großen Seekarte. »Hier, 300 Kilometer südwestlich von Anchorage im Gebiet der Cook-Meerenge, tötet ein nicht identifiziertes Gift alles, was sich im Meer befindet.«

»Es klingt, als würden Sie von einem Ölteppich sprechen.«

»Viel schlimmer«, antwortete Sandecker und lehnte sich zurück. »Was hier vorliegt, ist ein unbekannter Wirkstoff, der Menschen und Meereslebewesen innerhalb von nicht einmal einer Minute nach dem Kontakt tötet.«

»Wie ist das *möglich*?«

»Die meisten Giftstoffe gelangen durch Schlucken oder Einatmen in den menschlichen Körper«, erklärte Sandecker. »Der Stoff, mit dem wir es zu tun haben, tötet durch Hautkontakt.«

»Er muß in einem kleinen Gebiet in höchster Konzentration vorhanden sein, um so stark zu wirken.«

»Wenn Sie zweieinhalbtausend Quadratkilometer offenes Meer *klein* nennen ...«

Der Präsident machte ein verwundertes Gesicht. »Ich kann mir keine chemische Substanz von so schrecklicher Wirksamkeit vorstellen.«

Fawcett sah den Admiral an. »Welche einzelnen Vorfälle haben sich ereignet?«

»Ein Kutter der Küstenwache fand ein Fischerboot aus Kodiak, das mit seiner toten Besatzung auf dem Wasser trieb. Zwei Marineoffiziere und ein Arzt wurden an Bord geschickt und starben gleichfalls. Ein Team von Geophysikern auf einer fünfzig Kilometer entfernten Insel wurde von einem Piloten, der einen Versorgungsflug durchführte, tot aufgefunden. Er selbst starb, während er ein Notsignal aussandte. Wenige Stunden später berichtete ein japanischer Fischtrawler, daß er einen Schwarm von nahezu hundert Grauwalen gesehen hatte, die plötzlich mit dem Bauch nach oben dahintrieben. Der Trawler verschwand dann, und man fand keine Spur mehr von ihm. Krebsbänke, Seehundkolonien wurden ausgerottet. Das ist erst der Anfang. Es gibt vielleicht noch viele weitere Todesfälle, von denen wir nur noch nichts erfahren haben.«

»Was ist im schlimmsten Fall zu erwarten, wenn die Ausbreitung ungehemmt fortschreitet?«

»Praktisch die Ausrottung der gesamten Meeresfauna im Golf von Alaska. Und wenn das Gift in den Japanischen Meeresstrom gelangt und nach Süden getragen wird, wäre es in der Lage, entlang der Westküste bis nach Mexiko alle Menschen, Fische, Tiere und Vögel zu vergiften, mit denen es in Berührung kommt. Ich kann mir vorstellen, daß der Verlust an Menschenleben in die Hunderttausende gehen könnte. Fischer, Schwimmer, jeder, der sich an der Küstenlinie bewegt, jeder, der einen vergifteten Fisch ißt – es breitet sich aus wie eine Epidemie. Ich will gar nicht daran denken, was geschehen könnte, wenn es verdunstet, in die Atmosphäre aufsteigt und von dort in Form von Regen auf die Bundesstaaten im Landesinneren niederfällt.«

Es war Fawcett beinahe unmöglich, die Ungeheuerlichkeit des Ganzen zu erfassen. »Um Himmels willen, worum zum Teufel handelt es sich?«

»Für definitive Aussagen ist es noch zu früh«, antwortete Sandekker. »Das Amt für Umweltschutz verfügt über ein computerisiertes Datenspeicher- und Abrufsystem, das detaillierte Informationen über 200 wesentliche Charakteristika von etwa 1100 chemischen Verbindungen enthält. Sie können innerhalb von wenigen Sekunden die Wirkungen bestimmen, die eine gefährliche Substanz im Falle ihrer Verbreitung hervorrufen kann, ihren handelsüblichen Namen, ihre chemische Formel, die hauptsächlichen Hersteller, Transportart und Bedrohung für die Umwelt. Die Verseuchung in Alaska paßt jedoch zu keiner der Daten in ihren Computeraufzeichnungen.«

»Sie müssen doch *irgendeine* Ahnung haben!«

»Nein, Sir. Es gibt nur einen schwachen Anhaltspunkt, aber ohne Autopsieergebnisse ist er reine Spekulation.«

»Ich möchte ihn dennoch wissen«, sagte der Präsident.

Sandecker holte tief Atem. »Die drei gefährlichsten Giftstoffe, die wir kennen, sind Plutonium, Dioxin und die chemischen Kampfstoffe. Die beiden ersten passen nicht in das Schema. Das dritte ist, zumindest meiner Ansicht nach, am verdächtigsten.«

Der Präsident starrte Sandecker an, als auf seinem Gesicht Begreifen und Entsetzen einander abwechselten. »Nervengas?« fragte er langsam.

Sandecker nickte schweigend.

»Deshalb konnte das Amt für Umweltschutz nichts damit anfangen«, stellte der Präsident fest. »Die Formel ist streng geheim.«

Fawcett wandte sich an den Präsidenten. »Ich bin leider nicht damit vertraut...«

»Nervengas S war ein teuflisches Präparat, das die Wissenschaftler im Rocky Mountain Arsenal vor etwa zwanzig Jahren entwickelt haben. Ich habe den Bericht über die Tests gelesen. Es tötete innerhalb weniger Sekunden nach einem Hautkontakt. Es schien die ideale Kampfmethode gegen einen Feind zu sein, der Gasmasken und Schutzkleidung trug, denn es haftete an allem, was damit in Berührung kam. Aber es war zu flüchtig und dadurch genauso gefährlich für die eigenen Truppen, die es absprühten, wie für den Gegner. Die Armee gab deshalb den Gedanken an einen Einsatz auf und begrub es in der Wüste Nevadas.«

»Ich kann keinen Zusammenhang zwischen Nevada und Alaska erkennen«, sagte Fawcett.

»Während des Eisenbahntransportes von dem Arsenal bei Denver«, informierte ihn Sandecker, »verschwand ein Waggon, der nahezu viertausend Liter Nervengas S enthielt. Er wurde bis heute nicht gefunden, und man weiß nichts über seinen Verbleib.«

»Wenn es sich bei dem ins Meer gelangten Giftstoff tatsächlich um dieses Nervengas handelt, wie kann man es, sobald es gefunden ist, neutralisieren?«

Sandecker zuckte mit den Schultern. »Leider erlaubt der derzeitige Stand der Wissenschaft in der Eindämmungs- und Neutralisierungstechnologie aufgrund der physikalisch-chemischen Charakteristika von Nervengas S nur sehr wenige Möglichkeiten, etwas dagegen zu unternehmen, wenn es erst einmal im Wasser aufgelöst ist. Unsere einzige Hoffnung besteht darin, die Quelle zu verstopfen, bevor sie genügend Gift abgibt, um den Ozean in eine Kloake ohne organisches Leben zu verwandeln.«

»Gibt es einen Hinweis, woher es stammen könnte?« fragte der Präsident.

»Aller Wahrscheinlichkeit nach handelt es sich um ein zwischen der Insel Kodiak und dem Festland von Alaska gesunkenes Schiff«, antwortete Sandecker. »Unser nächster Schritt muß darin bestehen, das Ausströmen zurückzuverfolgen und ein Koordinatennetz zu ermitteln.«

Der Präsident beugte sich über den Kaffeetisch und betrachtete den roten Kreis auf der Seekarte. Dann schaute er Sandecker mit festem, würdigendem Blick an. »Als Leiter des NUMA haben Sie die undankbare Aufgabe, Admiral, diesen Stoff zu neutralisieren. Ich erteile Ihnen Vollmacht, jede Regierungsstelle oder -abteilung, die über die erforderliche Sachkenntnis verfügt, einzuspannen, den Nationalen Wissenschaftsrat, die Armee, die Küstenwache, den Umweltschutz, wen immer.« Er dachte eine Weile nach, dann fragte er: »Wie wirkungsvoll ist im Meerwasser aufgelöstes Nervengas S?«

Sandecker sah müde aus, seine Gesichtszüge wirkten angespannt. »Ein Teelöffel voll tötet jeden lebenden Organismus in zwanzig Millionen Litern Seewasser.«

»Dann sollten wir es besser *finden*«, erklärte der Präsident mit einem Anflug von Verzweiflung in der Stimme. »Und verdammt rasch!«

3

Tief unten im trüben Wasser des James River, vor der Küste von Newport News in Virginia, kämpften zwei Taucher gegen die Strömung an, während sie sich einen Weg durch den Schlamm bahnten, der am verrottenden Rumpf eines Wracks klebte.

In der schwarzen, dimensionslosen Flüssigkeit hatte man kein Gefühl für Richtung. Die Sicht betrug nur wenige Zentimeter, während sie sich verbissen am Rohr einer Absaugvorrichtung festhielten, die den dicken Schlamm hinaufbeförderte und ihn zwanzig Meter weiter oben im Sonnenschein auf einen Schleppkahn spuckte. Sie arbeiteten beinahe im völligen Dunkel, denn ihre einzige Lichtquelle waren die schwachflimmernden Unterwasserlampen, die am Rand des Kraters befestigt waren, den sie in den letzten Tagen langsam ausgehöhlt hatten. Das einzige, was sie erkennen konnten, waren im Wasser schwebende Teilchen, die an den Sichtgläsern ihrer Tauchermasken vorbeitrieben wie windgepeitschter Regen.

In dieser Lage konnten sie kaum glauben, daß es oben eine Welt mit Himmel und Wolken und Bäumen gab, die sich in der Sommerbrise wiegten. In dem Alptraum aus aufgewirbeltem Schlamm und ständiger Dunkelheit schien es ihnen unwahrscheinlich, daß sich in kaum fünfhundert Meter Entfernung Menschen und Autos auf den Gehsteigen und Straßen der kleinen Stadt bewegten.

Es gibt Leute, die behaupten, daß man unter Wasser nicht schwitzen kann, aber man kann. Die Taucher fühlten, wie ihnen der Schweiß trotz der eng anliegenden Taucheranzüge aus den Poren drang; sie begannen eine schleichende Müdigkeit zu spüren, obwohl sie sich erst seit acht Minuten auf dem Grund befanden.

Zoll um Zoll arbeiteten sie sich in ein gähnendes Loch an der Steuerbordseite des Rumpfes vor. Die Planken, die die höhlenartige Öffnung umgaben, waren zertrümmert und verbogen, als hätte eine Riesenfaust sich in das Schiff gerammt. Sie begannen Gebrauchsgegenstände freizulegen: einen Schuh, das Scharnier einer alten Truhe, einen Messingzirkel, Werkzeug, sogar ein Stück Stoff. Es war ein unheimliches Gefühl, Gegenstände zu berühren, die seit 120 Jahren niemand mehr zu Gesicht bekommen hatte.

Einer der Männer machte eine Pause, um die Luftanzeige zu kontrollieren. Er rechnete sich aus, daß sie noch weitere zehn Minuten arbeiten konnten und dann noch immer einen ausreichenden Vorrat an Atemluft hatten, um die Oberfläche zu erreichen.

Sie drehten das Ventil der Absaugvorrichtung zu, so daß der Sog abgestellt wurde, und warteten darauf, daß die Strömung des Flusses die aufgewirbelte Schlammwolke wegschwemmte. Bis auf das Blubbern der verbrauchten Atemluft wurde es still. Ein weiterer Teil des Wracks wurde sichtbar. Die Deckbalken waren geborsten und nach innen gedrückt. Seilschlingen hingen in dem trüben Wasser wie schlammverkrustete Schlangen. Das Innere des Rumpfes sah düster und unheildrohend aus. Sie konnten fast die ruhelosen Gespenster der Männer spüren, die mit dem Schiff untergegangen waren.

Plötzlich hörten sie ein seltsames Brummen; nicht das Geräusch, das der Außenbordmotor eines kleinen Bootes verursacht, sondern stärker, wie das entfernte Dröhnen eines Flugzeugmotors. Es war unmöglich, die Richtung festzustellen, aus der das Geräusch kam. Sie lauschten einige Augenblicke, während das Brummen lauter wurde, verstärkt durch die bessere Leitfähigkeit des Schalls im Meer. Es war ein Geräusch an der Oberfläche, das sie nicht betraf, also schalteten sie die Absaugvorrichtung wieder ein und kehrten an ihre Arbeit zurück.

Kaum eine Minute später stieß das Ende des Saugrohres auf etwas Hartes. Sie drehten das Luftventil rasch wieder zu und schoben aufgeregt den Schlamm mit den Händen weg. Bald erkannten sie, daß sie nicht Holz, sondern einen härteren, viel widerstandsfähigeren, mit Rost überzogenen Gegenstand berührten.

Die Hilfsmannschaft auf der Barkasse über dem Wrack glaubte ihren Augen nicht trauen zu dürfen. Sie sahen gebannt zu, wie ein altes, von Westen kommendes PBY-Catalina-Flugboot eine Schleife zog, auf den Fluß einschwenkte und auf dem Wasser aufsetzte. Die Sonne glänzte auf dem aquamarinblauen Anstrich des Aluminiumrumpfes, und die Buchstaben NUMA wurden größer, während das schwerfällige Wasserflugzeug auf die Barkasse zuhielt. Man stellte die Motoren ab; der Kopilot lehnte sich aus einer Seitenluke und warf einem der Männer auf der Barkasse ein Haltetau zu.

Dann erschien eine Frau und sprang leichtfüßig auf das abgescheuerte Holzdeck. Sie war schlank, und ihren ebenmäßigen Körper bedeckte ein braunes, loses, kurzes Hemdkleid, das über der Hüfte von einem Gürtel zusammengehalten wurde. Darunter trug sie eine unten enger werdende Hose aus grüner Baumwolle und an den Füßen mokassinartige Kantenschuhe. Sie mochte Mitte Vierzig sein, etwa einssiebzig groß, ihr Haar schimmerte in der Farbe von Espengold, und ihre Haut war kupferbraun von der Sonne gebrannt. Ihr Gesicht mit den hohen Backenknochen war von der Schönheit, die eine Klasse für sich allein darstellte.

Sie ging zwischen einem Gewirr von Kabeln und Bergungsgeräten hindurch und blieb stehen, als sie sich von den Männern und deren faszinierenden Blicken umringt sah. Sie schob ihre Sonnenbrille hoch und starrte zurück.

»Wer von Ihnen ist Dirk Pitt?« fragte sie.

Ein kräftiger Kerl, kleiner als sie, aber mit Schultern, die doppelt so breit waren wie seine Taille, trat vor und zeigte in den Fluß. »Sie werden ihn dort unten finden, Lady.«

Sie drehte sich um, und ihr Blick folgte dem ausgestreckten Finger. In der leichtgekräuselten Strömung schwankte eine große, orangefarbene Boje, deren Kabel in der schmutziggrünen Tiefe verschwand. Etwa zehn Meter dahinter sah sie die Luftblasen des Tauchers auf der Wasserfläche zerplatzen.

»Wie lange dauert es, bis er wieder auftaucht?«

»Noch fünf Minuten.

»Na gut.« Sie überlegte für einen Augenblick. Dann fragte sie: »Ist Albert Giordino bei ihm?«

»Er steht hier vor Ihnen, und Sie sprechen mit ihm.«

Giordino trug nur schäbige Segeltuchschuhe, abgeschnittene Jeans und ein zerrissenes T-Shirt, während sein schwarzes, lockiges, zerrauftes Haar und sein zwei Wochen alter Bart zu seiner nachlässigen Kleidung paßten. Er entsprach entschieden nicht ihrer Vorstellung von NUMAs stellvertretendem Direktor für Spezialprojekte.

Sie schien mehr belustigt als überrascht. »Ich heiße Julie Mendoza und bin von der Umweltschutzbehörde. Ich muß eine dringende Angelegenheit mit Ihnen beiden besprechen, aber vielleicht sollte ich warten, bis Mr. Pitt auftaucht.«

Giordino zuckte mit den Schultern. »Wie Sie meinen.« Er lächelte freundlich. »Wir können Ihnen nicht viel an persönlichem Komfort bieten, aber ich habe schön kaltes Bier auf Lager.«

»Ich nehme gern eines, danke.«

Giordino nahm eine Dose Coors aus einem Eimer mit Eis und reichte sie ihr. »Wozu fliegt ein Umweltschutz-Mann... äh ... eine Frau in einem NUMA-Flugzeug in der Gegend herum?«

»Eine Idee von Admiral Sandecker.«

Mehr sagte Mendoza nicht, also drängte Giordino sie auch nicht.

»An welchem Projekt arbeiten Sie?« fragte Mendoza.

»Die *Cumberland.*«

»Ein Schiff aus dem Bürgerkrieg, nicht wahr?«

»Ja, historisch sehr wichtig. Sie war eine Fregatte der Union, die 1862 durch das konföderierte Panzerschiff *Merrimack* – oder *Virginia,* unter welchem Namen sie im Süden bekannt war – versenkt wurde.«

»Soweit ich mich erinnere, ging sie unter, bevor die *Merrimack* gegen die *Monitor* kämpfte; dadurch wurde sie zum ersten Schiff, das von einem Panzerschiff vernichtet wurde.«

»Sie sind in der Geschichte ganz schön beschlagen.« Giordino war beeindruckt.

»Und die NUMA wird sie heben?«

Giordino schüttelte den Kopf. »Zu kostspielig. Wir wollen nur den Rammsporn.«

»Rammsporn?«

»Es war eine höllische Schlacht«, erklärte Giordino. »Die Mannschaft der *Cumberland* kämpfte, bis Wasser in ihre Kanonenrohre drang, obwohl ihre Kanonenkugeln von der Panzerung des Konföderiertenschiffes abprallten wie Golfbälle von einem Förderwagen. Schließlich rammte die *Merrimack* die *Cumberland,* und sie ging mit fliegenden Fahnen unter. Aber beim Zurücksetzen brach der riesige, keilförmige Rammsporn am Bug des Panzerschiffes, der in die Fregatte eingedrungen war, ab. Diesen Rammsporn suchen wir.«

»Hat so ein altes Stück Eisen überhaupt einen Wert?«

»Vielleicht stellt es für den Normalbürger keinen Wert dar, den man in Dollarscheinen messen kann wie den Schatz einer spanischen Galeone, aber historisch gesehen ist er von unschätzbarem Wert, ein Stück der amerikanischen Marinetradition.«

Mendoza wollte noch eine Frage stellen, aber ihre Aufmerksamkeit wurde durch zwei Köpfe in schwarzen Gummihelmen abgelenkt, die neben der Barkasse auftauchten. Die Taucher schwammen herüber, kletterten eine rostige Leiter hinauf und legten ihre schwere Ausrüstung ab, so daß das Wasser aus ihren Taucheranzügen, die im Sonnenschein glänzten, in Strömen herausfloß.

Der größere der beiden nahm seinen Helm ab und fuhr sich mit den Händen durch seine dichte schwarze Haarmähne. Sein Gesicht zeigte eine dunkle Sonnenbräune, und die Augen waren vom leuchtendsten Grün, das Mendoza je gesehen hatte. Er sah aus wie ein Mann, der leicht und oft lächelt, der die Herausforderung des Lebens annahm und Gewinn und Verlust mit der gleichen Gelassenheit hinnahm. Wenn er sich geradehielt, war er annähernd einsneunzig groß, und der schlanke, harte Körper unter dem Taucheranzug spannte dessen Nähte. Mendoza wußte ohne zu fragen, daß sie Dirk Pitt vor sich hatte.

Er winkte, als die Besatzung nähertrat. »Wir haben ihn gefunden«, sagte er mit breitem Grinsen.

Giordino schlug ihm begeistert auf den Rücken. »Prima Arbeit, Kumpel.«

Alle begannen den Tauchern eine Menge Fragen zu stellen, die sie zwischen Schlucken von Bier beantworteten. Schließlich bedachte Giordino auch Mendoza und winkte sie heran.

»Das ist Julie Mendoza vom Umweltschutz. Sie möchte sich mit uns unterhalten.«

Dirk Pitt streckte die Hand aus und starrte sie anerkennend an. »Julie.«

»Mr. Pitt.«

»Wenn Sie mir noch eine Minute Zeit lassen, um mich auszuziehen und abzutrocknen ...«

»Ich fürchte, dann wird es zu spät«, unterbrach sie ihn. »Wir können im Flugzeug miteinander sprechen. Admiral Sandecker findet, daß die Maschine schneller ist als ein Hubschrauber.«

»Ich kann Ihnen nicht ganz folgen.«

»Ich habe leider nicht genügend Zeit, um es Ihnen zu erklären. Wir müssen sofort starten. Ich kann nur sagen, daß Sie für ein neues Projekt vorgesehen wurden.«

Ihre heisere Stimme fesselte Pitt. »Warum die verrückte Eile?« fragte er.

»Nicht hier oder jetzt«, erklärte sie und warf einen Blick auf die Bergungsmannschaft, die das Gespräch mit anhörte.

Er wandte sich an Giordino. »Was meinst du, Al?«

Giordino täuschte Verwirrung vor. »Schwer zu sagen. Die Dame wirkt ziemlich energisch. Andererseits bin ich hier auf der Barkasse beinahe zu Hause. Ich hasse es geradezu, sie zu verlassen.«

Mendozas Gesicht wurde zornrot, als ihr klar wurde, daß die Männer sich über sie lustig machten. »Bitte, jede Minute ist kostbar.«

»Würden Sie uns bitte sagen, wohin es geht?«

»Langley Air Force Basis, wo uns ein Düsenflugzeug der Armee erwartet, um uns nach Kodiak in Alaska zu bringen.«

Sie hätte ihnen ebensogut mitteilen können, daß sie zum Mond fliegen würden. Pitt sah ihr in die Augen und suchte nach einem Anhaltspunkt, den er aber nicht entdecken konnte. Er sah nur, daß es ihr todernst war.

»Um sicherzugehen, sollte ich mich vielleicht an den Admiral um Bestätigung wenden.«

»Das können Sie alles auf dem Flug nach Langley erledigen.« Ihr Ton duldete keinen Widerspruch. »Ich habe mich bereits um Ihre persönliche Habe gekümmert. Ihre Kleidungsstücke und was Sie sonst für einen zweiwöchigen Aufenthalt brauchen sind gepackt und befinden sich im Flugzeug.« Sie unterbrach sich und sah ihm in die Augen. »So, nun aber genug der Konversation, Mr. Pitt. Während wir hier stehen, sterben Menschen. Das können Sie natürlich nicht wissen. Aber Sie können mir aufs Wort glauben. Wenn Sie nur zur Hälfte Ihrem Ruf gerecht werden, hören Sie auf, unsere Zeit zu vergeuden und klettern sofort in die Maschine!«

»Sie setzen mir wirklich das Messer auf die Brust, Lady, nicht wahr?«

»Wenn ich dazu gezwungen werde.«

Eisiges Schweigen entstand. Pitt holte tief Atem, dann stieß er die Luft wieder aus. Er sah Giordino an.

»Wie ich höre, ist es in Alaska um diese Jahreszeit schön.«

Giordino mimte einen verträumten Blick. »In Skagway gibt es ein paar prima Kneipen, die wir ausprobieren sollten.«

Pitt winkte dem anderen Taucher, der gerade seinen Taucheranzug auszog. »Jetzt liegt's ganz an dir, Charlie. Mach weiter, bring den Rammsporn der *Merrimack* herauf und schaff ihn ins Konservierungslabor.«

»Ich werde dafür sorgen.«

Pitt nickte, dann ging er mit Giordino zu dem Catalina-Boot, und die beiden unterhielten sich miteinander, als wäre Julie Mendoza Luft.

»Hoffentlich hat sie mein Angelzeug eingepackt«, sagte Giordino vollkommen ernst. »Die Lachse sollten zu ihren Laichplätzen unterwegs sein.«

»Ich hätte Lust, auf einem Karibu zu reiten«, meinte Pitt. »Habe gehört, daß sie einen Hundeschlitten mühelos überholen.«

Während Mendoza ihnen folgte, fielen ihr Admiral Sandeckers Worte wieder ein. »Ich beneide Sie nicht um die Aufgabe, diese beiden Teufel zusammenzutreiben, besonders Pitt. Er könnte einen großen weißen Hai dazu überreden, Vegetarier zu werden. Also behalten Sie sie scharf im Auge und schlagen Sie die Beine übereinander.«

4

James Sandecker galt in der Gesellschaft Washingtons als erstklassige Partie. Als leidenschaftlicher Junggeselle, dessen einzige bekannte Geliebte seine Arbeit war, ging er selten eine Beziehung zum weiblichen Geschlecht ein, die mehr als ein paar Wochen dauerte. Gefühl und Romantik, die Eigenschaften, die Frauen bezaubern, waren nicht seine Sache. In einem anderen Leben wäre er vielleicht ein Eremit gewesen oder ein Kreuzfahrer.

Er war Ende Fünfzig, absolvierte eisern seine tägliche Gymnastik und hatte immer noch eine schlanke Figur. Er war klein und muskulös, und in seinem roten Schopf und Bart war noch kein einziges weißes Haar zu finden.

Bonnie Cowan, Rechtsanwältin in einer der angesehensten Anwaltsfirmen der Stadt, betrachtete es als Glücksfall, daß sie ihm eine Verabredung zum Dinner abgerungen hatte. »Sie sehen heute nachdenklich aus, Jim«, sagte sie.

Er sah sie nicht direkt an. Sein Blick glitt über die anderen Gäste im Inkwell. »Ich fragte mich eben, wie viele Leute auswärts essen würden, wenn es keine Meeresfrüchte gäbe.«

Sie starrte ihn verwundert an, dann lachte sie. »Wenn man den ganzen Tag mit langweiligen, trockenen Juristen zu tun hatte, hat man das Gefühl, Bergluft zu atmen, wenn man sich mit jemandem unterhalten kann, dessen Gedanken in die Ferne schweifen.«

Sein Blick kehrte zu ihr zurück. Bonnie Cowan war fünfunddreißig Jahre alt und außerordentlich anziehend. Sie hatte vor langer Zeit erkannt, daß ihre Schönheit einen Aktivposten in ihrer Karriere darstellte, und nie versucht, sie zu verbergen. Ihr feines seidiges Haar fiel auf ihren Rücken herab. Ihr Busen war zwar klein, aber dafür schön geformt, wie gleichfalls ihre Beine, die durch einen kurzen Rock anschaulich präsentiert wurden. Sie war außerdem intelligent und konnte sich bei jeder Gerichtsverhandlung durchsetzen. Sandecker fühlte sich infolge seiner Unaufmerksamkeit schuldbewußt.

»Das ist ein verdammt hübsches Kleid«, lobte er mit einem unbeholfenen Versuch, galant zu sein. »Mir gefällt Rot.«

»Sie sind ein hoffnungsloser Fall, Jim Sandecker.« Sie schüttelte den Kopf. »Sie würden das gleiche sagen, wenn ich nackt vor Ihnen säße.«

»Hmmm?«

»Zu Ihrer Information, das Kleid ist braun.«

Jetzt schüttelte er den Kopf. »Es tut mir leid, aber ich habe Sie darauf aufmerksam gemacht, daß ich ein schlechter Gesellschafter sein würde.«

»Ihre Gedanken beschäftigen sich mit etwas, das tausend Meilen entfernt ist.«

Er langte fast schüchtern über den Tisch und ergriff ihre Hand. »Für den Rest des Abends werde ich meine Gedanken ganz auf Sie konzentrieren. Das verspreche ich.«

»Frauen fallen stets auf kleine Jungen herein, die bemuttert werden wollen. Und Sie sind der rührendste kleine Junge, den ich je erlebt habe.«

»Wählen Sie Ihre Worte sorgfältig, mein Fräulein. Admiräle nehmen es unter Umständen übel, wenn sie mit rührenden kleinen Jungen verglichen werden.«

»Also gut, John Paul Jones, wie wäre es dann mit einem Happen für einen ausgehungerten Matrosen?«

»Ich bin zu allem bereit, um eine Meuterei zu verhindern.« Er lächelte zum erstenmal an diesem Abend.

Er bestellte sorglos Champagner und die teuersten Meerestiere auf der Speisekarte, als wäre es seine Henkersmahlzeit. Er fragte Bonnie nach den Fällen, die sie bearbeitete, und verbarg geschickt sein Desinteresse, als sie von dem neuesten Klatsch über den Obersten Gerichtshof und den Rechtsverdrehungen im Kongreß berichtete. Sie waren schon mit dem Hauptgang fertig und suchten gerade eine Nachspeise aus, als ein Mann mit der Figur eines Verteidigers der Denver Broncos eintrat, sich umsah, Sandecker erkannte und auf seinen Tisch zusteuerte.

Er lächelte Bonnie zu. »Ich bitte um Entschuldigung wegen der Störung, Ma'am.« Dann flüsterte er etwas in Sandeckers Ohr.

Der Admiral nickte und blickte traurig über den Tisch. »Bitte verzeihen Sie mir, aber ich muß gehen.«

»Regierungsgeschäfte?«

Er nickte stumm.

»Na gut«, sagte sie resigniert. »Ich habe Sie wenigstens bis zum Dessert ganz für mich allein gehabt.«

Er ging zu ihr und drückte ihr einen Kuß auf die Wange. »Wir werden es noch einmal versuchen.«

Dann beglich er die Rechnung, bat den Ober, ein Taxi für Bonnie zu besorgen, und verließ das Restaurant.

Der Wagen des Admirals hielt bei der unterirdischen Sondereinfahrt zum Kennedy Center für darstellende Künste. Die Tür wurde von einem ernsten Mann geöffnet, der einen eleganten schwarzen Anzug trug.

»Wollen Sie mir bitte folgen, Sir.«

»Secret Service?«

»Ja, Sir.«

Sandecker stellte keine weiteren Fragen. Er stieg aus dem Wagen und folgte dem Agenten durch einen teppichausgelegten Korridor zu einem Fahrstuhl. Als die Türen sich öffneten, wurde er durch den Gang hinter den Logensitzen des Opernhauses in einen kleinen Raum geführt.

Daniel Fawcett winkte ihm mit steinernem Gesichtsausdruck zur Begrüßung zu.

»Tut mir leid, Admiral, daß ich Ihre Verabredung stören mußte.«

»Die Botschaft lautete ›dringend‹.«

»Ich habe soeben einen neuen Bericht aus Kodiak erhalten. Die Lage hat sich verschlimmert.«

»Ist der Präsident davon informiert?«

»Noch nicht. Wir warten am besten bis zur Pause. Wenn er plötzlich während des zweiten Aktes von *Rigoletto* seine Loge verließe, könnte es zu viele besorgte Gemüter in Aufregung versetzen.«

Ein Mitarbeiter des Kennedy Center brachte auf einem Tablett Kaffee herein. Sandecker bediente sich, während Fawcett unruhig auf und ab ging. Der Admiral unterdrückte den heftigen Wunsch, sich eine Zigarette anzuzünden.

Nach etwa acht Minuten erschien der Präsident. Der Applaus des Publikums zum Aktschluß war in dem kurzen Zeitraum zwischen dem Öffnen und Schließen der Tür zu hören.

Er trug einen schwarzen Smoking und hatte ein blaues Taschentuch schwungvoll in die Brusttasche des Jacketts gesteckt.

»Ich würde gerne sagen, daß es mich freut, Sie wiederzusehen, Admiral, aber jedesmal, wenn wir zusammentreffen, stecken wir bis zum Hals in einer Krise.«

»Es scheint wohl unser Schicksal zu sein«, antwortete Sandecker.

Der Präsident wandte sich an Fawcett. »Wie lautet die schlechte Nachricht, Dan?«

»Der Kapitän einer Autofähre mißachtete die Anordnungen der Küstenwache und fuhr mit seinem Schiff auf seiner normalen Route von Seward am Festland nach Kodiak. Die Fähre wurde vor einigen Stunden auf der Insel Marmot gestrandet aufgefunden. Sämtliche Passagiere und die Besatzung waren tot.«

»O Gott!« platzte der Präsident heraus. »Wieviele Tote?«

»Dreihundertzwölf.«

»Damit ist die Sache geplatzt«, stellte Sandecker fest. »Die Hölle wird ausbrechen, wenn die Medien davon Wind bekommen.«

»Wir können gar nichts dagegen unternehmen«, sagte Fawcett hilflos. »Die Nachricht kommt bereits über Funk herein.«

Der Präsident sank in einen Stuhl. Auf den Fernsehschirmen wirkte er immer sehr groß, denn er hielt sich wie ein hochgewachsener Mann, obwohl er nur um fünf Zentimeter größer als Sandecker war. Eine leichte Stirnglatze glänzte aus dem allmählich ergrauenden Haar, und sein schmales Gesicht hatte einen entschlossenen, ernsten Ausdruck, wie er ihn selten in der Öffentlichkeit zeigte. Er war ungeheuer beliebt, wozu seine persönliche Herzlichkeit und sein ansteckendes Lächeln sehr viel beitrugen, durch die er selbst die feindseligste Zuhörerschaft für sich gewinnen konnte. Seine erfolgreichen Verhandlungen mit dem Ziel, Kanada und die Vereinigten Staaten zu einem Staat zusammenzuschließen, hatten ihm zu einem Image verholfen, das gegen Parteikritik immun war.

»Wir können keine weitere Minute warten«, entschied er. »Der gesamte Golf von Alaska muß zum Quarantänegebiet erklärt und die ganze Bevölkerung an der Küste innerhalb einer Dreißigkilometerzone evakuiert werden.«

»Ich bin nicht dieser Meinung«, erklärte Sandecker ruhig.

»Kann ich Ihre Gründe erfahren?«

»Soviel ich weiß, hat sich die Verseuchung bisher auf das offene Meer beschränkt. Am Festland ist keine Spur davon aufgetreten. Eine Evakuierung der Bevölkerung würde eine zeitraubende, umfassende Operation erfordern. Die Einwohner von Alaska sind ein harter Menschenschlag, besonders die dort ansässigen Fischer. Ich bezweifle, daß sie aus irgendeinem Grund das Gebiet freiwillig verlassen würden, am allerwenigsten, wenn die Bundesregierung es ihnen befiehlt.«

»Ein hartköpfiges Völkchen.«

»Ja, aber nicht dumm. Alle Fischervereinigungen haben sich bereit erklärt, ihre Schiffe in den Häfen festzuhalten, und die Konservenfabriken haben begonnen, sämtliche Fänge der letzten zehn Tage zu vergraben.«

»Sie werden finanzielle Unterstützung brauchen.«

»Das nehme ich an.«

»Was empfehlen Sie dann?«

»Die Küstenwache hat nicht genügend Personal und Schiffe, um im gesamten Golf zu patrouillieren. Die Marine wird sie dabei unterstützen müssen.«

»Das stellt allerdings ein Problem dar«, meinte der Präsident. »Der Einsatz von mehr Männern und Schiffen in diesem Bereich vergrößert die Gefahr einer Zunahme der Todesfälle.«

»Nicht unbedingt«, schränkte Sandecker ein. »Die Besatzung des Küstenwachkutters, der als erster die Verseuchung entdeckte, zeigte keine schädlichen Wirkungen, weil das Fischerboot aus der Todeszone getrieben war.«

»Aber was geschah mit dem Team, das an Bord ging, dem Arzt? Sie starben!«

»Die Verseuchung hatte bereits auf die Decks, die Reling, fast alles übergegriffen, was sie auf dem Schiff berührten. Und was das Fährboot angeht, so ist sein gesamter Innenraum offen, um Automobile aufzunehmen. Die Passagiere und die Besatzung waren ungeschützt.

Die modernen Schiffe der Navy sind jedoch so konstruiert, daß sie bei Auftreten von Radioaktivität nach einem Atombombenangriff zugeknöpft werden können. Sie können in den verseuchten Meeresströmungen mit einem sehr geringen, einkalkulierbaren Risiko patrouillieren.«

Der Präsident nickte zustimmend. »Okay, ich werde Unterstützung durch das Marineministerium anordnen, bin aber noch nicht bereit, den Evakuierungsplan fallenzulassen. Ob die Männer in Alaska eigensinnig sind oder nicht, wir müssen doch auch an die Frauen und Kinder denken.«

»Mein nächster Vorschlag, Herr Präsident, oder mein Ersuchen, wenn Sie wollen, ist ein Aufschub von achtundvierzig Stunden, bevor Sie die Operation in Gang setzen. Das könnte meiner Einsatzgruppe Zeit geben, den Ursprungsort ausfindig zu machen.«

Darauf schwieg der Präsident. Er starrte Sandecker mit wachsendem Interesse an. »Wer sind Ihre verantwortlichen Leute?«

»Der Koordinator an Ort und Stelle und Präsident des regionalen Notfall-Einsatzteams ist Dr. Julie Mendoza, eine leitende biochemische Ingenieurin beim Umweltschutz.«

»Der Name sagt mir nichts.«

»Sie ist die anerkannt beste Expertin im Land für die Bewertung und die Kontrolle von gefährlicher Verseuchung im Wasser«, erklärte Sandecker, ohne zu zögern. »Die Unterwassersuche nach dem Schiffswrack, von dem wir glauben, daß es das Nervengift enthält, wird von meinem Direktor für Sonderprojekte, Dirk Pitt, geleitet.«

Die Augen des Präsidenten weiteten sich. »Ich kenne Mr. Pitt. Er erwies sich vor wenigen Monaten bei der kanadischen Affäre als überaus nützlich.«

Du meinst, er hat deinen Hintern gerettet, dachte Sandecker, bevor er fortfuhr. »Wir haben fast zweihundert weitere Fachleute für Umweltschutz, die einberufen wurden, um mitzuarbeiten. Jeder Fachmann in der Privatindustrie wurde aufgefordert, die Erfahrung und das technische Know-how für eine erfolgreiche Entgiftung zu liefern.«

Der Präsident warf einen Blick auf seine Uhr. Ich muß leider das Gespräch abbrechen«, erklärte er. »Ohne mich werden sie mit dem dritten Akt nicht beginnen. Sie haben jedenfalls achtundvierzig Stunden Zeit, Admiral. Dann ordne ich eine Evakuierung an und rufe in dem Gebiet den nationalen Notstand aus.«

Fawcett begleitete den Präsidenten in seine Loge. Er setzte sich hinter ihn, aber nahe genug, damit sie in leisem Ton miteinander sprechen konnten, während sie Interesse an der Aufführung vortäuschten.

»Wollen Sie die Fahrt mit Moran und Laimer absagen?«

Der Präsident schüttelte den Kopf. »Nein, mein Paket zur Belebung der Konjunktur in den sowjetischen Satellitenländern hat Vorrang vor allen anderen politischen Vorhaben.«

»Ich rate entschieden davon ab. Sie führen einen aussichtslosen Kampf um eine bereits verlorene Sache.«

»Das haben Sie mir letzte Woche mindestens fünfmal erklärt.« Der Präsident hielt sich das Programm vors Gesicht, um ein Gähnen zu verbergen. »Wie stehen die Chancen für die Abstimmung?«

»Eine Bewegung von parteilosen Konservativen ist dabei, an Boden gegen Sie zu gewinnen. Wir brauchen fünfzehn Stimmen im Kongreß und fünf, vielleicht sechs, um die Maßnahmen im Senat durchzuboxen.«

»Wir sind schon mit größeren Problemen fertiggeworden.«

»Ja«, murmelte Fawcett bedrückt. »Aber wenn wir diesmal überstimmt werden, wird Ihre Regierung vielleicht keine zweite Amtsperiode erleben.«

5

Die Morgendämmerung kam von Osten hervorgekrochen, als eine niedrige, dunkle Linie am Horizont deutlicher wurde. Vom Fenster des Hubschraubers aus gesehen, nahm der schwarze Streifen die Form eines symmetrischen Kegels an und wurde bald zu einer aus dem Meer ragenden Bergspitze. Dahinter stand der Mond im letzten Viertel. Das Licht änderte seine Farbe von Elfenbein zu Indigoblau und ging dann in einen orangefarbenen Glanz über. Die Sonne ging auf, und man sah, daß die Hänge schneebedeckt waren.

Pitt warf einen Blick zu Giordino. Er schlief, ein Zustand, in den er hinein- und herausschlüpfen konnte wie in einen alten Pulli. Er hatte von dem Augenblick an geschlafen, in dem sie Langley verlassen hatten, bis sie auf der Air Force Basis außerhalb von Anchorage gelandet waren. Fünf Minuten nach dem Umsteigen in den Hubschrauber war er prompt wieder eingenickt.

Pitt wandte sich Mendoza zu. Sie hockte hinter dem Piloten, und ihr Gesichtsausdruck erinnerte an ein kleines Mädchen, das sich auf eine Parade freut. Ihr Blick war auf die Insel vor ihnen gerichtet. Im

Morgenlicht hatte Pitt den Eindruck, daß ihr Gesicht weicher geworden war, denn ihr Ausdruck war nicht so kalt geschäftsmäßig und um ihren Mund lag ein Ausdruck von Zärtlichkeit, den er vorher nicht bemerkt hatte.

»Der Vulkan Augustin«, erklärte sie, ohne zu bemerken, daß Pitts Aufmerksamkeit auf sie gerichtet war und nicht auf das Fenster, »wurde 1778 von Kapitän Cook so getauft. Wenn man ihn so sieht, würde man es nicht vermuten, aber er ist der aktivste Vulkan in Alaska. Im letzten Jahrhundert ist er sechsmal ausgebrochen.«

Pitt wandte sich voller Bedauern ab und starrte hinunter. Auf der Insel schien es keine menschliche Behausung zu geben. Lange, gewundene Lavaströme hatten sich über die Berghänge ergossen, bis sie ins Meer mündeten. Eine kleine Wolke schwebte um den Gipfel.

»Sehr pittoresk«, gähnte er. »Könnte 'nen guten Skiort abgeben.«

»Darauf sollten Sie lieber nicht setzen«, lachte sie. »Die Wolke, die Sie über dem Gipfel sehen, ist Wasserdampf. Augustin beweist unermüdlich seine Fähigkeiten. Der letzte Ausbruch im Jahr 1987 übertraf den des Mount St. Helens in Washington bei weitem, so daß der Asche- und Bimssteinregen noch in Athen niederging.«

Pitt mußte fragen: »Wie verhält er sich denn jetzt?«

»Die letzten Messungen bestätigen, daß die Hitze um den Gipfel zunimmt, ein Hinweis also auf eine bevorstehende Eruption.«

»Sie können natürlich nicht sagen, wann sie stattfindet.«

»Natürlich nicht.« Sie zuckte mit den Schultern. »Vulkane sind unberechenbar. Manchmal erfolgen die Ausbrüche ohne die geringste Warnung, manchmal brauchen sie Monate, um sich zu einem spektakulären Höhepunkt zu steigern, zu dem es dann aber nie kommt. Sie brodeln, poltern ein wenig und legen sich dann wieder schlafen. Diese Geowissenschaftler, von denen ich ihnen berichtete, die von dem Nervengas getötet wurden, befanden sich auf der Insel, um die gesteigerte Aktivität zu beobachten.«

»Wo werden wir landen?«

»Ungefähr fünfzehn Kilometer vor der Küste, auf dem Kutter der Küstenwache *Catawaba*.«

»Die *Catawaba*«, wiederholte er, als würde er sich an etwas erinnern.

»Ja, Sie kennen sie?«

»Habe selbst vor ein paar Jahren mit einem Hubschrauber auf ihr aufgesetzt.«

»Wo war das?«

»Im Nordatlantik, bei Island.« Er starrte jetzt über die Insel hinweg, seufzte und rieb seine Schläfen. »Ein guter Freund und ich suchten nach einem in einem Eisberg eingeschlossenen Schiff.«

»Haben Sie es gefunden?«

Er nickte. »Nur einen ausgebrannten Rumpf. Ich traf gerade noch vor den Russen dort ein. Später stürzten wir in die Brandung an der Küste vor Island ab. Mein Freund kam dabei ums Leben.«

Sie sah, daß er im Geist die Geschehnisse wieder erlebte. Sein Gesichtsausdruck wurde geistesabwesend und traurig. Sie wechselte deshalb das Thema.

»Wir werden uns – ich meine, vorübergehend – trennen müssen, wenn wir landen.«

Er schüttelte die Bilder der Vergangenheit ab und starrte sie an. »Sie verlassen uns?«

»Sie und Al werden auf der *Catawaba* bleiben, um die Herkunft des Nervengiftes zu finden. Ich fliege auf die Insel, wo das örtliche Einsatzteam eine Datenbasis eingerichtet hat.«

»Und es gehört zu meiner Aufgabe, Wasserproben von dem Schiff in Ihr Labor zu schicken?«

»Ja, denn durch Messen der Konzentration des Giftes im Wasser können wir Sie zu dem Ursprung hindirigieren.«

»So, wie man ausgestreuten Brotkrumen folgt.«

»So kann man es auch ausdrücken.«

»Was geschieht, wenn wir einmal die Quelle geortet haben?«

»Nachdem Ihr Bergungsteam die Behälter mit dem Nervengas aufgebracht hat, wird die Armee sie in einen tiefen Bohrschacht auf einer Insel in der Nähe des nördlichen Polarkreises beseitigen.

»Wie tief ist das Bohrloch?«

»Zwölfhundert Meter.«

»So richtig schön sauber und ordentlich.«

»Es ist zufällig die wirkungsvollste Methode, über die wir verfügen«, antwortete sie mit geschäftsmäßiger Kühle.

»Sie sind optimistisch.«

Sie sah ihn fragend an. »Was meinen Sie damit?«

»Die Bergung. Sie könnte Monate dauern.«

»Wir können uns nicht einmal eine Woche leisten«, erwiderte sie beinahe heftig.

»Jetzt begeben Sie sich auf mein Gebiet«, sagte Pitt. »Taucher können nicht das Risiko auf sich nehmen, in einem Wasser zu arbeiten, in dem ein Tropfen auf ihrer Haut sie tötet. Die einzige vernünftige und sichere Methode besteht in der Verwendung von Tauchbooten, ein verdammt langsames und umständliches Verfahren. Und für

Tauchboote benötigt man besonders ausgebildete Besatzungen und abgeschlossene Räume mit Spezialeinrichtungen zum Arbeiten.«

»Ich habe Ihnen schon erklärt«, warf sie ungeduldig ein, »daß uns die Vollmacht des Präsidenten einen Blankoscheck für jede erdenkliche Ausrüstung gibt, die wir brauchen.«

»Das ist das leichteste«, fuhr Pitt fort. »Trotz Ihrer Anweisungen bezüglich der Wasserproben ist das Auffinden eines Schiffswracks so, als wolle man auf einem Fußballfeld mit einer Kerze in der Dunkelheit eine Münze suchen. Wenn wir dann Glück haben und das Objekt ausmachen, finden wir vielleicht den in Teile zerbrochenen Rumpf und die Ladung auf dem Meeresboden verstreut, oder die Behälter sind so beschädigt worden, daß man sie nicht bewegen kann. Nichts ist so einfach, wie es aussieht. Murphys Gesetze . . . Keine Bergungsoperation in der Tiefsee verläuft jemals glatt.«

In Mendozas Gesicht stieg Zornesröte auf. »Ich möchte betonen . . .«

»Sparen Sie sich die Mühe«, unterbrach sie Pitt. »Für einen patriotischen Appell bin ich der falsche Mann. Ich habe das alles schon einmal gehört. Sie werden keine Strophe der Balladen vom süßen Opfertod von mir zu hören bekommen. Und schenken Sie sich den Routinesatz von den ›zahllosen Menschenleben in Gefahr‹. Mir ist das alles wohl bewußt, und man muß mich nicht alle fünf Minuten daran erinnern«.

Trotz des Ärgers über seinen Charme und seine Arroganz hatte sie dennoch das Gefühl, daß er sie irgendwie auf die Probe stellen wollte.

»Haben Sie schon jemanden gesehen, der mit dem Nervengas S in Berührung gekommen ist?«

»Nein.«

»Es ist kein schöner Anblick. Sie ertrinken buchstäblich in ihrem eigenen Blut, weil die Bindegewebehaut in ihrem Körper platzt. Sie bluten aus allen Körperöffnungen. Dann wird die Leiche schwarz.«

»Sie schildern den Zustand sehr anschaulich.«

»Für Sie ist das alles eine Art Spiel«, fauchte sie wütend. »Für mich aber nicht.«

Er antwortete nicht, sondern deutete nur mit dem Kinn auf die *Catawaba,* die vor der Windschutzscheibe des Piloten auftauchte. »Wir landen . . .«

Der Pilot stellte aus der flatternden Fahne auf den Falleinen fest, daß das Schiff sich mit dem Bug in den Wind gedreht hatte. Er brachte den Helikopter über das Heck, schwebte einige Augenblicke darüber und setzte dann auf dem Landeplatz auf. Kaum waren die

Rotorblätter zum Stillstand gelangt, als zwei von Kopf bis Fuß in astronautenähnliche Anzüge gekleidete Gestalten herankamen und ein rundes, aus Gliedern bestehendes Plastikrohr von etwa anderthalb Metern Durchmesser auseinanderschoben, das aussah wie eine riesige Nabelschnur. Nachdem sie es um den Ausgang des Cockpits befestigt und dreimal als Signal geklopft hatten, öffnete Pitt die Schnappriegel und zog die Tür nach innen auf. Die Männer draußen reichten ihm Stoffkapuzen mit Augengläsern und Handschuhe.

»Sie ziehen sie am besten gleich an«, befahl eine gedämpfte Stimme.

Pitt weckte Giordino mit einem leichten Stoß und übergab ihm einen Kapuzenhelm und ein Paar Handschuhe.

»Was zum Teufel ist das?« murmelte Giordino noch halb verschlafen.

»Willkommensgeschenke vom Gesundheitsministerium.«

Zwei weitere Besatzungsmitglieder erschienen in dem Plastiktunnel und nahmen ihre Ausrüstung entgegen. Giordino stolperte noch schlaftrunken aus dem Hubschrauber, Pitt zögerte und starrte Mendoza in die Augen.

»Was bekomme ich als Belohnung, wenn ich Ihr Gift innerhalb von achtundvierzig Stunden finde?«

»Was wünschen Sie sich denn?«

»Sind Sie so hart, wie Sie sich geben?«

»Härter, Mr. Pitt, noch viel härter.«

»Dann sollten Sie entscheiden.« Er lächelte ihr frech zu und verschwand.

6

Die Wagen, aus denen die Autokolonne des Präsidenten bestand, waren in einer Reihe neben dem südlichen Säuleneingang des Weißen Hauses aufgestellt. Sobald der Trupp des Secret Service seine Plätze eingenommen hatte, sprach Oscar Lucas in ein winziges Mikrofon, dessen Draht um die Uhr an seinem Handgelenk geschlungen war und an seinem Jackenärmel hinauf verlief.

»Sagt dem Boß, daß wir bereit sind.«

Drei Minuten später schritt der Präsident in Fawcetts Begleitung schnell die Treppe herunter und stieg in die Präsidentenlimousine. Lucas nahm neben dem Fahrer Platz, und die Wagen rollten durch das Südwesttor hinaus.

Der Präsident lehnte sich entspannt in den Sitz zurück und schaute aus dem Fenster auf die vorbeiziehenden Gebäude. Fawcett hatte eine offene Aktentasche auf den Knien liegen und kritzelte Notizen in den obersten Ordner. Nach einigen Minuten des Schweigens seufzte er, schloß die Aktentasche und stellte sie neben sich auf den Boden.

»Das hätten wir nun also: Argumente des Für und Wider, Statistiken, CIA-Hochrechnungen und die letzten Berichte von Ihrem Finanzkomitee über die Schulden des kommunistischen Blocks, kurz, alles, was Sie brauchen werden, um Larimer und Moran zu Ihrer Ansicht zu bekehren.«

»Die amerikanische Öffentlichkeit hält nicht viel von meinem Plan, nicht wahr?« fragte der Präsident ruhig.

»Wenn ich ganz ehrlich sein soll, nein, Sir«, antwortete Lucas. »Die allgemeine Volksmeinung geht dahin, daß man die Roten in ihren selbstverschuldeten Problemen schmoren lassen soll. Die meisten Amerikaner freuen sich über die Tatsache, daß die Sowjets und ihre Satelliten vor dem Verhungern und dem finanziellen Ruin stehen. Sie betrachten es als Beweis dafür, daß das marxistische System insgesamt kläglich versagt hat.«

»Es wird aber weniger erfreulich sein, wenn die Kremlführung wirtschaftlich mit dem Rücken an der Wand steht, deshalb aus Verzweiflung losschlagen muß und quer durch Europa marschieren wird.«

»Ihre Opposition im Kongreß ist der Ansicht, daß diesem Risiko die sehr reale Angst vor dem Hungertod gegenüber steht, eine lähmende Furcht, die den reibungslosen Einsatz der russischen Militärmaschinerie erheblich beeinträchtigen wird. Und es gibt auch Stimmen, die auf die sinkende Begeisterung des russischen Volkes setzen, die sich zu aktivem Widerstand gegen die herrschende Partei kristallisieren wird.«

Der Präsident schüttelte den Kopf. »Der Kreml glaubt fanatisch an seine militärische Demonstration. Sie werden trotz ihrer wirtschaftlichen Schwierigkeiten nie klein beigeben. Und das Volk wird sich nie erheben oder Massendemonstrationen inszenieren. Die Zwangsjacke der Partei sitzt zu straff.«

»Die Hauptschwierigkeit besteht darin«, faßte Fawcett zusammen, »daß sowohl Larimer als auch Moran entschieden dagegen sind, Moskau die Last von den Schultern zu nehmen.«

Der Präsident verzog angewidert das Gesicht. »Larimer ist ein

Säufer, und Moran ist durch Korruption verdorben.«

»Dennoch bleibt die Tatsache bestehen, daß Sie ihnen Ihre Weltanschauung begreiflich machen müssen.«

»Ich kann ihre Ansichten nicht verwerfen«, gab der Präsident widerwillig zu, »aber ich bin davon überzeugt, daß die Ostblockländer, wenn die Vereinigten Staaten sie vor der totalen wirtschaftlichen Katastrophe retten, sich von der Sowjetunion abwenden und sich dem Westen anschließen werden.«

»Es gibt viele, Herr Präsident, die das für reines Wunschdenken halten.«

»Die Franzosen und Deutschen sind meiner Ansicht.«

»Sicherlich, und warum auch nicht? Sie setzen auf beide Parteien, verlassen sich auf unsere NATO-Streitkräfte als Garant ihrer Sicherheit, während sie ihre wirtschaftlichen Handelsverbindungen mit dem Osten ausbauen.«

»Sie vergessen, daß die breite Masse der amerikanischen Wähler ebenfalls hinter meinem Hilfsplan steht«, gab der Präsident mit energisch vorgeschobenem Kinn zu bedenken. »Selbst sie begreifen, daß er uns die Möglichkeit gibt, die Gefahr eines atomaren Holocaust zu vermeiden und den Eisernen Vorhang für immer zu beseitigen.«

Fawcett wußte, daß es aussichtslos war, den Präsidenten beeinflussen zu wollen, wenn er aus seiner Kreuzzugsstimmung heraus leidenschaftlich jedem beweisen wollte, daß er im Recht war. Man konnte damit Erfolg haben, daß man seine Feinde durch Güte außer Gefecht setzte, eine wahrhaft zivilisierte Taktik, die vielleicht an die Gewissen einsichtiger Menschen rührte, aber Fawcett konnte dem nichts abgewinnen.

Also schwieg er fortan, während die Limousine von der M-Street in das Marinegelände von Washington einbog und auf einem der langgestreckten Kais anhielt.

Ein dunkelhäutiger Mann mit dem unerbittlichen Gesicht eines Indianers trat näher, als Lucas ausstieg.

»Abend, George.«

»Hallo, Oscar, wie geht's deinem Golf?«

»Ich bin völlig außer Form«, antwortete Lucas. »Ich habe seit fast zwei Wochen nicht mehr gespielt.«

Während Lucas sprach, blickte er in die durchdringenden dunklen Augen von George Blackowl, dem amtierenden Leiter und Vorhut-Agenten für die Aktivitäten des Präsidenten außerhalb des Weißen Hauses. Blackowl war ungefähr so groß wie Lucas, fünf Jahre jünger und um etwa zehn Pfund zu schwer. Er kaute ständig Kaugummi, so daß seine Kinnbacken unaufhörlich in Bewegung waren; er war zur Hälfte ein Sioux und wurde deshalb immer wegen der Rolle seiner Vorfahren beim Little Big Horn aufgezogen.

»Ist es sicher, an Bord zu gehen?« fragte Lucas.

»Das Boot wurde nach Bomben und Abhörgeräten durchsucht. Die Froschmänner haben vor ungefähr zehn Minuten die Kontrolle des Rumpfes beendet, das Außenbord-Begleitboot ist bemannt und bereit zu folgen.«

Lucas nickte. »Ein Kutter der Küstenwache von fünfunddreißig Metern Länge wird bereitliegen, wenn ihr nach Mount Vernon kommt.«

»Dann sind wir also für den Boß bereit.«

Lucas zögerte noch etwas, während er die Umgebung des Kais musterte. Als er nichts Verdächtiges entdeckte, öffnete er die Tür für den Präsidenten. Darauf bildeten die Agenten einen Sicherheitsrhombus um ihn. Blackowl ging vor dem Mann an der Spitze, der sich unmittelbar vor dem Präsidenten befand. Da Lucas Linkshänder war und für den Fall, daß er den Revolver ziehen mußte, Bewegungsfreiheit brauchte, ging er links und ein wenig hinter ihm. Fawcett bildete den Abschluß mehrere Meter weiter hinten an der Seite.

Am Fallreep traten Lucas und Blackowl zur Seite und ließen die anderen vorbeigehen.

»Okay, George, er gehört jetzt dir.«

»Du Glückspilz«, lächelte Blackowl. »Du hast das Wochenende frei.«

»Zum erstenmal in diesem Monat.«

»Fährst du von hier gleich nach Hause?«

»Noch nicht. Ich muß zuerst noch ins Büro und auf meinem Schreibtisch Ordnung machen. Während des letzten Ausflugs nach Los Angeles gab es ein paar störende Zwischenfälle. Ich will mir die Planung noch mal genau ansehen.«

Sie drehten sich gleichzeitig um, als eine weitere Regierungslimousine auf dem Kai hielt. Senator Marcus Larimer stieg aus und schlenderte zur Präsidentenjacht, gefolgt von einem Begleiter, der pflichtgetreu eine Reisetasche trug.

Larimer hatte wie immer einen braunen Anzug mit Weste an – er trug immer einen braunen Anzug mit Weste. Einer seiner Kollegen im Senat hatte daher die Vermutung geäußert, daß er wohl in einem solchen Anzug zur Welt gekommen war. Sein Haar war rotblond und im Bürstenhaarschnitt frisiert. Seine große, grobknochige Erscheinung glich der eines Kohlenschütters, der versucht, sich uneingeladen in die Benefizvorstellung eines prominenten Gastgebers zu schleichen.

Er nickte Blackowl einfach zu und rief Lucas den unter Politikern üblichen Gruß zu.

»Schön, Sie zu sehen, Oscar.«

»Sie sehen fabelhaft aus, Senator.«

»Es gibt nichts, das eine Flasche Scotch nicht kurieren könnte«, antwortete Larimer mit dröhnendem Lachen. Dann eilte er die Rampe hinauf und verschwand in den Hauptsalon.

»Viel Spaß«, meinte Lucas sarkastisch zu Blackowl. »Um diese Reise beneide ich dich nicht.«

Als er einige Minuten später durch das Tor des Marinegeländes auf die M-Street fuhr, begegnete Lucas einem kleineren Chevrolet, in dem ihm der Kongreßabgeordnete Alan Moran, der Sprecher des Repräsentantenhauses, entgegenkam. Lucas mochte ihn nicht, denn Moran, keineswegs so hervorragend wie sein Vorgänger, war ein Held in der Art von Horatio Alger, dem weniger durch Intelligenz und Einfühlungsvermögen Erfolg beschieden war, als vielmehr indem er sich als Nutznießer in den einflußreichen Kreisen des Kongresses herumgetrieben und Politikern mehr Gefallen erwiesen hatte, als er für sich beanspruchte. Als man ihn einmal beschuldigte, hinter einem Pachtvertrag für Ölbohrungen auf Regierungsgebiet zu stecken, hatte er sich aus dem Skandal herausgemogelt, indem er manchen Politiker an dessen politische Schuldigkeit ihm gegenüber gemahnte.

Er blickte beim Fahren weder nach links noch nach rechts; Lucas folgerte daraus, daß seine Gedanken darauf konzentriert waren, wie er seinen Einfluß auf den Präsidenten ausnützen konnte.

Nicht ganz eine Stunde später, während sich die Besatzung der Präsidentenjacht anschickte abzulegen, kam Vizepräsident Margolin mit einer Kleidertasche an Bord, die er sich über die Schulter gehängt hatte. Er zögerte einen Augenblick, ehe er den Präsidenten erblickte, der allein in einem Deckstuhl in der Nähe des Hecks saß und den Sonnenuntergang über der Stadt beobachtete. Ein Steward erschien und nahm Margolin die Tasche ab.

Der Präsident blickte auf und starrte ihn an, als würde er ihn nicht gleich erkennen.

»Vince?«

»Es tut mir leid, daß ich so spät komme«, entschuldigte sich Margolin. »Aber einer meiner Mitarbeiter hatte deine Einladung verlegt, und ich entdeckte sie erst vor einer Stunde.«

»Ich war nicht sicher, ob du es noch schaffen würdest«, murmelte der Präsident kaum verständlich.

»Perfektes Timing. Beth besucht unseren Sohn in Stanford und kommt erst Dienstag zurück, und ich hatte nichts auf meinem Terminkalender, das sich nicht verschieben ließ.«

Der Präsident stand auf und zwang sich zu einem freundlichen Lächeln. »Senator Larimer und Abgeordneter Moran befinden sich auch an Bord. Sie sind im Speisesalon. Warum begrüßt du sie nicht und läßt dir rasch einen Drink geben?«

»Einen Drink könnte ich gut gebrauchen.«

In der Tür stieß Margolin mit Fawcett zusammen, und sie wechselten ein paar Worte miteinander.

Der Zorn im Gesicht des Präsidenten sprach Bände. Genauso wie er und Margolin sich in Stil und Aussehen unterschieden – der Vizepräsident war hochgewachsen, gut gebaut, hatte kein Gramm Fett am Körper, ein gutgeschnittenes Gesicht, glänzende blaue Augen und eine freundliche, gewinnende Ausstrahlung –, so verschieden waren ihre politischen Ansichten.

Der Präsident erreichte durch seine feurigen Reden Begeisterung und einen hohen Beliebtheitsgrad. Er war ein Idealist und Visionär, oft von der Erstellung von Programmen fast vollkommen in Anspruch genommen, die in zehn bis fünfzig Jahren für die Welt von Vorteil sein würden. Leider waren es zumeist Programme, die nicht zu den selbstsüchtigen Bestrebungen der Politiker mit hauptsächlichem Interesse an ihrer eigenen Provinz paßten.

Margolin war dagegen der Öffentlichkeit und den Nachrichtenmedien gegenüber zurückhaltender und setzte seine Energie mehr für die Innenpolitik ein. Er vertrat daher den Standpunkt zu dem Hilfsprogramm des Präsidenten für die Kommunisten, daß das Geld besser im eigenen Lande ausgegeben werden sollte.

Der Vizepräsident war der geborene Politiker. Er hatte die gesamte Verfassung im Kopf. Er hatte es auf dem Weg nach oben schwer gehabt, er hatte sich hinaufgedient, hatte in der Staatslegislative begonnen, war dann Gouverneur und später Senator im Kongreß geworden.

Als er dann in seinem Büro im Russellgebäude saß, umgab er sich mit einer Bombenmannschaft von Ratgebern, die eine Spürnase für strategische Kompromisse und politische Neuerungen besaßen.

Während der Präsident die Gesetzgebung unter sich hatte, war es Margolin, der den Durchgang der Gesetze durch das Labyrinth von Beratungsausschüssen und Politik koordinierte und nur allzuoft den Stab des Weißen Hauses als ungeschickte Amateure erscheinen ließ; eine Situation, die beim Präsidenten nicht gut ankam und beträchtliche interne Grabenkämpfe auslöste.

Margolin wäre vielleicht Präsident geworden, wenn es nach den Wählern ginge, aber es ging nach der Partei. Hier arbeiteten seine Integrität und sein Image als »Revolutionär und Macher« gegen ihn. Zu oft hatte er verweigert, sich bei Differenzen der Parteilinie unterzuordnen, wenn er an eine bessere Lösung glaubte: Er blieb ein Einzelgänger, der seinen eigenen Ideen folgte.

Er wurde so wie andere Politiker dieses Schlages auf den Posten des Vizepräsidenten geschoben, um ihn aus dem Weg zu bekommen, und die Bannerträger der Partei waren erstaunt, als er diese Berufung annahm.

Der Präsident sah Margolin nach, als er in den Hauptsalon verschwand; in ihm kämpften Ärger und Eifersucht. Er mußte sich eingestehen, daß Margolin für das Präsidentenamt besser geeignet war als er selbst.

Fawcett kam mit fassungslosem Gesichtsausdruck über das Deck daher. »Was, zum Teufel, macht Vince hier?« fragte er nervös.

»Das wüßte ich verdammt selber gerne«, murrte der Präsident. »Er behauptet, er sei eingeladen worden.«

Fawcett sah betroffen aus. »Mein Gott, jemand vom Stab muß etwas durcheinandergebracht haben.«

»Jetzt ist es aber zu spät. Ich kann ihm doch nicht einfach sagen, daß er nicht erwünscht ist und wieder gehen soll.«

Fawcett war noch immer verwirrt. »Ich verstehe es einfach nicht.«

»Ich auch nicht, aber jetzt haben wir ihn nun einmal auf dem Hals.«

»Er könnte alles platzen lassen.«

»Das glaube ich nicht. Unabhängig davon, was wir von Vince halten, hat er nie eine Erklärung abgegeben, die meinem Image geschadet hätte. Das ist mehr, als eine Menge Präsidenten von ihrem Vize sagen können.«

Fawcett fand sich mit der Situation ab. »Es gibt nicht genügend Kabinen für alle. Ich werde die meine zur Verfügung stellen und an Land übernachten.«

»Dafür bin ich Ihnen sehr dankbar, Dan.«

»Ich kann bis heute abend an Bord bleiben und mich dann in einem Hotel in der Nähe einmieten.«

»Unter den gegebenen Umständen«, überlegte der Präsident, »wäre es vielleicht am besten, wenn sie zurückblieben. Da Vince nun einmal hier ist, möchte ich nicht, daß unsere Gäste glauben, wir verbündeten uns gegen sie.«

»Ich werde die Dokumente zur Untermauerung Ihrer Auffassung in Ihrer Kabine lassen.«

»Danke. Ich werde sie noch vor dem Abendessen studieren.« Dann machte der Präsident eine Pause. »Übrigens, haben Sie etwas über die Lage in Alaska gehört?«

»Nur, daß die Suche nach dem Nervengift noch im Gang ist.«

Der Präsident nickte und gab Fawcett die Hand. »Auf Wiedersehen, bis morgen.«

Später stand Fawcett unter den gereizten Geheimdienstagenten von der Abteilung des Vizepräsidenten am Kai. Während er zusah, wie die veraltete weiße Jacht in den Anacostia River einfuhr, bevor sie nach Süden zum Potomac abbog, spürte er einen harten Druck in der Magengegend.

Er hatte Senator Larimer und den Kongreßabgeordneten Moran persönlich telefonisch eingeladen. Und Margolin behauptete, seine Einladung sei verlegt worden.

Aber es gab gar keine schriftlichen Einladungen. Das paßte doch alles nicht zusammen.

Lucas schlüpfte in seine Jacke und wollte gerade sein Büro verlassen, als das mit dem Befehlsstand verbundene Telefon summte.

»Lucas.«

»Hier ist das ›Frauenboot‹«, meldete sich George Blackowls Stimme mit dem Kodenamen für die stattfindende Fahrt.

Der Anruf kam unerwartet. Lucas befürchtete sofort das Schlimmste. »Los, sprich schon«, verlangte er kurz.

»Wir haben hier eine schwierige Situation. Es ist kein dringender Fall, ich wiederhole, kein dringender Fall. Aber etwas ist eingetreten, das nicht vorgesehen war.«

Lucas stieß einen erleichterten Seufzer aus. »Ich höre.«

»›Shakespeare‹ befindet sich auf dem Boot«, sagte Blackowl, der damit den Vizepräsidenten mit seinem Kodenamen bezeichnete.

»Er ist *wo*?« keuchte Lucas.

»Als wir ablegen wollten, tauchte er aus dem Nichts auf und kam an Bord. Dan Fawcett überließ ihm seine Kabine und ging an Land. Als ich den Präsidenten fragte, warum die Passagierliste in letzter

Minute geändert worden war, sagte er mir, ich solle es laufen lassen. Aber ich rieche, daß etwas nicht in Ordnung ist.«

»Wo ist Rhinemann?«

»Hier mit mir auf der Jacht.«

»Ruf ihn an den Apparat.«

Nach einer Pause meldete sich Hank Rhinemann, der diensthabende Leiter der Sicherheitsabteilung des Vizepräsidenten. »Oscar, wir haben eine nicht vorgesehene Änderung im Programm.«

»Verstanden. Wieso habt ihr ihn aus den Augen verloren?«

»Er kam aus seinem Büro gestürzt und erklärte, er müsse zu einer dringenden Besprechung mit dem Präsidenten auf die Jacht. Er sagte nicht, daß er über Nacht bleiben wollte.«

»Er hat es dir etwa verschwiegen?«

»›Shakespeare‹ ist verdammt wortkarg. Ich hätte es aber wissen müssen, als ich die Kleidertasche sah. Tut mir verdammt leid, Oscar.«

Eine Welle der Verbitterung schlug über Lucas zusammen. Die Exponenten der führenden Supermächte der Welt waren wie Kinder, wenn es um ihre persönliche Sicherheit ging.

»Es ist nun mal passiert«, stellte Lucas scharf fest. »Wir werden also das Beste daraus machen. Wo befindet sich deine Abteilung?«

»Sie steht auf dem Kai«, antwortete Rhinemann.

»Schick sie hinüber nach Mount Vernon, damit sie Blackowls Leute unterstützen. Die Jacht muß stärker abgeschirmt werden als Fort Knox.«

»Wird gemacht.«

»Bei der leisesten Andeutung von Schwierigkeiten ruf mich an. Ich bleibe die Nacht über im Befehlsstand.«

»Hast du eine Vermutung?« fragte Rhinemann.

»Nichts Greifbares«, antwortete Lucas, dessen Stimme so hohl klang, als käme sie von weit her. »Aber das Bewußtsein, daß der Präsident und die drei Männer, die als nächste für seinen Posten in Frage kommen, sich zur selben Zeit am selben Ort befinden, bereitet mir Höllenangst.«

7

»Wir haben gegen den Strom gewendet.« Pitts Stimme klang ruhig, fast beiläufig, während er auf den Farb-Videoschirm des Unterwassersonars starrte, das den Meeresboden absuchte. »Geschwindigkeit um zwei Knoten höher.«

Das Rad bewegte sich langsam unter den Händen des Rudergängers, und die *Catawaba* schob die einen Meter hohen Wellen zur Seite, während sie wie ein Rasenmäher im Meer auf und ab fuhr. Der Sensor des seitlichen Sonars wurde dem Heck nachgeschleppt, sandte den Schall in die Tiefe und gab das Signal an den Video-Display weiter, der es in ein detailliertes Bild des Meeresbodens umsetzte.

Sie nahmen die Suche nach der Quelle des Nervengases am Südende der Cook-Meerenge auf und entdeckten, daß die Lösungsmenge im Wasser anstieg, als sie sich nach Westen in Richtung der Kamishakbucht bewegten. Alle halbe Stunde wurden Wasserproben entnommen und per Hubschrauber zum chemischen Labor auf der Insel Augustin befördert.

Im Laufe des Tages wurde die nervöse Spannung, die sich an Bord der *Catawaba* aufgestaut hatte, unerträglich. Die Besatzung war nicht imstande, an Deck zu kommen, um frische Luft zu schnappen. Nur die Chemiker vom Umweltschutz durften sich außerhalb der äußeren Schotte aufhalten, waren aber durch luftdichte Anzüge geschützt.

»Noch nichts?« fragte Dover und schaute über Pitts Schulter auf den Bildschirm, der eine besonders hohe Auflösung im Wasser anzeigte.

»Kein künstlicher Gegenstand«, antwortete Pitt. »Der Meeresboden ist schroff, zerklüftet, zumeist Lavagestein.«

»Gutes klares Bild?«

Pitt nickte. »Ja, die Einzelheiten sind deutlich zu erkennen.«

»Was ist dieser dunkle Fleck?«

»Ein Fischschwarm, vielleicht auch eine Seehundherde.«

Dover wandte sich um und starrte durch die Brückenfenster auf den vulkanischen Gipfel der Insel Augustin, die jetzt nur wenige Kilometer entfernt war. »Es wäre gut, wenn wir bald etwas fänden. Wir kommen schon ziemlich nahe an die Küste.«

»Labor an Schiff«, kam Mendozas weibliche Stimme über den Lautsprecher auf der Brücke.

Dover hob das Telefon ab. »Labor, bitte sprechen.«

»Steuern Sie Null-sieben-Null Grad. Die Spurenelemente kommen in dieser Richtung in stärkerer Konzentration vor.«

Dover warf einen besorgten Blick zu der nahen Insel. »Wenn wir diesen Kurs zwanzig Minuten lang beibehalten, werden wir vor Ihrer Türschwelle zum Abendessen parken.«

»Kommen Sie so nah heran, wie Sie können, und nehmen Sie ständig Proben«, antwortete Mendoza. »Meine Anhaltspunkte weisen darauf hin, daß Sie sich praktisch darüber befinden.«

Dover legte ohne weitere Diskussion auf und rief: »Welche Tiefe?«

Der wachhabende Offizier klopfte auf ein Zifferblatt des Instrumentenpultes. »Zweiundvierzig Meter und ansteigend.«

Und zu Pitt: »Wie weit können Sie auf Ihrem Bildschirm sehen?« fragte Dover.

»Wir tasten zu beiden Seiten des Rumpfes sechshundert Meter Meeresboden ab.«

»Dann schneiden wir einen Streifen von fast 1200 Meter Breite heraus.«

»Ziemlich genau«, gab Pitt zu.

»Wir sollten das Schiff eigentlich schon entdeckt haben«, meinte Dover gereizt. »Vielleicht haben wir es übersehen.«

»Kein Grund, nervös zu werden«, mahnte Pitt. Er machte eine Pause, beugte sich über die Computer-Tastatur und stellte das Bild schärfer ein. »Nichts in der Welt ist schwerer erfaßbar als ein Schiffswrack, das sich nicht finden lassen will. Manchmal hat man gleich Glück, aber zumeist dauert es etwas.«

»Sehr tröstlich«, meinte Dover trocken.

Pitt starrte lange hinauf zum Schott über ihm. »Wie steht es mit der Sicht unter der Wasseroberfläche?«

»Fünfzig Meter von der Küste entfernt wird das Wasser kristallklar. Bei Flut konnte ich dreißig Meter oder noch weiter sehen.«

»Ich möchte mir Ihren Hubschrauber ausborgen und Luftaufnahmen von diesem Gebiet machen.«

»Wozu denn?« fragte Dover kurz. »Semper paratus, immer bereit, lautet allen Ernstes das Motto der Küstenwache.« Er wies auf eine Tür. »Wir besitzen Karten, die dreitausend Meilen der Küstenlinie von Alaska in Farbe und mit unwahrscheinlichen Einzelheiten zeigen, ein Geschenk der Aufklärungssatelliten.«

Pitt bedeutete Giordino, seinen Platz vor dem Monitor des Unterwasserabtastgeräts einzunehmen, erhob sich und folgte dem Kapitän der *Catawaba* in einen kleinen Raum voller Ablagekästen, die Seekarten enthielten. Dover las die Etiketten, zog eine Schublade auf und durchstöberte sie. Schließlich zog er eine große Karte hervor, auf der »Satellitenvermessung Nummer 2430 A, Südküste der Insel Augustin« stand, und breitete sie auf einem Tisch aus.

»Haben Sie an so etwas gedacht?«

Pitt beugte sich vor und studierte die aus der Vogelperspektive gemachten Aufnahmen des Meeres vor der Küste der vulkanischen Insel. »Ausgezeichnet. Haben Sie ein Vergrößerungsglas?«

»Im Regal unter dem Tisch.«

Pitt fand die dicke, quadratische Linse und betrachtete durch sie die winzigen Schatten auf dem Vermessungsfoto. Währenddessen ging Dover hinaus und kam bald darauf mit zwei Tassen Kaffee zurück.

»Ihre Chancen, in diesem geologischen Wirrwarr auf dem Meeresboden eine Unregelmäßigkeit zu entdecken, sind gleich Null«, erklärte er. »Dort unten könnte ein Schiff für immer verschwinden.«

»Ich sehe mir nicht den Meeresboden an.«

Dover hörte Pitts Worte zwar, erfaßte aber nicht ihren Sinn. In seinen Augen lag flüchtige Neugierde, doch bevor er die naheliegende Frage stellen konnte, knatterte es im Lautsprecher über der Tür. »Kapitän, wir haben Brecher vor uns.« Die Stimme des wachhabenden Offiziers klang angespannt. »Das Echolot zeigt neun Meter Wasser unter dem Rumpf, und der Meeresboden steigt verdammt rasch an.«

»Alles halt!« befahl Dover. Eine Pause, dann: »Nein, Rückwärtsgang bis Geschwindigkeit Null.«

»Sagen Sie ihm, er soll den Sonarsensor einziehen, bevor er mit dem Grund in Berührung kommt«, befahl Pitt lässig. »Dann schlage ich vor, daß wir vor Anker gehen.«

Dover warf Pitt einen merkwürdigen Blick zu, gab jedoch den Befehl weiter. Das Deck erzitterte unter ihren Füßen, als die Zwillingsschrauben auf Rückwärtsgang schalteten. Nach wenigen Augenblicken hörte das Beben auf.

»Geschwindigkeit Null«, meldete der Wachoffizier von der Brükke. »Anker geworfen!«

Dover bestätigte die Meldung, dann setzte er sich auf einen Schemel, legte die Hände um die Kaffeetasse und blickte Pitt an. »Okay, was sehen Sie?«

»Ich habe das Schiff, das wir suchen.« Pitt sprach langsam und deutlich. »Es gibt keine andere Möglichkeit. Sie hatten in einer Hinsicht unrecht, Dover, aber in einer anderen hatten Sie wieder recht. Mutter Natur erzeugt selten Felsformationen, die hundert Meter oder mehr in vollkommen gerader Linie verlaufen. Infolgedessen kann der Umriß eines Schiffes vor einem unregelmäßigen Hintergrund entdeckt werden. Sie hatten aber recht, als Sie sagten, unsere Chancen, es auf dem Meeresboden zu finden, seien gleich Null.«

»Kommen Sie zum Kern der Sache«, verlangte Dover ungeduldig.

»Unser Zielobjekt liegt am Ufer.«

»Sie meinen, es ist im seichten Wasser auf Grund gelaufen?«

»Ich meine: auf dem Ufer, auf dem Trockenen.«

»Das kann doch nicht Ihr Ernst sein?«

Pitt überhörte die Frage und reichte Dover das Vergrößerungsglas. »Sehen Sie doch selbst.« Er nahm einen Bleistift und zog einen Kreis um einen Teil der Klippen oberhalb der Gezeitenlinie.

Dover beugte sich vor und blickte durch das Glas. »Ich erkenne nur Felsen.«

»Sehen Sie genauer hin. Der Gegenstand, der im unteren Teil des Abhanges ins Meer vorspringt.«

Dovers Gesichtsausdruck wurde ungläubig. »Mein Gott, es ist das Heck eines Schiffes!«

»Sie können das spitze Heck und die obere Hälfte des Steuerruders ausmachen.«

»Ja, ja, und ein Stück von den Aufbauten am Achterdeck.« Dovers Frustration schwand schlagartig, während seine Erregung über diese Entdeckung wuchs. »Unglaublich! Sie ist mit dem Bug im Ufer eingegraben, als wäre sie von einer Lawine verschüttet worden. Aufgrund des Kreuzerhecks und des Balance-Tenders würde ich meinen, daß es sich um ein altes Libertyschiff handelt.« Er schaute auf, während sich in seinem Blick zunehmendes Interesse abzeichnete. »Ob es die *Pilottown* sein könnte?«

»Kommt mir irgendwie bekannt vor.«

»Eines der großen ungelösten Rätsel in den nördlichen Gewässern. Die *Pilottown* pendelte bis vor zehn Jahren zwischen Tokio und der Westküste hin und her, als ihre Besatzung meldete, daß sie in einem Sturm sinke. Eine Suchaktion wurde gestartet, doch man fand keine Spur von dem Schiff. Zwei Jahre später stolperte ein Eskimo über die *Pilottown*, die hundertsechzig Kilometer oberhalb von Nome im Eis steckte. Er ging an Bord, aber das Schiff war verlassen, keine Spur von der Besatzung oder der Ladung war zu sehen. Einen Monat später, als er mit seinem Stamm zurückkam, um mitzunehmen, was sie Brauchbares finden konnten, war das Schiff verschwunden. Fast zwei Jahre vergingen, dann hieß es, daß sie südlich der Beringstraße trieb. Die Küstenwachschiffe liefen aus, konnten sie aber nirgends finden. Die ruhelose *Pilottown* wurde dann erst nach weiteren acht Monaten gesichtet. Dann enterte sie die Besatzung eines Trawlers. Sie stellten fest, daß sie sich noch in recht gutem Zustand befand. Dann verschwand sie zum letztenmal.«

»Ich glaube mich zu erinnern, daß ich etwas darüber gelesen habe ...« Pitt machte eine Pause. »Ach ja, das Geisterschiff.«

»So haben die Medien sie getauft«, bestätigte Dover. »Sie beschrieben ihr Verschwinden als eine Art Versteckspiel ›hier bin ich, hier bin ich nicht‹.«

»Das wird für die ja ein gefundenes Fressen sein, wenn sich herausstellt, daß sie jahrelang mit einer Ladung Nervengift auf den Meeren trieb.«

»Man kann sich unmöglich die schrecklichen Folgen vorstellen: Wenn der Rumpf im Packeis zerdrückt worden oder an einem Felsen zerschellt wäre, hätte es ein sofortiges Austreten des Nervengiftes zur Folge gehabt«, fügte Dover hinzu.

»Wir müssen in ihre Laderäume gelangen«, schlug Pitt vor. »Rufen Sie Mendoza, geben Sie ihr die Position des Wracks an und sagen Sie ihr, daß sie ein Team von Chemikern auf dem Luftweg hierher schicken soll. Wir werden inzwischen vom Wasser aus erkunden.«

Dover nickte. »Ich werde mich um die Barkasse kümmern.«

»Nehmen Sie Acetylen-Schneidbrenner mit, falls wir uns den Weg ins Innere aufschneiden müssen.«

Dover beugte sich über den Kartentisch und starrte ernst auf den Mittelpunkt des eingezeichneten Kreises. »Ich habe nie auch nur eine Minute daran gedacht, daß ich einmal auf dem Deck des Geisterschiffes stehen würde.«

»Wenn Sie recht haben«, sagte Pitt, der in seine Kaffeetasse starrte, »steht die *Pilottown* vor ihrer letzten Vorstellung.

8

Das Meer war ruhig gewesen, aber als die Barkasse der *Catawaba* vierhundert Meter von der einsamen Küste entfernt war, wirbelte ein Wind von zwanzig Knoten das Wasser auf. Die mit dem Nervengift verunreinigte Gischt traf die Kabinenfenster mit der Wucht von sturmgetriebenem Sand. Doch dort, wo das Wrack gestrandet lag, schien das Wasser halbwegs ruhig zu sein, denn es wurde durch die zackigen, vorgelagerten Felsspitzen geschützt, die hundert Meter vor der Küste wie einsame Schornsteine ausgebrannter Häuser in die Höhe ragten.

Hoch über dem aufgewühlten Wasser lag der Vulkan Augustin ruhig und friedlich im Schein der Spätnachmittagssonne. Er war einer der schönsten Berge im Pazifik, der mit der ebenmäßigen Kontur des Fudschijama in Japan wetteiferte.

Die starke Barkasse ritt für einen Augenblick auf einer Welle mit weißer Schaumkrone, bevor sie über den Kamm hinabtauchte. Pitt stemmte die Beine ein und hielt sich mit beiden Händen an der Reling fest, während seine Augen den Strand absuchten.

Das Wrack hatte sich in einem Winkel von zwanzig Grad auf die Seite gelegt, und das Achterschiff war mit braunem Rost überzogen. Das Ruder war voll nach Steuerbord eingeschlagen, und zwei mit Entenmuscheln bedeckte Blätter der Schiffsschraube ragten aus dem schwarzen Sand heraus. Die Buchstaben ihres Namens und Heimathafens waren so sehr verwischt, daß man sie nicht mehr lesen konnte.

Pitt, Giordino und Dover, die beiden Umweltschutzwissenschaftler und einer der jüngeren Offiziere der *Catawaba* trugen weiße, luftdicht verschließbare Schutzanzüge, die sie vor dem tödlichen Sprühwasser schützen sollten. Sie standen durch kleine Sender in ihren Schutzhelmen miteinander in Verbindung. An ihren Gürteln waren komplizierte Filtersysteme befestigt, um ihre Atemluft zu reinigen.

Das Meer um sie war mit toten Fischen jeder Art bedeckt. Zwei leblose Wale rollten gemeinsam mit verfaulenden, verwesten Tümmlern, Seelöwen und gefleckten Robben von der Flut getrieben vor und zurück. Tausende von Vögeln schwammen inmitten der grausigen Kadaver. Nichts Lebendes war in diesem Gebiet verschont worden.

Dover steuerte die Barkasse fachgerecht durch die bedrohliche Barriere der aus dem Wasser ragenden Riffe, die die Reste einer früheren Küstenlinie bildeten. Er verlangsamte das Tempo, wartete darauf, daß sich die Brandung legte, und ließ sich Zeit, während er sorgfältig die Tiefe abschätzte. Als dann eine Welle an den Strand schlug und beim Zurücklaufen auf die nächste heranrollende traf, richtete er den Bug auf die kleine Sandbank, die sich um den tieferen Teil des Wracks gebildet hatte, und stieß den Gashebel nach vorne. Wie ein Pferd, das sich bei einem Turnier vor dem nächsten Hindernis aufbäumt, hob sich die Barkasse auf den Wellenkamm und glitt mit ihm durch den wirbelnden Schaum, bis sich der Kiel senkte und scharrend auf der Sandbank aufsetzte.

»Erstklassige Arbeit«, lobte ihn Pitt.

»Es kommt nur auf den rechten Zeitpunkt an«, wehrte Dover mit einem Grinsen ab, das sogar hinter der Gesichtsmaske des Helms noch erkennbar war. »Natürlich ist es ein Vorteil, wenn man bei

Ebbe landet.«

Sie legten die Köpfe zurück und schauten zu dem Wrack hinauf, das sich wie ein Koloß über ihnen erhob. Nun ließ sich auch der verblichene Name am Heck entziffern.

Er lautete: *Pilottown.*

»Beinahe schade«, meinte Dover fast ehrerbietig, »daß dieses Rätsel nun gelöst wird.«

»Je früher, desto besser.« Pitts Ton war grimmig, als er an den Massentod im Inneren dachte.

Binnen fünf Minuten war die Ausrüstung ausgeladen, die Barkasse sicher am Ruder der Pilottown vertäut, und die Männer stiegen mühsam den steilen Hang auf der Backbordseite des Hecks empor. Pitt ging voran, gefolgt von Giordino und den übrigen, während Dover den Schluß machte.

Der Abhang bestand nicht aus festem Felsen, sondern eher aus einem Gemisch von Schlackenasche und Schlamm, das ungefähr losem Kies ähnelte. Sie bemühten sich, mit ihren Stiefeln Halt zu finden, doch meist glitten sie zwei Schritte zurück, wenn sie drei gemacht hatten. Aschenstaub wurde aufgewirbelt und bedeckte ihre Anzüge mit einer dunkelgrauen Schicht. Bald drang ihnen der Schweiß aus allen Poren, und keuchender, rasselnder Atem drang immer lauter aus den Kopfhörern in ihren Helmen.

Pitt machte an einem schmalen, kaum einen Meter breiten Sims halt, auf dem die sechs Männer gerade noch Platz fanden. Müde sank Giordino nieder und zog die Träger, die den Acetylentank auf seinem Rücken festhielten, zurecht. Als er endlich einen zusammenhängenden Satz herausbringen konnte, fluchte er: »Wie, zum Teufel, hat sich dieser alte rostige Blecheimer hier hineingezwängt?«

»Wahrscheinlich ist sie vor 1987 in die damals vorhandene abschüssige Bucht getrieben«, antwortete Pitt. »Laut Mendoza war es das Jahr, in dem der Vulkan zum bisher letzten Mal ausgebrochen ist. Die Explosionsgase müssen die Eishülle um den Berg geschmolzen und Millionen Liter Wasser freigesetzt haben. Der Schlammstrom ergoß sich zusammen mit der Aschenwolke den Berg hinunter, bis er zum Meer gelangte und das Schiff unter sich begrub.«

»Komisch, daß das Heck nicht schon früher entdeckt wurde.«

»Das ist nicht so ungewöhnlich«, widersprach Pitt. »Es ist so wenig von ihm zu sehen, daß es so gut wie unmöglich war, es aus der Luft zu entdecken, und aus einer Entfernung von mehr als einer Meile vom Strand verschmilzt es mit der gezackten Küstenlinie, so daß es so gut wie unsichtbar ist. Die durch die Stürme der letzten Zeit verursachte Erosion ist der Grund dafür, daß es überhaupt entdeckt wurde.«

Dover erhob sich und drückte sein Gewicht an das steile Ufer, um das Gleichgewicht zu halten. Er wickelte ein dünnes, geknotetes Nylonseil von seinem Körper ab und enthüllte einen kleinen Enterhaken, der an seinem Ende befestigt war.

Er blickte zu Pitt hinunter. »Wenn ihr mich an den Beinen festhaltet, müßte es mir gelingen, den Haken über die Schiffsreling zu werfen.

Pitt packte sein linkes Bein, während Giordino hinüberrutschte und das rechte festhielt. Der stämmige Mann der Küstenwache beugte sich über den Rand des Simses zurück, schwang den Haken in einem immer größer werdenden Bogen und ließ ihn dann fliegen.

Er flog über die Heckreling und blieb hängen.

Der Rest des Aufstiegs dauerte nur noch Minuten. Sie zogen sich Hand über Hand hinauf und kletterten bald an Deck. Dicke, mit Asche vermischte Rostschichten blätterten unter ihren Füßen ab. Das wenige, das sie von der Pilottown erkennen konnten, sah nach einem schmutzigen, häßlichen Schlamassel aus.

»Von Mendoza keine Spur«, stellte Dover fest.

»Die nächste flache Stelle, an der ein Hubschrauber aufsetzen kann, befindet sich tausend Meter entfernt von hier«, antwortete Pitt. »Sie und ihr Team werden zu Fuß gehen müssen.«

Giordino trat neben der verrosteten Welle des Göschstocks an die Reling und starrte auf das Wasser unter ihm. »Das Gift muß während der Flut aus dem Rumpf sickern.«

»Das Zeug ist also wohl im Achterraum verstaut«, sagte Dover.

»Die Ladeluken liegen unter Tonnen von dieser verdammten Lava begraben«, knurrte Giordino angewidert. »Wir werden ein Heer von Bulldozern brauchen, um durchzukommen.«

»Kennen Sie sich mit Libertyschiffen aus?« wandte sich Pitt an Dover.

»Es müßte reichen. Ich habe im Lauf der Jahre genügend viele von ihnen kontrolliert, wenn ich nach Schmuggelgut suchte.« Er kniete nieder und begann in den Rost eine Schiffskontur zu zeichnen. »Im Aufbau auf dem Achterdeck sollten wir eine Luke zu einem Sicherheitsschacht finden, der zu dem Tunnel führt, in dem sich die Schraubenwelle befindet. Am Boden müßte man eine kleine Aussparung erkennen, von der aus wir uns vielleicht den Weg in den Laderaum schneiden können.«

Als Dover mit seinem Plan fertig war, schwiegen alle. Sie hätten ein Erfolgsgefühl haben müssen, weil sie den Ursprung des Nervengiftes gefunden hatten. Doch statt dessen waren sie besorgt. Pitt nahm an, daß es sich um eine gewisse Ernüchterung handelte, die jetzt einsetzte, weil die aufregende Suche vorbei war. Außerdem verbarg wohl jeder seine Angst vor dem, was sie hinter den stählernen Schotten der *Pilottown* erwartete.

»Vielleicht ... vielleicht sollten wir lieber auf die Leute vom Labor warten«, stammelte einer der Chemiker.

»Sie können uns nachkommen«, sagte Pitt freundlich, aber mit kaltem Blick.

Giordino nahm schweigend ein Brecheisen von dem Werkzeugpacken auf Pitts Rücken und machte sich an der Stahltür zum Achterdeck zu schaffen. Zu seiner Überraschung knarrte sie und bewegte sich. Er setzte seine ganze Muskelkraft ein, bis die verrosteten Angeln nachgaben und die Tür aufsprang. Das Innere war vollkommen leer, keine Armaturen, kein Gerät, nicht einmal ein Ersatzteil.

»Sieht aus, als wären Spediteure hier am Werk gewesen«, bemerkte Pitt.

»Merkwürdig, daß es nie benutzt wurde«, meinte Dover.

»Der Sicherheitsschacht?« erinnerte Pitt.

»Kommt hier rüber.«

Dover führte sie durch einen weiteren Raum, der gleichfalls leer war. Er blieb bei einer runden Luke in der Mitte des Decks stehen. Giordino trat vor, stemmte den Deckel in die Höhe und trat zurück. Dover leuchtete mit der Taschenlampe in den gähnenden Tunnel; der Strahl durchdrang die Finsternis.

»Schluß mit unserem Plan«, stellte er entmutigt fest. »Die Aussparung im Tunnel ist von lauter Trümmern verschüttet.«

»Was befindet sich auf dem nächsten Deck darunter?«

»Der Raum für das Steuergerät.« Dover machte eine Pause und überlegte. Dann dachte er laut. »Direkt vor dem Steuergerät liegt ein Achter-Steuerraum. Ein Überbleibsel aus der Kriegszeit. Es ist möglich, vielleicht möglich, daß es von dort einen Zugang zum Laderaum gibt.«

Dann marschierten sie nach achtern und kehrten zum ersten Raum zurück. Es war für sie ein seltsames Gefühl, über die Decks eines Geisterschiffes zu gehen, und sie fragten sich, was aus der Besatzung geworden war, die es aufgegeben hatte. Sie fanden den Lukenschacht, kletterten über die Leiter nach unten in den Steuergeräteraum und gingen um die alte, noch ölige Maschine herum zum vorderen Schott. Dover ließ das Licht seiner Taschenlampe über die Stahlplatten gleiten. Plötzlich hielt sein wandernder Lichtstrahl an.

»Verdammter Mist!« knurrte er »Die Tür ist da, aber sie wurde zugeschweißt.«

»Sind Sie sicher, daß wir uns an der richtigen Stelle befinden?« fragte Pitt.

»Absolut«, antwortete Dover. Er schlug mit dem Fausthandschuh auf das Schott. »Auf der anderen Seite liegt Laderaum fünf, aller Wahrscheinlichkeit nach der Aufbewahrungsort für das Gift.«

»Was ist mit den anderen Laderäumen?« fragte einer der Umweltschutzleute.

»Sie liegen zu weit vorne, um ins Meer zu lecken.«

»Okay, dann muß es eben sein!« befahl Pitt ungeduldig. Sie steckten rasch die Einzelteile des Schneidbrenners zusammen und schlossen die Acetylenflaschen an. Die Flamme an der Spitze des Brenners zischte, während Giordino die Gasmischung einstellte. Eine blaue Flamme schoß heraus und griff die Stahlplatte an, bis sie rot und dann leuchtend orangeweiß war. Ein schmaler Spalt entstand, wurde länger, knisterte und schmolz in der intensiven Hitze.

Während Giordino eine so große Öffnung schnitt, daß man hindurchkriechen konnte, erschienen Julie Mendoza und ihre Laborleute, die eine Riesenanzahl an chemischen Analysierinstrumenten mitschleppten.

»Ihr habt es also gefunden«, stellte sie rundweg fest.

»Wir sind uns noch nicht ganz sicher«, warnte Pitt.

»Aber unsere Testproben zeigen, daß das Wasser in diesem Gebiet mit dem Nervengift S gesättigt ist«, wandte sie ein.

»Vor einer Enttäuschung ist man nie sicher«, unkte Pitt. »Ich zähle meine Piepen nie, bevor der Scheck eingelöst ist.«

Die Gespräche verstummten, als Giordino zurücktrat und den Schneidbrenner abstellte. Er reichte ihn Dover und ergriff sein zuverlässiges Brecheisen.

»Zurücktreten!« befahl er. »Das Ding ist rotglühend und dazu verdammt schwer.

Er stemmte ein Ende des Brecheisens in den ausgezackten, glühenden Riß und schob. Widerwillig drehte sich die Stahlplatte von dem Schott weg und fiel mit lautem Poltern auf das Deck, wobei sie geschmolzene Metalltropfen versprühte.

In dem dunklen Raum herrschte Stille, als Pitt eine Taschenlampe nahm und sich vorsichtig durch die Öffnung beugte, wobei er gebührenden Abstand zu den überhitzten Rändern hielt. Er leuchtete mit dem Lichtstrahl ins Innere des dunklen Laderaums und schwenkte ihn in einem Bogen von 180 Grad herum.

Es schien unendlich lang zu dauern, bis er sich wieder aufrichtete und sich den merkwürdig vermummten, gesichtslosen Gestalten zuwandte, die sich um ihn drängten.

»Also?« fragte Mendoza besorgt.

Pitt antwortete mit einem einzigen Wort. »Heureka!«

9

Sechseinhalbtausend Kilometer entfernt und fünf Stunden voraus arbeitete in einer anderen Zeitzone der sowjetische Vertreter der Weltgesundheits-Organisation (WHO) spät abends an seinem Schreibtisch. Sein Büro im Sekretariatsgebäude der Vereinten Nationen war schlicht eingerichtet, die Möbel waren billig und spartanisch. Statt der üblichen Fotos von lebenden oder toten russischen Staatsmännern bestand der einzige Wandschmuck aus einem kleinen, dilettantischen Aquarell eines Hauses auf dem Land.

Ein Licht blinkte auf, und sein Privattelefon klingelte leise. Er betrachtete es erst einige Zeit argwöhnisch, bevor er den Hörer abnahm. »Hier spricht Lugowoj.«

»Wer?«

»Alexej Lugowoj.«

»Ist Willie dort?« fragte eine Stimme mit dem starken New Yorker Akzent, der Lugowojs Ohren immer beleidigte.

»Es gibt hier keinen Willie«, antwortete Lugowoj barsch. »Sie müssen falsch verbunden sein.« Dann legte er rasch auf.

Lugowojs Gesicht war ausdruckslos, aber eine leichte Blässe breitete sich darauf aus, die eben noch nicht zu sehen gewesen war. Er ballte die Fäuste, atmete tief ein und starrte wartend auf das Telefon.

Das Licht blinkte wieder, und es klingelte nochmals.

»Lugowoj.«

»Biste sicher, daß Willie nich' dort is'?«

»Willie is' nich' hier!« antwortete er und versuchte, den Akzent des Anrufers nachzuahmen. Er knallte den Hörer auf die Gabel.

Lugowoj blieb fast dreißig Sekunden unbeweglich sitzen, seine Hände verkrampften sich, er hielt den Kopf gesenkt, und seine Augen starrten ins Leere. Dann strich er sich nervös mit der Hand über den kahlen Schädel und rückte sich die Hornbrille auf seiner Nase zurecht. Immer noch in Gedanken verloren stand er auf, löschte gewissenhaft das Licht und verließ das Büro.

Er trat aus dem Fahrstuhl in die Hauptvorhalle und ging an einer von Marc Chagall stammenden Glastafel vorbei, die das Streben der Menschen nach Frieden symbolisierte. Wie gewohnheitsmäßig ignorierte er sie.

Der Taxistand vor dem Gebäude war leer, also winkte er einem Wagen auf der First-Avenue. Er gab dem Chauffeur eine Adresse an und setzte sich steif auf den Rücksitz, innerlich zu verkrampft, um sich entspannen zu können.

Lugowoj machte sich keine Sorgen darüber, daß man ihm folgen könnte. Er war ein angesehener Psychologe, der durch seine Arbeiten über geistige Gesundheit in den unterentwickelten Ländern berühmt geworden war. Seine Abhandlungen über Denkvorgänge und seelische Reaktionen fanden weit und breit Beachtung. Während der sechs Monate, die er in New York bei den Vereinten Nationen tätig war, hatte er sich aus allen zweideutigen Aktivitäten herausgehalten. Er befaßte sich weder mit Spionage noch unterhielt er direkte Beziehungen zu den Geheimagenten des KGB. Er erfuhr diskret von einem Freund in der Gesandtschaft in Washington, daß das FBI in ihm nur ein geringes Sicherheitsrisiko sah und ihn nur gelegentlich, fast gewohnheitsmäßig beobachtete.

Lugowoj war nicht in den Vereinigten Staaten, um Geheimnisse zu stehlen. Sein Vorhaben ging weit über alles hinaus, was sich die Fahnder der amerikanischen Spionageabwehr träumen ließen. Der Telefonanruf bedeutete, daß der Plan, der vor sieben Jahren ausgearbeitet worden war, in Gang gesetzt worden war.

Das Taxi hielt an der Ecke West- und Liberty-Street vor dem Vista International Hotel. Lugowoj bezahlte den Chauffeur und ging durch die reich dekorierte Empfangshalle auf die Promenade hinaus. Er blieb stehen und starrte den mächtigen Bau des World Trade Centers hinauf. Die beiden riesigen Türme schienen bis in den Himmel zu reichen, ihre Größe war einfach überwältigend.

Lugowoj fragte sich oft, was er hier, in diesem Land der Glasgebäude, der unzähligen Automobile, der immerfort hastenden Menschen, der Restaurants und Supermärkte in jedem Block, zu suchen hatte. Es war nicht seine Art von Welt.

Er zeigte einem Wächter, der neben einem privaten Expreßfahrstuhl stand, seinen Ausweis und fuhr mit ihm ins hundertste Stockwerk. Die Türen gingen auf, und er betrat die offene Vorhalle der

Bougainville Maritime Lines, Inc., deren Büros das gesamte Stockwerk einnahmen. Seine Schuhe versanken in einem dicken weißen Teppich. Die Wände waren mit glänzendem, handpoliertem Rosenholz getäfelt, und der Raum war reich mit orientalischen Antiquitäten geschmückt. In den Ecken standen Glasvitrinen mit Raritäten, die erlesene Keramikpferde enthielten, während von der Decke seltene, nach Lugowojs Ansicht von Japanern entworfene Textilien herabhingen.

Eine attraktive Frau mit großen schwarzen Augen, zartem, ovalem, asiatischem Gesichtsschnitt und glatter, bernsteinfarbener Haut lächelte, als er näherkam. »Kann ich Ihnen helfen, Sir?«

»Mein Name ist Lugowoj.«

»Ja, Mr. Lugowoj.« Sie sprach seinen Namen richtig aus. »Madame Bougainville erwartet Sie.«

Sie sprach leise in eine Gegensprechanlage, und eine hochgewachsene Frau mit rabenschwarzem Haar und eurasischen Zügen erschien in einer bogenförmigen Türöffnung.

»Würden Sie mir bitte folgen, Mr. Lugowoj.«

Lugowoj war beeindruckt. Wie so viele Russen, denen westliche Geschäftsmethoden fremd sind, nahm er irrtümlich an, daß die Büroangestellten ihm zuliebe länger im Büro blieben. Er folgte der Frau durch einen langen Korridor, in dem Gemälde von Frachtschiffen mit der Fahne von Bougainville Maritime hingen, deren Bug türkisgrüne Meere durchfurchten. Seine Begleiterin klopfte leise an eine bogenförmige Tür, öffnete sie und trat zur Seite.

Lugowoj trat über die Schwelle und erstarrte voller Überraschung. Der Raum war groß, der Mosaikboden war in Blau und Gold gehalten und zeigte Blumenmuster, ein massiver Konferenztisch ruhte auf zehn geschnitzten Drachen, die sich ins Unendliche zu erstrecken schienen. Was ihn jedoch am meisten beeindruckte, waren die Terrakottakrieger in Lebensgröße, in Rüstung, auf stolzen Pferden, die in stummer Pracht, von gefiltertem Scheinwerferlicht angestrahlt, in Alkoven standen.

Er erkannte in ihnen sofort die Grabwächter von Chinas erstem Kaiser, Ch'in Shih-huang-ti. Die Wirkung war überwältigend. Er wunderte sich, daß diese Kostbarkeiten durch die Finger der chinesischen Regierung in private Hände gelangt waren.

»Treten Sie bitte näher, Mr. Lugowoj, und nehmen Sie Platz.«

Er war durch den Prunk des Raumes so verblüfft, daß er die zarte Orientalin nicht bemerkt hatte, die in einem Rollstuhl saß. Vor ihr stand ein Ebenholzstuhl mit goldfarbenen Seidenkissen und ein kleiner Tisch mit einer Teekanne und Tassen.

»Madame Bougainville«, grüßte er. »Endlich lernen wir einander kennen.«

Die kleine, alte Matriarchin der Reederdynastie Bougainville war neunundachtzig Jahre alt und wog etwa ebenso viele Pfund. Ihr schimmerndes graues Haar war von ihren Schläfen straff zu einem Knoten im Nacken gezogen. Ihr Gesicht war merkwürdig faltenlos, doch ihr Körper wirkte alt und zerbrechlich. Ihre Augen waren es, die Lugowoj in den Bann schlugen. Sie waren leuchtend blau, und in ihnen glühte eine Grausamkeit, die ihn beunruhigte.

»Sie sind pünktlich«, stellte sie fest. Ihre Stimme war leise und klar, ohne das im vorgeschrittenen Alter häufige Stocken. »Ich kam, sobald ich den verschlüsselten Telefonanruf erhielt.«

»Sind Sie bereit, Ihr Projekt mit der Gehirnwäsche durchzuführen?«

»Gehirnwäsche ist ein häßlicher Ausdruck. Ich ziehe den Ausdruck ›Denkeingriff‹ vor.«

»Die akademische Terminologie ist unerheblich«, meinte sie gleichgültig.

»Mein Stab ist seit Monaten versammelt. Mit den entsprechenden Einrichtungen können wir in zwei Tagen beginnen.«

»Sie werden morgen früh beginnen.«

Lugowoj zwang sich zu einer gelassenen Miene. »So früh?«

»Ich erfuhr von meinem Enkel, daß sich ideale Bedingungen zu unseren Gunsten ergeben haben. Der Transfer wird heute abend erfolgen.«

Instinktiv blickte Lugowoj auf seine Uhr. »Sie lassen mir nicht viel Zeit.

»Man muß die Gelegenheit wahrnehmen, wenn sie sich ergibt«, erklärte sie entschieden. »Ich habe mit Ihrer Regierung eine Abmachung getroffen und bin im Begriff, die erste Hälfte davon zu erfüllen. Alles hängt von der Schnelligkeit unseres Handelns ab. Sie und Ihr Stab haben zehn Tage, um Ihren Anteil am Projekt zu erledigen . . .

»Zehn Tage?« Er schnappte nach Luft.

»Zehn Tage«, wiederholte sie. »Das ist Ihr Stichtag. Danach überlasse ich Sie Ihrem Schicksal.«

Ein Schauer lief Lugowoj über den Rücken. Er brauchte keine näheren Hinweise. Wenn etwas schief ging, würden er und seine Leute günstigerweise vom Erdboden verschwinden . . . wahrscheinlich im Ozean.

Stille breitete sich in dem riesigen Sitzungssaal aus. Dann beugte sich Madame Bougainville in ihrem Rollstuhl vor.

»Möchten Sie eine Tasse Tee?«

Lugowoj haßte Tee, nickte jedoch. »Ja, bitte sehr.«

»Die feinste Mischung chinesischer Teeblätter. Kostet über hundert Dollar das Pfund im Großhandel.«

Er nahm die angebotene Tasse und trank höflichkeitshalber einen Schluck, bevor er sie auf den Tisch stellte. »Sie sind vermutlich darüber unterrichtet, daß meine Arbeit sich noch im Versuchsstadium befindet. Meine Experimente sind nur in elf von fünfzehn Fällen erfolgreich verlaufen. Ich kann innerhalb einer eng begrenzten Zeitspanne für keine perfekten Ergebnisse garantieren.«

»Klügere Köpfe als Sie haben berechnet, wie lange Ratgeber des Weißen Hauses die Presse hinhalten können.«

Lugowoj zog die Brauen hoch. »Ich hatte angenommen, daß meine Versuchsperson ein unbedeutender amerikanischer Kongreßabgeordneter sei, dessen vorübergehendes Verschwinden unbemerkt bleiben würde.«

»Sie wurden irregeführt«, erklärte sie nüchtern. »Ihr Generalsekretär und Ministerpräsident hielt es für angeraten, die Identität ihrer Versuchsperson so lange geheimzuhalten, bis wir bereit waren.«

»Wenn man mir Zeit gelassen hätte, die Charakterzüge seiner Person zu studieren, wäre ich auf das Experiment besser vorbereitet gewesen.«

»Ich muß doch wohl einem Russen keine Vorlesung über Sicherheitsmaßnahmen halten!« Sie blickte ihn mit ihren stechenden blauen Augen an. »Warum, glauben Sie, hat es bis heute abend zwischen uns keinen Kontakt gegeben?«

Lugowoj wußte nicht recht, was er darauf erwidern sollte, und nahm einen größeren Schluck Tee. Für seinen Bauerngeschmack war es, als würde er verwässertes Parfum trinken.

»Ich muß wissen, wer meine Versuchsperson ist«, forderte er schließlich, indem er seinen gesamten Mut zusammennahm und ihren starren Blick erwiderte.

Ihre Antwort explodierte wie eine Bombe in dem höhlenartigen Raum, hallte in Lugowojs Gehirn wider und betäubte ihn. Er hatte das Gefühl, daß er in eine unendlich tiefe Grube geworfen worden war, in der es keinerlei Hoffnung auf ein Entkommen gab.

10

Nachdem die Metallfässer mit dem Nervengift jahrelang auf dem Meer von Stürmen herumgeworfen worden waren, hatten sie die Ketten, die sie an Stapelschlitten festhielten, zerrissen und lagen nun auf dem Boden des Laderaumes verstreut. Die vom Transportministerium zugelassenen Standard-Transportbehälter mit einer Tonne Inhalt maßen genau 2,07 m in der Länge und hatten einen Durchmesser von 77,5 cm, waren silbergrau und an den Enden konkav. Auf den Seitenflächen standen die Kodebuchstaben GS der Armee sauber mit grüner Farbe mittels einer Schablone aufgetragen.

»Ich zähle zwanzig Behälter«, stellte Pitt fest.

»Das stimmt mit dem Inventar der vermißten Ladung überein«, bestätigte Mendoza, deren Stimme die Erleichterung darüber deutlich anmerken ließ.

Sie standen in der Tiefe des Laderaums im Licht der Scheinwerfer, die mit einem tragbaren Generator der *Catawaba* verbunden waren. Auf dem Boden reichte das Wasser bis zur Wade, und die platschenden Geräusche, als sie zwischen den todbringenden Fässern umherwateten, hallten von den verrosteten Flanken des Raumes wider.

Einer der Umweltschutzchemiker zeigte mit seinem Handschuh auf etwas. »Dort ist der undichte Behälter, der für das Ausfließen verantwortlich ist!« rief er aufgeregt. »Der Hahn ist von dem Gewinde abgebrochen.

»Zufrieden, Mendoza?« fragte Pitt sie.

»Darauf können Sie Ihren süßen kleinen Hintern verwetten«, rief sie glücklich. Pitt ging auf sie zu, bis sich ihre Helme fast berührten. »Haben Sie schon über meine Belohnung nachgedacht?«

»Belohnung?«

»Unsere Vereinbarung«, erinnerte er sie und versuchte, ernst zu klingen. »Ich habe Ihr Nervengift sechsunddreißig Stunden vor dem vereinbarten Termin gefunden.«

»Sie werden mich doch nicht wegen einer so albernen Wette beim Wort nehmen?«

»Ich wäre ein Narr, wenn ich es nicht täte.«

Sie war froh, daß er nicht sehen konnte, wie ihr Gesicht unter dem Helm rot wurde. Ihre Funksprechgeräte waren auf offene Frequenz eingestellt, so daß jedermann im Raum mithören konnte, was sie miteinander sprachen.

»Sie suchen sich aber schon seltsame Orte aus, um eine Verabredung zu treffen.«

»Woran ich dachte«, fuhr Pitt fort, »war ein Abendessen in Anchorage, mit eisgekühlten Cocktails, geräuchertem Lachs, Elch à la Remington, Alaskatorte. Danach . . .«

»Das genügt«, unterbrach sie ihn mit wachsender Verlegenheit.

»Gehen Sie gern auf Parties?«

»Nur, wenn es die Gelegenheit erfordert«, antwortete sie und zog mit ihm gleich. »Und das ist jetzt entschieden nicht der Fall.«

Er hob die Arme, dann ließ er sie entmutigt wieder sinken. »Ein trauriger Tag für Pitt, ein glücklicher für NUMA.«

»Warum NUMA?«

»Die Quelle der Verseuchung befindet sich an Land. Eine Unterwasserbergung ist daher nicht erforderlich. Meine Mannschaft und ich können unsere Klamotten einpacken und nach Hause gehen.«

Ihr Helm nickte unmerklich. »Ein geschicktes Ausweichmanöver, Mr. Pitt, um das Problem geradewegs in den Schoß der Armee fallen zu lassen.«

»Sind die denn darauf vorbereitet?« fragte er ernst.

»Das Oberkommando in Alaska wurde Sekunden, nachdem Sie über die Entdeckung der Pilottown berichteten, davon informiert. Ein Entgiftungstrupp für chemische Kampfstoffe befindet sich auf dem Weg vom Festland hierher, um das Gift zu beseitigen.«

»Hoch lebe die Tüchtigkeit!«

»Für Sie ist die Entsorgung nicht wichtig, oder?«

»Natürlich ist sie wichtig«, widersprach Pitt. »Aber mein Auftrag ist erfüllt, und bis zu einem neuen Giftunfall und weiteren Leichenfunden ist mir alles verdammt egal. Morgen wird sich dieses Giftzeug auf dem Grund einer tiefen Grube befinden, und das Meer wird sich innerhalb eines Monats selbst reinigen.«

»Sie sind ein hartgesottener Zyniker.

»Sagen Sie doch einfach ja.«

Angreifen, parieren, dann einen Ausfall wagen. Er erwischte sie an einer ungedeckten Stelle. Sie fühlte sich beim Wort genommen, festgehalten, und ärgerte sich über sich selbst, weil es ihr noch dazu Vergnügen bereitete. Bevor sie eine besondere Bissigkeit formulieren konnte, antwortete sie.

»Ja.«

Die Männer im Laderaum unterbrachen ihre Arbeit inmitten der Bergung einer Giftmenge, die ausreichte, um die halbe Erdbevölkerung umzubringen, schlugen die Hände ineinander, jubelten und pfiffen in ihre Mikrofone. Plötzlich merkte sie, daß ihr Aktienwert gewaltig in die Höhe geschossen war. Männer bewunderten eine

Frau, die ein dreckiges Unternehmen durchsetzen konnte und dennoch kein Miststück war.

So einfach war das. Plötzlich verflog ihre Verlegenheit.

Später fand Dover Pitt, der nachdenklich eine offene Luke betrachtete und mit seiner Taschenlampe ins Innere leuchtete. Der Schein hellte die Dunkelheit dahinter etwas auf und spiegelte sich als stumpfes Glitzern in dem mit einer Ölschicht bedeckten Wasser, das aus dem Laderaum rieselte.

»Haben Sie etwas Bestimmtes vor?« fragte Dover.

»Ich wollte mich ein wenig umsehen.«

»Dort drinnen werden Sie aber nicht sehr weit kommen.«

»Wohin geht es hier?«

»In den Tunnel für die Antriebswelle, aber er steht fast bis zur Decke unter Wasser. Sie würden Sauerstoffflaschen brauchen, um durchzukommen.«

Pitt richtete seine Lampe auf das vordere Schott, bis sie eine kleine Luke am oberen Ende einer Leiter anstrahlte. »Was ist mit der da?«

»Sie müßte in den Laderaum führen.«

Pitt nickte nur und begann die rostigen Sprossen der Leiter hinaufzuklettern, Dover folgte ihm auf den Fersen. Er öffnete die Schnappriegel, die die Luke sicherten, klappte sie auf, und sie kletterten beide in den nächsten Laderaum hinunter. Ein rasches Schwenken ihrer Lampen zeigte ihnen, daß er vollkommen leer war.

»Das Schiff muß in Ballast gefahren sein«, überlegte Pitt laut.

»Es sieht ganz so aus.«

»Wohin jetzt?«

»Noch eine Leiter hinauf zu dem Verbindungsgang, der zwischen den Frischwassertanks hindurch zu den Vorratsräumen des Schiffes führt.«

Langsam bahnten sie sich einen Weg durch das Innere der *Pilottown,* und ein Gefühl beschlich sie wie Totengräber, die um Mitternacht ein Grab auf einem Friedhof öffnen. Hinter jeder Ecke erwarteten sie die Skelettknochen einer Geisterbesatzung. Aber es fanden sich keine Skelette. Die Wohnräume der Besatzung hätten aussehen müssen wie bei einem Jubiläumsausverkauf eines Kaufhauses: Kleidung, persönliche Habseligkeiten, alles hätte eine Besatzung, die ein Schiff hastig verläßt, umherstreuen müssen. Statt dessen sah das pechschwarze Innere der *Pilottown* wie die Tunnels und Kammern einer verlassenen Höhle aus. Das einzige, was fehlte, waren Fledermäuse.

Die Lebensmittelschränke waren leer. Weder Teller noch Tassen standen auf den Regalen der Mannschaftsmesse. Noch nicht mal Papier gab es in den Toiletten. Feuerlöscher, Türklinken, Einrichtungsgegenstände, alles, was man abschrauben konnte und was nur im geringsten von Wert war, war verschwunden.

»Reichlich sonderbar«, murmelte Dover.

»Finde ich auch«, bestätigte Pitt. »Das Schiff wurde systematisch ausgeräumt.«

»In den Jahren, in denen das Schiff auf dem Meer herumgetrieben ist, müssen es Plünderer geentert und alles weggebracht haben.«

»Plünderer hinterlassen normalerweise Unordnung«, widersprach Pitt. »Wer für diese Plünderung verantwortlich war, muß einen geradezu pedantischen Hang für Ordnung bewiesen haben.«

Es war ein unheimlicher Besuch. Ihre Schatten huschten über die dunklen Wände der Verbindungsgänge und glitten an den stillstehenden, verlassenen Maschinen entlang. Pitt sehnte sich danach, ein Stückchen Himmel wiederzusehen.

»Unglaublich«, murmelte Dover, der immer noch über das,was sie vorgefunden oder vielmehr nicht vorgefunden hatten, verblüfft war. »Sie haben sogar die Ventile und Wasserhähne abmontiert.«

»Wenn ich ein Spieler wäre«, sinnierte Pitt, »würde ich wetten, daß wir auf einen Versicherungsbetrug gestoßen sind.«

»Wäre nicht das erste Schiff, das Lloyds in London zwecks Inanspruchnahme der Versicherungssumme als vermißt gemeldet wurde«, überlegte Dover.

»Sie haben mir erzählt, daß laut Aussage der Besatzung die *Pilottown* während eines Sturms verlassen wurde. Verlassen hat man sie tatsächlich, aber sie ließen nur einen leeren, wertlosen Rumpf zurück.«

»Es ist nicht schwierig, einfach abzuhauen«, erklärte Dover. »Es gibt zwei Möglichkeiten, ein Schiff auf See zu räumen. Entweder man öffnet die Bordventile und läßt Wasser eindringen oder man zertrümmert den Boden mit Sprengladungen.«

»Wie würden Sie es machen?«

»Vollaufen lassen durch die Bordventile könnte vierundzwanzig Stunden oder noch länger dauern. Zeit genug für ein vorbeikommendes Schiff, Untersuchungen anzustellen. Ich wäre für die Sprengladungen. Schmutzig, aber schnell; eine Frage von Minuten, und sie sitzt auf dem Meeresboden.«

»Etwas muß es verhindert haben, daß die Sprengladungen explodiert sind.«

»Das ist nur so eine Theorie von mir.«

»Nächste Frage. Wo würden Sie die Ladungen anbringen?«

»In den Laderäumen, im Maschinenraum, fast überall an Rumpfplatten, wenn sie nur unterhalb der Wasserlinie liegen.«

»In den Achterräumen waren keine Spuren von Ladungen«, erinnerte sich Pitt. »Somit bleiben noch der Maschinenraum und die vorderen Laderäume.«

»Wir haben uns schon so weit vorgearbeitet«, meinte Dover unbeeindruckt, »also könnten wir die Suche ebensogut zu Ende führen.«

»Es geht schneller, wenn wir uns trennen. Ich durchsuche den Maschinenraum. Sie kennen sich in so einem Schiff besser aus als ich ...«

»Also nehme ich die vorderen Laderäume«, unterbrach ihn Dover.

Der hochgewachsene Mann von der Küstenwache ging einen Niedergang hinauf und pfiff dabei leise ein Lied vor sich hin. Er wiegte sich beim Gehen wie ein Bär; im Licht der schwankenden Taschenlampe in seiner Hand verschwand seine eindrucksvolle Silhouette schließlich. Einige Augenblicke später schirmten die Stahlschotten seinen Sprechfunk ab, und sein Pfeifen erstarb gleichfalls.

Pitt begann um das Labyrinth von Dampfrohren zu suchen, die von den alten, längst unbrauchbaren Kolbenmaschinen und Kesseln wegführten. Die Laufsteggitter oberhalb der Maschinen waren beinahe durchgerostet, so daß er vorsichtig auftrat. Der Maschinenraum schien in seiner Phantasie zum Leben zu erwachen – Knarren und Ächzen, Surren aus den Ventilatoren, Flüstergeräusche.

Er fand zwei Bordventile. Ihre Stellräder waren zugedreht und ließen sich nicht bewegen.

Also Essig mit der Bordventiltheorie, dachte er.

Eisige Kälte kroch über Pitts Nacken hoch, verbreitete ,sich in seinem ganzen Körper, und schlagartig wurde ihm klar, daß die Batterien, die die Heizung in seinem Anzug speisten, nahezu leer waren. Er knipste die Lampe für einen Augenblick aus. Die tiefe Finsternis drohte ihn beinahe zu ersticken. Er machte sie wieder an und schwenkte den Lichtstrahl rasch herum, als wollte er ein Gespenst von der Besatzung überraschen, das nach ihm griff. Aber hier gab es keine Geister. Nur die feuchte Eintönigkeit der Metallwände, die müden, altersschwachen Maschinen. Er hätte schwören können, daß er das scharrende Beben der Maschinen spürte, als begänne ihre dunkle Masse über ihm wieder zu arbeiten.

Pitt schüttelte den Kopf, um seine Phantasie von diesen wirren Vorstellungen zu befreien, und begann planmäßig die Seitenflächen des Rumpfes abzusuchen, indem er zwischen Pumpen und den mit

Asbest verkleideten Röhren herumkroch, die sich in der Finsternis verloren. Er fiel von einer Leiter in zwei Meter tiefes, öliges Wasser, zog sich aus dem scheinbaren Griff des toten, bösen, häßlichen Kielraumes wieder hinauf, dessen ölige Schwärze jetzt seinen Anzug bedeckte, hing völlig außer Atem noch eine Minute an der Leiter und versuchte schließlich ganz bewußt, sich zu entspannen.

Dann erkannte er die schwachen Umrisse eines Gegenstandes am äußersten Rand des Lichtstrahls. Ein verrosteter Aluminiumkanister in der Größe eines Zwanzig-Liter-Benzinbehälters, von dem Drähte zu einem an die inneren Rumpfplatten geschweißten Deckbalken führten. Pitt hatte früher bei Bergungsunternehmen der Marine Sprengladungen angebracht und erkannte deshalb sofort die am Boden des Kanisters sitzende Sprengkapsel. Ein elektrischer Draht lief durch das Gitter zu dem darüberliegenden Deck.

Schweiß brach ihm aus allen Poren, obwohl er vor Kälte zitterte, und er kletterte wieder die Leiter hinauf; die Sprengladung ließ er vorerst dort, wo er sie gefunden hatte. Dann begann er, die Maschinen und Kessel systematisch zu untersuchen.

Es gab nirgends Kennzeichnungen, keine Herstellerfirma, keine Kontrollstempel. Wo immer eine zur Identifizierung dienende Plakette angebracht gewesen war, hatte man sie entfernt. Wo immer Buchstaben oder Nummern ins Metall graviert gewesen waren, waren sie weggefeilt worden. Nachdem er alle Ecken und Winkel um die Maschinen herum abgesucht hatte, spürte er glücklicherweise durch den Handschuh hindurch einen leicht vorstehenden Teil. Es war eine kleine Metallplakette unter einem der Kessel, die durch Schmierfett teilweise verborgen war. Er rieb den Schmutz weg und richtete den Lichtstrahl auf die geprägte Fläche. Dort stand:

Druck: 220 psi (Pfund pro Quadratzoll)
Temperatur: 450 Grad F.
Heizfläche: 5.017 Quadratfuß
Hergestellt von
Alhambra Iron and Boiler Company
Charleston, South Carolina
Ser. No. 38874

Pitt prägte sich die Seriennummer ein und kehrte dann zu seinem Ausgangspunkt zurück. Er sank müde auf Deck und versuchte sich zu erholen, obwohl er unter der Kälte litt.

Dover kam nach einer knappen Stunde zurück und trug einen

Sprengkanister unbesorgt unter einem Arm, als wäre er eine große Dose Pfirsiche. Er fluchte am laufenden Band, wenn er auf dem öligen Deck ausrutschte, blieb stehen und ließ sich schwer neben Pitt fallen.

»Zwischen hier und dem Vorpiek sind noch vier weitere angebracht«, meldete Dover müde.

»Ich habe einen achtern gefunden, etwa zwölf Meter von hier«, antwortete Pitt.

»Ich möchte wissen, warum sie nicht explodiert sind.«

»Der Zeitzünder muß ausgefallen sein.«

»Zeitzünder?«

»Die Mannschaft hat doch Zeit gebraucht, um das Schiff zu verlassen, bevor der Boden hochging. Verfolgen Sie die Drähte, die von den Kanistern wegführen, und Sie werden feststellen, daß alle zu einem Zeitzünder führen, der irgendwo auf dem Deck oben versteckt ist. Als die Besatzung merkte, daß die Ladung nicht hochging, muß es zu spät gewesen sein, um noch einmal an Bord zurückzukehren.«

»Oder sie hatten zu große Angst davor, daß es unter ihren Füßen explodieren würde.«

»So wird es wohl gewesen sein«, stimmte Pitt zu.

»So begann also die alte *Pilottown* ihre legendäre Treibfahrt. Ein verlassenes Schiff auf offener See.«

»Wie wird ein Schiff offiziell identifiziert?«

»Woran denken Sie?«

»Nur Neugierde.«

Dover ließ das gelten und betrachtete die schattenhaften Maschinen. »Also . . . Identifizierungsmöglichkeiten gibt es fast überall. Schwimmwesten, Rettungsboote, der Name am Heck. Am Bug sind die gemalten Buchstaben des Namens oft von einer geschweißten Perlenkontur umgeben. Dann gibt es die Werftplaketten, eine außen auf dem Deckaufbau und eine im Maschinenraum. Und, ach ja, die offizielle Registernummer des Schiffes ist in einen Träger an der äußeren Basis der Lukendeckel eingebrannt.«

»Ich würde meinen gesamten Monatslohn verwetten, daß Sie, wenn Sie das Schiff unter dem Schuttberg ausgraben könnten, feststellen würden, daß die Lukennummer herausgebrannt wurde und die Werftplakette fehlt.«

»Dann bleibt noch die im Maschinenraum.«

»Die fehlt auch, wie ich festgestellt habe, ebenso alle Kennzeichen der Herstellerfirma.«

»Klingt verdächtig«, stellte Dover ruhig fest.

»Sie haben verdammt recht. Bei der *Pilottown* geht es um mehr als nur um einen Versicherungsbetrug.«

»Ich bin nicht in der Laune, Rätsel zu lösen.« Dover erhob sich ungeschickt. »Ich friere, bin halb verhungert und verdammt müde. Ich schlage vor, daß wir umkehren.«

Pitt sah, daß Dover noch immer den Kanister mit dem Sprengstoff festhielt. »Nehmen Sie das mit?«

»Als Beweisstück.«

»Lassen Sie's nur nicht fallen«, ermahnte ihn Pitt mit einem sarkastischen Unterton.

Sie kletterten aus dem Maschinenraum und eilten durch die Lagerräume des Schiffes, bestrebt, der feuchten Dunkelheit zu entkommen und wieder ans Tageslicht zu gelangen. Plötzlich blieb Pitt stehen. Dover, der mit gesenktem Kopf ging, stieß an ihn.

»Warum bleiben Sie stehen?«

»Spüren Sie es auch?«

Bevor Dover antworten konnte, erzitterte das Deck unter ihren Füßen, die Schotten knirschten verdächtig. Etwas, das wie das gedämpfte Dröhnen einer fernen Explosion klang, donnerte immer näher, rasch gefolgt von einer gewaltigen Stoßwelle. Die *Pilottown* zitterte unter der Erschütterung, und ihre geschweißten Nähte kreischten, als sie unter dem ungeheuren Druck platzten. Der Stoß schleuderte die beiden Männer heftig gegen die Stahlwände. Pitt gelang es, sich auf den Füßen zu halten, doch Dover, den seine schwere Last aus dem Gleichgewicht brachte, stürzte wie ein gefällter Baum auf das Deck, hielt den Kanister aber mit beiden Armen umfangen und schützte ihn mit seinem Körper vor dem Aufprall. Er stöhnte vor Schmerz, denn er hatte sich eine Schulter verrenkt und ein Knie verstaucht. Er setzte sich mühsam auf und blickte benommen zu Pitt empor.

»Was in Gottes Namen war das?« keuchte er.

»Der Vulkan Augustin«, konstatierte Pitt fast unbeteiligt. »Es muß ein Ausbruch sein.«

»Mein Gott, und was kommt nun?«

Pitt half dem großen Mann auf die Beine. Er spürte durch den schweren Anzug, wie sich Dovers Arm verkrampfte. »Sind Sie verletzt?«

»Ein bißchen was gezerrt, aber ich glaube nicht, daß ich mir etwas gebrochen habe.«

»Können Sie rasch gehen?«

»Ich bin soweit in Ordnung«, log Dover durch die zusammengebissenen Zähne. »Was ist mit dem Beweisstück?«

»Lassen Sie es, wo es ist«, drängte ihn Pitt. »Schauen wir, zum Teufel, daß wir aus dem Loch hinauskommen.«

Ohne ein weiteres Wort eilten sie durch die Lagerräume in den engen Verbindungsgang zwischen den Frischwassertanks. Pitt legte einen Arm um Dover und zog ihn halb, halb trug er ihn durch die Dunkelheit.

Pitt hatte das Gefühl, daß der Verbindungsgang kein Ende nehmen wollte. Sein Atem ging allmählich stoßweise, und sein Herz klopfte ihm heftig gegen die Rippen. Er hielt sich nur noch mit Mühe auf den Beinen, während die alte *Pilottown* unter den Erdstößen schwankte und bebte. Sie erreichten den Laderaum Nummer 4 und kletterten die Leiter hinunter. Er ließ Dover, ohne zu wollen, los, und dieser fiel auf das Deck. Die kostbaren Sekunden, die er damit verlor, Dover wieder auf die Beine zu helfen und ihn zur gegenüberliegenden Leiter zu führen, erschienen ihm wie eine Ewigkeit.

Kaum hatte Pitt den Fuß auf die schuppigen Sprossen gesetzt, als ein donnerähnlicher Krach ertönte, etwas an ihm vorbeifiel und auf dem Deck aufschlug. Er leuchtete nach oben. In diesem Augenblick zerbrach der Lukendeckel, und Tonnen von Steinen und Trümmern ergossen sich in den Laderaum.

»Raufklettern, verdammt noch mal, kletter 'rauf!« brüllte er Dover zu. Seine Brust hob und senkte sich, und das Blut hämmerte in seinen Ohren. Nur unter äußerster Willensanstrengung stieß er Dovers hundert Kilogramm die Leiter hinauf.

Plötzlich rief eine Stimme etwas. Im Lichtstrahl über ihnen erschien eine Gestalt, die sich durch die obere Luke beugte, den verletzten Dover packte und ihn in den hinteren Laderaum zog. Pitt wußte instinktiv, daß es Giordino sein mußte. Der stämmige kleine Italiener hatte ein sicheres Gefühl dafür, im richtigen Augenblick am rechten Ort aufzutauchen.

Dann war Pitt oben angelangt und kroch in den Laderaum, der die Container mit dem Nervengift enthielt. Der Lukendeckel war noch unversehrt, weil der abschüssige Boden darüber nicht so dicht am Heckteil lag. Als Pitt die unterste Leitersprosse erreichte, leiteten hilfreiche Hände Dover zum Achteraufbau und damit vorläufig in Sicherheit. Giordino packte Pitt am Arm.

»Wir haben während des Erdbebens einige Verluste erlitten«, meldete er düster.

»Wie schlimm?« fragte Pitt.

»Vier Verwundete, zumeist Knochenbrüche, und ein Todesfall.«

Giordino zögerte, und Pitt wußte es sofort.

»Mendoza?«

»Einer der Behälter hat ihre Beine zermalmt«, erklärte Giordino, und seine Stimme klang jetzt ernster, als Pitt es je bei ihm erlebt hatte. »Sie erlitt einen komplizierten Bruch. Ein Knochensplitter durchbohrte ihren Anzug . . .« Seine Worte erstarben.

»Und das Nervengift tropfte auf ihre Haut«, beendete Pitt den Satz, worauf ein Gefühl von Hilflosigkeit ihn wie ein Schock durchfuhr.

Giordino nickte. »Wir haben sie hinausgetragen.«

Pitt fand Julie Mendoza, die auf dem Achterdeck der *Pilottown* lag. Über ihren Köpfen stieg eine große Wolke vulkanischer Asche in den blauen Himmel, die glücklicherweise nach Norden und somit vom Schiff weg trieb.

Sie lag etwas von den anderen entfernt. Die unverletzt gebliebenen Umweltschutzleute kümmerten sich um die lebenden Opfer. Nur der junge Offizier von der *Catawaba* stand neben ihr, sein Körper zuckte krampfhaft, während er heftig in seinen Luftfilter erbrach.

Jemand hatte ihr den Helm abgenommen. Ihr Haar lag ausgebreitet auf dem rostigen Deck und glänzte im Schein der untergehenden Sonne orangefarben. Pitt würde nie mehr vergessen, wie ihr Gesicht aussah, und diese Erinnerung bliebe ihm bis ins Grab.

Ihre Augen standen offen und starrten ins Nichts, das Kinn war vor unerträglicher Qual vorgeschoben. Das Blut, das in Rinnsalen aus dem geöffneten Mund, aus Nase und Ohren geflossen war, verfärbte sich beim Trocknen in der Sonne kupferfarben. Sogar aus den Augenhöhlen war es gesickert. Die wenigen Flächen, die von ihrer Gesichtshaut zu sehen waren, verfärbten sich bereits bläulichschwarz.

Pitts einzige Gefühlsregung war kalte Wut. Sie wallte in ihm auf, als er neben ihr niederkniete und wiederholt mit der Faust auf das Deck schlug.

»Das ist noch nicht das Ende«, knurrte er bitter. »Ich lasse es bei dem nicht bewenden.«

11

Oscar Lucas starrte niedergeschlagen auf seine Schreibtischplatte. Alles deprimierte ihn: der säuerlich schmeckende kalte Kaffee in der

Tasse, sein billig eingerichtetes Amtszimmer, sein endloser Arbeitstag. Zum erstenmal, seit er als Geheimagent die Sonderabteilung des Präsidenten leitete, stellte er fest, daß er sich nach seiner Pensionierung sehnte, nach Touren-Skilauf in Colorado, nach einem Ruhesitz in den Bergen, den er sich mit eigenen Händen bauen wollte.

Er schüttelte den Kopf, um seine Wunschträume zu vertreiben, schlürfte an einem alkoholfreien Diätgetränk und studierte zum zehntenmal die Pläne der Präsidentenjacht.

Die *Eagle* war 1919 für einen reichen Geschäftsmann aus Philadelphia gebaut und 1921 vom Handelsministerium zum persönlichen Gebrauch des Präsidenten angekauft worden. Seit damals hatten dreizehn Präsidenten ihre Decks abgeschritten.

Herbert Hoover warf Medizinbälle, während er an Bord war, Roosevelt mixte Martinis und beriet sich mit Winston Churchill über Kriegsstrategien, Harry Truman spielte Poker und Klavier, John F. Kennedy feierte seine Geburtstage, Lyndon B. Johnson bewirtete die Königliche Familie, und Richard Nixon spielte den Gastgeber für Leonid Breschnew.

Die mahagonigetäfelte Jacht mit dem alten, geraden Bug hatte 100 Tonnen Wasserverdrängung und war bei einer Breite von 6 Metern 33 Meter lang. Ihr Tiefgang betrug anderthalb Meter, und sie erreichte im Wasser eine Geschwindigkeit von 14 Knoten.

Die *Eagle* war ursprünglich mit fünf Hauptkabinen, vier Badezimmern und einem großen, verglasten Deckhaus gebaut worden, das als Speise- und Wohnzimmer verwendet werden konnte. Eine Besatzung von 13 Mann wurde von der Küstenwache während einer Kreuzfahrt für die Jacht gestellt, deren Quartiere sowie die Kombüse sich im Vorderteil befanden.

Lucas sah die Personalakten der Besatzung durch, überprüfte noch einmal ihre privaten Lebensumstände, Familiengeschichte, persönlichen Charakterzüge, die Ergebnisse psychologischer Tests. Er konnte nichts finden, das einen Verdacht gerechtfertigt hätte.

Er lehnte sich zurück und gähnte. Nach seiner Uhr war es 9 Uhr 20 abends. Die *Eagle* hatte vor drei Stunden in Mount Vernon angelegt. Der Präsident war ein Abendmensch und Spätaufsteher. Also würde er nach Lucas' Erfahrungen seine Gäste sehr lange im Deckhaus festhalten, mit ihnen Regierungsprobleme besprechen und kaum daran denken, schlafen zu gehen.

Er drehte sich zur Seite und blickte aus dem Fenster. Einfallender Nebel kam ihm wie gerufen. Die schlechte Sicht verringerte die Chancen eines Scharfschützen, der größten Gefahr für das Leben des

Präsidenten. Lucas redete sich ein, daß er Gespenster sah. Jede erdenkliche Schutzmaßnahme war getroffen worden.

Wenn es eine Bedrohung gab, so mußte sie von einer ihm unbekannten Quelle ausgehen.

Der Nebel hatte Mount Vernon noch nicht erreicht. Noch war die Sommernacht klar, und die Lichter der Straßenbeleuchtung und der nahegelegenen Farmen tanzten auf den Wellen. An dieser Stelle verbreiterte sich der Fluß auf etwas mehr als anderthalb Kilometer, Bäume und Sträucher umsäumten seine ausladenden Ufer. Hundert Meter vom Ufer entfernt lag ein Kutter der Küstenwache vor Anker, sein Bug zeigte stromaufwärts, die Radarantenne rotierte fortwährend.

Der Präsident saß auf dem Vorderdeck in einem Klubsessel und versuchte ernsthaft, Marcus Larimer und Alan Moran sein Hilfsprogramm für Osteuropa schmackhaft zu machen. Plötzlich erhob er sich, trat an die Reling und lauschte mit schräg gelegtem Kopf. Eine kleine Kuhherde muhte auf einer nahen Weide. Er wurde für einen Augenblick davon gefesselt, die Probleme der Nation traten zurück, und seine Jugend auf dem Land kam ihm in den Sinn. Nach einigen Sekunden drehte er sich um und setzte sich wieder hin.

»Entschuldigen Sie die Unterbrechung«, sagte er mit breitem Lächeln. »Ich war da eine Minute in Versuchung, einen Eimer zu nehmen und uns ein wenig kuhwarme Milch zum Frühstück zu melken.«

»Ein Foto von Ihnen, wie Sie mitten in der Nacht eine Kuh melken, wäre ein gefundenes Fressen für die Nachrichtenmedien«, lachte Larimer.

»Noch besser«, meinte Moran sarkastisch, »Sie könnten die Milch den Russen mit einem fetten Gewinn verkaufen.«

»Das ist nicht so weit hergeholt, wie es klingt«, mischte sich Margolin ein, der ein Stück weiter weg saß. »Milch und Butter sind aus den staatlichen Lebensmittelgeschäften in Moskau so gut wie verschwunden.«

»Das ist eine Tatsache, Herr Präsident«, sagte Larimer ernst. »Den russischen Normalverbraucher trennen nur zweihundert Kalorien täglich von Hungerrationen. Den Polen und Ungarn geht es sogar noch schlechter. Zum Teufel, unsere Schweine werden besser ernährt als sie.«

»Das ist genau, was ich meine«, stimmte der Präsident eifrig zu. »Wir können uns von hungrigen Frauen und Kindern nicht einfach abwenden, nur weil sie in einem kommunistischen System leben. Durch ihre Not wirkt mein Hilfsplan als Zeichen für die humanitäre Großzügigkeit des amerikanischen Volkes um so überzeugender. Denken Sie an die Sympathien, die ein solches Hilfsprogramm uns bei den Ländern der Dritten Welt einbringen würde. Denken Sie daran, wie ein solcher Akt künftige Generationen begeistern wird. Der Lohn in der Zukunft ist unermeßlich.«

»Ich erlaube mir, darin anderer Ansicht zu sein«, entgegnete Moran kühl. »Meiner Ansicht nach ist Ihr Vorschlag lächerlich, Sie wollen uns wohl für dumm verkaufen. Die Milliarden Dollar, die die da drüben alljährlich dafür aufwenden, um ihre Satellitenländer zu unterstützen, haben ihre finanziellen Mittel nahezu erschöpft. Ich wette, daß das Geld, das diese Staaten sich durch Ihren Hilfsplan ersparen, geradewegs in die Rüstung gesteckt wird.«

»Vielleicht, aber wenn die Schwierigkeiten der Sowjets weiterhin anwachsen, werden sie für die USA noch gefährlicher werden«, argumentierte der Präsident. »Die Geschichte zeigt uns, daß Nationen mit schweren wirtschaftlichen Problemen sich leichter auf kriegerische Abenteuer eingelassen haben.«

»Meinen Sie damit, daß sie das Öl im Persischen Golf in ihre Gewalt bekommen könnten?« fragte Larimer.

»Sie drohen ständig damit, daß sie die Macht im Golf übernehmen. Aber sie wissen verdammt gut, daß die westlichen Nationen mit Waffengewalt eingreifen würden, um den Motor ihrer Wirtschaft in Gang zu halten. Nein, Marcus, ihre Augen sind auf ein weitaus leichter erreichbares Ziel gerichtet. Eines, das den Schlüssel zur vollständigen Beherrschung des Mittelmeeres darstellen würde.«

Larimer zog die Brauen hoch. »Die Türkei?«

»Genau!« bestätigte der Präsident offen.

»Aber die Türkei ist doch ein NATO-Mitglied«, widersprach Moran.

»Ja, aber würde Frankreich jemals für die Türkei in den Krieg ziehen? Würden England oder Westdeutschland einen Finger rühren? Noch besser, fragen Sie sich doch, ob wir eher bereit wären, unsere amerikanischen Jungs dorthin in den Tod zu schicken als etwa nach Afghanistan? Um es ganz klar auszusprechen: Die Türkei besitzt wenig Bodenschätze, die es wert wären, dafür zu kämpfen. Sowjetische Panzer könnten in wenigen Wochen durch das Land bis zum Bosporus fegen, und der Westen würde nur verbal protestieren.«

»Sie sprechen von eher unwahrscheinlichen Möglichkeiten«, entgegnete Moran, »nicht von höchster Wahrscheinlichkeit.«

»Das glaube ich auch«, pflichtete Larimer bei. »Meiner Ansicht nach ist eine weitere sowjetische Expansionspolitik angesichts ihres versagenden Wirtschaftssystems äußerst unwahrscheinlich.«

Der Präsident hob protestierend die Hand. »Aber das ist doch etwas ganz anderes, Marcus. Jeder Bürgerkrieg in Rußland wird sicherlich über seine Grenzen hinausgreifen, vor allem nach Westeuropa.«

»Ich bin kein Isolationist, Herr Präsident. Meine Haltung im Senat beweist weiß Gott das Gegenteil. Aber ich habe vollauf genug davon, daß die Vereinigten Staaten unaufhörlich die Suppe auslöffeln müssen, die ihnen die Europäer einbrocken. Wir haben in zwei Weltkriegen mehr als genug Gefallene auf ihren Schlachtfeldern geopfert. Wenn die Russen das restliche Europa auch noch verschlingen wollen, dann soll es ihnen im Hals steckenbleiben, und wir sind sie los.«

Larimer lehnte sich befriedigt zurück. Er hatte seine Meinung in solche Worte gefaßt, die er in der Öffentlichkeit nicht zu äußern gewagt hätte. Obgleich der Präsident entschieden anderer Meinung war, fragte er sich doch, wie viele Amerikaner tief im Innern diese Ideen teilten.

»Wir wollen doch auf dem Boden der Tatsachen bleiben«, meinte er ruhig. »Sie wissen genausogut wie ich, daß wir unsere Verbündeten nicht im Stich lassen können.«

»Wie steht es dann mit unseren Wählern?« mischte sich Moran wieder ein. »Wie werden sie reagieren, wenn Sie ihre Steuergelder aus einem defizitären Budget dazu verwenden, unsere Feinde zu ernähren und zu unterstützen?«

»Ich halte es für human«, antwortete der Präsident müde, denn er merkte, daß er einen aussichtslosen Kampf führte.

»Ich bedaure, Herr Präsident.« Larimer stand auf. »Aber ich kann nicht mit gutem Gewissen Ihren Hilfsplan für den Ostblock unterstützen. Wenn Sie mich jetzt entschuldigen wollen, werde ich zu Bett gehen.«

»Ich auch«, schloß sich Moran gähnend an. »Ich kann kaum noch die Augen offenhalten.

»Sind Sie gut untergebracht?« fragte der Präsident.

»Ja, besten Dank«, antwortete Moran.

»Wenn ich bis jetzt noch nicht seekrank geworden bin«, scherzte Larimer mit einem schiefen Grinsen, »werde ich mein Abendessen wohl bis zum Morgen im Magen behalten.«

Sie wünschten gute Nacht und verschwanden zusammen über die Treppe zu ihren Kabinen. Sobald sie außer Hörweite waren, wandte sich der Präsident an Margolin.

»Was meinen Sie dazu, Vince?«

»Ganz ehrlich gesagt, Sir, glaube ich, daß Sie etwas Unmögliches versuchen.«

»Sie meinen, es ist hoffnungslos?«

»Man kann die Frage auch von einem anderen Gesichtspunkt aus sehen. Ihr Plan erfordert den Ankauf von Überschußgetreide und anderen landwirtschaftlichen Produkten, um sie den Kommunisten zu Preisen zu überlassen, die unter dem Erlös liegen, den unsere Farmer auf dem Exportmarkt erzielen könnten. Doch aufgrund der schlechten Witterungsverhältnisse während der letzten zwei Jahre und der Inflationspirale bei dem Preis für Dieselöl haben wir seit 1934 die höchste Rate an zahlungsunfähigen Farmen zu verzeichnen. Wenn Sie darauf bestehen, Unterstützung zu leisten, würde ich höflich vorschlagen, daß Sie es bei uns tun ... nicht in Rußland.«

»Die Wohltätigkeit beginnt daheim, meinen Sie?«

»Wo denn sonst? Sie müssen auch die Tatsache in Betracht ziehen, daß Sie rasch die Unterstützung der Partei verlieren, wenn Sie bei den Meinungsumfragen schlecht abschneiden.«

Der Präsident schüttelte den Kopf. »Ich kann nicht stumm bleiben, während Millionen Männer, Frauen und Kinder verhungern.«

»Ein edler Standpunkt, aber kaum zweckmäßig.«

Die Trauer in den Zügen des Präsidenten war unübersehbar. »Begreifen Sie denn nicht«, sagte er und starrte auf die dunklen Wasser des Flusses, »wenn wir beweisen, daß der Marxismus versagt hat, wird keine Guerillabewegung in der Welt mehr berechtigt sein, ihn als Schlachtruf für die Revolution auf ihre Fahnen zu schreiben.«

»Das bringt uns zu der entscheidenden Streitfrage«, hakte Margolin ein. »Die Russen wollen unsere Hilfe gar nicht. Wie Sie wissen, bin ich mit Außenminister Gromyko zusammengetroffen. Er hat mir unumwunden erklärt, daß alle Lebensmittelsendungen an den Grenzen beschlagnahmt würden, falls der Kongreß Ihr Hilfsprogramm verabschieden sollte.«

»Dennoch müssen wir es versuchen.«

Margolin seufzte leise. Jegliches Argument war Zeitvergeudung. Man konnte den Präsidenten nicht umstimmen.

»Wenn Sie müde sind«, sagte der Präsident, »dann gehen Sie doch bitte zu Bett. Sie müssen nicht wachbleiben, um mir Gesellschaft zu leisten.«

»Ich habe eigentlich noch keine Lust schlafen zu gehen.«

»Wie wäre es dann mit einem weiteren Brandy?«

»Nicht schlecht.«

Der Präsident drückte auf einen Knopf neben seinem Stuhl, und eine Gestalt in weißer Stewardjacke erschien auf Deck.

»Ja, Herr Präsident? Was steht zu Diensten?«

»Bitte bringen Sie dem Vizepräsidenten und mir noch einen Brandy.«

»Ja, Sir.«

Der Steward drehte sich um, um das Bestellte zu holen, doch der Präsident hob die Hand.

»Einen Augenblick.«

»Sir?«

»Sie sind nicht Jack Klosner, der ständige Steward.«

»Nein, Herr Präsident. Ich bin Obergefreiter Tong. Gefreiter Klosner wurde um zehn Uhr abgelöst. Ich habe bis morgen früh Dienst.«

Der Präsident war einer der wenigen Politiker, der sich auf Menschen einstellen konnte. Er sprach mit einem achtjährigen Jungen ebenso freundlich wie mit einer achtzigjährigen Frau. Es machte ihm wirklich Freude, Unbekannte auszufragen und sie mit dem Vornamen anzusprechen, als würde er sie seit Jahren kennen.

»Ihre Familie kommt aus China, Tong?«

»Nein, Sir, aus Korea. Sie sind 1952 nach Amerika eingewandert.«

»Warum sind Sie in die Küstenwache eingetreten?«

»Aus Liebe zur See, nehme ich an.«

»Macht es Ihnen Vergnügen, für alte Bürokraten wie mich zu sorgen?«

Obergefreiter Tong zögerte sichtlich verlegen. »Also ... wenn ich es mir aussuchen dürfte, würde ich lieber auf einem Eisbrecher dienen.«

»Ich bin nicht sicher, ob ich gern den zweiten Platz hinter einem Eisbrecher belege«, lachte der Präsident gutmütig. »Erinnern Sie mich am Morgen, daß ich bei Kapitän Collins ein gutes Wort für Ihre Versetzung einlege. Wir sind alte Freunde.«

»Besten Dank, Herr Präsident«, murmelte Obergefreiter Tong aufgeregt. »Ich bringe Ihnen sofort die Brandies.«

Kurz bevor sich Tong abwandte, verzog sich sein Gesicht zu einem breiten Grinsen, das in der Mitte seiner oberen Zahnreihe eine große Lücke entblößte.

12

Dichter Nebel kroch über die *Eagle* und hüllte ihren Rumpf in feuchte, unheimliche Ruhe. Allmählich wurden die roten Warnlichter einer Funkantenne auf dem gegenüberliegenden Ufer undeutlich und verschwanden dann ganz. Irgendwo über dem Schiff kreischte eine Möwe, aber es war ein gedämpftes, gespenstisches Geräusch; unmöglich festzustellen, woher es kam. Die Teakholzdecks waren bald von einem Film aus Feuchtigkeit überzogen und glänzten stumpf im Licht der nebelverschleierten Scheinwerfer, die über den Pfählen des alten, knarrenden, an der Böschung verankerten Landungsstegs angebracht waren.

Eine kleine Armee von Secret-Service-Agenten, die an strategisch wichtigen Stellen des hübsch gepflegten Hangs postiert waren, der sanft zu George Washingtons elegantem Kolonialhaus anstieg, bewachte die nahezu unsichtbare Jacht. Die Verbindung wurde über Walkie-Talkies aufrechterhalten. Damit sie beide Hände jederzeit frei hatten, trugen sie Kopfhörer, Batterieempfänger an ihren Gürteln und winzige Mikrofone an den Handgelenken.

Jede Stunde wechselten die Agenten ihre Posten und gingen zu ihren vorher festgelegten neuen Sicherheitsbereichen weiter, während ihr Einsatzleiter laufend das Gelände abging und die Lückenlosigkeit des Überwachungsnetzes kontrollierte.

Agent Blackowl saß in einem Wohnwagen in der Auffahrt neben dem alten Herrschaftshaus und überwachte eine Reihe von Fernsehmonitoren. Ein anderer Agent bediente die Sprechfunkanlage, während ein dritter eine Reihe von Warnlichtern im Auge behielt, die über Drähte mit einem komplizierten, um die Jacht verteilten Alarmsystem verbunden waren.

»Man sollte doch annehmen, daß der Staatliche Wetterdienst für ein fünfzehn Kilometer von seinem Standort entferntes Gebiet eine genaue Wettervorhersage erstellen kann«, nörgelte Blackowl, während er die vierte Tasse Kaffee in dieser Nacht schlürfte. »Sie sagten ›leichter Nebel‹. Wenn das leichter Nebel ist, möchte ich wissen, wie sie zum Teufel einen so dichten Nebel bezeichnen, daß man ihn mit dem Messer schneiden kann!«

Der für die Funkverbindung zuständige Agent drehte sich um und nahm die Kopfhörer ab. »Das der Jacht folgende Boot meldet, sie können nicht weiter sehen als bis zu ihrem eigenen Bug. Sie ersuchen um die Erlaubnis, anzulegen und an Land zu kommen.«

»Ich kann es ihnen nicht verübeln«, meinte Blackowl. »Sag ihnen, es ist okay« Er stand auf und massierte sich den Nacken. Dann klopfte er dem Funküberwacher auf die Schulter. »Ich werde den Funk übernehmen. Leg dich schlafen.«

»Als Vorhut-Agent solltest du selbst zu Bett gehen.«

»Ich bin nicht müde. Außerdem kann ich auf den Monitoren ohnehin nichts sehen.«

Der Agent warf einen Blick auf die große Digitaluhr an der Wand. »Ein Uhr fünfzig. Zehn Minuten bis zum nächsten Postenwechsel.«

Blackowl nickte und glitt in den freien Stuhl. Kaum hatte er den Kopfhörer aufgesetzt, als ein Anruf vom Kutter der Küstenwache kam, der in der Nähe der Jacht verankert lag.

»Kontrolle, hier spricht Flußwache.«

»Hier Kontrolle«, antwortete Blackowl, der den Kapitän des Kutters an der Stimme erkannte.

»Wir haben Schwierigkeiten mit unserer Abtastvorrichtung.«

»Was für Schwierigkeiten?«

»Ein sendestarkes Signal auf derselben Frequenz wie unser Radar stört den Empfang.«

Ein Anflug von Besorgnis huschte über Blackowls Gesicht. »Könnte jemand Sie absichtlich stören?«

»Das glaube ich nicht. Es sieht aus wie ein zweiter Sender auf unserer Frequenz. Das Signal setzt ein und verschwindet, als würden Botschaften übermittelt. Ich habe den Verdacht, daß ein verrückter Funkamateur in der Nachbarschaft zufällig in unsere Frequenz geraten ist.«

»Erkennen Sie irgendwelche Kontakte?«

»Der Schiffsverkehr um diese Nachtzeit ist so gut wie null«, antwortete der Kapitän. »Das einzige Echozeichen, das wir in den letzten zwei Stunden auf dem Oszilloskop gesehen haben, stammte von einem städtischen Müllabfuhrschlepper, der Abfallkähne auf die See zog.«

»Um welche Zeit kam er vorbei?«

»Er kam nicht vorbei. Das Echozeichen verschmolz wenige hundert Meter stromaufwärts mit dem Flußufer. Wahrscheinlich hat der Kapitän des Schleppers angelegt, um zu warten, bis sich der Nebel hebt.«

»Okay, Flußwache, und halten Sie mich über Ihr Radarproblem auf dem laufenden.«

»Machen wir, Kontrolle. Flußwache Ende.«

Blackowl lehnte sich zurück und überschlug im Geist die möglichen Risiken. Da der Flußverkehr stillgelegt war, bestand wenig Gefahr, daß ein anderes Schiff mit der *Eagle* zusammenstieß. Das Radargerät des Kutters von der Küstenwache setzte zwar zeitweise aus, aber es arbeitete. Und ein Angriff von der Flußseite aus war auszuschließen, da die geringe Sicht es so gut wie unmöglich machte, die Jacht zu orten. Der Nebel schien ein unverhoffter Segen zu sein.

Blackowl warf einen Blick auf die Uhr. Sie zeigte eine Minute vor dem Postenwechsel. Rasch überflog er noch einmal den Sicherheitsplan, auf dem die Namen der Agenten, die Gebiete, die sie abpatrouillieren sollten, und die Zeiten verzeichnet waren. Er las da, daß Agent Lyle Brock für den Posten Nummer Sieben, die Jacht selbst, eingeteilt war, während Agent Karl Polaski für Posten Nummer Sechs, das war die Landungsbrücke, vorgesehen war.

Er drückte auf den Sendeknopf und sprach in das kleine, an seinem Kopfhörer befestigte Mikrofon. »Achtung, an alle Stationen. Zeit, Null Uhr zwei. Gehen Sie zu Ihrem nächsten Posten. Wiederhole, gehen Sie zum nächsten Posten auf Ihrer Liste.« Dann änderte er die Frequenzen und nannte den Kodenamen des Einsatzleiters. »Cutty Sark, hier Kontrolle.«

Agent Ed McGrath, seit fünfzehn Jahren im Secret Service, antwortete fast sofort. »Hier Cutty Sark.«

»Sagen Sie Posten Nummer Sechs und Sieben, sie sollen den Fluß scharf beobachten.«

»Bei diesem Nebel werden sie wenig sehen.«

»Wie dicht ist er in der Umgebung des Kais?«

»Ihr hättet für uns Blindenstöcke austeilen sollen.«

»Tut das Bestmögliche«, befahl Blackowl.

Ein Licht blinkte auf, Blackowl unterbrach die Verbindung mit McGrath und nahm den hereinkommenden Anruf entgegen. »Kontrolle.«

»Hier spricht Flußwache, Kontrolle. Wer immer unsere Radarsignale stört, scheint jetzt ununterbrochen zu senden.«

»Sie sehen kein Echozeichen?«

»Die Ortsanzeige auf dem Oszilloskop ist zu vierzig Prozent ausgelöscht. Anstelle von Leuchtflecken empfangen wir breite Keile.«

»Okay, Flußwache, ich spreche mit dem diensthabenden Agenten. Vielleicht kann er den Störsender ausfindig machen und jede weitere Sendung abstellen.«

Bevor er Oscar Lucas im Weißen Haus über das Radarproblem Mitteilung machte, wandte sich Blackowl um und starrte neugierig auf die Fernsehmonitoren. Sie lieferten kein klar erkennbares Bild, nur undeutliche Schatten, die in gespenstischen Wellen flimmerten.

Agent Karl Polaski steckte den Ohrstöpsel seines Motorola-HT-220-Funkempfängers wieder ins Ohr und wischte die Feuchtigkeit aus seinem Bismarck-Schnurrbart. Er stand seit vierzig Minuten auf der Landungsbrücke Wache und fühlte sich klammfeucht und hundsmiserabel. Er wischte sich die Feuchtigkeit vom Gesicht und fand es merkwürdig, daß sie sich ölig anfühlte.

Seine Augen wanderten zu den Scheinwerfern über ihm. Sie waren von einem verschwommenen gelblichen Ring umgeben, aber an den Rändern kam es zu einer Lichtbrechung, und man sah die Regenbogenfarben. Von seinem Standpunkt ungefähr in der Mitte des neun Meter langen Kais aus konnte man die *Eagle* infolge des dichten Nebels überhaupt nicht sehen. Nicht einmal ihr Deck oder die Topplichter waren sichtbar.

Polaski ging über die verwitterten Planken, blieb gelegentlich stehen und lauschte. Doch er hörte nur das leise Plätschern des Wassers um die Pfähle und das gedämpfte Summen der Generatoren der Jacht. Er befand sich nur wenige Schritte vom Ende der Landungsbrücke, als die *Eagle* sich endlich aus den grauen Fängen des Nebels löste.

Er rief leise den Agenten Lyle Brock, der Posten Sieben an Bord des Bootes einnahm. »He, Lyle, kannst du mich hören?«

Eine Stimme antwortete, kaum mehr als ein Flüstern: »Was willst du?«

»Wie wäre es mit einer Tasse Kaffee aus der Kombüse?«

»Der nächste Postenwechsel ist in zwanzig Minuten. Du kannst eine Tasse kriegen, wenn du an Bord kommst und meinen Platz einnimmst.«

»Ich kann keine zwanzig Minuten mehr warten«, widersprach Polaski sanft. »Ich bin schon naß bis auf die Knochen.«

»Pech für dich, du wirst noch einige Zeit leiden müssen.«

Polaski wußte, daß Brock das Deck unter keinen Umständen verlassen durfte, aber er neckte den anderen Agenten gutmütig. »Warte nur, bis du einmal von mir einen Gefallen brauchst.«

»Apropos Gefallen, ich habe vergessen, wohin ich von hier aus gehen soll.«

Polaski warf der Gestalt im Schatten des Decks der *Eagle* einen spöttischen Blick zu. »Schau doch auf deinen Plan, du Blödmann.«

»Er ist durchweicht, und ich kann ihn nicht lesen.«

»Posten Acht ist fünfzig Meter weiter unten am Ufer.«

»Danke.«

»Wenn du wissen willst, wo Posten Neun ist, kostet es dich eine

Tasse Kaffee«, grinste Polaski.

»Du kannst mich mal. Das werde ich mir merken.«

Später, beim nächsten Postenwechsel, winkten die Agenten einander nur zu, als sie aneinander vorbeikamen, zwei undeutliche Schatten im Nebel.

Ed McGrath konnte sich nicht erinnern, je einen so dichten Nebel erlebt zu haben. Er zog prüfend die Luft ein, versuchte, den merkwürdigen Geruch zu identifizieren, der überall herrschte, und entschied sich schließlich für gewöhnlichen Ölgeruch. Irgendwo bellte im Nebel ein Hund. Er blieb stehen und lauschte. Es war nicht das Gebell eines jagenden Hundes oder das ängstliche Kläffen eines Köters, sondern der scharfe Laut eines Hundes, der eine fremde Anwesenheit spürt. Nicht allzu weit entfernt, nach der Lautstärke zu schließen. Fünfundsiebzig, vielleicht hundert Meter außerhalb des Sicherheitsumkreises, schätzte McGrath.

Ein potentieller Attentäter mußte krank oder gehirngeschädigt oder beides sein, dachte er, um bei solchem Wetter blindlings in einer unbekannten Gegend herumzustolpern. McGrath war schon gestrauchelt und hingefallen, in einen unsichtbaren Ast gelaufen und hatte sich die Wange aufgekratzt; dreimal hatte er sich verlaufen, und beinahe wäre auf ihn geschossen worden, als er zufällig über einen Wachtposten stolperte, bevor er sich über Funk melden konnte.

Das Gebell brach plötzlich ab, und McGrath nahm an, daß eine Katze oder ein Wildtier den Hund gestört hatte. Er erreichte eine vertraute Bank bei der Gabelung eines Kiesweges und ging in Richtung Flußufer unterhalb der Jacht weiter. Er sprach ins Mikrofon an seinem Revers.

»Posten Acht, ich komme auf Sie zu.«

Es erfolgte keine Antwort.

McGrath blieb stehen. »Brock, hier spricht McGrath, ich komme zu Ihnen.«

Noch immer nichts.

»Brock, hören Sie mich?«

Posten Nummer Acht blieb merkwürdig stumm, und McGrath fühlte sich allmählich unbehaglich. Sehr langsam, Schritt um Schritt, näherte er sich dem Posten. Er rief leise durch den Nebel, seine Stimme wurde durch die Feuchtigkeit unheimlich verstärkt. Die einzige Reaktion war Schweigen.

»Kontrolle, hier spricht Cutty Sark.«

»Sprechen, Cutty Sark«, kam Blackowls müde Stimme.

»Uns fehlt der Mann auf Posten Acht.«

Backowls Ton wurde schärfer. »Keine Spur von ihm?«

»Nichts.«

»Kontrollieren Sie das, Schiff«, befahl Blackowl ohne Zögern. »Ich werde Sie dort treffen, nachdem ich das Hauptquartier informiert habe.«

McGrath sagte »Ende« und hastete das Ufer entlang zum Kai. »Posten Sechs, ich komme zu Ihnen hinauf.«

»Aiken, Posten Sechs, kommen Sie nur.«

Er tastete sich zum Kai und fand die ungeschlachte Gestalt des Agenten John Aiken unter einem Scheinwerfer. »Haben Sie Brock gesehen?«

»Sie machen wohl Witze?« antwortete Aiken. »Seit der Nebel eingefallen ist, habe ich keinen Dreck gesehen.«

McGrath lief eilig den Kai entlang und wiederholte den Warnruf. Als er die *Eagle* erreichte, war ihm Polaski vom gegenüberliegenden Deck entgegengekommen.

»Ich vermisse Brock«, meldete McGrath kurz.

Polaski zuckte die Schultern. »Ich sah ihn das letzte Mal vor etwa einer halben Stunde, als wir die Posten wechselten.«

»Okay, bleiben Sie hier beim Kai. Ich werde einen Blick unter Deck werfen. Und halten Sie nach Blackowl Ausschau. Er ist vom Kontrollposten hierher unterwegs.«

Als Blackowl in den feuchten Morgen hinaustrat, wurde der Nebel dünner, und er konnte durch die abziehende Bewölkung über ihm schwach flimmernde Sterne sehen. Er ging von Posten zu Posten und begann auf dem Pfad zum Pier zu laufen, während sich die Sicht weiter besserte. Die Angst krampfte seinen Magen zusammen, ihm graute davor, daß etwas Schreckliches passiert sein konnte. Agenten verließen ihre Posten nicht ohne vorherige Meldung, ohne Grund.

Als er schließlich auf das Deck der Jacht sprang, war der Nebel wie durch Zauberei verschwunden. Die rubinroten Lichter auf der Funkantenne jenseits des Flusses funkelten in der nunmehr klaren Luft. Er lief an Polaski vorbei und fand McGrath, der allein im Deckhaus saß und wie in Trance ins Nichts starrte.

Blackowl verharrte.

McGraths Gesicht war so bleich wie eine Totenmaske aus Gips. Er starrte mit solchem Entsetzen in den Augen vor sich hin, daß Blackowl sofort das Schlimmste befürchtete.

»Der Präsident?« fragte er.

McGrath blickte ihn stumpf an, sein Mund bewegte sich, doch er brachte keine Worte hervor.

»Um Himmels willen, ist der Präsident in Sicherheit?«

»Fort«, murmelte McGrath endlich.

»Was erzählen Sie da?«

»Der Präsident, der Vizepräsident, die Besatzung, alle, sie sind alle fort.«

»Sie sind verrückt!«

»Wahr ... es ist wahr«, sagte McGrath matt. »Überzeugen Sie sich doch selbst.«

Blackowl rannte die Stufen des nächsten Niedergangs nach unten und lief zur Kabine des Präsidenten. Er riß die Tür auf, ohne anzuklopfen. Die Kabine war leer. Das Bett war noch ordentlich gemacht, aber er sah weder Kleider im Schrank noch Toilettenartikel im Badezimmer. Er hatte das Gefühl, daß man sein Herz zwischen zwei Eisblöcken zusammenpreßte.

Wie in einem Alptraum lief er von einer Kabine zur anderen. Überall war das gleiche, sogar die Quartiere der Besatzung befanden sich in demselben Zustand.

Das Entsetzliche war Tatsache. Alle Insassen der Jacht waren verschwunden, als wären sie niemals auf der Welt gewesen.

ZWEITER TEIL

Die »*Eagle*«

30. Juli 1989
Washington D. C.

13

Anders als Filmschauspieler, die endlos brauchen, um aufzuwachen und sich auf das Klingeln des Telefons zu melden, war Ben Greenwald, Direktor des Secret Service, sofort wach und nahm den Hörer vor dem zweiten Läuten ab.

»Greenwald.«

»Beste Grüße«, sagte die vertraute Stimme von Oscar Lucas. »Tut mir leid, Sie wecken zu müssen, aber ich wußte, daß Sie sofort erfahren wollen, wie das Fußballspiel ausgegangen ist.«

Greenwald wurde starr. Jede Secret-Service-Mitteilung, die mit den Worten »Beste Grüße« begann, bedeutete, daß ein dringender, streng geheimer Bericht über eine kritische oder sehr ernste Situation folgte. Der nächste Satz war bedeutungslos; eine Vorsichtsmaßnahme für den Fall, daß die Telefonleitung angezapft war. Eine reale Gefahr, seit Kissingers Außenministerium den Russen gestattet hatte, ihre neue Botschaft auf einem Hügel mit Blick auf die Stadt zu erbauen, was ihre Telefonabhörmöglichkeiten ungeheuer vergrößert hatte.

»Okay«, bestätigte Greenwald und bemühte sich, im Unterhaltungston zu sprechen. »Wer hat gewonnen?«

»Sie haben Ihre Wette verloren.«

»Wette« war ein weiteres Schlüsselwort, das darauf hinwies, daß die nächste Meldung zweifach verschlüsselt war.

»Jasper College: eins«, fuhr Lucas fort, »Drinkwater Tech.: null. Drei Spieler von Jasper mußten wegen Verletzungen ausscheiden.«

Die gräßliche Nachricht explodierte in Greenwalds Ohren.

»Jasper College« war das Codewort für eine Entführung des Präsidenten. Der Hinweis auf die ausgeschiedenen Spieler bedeutete, daß seine nächsten drei Nachfolger ebenfalls entführt worden waren. Es war ein Code, von dem Greenwald in seinen schlimmsten Träumen nie gedacht hätte, daß er ihn je hören würde. »Es gibt keinen Irrtum?« fragte er und fürchtete sich vor der Antwort.

»Keinen«, antwortete Lucas, sein Ton war so scharf wie der dünne Rand von gebrochenem Glas.

»Wer von der Administration kennt außer mir das Resultat?«

»Nur Blackowl, McGrath und ich.«

»Belassen Sie es dabei.«

»Zur Sicherheit«, sagte Lucas, »habe ich den Ersatzspieler und die zukünftigen Anfänger erfassen lassen.«

Greenwald begriff sofort, was Lucas meinte. Die Frauen und Kinder der Vermißten wurden aufgesucht und bewacht, ebenso die nächsten Nachfolger des Präsidenten.

Er holte tief Atem und ordnete rasch seine Gedanken. Schnelligkeit war jetzt von entscheidender Bedeutung. Wenn die Sowjets hinter der Entführung des Präsidenten standen, um bei einem Atom-Präventivschlag im Vorteil zu sein, war es schon zu spät. Daß sie die vier führenden Männer der amerikanischen Regierung erfolgreich außer Gefecht gesetzt hatten, war andererseits ein Hinweis auf eine Verschwörung zum Sturz der Regierung.

Er hatte keine Zeit mehr, um sich mit Sicherheitsüberlegungen aufzuhalten. »Amen«, schloß Greenwald, womit er Lucas zu verstehen gab, daß er die verschlüsselte Redeweise aufgeben wollte.

»Verstanden.«

Plötzlich schoß Greenwald ein schrecklicher Gedanke durch den Kopf. »Der Mann mit der Tasche?« fragte er nervös.

»Ist zusammen mit den anderen verschwunden.«

O mein Gott, stöhnte Greenwald innerlich. Eine Katastrophe kam nach der anderen. »Der Mann mit der Tasche« war der respektlose Spitzname für den Stabsoffizier, der sich Tag und Nacht an der Seite des Präsidenten befand und die Aktentasche mit den Codes für den Auslösebefehl trug, durch den die 10 000 strategischen Atomsprengköpfe der Nation auf vorbestimmte Ziele innerhalb der Sowjetunion abgefeuert werden konnten. Die Folgen, die sich daraus ergaben, daß die streng geheimen Codes in fremde Hände fielen, waren einfach unvorstellbar.

»Alarmieren Sie sofort den Chef des Generalstabs der US-Streitkräfte«, befahl er. »Dann schicken Sie ein Kommando los, um den Außen- und den Verteidigungsminister sowie den Berater für Nationale Sicherheit abzuholen, und bringen Sie sie unverzüglich in den Krisenraum des Weißen Hauses.«

»Jemanden vom Stab des Präsidenten?«

»Okay, bringen Sie auch Dan Fawcett hin. Aber sorgen Sie dafür, daß vorläufig nichts an die Öffentlichkeit dringt. Je weniger Leute wissen, daß ›der Mann‹ verschwunden ist, bis wir die Lage einigermaßen klären können, desto besser.«

»In diesem Fall wäre es vielleicht vernünftiger, das Treffen woanders als im Krisenraum abzuhalten«, schlug Lucas vor. »Die Presse überwacht das Weiße Haus ja unaufhörlich. Sie würden sich wie die Heuschrecken auf uns stürzen, wenn die führenden Persönlichkeiten des Staates plötzlich so früh am Morgen dort zusammenkommen.«

»Sehr vernünftig«, fuhr Greenwald nach einer kurzen Pause fort. »Nehmen wir das Observatorium.«

»Den Wohnsitz des Vizepräsidenten?«

»Dort parken fast nie Wagen von der Presse.«

»Ich werde alle so bald wie möglich dorthin zusammentrommeln lassen.«

»Oscar?«

»Ja.«

»In ganz kurzen Worten, was ist geschehen?«

Lucas zögerte ein wenig, dann sagte er: »Sie sind alle von der Jacht des Präsidenten verschwunden.«

»Ich verstehe«, sagte Greenwald bedrückt, aber es war klar, daß er es nicht verstand.

Greenwald vergeudete keine weitere Zeit mit Reden. Er legte auf und zog sich eilig an. Bei der Fahrt zum Observatorium krampfte sich, als eine verspätete Reaktion auf diese katastrophale Nachricht, sein Magen zu einem Knoten zusammen. Ihm verschwamm alles vor den Augen, und er unterdrückte den überwältigenden Drang zu erbrechen.

Er fuhr völlig benommen durch die leeren Straßen der Hauptstadt. Abgesehen von einem gelegentlichen Lieferwagen herrschte kaum Verkehr, und die meisten Verkehrsampeln blinkten einfach gelb.

Zu spät sah er einen Wagen der städtischen Straßenreinigung, der sich plötzlich vom Rinnstein rechts löste und wendete. Das sperrige, weißgestrichene Fahrzeug füllte plötzlich die Windschutzscheibe aus. Als die Reifen aufkreischten, warf sich der Fahrer in der Kabine zur Seite, und seine weit aufgerissenen Augen starrten in Greenwalds Scheinwerfer.

Das häßliche Geräusch von zerreißendem Metall und das Krachen zersplitternden Glases folgte. Die Kühlerhaube wurde zusammengedrückt, flog in die Höhe, das Lenkrad bohrte sich in Greenwalds Brust und drückte ihm den Brustkorb ein.

Greenwald war auf dem Sitz festgenagelt, während das Wasser aus dem zerplatzten Kühler zischte und über dem Motor verdampfte. Seine Augen standen weit offen, als betrachteten sie in benommener Gleichgültigkeit die abstrakten Sprünge in der zertrümmerten Windschutzscheibe.

Oscar Lucas stand vor dem Eckkamin im Wohnzimmer der Villa des Vizepräsidenten und schilderte die Entführung des Präsidenten. Alle paar Sekunden warf er einen nervösen Blick auf seine Uhr und fragte sich, wodurch Greenwald wohl aufgehalten worden war. Die fünf Männer, die um den Tisch versammelt waren, hörten ihm mit fassungslosem Staunen zu.

Der Verteidigungsminister Jesse Simmons biß auf dem Stiel einer kalten Meerschaumpfeife herum. Er trug eine sommerliche Sportjacke mit dazu passender Hose, genau wie Dan Fawcett und der Berater für Nationale Sicherheit, Alan Mercier. Armeegeneral Clayton Metcalf war in Uniform gekommen, während Douglas Oates, der Außenminister, einen eleganten dunklen Anzug mit Schlips trug.

Lucas kam zum Ende seines Vortrags und wartete auf den Schwall von Fragen, die auf ihn niederprasseln würden. Statt dessen herrschte längere Zeit Stille. Niemand rührte sich. Oates überwand als erster seine Verblüffung und brach das Schweigen.

»Mein Gott!« keuchte er. »Wie konnte so etwas geschehen? Wie konnten alle auf der Jacht befindlichen Personen sich einfach in Luft auflösen?«

»Wir wissen es nicht«, antwortete Lucas hilflos. »Ich habe aus klar verständlichen Sicherheitsgründen noch kein Untersuchungsteam dorthin beordert. Ben Greenwald wollte die Sache geheimhalten, bis ich Sie, meine Herren, informieren konnte. Außerhalb dieses Raumes sind, einschließlich Greenwald, nur drei Männer vom Secret Service in die Tatsachen eingeweiht.«

»Es muß eine logische Erklärung dafür geben«, sagte Mercier. Der Berater des Präsidenten für Nationale Sicherheit erhob sich und ging auf und ab. »Zwanzig Menschen können nicht durch übernatürliche Kräfte oder Außerirdische entführt worden sein. Wenn, und ich betone ausdrücklich dieses ›wenn‹, der Präsident und die anderen tatsächlich von der *Eagle* verschwunden sind, muß es eine ausgezeichnet organisierte Verschwörung geben.«

»Ich versichere Ihnen, Sir«, Lucas blickte Mercier direkt in die Augen, »mein stellvertretender Agent fand die Jacht vollkommen verlassen vor.«

»Sie sagen, daß der Nebel sehr dicht war«, fuhr Mercier fort.

»So hat ihn Agent Blackowl beschrieben.«

»Könnte jemand irgendwie Ihr Sicherheitsnetz durchbrochen haben und einfach weggefahren sein?«

Lucas schüttelte den Kopf. »Selbst wenn es diesen Leuten gelungen wäre, meinem Sicherheitskordon im Nebel zu entgehen, hätten wir ihre Bewegungen durch die Alarmsysteme, die wir um den Besitz aufgebaut haben, entdeckt.«

»Dann bleibt also nur der Fluß«, bemerkte Jesse Simmons. Der Verteidigungsminister war ein schweigsamer Mann, der gern seine Erklärungen im Telegrammstil abgab. Ein braun gegerbtes Gesicht war der Beweis für seine als begeisterter Wasserskifahrer verbrachten Wochenenden. »Angenommen, die *Eagle* wurde vom Wasser aus geentert. Angenommen, sie wurden mit Gewalt auf ein anderes Boot gebracht.«

Oates warf Simmons einen zweifelnden Blick zu. »Bei Ihnen klingt es so, als wäre der Schwarze Korsar dafür verantwortlich.«

»Agenten sind auf dem Kai und am Flußufer auf- und abpatrouilliert«, erklärte Lucas. »Passagiere und Besatzung konnten unmöglich lautlos überwältigt und weggeschleppt werden.«

»Vielleicht wurden sie mit Drogen betäubt«, warf Dan Fawcett ein.

»Das wäre eine Möglichkeit«, räumte Lucas ein.

»Gehen wir einmal systematisch vor«, schlug Oates vor. »Statt darüber nachzudenken, wie die Entführung stattfand, müssen wir uns auf den Grund und die dafür verantwortlichen Hintermänner konzentrieren, bevor wir einen Gegenschlag planen können.«

»Einverstanden.« Simmons wandte sich an Metcalf. »General, gibt es einen Hinweis darauf, daß die Russen dahinter stecken, um die Entführung als Möglichkeit zur Zeitgewinnung für einen ersten Schlag zu verwenden?«

»Wenn das der Fall wäre«, antwortete Metcalf, »hätten uns ihre Strategischen Raketenwaffen schon vor einer Stunde erreicht.«

»Sie könnten es noch immer tun.«

Metcalf machte eine leichte, verneinende Kopfbewegung. »Nichts deutet darauf hin, daß sie sich im Bereitschaftszustand befinden. Unsere Spionagequellen im Kreml melden keine verstärkten Aktivitäten in oder um die achtzig unterirdischen Kommandostellen in Moskau, und unsere Satellitenüberwachung zeigt keinerlei Truppenkonzentrationen an der Ostblockgrenze. Außerdem befindet sich Präsident Antonow augenblicklich auf Staatsbesuch in Paris.«

»Also kein Dritter Weltkrieg«, schloß Mercier erleichtert.

»Wir sind noch nicht aus dem Ärgsten raus«, erinnerte Fawcett. »Der Offizier, der die Codes mit den Angaben über Raketen-Abschußbasen der atomaren Kernwaffen bei sich trägt, ist ebenfalls verschwunden.«

»Diesbezüglich haben wir nichts zu befürchten«, beruhigte sie Metcalf, der zum erstenmal lächelte. »Sobald Lucas mich über die Vorfälle unterrichtete, erteilte ich Befehl, die alphabetischen Codeworte zu ändern.«

»Was soll den, der sie derzeit in Händen hält, daran hindern, die alten Codeworte zu verwenden, um die neuen zu entschlüsseln?«

»Wozu?«

»Erpressung oder vielleicht ein verrückter Versuch, die Russen mit einem Präventivschlag zu treffen.«

»Das ist unmöglich«, widersprach Metcalf. »Es sind zu viele Sicherungen eingebaut, verdammt noch mal, nicht einmal der Präsident könnte in einem Anfall von Wahnsinn auf eigene Faust unser Kernwaffenarsenal einsetzen. Der Befehl zum Kriegsbeginn muß durch den Verteidigungsminister und den Generalstab der US-Streitkräfte erteilt werden. Wenn einer von uns mit Sicherheit wüßte, daß der Befehl ungültig ist, könnten wir ihn widerrufen.«

»In Ordnung«, stimmte Simmons zu, »wir legen vorläufig eine sowjetische Verschwörung oder einen Angriff ad acta. Was bleibt uns?«

»Verdammt wenig«, knurrte Mercier.

Metcalf sah Oates an. »Wie die Dinge liegen, Herr Minister, sind Sie der von der Verfassung vorgesehene Nachfolger des Präsidenten.«

»Er hat recht«, pflichtete ihm Simmons bei. »Bis der Präsident, Margolin, Larimer oder Moran lebend aufgefunden werden, sind Sie es.«

Einige Sekunden lang war in der Bibliothek kein Laut zu hören. Oates' energisches, markantes Gesicht verzog sich unmerklich, und er schien schlagartig um fünf Jahre zu altern. Dann gewann er ebenso plötzlich seine Selbstbeherrschung zurück, und seine Augen bekamen einen kalten, durchdringenden Ausdruck.

»Vor allem müssen wir uns so verhalten«, legte er in ruhigem Ton fest, »als wäre nichts geschehen.«

Mercier lehnte sich zurück und starrte hinauf zur hohen Decke, ohne sie zu sehen. »Zugegeben, wir können keine Pressekonferenz abhalten und der Welt mitteilen, daß uns die vier ranghöchsten Persönlichkeiten des Staates abhanden gekommen sind. Ich will mir noch nicht einmal die Auswirkungen ausmalen, wenn es allgemein bekannt wird. Aber wir können die Tatsachen nicht länger als ein paar Stunden vor der Presse geheimhalten.«

»Und wir müssen die Wahrscheinlichkeit ins Auge fassen, daß die für die Entführung verantwortlichen Leute uns ein Ultimatum oder eine Lösegeldforderung über die Nachrichtenmedien stellen werden«, fügte Simmons hinzu.

Metcalf sah ihn zweifelnd an. »Wenn man mit uns Verbindung aufnehmen will, wird man sich mit Minister Oates ohne viel Tamtam darüber unterhalten, und bei den Forderungen wird es um etwas anderes gehen als um Geld.«

»Ich kann Ihren Gedanken nicht von der Hand weisen, General«, sagte Oates. »Aber an erster Stelle steht derzeit die Notwendigkeit, die Vorkommnisse zu verschweigen und die Presse hinzuhalten, bis es uns gelingt, den Präsidenten zu finden.«

Mercier sah aus wie ein Atheist, den ein Hare-Krischna-Jünger auf einem Flughafen zum Zuhören zwingt. »Lincoln hat gesagt, ›man kann nicht alle Menschen die ganze Zeit zum Narren halten‹. Es wird nicht leicht sein, die Abwesenheit des Präsidenten und des Vizepräsidenten länger als einen Tag vor dem wachsamen Auge der Öffentlichkeit zu verschleiern. Und man kann Larimer und Moran nicht einfach auslöschen; sie stehen in Washington zu sehr im Blickpunkt der Öffentlichkeit. Dann muß man außerdem die Besatzung der *Eagle* bedenken. Was wollen Sie ihren Familien sagen?«

»Jack Sutton!« platzte Fawcett heraus, als hätte er eine Erleuchtung.

»Wer?« fragte Simmons.

»Der Schauspieler, der dem Präsidenten wie aus dem Gesicht geschnitten ist, der ihn in der Fernsehwerbung und im Kabarett dauernd spielt.«

Oates richtete sich auf. »Ich glaube, ich weiß, was Sie meinen. Die Ähnlichkeit ist wirklich frappant, aber wir werden es nie schaffen, er ist kein brauchbarer Ersatz. Suttons Stimme ist von einer vollkommenen Imitation weit entfernt, und wer immer mit dem Präsidenten täglich in engem Kontakt steht, würde die Täuschung sofort bemerken.«

»Ja, aber auf zehn Meter Entfernung könnte seine eigene Frau den Unterschied wohl kaum erkennen.«

»Was soll das alles?« wandte sich Metcalf fragend an Fawcett.

Der Leiter des Mitarbeiterstabs des Weißen Hauses nahm das Stichwort sofort auf. »Pressesekretär Thompson kann eine Verlautbarung an die Presse ausgeben, daß der Präsident einen Arbeitsurlaub auf seiner Farm in New Mexico verbringt, um die Reaktion des Kongresses auf sein Osthilfe-Programm zu studieren. Man wird die Elite der Presse des Weißen Hauses auf ein Nebengleis abschieben, was nicht unüblich ist, wenn der Präsident keine Lust hat, Fragen zu beantworten. Sie würden dann nur von einer Absperrung aus größerer Entfernung zusehen, wie er – in diesem Fall der Schauspieler Sutton – in den Hubschrauber steigt, der ihn zum Stützpunkt Andrews bringt, von wo aus er in der Air Force One weiterfliegt. Sie könnten ihm natürlich mit einer späteren Maschine folgen, würden jedoch nicht auf die Farm gelassen werden.«

»Warum lassen wir keinen falschen Vizepräsidenten mit Sutton reisen?« schlug Mercier vor.

»Beide Männer dürfen niemals gemeinsam in derselben Maschine fliegen«, erinnerte ihn Lucas.

»Okay, dann schickt ihn mit einer Maschine weg, die nachts startet«, drängte Mercier. »Von den Reisen Margolins nehmen die Nachrichtenmedien nur wenig Notiz. Niemand würde ein Double für ihn besonders bemerken.«

»Oder sich dafür interessieren«, fügte Oates hinzu, womit er auf die allgemeine Gleichgültigkeit gegenüber Vizepräsidenten anspielte.

»Ich kann die Details vom Weißen Haus aus erledigen«, schlug Fawcett vor.

»Das wäre also die Lösung für diese zwei«, sagte Simmons. »Was machen wir mit Larimer und Moran?«

»Wir leben zur Zeit in einem ungewöhnlichen Jahr«, erläuterte Mercier, der begann, an dem Plan Gefallen zu finden. »Der Kongreß geht für den ganzen Monat August in die Ferien, also ab morgen. Das kommt unserem Plan wenigstens ein bißchen entgegen. Warum erfinden wir nicht eine gemeinsame Angelpartie oder eine Vergnügungsreise in ein entlegenes Land der Dritten Welt?«

Simmons schüttelte den Kopf. »Lassen Sie die Angelpartie fallen.«

»Warum?«

Simmons lächelte verkniffen. »Weil auf dem ganzen Capitol Hill bekannt ist, daß Moran und Larimer sich so gut vertragen wie Wasser und Feuer.«

»Macht nichts. Eine Konferenz in einem Anglerparadies, um über die Außenpolitik zu sprechen, klingt überzeugend«, meinte Oates. »Ich werde das Memorandum für das Außenministerium verfassen.«

»Was wollen Sie dem jeweiligen Bürostab der beiden sagen?«

»Heute ist Sonnabend, wir haben zwei Tage Gnadenfrist, um die Pannen auszubügeln.«

Simmons begann, sich Notizen auf einen Block zu machen. »Das wären vier. Bleibt noch die Besatzung der *Eagle*.«

»Ich kann eine geeignete Erklärung liefern«, bot Metcalf an. »Ich werde mit dem Kommandanten der Küstenwache zusammenarbeiten. Den Familien der Besatzung kann man ja mitteilen, daß die Jacht auf eine nicht vorhergesehene Fahrt zu einem streng geheimen militärischen Treffen geschickt wurde. Dann müssen wir keine weiteren Details erfinden.«

Oates ließ den Blick über seine Kollegen schweifen. »Wenn es keine weiteren Fragen gibt . . .«

»Wen weihen wir noch in den Schwindel ein?« fragte Fawcett.

»Keine sehr glückliche Wortwahl«, meinte Oates. »Wir wollen lieber von einer Ablenkung sprechen.«

»Das versteht sich von selbst«, sagte Metcalf. »Emmett vom FBI muß die Untersuchung im Inland führen. Und Brogan vom CIA muß natürlich beauftragt werden, der Möglichkeit einer internationalen Verschwörung nachzugehen.«

»Sie haben eben einen schlimmen Aspekt aufgezeigt, General«, stellte Simmons fest.

»Und zwar welchen?«

»Was ist, wenn der Präsident und die übrigen bereits außer Landes gebracht wurden?«

Auf Simmons' Theorie erfolgte keine sofortige Reaktion. Es war eine schreckliche Möglichkeit, die keiner von ihnen ernstlich in Betracht ziehen wollte. Wenn sich der Präsident außer Reichweite ihrer ungeheuer schlagkräftigen Inlandsorganisationen befand, würden sich die Erfolgschancen ihrer Untersuchung um achtzig Prozent verringern.

»Sie könnten auch tot sein«, bemerkte Oates mit beherrschter Stimme. »Aber wir werden selbstverständlich unter der Voraussetzung operieren, daß sie am Leben sind und irgendwo in den Vereinigten Staaten festgehalten werden.«

»Lucas und ich werden Emmett und Brogan davon informieren«, bot Fawcett freiwillig an.

Jemand klopfte an die Tür. Ein Secret-Service-Agent trat ein, ging zu Lucas und flüsterte ihm etwas ins Ohr. Lucas zog die Brauen hoch und wurde blaß. Dann verließ der Agent den Raum und schloß die Tür hinter sich.

Oates starrte Lucas fragend an. »Eine neue Entwicklung?«

»Ben Greenwald«, antwortete Lucas mit ausdruckloser Miene. »Er starb vor dreißig Minuten. Sein Wagen stieß mit einem Fahrzeug der städtischen Straßenreinigung zusammen.«

Oates vergeudete keine Worte des Bedauerns. »Kraft der mir vorübergehend übertragenen Vollmacht ernenne ich Sie zum neuen Leiter des Secret Service.«

Lucas prallte zurück. »Nein, bitte, ich glaube nicht, daß ich . . .«

»Es hat keinen Sinn, jemand anderen zu ernennen«, unterbrach ihn Oates. »Ob es Ihnen gefällt oder nicht. Oscar, Sie sind der einzige Mann, der für diesen Posten in Frage kommt.«

»Irgendwie erscheint es mir nicht richtig, befördert zu werden, wenn mir die Männer vor der Nase weggeschnappt wurden, zu deren Schutz ich durch meinen Eid verpflichtet bin«, wandte Lucas deprimiert ein.

»Geben Sie mir die Schuld«, sagte Fawcett. »Ich habe Ihnen die Kreuzfahrt aufgezwungen, bevor Ihre Leute sich darauf einstellen konnten.«

»Es ist jetzt keine Zeit für Selbstvorwürfe«, unterbrach sie Oates scharf. »Jeder von uns hat seine genau festgelegte Aufgabe zu erfüllen. Ich schlage vor, wir machen uns nun an die Arbeit.«

»Wann wollen wir wieder zusammenkommen?« erkundigte sich Simmons.

Oates blickte auf seine Uhr. »In vier Stunden. Im Krisenraum des Weißen Hauses.«

»Wir könnten Aufsehen erregen, wenn alle zugleich auftauchen«, wandte Fawcett ein. »Deshalb hatte Oscar vorgeschlagen, daß wir uns hier treffen sollen.«

»Es gibt unterhalb der Zufahrtsstraße zum Weißen Haus einen unterirdischen Tunnel, der vom Keller des Schatzamtes ausgeht«, erklärte Lucas. »Vielleicht könnten einige der Herren ungesehen auf diesem Weg hineinkommen.«

»Eine gute Idee«, stimmte Metcalf zu. »Wir können in nicht gekennzeichneten Regierungswagen ins Schatzamt kommen, die Straße durch den Tunnel überqueren und mit dem Fahrstuhl zum Krisenraum fahren.«

»Das wäre also erledigt«, schloß Oates und erhob sich. »Wenn jemand von Ihnen je davon geträumt hat, Schauspieler zu werden, ist das jetzt seine große Chance. Und ich muß nicht erst betonen, daß, wenn die Aufführung durchfällt, vielleicht mit dem Vorhang das ganze Land fällt.«

14

Nach der schneidend kalten Luft Alaskas fühlte man sich in der heißen, feuchten Atmosphäre von Süd-Carolina wie in einer Sauna. Pitt erledigte ein Telefongespräch, dann mietete er auf dem Flughafen von Charleston einen Wagen. Er fuhr auf der Autobahn 52 nach Süden zur Stadt und nahm die Abfahrt zu dem ausgedehnten Marine-Stützpunkt. Ungefähr anderthalb Kilometer nachdem er rechts auf die Spruill-Avenue abgebogen war, kam er zu einem großen roten Ziegelgebäude mit einer alten, verrosteten Tafel auf dem Dach, auf der »Alhambra Iron and Boiler Company« stand.

Er parkte und ging unter einem hohen eisernen Bogen durch, auf dem das Datum 1861 auf einer Inschrift zu lesen war. Die Empfangsräume überraschten ihn. Die Einrichtung war hypermodern. Alles blitzte vor Chrom. Er hatte das Gefühl, daß er durch den Entwurf einer Zeitschrift für moderne Architektur ging.

Eine reizende junge Sekretärin blickte auf, deutete ein leises Lächeln an und fragte: »Was kann ich für Sie tun, Sir?«

Pitt blickte in die moosgrünen, mandelförmigen Augen und stellte sie sich als aus dem Exil heimgekehrte Königin vor. »Ich habe vom Flughafen aus angerufen und eine Verabredung mit Mr. Oaks getroffen. Mein Name ist Pitt.«

Sie wußte sofort Bescheid, und das Lächeln veränderte sich um keinen Millimeter. »Ja, er erwartet Sie. Bitte folgen Sie mir.«

Sie besaß einen Körper, auf den jede Frau stolz gewesen wäre. Pitt war davon fasziniert. Er hatte noch nie jemanden erlebt, der sich so gerade hielt. Ihre Hüften blieben dabei in der Vertikale vollkommen unbeweglich, so daß sie weder schwangen noch sich wiegten.

Sie führte ihn in ein ganz in Brauntönen eingerichtetes Büro. Pitt hatte plötzlich so ein Gefühl, als ob er in Haferschleim versinken würde. Ein rundlicher, lächelnder, freundlicher Mann erhob sich hinter einem riesigen, nierenförmigen Schreibtisch und streckte ihm die Hand entgegen.

»Mr. Pitt? Ich bin Charlie Oaks.«

»Mr. Oaks«, Pitt gab ihm die Hand, »ich danke Ihnen, daß Sie mich empfangen.«

»Keine Ursache. Ihr Anruf hat meine Neugierde geweckt. Sie sind der erste Mann, der sich seit gut und gern vierzig Jahren nach unserer Kesselproduktion erkundigt.«

»Sie sind nicht mehr in dem Geschäft?«

»Du lieber Himmel, nein. Ich habe es im Sommer '51 aufgegeben. War das Ende einer Ära, so könnte man es ausdrücken. Mein Urgroßvater hat für die konföderierte Panzerkreuzerflotte Stahlplatten gewalzt. Nach dem Zweiten Weltkrieg fand mein Daddy, daß die Zeit für eine Produktionsänderung gekommen war. Er rüstete das Werk um und begann Metallmöbel zu erzeugen. Im nachhinein gesehen war es ein kluger Entschluß.«

»Besitzen Sie zufällig noch Ihre alten Produktionsaufzeichnungen?« fragte Pitt.

»Im Gegensatz zu euch Yankees, die alles wegwerfen«, stichelte Oaks mit seinem angenehmen Südstaaten-Akzent und einem schlauen Lächeln, »bewahren wir Burschen aus dem Süden alles auf, einschließlich unserer Frauen.«

Pitt lachte höflich und machte sich nicht die Mühe zu fragen, wieso ihn seine Jugend in Kalifornien schon zum Yankee stempelte.

»Nach Ihrem Anruf«, fuhr Oaks fort, »habe ich in unserem Archiv herumgekramt. Sie gaben mir kein Datum an, aber da wir nur vierzig Wasserrohrkessel mit den von Ihnen angegebenen Spezifikationen für Libertyschiffe geliefert haben, fand ich die Rechnung mit der fraglichen Seriennummer binnen kurzer Zeit. Leider kann ich Ihnen nichts sagen, was Sie nicht schon wissen.«

»Wurde der Kessel an die Gesellschaft geschickt, die die Maschinen lieferte, oder direkt an die Schiffswerft, um dort eingebaut zu werden?«

Oaks nahm das vergilbte Papier von seinem Schreibtisch und studierte es kurz. »Hier steht, daß wir ihn am 14. Juni 1943 an die Georgia-Schiffsbau-Gesellschaft in Savannah geliefert haben.« Oaks griff nach einem weiteren Stück Papier. »Hier ist ein Bericht von einem unserer Leute, der die Kessel inspiziert hat, nachdem sie im Schiff eingebaut und an die Schiffsmaschinen angeschlossen worden waren. Das einzige Interessante auf der Rechnung ist der Name des Schiffes.«

»Ja, der ist mir bekannt«, meinte Pitt. »Es war die *Pilottown.*«

Ein merkwürdiger Ausdruck huschte über Oaks' Gesicht, während er den Bericht über die Kesselinspektion noch einmal überflog.

»Wir müssen von zwei verschiedenen Schiffen sprechen.«

Pitt sah ihn an. »Könnte da nicht ein Irrtum vorliegen?«

»Nein, es sei denn, Sie haben eine falsche Seriennummer notiert.«

»Ich habe sorgfältig gearbeitet«, antwortete Pitt entschieden.

»Dann weiß ich nicht, was ich Ihnen sagen soll«, erklärte Oaks und reichte ihm das Papier über den Schreibtisch, »aber laut Inspektionsbericht wurde Kessel Nummer 38874 in ein Libertyschiff namens *San Marino* eingebaut.«

15

Die Kongreßabgeordnete Loren Smith wartete in der Halle, als Pitts Flugzeug auf dem National Airport in Washington landete. Sie winkte, um seine Aufmerksamkeit zu erregen, und er lächelte. Die Geste war unnötig, denn sie war eine Frau, die man nicht so leicht übersah.

Loren war hochgewachsen, etwas über einszweiundsiebzig. Sie trug ihr rötliches Haar lang, doch um das Gesicht herum gerade geschnitten, was ihre markanten Backenknochen und die dunkelvioletten Augen betonte. Sie hatte ein rosa Baumwollstrickkleid in Tunikastil mit weitem Ausschnitt und langen Ärmeln an, die sie aufgerollt hatte. Zur Steigerung ihrer eleganten Erscheinung trug sie eine glitzernde Schärpe mit chinesischem Muster um die Taille.

Eine Aura von frischem Intellekt umgab sie, doch dahinter spürte man übermütige Kühnheit. Loren war Abgeordnete des Staates Colorado in ihrer zweiten Amtsperiode. Sie liebte ihre Arbeit, ging ganz darin auf. Sie war feminin und gewinnend, konnte aber bei Sitzungen des Kongresses, wenn es um eine Entscheidung ging, zu einer angriffslustigen Tigerin werden. Ihre Kollegen achteten sie nicht nur wegen ihrer Schönheit, sondern auch wegen ihrer Klugheit. Sie lebte zurückgezogen und mied Parties und Dinners, außer aus politischer Notwendigkeit heraus. Ihre einzige außerberufliche Aktivität war eine »Dann und wann«-Liebesaffäre mit Pitt.

Sie kam auf ihn zu und küßte ihn leichthin auf den Mund. »Willkommen daheim, mein Weltenbummler.«

Er legte den Arm um sie, und sie gingen zusammen zur Gepäckausgabe. »Danke, daß du mich abgeholt hast.«

»Ich habe mir einen deiner Wagen ausgeliehen. Hoffentlich macht es dir nichts aus.«

»Hängt davon ab. Welchen denn?«

»Meinen Liebling, den dunkelblauen Talbot-Lago.«

»Das Coupé mit der Karosserie von Saoutschik? Du hast einen kostspieligen Geschmack. Der Wagen kostet zweihunderttausend Dollar.«

»O Gott, hoffentlich wird er auf dem Parkplatz nicht eingebeult.«

Pitt sah sie ernst an. »Wenn das geschieht, wird der unabhängige Staat Colorado einen freien Sitz im Kongreß haben.«

Sie kniff ihn in den Arm und lachte. »Du hältst von deinen Autos mehr als von deinen Frauen.«

»Autos nörgeln nie und beklagen sich nicht.«

»Ich kann mir dafür ein paar andere Dinge vorstellen, die sie auch nie tun«, sagte sie mit einem mädchenhaften Lächeln. Sie bahnten sich ihren Weg durch das überfüllte Flughafengebäude und warteten auf das Gepäck. Schließlich kam es, und Pitt holte sich seine beiden Handkoffer. Sie gingen hinaus in einen grauen, stickigen Morgen und fanden den blauen Talbot-Lago aus dem Jahr 1948, der friedlich unter der Aufsicht eines Flughafenwächters parkte. Pitt entspannte sich auf dem Beifahrersitz, während sich Loren ans Lenkrad setzte. Der schnittige Wagen hatte das Lenkrad rechts, und es kam Pitt immer komisch vor, links vom Fahrer zu sitzen und auf den Gegenverkehr zu starren, ohne etwas zu tun zu haben.

»Hast du Perlmutter angerufen?« fragte er.

»Ungefähr eine Stunde vor deiner Landung«, antwortete sie. »Er war für jemanden, der aus seinem gesunden Tiefschlaf gerissen wurde, recht nett. Er sagte, er würde in seiner Bibliothek nach Angaben über die Schiffe suchen, nach denen du gefragt hast.«

»Wenn jemand über Schiffe Bescheid weiß, ist es St. Julien Perlmutter.«

»Er klingt am Telefon wie ein seltsamer Kauz.«

»Eine Untertreibung. Warte, bis du ihn kennenlernst.«

Pitt betrachtete eine Zeitlang schweigend die vorbeigleitende Gegend. Er starrte auf den Potomac, während Loren den George Washington Memorial Parkway entlangfuhr und die Francis-Scott-Key-Brücke nach Georgetown überquerte.

Pitt hatte nichts übrig für Georgetown; er nannte sie »Schwindelstadt«. Die graubraunen Stadthäuser sahen aus, als wären sie alle in der gleichen Kuchenform gebacken worden.

Loren steuerte den Talbot auf die N-Straße. Geparkte Autos verstellten die Gehwege, in den Rinnsteinen lag Unrat, die Sträucher, die die Gehwege begrenzten, waren nur an einigen Stellen gestutzt, und dennoch gehörten diese vier Blocks zu den vielleicht teuersten Grundstücken im ganzen Land. Kleine Häuser, sinnierte Pitt, voll gigantischer Selbstgefälligkeit, überreich bedeckt mit Riesenmengen Talmi.

Loren zwängte den Wagen in einen freien Parkplatz und schaltete die Zündung aus. Sie schlossen den Wagen ab und gingen zwischen zwei rebenbewachsenen Häusern hindurch zu einem dahinter gelegenen Garten. Bevor Pitt den Bronzeklopfer in Form eines Schiffsankers heben konnte, wurde die Tür von einem Riesen aufgerissen, der jede Waage mit seinen fast vierhundert Pfund mühelos zermalmt hätte. Seine himmelblauen Augen blinzelten, und sein hochrotes Gesicht war größtenteils von einem dichten Wirrwarr aus grauem Kopf- und Barthaar verdeckt. Bis auf seine kleine Stupsnase sah er aus wie ein heruntergekommener Weihnachtsmann.

»Dirk«, brüllte er beinahe. »Wo hast du die ganze Zeit gesteckt?«

St. Julien Perlmutter trug einen purpurfarbenen Seidenpyjama unter einem Paisley-Morgenrock in Rot und Gold. Er schlang seine stämmigen Arme um Pitt, drückte ihn an sich und hob ihn ohne eine Spur von Anstrengung von der Schwelle hoch. Lorens Augen weiteten sich vor Staunen. Sie hatte Perlmutter nie persönlich kennengelernt und war daher auf seinen Anblick nicht vorbereitet.

»Wenn du mich küßt, Julien«, warnte ihn Pitt streng, »bekommst du einen Tritt in die Eier.«

Perlmutter lachte schallend und ließ Pitts hundertachtzig Pfund los. »Kommt herein, kommt herein. Ich habe euch Frühstück gemacht. Du mußt nach deinen Reisen ja verhungert sein.«

Pitt stellte Loren vor. Perlmutter küßte ihr mit europäischer Galanterie die Hand, dann führte er die beiden in einen riesigen Raum, der zugleich als Wohn-, Schlaf- und Arbeitszimmer diente. Regale, die sich unter dem Gewicht von Hunderten von Büchern bogen, reichten an jeder Wand vom Boden bis zur Decke. Bücher lagen auf den Tischen, auf den Stühlen. Sie waren sogar auf einem überdimensional großen Wasserbett aufgestapelt, das in einem Alkoven gluckste.

Perlmutter besaß eine Sammlung von historischer Schiffsliteratur, die laut Fachleuten die umfassendste der Welt war. Mindestens zwanzig Schiffahrtsmuseen bemühten sich ständig darum, sie als Stiftung zu erhalten, sobald er infolge des im Lauf seines Lebens im Übermaß genossenen Alkohols in der Leichenhalle landete.

Er bedeutete Pitt und Loren, sich neben einer Durchreiche an einen Tisch zu setzen, der mit elegantem Silber und einem Porzellanservice gedeckt war, das das Emblem einer französischen Transatlantik-Dampferlinie trug.

»Das ist alles ganz wunderschön«, sagte Loren bewundernd.

»Von dem berühmten französischen Überseedampfer ›Normandie‹«, erklärte Perlmutter. »Ich fand das alles in einem Speicher, wo es eingelagert worden war, nachdem das Schiff im New Yorker Hafen ausgebrannt und gekentert war.«

Er servierte ihnen ein deutsches Frühstück, das mit Schnaps begann. Dann kam dünn geschnittener westfälischer Schinken, dazu Mixed Pickles und Pumpernickelbrot. Als Beilage hatte er Kartoffelklöße mit Pflaumenbutterfüllung herbeigezaubert.

»Es schmeckt herrlich«, lobte Loren. »Ich schätze es außerordentlich, zur Abwechslung einmal etwas anderes als Schinken mit Ei zu essen.«

»Ich bin auf die deutsche Küche fixiert«, lachte Perlmutter und klopfte sich auf seinen mächtigen Bauch. »Sie hat bedeutend mehr Substanz als diese überkandidelte französische Kost, die nur eine exotische Art darstellt, minderwertiges Zeug zuzubereiten.«

»Hast du Material über die *San Marino* und die *Pilottown* gefunden?« fragte Pitt, um das Gespräch auf das Thema zu bringen, das ihm am Herzen lag.

»Ja, das habe ich tatsächlich.« Perlmutter stemmte seine Masse vom Tisch empor und kam bald mit einem großen staubigen Band über Libertyschiffe zurück. Er nahm seine Lesebrille und schlug eine markierte Seite auf.

»Da haben wir es. Die *San Marino*, im Juli 1943 von der Georgia Shipbuilding Corporation vom Stapel gelassen, Rumpfnummer 2356, eingestuft als Frachtschiff. War bis zum Kriegsende in Geleitzügen auf dem Atlantik eingesetzt. Durch ein Unterseeboottorpedo von U-573 beschädigt. Erreichte Liverpool aus eigener Kraft und wurde wieder instandgesetzt. Nach dem Krieg an die Bristol Steamship Company verkauft. 1956 an die Manx Steamship Company, New York, weiterverkauft, in Panama registriert. 1966 mit der gesamten Besatzung im Nordpazifik verschwunden.«

»Das war also ihr Ende.«

»Vielleicht, vielleicht auch nicht«, meinte Perlmutter. »Es gibt ein Postskriptum. Es bezog sich auf einen Bericht aus anderer Quelle. Etwa drei Jahre nachdem das Schiff als vermißt verbucht worden war, bemerkte ein Mr. Rodney Dewhurst, ein Marineversicherungsagent für Lloyds in Singapur, ein im Hafen vertäutes Schiff, das ihm irgendwie bekannt vorkam. Ihm fiel eine ungewöhnliche Ausführung der Ladebäume auf, die er nur bei einem einzigen Schiff der Liberty-Klasse gesehen hatte. Es gelang ihm, sich an Bord zu schwindeln, und nach einer kurzen Umschau witterte er, daß da etwas faul war. Leider war Feiertag, und er brauchte mehrere Stunden, um jemanden von der Hafenbehörde aufzutreiben und ihn zu überreden, das Schiff im Hafen festzuhalten, damit man eine Untersuchung einleiten könnte. Als sie den Kai erreichten, war das Schiff schon längst wieder ausgelaufen und fuhr irgendwo auf die hohe See hinaus. Eine Untersuchung der Zollakten ergab, daß es sich um die *Belle Chasse* handelte, die in Korea registriert war und der Sosan Trading Company in Inchon, Korea, gehörte. Ihr nächster Bestimmungsort war Seattle. Dewhurst sandte einen eiligen Funkspruch an die Hafenpolizei in Seattle ab, aber die *Belle Chasse* traf nie dort ein.«

»Warum kam sie Dewhurst verdächtig vor?« fragte Pitt.

»Er hatte die *San Marino* überprüft, bevor er die Versicherungspolice für sie unterschrieb, und war vollkommen sicher, daß es sich bei ihr und der *Belle Chasse* um ein und dasselbe Schiff handelte.«

»Sicherlich ist die *Belle Chasse* doch dann in einem anderen Hafen aufgetaucht?« fragte Loren.

Perlmutter schüttelte den Kopf. »Sie verschwand von der Bildfläche, bis sie zwei Jahre später in Pusan, Korea, verschrottet wurde.« Er machte eine Pause und blickte über den Tisch. »Ist dir damit geholfen?«

Pitt trank einen weiteren Schluck Schnaps. »Das ist das Problem. Ich weiß es nicht.« Er erzählte kurz von der Entdeckung der *Pilottown*, erwähnte jedoch nicht die Ladung Nervengas. Er beschrieb, wie er die Seriennummer auf dem Schiffskessel gefunden und sie in Charleston überprüft hatte.

»Die alte *Pilottown* wurde also endlich aufgespürt«, seufzte Perlmutter nachdenklich. »Sie geistert nicht mehr auf hoher See umher.«

»Aber ihre Entdeckung hat eine ganze Menge neuer Fragen aufgeworfen«, sagte Pitt. »Warum besaß sie einen Kessel, der nach den Angaben des Herstellers auf der *San Marino* eingebaut worden war? Da stimmt doch etwas nicht. Wahrscheinlich wurden beide Schiffe auf benachbarten Schiffsbauplätzen gebaut und ungefähr zur gleichen Zeit vom Stapel gelassen. Der Inspektor muß sich geirrt haben. Er hat einfach den Kessel im falschen Rumpf registriert.«

»Ich störe ungern deine schlechte Laune, aber du könntest unrecht haben.«

»Besteht denn kein Zusammenhang zwischen den beiden Schiffen?«

Perlmutter warf Pitt einen fachmännischen Blick über seine Brille hinweg zu. »Doch, aber nicht so, wie du glaubst.« Er wandte sich wieder dem Buch zu und begann zu lesen. »Das Libertyschiff *Bart Pulver*, später die *Rosthena* und *Pilottown*, vom Stapel gelassen von Astoria Iron & Steel Company, Portland, Oregon, im November 1942 - - -«

»Sie wurde an der Westküste gebaut?« unterbrach ihn Pitt überrascht.

»Ungefähr viertausend Kilometer Luftlinie von Savannah entfernt und neun Monate vor der *San Marino.*« Er wandte sich an Loren. »Möchten Sie noch etwas Kaffee, Verehrteste?«

Loren stand auf. »Ihr beiden sprecht ruhig weiter. Ich werde ihn zubereiten.«

»Es ist Espresso.«

»Ich weiß, wie man die Maschine bedient.«

Perlmutter sah Pitt an und zwinkerte fröhlich. »Sie ist Gold wert.«

Pitt nickte und fuhr fort. »Es ist nicht verständlich, warum ein Kesselbauer in Charleston ein Produkt quer durch den Kontinent nach Oregon transportiert, während sich in nur hundertfünfzig Kilometer Entfernung eine Werft in Savannah befindet.«

»Vollkommen unverständlich«, gab Perlmutter zu.

»Was hast du über die *Pilottown*?«

Perlmutter las weiter. »Rumpfnummer 793, gleichfalls als Frachtschiff eingestuft. Nach dem Krieg an die Kassandra Phosphate Company Limited in Athen verkauft. In Griechenland registriert. Lief im Juni 1954 mit einer Phosphatladung vor Jamaika auf Grund. Vier Monate später wieder flottgemacht. Verkauft 1962 an die Sosan Trading Company.«

»In Inchon, Korea«, schloß Pitt. »Unser erster Zusammenhang.«

Loren kam mit kleinen Tassen auf einem Tablett zurück und verteilte den Espresso an alle.

»Das ist wirklich ein Genuß«, sagte Perlmutter galant. »Ich wurde noch nie von einem Mitglied des Kongresses bedient.«

»Hoffentlich habe ich ihn nicht zu stark gemacht«, meinte Loren, kostete das Gebräu und verzog das Gesicht.

»Ein bißchen Bodensatz schärft die müden Sinne«, beruhigte sie Perlmutter mit philosophischen Worten.

»Zurück zur *Pilottown*«, drängte Pitt. »Was geschah mit ihr nach 1962?«

»Bis 1979 ist keine neue Eintragung zu finden; damals wurde gemeldet, daß sie mit der gesamten Besatzung im Nordpazifik gesunken ist. Danach wurde sie so etwas wie eine *cause célèbre*, eine Sensation, indem sie etliche Male wieder an der Küste von Alaska auftauchte.«

»Dann ging sie also in dem gleichen Seegebiet verloren wie die *San Marino*«, dachte Pitt laut. »Noch ein möglicher Zusammenhang.«

»Du greifst nach Seifenblasen«, kritisierte Loren. »Ich verstehe nicht, worauf du hinauswillst.«

»Ich bin ganz ihrer Ansicht«, nickte Perlmutter. »Es gibt keinerlei Anhaltspunkte.«

»Ich glaube doch«, sagte Pitt überzeugt. »Was erst wie ein billiger Versicherungsbetrug aussah, wird zu einem Vertuschungsmanöver von viel größeren Ausmaßen.«

»Warum interessierst du dich überhaupt dafür?« fragte Perlmutter und blickte Pitt direkt in die Augen.

Pitt blieb zurückhaltend. »Das kann ich dir nicht sagen.«

»Vielleicht geheime Ermittlungen im Auftrag der Regierung?«

»In dieser Angelegenheit arbeite ich auf eigene Faust, aber sie hängt mit einem ›streng geheimen‹ Projekt zusammen.«

Perlmutter gab gutmütig nach. »Okay, alter Freund, ich stelle keine neugierigen Fragen mehr.« Er nahm sich noch einen Kloß. »Wenn du es für möglich hältst, daß das unter der Vulkanasche begrabene Schiff die *San Marino* und nicht die *Pilottown* ist, wohin willst du von hier aus reisen?«

»Nach Inchon in Korea. Möglicherweise besitzt die Sosan Trading Company den Schlüssel zu dem Geheimnis.«

»Vergeude nicht deine Zeit. Die Trading Company ist höchstwahrscheinlich eine Scheinfirma, ein Name auf einem Registraturbescheid. Wie bei den meisten Reedereien endet jede Spur von dem Besitzer bei einem obskuren Postschließfach. Ich an deiner Stelle würde es als aussichtslosen Fall aufgeben.«

»Aus dir würde nie ein erfolgreicher Fußballtrainer werden«, lachte Pitt. »Deine Aufmunterungsansprache zur Halbzeit in der Kabine würde deine Mannschaft so entmutigen, daß sie verlieren würde, selbst wenn sie mit zwanzig Punkten führte.«

»Noch einen Schnaps, bitte«, brummte Perlmutter und hielt sein Glas hin, während Pitt einschenkte. »Ich werde dir sagen, was ich tun werde. Zwei meiner befreundeten Korrespondenten für Schiffsforschung sind Koreaner. Ich werde sie ersuchen, die Sosan Trading für dich zu überprüfen.«

»Und die Pusan-Werft nach Aufzeichnungen über die Verschrottung der *Belle Chasse*.«

»Also gut, das werde ich auch noch von ihnen verlangen.«

»Ich danke dir für deine Hilfe.«

»Ohne Erfolgsgarantie.«

»Ich erwarte keine.«

»Und was ist dein nächster Schritt?«

»Ich werde Presseverlautbarungen aussenden.«

Loren blickte erstaunt auf. »Was wirst du aussenden?«

»Verlautbarungen an die Presse«, antwortete Pitt lässig, »um die Auffindung der *San Marino* und der *Pilottown* bekanntzugeben und mitzuteilen, daß die NUMA beabsichtigt, die Wracks zu untersuchen.«

»Wann hast du dir diesen verrückten Trick ausgedacht?« fragte Loren.

»Vor etwa zehn Sekunden.«

Perlmutter starrte Pitt an wie ein Psychiater, der im Begriff ist, einen hoffnungslosen Geisteskranken in eine Anstalt einzuweisen. »Ich kann darin keinerlei Sinn sehen.«

»Niemand auf der Welt ist gegen Neugierde immun.« Pitts grüne Augen glitzerten verschlagen. »Jemand von der Muttergesellschaft, der diese Schiffe gehören, wird die Deckung durch die Anonymität seiner Firma verlassen, um der Geschichte nachzugehen. Und wenn er das tut, schnappe ich ihn mir.«

16

Als Oates den Krisenraum des Weißen Hauses betrat, erhoben sich die Männer, die um den Konferenztisch saßen, automatisch. Sie bezeugten damit ihre Achtung vor dem Mann, der nun die Last der ungeheuren Probleme um die ungewisse Zukunft des Staates zu tragen hatte. In den nächsten Tagen, und vielleicht noch länger, würde ihm allein die Verantwortung für die weitreichenden anstehenden Entscheidungen zufallen. Einige der Männer in dem Raum hatten seiner kühlen Reserviertheit, seinem kultivierten einwandfreien Image mißtraut. Jetzt aber legten sie ihre persönlichen Vorbehalte ab und schlugen sich auf seine Seite.

Er nahm selbstverständlich auf dem Stuhl am Kopfende des Tisches Platz, bedeutete ihnen, sich zu setzen, und wandte sich an Sam Emmett, den mürrischen Chef des FBI, und an Martin Brogan, den intellektuellen Direktor der CIA.

»Sind Sie genau informiert worden?«

Emmett nickte Fawcett zu, der am unteren Ende des Tisches saß. »Dan hat uns die Situation geschildert.«

»Hat jemand von Ihnen etwas dazu vorzuschlagen?«

Brogan schüttelte langsam den Kopf. »Auf Anhieb kann ich mich an keine Hinweise oder Gerüchte von unseren Geheimdienstquellen erinnern, die eine Operation von dieser Größenordnung zum Inhalt hätten. Das bedeutet aber nicht, daß wir nicht Material hätten, das vielleicht nur falsch gedeutet wurde.«

»Ich bin in so ziemlich gleicher Lage wie Martin«, sagte Emmett. »Es ist unbegreiflich, daß die Entführung des Präsidenten den Sicherheitsdienststellen entgehen konnte, ohne auch nur den geringsten Anhaltspunkt zu hinterlassen.«

Oates' nächste Frage richtete sich an Brogan. »Besitzen wir irgendeinen Hinweis, der uns dazu veranlassen könnte, die Russen zu verdächtigen?«

»Der sowjetische Ministerpräsident Antonow hält unseren Präsidenten für nicht einmal halb so gefährlich wie Reagan. Er würde eine massive Konfrontation riskieren, wenn die amerikanische Öffentlichkeit jemals erführe, daß seine Regierung etwas damit zu tun hat. Man könnte es mit einem Stockschlag auf ein Hornissennest vergleichen. Ich kann mir nicht vorstellen, welche Vorteile, wenn überhaupt, die Russen daraus ziehen könnten.«

»Wie ist Ihre gefühlsmäßige Reaktion, Sam?« wandte sich Oates an Emmett. »Könnte die Entführung von Terroristen ausgehen?«

»Dazu ist sie zu sorgfältig geplant. Diese Operation erforderte einen ungeheuren Aufwand an Planung und Geld. Der Erfindungsreichtum ist unglaublich. Er übertrifft die Fähigkeiten jeder Terrororganisation bei weitem.«

»Haben Sie irgendwelche Theorien?« fragte Oates die gesamte Runde.

»Mir fallen mindestens vier arabische Führer ein, die Ursache hätten, die USA zu erpressen«, sagte General Metcalf.

»Und an der Spitze der Liste steht Gaddaffi in Libyen.«

»Sie verfügen bestimmt über die nötigen finanziellen Mittel«, gab Verteidigungsminister Simmons zu.

»Aber kaum über die notwendige Erfahrung«, schränkte Brogan ein.

Alan Mercier, der Berater für Nationale Sicherheit, hob die Hand, um sich zu Wort zu melden. »Meines Erachtens geht die Verschwörung eher vom Inland als vom Ausland aus.«

»Was veranlaßt Sie zu dieser Annahme?« fragte Oates.

»Unsere Land- und Raumabhörsysteme überwachen sämtliche Telefon- und Funkmitteilungen der ganzen Welt, und es ist für alle Anwesenden ein offenes Geheimnis, daß unsere neue zehnte Computergeneration jeden Code, den die Russen oder auch unsere Alliierten erfinden, knacken können. Es ist doch wohl klar, daß eine heikle Operation dieses Umfangs einen umfangreichen internationalen Informationsaustausch erfordern würde, der die Aktion einleiten und nachher über den Erfolg berichten muß.« Mercier legte eine Pause ein, um seinem Argument mehr Gewicht zu verleihen. »Unsere Dechiffriermaschinen haben keine einzige für das Ausland bestimmte Information abgefangen, die im geringsten Zusammenhang mit dem Verschwinden steht.

Simmons zog geräuschvoll an seiner Pfeife. »Ich glaube, Alan hat mit seiner Darstellung des Falles recht.«

»Okay«, faßte Oates zusammen, »Erpressung aus dem Ausland hat nur einen geringen Wahrscheinlichkeitsgrad. Was haben wir also vom Inland zu erwarten?«

Dan Fawcett, der bisher geschwiegen hatte, meldete sich zu Wort. »Es klingt vielleicht weit hergeholt, aber wir können ein kollektives Komplott, die Regierung zu stürzen, nicht ausschließen.«

Oates lehnte sich zurück und straffte die Schultern. »Vielleicht gar nicht so weit hergeholt, wie wir annehmen. Der Präsident ist überraschend heftig gegen die Ölgesellschaften und die multinationalen Gesellschaften aufgetreten. Seine Steuerprogramme haben ihre Gewinne verdammt verringert. Schneller, als ihre Banken die Schecks drucken können, pumpen sie Geld in die Kassen zur Wahlkampagne der Oppositionspartei.«

»Ich habe ihn stets davor gewarnt, die alte politische Taktik der Besserstellung der Armen durch kurzfristige Besteuerung der Reichen anzuwenden«, sagte Fawcett. »Aber er wollte nicht auf mich hören. Es hat ihn die Sympathien der Geschäftsleute ebenso gekostet wie die des arbeitenden Mittelstandes. Es scheint den Politikern einfach nicht in den Kopf zu gehen, daß eine große Zahl amerikanischer Familien, in denen die Ehefrau mitverdient, eine fünfzigprozentige Einkommenssteuer bezahlt.«

»Der Präsident hat mächtige Feinde«, räumte Mercier ein. »Es ist jedoch für mich unbegreiflich, daß selbst eine mächtige Vereinigung den Präsidenten und drei einflußreiche Senatoren einfach entführen kann, ohne daß es einem polizeilichen Organ zu Ohren kommt.«

»Das meine ich auch«, bestätigte Emmett. »In diesem Fall hätten zu viele Menschen davon wissen müssen. Jemand bekommt immer Angst und verrät den Plan.«

»Wir sollten diese Vermutungen nicht weiterführen«, unterbrach Oates. »Gehen wir doch einmal zum Ausgangspunkt zurück. Als ersten Schritt müssen wir eine umfassende Untersuchung einleiten, während wir den äußeren Schein im Sinne von ›der Verkauf geht weiter‹ wahren. Verwenden Sie jede Geschichte als Deckung, die Sie für glaubwürdig halten. Wenn irgend möglich, weihen Sie nicht einmal Ihre Führungskräfte in die Sache ein.«

»Was ist mit einer zentralen Koordinationsstelle während der Nachforschungen?« fragte Emmett.

»Wir werden weiterhin alle acht Stunden hier zusammentreffen, um eintreffende Meldungen auszuwerten und die Aktivitäten Ihrer jeweiligen Fahndungsstellen zu koordinieren.«

Simmons rutschte an die Stuhlkante vor. »Ich habe ein Problem. Ich soll laut meinem Terminplan heute nachmittag zu einer Konferenz mit dem ägyptischen Verteidigungsminister nach Kairo fliegen.«

»Fliegen Sie auf alle Fälle«, antwortete Oates. »Halten sie nach außen hin den Schein der Normalität aufrecht. General Metcalf kann Sie im Pentagon abschirmen.«

Emmett rutschte unruhig herum. »Ich soll morgen vormittag einen Vortrag vor Jurastudenten in Princeton halten.«

Oates überlegte einen Augenblick. »Schützen Sie eine Grippe vor und sagen Sie, Sie könnten nicht kommen.« Er wandte sich an Lucas. »Verzeihen Sie mir, Oscar, wenn ich das sage, aber Sie sind am ehesten entbehrlich. Vertreten Sie Sam. Niemand wird auf die Idee kommen, daß der Präsident entführt wurde, wenn der neuernannte Direktor des Geheimdienstes sich die Zeit nehmen kann, einen Vortrag zu halten.«

Lucas nickte. »Ich werde zur Stelle sein.«

»Gut.« Oates ließ den Blick in der Runde um den Tisch schweifen. »Um zwei Uhr kommen wir alle hier wieder zusammen. Vielleicht wissen wir dann schon etwas mehr.«

»Ich habe schon ein Expertenteam vom Labor auf die Jacht geschickt«, meldete sich Emmett. »Hoffentlich finden sie ein paar handfeste Anhaltspunkte.«

»Wir können nur hoffen, daß es der Fall ist.« Oates ließ die Schultern hängen und schien die Tischplatte mit seinem Blick zu durchdringen. »Mein Gott«, murmelte er leise, »kann man so überhaupt eine Regierung führen?«

17

Blackowl stand am Anlegeplatz und sah zu, wie ein Team von FBI-Agenten die *Eagle* durchstöberte. Er bemerkte, daß sie eine gut eingespielte Gruppe waren. Jeder Mann war ein Spezialist auf seinem Fachgebiet des Erkennungsdienstes. Sie erledigten ihre Aufgabe, die Jacht vom Kielraum bis zum Funkmast unter die Lupe zu nehmen, mit einem Mindestmaß an Worten.

Sie überquerten in endloser Aufeinanderfolge den Kai zu den am Ufer geparkten Lastwagen und brachten Möbel, Fußbodenbeläge, alles weg, was nicht niet- und nagelfest war, und das war eine beträchtliche Menge. Jedes Stück wurde sorgfältig in eine Plastikhülle eingeschlagen und inventarisiert.

Weitere Agenten trafen ein, erweiterten die Suche auf einen Umkreis von anderthalb Kilometern um den ehemaligen Landsitz Washingtons, untersuchten jeden Quadratzentimeter Boden, Bäume und Sträucher. Im Wasser neben der Jacht durchstöberten sogar Taucher den schlammigen Flußgrund.

Der für dieses Treiben verantwortliche Agent bemerkte Blackowl, der neben der Landerampe stand und neugierig zusah, und kam herüber. »Haben Sie die Erlaubnis, sich in diesem Gebiet aufzuhalten?« fragte er.

Blackowl antwortete nicht, sondern zeigte nur seinen Ausweis vor.

»Was führt den Geheimdienst an einem Wochenende nach Mount Vernon?«

»Übungseinsatz«, antwortete Blackowl beiläufig. »Wie steht es mit dem FBI?«

»Das gleiche. Der Direktor muß gedacht haben, daß wir zu bequem werden, deshalb hat er sich eine Übung mit höchster Dringlichkeitsstufe ausgedacht.«

»Sucht ihr etwas Besonderes?« fragte Blackowl, der nur allgemeines Interesse vortäuschte.

»Wir sollen alles über die Leute feststellen, die sich zuletzt an Bord aufgehalten haben. Identifizierung durch Fingerabdrücke, woher sie stammen, etc. Sie wissen schon.«

Bevor Blackowl antworten konnte, trat Ed McGrath von dem Kiesweg auf den Kai. Seine Stirn glänzte von Schweißtropfen, und sein Gesicht war gerötet. Blackowl erriet, daß er schnell gelaufen war.

»Entschuldige, George«, keuchte er zwischen zwei Atemzügen. »Hast du eine Minute Zeit?«

»Natürlich.« Blackowl winkte dem FBI-Agenten zu. »War nett, mit Ihnen zu plaudern.«

»Hat mich auch gefreut.«

Sobald sie außer Hörweite waren, fragte Blackowl leise: »Was gibt es Neues?«

»Die FBI-Leute haben etwas gefunden, das du sehen solltest.«

»Wo?«

»Ungefähr hundertfünfzig Meter flußaufwärts, in Bäumen versteckt. Ich werde es dir zeigen.«

McGrath führte ihn einen Pfad am Flußufer entlang. Als er zu den Außengebäuden des Besitzes abbog, gingen sie geradlinig weiter quer über einen kurzgehaltenen Rasen. Dann kletterten sie über einen Holzzaun in das verwahrloste Unterholz auf der anderen Seite. Sie arbeiteten sich in das dichte Gebüsch hinein und stießen plötzlich auf zwei Untersuchungsbeamte des FBI, die am Boden hockten und zwei große Tanks studierten, die anscheinend mit elektrischen Generatoren verbunden waren.

»Was, zum Teufel, sind das für Dinger?« fragte Blackowl, ohne zu grüßen.

Einer der Männer blickte auf. »Es sind Nebelwerfer.«

Blackowl starrte ihn verwirrt an. Dann weiteten sich seine Augen. »Nebelwerfer?« platzte er heraus. »Maschinen, die Nebel erzeugen?«

»Ja, das stimmt. Nebelgeneratoren. Die Marine pflegte sie während des Zweiten Weltkrieges auf Zerstörern anzubringen, um Nebelwände zu erzeugen.«

»O Gott!« keuchte Blackowl. »So haben sie es also angefangen!«

18

Während des Wochenendes verwandelt sich das offizielle Washington in eine Geisterstadt. Freitag abend um fünf Uhr bleibt die Antriebsmaschine der Regierung knirschend stehen und versinkt bis Montag morgen in Tiefschlaf, um dann mit den Startschwierigkeiten eines erkalteten Motors wieder zum Leben zu erwachen. Die riesigen Gebäude sind so ausgestorben wie Mausoleen, das Reinigungspersonal ist gekommen und wieder gegangen; was aber am meisten überrascht, ist die Tatsache, daß selbst die Telefonanlagen abgeschaltet sind.

Nur die Touristen kommen in Scharen, sie ergießen sich über die Laubenpromenaden und das Capitol, spielen auf dem Rasen Frisbee, steigen die endlosen Treppen empor und starren mit offenem Mund auf die Unterseite der Kuppel.

Einige dieser Besucher schauten um die Mittagszeit durch den eisernen Zaun um das Weiße Haus, als gerade der Präsident herauskam, rasch über den Rasen ging und ihnen fröhlich zuwinkte, bevor er einen Hubschrauber bestieg. Ihm folgte eine kleine Gruppe von Adjutanten und Geheimdienstleuten. Nur wenige Starreporter waren anwesend, weil die meisten zu Hause geblieben waren, sich im Fernsehen Baseballspiele ansahen oder auf einem Golfplatz umherwanderten.

Fawcett und Lucas standen bei der Kolonnade und sahen zu, bis sich die schwerfällige Maschine über die E-Street erhob und zu einem kleinen Punkt wurde, während sie zum Luftwaffenstützpunkt Andrews ratterte.

»Das war schnelle Arbeit«, lobte Fawcett ruhig. »Du hast den Wechsel in weniger als fünf Stunden geschafft.«

»Mein Büro in Los Angeles hat Sutton aufgespürt und ihn vierzig Minuten später, nachdem der Befehl durchkam, in das Cockpit eines F-20 Marinejagdflugzeugs gesetzt.«

»Wie steht es mit Margolin?«

»Einer meiner Agenten sieht ihm einigermaßen ähnlich. Er wird, sobald es dunkel ist, mit einer Regierungsmaschine nach New Mexico gebracht.«

»Kann man deinen Leuten vertrauen, daß sie diese Scharade nicht verraten?«

Lucas warf Fawcett einen scharfen Blick zu. »Sie sind darauf dressiert, den Mund zu halten. Wenn es eine undichte Stelle gibt, wird sie beim Personal des Präsidenten zu suchen sein.«

Fawcett lächelte schwach. Er wußte, daß er sich auf unsicherem Grund bewegte. Die Mitteilsamkeit des Personals im Weißen Haus war eine allzu bekannte Informationsquelle für die Presse. »Sie können nicht ausplaudern, was sie nicht wissen. Erst jetzt werden einige sich der Tatsache bewußt werden, daß der Mann, mit dem sie im Hubschrauber sitzen, nicht der Präsident ist.«

»Auf der Farm wird man sie gut bewachen«, versprach Lucas. »Sobald sie dort angekommen sind, darf niemand mehr den Besitz verlassen, und ich habe dafür gesorgt, daß alle Kontakte zur Außenwelt überwacht werden.«

»Falls ein Korrespondent das Spiel aufdeckt, wird Watergate daneben wie eine Ostereiersuche wirken.«

»Wie nehmen es die Frauen der Entführten auf?«

»Sie kooperieren hundertprozentig mit uns«, antwortete Fawcett. »Die First Lady und Mrs. Margolin haben sich freiwillig bereit erklärt, in ihren Schlafzimmern zu bleiben und eine Viruserkrankung vorzutäuschen.«

»Was jetzt?« fragte Lucas. »Was können wir noch tun?«

»Wir warten.« Fawcetts Stimme war ausdruckslos. »Wir halten durch, bis wir den Präsidenten finden.«

»Ich habe den Eindruck, daß Sie die Leitungen überlasten«, stellte Don Miller, Emmetts stellvertretender Direktor des FBI fest.

Emmett blickte bei Millers Kritik nicht auf. Nachdem er ins Hauptquartier des Büros Ecke Pennsylvania-Avenue und Tenth-Street zurückgekehrt war, hatte er innerhalb von Minuten einen »Alarm für alle Büros« ausgelöst und dann Bereitschaftsdienst für einen »Notfall von höchster Dringlichkeit« für jedes Büro in den fünfzig Staaten und für alle Agenten in Übersee verfügt. Als nächstes folgte der Befehl, die Akten, Unterlagen und Beschreibungen jedes Verbrechers oder Terroristen, der auf Entführungen spezialisiert war, herauszusuchen.

Sein Vorwand den sechstausend Agenten des Büros gegenüber lautete, daß der Geheimdienst Hinweise erhalten hatte, daß eine Entführung von Außenminister Oates und anderen noch ungenannten Beamten auf höchster Regierungsebene geplant war.

»Es könnte sich um eine große Verschwörung handeln«, stellte Emmett schließlich in den Raum. »Wir können es nicht darauf ankommen lassen, daß sich der Secret Service irrt.«

»Sie haben sich schon früher mal geirrt«, erinnerte ihn Miller.

»Aber nicht in einem solchen Fall.«

Miller warf Emmett einen seltsamen Blick zu. »Sie haben verdammt wenig Informationen zur Verfügung gestellt, mit denen man arbeiten kann. Wozu diese strenge Geheimhaltung?«

Emmett antwortete nicht, also ließ Miller das Thema wieder fallen. Er reichte drei Aktenmappen über den Schreibtisch. »Hier sind die neuesten Daten über die Entführungsoperationen der PLO, über die

Geiselnahmen der mexikanischen Zapata-Brigaden und über eine Aktion, über die ich mir noch nicht im klaren bin.«

Emmett starrte ihn kalt an. »Könnten Sie sich etwas klarer ausdrücken?«

»Ich bezweifle, ob da wohl ein Zusammenhang besteht, aber da Sie sich so seltsam verhielten –«

»Wovon sprechen Sie?« fragte Emmett, griff nach der Akte und schlug sie auf.

»Ein sowjetischer Vertreter bei den Vereinten Nationen namens Alexej Lugowoj ...«

»Ein bekannter Psychologe«, bemerkte Emmett laut, während er las.

»Ja, er und mehrere Mitglieder seines Stabes bei der Weltgesundheitsorganisation sind verschwunden.«

Emmett blickte auf. »Wir haben ihre Spur verloren?«

Miller nickte. »Unsere Überwachungsbeamten bei den Vereinten Nationen berichten, daß die Russen das Gebäude am Freitag abend verlassen haben ...«

»Wir haben jetzt Sonnabend morgen«, unterbrach ihn Emmett. »Sie sprechen also von einem Zeitraum von nur wenigen Stunden. Was ist daran so verdächtig?«

»Sie haben sich sehr bemüht, unsere Beschatter abzuschütteln. Der für das New Yorker Büro verantwortliche Spezialagent hat nachgeforscht und festgestellt, daß keiner der Russen in seine Wohnung oder sein Hotel zurückgekehrt ist. Sie sind allesamt verschwunden.«

»Haben wir irgendwelches Material über Lugowoj?«

»Alle Anzeichen weisen darauf hin, daß er in Ordnung ist. Er scheint sich von den KGB-Agenten der sowjetischen Botschaft fernzuhalten.«

»Und sein Stab?«

»Auch von ihnen wurde keiner bei einer Spionagetätigkeit beobachtet.«

Emmett sah eine Weile nachdenklich vor sich hin. Normalerweise hätte er den Bericht beiseite geschoben oder höchstens eine Routineuntersuchung angeordnet. Aber er empfand einen bohrenden Zweifel. Das Verschwinden des Präsidenten und Lugowojs in der gleichen Nacht konnte natürlich auch Zufall sein.

Schließlich sagte er: »Ich möchte gerne Ihre Meinung dazu hören, Don.«

»Es ist schwierig, eine Vermutung zu äußern«, antwortete Miller.

»Vielleicht tauchen sie alle am Montag wieder bei den Vereinten Nationen auf, als wäre nichts geschehen. Andererseits liegt die Vermutung nahe, daß das auffallend korrekte Image, das Lugowoj und sein Stab zur Schau trugen, Deckmantel sein könnte.«

»Zu welchem Zweck?«

Emmett zuckte mit den Schultern. »Ich habe keinen Hinweis.«

Emmett klappte die Akte zu. »Lassen Sie es vom New Yorker Büro weiter verfolgen. Ich möchte mit dem Vermerk ›dringend‹ die neuesten Berichte erhalten, wann immer sie greifbar sind.«

»Je mehr ich darüber nachdenke«, sagte Miller, »desto seltsamer kommt es mir vor.«

»Wieso?«

»Welche wichtigen Geheimnisse könnte eine Gruppe sowjetischer Psychologen stehlen wollen?«

19

Erfolgreiche Magnaten aus der Schiffahrtsbranche reisen in aufwendigem Stil durch die glitzernden Wogen des internationalen Jetsets. Von exotischen Jachten zu Privatflugzeugen, von prächtigen Villen zu exklusiven Hotelsuiten durchziehen sie die Welt in einer nicht endenden Kreuzfahrt, um weiterhin Macht und Reichtum anzusammeln.

Min Korjo Bougainville hatte für solch einen freizügigen Lebensstil nichts übrig. Sie verbrachte ihre wachen Stunden in ihrem Büro und die Nächte in einer kleinen, aber eleganten Wohnung im Stock darüber. Sie war in den meisten Belangen des Lebens äußerst genügsam, und ihre einzige Schwäche bestand in einer Vorliebe für chinesische Antiquitäten.

Als sie zwölf war, verkaufte sie ihr Vater an einen Franzosen, der eine kleine Reederei betrieb; sie bestand aus drei Frachtdampfern, die die Küstenhäfen zwischen Pusan und Hongkong abfuhren. Die Linie florierte, und Min Korjo gebar René Bougainville drei Söhne. Dann kam der Krieg, und die Japaner überrannten China und Korea. René kam bei einem Bombenangriff ums Leben, und seine drei Söhne fielen irgendwo im Südpazifik, nachdem sie gezwungen worden waren, in die Kaiserliche Japanische Armee einzutreten. Nur Min Korjo und ein Enkel, Lee Tong, hatten überlebt.

Nach der Kapitulation Japans gelang es ihr, eines der Schiffe ihres

Mannes, das im Hafen von Pusan gesunken war, bergen zu lassen und einzusetzen. Langsam baute sie die Bougainville-Flotte wieder auf, indem sie alte ausgediente Frachter kaufte, für die sie nie mehr als den Schrottwert bezahlte. Gewinn fiel dabei nur selten ab, doch sie hielt durch, bis Lee Tong an der Wirtschaftsfakultät der Wharton-Universität von Pennsylvanien seinen Magister machte und begann, die laufenden Geschäfte zu übernehmen. Dann wuchs die Reederei Bougainville wie durch ein Wunder plötzlich wie gedüngtes Unkraut, und Lee Tong verlegte das Hauptbüro nach New York. In einem Ritual, das schon dreißig Jahre bestand, saß er abends pflichtgetreu neben ihrem Bett und besprach mit ihr die laufenden Transaktionen ihres ausgedehnten Finanzimperiums. Lee Tong hatte das irreführende Aussehen eines freundlichen, asiatischen Bauern. Sein rundes, braunes Gesicht, das wie aus Elfenbein geschnitzt wirkte, zeigte ein immer gleichbleibendes Lächeln. Hätten das Justizministerium und die Hälfte der mit dem Gesetzesvollzug betrauten Organe des Landes eine Reihe von ungelösten Verbrechen auf See abschließen wollen, hätten sie ihn an der nächsten Laterne aufhängen müssen, aber seltsamerweise hatte niemand je von ihm gehört. Er hielt sich im Schatten seiner Großmutter, er war nicht einmal als Direktor oder Angestellter der Reederei Bougainville im Handelsregister eingetragen. Dennoch war er es, das ungenannte Familienmitglied, der alle schmutzigen Geschäfte besorgte und damit die Grundlagen der Firma schuf.

Er war zu peinlich genau, um sein Schicksal gemieteten Helfern anzuvertrauen, und leitete lieber die höchst gewinnbringenden ungesetzlichen Operationen aus der vordersten Reihe. Seine Tätigkeit führte oft zu Blutvergießen, und selbst vor Morden scheute er nicht zurück, wenn es um Gewinne ging, und war bei einem Geschäftsessen im Klub » 21 « ebenso zu Hause wie bei einem Mord im Hafengelände.

Er saß in respektvoller Entfernung von Min Korjos Bett und hielt eine lange, silberne Zigarettenspitze zwischen seinen unregelmäßigen Zähnen. Sie war dagegen, daß er rauchte, aber er hielt daran fest, nicht so sehr um des Vergnügens willen, denn als ein kleines Zeichen seiner Unabhängigkeit.

»Morgen wird das FBI wissen, auf welche Art der Präsident verschwunden ist«, sagte Min Korjo.

»Das bezweifle ich«, widersprach Lee Tong zuversichtlich. »Ihre chemischen Analysen sind zwar gut, aber so gut auch wieder nicht. Ich würde eher sagen, in drei Tagen. Und dann dauert es noch eine

Woche, bis sie das Schiff finden.«

»Zeit genug, damit alle für uns verräterischen Spuren verwischt werden können?«

»Zeit genug, *aunumi*«, bestätigte Lee Tong, der sie mit dem koreanischen Wort für Mutter ansprach. »Sei beruhigt, alle Spuren führen ins Grab.«

Min Korjo nickte. Die Schlußfolgerung war kristallklar: Das Team von sieben Mann, das Lee Tong bei der Entführung geholfen hatte, war von ihm eigenhändig liquidiert worden.

»Noch immer nichts Neues aus Washington?« fragte sie.

»Kein Wort. Das Weiße Haus benimmt sich, als wäre nichts vorgefallen. Sie lassen sogar einen Doppelgänger ais Präsidenten auftreten.«

Sie sah ihn an. »Wie hast du das erfahren?«

»Aus den Sechs-Uhr-Nachrichten. Die Fernsehkameras zeigten den Präsidenten, wie er an Bord der Air Force One stieg, um auf seine Farm in New Mexico zu fliegen.«

»Und die anderen?«

»Sie scheinen für sie gleichfalls Ersatzleute zu haben.«

Min Korjo trank einen Schluck Tee. »Irgendwie kommt es mir widersinnig vor, daß wir nun darauf angewiesen sind, daß Außenminister Oates und das Kabinett des Präsidenten ein erfolgreiches Täuschungsmanöver durchführen, bis Lugowoj soweit ist.«

»Sie haben schließlich keine andere Möglichkeit. Sie werden erst wagen, eine Erklärung abzugeben, wenn sie wissen, was mit dem Präsidenten geschehen ist.«

Min Korjo betrachtete die Teeblätter auf dem Grund ihrer Tasse. »Dennoch glaubte ich diesmal, daß wir einen zu großen Bissen geschnappt haben.«

Lee Tong nickte. »Ich verstehe, *aunumi*. Die Kongreßabgeordneten waren nur zufällige Fische im selben Netz.«

»Aber nicht Margolin. Es war doch dein Plan, ihn auf die Jacht zu locken.«

»Stimmt, aber Alexej Lugowoj hat erklärt, daß seine Experimente nur in elf von fünfzehn Fällen erfolgreich waren. Kein ideales prozentuales Verhältnis. Wenn er beim Präsidenten keinen Erfolg hat, verfügt er über ein weiteres Versuchskaninchen, um das gewünschte Resultat zu erreichen.«

»Du meinst *drei* Versuchskaninchen.«

»Wenn du Larimer und Moran in die Nachfolge einbeziehst, ja.«

»Und wenn Lugowoj in allen Fällen Erfolg hat?«

»Um so besser«, antwortete Lee Tong. »Dann würde unser Einfluß weiter reichen, als wir ursprünglich zu hoffen wagten. Aber manchmal kommen mir Zweifel, *aunumi,* ob der finanzielle Gewinn es wert ist, daß wir Gefängnis und den Verlust unserer Firma riskieren.«

»Vergiß nicht, Enkel, die Amerikaner haben meinen Mann, deinen Vater und seine beiden Brüder im Krieg getötet.«

»Rache ist kein guter Berater.«

»Um so mehr Grund haben wir, unsere Interessen zu schützen und uns vor einem Betrug seitens der Russen zu hüten. Präsident Antonow wird alles tun, was in seiner Macht steht, um uns um unser Honorar zu prellen.«

»Sollten sie dumm genug sein, uns in diesem entscheidenden Stadium zu übervorteilen, wäre das ganze Projekt für sie verloren.«

»Sie denken nicht so«, sagte Min Korjo ernst. »Der kommunistische Geist nährt sich von Mißtrauen. Integrität geht über ihre Begriffe. Sie werden manisch dazu getrieben, Winkelzüge zu machen. Und das, mein Enkel, ist ihre Achillesferse.«

»Was gedenkst du also zu unternehmen?«

»Wir spielen weiterhin die Rolle ihres ehrlichen, aber leichtgläubigen Partners ...« Sie machte eine Pause und dachte nach.

»Und wenn Lugowojs Projekt beendet ist?« drängte Lee Tong.

Sie blickte auf, und ein verschlagenes Lächeln flog über ihr faltiges Gesicht. Ihre Augen glänzten listig.

»Dann ziehen wir ihnen den Teppich unter den Füßen weg.«

20

Den Russen wurden alle Ausweise und Armbanduhren abgenommen, als die Männer Bougainvilles sie vom Fährschiff bei Staten Island mitten im Kanal umsteigen ließen. Die Augen wurden ihnen verbunden, und sie erhielten gepolsterte Kopfhörer über die Ohren gestülpt, die leise Kammermusik spielten. Minuten später erhoben sie sich in die Luft in einem Düsen-Wasserflugzeug, das direkt von den dunklen Hafengewässern startete.

Der Flug erschien ihnen lang und ermüdend und endete schließlich auf einem See, wie Lugowoj aus der glatten Landung schloß. Nach einer kurzen Fahrt von zwanzig Minuten wurden die verwirrten Russen durch einen aus Metall gefertigten Korridor in einen

Fahrstuhl geführt. Erst als sie ausstiegen und über eine mit Teppichen ausgelegte Fläche zu ihren Schlafzimmern geleitet wurden, nahm man ihnen die Augenbinden und die Kopfhörer ab.

Lugowoj war von den Anlagen, die die Bougainvilles zur Verfügung stellten, tief beeindruckt. Die elektronische und die Laboreinrichtung übertrafen alles, was er je in der Sowjetunion gesehen hatte, bei weitem. Jedes einzelne der mehreren hundert Ausrüstungsstükke, die er verlangt hatte, war vorhanden und installiert. Auch für die persönlichen Annehmlichkeiten seines Stabes war gesorgt. Sie erhielten Schlafzimmer mit eigenem Bad, während am Ende des zentralen Korridors ein elegantes Speisezimmer lag, das von einem ausgezeichneten koreanischen Koch und zwei Kellnern versorgt wurde.

Die Möbel, einschließlich der Kühlschränke und Herde in der Küche, des Inventars der Büros und des Datenkontrollraums, waren geschmackvoll in kühlen Blau- und Grüntönen mit den Wänden und Teppichbelägen abgestimmt. Entwurf und Ausführung jeder Einzelheit war ebenso exotisch wie aufwendig.

Dennoch diente jede Wohnungseinheit gleichzeitig als luxuriöses Gefängnis. Lugowojs Stab durfte nicht freizügig kommen und gehen. Die Fahrstuhltüren waren zu allen Zeiten verschlossen, und es gab keine äußeren Steuermechanismen. Er untersuchte ein Abteil nach dem anderen, entdeckte aber weder Fenster noch eine erkennbare Spalte einer Ausgangstür. Von draußen drang nicht das geringste Geräusch zu ihnen herein.

Seine Inspektionsrunde wurde durch die Ankunft seiner Versuchspersonen unterbrochen. Sie waren infolge der Betäubungsmittel nur halb bei Bewußtsein und bemerkten ihre Umgebung nicht. Jeder wurde vorbereitet und in getrennten Zellen, sogenannten Kokons, untergebracht.

Die Polsterung im Inneren war nahtlos und hatte abgerundete Ekken, so daß sich für das Auge kein Beziehungspunkt ergab, an den es sich hätte halten können. Von einer indirekten Lichtquelle kam schwache Beleuchtung über Spiegel, die die Kokons in ein einförmiges Grau tauchten. Speziell konstruierte Wände schirmten alle Geräusche und elektrischen Kraftfelder ab, die die Gehirntätigkeit beeinträchtigen oder steigern konnten.

Lugowoj saß mit zwei seiner Helfer an einem Bedienungspult und studierte die Reihe von Farb-Videomonitoren, auf denen die in ihren Kokons liegenden Versuchspersonen zu sehen waren. Die meisten verharrten in einem tranceartigen Zustand völligen Vergessens. Einer jedoch erreichte fast die Bewußtseinsschwelle, war für Suggestion anfällig und geistig desorientiert. Ihm wurden Drogen injiziert, um seine Muskelkontrolle außer Kraft zu setzen und jede Körperbewegung zu lähmen. Sein Kopf war von einer Schädelklappe aus Kunststoff bedeckt.

Lugowoj hatte noch immer Schwierigkeiten, sich der Macht bewußt zu werden, über die er verfügte. Er zitterte innerlich bei dem Gedanken, daß er eines der großen Experimente dieses Jahrhunderts unternehmen würde. Was er in den nächsten zehn Tagen tat, konnte ebenso dramatische und radikale Auswirkungen auf die Welt haben wie die Entdeckung der Atomenergie.

»Dr. Lugowoj?«

Lugowojs Konzentration wurde durch die fremde Stimme unterbrochen. Er wandte sich um und erblickte zu seiner Überraschung einen stämmigen Mann mit faltigen slawischen Zügen und struppigem schwarzem Haar, der scheinbar aus der Wand trat. »Wer sind Sie?« platzte er heraus.

Der Fremde sprach sehr leise, als wolle er nicht belauscht werden. »Suworow, Jurij Suworow, Staatssicherheitsdienst.«

Lugowoj wurde völlig blaß. »Mein Gott, Sie sind ja vom KGB. Wie sind Sie hier überhaupt hereingekommen?«

»Ganz zufällig«, murmelte Suworow sarkastisch. »Sie wurden meiner Sicherheitsabteilung vom Tag an, da Sie in New York eintrafen, zur Beobachtung zugeteilt. Nach Ihrem verdächtigen Besuch in den Büros der Reederei Bougainville übernahm ich persönlich Ihre Überwachung. Ich war auch auf dem Fährboot, als die Männer, die Sie hierherbrachten, mit Ihnen Kontakt aufnahmen. Dank der Dunkelheit war es leicht, mich unter Ihren Mitarbeiterstab zu mischen und an der Fahrt zu Ihrem Ziel teilzunehmen. Seit der Ankunft hielt ich mich in meinem Raum auf.«

»Haben Sie eine Ahnung, wo Sie hier hineingeraten sind?« fragte Lugowoj mit hochrotem Gesicht.

»Noch nicht«, gestand Suworow gelassen. »Aber es ist meine Pflicht, dies herauszufinden.«

»Diese Operation geht von höchster Ebene aus. Sie geht das KGB nichts an.«

»Das muß ich wohl selbst beurteilen . . .«

»Sie werden ein Stück Dreck in der sibirischen Eiswüste sein«, fauchte Lugowoj, »wenn Sie sich hier in meine Arbeit einmischen.«

Suworow schien durch Lugowojs gereizten Ton leicht amüsiert zu sein. Langsam begann ihm zu dämmern, daß er seine Befugnisse möglicherweise etwas überschritten hatte. »Vielleicht könnte ich Ihnen behilflich sein.«

»Wie denn?«

»Sie könnten meine besonderen Fähigkeiten benötigen.«

»Ich brauche die Dienste eines Mörders nicht.«

»Ich dachte eher an Flucht.«

»Es gibt keinen Grund zu flüchten.«

Suworow wurde immer ärgerlicher. »Sie müssen versuchen, sich in meine Lage zu versetzen.«

Nun hatte Lugowoj Oberwasser. »Es gibt wichtigere Probleme, die meine Gedanken beschäftigen, als Ihr bürokratisches Vorgehen.«

»Was zum Beispiel?« Suworow zeigte mit der Hand auf alles Gerät in dem Raum. »Was geht hier eigentlich vor?«

Lugowoj starrte ihn eine Zeitlang überlegend an, bevor er antwortete. »Ein Projekt für mentale Beeinflussung.«

Suworow zog die Brauen hoch. »Mentale Beeinflussung?«

»Gehirnkontrolle, wenn Ihnen dieser Ausdruck lieber ist.«

Suworow blickte zum Videomonitor und zeigte auf das Bild. »Ist das der Grund für den kleinen Helm?«

»Auf dem Kopf der Versuchsperson?«

»Genau der.«

»Ein mikroelektronisch integrierter Stromkreismodul, der einhundertzehn Sonden enthält, die innere Körperfunktionen vom gewöhnlichen Puls bis zu Hormonsekretionen messen. Er liest auch Ströme ab, die durch das Gehirn des Versuchsobjektes fließen, und übermittelt sie an die Computer in diesem Raum. Die Gehirnsprache wird dann sozusagen in uns verständliche Sprache übersetzt.«

»Ich sehe keine Elektroklemmen.«

»Die gehören einem vergangenen technischen Zeitalter an. Alles, was wir aufnehmen wollen, kann durch die Luft ferngemessen werden. Wir verlassen uns nicht mehr auf die unnötige Masse von Drähten und Klemmen.«

»Sie können tatsächlich verstehen, was er denkt?« fragte Suworow ungläubig.

Lugowoj nickte. »Das Gehirn spricht seine eigene Sprache, und was es sagt, enthüllt die geheimsten Gedanken seines Trägers. Das Gehirn arbeitet Tag und Nacht, unaufhörlich, es liefert uns einen lebendigen Einblick in den tätigen Geist, wie ein Mensch denkt und warum. Die Eindrücke sind unbewußt und erfolgen so blitzschnell, daß nur ein Computer, der imstande ist, in Picosekunden zu operieren, sie empfangen und entziffern kann.«

»Ich hatte keine Ahnung, daß die Gehirnwissenschaft schon ein so hohes Niveau erreicht hat.«

»Nachdem wir seine Gehirnrhythmen festgestellt und aufgezeichnet haben«, fuhr Lugowoj fort, »können wir seine Absichten und Körperbewegungen voraussagen. Wir wissen, wann er im Begriff ist, irrtümlich etwas zu sagen oder zu tun. Und was das Wichtigste ist, wir können rechtzeitig eingreifen, um ihn daran zu hindern. In weniger als einem Augenblick kann der Computer seinen Irrtum löschen und seinen Gedanken neu formulieren.«

Suworow staunte ehrfürchtig. »Ein religiöser Kapitalist würde Sie vielleicht beschuldigen, die Seele des Menschen zu zerstören.«

»Wie Sie bin ich ein loyales Mitglied der Kommunistischen Partei, Genosse Suworow. Ich glaube nicht an die Rettung der Seelen. Wie dem auch sei, in diesem Fall können wir keine spektakuläre Bekehrung zulassen. Es wird keinen Bruch in seinen grundlegenden Denkprozessen geben, keine Änderung in Redeweise oder -wendungen.«

»Also eine Form von kontrollierter Gehirnwäsche.«

»Das ist keine primitive Gehirnwäsche«, antwortete Lugowoj empört. »Unsere Fähigkeiten übertreffen bei weitem alles, was die Chinesen erfunden haben. Sie glauben noch immer daran, die Ich-Persönlichkeit einer Person zerstören zu müssen, um sie umzuerziehen. Ihre Experimente mit Drogen und Hypnose haben wenig Erfolg gezeitigt. Hypnose ist zu verschwommen, zu unzuverlässig, um von langer Dauer zu sein. Und Drogen haben sich dadurch, daß sie eine plötzliche Veränderung in der Persönlichkeit und dem Verhalten verursachten, als gefährlich erwiesen. Wenn ich meine Arbeit an dem Versuchsobjekt beendet habe, wird es wieder in die Wirklichkeit zurückkehren und seinen persönlichen Lebensstil wieder aufnehmen, als hätte er ihn niemals unterbrochen. Ich beabsichtige nur, seine politischen Perspektiven zu verändern.«

»Wer ist das Versuchsobjekt?«

»Wissen Sie es nicht? Erkennen Sie ihn nicht?«

Suworow studierte das Videobild. Allmählich weiteten sich seine Augen, und er trat zwei Schritte an den Schirm heran; sein Gesicht war angespannt, seine Lippen bewegten sich mechanisch.

»Der Präsident . . .« Seine Stimme erstarb zu einem ungläubigen Flüstern. »Ist das wirklich der Präsident der Vereinigten Staaten?«

»In Fleisch und Blut.«

»Wie . . . wo . . .«

»Ein Geschenk unserer Gastgeber«, erklärte Lugowoj unbestimmt.

»Wird er nicht unter Nachwirkungen leiden?« fragte Suworow verwirrt.

»Keineswegs.«

»Wird er sich an den Aufenthalt hier erinnern können?«

»Wenn er in zehn Tagen aufwacht, wird er sich nur daran erinnern können, daß er zu Bett gegangen ist.«

»Sie können das tun, wirklich durchführen?« erkundigte sich Suworow mit der starren Hartnäckigkeit des typischen Sicherheitsdienstorgans.

»Ja«, bestätigte Lugowoj, dessen Augen zuversichtlich leuchteten. »Das und noch vieles mehr.«

21

Wildes Flügelschlagen durchbrach die Stille des frühen Morgens, als sich zwei Fasane in den Himmel erhoben. Sowjetpräsident Georgij Antonow riß das doppelläufige Purdey-Jagdgewehr an die Schulter und drückte die beiden Abzüge rasch nacheinander durch. Die Zwillingsschüsse hallten durch den nebelfeuchten Wald. Einer der beiden Vögel hielt plötzlich im Flug inne und taumelte zu Boden.

Wladimir Polewoj, der Leiter des Komitees für Staatssicherheit, wartete einen Augenblick, bis er sicher war, daß Antonow den zweiten Fasan verfehlt hatte, bevor er ihn mit einem Schuß herunterholte.

Antonow fixierte seinen KGB-Direktor mit einem strafenden Blick. »Sie wollen bei Ihrem Chef wieder einmal angeben,Wladimir?

Polewoj verstand den gespielten Ärger Antonows richtig. »Ihr Schußwinkel war schwierig, Genosse Präsident, meiner war recht günstig.«

»Sie hätten lieber ins Außenministerium eintreten sollen als in die Geheimpolizei«, lachte Antonow. »In Diplomatie erreichen Sie beinahe Genosse Gromyko.« Er sah sich im Wald um. »Wo befindet sich unser französischer Gastgeber?«

»Präsident L'Estrange steht siebzig Meter links von uns.« Polewojs Erklärung wurde von einer Gewehrsalve irgendwo außer Sicht, jenseits des Unterholzes, unterbrochen.

»Gut«, brummte Antonow. »Wir können uns ein paar Minuten unterhalten.« Er reichte die Purdey Polewoj, der die leergeschossenen Patronen ersetzte und den Sicherheitsbügel umlegte.

Polewoj trat nahe an Antonow heran und sagte leise: »Ich würde lieber nicht allzu offen sprechen. Der französische Geheimdienst hat überall Abhörsonden.«

»Geheimnisse halten sich heutzutage selten sehr lang«, seufzte Antonow.

Polewoj lächelte vielsagend. »Ja, unsere Spezialisten haben gestern nacht das Treffen zwischen L'Estrange und seinem Finanzminister aufgezeichnet.«

»Irgendwelche wertvollen Hinweise, die ich erfahren sollte?«

»Nichts von Bedeutung. Der Großteil ihres Gesprächs drehte sich darum, daß man Sie überreden will, die Finanzhilfe des amerikanischen Präsidenten doch anzunehmen.«

»Wenn sie dumm genug sind zu glauben, daß ich die naive Großzügigkeit des Präsidenten nicht ausnützen werde, sind sie auch dumm genug zu glauben, daß ich den Flug hierher unternommen habe, um diese Angelegenheit zu besprechen.«

»Sie können versichert sein, daß die Franzosen von dem wahren Grund für Ihren Flug keine Ahnung haben.«

»Etwas Neues aus New York?«

»Nur, daß Huckleberry Finn unsere Hoffnungen übertroffen hat.« In Polewojs russischer Aussprache klang Huckleberry wie Guckleberry.

»Und alles verläuft glatt?«

»Die Aktion ist in Gang.«

»Dieses alte Miststück hat also fertiggebracht, was wir für unmöglich hielten.«

»Es bleibt ein Rätsel, wie sie es geschafft hat.«

Antonow starrte ihn an. »Wir wissen etwa nicht alles darüber?«

»Nein, Sir. Sie hat sich geweigert, uns ins Vertrauen zu ziehen. Ihr Sohn hat ihre Aktivität abgeschirmt wie die Kremlmauer. Bis jetzt ist es uns nicht gelungen, ihre Abschirmung zu durchdringen.«

»Diese alte chinesische Hure!« knurrte Antonow. »Glaubt sie, daß sie es mit dummen Schuljungen zu tun hat?«

»Sie ist koreanischer Abstammung, soviel ich weiß.«

»Das spielt keine Rolle.« Antonow blieb stehen und setzte sich schwerfällig auf einen gefällten Baumstamm. »Wo findet das Experiment statt?«

Polewoj schüttelte den Kopf. »Auch das wissen wir nicht.«

»Haben Sie keine Verbindung mit dem Genossen Lugowoj?«

»Er und sein Mitarbeiterstab haben Lower Manhattan Island auf dem Staten-Island-Fährboot am späten Freitagabend verlassen. Sie gingen beim Anliegen nicht an Land. Wir haben jede Verbindung mit ihnen verloren.«

»Ich will wissen, wo sie sich befinden«, sagte Antonow ruhig. »Ich will den genauen Ort des Experiments erfahren.«

»Unsere besten Agenten sind darauf angesetzt.«

»Wir können nicht zulassen, daß sie uns auf Dauer im Ungewissen läßt, insbesondere, wenn Goldreserven im Wert von einer Milliarde amerikanischer Dollar auf dem Spiel stehen.«

Polewoj warf dem Generalsekretär der Kommunistischen Partei einen listigen Blick zu. »Haben Sie etwa die Absicht, ihr das Honorar zu bezahlen?«

»Schmilzt die Wolga im Januar?« fragte Antonow mit breitem Grinsen.

»Es wird nicht leicht sein, sie auszutricksen.«

Das Geräusch von Schritten, die durch das Unterholz stapften, kam näher. Antonows Blick wanderte zu den herankommenden Treibern, die die erlegten Fasane brachten, und dann wieder zurück zu Polewoj. »Finden Sie nur Lugowoj«, flüsterte er, »und der Rest wird sich von selbst ergeben.«

Sechs Kilometer von dieser Stelle entfernt saßen zwei Männer in einem schalldichten Lastwagen vor einem Mikrowellenempfänger neuester Bauart. Neben ihnen zeichneten zwei Doppelrollen-Bandgeräte das Gespräch auf, das Antonow und Polewoj im Wald führten.

Die Männer waren elektronische Überwachungsspezialisten vom SDECE, dem französischen Geheimdienst. Beide beherrschten sechs Sprachen, einschließlich Russisch, in Wort und Schrift. Sie nahmen gleichzeitig ihre Kopfhörer ab und wechselten neugierige Blicke.

»Was glaubst du, worum zum Teufel es in dem Gespräch ging?« fragte einer der beiden.

Der zweite zuckte auf typisch französische Art mit den Schultern. »Wer kann das schon sagen? Wahrscheinlich eine Art russische Geheimsprache.«

»Ich möchte wissen, ob ein Analytiker etwas Wichtiges herausfinden kann.«

»Wichtig oder nicht, wir werden es nie erfahren.«

Der erste machte eine Pause, hielt seinen Hörer für ein paar Augenblicke an sein Ohr und legte ihn wieder weg. »Jetzt sprechen sie mit Präsident L'Estrange. Das war schon alles, was wir bekommen können.«

»Also gut, machen wir Schluß und bringen wir die Aufzeichnungen nach Paris. Ich habe um sechs Uhr ein Rendezvous.«

22

Die Sonne stand schon seit zwei Stunden über dem Osten der Stadt, als Sandecker durch ein Hintertor des National Airport von Washington fuhr. Er parkte den Wagen neben einem anscheinend verlassenen Hangar, der weit jenseits des Wartungsbereichs der internationalen Fluggesellschaften auf einem von Unkraut überwucherten Teil des Flugfeldes stand. Er ging zu einem Seiteneingang, dessen durch Sonne und Regen verwittertes Holz längst die Farbe verloren hatte, und drückte auf einen kleinen Knopf gegenüber von einem großen, verrosteten Vorhängeschloß. Nach wenigen Sekunden öffnete sich die Tür lautlos.

Das höhlenförmige Innere war in strahlendem Weiß gestrichen, das die durch riesige Dachfenster eindringenden Sonnenstrahlen reflektierte. Es sah aus wie ein Fahrzeugmuseum, denn auf dem gewachsten Betonboden standen in vier langen, wohlgeordneten Reihen alte und berühmte Automobile. Die meisten wiesen den gleichen strahlenden Glanz auf wie an dem Tag, an dem ihre Karosseriebauer sie fertiggestellt hatten. Einige wenige befanden sich in verschiedenen Stadien der Restaurierung. Sandecker verharrte zwischen einem majestätischen Rolls-Royce Silver Ghost aus dem Jahre 1921 mit einer Karosserie von Park-Ward und einem massiven, roten Isotta-Fraschini aus dem Jahre 1925 mit einer Torpedokarosserie von Sala.

Die beiden Glanzstücke der Sammlung waren ein altes, dreimotoriges Fordflugzeug – manchem Flugzeugfan als die »Blechgans« bekannt – und ein Eisenbahn-Pullmanwagen aus den ersten Jahren des 20. Jahrhunderts, auf dessen stählerner Seitenwand die Worte MANHATTAN LIMITED in goldenen Lettern standen. Sandecker stieg über eine eiserne Wendeltreppe zu einer verglasten Wohnung empor, die an einem Ende des Hangars das oberste Stockwerk einnahm. Das Wohnzimmer war mit Marine-Erinnerungsstücken geschmückt, darunter mit Regalen voller zierlich gearbeiteter Schiffsmodelle in Glasbehältern.

Pitt stand vor einem Herd und betrachtete ein seltsam aussehendes Gebrutzel in einer Bratpfanne. Er trug eine Khakiwanderhose, zerrissene Tennisschuhe und ein T-Shirt, auf dem vorne die Worte

»*Hebt die Lusitania*« standen.

»Sie kommen gerade rechtzeitig zum Essen, Admiral.«

»Was haben Sie denn in der Pfanne?« fragte Sandecker und musterte mißtrauisch deren Inhalt.

»Nichts Besonderes. Ein würziges mexikanisches Omelett.«

»Mir genügen eine Tasse Kaffee und eine halbe Grapefruit.«

Während sie sich an den Küchentisch setzten, servierte Pitt und schenkte den Kaffee ein. Sandecker legte die Stirn in Falten und schwenkte eine Zeitung. »Ihr Name steht auf Seite zwei.«

»Hoffentlich ist der Artikel so interessant wie in den anderen Zeitungen.«

»Was wollen Sie eigentlich beweisen? Sie halten eine Pressekonferenz ab und behaupten, Sie hätten die *San Marino* gefunden, was nicht der Wahrheit entspricht, und die *Pilottown*, was streng geheim bleiben soll. Haben Sie den Verstand verloren?«

Pitt machte zwischen zwei Bissen Omelett eine Pause. »Ich habe das Nervengift nicht erwähnt.«

»Glücklicherweise hat es die Armee gestern in aller Stille vergraben.«

»Um so besser. Da die *Pilottown* jetzt leer ist, ist sie nur ein weiteres rostendes Schiffswrack.«

»Der Präsident wird das wohl anders beurteilen. Wenn er nicht in New Mexico wäre, hätten sie uns im Weißen Haus schon zur Sau gemacht.«

Sandecker wurde durch ein Klingelzeichen unterbrochen. Pitt erhob sich und drückte auf einen Schalter auf einem kleinen Brett.

»Jemand an der Tür?« fragte Sandecker.

Pitt nickte.

»Das ist eine Grapefruit aus Florida«, knurrte Sandecker und spuckte ein Stück Schale aus.

»Na und?«

»Die texanischen sind mir lieber.«

»Ich werde es mir merken«, grinste Pitt.

»Zurück zu Ihrem Ammenmärchen», sagte Sandecker und drückte den restlichen Saft in einen Löffel. »Ich möchte Ihre Begründung dazu hören.«

Pitt erläuterte sie ihm.

»Warum überlassen Sie das nicht dem Justizministerium? Die werden ja schließlich dafür bezahlt.«

Pitts Augen bekamen einen harten Ausdruck, und er fuchtelte drohend mit der Gabel. »Weil die Justizbeamten niemals den Auftrag bekommen werden, Nachforschungen anzustellen. Die Regierung ist doch nicht bereit zuzugeben, daß über dreihundert Todesfälle durch ein gestohlenes Nervengift verursacht wurden, das es angeblich gar nicht gibt. Prozesse und nachteilige Berichte in der Öffentlichkeit würden sich jahrelang hinziehen. Sie wollen doch nur die ganze Schweinerei möglichst übertünchen, damit sie bald vergessen wird. Der Ausbruch des Vulkans Augustin erfolgte dazu gerade zur rechten Zeit. Noch heute wird der Pressesprecher des Präsidenten ein gefälschtes Kommuniqué herausgegeben, in dem die Schwefelgaswolken für die Todesfälle verantwortlich gemacht werden.«

Sandecker blitzte ihn einen Augenblick streng an. Dann fragte er: »Wer hat Ihnen das alles erzählt?«

»Ich«, meldete sich eine weibliche Stimme von der Tür her.

Auf Lorens Gesicht lag ein entwaffnendes Lächeln. Sie kam soeben vom Jogging zurück und trug kurze rote Satinshorts mit dazu passendem Oberteil und ein Kopfband. Die Luftfeuchtigkeit in Virginia hatte recht schweißtreibend gewirkt, und sie war noch ein wenig atemlos. Sie trocknete ihr Gesicht, und Pitt übernahm die Vorstellung. »Admiral James Sandecker, Kongreßabgeordnete Loren Smith.«

»Wir haben bei den Konferenzen der Marinekomitees einander gegenüber gesessen.« Loren streckte ihm die Hand entgegen.

Sandecker brauchte keine hellseherischen Kräfte, um die Beziehung zwischen Pitt und Loren zu erraten. »Jetzt verstehe ich erst, warum Sie meine Budgetvorschläge für die NUMA immer gutgeheißen haben.«

Falls Loren bei seiner Anspielung verlegen wurde, ließ sie es sich nicht anmerken. »Dirk ist ein sehr überzeugender Fürsprecher«, erklärte sie freundlich.

»Möchtest du Kaffee?« fragte Pitt.

»Nein, danke, für Kaffee bin ich zu durstig.« Sie ging zum Kühlschrank und schenkte sich ein Glas Buttermilch ein.

»Sie wissen, worum es in dem Kommuniqué von Pressesprecher Thompson geht?« bohrte Sandecker.

Loren nickte. »Mein Pressesekretär und seine Frau sind mit der Familie von Sonny Thompson dick befreundet. Gestern haben sie gemeinsam zu Abend gegessen. Thompson erwähnte, daß das Weiße Haus die Tragödie in Alaska begraben wird. Auf Einzelheiten ist er nicht eingegangen.«

Sandecker wandte sich an Pitt. »Wenn Sie diese Vendetta fortsetzen, werden Sie einer Menge Leute auf die Zehen treten.«

»Ich werde aber nicht aufgeben«, erklärte Pitt ernst.

Sandecker blickte Loren an. »Und Sie, Kongreßabgeordnete Smith?«

»Loren.«

»Loren«, verbesserte er sich verbindlich. »Darf ich Sie fragen, wieso Sie an dieser Sache interessiert sind?«

Sie zögerte für einen Bruchteil einer Sekunde, dann sagte sie: »Sagen wir einfach, Neugierde des Senats an einem möglichen Regierungsskandal.«

»Sie haben ihr den wahren Zweck Ihres Angelausflugs nach Alaska verheimlicht?« wandte sich Sandecker an Pitt.

»Ja.«

»Ich glaube, Sie sollten es nachholen.«

»Habe ich Ihre offizielle Erlaubnis dazu?«

Der Admiral nickte. »Sie werden eine Freundin im Kongreß gut brauchen können, noch ehe Ihre Jagd vorüber ist.«

»Und auf welcher Seite stehen Sie, Admiral?« fragte ihn Pitt. Sandecker faßte Pitt über den Tisch hinweg scharf ins Auge, prüfte jeden einzelnen Zug in dem rauhen Gesicht seines Gegenübers, als sähe er es zum erstenmal, und fragte sich im stillen, was für eine Art von Mensch ohne persönlichen Vorteil so weit über normale Grenzen hinausgehen würde. Er las darin nur grimmige Entschlossenheit. Es war jener Ausdruck, den er in den Jahren, seit er Pitt kannte, oftmals an ihm bemerkt hatte.

»Ich werde Sie unterstützen, bis der Präsident beschließt, daß Sie gefeuert werden«, sagte er endlich. »Von da ab sind Sie auf sich selbst gestellt.«

Pitt unterdrückte einen hörbaren Seufzer der Erleichterung. Es würde alles in Ordnung kommen. Besser als erwartet.

Min Korjo warf einen Blick auf die Zeitung auf ihrem Schreibtisch. »Was hältst du davon?«

Lee Tong beugte sich über ihre Schulter und las die ersten Sätze des Artikels laut. »Gestern teilte Dirk Pitt, Direktor für Spezialprojekte der NUMA, mit, daß zwei seit über zwanzig Jahren vermißte Schiffe gefunden worden sind. Die *San Marino* und die *Pilottown*, beides Schiffe der Liberty-Klasse, die im Zweiten Weltkrieg gebaut wurden, sind im Nordpazifik vor Alaska auf dem Meeresboden entdeckt worden.«

»Ein Bluff!« fauchte Min Korjo plötzlich. »Jemand in Washington, vermutlich im Justizministerium, hatte nichts Besseres zu tun, also gruben sie einen längst vergessenen Vorfall aus. Sie befinden sich auf einem Angelausflug, sonst nichts.«

»Ich glaube, *aunumi*, du hast nur zur Hälfte recht«, meinte Lee Tong nachdenklich. »Ich habe den Verdacht, daß die NUMA, während sie nach den Ursachen der Todesfälle in den Gewässern Alaskas suchte, über das Schiff gestolpert ist, das das Nervengift enthält.«

»Und dieses Pressekommuniqué ist ein Köder, um die wahren Besitzer des Schiffes aus ihrem Versteck zu locken«, fügte Min Korjo hinzu.

Lee Tong nickte. »Die Regierung setzt darauf, daß wir Nachforschungen anstellen werden, die sie zurückverfolgen können.«

Min Korjo seufzte. »Schade, daß das Schiff nicht wie geplant versenkt wurde.«

Lee Tong ging um den Schreibtisch herum und sank in den Stuhl davor. »Pech. Nachdem mir klar geworden war, daß der Sprengstoff nicht explodieren würde, setzte damals ein Sturm ein und machte es mir unmöglich, wieder an Bord des Schiffes zu gelangen.«

»Für die Launen der Natur kann man dir nicht die Schuld geben. Die wahre Schuld liegt bei den Russen. Wenn sie sich an die Abmachung gehalten hätten, das Nervengift S zu kaufen, wäre es nicht notwendig gewesen, das Schiff zu versenken.«

»Sie hatten Angst, daß das Gift zu flüchtig war, um es quer durch Sibirien zu ihrem Arsenal für chemische Kriegsführung im Ural zu transportieren.«

»Mir ist aber immer noch unbegreiflich, wieso die NUMA die beiden Schiffe miteinander in Verbindung brachte.«

»Das weiß ich leider auch nicht, *aunumi*. Wir haben jedes Erkennungszeichen sorgfältig entfernt.«

»Macht nichts. Die Tatsache bleibt bestehen, daß der Artikel in der Zeitung ein Bluff ist. Wir müssen jedenfalls Stillschweigen bewahren und nichts unternehmen, das unsere Anonymität gefährden könnte.«

»Was ist mit dem Mann, der das Kommuniqué herausgab?« fragte Lee Tong. »Dieser Dirk Pitt?«

In Min Korjos schmales Gesicht trat ein kühl berechnender Ausdruck. »Finde seine Motive heraus und überwache ihn. Suche zu erfahren, welche Rolle er in der Affäre spielt. Wenn er eine Gefahr für uns darstellt, sorge für sein baldiges Begräbnis.«

Das dämmrige Grau des Abends verwischte die harten Konturen von Los Angeles, die Straßenbeleuchtung wurde bald eingeschaltet und betupfte die Seitenflächen der Gebäude mit Lichtflecken. Der Straßenlärm stieg empor und drang durch das altmodische Schiebefenster, dessen Führungsleisten verzogen und durch ein Dutzend Farbschichten verklebt waren, so daß es seit dreißig Jahren nicht mehr geöffnet worden war. Draußen ratterte eine Klimaanlage in ihrer Halterung.

Der Mann saß in einem alten Drehstuhl aus Holz und starrte mit leerem Blick durch die schmutzigen Fensterscheiben. Seine Augen hatten das Schlimmste gesehen, das die Stadt zu bieten hatte; sie waren hart und klar, und selbst nach sechzig Jahren war ihre Sehkraft ungebrochen. Ein abgewetzter Lederhalfter hing von seiner linken Schulter herab, und wie ein Krebsgeschwür beulte der Kolben einer 45er Automatik es aus. Er war breit und untersetzt, seine Muskelkraft hatte zwar mit den Jahren nachgelassen, aber er konnte noch immer einen Mann von zweihundert Pfund Gewicht vom Gehsteig hochheben und gegen eine Mauer schleudern.

Der Stuhl knarrte, als er ihn herumdrehte und sich über den Schreibtisch beugte, der mit unzähligen Zigarettenbrandflecken bedeckt war. Er ergriff eine zusammengefaltete Zeitung und las den Artikel über die entdeckten Schiffe vielleicht zum zehnten Mal. Dann zog er eine Schublade auf, holte eine Mappe mit Eselsohren heraus und starrte minutenlang auf den Deckel. Schon vor langer Zeit hatte er jedes einzelne Wort, das auf den Papieren in der Mappe stand, auswendig gelernt. Er schob sie zusammen mit der Zeitung in eine abgenutzte lederne Aktentasche.

Er stand auf, ging zu einem Waschbecken in einer Ecke des Raumes und wusch sich das Gesicht mit kaltem Wasser. Dann zog er ein Jackett an, stülpte sich einen abgewetzten weichen Filzhut auf den Kopf, knipste das Licht aus und verließ das Büro.

Als er im Korridor stand und auf den Fahrstuhl wartete, umgaben ihn die Gerüche des alternden Gebäudes. Der Schimmel und die Fäulnis schienen jeden Tag ärger zu werden. Fünfunddreißig Jahre am selben Ort war eine lange Zeit, fand er, viel zu lang.

Seine Gedanken wurden durch das Geräusch der Fahrstuhltür unterbrochen. Ein Fahrstuhlwärter, der über Siebzig zu sein schien, grinste ihn mit gelben Zähnen an.

»Machen Sie Schluß für heute abend?« fragte er.

»Nein, ich nehme das letzte Flugzeug nach Washington.«

»Ein neuer Fall?«

»Ein alter.«

Damit hatte es sich; sie fuhren schweigend hinunter. Als er auf den

Hausgang trat, nickte er dem Fahrstuhlwärter zu. »Wiedersehen in ein paar Tagen, Joe.«

Dann ging er durch den Hauptausgang und verschwand in der Nacht.

23

Für die meisten hieß er Hiram Yaeger. Einige Auserwählte kannten ihn als Pinocchio, weil er seine Nase in sehr viele Computernetze stecken und ihre Software gründlich durchforsten konnte. Sein Spielplatz war das Kommunikations- und Informationsnetz der NUMA im zehnten Stockwerk.

Sandecker hatte ihn eingestellt, um jede wissenschaftliche oder historische Information, die jemals über die Ozeane veröffentlicht worden war, zu speichern, wobei es gleichgültig war, ob es sich um Tatsachen oder Theorien handelte. Yaeger machte sich sofort mit leidenschaftlicher Hingabe an die Arbeit und hatte innerhalb von nur fünf Jahren eine ungeheure Computerbibliothek von Daten über die Schiffahrt gesammelt.

Yaeger arbeitete, wann er wollte; manchmal kam er bei Sonnenaufgang und arbeitete durch bis zum nächsten Morgen. Er erschien selten bei Abteilungsbesprechungen, doch Sandecker ließ ihn in Frieden weil es keinen Besseren gab und weil Yaeger eine unheimliche Fähigkeit besaß, geheime Codeschlüssel zu einer ungeheuren Zahl von weltweiten Computernetzen herauszufinden.

Er trug immer Jeansjacke und -hose und sein langes, blondes Haar in einem Knoten im Nacken. Ein zottiger Bart sowie sein durchdringender Blick verliehen im das Aussehen eines Wüstenprospektors, der vom nächsten Hügel aus nach Eldorado Ausschau hält.

Er saß an einem Computerterminal in einer abgelegenen Ecke von NUMAs elektronischem Labyrinth. Pitt stand neben ihm und betrachtete interessiert die grüne Computerschrift auf einem Bildschirm.

»Das ist alles, was wir aus dem Massenspeichersystem der Marineverwaltung herausfiltern können.«

»Dort gibt es also nichts Neues«, stimmte Pitt zu.

»Was jetzt?«

»Kannst du die Datenbank des Hauptquartiers der Küstenwache anzapfen?«

Yaeger grinste breit. »Kann Tante Jemima Pfannkuchen backen?«

Er zog ein dickes schwarzes Notizbuch kurz zu Rate, fand die Eintragung, die er suchte, und tippte die Nummer in ein Tastentelefon, das mit einem Modem verbunden war. Das Computersystem der Küstenwache meldete sich, bestätigte Yaegers Zugangscode, und die grüne Computerschrift fegte über den Bildschirm. *»Bitte, geben Sie Ihre Anfrage ein.«*

Yaeger sah Pitt fragend an.

»Frag nach den Besitzverhältnissen an der *Pilottown*«, ordnete Pitt an.

Yaeger nickte und tippte seine Anfrage in den Terminal. Als die Antwort sofort kam, studierte Pitt sie eingehend und notierte sich alle Transaktionen des Schiffes von der Zeit an, da es gebaut worden war, wer sein Besitzer war, solange es mit ordentlichen Schiffspapieren ausgestattet unter der Flagge der Vereinigten Staaten lief, und mit welchen Hypotheken es belastet gewesen war. Das Ergebnis war enttäuschend. Die *Pilottown* war aus dem Register gelöscht worden, als sie an eine ausländische Firma, in diesem Fall die Kassandra Phosphate Company in Athen in Griechenland verkauft worden war.

»Etwas Erfolgversprechendes?« erkundigte sich Yaeger.

»Wieder eine Fehlbohrung«, knurrte Pitt.

»Wie wäre es mit Lloyds in London? Die werden sie in ihrem Schiffsregister haben.«

»Okay, versuch es mal.«

Yaeger unterbrach die Verbindung mit der Datenbank der Küstenwache, suchte wieder in seinem Buch und fand den Einstiegscode zu der Computerbank der großen Seeversicherungsgesellschaft. Die Daten wurden mit einer Geschwindigkeit von 400 Buchstaben pro Minute ausgedruckt. Diesmal war die Schilderung der Geschichte der *Pilottown* etwas eingehender. Dennoch sah es aus, als wäre nur wenig davon verwertbar. Dann erregte ein Hinweis am Ende des Bildschirms Pitts Aufmerksamkeit.

»Ich glaube, wir haben etwas ausgegraben.«

»Mir fällt nichts Besonderes auf.«

»Die Zeile nach der Sosan Trading Company.«

»Wo sie als Unternehmer angegeben ist? Na und? Das hatten wir schon vorher gehabt.«

»Als Eigner, nicht als Unternehmer. Das ist ein Unterschied.«

»Was beweist das?«

Pitt richtete sich auf, und sein Blick wurde nachdenklich. »Der Grund, weshalb Eigner ihr Schiff unter einer sogenannten billigen

Flagge registrieren lassen, besteht darin, daß sie kostspielige Lizenzen, Steuern und einschränkende Betriebsvorschriften umgehen. Ein weiterer Grund ist, daß sie jeder Art von Untersuchung entgehen. Sie gründen also eine Scheinfirma und führen die Adresse der Firmenzentrale als Postfach, in diesem Fall Inchon, Korea. Wenn sie nun einen Unternehmer verpflichten, um Frachtverträge abzuschließen und eine Mannschaft für das Schiff anzuheuern, muß das Geld von einem zum anderen überwiesen werden. Es müssen also Banken eingeschaltet werden, und Banken führen Aufzeichnungen.«

»In Ordnung, aber angenommen, ich bin ein Stammhaus. Warum sollte ich meine fragwürdige Schiffahrtslinie von einer miesen Deckfirma betreiben lassen, wenn wir nachweisbare Bankbeziehungen in Kauf nehmen müssen? Ich weiß nicht, wo da der Vorteil liegen sollte.«

»Ein Versicherungsschwindel«, antwortete Pitt. »Der Unternehmer besorgt die schmutzige Arbeit, während die Besitzer abkassieren. Nimm zum Beispiel den Fall eines griechischen Tankers, der sich vor einigen Jahren ereignet hat. Der Frachter hieß *Trikeri*. Er lief mit bis zum Rand gefüllten Öltanks aus Surabaja in Indonesien aus. Nachdem er Kapstadt in Südafrika erreicht hatte, legte er bei einer Pipeline vor der Küste an und pumpte das Öl bis auf ein paar tausend Gallonen aus seinen Tanks heraus. Eine Woche später ging er unerklärlicherweise vor Westafrika unter. Für das Schiff und seine volle Ladung Öl wurde eine Schadensmeldung bei der Versicherung eingereicht. Die Untersuchungsbeamten waren davon überzeugt, daß das Schiff absichtlich versenkt worden war, aber sie konnten es nicht beweisen. Der Unternehmer der *Trikeri* wurde eingeschüchtert und verschwand still aus dem Geschäft. Die eingetragenen Eigner kassierten die Versicherungssumme und ließen sie über verschlungene Wege den Drahtziehern an der Spitze zukommen.«

»Passiert das oft?«

»Öfter, als man annehmen möchte«, antwortete Pitt.

»Du willst also deine Nase in das Bankkonto der Sosan Trading Company stecken?«

Pitt war nicht so dumm, Yaeger zu fragen, ob er das tun könnte. Er sagte einfach »Ja.«

Yaeger unterbrach die Verbindung zum Computernetz von Lloyds, ging zu einem Aktenschrank und kam mit einem großen Hauptbuch zurück. »Sicherheitscodes der Banken«, erklärte er einfach.

Er machte sich an die Arbeit und hatte innerhalb von zwei Minuten die Bank von Sosan Trading aufgestöbert. »Ich habe sie!« rief er. »Die obskure Inchon-Zweigstelle einer großen Bank, deren Hauptquartier sich in Seoul befindet. Das Konto wurde vor sechs Jahren aufgelöst.«

»Sind die Kontoauszüge noch in den Akten?«

Ohne zu antworten, betätigte Yaeger die Tasten des Terminals, lehnte sich dann mit verschränkten Armen zurück und las die Auszüge. Die Daten blinkten weiter mit der Kontonummer und der Frage nach den gewünschten monatlichen Kontoauszügen. Er sah Pitt erwartungsvoll an.

»März bis September 1976«, wies Pitt an.

Das Computersystem der Bank gab gefälligerweise Auskunft.

»Höchst merkwürdig«, fand Yaeger, als er die Daten entgegennahm. »Nur zwölf Transaktionen in einer Zeitspanne von sieben Monaten. Sosan Trading muß die allgemeinen Ausgaben und die Löhne bar bezahlt haben.«

»Woher stammen die Geldeinlagen?« fragte Pitt.

»Anscheinend von einer Bank in Bern in der Schweiz.«

»Wieder einen Schritt näher.«

»Ja, aber ab jetzt wird es kompliziert«, sagte Yaeger. »Die Sicherheitscodes sind komplizierter. Wenn diese Burschen von der Reederei so gewieft sind, wie es den Anschein hat, werden sie wahrscheinlich mit den Bankkonten so herumjonglieren, als handle es sich um einen Varieté-Akt.«

»Ich werde uns Kaffee holen, während du schon zu bohren beginnst.«

Yaeger sah Pitt einen Augenblick nachdenklich an. »Du gibst wohl niemals auf?«

»Nein.«

Yaeger war über die plötzliche Kühle in Pitts Ton überrascht. Er zuckte etwas ratlos mit den Schultern. »Also gut, Sportsfreund, das wird keine leichte Sache. Vielleicht brauche ich die ganze Nacht dazu, und es entpuppt sich dann als Reinfall. Ich werde verschiedene Nummernkombinationen so lang aussenden müssen, bis ich auf die richtigen Codes stoße.«

»Hast du was Besseres vor?«

»Nein, aber wenn du schon Kaffee holst, wäre ich dir dankbar, wenn du auch ein paar Pfannkuchen auftreiben könntest.«

Die Bank in der Schweiz erwies sich als harter Brocken. Jegliche Spur zu der Sosan Trading Muttergesellschaft verschwand dort. Sie kamen an sechs weitere Banken in dem kleinen Gebirgsland heran und hofften, sie würden vielleicht Glück haben wie ein Schatzsucher, der die Karte von Schiffswracks, die er sucht, in der falschen Schublade eines Archivs findet. Aber sie fanden nichts Nützliches. Die Kundenkarteien sämtlicher Banken in Europa zu durchsuchen, stellte ein aussichtsloses Unterfangen dar. Es gab nämlich über sechstausend.

»Sieht ziemlich trostlos aus«, stellte Yaeger fest, nachdem er fünf Stunden lang auf den Bildschirm gestarrt hatte.

»Ja, glaube ich auch.«

»Soll ich weiter tippen?«

»Wenn es dir nichts ausmacht.«

Yaeger hob die Arme und streckte sich. »So komme ich wenigstens zu meinem Vergnügen. Du siehst aber aus, als hättest du genug. Warum haust du nicht ab und legst dich aufs Ohr? Wenn ich etwas herausfinde, rufe ich dich an.«

Pitt ließ Yaeger dankbar im Hauptquartier der NUMA zurück und fuhr über den Fluß zum Flughafen. Er stellte den Talbot-Lago vor der Tür zu seinem Hangar ab, fischte einen kleinen Sender aus seiner Jackentasche und betätigte einen programmierten Code. Daraufhin stellten sich die Sicherheitsalarmanlagen ab, und das massive Tor hob sich zu etwas mehr als der Wagenhöhe, so daß er den Wagen im Hangar parken konnte. Nach dem Verschließen des Tores stieg er müde die Treppen empor, trat ins Wohnzimmer und schaltete das Licht ein.

In Pitts Lieblingslehnstuhl saß ein Mann, der die Hände auf einer Aktentasche gefaltet hatte, die auf seinem Schoß lag. Sein Gesichtsausdruck war geduldig, beinahe tödlich, und er zeigte nur die schwache Andeutung eines gleichgültigen Lächelns. Er trug einen altmodischen Filzhut, und seine maßgeschneiderte Jacke war, um eine verräterische Ausbuchtung zu verbergen, gerade nur so weit aufgeknöpft, daß man den Kolben einer 45er Automatik sehen konnte.

Einen Augenblick starrten sie einander an, keiner sprach ein Wort, wie Boxer, die ihren Gegner abschätzen. Schließlich brach Pitt das Schweigen. »Wahrscheinlich sollte ich jetzt fragen: ›Wer zum Teufel sind Sie‹?«

Das dünne Lächeln wurde zu einem breiten Grinsen. »Ich bin Privatdetektiv, Mr. Pitt. Mein Name ist Casio, Sal Casio.«

24

»Fiel es Ihnen schwer hereinzukommen?«

»Ihr Sicherheitssystem ist gut, zwar nicht überragend, aber es genügt, um die meisten Einbrecher und jugendlichen Vandalen abzuschrecken.«

»Das bedeutet, daß ich bei dem Test durchgefallen bin?«

»Nicht ganz. Ich würde Ihnen plus Drei geben.«

Pitt ging sehr langsam zu einem alten Kühlschrank aus Eichenholz, den er zu einer Bar umgebaut hatte, und öffnete die Tür. »Möchten Sie etwas trinken, Mr. Casio?«

»Einen Schuß Jack Daniels auf Eis, danke.

»Eine gute Idee. Zufällig habe ich eine Flasche davon.«

»Ich habe schon geschaut«, gestand Casio. »Übrigens, ich habe mir die Freiheit genommen, den Ladestreifen aus Ihrer Waffe zu entfernen.«

»Waffe?« fragte Pitt unschuldig.

»Die 32er Mauser Automatik, Seriennummer 922374, die geschickt an der Rückseite der Doppelliterflasche Gin befestigt ist.«

Pitt blickte Casio sehr lange an. »Wie lange haben Sie dazu gebraucht?«

»Für die Durchsuchung?«

Pitt nickte stumm, während er die Kühlschranktür öffnete und die Eiswürfel herausnahm.

»Ungefähr fünfundvierzig Minuten –«

»Und Sie haben auch die beiden anderen Waffen gefunden, die ich versteckt hatte?«

»Eigentlich drei.«

»Sie sind ein sehr gründlicher Mann.«

»Was auch immer in einem Haus versteckt wird, kann gefunden werden. Und manche von uns haben mehr Talent zum Suchen als andere. Es ist nur eine Frage der Technik.« In Casios Ton lag nichts Prahlerisches. Er sprach, als würde er nur eine allgemein bekannte Tatsache feststellen.

Pitt schenkte den Drink ein und brachte ihn auf einem Tablett ins Wohnzimmer. Casio ergriff das Glas mit der rechten Hand. In diesem Augenblick ließ Pitt das Tablett fallen und zielte mit einer kleinen, 25kalibrigen Westentaschen-Automatik auf Casios Stirn.

Casios einzige Reaktion war ein schwaches Lächeln. »Sehr gut«, lobte er beifällig. »Damit waren es also im ganzen fünf.«

»Sie steckte im leeren Milchkarton«, erklärte Pitt.

»Saubere Arbeit, Mr. Pitt. Sehr klug, so lange zu warten, bis ich das Glas in meiner Schußhand hielt. Das zeigt, daß Sie denken können. Ich muß Ihnen doch minus Zwei geben.«

Pitt ließ den Sicherungshebel einrasten und senkte die Waffe. »Wenn Sie hierher gekommen wären, Mr. Casio, um mich umzulegen, hätten Sie mich erledigen können, als ich hereinkam. Was wollen Sie also?«

Casio deutete mit dem Kopf auf seine Aktentasche. »Darf ich?«

»Nur los.«

Casio stellte das Glas ab, öffnete die Aktentasche und entnahm ihr eine dicke, mit Gummibändern zusammengehaltene, kartonierte Mappe. »Ein Fall, an dem ich seit 1966 arbeite.«

»Das ist schon lange her. Sie müssen ein zäher Bursche sein.«

»Ich will einfach nicht aufgeben«, gab Casio zu. »Es ist so, als gäbe man ein Puzzle auf, bevor es fertig ist, oder man legte ein gutes Buch weg, bevor man das Ende kennt. Früher oder später gerät jeder Detektiv an einen Fall, bei dem er nachts wachliegt und zur Decke starrt, der Fall, der sich jeglicher Lösung entzieht. In diesem Fall gibt es außerdem einen persönlichen Aspekt, Mr. Pitt. Er begann vor dreiundzwanzig Jahren, als ein Mädchen, eine Bankkassiererin namens Arta Casilighio, einer Bank in Los Angeles 128 000 Dollar stahl.«

»Was hat das mit mir zu tun?«

»Sie wurde zum letztenmal gesehen, als sie an Bord eines Schiffes namens *San Marino* ging.«

»Okay, Sie haben also den Artikel über die Entdeckung des Schiffswracks in der Zeitung gelesen?«

»Ja.«

»Und Sie glauben, daß dieses Mädchen mit der *San Marino* untergegangen ist?«

»Ich bin davon überzeugt.«

»Dann ist Ihr Fall ja gelöst. Die Diebin ist tot, und das Geld bleibt für immer verschwunden.«

»So einfach ist es auch wieder nicht.« Casio starrte in sein Glas. »Es besteht kein Zweifel daran, daß Arta Casilighio tot ist, aber das Geld ist nicht *für immer verschwunden.* Arta nahm frisch gedruckte Banknoten von der Federal Reserve Bank. Alle Seriennummern waren aufgezeichnet, so daß es also leicht war, die abhanden gekommenen Banknoten festzustellen.« Casio machte eine Pause und sah über seine Brille hinweg Pitt in die Augen. »Vor zwei Jahren ist das gestohlene Geld endlich aufgetaucht.«

In Pitts Augen flammte Interesse auf. Er setzte sich Casio gegenüber in einen Stuhl. »Das ganze Geld?« fragte er vorsichtig.

Casio nickte. »Es tauchte einzeln und bündelweise auf. Fünftausend in Frankfurt, tausend in Kairo, alles in ausländischen Banken. In den Vereinigten Staaten kam eine einzige Hundertdollarnote auf den Markt.«

»Dann ist also Arta nicht auf der *San Marino* gestorben?«

»Sie verschwand offensichtlich mit dem Schiff. Das FBI brachte sie mit einem gestohlenen Paß in Zusammenhang, der einer gewissen Estelle Wallace gehörte. Mit diesem Hinweis konnten sie ihre Spur bis nach San Francisco verfolgen, wo sie sich verlor. Ich habe weiter nachgeforscht und habe schließlich einen Hippie aufgestöbert, der manchmal Taxi fuhr, wenn er Geld für Schnaps brauchte. Er erinnerte sich, sie zur Anlegestelle der *San Marino* gebracht zu haben.«

»Können Sie dem Gedächtnis eines Säufers trauen?«

Casio lächelte selbstsicher. »Arta bezahlte mit einer funkelnagelneuen Hundert-Dollar-Note. Er konnte sie nicht wechseln, da meinte sie, er solle sie behalten. Glauben Sie mir, es machte ihm deshalb keine große Mühe, sich an den Vorfall zu erinnern.«

»Wenn es sich um gestohlenes Geld von der Federal Reserve Bank handelt, für das das FBI zuständig ist, wieso haben Sie dann damit zu tun? Warum verfolgen Sie mit solcher Verbissenheit eine Verbrecherin, deren Spur längst erkaltet ist?«

»Bevor ich meinen Namen aus geschäftlichen Gründen abkürzte, lautete er Casilighio. Arta war meine Tochter.«

Betretenes Schweigen folgte. Durch die zur Flußseite gehenden Fenster drang das Donnern eines startenden Düsenflugzeugs herein. Pitt stand auf und ging in die Küche, wo er einen kalt gewordenen Kaffee aus einer Kanne in eine Tasse einschenkte und sie in einen Mikrowellenherd stellte. »Möchten Sie noch einen Drink, Mr. Casio?«

Casio schüttelte den Kopf.

»Im Grunde glauben Sie also, daß am Verschwinden Ihrer Tochter etwas sonderbar ist?«

»Sie und das Schiff haben den Zielhafen nie erreicht, aber das Geld, das sie gestohlen hat, taucht auf eine Weise auf, die vermuten läßt, daß es in kleinen Teilbeträgen in Umlauf gebracht wird. Weist das Ihrer Ansicht nach nicht auf einen seltsamen Umstand hin, Mr. Pitt?«

»Ich kann nicht leugnen, daß Sie triftige Gründe anführen.« Der Mikrowellenherd piepste, und Pitt nahm die dampfende Tasse heraus. »Aber mir ist nicht klar, was Sie von mir wollen.«

»Ich habe da ein paar Fragen.«

Pitt setzte sich, denn nun ging sein Interesse über bloße Neugierde hinaus. »Erwarten sie keine sehr detaillierten Antworten.«

»Klar.«

»Also dann los.«

»Wo haben Sie die *San Marino* gefunden? Ich meine, in welchem Teil des Pazifischen Ozeans?«

»Nahe der Südküste von Alaska«, antwortete Pitt.

»Ein bißchen weit abseits vom Kurs eines Schiffes, das von San Francisco nach Neuseeland fährt, meinen Sie nicht auch?«

»Ziemlich abseits vom Kurs«, stimmte Pitt zu.

»Dreitausend Kilometer?«

»Und noch einiges mehr.« Pitt trank einen Schluck Kaffee und verzog das Gesicht. Er war so stark, daß man ihn als Mörtel hätte verwenden können. »Bevor wir weitersprechen: Ich erwarte eine Gegenleistung.«

Casio warf ihm einen Blick zu, als würde er seinen ersten Eindruck revidieren. »Irgendwie hatte ich bisher nicht den Eindruck, daß Sie auf Bestechung aus sind.«

»Ich möchte die Namen jener Banken in Europa haben, die das gestohlene Geld angenommen haben.«

»Gibt es dafür einen besonderen Grund?« fragte Casio, der seine Verwirrung deutlich zeigte.

»Darüber kann ich Ihnen nichts sagen.«

»Sie sind nicht sehr kooperationsbereit.«

Pitt wollte antworten, doch da klingelte das Telefon.

»Hallo.«

»Dirk, hier spricht Yaeger. Bist du noch wach?«

»Danke für deinen Anruf. Wie geht es Sally? Ist sie schon aus der Intensivstation draußen?«

»Du kannst nicht sprechen, wie?«

»Nicht sehr gut.«

»Aber du kannst zuhören?«

»Kein Problem.«

»Schlechte Neuigkeiten. Ich komme nicht voran. Genausogut kann ich ein ganzes Kartenspiel in die Luft werfen und hoffen, daß ich einen Royal Flush auffange.«

»Vielleicht kann ich deine Chancen verbessern. Bleib eine Minute am Apparat.« Pitt wandte sich an Casio. »Es betrifft diese Bankliste.«

Casio stand langsam auf, schenkte sich noch einen Jack Daniels ein und blieb mit dem Rücken zu Pitt stehen.

»Ein Tauschgeschäft, Mr. Pitt: die Bankliste gegen alle Informationen, die Sie über die *San Marino* besitzen.«

»Die meisten meiner Informationen sind ein Staatsgeheimnis.«

»Mir ist verdammt egal, ob der Präsident sie sich in seine Unterhosen gestempelt hat. Entweder wir einigen uns, oder ich packe meinen Kram und haue ab.

»Woher wollen Sie wissen, daß ich nicht lüge?«

»Meine Liste könnte schließlich auch Schwindel sein.«

»Dann müssen wir einander eben vertrauen«, schloß Pitt mit erleichtertem Grinsen.

»Das werden wir ganz bestimmt nicht tun«, knurrte Casio. »Aber keinem von uns bleibt eine andere Wahl.«

Er nahm ein Blatt Papier aus der Mappe und reichte es Pitt, der daraufhin die Namen der Banken Yaeger am Telefon vorlas.

»Was jetzt?« fragte Casio.

»Jetzt werde ich Ihnen erzählen, was mit der *San Marino* geschehen ist. Und beim Frühstück werde ich Ihnen vielleicht sagen können, wer Ihre Tochter umgebracht hat.«

25

Fünfzehn Minuten nach Sonnenaufgang schalteten die fotoelektronischen Steuerungen in allen Straßenlampen Washingtons ihren Stromfluß aus. In wenigen Sekunden verblaßten nacheinander die gelbroten Strahlen der Natriumdampflampen und erloschen, bis ihre lichtempfindlichen Steuerungen sie fünfzehn Minuten vor Sonnenuntergang wieder zum Leben erweckten.

Zu dieser morgendlichen Stunde konnte Sam Emmett das Pulsieren des Frühverkehrs hören, während er rasch durch den Lieferantentunnel ging. Weder das Marinekorps noch der Secret Service hatten ihm eine Begleitung gestellt. Er kam allein, genau wie die anderen. Die einzige Person, die er getroffen hatte nachdem er unterhalb des Finanzministeriums aus seinem Wagen gestiegen war, war der Wachtposten des Weißen Hauses, der an der Kellertür postiert war. Am Beginn des Korridors, der zum Krisenraum führte, wurde Emmett von Alan Mercier begrüßt.

»Sie sind der letzte«, teilte ihm Mercier mit.

Emmett sah auf seine Uhr und stellte fest, daß er um fünf Minuten zu früh gekommen war. »Alle schon da?« fragte er.

»Bis auf Simmons, der in Ägypten ist, und Lucas, der den Vortrag an Ihrer Statt in Princeton hält, sind alle hier.«

Als er eintrat, winkte ihn Oates zu einem Stuhl neben dem seinen, während Dan Fawcett, General Metcalf, der CIA-Chef Martin Brogan und Mercier sich um den Konferenztisch herum gruppierten.

»Leider mußte ich die vorgesehene Zusammenkunft um vier Stunden vorverlegen«, begann Oates, »aber Sam teilte mir mit, daß seine Ermittlungen ergeben haben, wie die Entführung vor sich gegangen ist. Ohne weitere Erklärungen nickte er dem FBI-Chef zu.

Emmett reichte jedem der Männer am Tisch Aktenmappen, dann stand er auf, ging zu einer Tafel und nahm ein Stück Kreide. Schnell und maßstabgerecht zeichnete er den Fluß, das Gelände von Mount Vernon und die am Kai vertäute Jacht des Präsidenten. Dann trug er die Einzelheiten ein und bezeichnete bestimmte Gebiete. Die fertige Zeichnung war so realistisch, daß sie ihm Talent zum Architekturzeichnen bescheinigte.

Als er schließlich sicher war, daß jedes Detail auf dem Schauplatz des Dramas der richtigen Stelle entsprach, wandte er sich seinen Zuhörern zu. »Wir werden den Vorfall chronologisch durchgehen«, erklärte er. »Ich werde kurz zusammenfassen, während Sie, meine Herren, die Einzelheiten in Ihrem Bericht studieren können. Einiges von dem, was ich beschreiben werde, beruht auf Tatsachen und belegbaren Beweisen. Manches ist Vermutung. Wir müssen die Lücken so gut wie möglich ausfüllen.«

Emmett schrieb in die linke obere Ecke der Tafel eine Zeitangabe.

»18 Uhr 25. Die *Eagle* trifft in Mount Vernon ein, wo der Secret Service bereits sein Sicherheitsnetz errichtet hat, und sofort mit der Überwachung beginnt.

20 Uhr 15: Der Präsident und seine Gäste nehmen zum Abendessen Platz. Zur gleichen Zeit begannen Offiziere und Mannschaften ihre Mahlzeit in der Messe. Die einzigen diensthabenden Männer waren der Küchenchef, ein Gehilfe und der Steward im Speisezimmer. Diese Tatsache ist deshalb wichtig, da wir glauben, daß der Präsident, seine Gäste und die Schiffsbesatzung während des Abendessens betäubt wurden.«

»Betäubt oder vergiftet?« Oates blickte auf.

»Kein so drastisches Mittel wie Gift«, antwortete Emmett. »Eine milde Droge, die einen sich allmählich verstärkenden Zustand der Schlaftrunkenheit hervorrief, wurde wahrscheinlich entweder durch den Küchenchef oder den Steward, der bei Tisch servierte, den Speisen beigegeben.«

»Klingt plausibel«, stellte Brogan fest. »Es wäre ja aufgefallen, wenn überall auf den Decks die Leute umgefallen wären.«

Emmett machte eine Pause, um seine Gedanken zu sammeln. »Der Secret-Service-Agent, der die Stunde vor Mitternacht an Bord Dienst tat, berichtete, daß der Präsident und Vizepräsident Margolin die letzten waren, die sich zurückzogen. Zeit: 23 Uhr 10.«

»Das ist für den Präsidenten früh«, bemerkte Dan Fawcett. »Ich habe selten erlebt, daß er vor zwei Uhr morgens zu Bett ging.«

»0 Uhr 25: Leichter Nebel fällt von Nordosten herein. Gefunkt um 1 Uhr 35 von starkem Nebel, der durch zwei ausgediente Nebelwerfer der Marine verursacht wird, die zuvor einhundertfünfzig Meter flußabwärts von der *Eagle* in den Bäumen versteckt worden waren.«

»Sie konnten demnach die gesamte Umgebung einnebeln?« fragte Oates.

»Unter geeigneten atmosphärischen Bedingungen – in diesem Fall Windstille – können die von den Entführern zurückgelassenen Geräte ein Gebiet von fast einem Hektar einnebeln.«

Fawcett sah gedankenversunken drein. »Mein Gott, diese Operation muß ja eine Armee erfordert haben.«

Emmett schüttelte den Kopf. »Unsere Hochrechnungen ergeben, daß mindestens sieben und sicherlich nicht mehr als zehn Mann eingesetzt wurden.«

»Der Secret Service hat sicherlich die Wälder um Mount Vernon vor der Ankunft des Präsidenten durchkämmt«, sagte Fawcett. »Wie konnten seinen Leuten eigentlich die Nebelwerfer entgehen?«

»Die Geräte befanden sich erst nach 17 Uhr am Abend der Entführung dort«, entgegnete Emmett.

»Wie konnte die Bedienungsmannschaft der Geräte im Dunkeln sehen, was sie taten?« ließ Fawcett nicht locker. »Warum hörte niemand ihre Bewegungen oder das Geräusch der Nebelwerfer?«

»Die Antwort auf Ihre erste Frage lautet: infrarote Nachtsichtausrüstung. Und das Geräusch, das die Geräte erzeugten, wurde durch das Brüllen von Kühen übertönt.«

Brogan schüttelte nachdenklich den Kopf. »Wer hätte je daran gedacht?«

»Jemand hat es offenbar getan«, antwortete Emmett. »Sie ließen die Bandaufzeichnung und einen Verstärker bei den Nebelwerfern zurück.«

»Hier steht, daß das einzige, was die Geheimdienstleute bemerkten, Öltröpfchen im Nebel waren.«

Emmett nickte. »Der Nebelwerfer erhitzt einen deodorierten, kerosinähnlichen Treibstoff bei hohem Druck, bläst ihn in sehr feinen Tröpfchen aus einem Zerstäuber und läßt so den Nebel entstehen.«

»Gehen wir weiter zum nächsten Vorfall«, drängte Oates.

»1 Uhr 50: Das kleine Verfolgungsboot wird wegen der eingeschränkten Sicht am Kai vertäut. Drei Minuten später benachrichtigt der Kutter der Küstenwache den Agenten George Blackowl am Kommandoposten des Secret Service, daß ein starkes Signal ihren Radarempfang stört. Sie teilten Agent Blackowl auch mit, daß der einzige Kontakt auf ihrem Oszilloskop, bevor ihr Bildschirm blind wurde, ein Müllschlepper und dessen Schleppkähne mit Abfall waren, die am Ufer vertäut waren, und der darauf wartete, daß sich der Nebel auflöste.«

Metcalf blickte auf. »Wie weit entfernt vertäut?«

»Zweihundert Meter flußaufwärts.«

»Dann befand sich der Schlepper außerhalb des künstlichen Nebels.«

»Ein entscheidender Umstand«, gab Emmett zu, »auf den wir später zu sprechen kommen werden.«

Er wandte sich nun der Tafel zu und schrieb eine weitere Uhrzeit auf. Im Raum wurde es wieder still. Die um den langen Tisch versammelten Männer warteten regungslos darauf, daß Emmett ihnen bekanntgeben würde, wie der Präsident schließlich entführt wurde.

»Punkt 2 Uhr: Die Agenten beziehen ihre neuen Wachtposten. Agent Lyle Brock nahm den Posten an Bord der *Eagle* ein, während Agent Karl Polaski ihn am Pier ablöste. In den nächsten vierzig Minuten hielt sich Polaski nahe beim Eingang zum Pier auf. Das Wichtigste ist, daß er die *Eagle* während dieser Zeit nicht sehen konnte. Später ging er zu den auf die Jacht führenden Stufen und sprach mit jemandem, den er für Brock hielt. Zu dieser Zeit war Brock aber schon bewußtlos oder tot. Polaski bemerkte nichts Verdächtiges, außer daß Brock anscheinend den genauen Ort seines nächsten Wachpostens vergessen hatte.«

»Polaski merkte nicht, daß er mit einem Fremden sprach?« fragte Oates.

»Sie sprachen in mindestens drei Metern Abstand voneinander im Flüsterton, um niemanden auf der Jacht zu stören. Als der Postenwechsel um Punkt 3 Uhr stattfand, verschwand Brock einfach im Nebel. Agent Polaski erklärt, daß er nie imstande war, mehr als eine undeutliche Gestalt zu erkennen. Erst um 3 Uhr 48 entdeckte Agent

Edward McGrath, daß Brock sich nicht auf dem vorgesehenen Posten befand. Dann verständigte McGrath Blackowl, der vier Minuten später an Bord der *Eagle* mit ihm zusammentraf. Sie durchsuchten die Jacht und stellten fest, daß sie leer war bis auf Polaski, der an Bord gekommen war, um Brock abzulösen.« Emmett legte die Kreide in die Schale zurück und wischte seine Hände aneinander ab. »Der Rest ist Ihnen ja hinlänglich bekannt. Wer alarmiert wurde und wann . . . die Ergebnisse der erfolglosen Suche auf dem Fluß und in der Umgebung von Mount Vernon . . . die Straßensperren, die die vermißten Männer nicht herbeischaffen konnten . . . und so weiter.«

»Wo befanden sich das Schleppboot und die Müllkähne nach dem Alarm?« fragte Metcalf vorsichtig.

»Die Kähne wurden am Flußufer vertäut vorgefunden«, antwortete ihm Emmett. »Das Schleppboot war verschwunden.«

»Nun kennen Sie also die Tatsachen«, sagte Oates. »Die Preisfrage bleibt, wie konnte man fast zwanzig Menschen unter der Nase einer ganzen Armee von Secret-Service-Agenten von der Jacht verschwinden lassen und unentdeckt durch die modernsten und kostspieligsten Sicherheitsalarmsysteme befördern?«

»Die Antwort, Herr Minister, lautet: Sie wurden nicht befördert.«

Oates zog die Brauen hoch. »Wie wurde die Entführung denn dann bewerkstelligt?«

Emmett bemerkte Metcalfs überlegene Miene. »Ich glaube, der General hat es schon erraten.«

»Vielleicht würde es jemand auch mir erklären«, meinte Fawcett.

Emmett holte tief Luft, bevor er sprach. »Die Jacht, die die Agenten Blackowl und McGrath verlassen vorfanden, ist nicht dieselbe Jacht, die den Präsidenten und seine Gäste nach Mount Vernon brachte.«

»Verdammt noch mal!« keuchte Mercier.

»Das klingt aber sehr unglaublich.« Oates war skeptisch.

Emmett ergriff wieder die Kreide und begann zu zeichnen. »Ungefähr fünfzehn Minuten nachdem die Nebelgeneratoren eine dichte Wolke über den Fluß und Mount Vernon legten, sendete das Entführerteam auf der Radarfrequenz der Küstenwache und schaltete diese dadurch aus. Der Müllschlepper – nur war es in diesem Fall kein Flußschlepper, sondern eine in allen Einzelheiten mit der *Eagle* identische Jacht – löste sich von den Kähnen, die wir leer auffanden, und fuhr langsam stromabwärts. Sein Radar arbeitete natürlich auf einer anderen Frequenz als der der Küstenwache.«

Emmett zeichnete den Weg der sich nähernden Jacht ein. »Als sie fünfzig Meter von der Anlegestelle in Mount Vernon und dem Heck der *Eagle* entfernt war, stellte sie die Maschinen ab und trieb mit dem Strom, der ungefähr mit einem Knoten Geschwindigkeit dahinfloß. Die Entführer auf der Jacht . . .«

»Ich möchte nur wissen, wie sie überhaupt an Bord gelangen konnten«, unterbrach Mercier.

Emmett zuckte mit den Schultern und hob die Hände. »Das wissen wir auch nicht. Im Augenblick lautet unsere wahrscheinlichste Vermutung, daß sie im Lauf des Tages das Küchenpersonal getötet haben, deren Platz einnahmen und dazu gefälschte Ausweise und Befehle der Küstenwache benutzten.«

»Fahren Sie bitte in Ihren Erklärungen fort«, ersuchte Oates.

»Die Entführer der Jacht«, wiederholte Emmett, »banden die Halteleinen los und ließen die *Eagle* lautlos von der Anlegestelle abtreiben, um Platz für ihre Doppelgängerin zu machen. Polaski hörte an seinem Posten in der Nähe des Ufers nichts, weil alle fremden Geräusche durch das Summen der Generatoren im Maschinenraum überlagert wurden. Als dann die falsche Jacht an der Anlegestelle lag, ruderte deren Besatzung, wahrscheinlich nicht mehr als zwei Mann, mit einem Dinghi zur *Eagle* und entkamen mit den anderen flußabwärts. Einer blieb jedoch zurück, um den Agenten Brock zu spielen. Als Polaski mit dem Double von Brock sprach, war der Wechsel schon vollzogen worden. Bei dem nächsten Postenwechsel verdrückte sich auch der Mann, der sich als Brock ausgegeben hatte, und schloß sich den Männern an, die die Nebelwerfer bedienten. Sie fuhren gemeinsam fort und bogen auf die Hauptstraße nach Alexandria ein. So viel konnten wir den Fuß- und Reifenspuren entnehmen.«

Alle mit Ausnahme von Emmett konzentrierten ihre Aufmerksamkeit auf die Tafel, als versuchten sie, sich die Szene im Geist vorzustellen. Die unglaublich geschickte zeitliche Abstimmung, die Leichtigkeit, mit der die Sicherungstruppe des Präsidenten ausgeschaltet worden war, der glatte Verlauf der ganzen Operation verblüffte sie.

»Ich kann nicht anders, ich muß die Ausführung bewundern«, sagte General Metcalf. »Sie müssen ziemlich lang gebraucht haben, um eine solche Sache zu planen.«

»Unserer Schätzung nach drei Jahre«, bestätigte Emmett.

»Wo konnten sie nur eine so vollkommen gleiche Jacht finden?« murmelte Fawcett vor sich hin.

»Das hat mein Untersuchungsteam auch eruiert. Sie gingen den alten Schiffsaufzeichnungen nach und stellten fest, daß der ursprüngliche Erbauer die *Eagle* und ein Schwesterschiff, die *Samantha*, zur gleichen Zeit konstruiert hat. Der letzte registrierte Besitzer war ein Börsenmakler in Baltimore. Er verkaufte sie vor etwa drei Jahren an einen Mann namens Dunn. Das war alles, war er uns mitteilen konnte. Es war ein Barverkauf unter dem Tisch, um die Gewinnsteuer zu umgehen. Der Mann in Baltimore hat weder Dunn noch die Jacht jemals wiedergesehen. Die *Samantha* wurde nirgends mehr registriert oder unter einem neuen Besitzer amtlich zugelassen, sondern verschwand wie ihr Käufer von der Bildfläche.«

»War sie in jeder Hinsicht mit der *Eagle* identisch?« fragte Brogan.

»Ein schöpferischer Akt der Täuschung. Jedes Möbelstück, das Dekor der Schotts, Farbe und Einrichtung sind vollkommen gleich.«

Fawcett klopfte nervös mit einem Bleistift auf den Tisch. »Wie haben Sie das herausbekommen?«

»Jedesmal, wenn man einen Raum betritt oder ihn verläßt, hinterläßt man Spuren seiner Anwesenheit. Haare, Kopfschuppen, Fusseln, Fingerabdrücke, sie können alle entdeckt werden. Meine Leute im Labor konnten nicht den geringsten Hinweis darauf finden, daß der Präsident oder die anderen je an Bord gewesen waren.«

Oates richtete sich auf. »Ihr Büro hat großartig gearbeitet, Sam. Wir sind Ihnen alle zu Dank verpflichtet.«

Emmett nickte kurz und setzte sich.

»Durch den Jachtwechsel ergeben sich völlig neue Gesichtspunkte«, fuhr Oates fort. »So grauenhaft es klingt, wir müssen die Möglichkeit in Betracht ziehen, daß sie alle ermordet wurden.«

»Wir müssen die Jacht um jeden Preis finden«, verlangte Mercier finster.

Emmett sah ihn an. »Ich habe bereits eine Suche von der Luft aus angeordnet.«

»Auf diese Art werden Sie sie nicht finden«, warf Metcalf ein. »Wir haben es mit gerissenen Leuten zu tun. Sie werden die Jacht nicht irgendwo herumliegen lassen, wo sie gefunden werden kann.«

Fawcetts Hand mit dem Bleistift blieb mitten in der Bewegung stecken. »Wollen Sie etwa damit sagen, daß die Jacht vernichtet wurde?«

»Das ist durchaus möglich«, gab Metcalf zu, in dessen Augen ernste Besorgnis stand. »Wenn das der Fall ist, müssen wir darauf vorbereitet sein, auf einige Leichen zu stoßen.«

Oates stützte die Ellbogen auf, fuhr sich mit den Händen über das Gesicht und wünschte sich weit weg von diesem Raum. »Wir müssen mehr Leute ins Vertrauen ziehen«, stellte er schließlich fest. »Der beste Mann, den ich mir für eine Unterwassersuche vorstellen kann, ist Jim Sandecker drüben bei der NUMA.«

»Ich bin ganz Ihrer Ansicht«, pflichtete ihm Fawcett bei. »Sein Sondereinsatzteam hat soeben eine äußerst gefährliche Angelegenheit vor Alaska bereinigt, wo sie das Schiff fanden, das für die weitreichende Verseuchung der dortigen Gewässer verantwortlich war.«

»Würden Sie ihn informieren, Sam?« ersuchte Oates Emmett.

»Ich werde von hier direkt zu ihm ins Büro fahren.«

»Das wäre im Augenblick wohl alles«, schloß Oates, dessen Stimme erschöpft klang. »Gut oder schlecht, wir haben jedenfalls einen Anhaltspunkt. Gott allein weiß, was uns erwartet, sobald wir die *Eagle* finden.« Er zögerte und starrte auf die Tafel, während er hinzufügte: »Ich beneide nicht den Mann, der sie als erster betritt.«

26

Jeden Morgen, Sonnabend und Sonntag eingeschlossen, joggte Admiral Sandecker die zehn Kilometer von seiner Wohnung in Watergate zum Gebäude des NUMA-Hauptquartiers. Er war soeben aus der Dusche im Badezimmer neben seinem Büro getreten, als die Stimme seiner Sekretärin über einen Lautsprecher oberhalb des Waschbeckens ertönte.

»Admiral, Mr. Emmett ist hier und will mit Ihnen sprechen.«

Sandecker rieb seine Haare kraftvoll mit einem Handtuch trocken und war nicht sicher, ob er den Namen richtig verstanden hatte. »Sam Emmett vom FBI?«

»Ja, Sir. Er will Sie sofort sprechen. Er sagt, es sei äußerst dringend.«

Sandecker betrachtete seine ungläubige Miene im Spiegel. Der mächtige Chef des FBI machte um acht Uhr morgens keine Bürobesuche. Das bürokratische Spiel in Washington lief nach strengen Regeln ab. Alle, vom Präsidenten abwärts, hielten sie ein. Emmetts unangesagter Besuch konnte nur einen schwerwiegenden Notfall zur Ursache haben.

»Schicken Sie ihn sofort herein.

Er hatte kaum Zeit, einen Frotteemantel überzuziehen, und seine Haut war noch tropfnaß, als Emmett durch die Tür trat.

»Jim, wir haben ein verdammt heikles Problem.« Emmett nahm

sich nicht die Mühe, ihm erst die Hand zu schütteln. Er legte seine Aktentasche schnell auf Sandeckers Schreibtisch, öffnete sie und überreichte dem Admiral eine Mappe. »Setzen Sie sich und sehen Sie sich das durch; anschließend werden wir darüber sprechen.«

Sandecker war kein Mann, der sich herumschubsen ließ und der Befehle entgegennahm, aber er erkannte die Anspannung in Emmetts Augen und tat kommentarlos, was von ihm verlangt wurde.

Er studierte den Inhalt der Mappe nahezu zehn Minuten lang, ohne zu sprechen. Emmett saß auf der gegenüberliegenden Seite des Schreibtisches und wartete auf eine Schreck- oder Zornreaktion. Sie blieb aus. Sandecker war einfach rätselhaft. Endlich klappte er die Mappe zu und sagte schlicht: »Wie kann ich dabei helfen?«

»Finden Sie die *Eagle*.«

»Sie nehmen an, daß sie inzwischen versenkt wurde?«

»Eine Suche aus der Luft hat nichts ergeben.«

»Also gut, ich werde meine besten Leute dafür einsetzen.« Sandecker machte eine Bewegung zur Gegensprechanlage. Emmett hob abwehrend die Hand.

»Ich muß Ihnen das Chaos nicht beschreiben, sollte das bekannt werden.«

»Ich habe meinen Stab noch nie belogen.«

»Sie werden Ihre Leute bei dieser Sache im ungewissen lassen müssen.«

Sandecker nickte kurz, dann befahl er über die Gegensprechanlage: »Sylvia, rufen Sie bitte Pitt ans Telefon.«

»Pitt?« fragte Emmett in offiziellem Ton.

»Mein Direktor für Spezialprojekte. Er wird die Suche leiten.«

»Sie werden ihm nur sagen, was unbedingt notwendig ist?« Emmetts Worte klangen mehr nach Befehl als nach Ersuchen.

In Sandeckers Augen lag ein Ausdruck, der zur Vorsicht mahnte.

»Das bleibt ganz meinem Ermessen überlassen.«

Emmett wollte noch etwas erwidern, wurde jedoch durch die Gegensprechanlage unterbrochen.

»Admiral?«

»Ja, Sylvia?«

»Mr. Pitts Anschluß ist besetzt.«

»Rufen Sie weiter an, bis er sich meldet«, ordnete Sandecker verdrießlich an. »Noch besser, rufen Sie die Telefonzentrale an und lassen Sie sich in seine Leitung einschalten. Erklären Sie, es wäre ein dringender Anruf von der Regierung.«

»Werden Sie imstande sein, bis heute abend eine Suchaktion in großem Umfang einzuleiten?« fragte Emmett.

Sandeckers Lippen öffneten sich zu einem überlegenen Lächeln. »Wie ich Pitt kenne, wird er noch vor dem Lunch die Tiefen des Potomacflusses von einer Mannschaft absuchen lassen.«

Pitt telefonierte mit Hiram Yaeger, als eine Telefonistin ihn dabei unterbrach. Er beendete das Gespräch und wählte dann die Privatnummer des Admirals. Nachdem er eine Weile zugehört hatte, ohne ein Wort zu sagen, legte er den Hörer wieder auf.

»Nun?« fragte Casio erwartungsvoll.

»Das Geld wurde nur gewechselt, nie eingezahlt«, sagte Pitt und blickte entmutigt zu Boden. »Das ist alles. Sonst gibt es nichts. Keine Spur vorhanden, die man aufnehmen könnte.«

In Casios Gesicht zuckte kurz Enttäuschung auf. An diesem Punkt war er schon früher angelangt. Er stieß einen schweren Seufzer aus und sah langsam auf die Uhr. Pitt kam er wie ein Mann vor, der nicht mehr fähig war, gefühlsmäßig zu reagieren

»Danke für Ihre Hilfe«, sagte er ruhig. Er klappte seine Aktentasche zu und stand auf. »Ich gehe jetzt. Wenn ich mich beeile, kann ich noch den nächsten Flug nach Los Angeles erreichen.«

»Tut mir leid, daß ich keine weiteren Indizien finden konnte ...«

Casio faßte Pitts Hand mit festem Griff und schüttelte sie. »Niemand schafft jedesmal hundert Punkte. Die für den Tod meiner Tochter und Ihrer Freundin Verantwortlichen haben bestimmt einen Fehler begangen. Irgendwo, irgendwann haben sie irgendein Detail übersehen. Ich bin froh, Sie an meiner Seite zu wissen, Mr. Pitt, denn bis jetzt war es eine einsame Arbeit.«

Pitt war wirklich gerührt. »Ich werde von meiner Seite aus weiter nachforschen.«

»Mehr kann ich nicht verlangen.« Casio nickte, dann ging er die Treppe hinunter. Pitt sah ihm zu, wie er den Hangar durchquerte, ein stolzer, hartnäckiger alter Mann, der gegen seine eigenen persönlichen Windmühlen kämpfte.

27

Der Präsident saß in einem ledergepolsterten, verchromten Stuhl, mit Nylongurten festgeschnallt. Seine Augen starrten, ohne etwas wahrzunehmen, leer in die Ferne. An seiner Brust und Stirn waren

Sensoren befestigt, die die Funktion von acht verschiedenen lebenswichtigen Organen auf ein Computernetz übertrugen.

Der Operationsraum war klein, nicht mehr als zehn Quadratmeter groß, und vollgestopft mit elektronischen Überwachungsgeräten. Lugowoj und vier Mitglieder seines Chirurgenteams bereiteten sich ruhig und zielstrebig auf die heikle Operation vor. Suworow stand in der einzigen freien Ecke des Raumes und wirkte in dem grünen, sterilen Mantel irgendwie fehl am Platze. Er sah zu, wie einer von Lugowojs Technikern, eine Frau, eine kleine Nadel auf einer und dann auf der anderen Seite in den Hals des Präsidenten stach.

Eine merkwürdige Stelle für eine Anästhesie«, bemerkte Suworow.

»Für das eigentliche Eindringen wenden wir Lokalanästhesie an«, antwortete Lugowoj, während er ein bildverstärktes Röntgenogramm auf einem Monitor aufmerksam betrachtete. »Aber eine geringfügige Dosis Amytal in die Halsschlagadern versetzt die beiden Hälften des Gehirns in einen betäubungsähnlichen Zustand. Dieses Verfahren dient dazu, jede bewußte Erinnerung an die Operation auszuschalten.«

»Sollten Sie seinen Kopf nicht zuerst kahlrasieren?« fragte Suworow und zeigte auf die Haare des Präsidenten, die durch eine Öffnung des Metallhelms ragten, der seinen Schädel umschloß.

»Wir können nicht normale chirurgische Verfahren anwenden«, erklärte Lugowoj geduldig. »Aus naheliegenden Gründen dürfen wir sein Äußeres in keiner Art und Weise verändern.«

»Wer wird die Operation leiten?«

»Was meinen Sie?«

»Ich frage Sie, Genosse.«

»Ich.«

Suworow war überrascht. »Ich habe Ihre Akten und die jedes Mitglieds dieses Teams studiert. Ich kann den Inhalt fast auswendig hersagen. Ihr Gebiet ist Psychologie, die meisten anderen sind Elektrotechniker, und einer ist Biochemiker. Keiner von Ihnen verfügt jedoch über die Voraussetzungen zum Chirurgen.«

»Weil wir sie nicht benötigen.« Damit wandte Lugowoj sich von Suworow ab und betrachtete wieder das Fernsehbild. Dann nickte er. »Wir können jetzt beginnen. Stellen Sie die Laser ein.«

Ein Techniker drückte sein Auge an das Gummi-Okular eines an einem Argon-Laser befestigten Mikroskops. Die Apparatur war mit einem Computer verbunden und zeigte an der Basis der Positionseinstellung des Mikroskops eine Reihe von Koordinaten in orangefarbenen Zahlen. Wenn die Zahlen nur aus Nullen bestanden, war die Einstellung optimal.

Der Mann am Laser nickte. »Position eingestellt.«

»Anfangen«, ordnete Lugowoj an.

Ein so feiner Rauchfaden, daß ihn nur der Lasertechniker im Mikroskop sehen konnte, zeigte den Kontakt des kaum wahrnehmbaren, dünnen, blaugrünen Strahls mit dem Schädel des Präsidenten an.

Es war eine seltsame Szene. Alle wandten dem Patienten den Rükken zu und betrachteten die Monitore. Die Bilder wurden vergrößert, bis der Laserstrahl als netzartiges Faserbündel sichtbar wurde. Mit einer die menschliche Fingerfertigkeit weit übersteigenden Präzision führte der Computer den Laser so, daß dieser ein winziges, ein dreißigstel Millimeter großes Loch in die Schädeldecke schnitt und nur bis zu der Membrane eindrang, die das Gehirn und dessen Flüssigkeit bedeckt. Suworow kam fasziniert näher.

»Was geschieht als nächstes?« fragte er gespannt.

Lugowoj deutete auf ein Elektronenmikroskop. »Sehen Sie selbst.«

Suworow blickte durch die Zwillingslinsen. »Ich sehe nur einen dunklen Fleck.«

»Stellen Sie die Schärfe auf Ihre Augen ein.«

Suworow tat es, und aus dem Fleck wurde ein Chip – ein integrierter Stromkreis.

»Ein implantiertes Minielement, das Gehirnsignale aussenden und empfangen kann. Wir werden es in seiner Großhirnrinde unterbringen, wo die Denkprozesse des Gehirns ihren Ursprung nehmen.«

»Was verwendet das Implantat dann als Energiequelle?«

»Das Gehirn erzeugt selbst einen Strom von zehn Watt Stärke«, erklärte Lugowoj. »Die Gehirnwellen des Präsidenten können zu einer einige tausend Kilometer entfernten Überwachungsstation übertragen, entschlüsselt, und alle daraufhin erforderlichen Befehle von dort zu ihm übermittelt werden. Man könnte es damit vergleichen, daß man mit einer Fernbedienung von einem Fernsehkanal zum anderen wechseln würde.«

Suworow trat von dem Mikroskop zurück und starrte Lugowoj an. »Die Möglichkeiten sind sogar noch gewaltiger, als ich gedacht habe«, murmelte er. »Wir werden sämtliche Staatsgeheimnisse der Vereinigten Staaten erfahren können.«

»Wir werden auch, solange er am Leben bleibt, seine Tage und Nächte manipulieren können«, fuhr Lugowoj fort, »und über den Computer seine Persönlichkeit steuern, ohne daß er oder jemand in seiner Umgebung etwas davon merken wird.«

Ein Techniker trat herbei. »Wir sind bereit, das Implantat einzusetzen.«

Er nickte. »Machen Sie weiter.«

Der Laser wurde durch eine roboterartige Maschine ersetzt. Das unglaublich winzige Implantat wurde vom Objekttisch des Mikroskops entfernt und genau in das Ende eines einzigen dünnen Drahtes eingepaßt, der aus einem mechanischen Arm ragte. Dann wurde es auf die Öffnung im Schädel des Präsidenten ausgerichtet.

»Beginn des Eindringens . . . jetzt«, murmelte die Stimme des an einem Bedienungspult sitzenden Technikers.

Die gesamte Prozedur war vorprogrammiert. Keine menschliche Hand war im Spiel. Von dem Computer geführt, schob der Roboter den Draht vorsichtig durch die schützende Membrane in die weichen Gehirnwindungen. Nach sechs Minuten leuchtete auf dem Bildschirm das Signal »ZIEL« auf.

Lugowojs Augen blieben auf den Röntgen-Farbmonitor gerichtet. »Auslösen und Sonde zurückziehen.«

»Ausgelöst, ziehe zurück«, wiederholte eine Stimme.

Nachdem der Draht entfernt worden war, wurde er durch ein winziges, röhrenartiges Instrument ersetzt, das einen kleinen Pfropfen mit drei Haaren samt ihren Wurzeln enthielt, die einem der russischen Teammitglieder entnommen worden waren, dessen Kopfhaar dem des Präsidenten ähnelte. Dann wurde der Pfropfen in das vom Laserstrahl sauber gebohrte, winzige Loch eingeführt. Als der Roboter zurückgezogen wurde, trat Lugowoj näher und überprüfte die Ergebnisse mit einem starken Vergrößerungsglas.

»Der geringfügige Schorf, der sich bildet, sollte in wenigen Tagen abfallen«, meinte er. Befriedigt richtete er sich auf und betrachtete die computergesteuerten Bildschirme.

»Das Implantat ist funktionsbereit«, erklärte seine Assistentin

Lugowoj rieb sich zufrieden die Hände. »Gut, dann können wir mit der zweiten Bohrung beginnen.«

»Sie werden ein zweites Implantat einsetzen?« fragte Suworow.

»Nein, wir injizieren nur eine geringfügige Menge RNS ins Ammonshorn.«

»Könnten Sie mir das in für einen Laien verständlichen Ausdrükken erklären?«

Lugowoj langte über die Schulter des Mannes, der am Bedienungspult des Computers saß, und drehte an einem Knopf. Das vergrößerte Bild des Gehirns des Präsidenten füllte den gesamten Schirm des

Röntgenmonitors aus.

»Dort«, sagte er und deutete auf den gläsernen Bildschirm, »der Wulst, der wie ein Seepferd aussieht, unterhalb der Hörner der seitlichen Gehirnventrikel, ist ein lebenswichtiger Teil des Randsystems im Gehirn. Er wird Ammonshorn genannt. Dort werden neue Erinnerungen aufgenommen und verteilt. Indem wir RNS – Ribonucleinsäure, die genetische Informationen übermittelt – einer anderen Person injizieren, die auf bestimmte Gedanken programmiert wurde, können wir etwas durchführen, was wir als ›Erinnerungsübertragung‹ bezeichnen.«

Suworow hatte sich eifrig bemüht, alles Gesehene und Gehörte zu behalten, doch er geriet bald rettungslos ins Hintertreffen. Er konnte nicht alles verarbeiten. Nun starrte er mit abwesendem Blick auf den Präsidenten hinunter.

»Sie können tatsächlich die Erinnerungen einer Person in das Gehirn einer anderen übertragen?«

»Genau«, bestätigte Lugowoj lässig. »Was, glauben Sie, geschieht in den Nervenheilanstalten, in die das KGB Staatsfeinde schickt? Nicht alle werden umerzogen, um treue Anhänger der Partei zu werden. Viele werden zu wichtigen psychologischen Experimenten herangezogen. Die RNS zum Beispiel, die wir nun gleich in das Ammonshorn des Präsidenten einführen werden, stammt von einem Künstler, der unsere politischen Führer immer wieder in peinlichen und wenig schmeichelhaften Posen darstellte. . . ich kann mich im Augenblick an seinen Namen nicht erinnern.«

»Belkaja?«

»Ja, Oskar Belkaja. Ein Außenseiter der Gesellschaft. Seine Bilder waren entweder Meisterwerke moderner Kunst oder alptraumhafte abstrakte Kompositionen, je nach der Einstellung des Betrachters. Nachdem Ihre Kollegen, die Agenten des KGB, ihn in seinem Studio verhaftet hatten, wurde er heimlich in ein abgelegenes Sanatorium bei Kiew gebracht. Dort wurde er für zwei Jahre in so einen Kokon gesteckt, wie wir sie hier haben. Mit neuen Gedächtnisspeicherungsmethoden, die von Biochemikern entdeckt wurden, wurde sein Gedächtnis gelöscht und mit politischen Anschauungen indoktriniert, von denen wir wünschen, daß sie der Präsident bei seiner Regierungstätigkeit anwendet.«

»Aber können Sie nicht den gleichen Effekt mit dem schon eingesetzten Kontroll-Implantat erreichen?»

»Das Implantat und sein Computernetz sind äußerst kompliziert und daher störungsanfällig. Die Gedächtnisübertragung fungiert als unterstützende Maßnahme. Unsere Experimente haben auch gezeigt, daß der Kontrollprozeß wirkungsvoller funktioniert, wenn das betreffende Subjekt den Gedanken selbsttätig faßt und das Implantat dann eine positive oder negative Einstellung dazu festlegt.«

»Sehr eindrucksvoll«, erkannte Suworow ernst an. »Und damit ist alles getan?«

»Nicht ganz. Als zusätzlicher Sicherheitsfaktor wird ein Mann von meinem Team, ein überaus tüchtiger Hypnotiseur, den Präsidenten in Trance versetzen und alle unterbewußten Eindrücke löschen, die er während unserer Behandlung aufgenommen haben mag. Außerdem wird er ihm eine mit sehr markanten Einzelheiten versehene Geschichte darüber suggerieren, wo er sich die letzten zehn Tage aufgehalten hat.«

»Sie haben somit, wie die Amerikaner es gerne ausdrücken, für alle Eventualitäten vorgesorgt.«

Lugowoj schüttelte den Kopf. »Das menschliche Gehirn ist ein magisches Universum, das wir nie ganz begreifen werden. Wir glauben vielleicht, daß wir endlich seine dreieinhalb Pfund graurosa Gallertmasse in den Griff bekommen haben, aber seine unberechenbare Natur ist ebenso schwer zu prognostizieren wie das Wetter.«

»Es bleibt also die Möglichkeit offen, daß der Präsident vielleicht nicht genau so reagieren wird, wie Sie es wünschen.«

»Das ist durchaus möglich«, gab Lugowoj ernst zu. »Es ist auch möglich, daß sein Gehirn die Grenzen der Realität verläßt und ihm trotz unserer Kontrolle befiehlt, etwas zu tun, das für uns alle schreckliche Folgen haben mag.«

28

Sandecker stellte seinen Wagen auf dem Parkplatz eines kleinen Jachthafens ab, der sechzig Kilometer flußabwärts von Washington lag. Er stieg aus, blieb stehen und blickte über den Potomac. Der Himmel strahlte hellblau, während sich das trübe grüne Wasser nach Osten zur Chesapeake Bay wälzte. Er stieg eine durchhängende Treppe zu einem Schwimmdock hinunter. An dessen Ende lag ein ausrangiertes, altes Muschelfischboot vertäut, dessen rostende Zangen wie die Klauen eines seltsamen Tieres an einem Deckbaum hingen.

Der Rumpf sah von Jahren intensiven Einsatzes mitgenommen

aus, und sein Anstrich war größtenteils abgeblättert. Sein Dieselmotor stieß kleine Auspuffwölkchen aus dem Schornstein aus, die sich in der sanften Brise rasch auflösten. Der kaum erkennbare Name auf dem Heck lautete *Hoki Jamoki.*

Sandecker warf einen Blick auf seine Uhr. Es war zwanzig Minuten vor zwölf Uhr. Er nickte anerkennend. Nur drei Stunden nachdem er Pitt seine Anweisung erteilt hatte, war die Suche nach der *Eagle* schon im Gang. Er sprang auf Deck und begrüßte die beiden Ingenieure, die den Sonarsensor mit dem Aufzeichnungskabel verbanden, dann trat er ins Ruderhaus. Er traf Pitt dabei an, ein großes Satellitenfoto durch ein Vergrößerungsglas zu betrachten.

»War dies etwa das Beste, was Sie auftreiben konnten?« fragte Sandecker.

Pitt grinste belustigt. »Sie meinen das Boot?«

»Genau.«

»Es entspricht nicht Ihren gehobenen Marineansprüchen, aber es wird seinen Zweck einwandfrei erfüllen.«

»War denn keines unserer Suchschiffe verfügbar?«

»Doch, aber ich habe diesen alten Kahn aus zwei Gründen ausgewählt. Erstens ist es ein verdammt gutes Arbeitsschiff, und zweitens, wenn wirklich jemand eine Regierungsjacht mit einer Gruppe von VIPs an Bord geschnappt und sie versenkt hat, wird man größere Suchaktionen erwarten und danach Ausschau halten. Auf diese Weise werden wir unsere Aufgabe erfüllt haben, bevor jemand etwas bemerkt haben wird.«

Sandecker hatte ihm nur mitgeteilt, daß ein Boot der Marine vom Pier in Mount Vernon gestohlen und vermutlich versenkt worden war. Kein Wort mehr. »Wer hat etwas davon gesagt, daß sich VIPs an Bord befunden haben?«

»Armee- und Marine-Hubschrauber stehen dicht wie ein Heuschreckenschwarm am Himmel, und auf dem Fluß drängen sich so viele Schiffe der Küstenwache, daß man ihn beinahe schon zu Fuß überqueren kann. Bei dieser Suche geht es doch um mehr, als Sie angedeutet haben, Admiral. Und zwar um verdammt viel mehr.«

Sandecker antwortete nicht. Er mußte sich eingestehen, daß Pitt ein paar Züge voraus dachte, wobei ihm klar war, daß sein Schweigen Pitts Argwohn nur noch weiter verstärkte.

Er wich aus und fragte: »Haben Sie einen besonderen Grund dafür, Ihre Suche so weit flußabwärts von Mount Vernon zu beginnen?«

»Genügend Gründe, um uns vier Tage und vierzig Kilometer zu

ersparen«, antwortete Pitt. »Ich hatte angenommen, daß das Boot von einer unserer Weltraumkameras erfaßt würde, die Frage war nur, von welcher. Die Umlaufbahn militärischer Spionagesatelliten verläuft nicht über Washington, und Wetterfotos aus dem Weltraum kann man nicht so weit vergrößern, um ein so kleines Detail sichtbar zu machen.«

»Woher haben Sie dann diese Aufnahme?« fragte Sandecker und zeigte auf das Foto.

»Von einem Freund im Innenministerium. Einer ihrer geologischen Vermessungssatelliten überflog die Chesapeake Bay in 950 Kilometer Höhe und schoß ein Infrarotporträt der Bucht und der benachbarten Flüsse. Zeit: 4 Uhr 40 am Morgen, an dem das Boot verschwand. Wenn Sie diesen Abschnitt des Potomac durch die Lupe betrachten, fährt das einzige Boot, das man flußabwärts von Mount Vernon wahrnehmen kann, eine Meile unterhalb dieses Docks.«

Sandecker betrachtete den winzigen weißen Punkt auf dem Foto. Die Vergrößerung war unglaublich scharf. Er konnte jedes einzelne Gerät auf den Decks und die Gestalten von zwei Menschen erkennen. Er blickte Pitt direkt in die Augen.

»Damit kann man unmöglich beweisen, daß es das Boot sein soll, nach dem wir suchen«, sagte er müde.

»Ich bin nicht von gestern, Admiral. Das ist die Jacht des Präsidenten, die *Eagle*.«

»Ich will Sie nicht weiter an der Nase herumführen«, gestand Sandecker ruhig, »aber ich darf Ihnen leider nicht mehr sagen, als ich schon getan habe.«

Pitt hob gleichmütig die Schultern und äußerte sich nicht.

»Wo liegt sie also Ihrer Meinung nach?«

Pitts stechender Blick verfinsterte sich. Er sah Sandecker verschmitzt an und nahm einen Stechzirkel zur Hand. »Ich habe mir die technischen Daten der *Eagle* angesehen. Ihre Höchstgeschwindigkeit betrug 14 Knoten. Das Weltraumfoto wurde um 4 Uhr 40 aufgenommen, das bedeutet, anderthalb Stunden vor Tagesanbruch. Die Besatzung, die die Jacht gekapert hat, konnte nicht riskieren, gesehen zu werden, also versenkten sie das Schiff im Schutz der Dunkelheit. Zieht man all diese Fakten in Betracht, konnte sie bis Sonnenaufgang nur einundzwanzig Meilen zurückgelegt haben.«

»Das ist noch immer eine ganz schön lange Strecke.«

»Ich glaube, wir können sie einigermaßen eingrenzen.«

»Indem wir in der Fahrrinne bleiben?«

»Ja, Sir, im tiefen Wasser. Wenn ich das Unternehmen geleitet hätte, wäre sie im tiefen Wasser versenkt worden, um jede zufällige Entdeckung zu vermeiden.«

»Wieviel beträgt die durchschnittliche Tiefe Ihres Suchgebiets?«

»Neun bis zwölf Meter.«

»Das reicht nicht.«

»Stimmt, aber laut Tiefenlotungen auf den Navigationskarten gibt es mehrere Löcher, die tiefer als dreißig Meter sind.«

Sandecker machte eine Pause und blickte aus dem Fenster des Ruderhauses, als er Al Giordino mit einem Paar Sauerstoffflaschen auf den kräftigen Schultern am Kai erkannte. Er wandte sich wieder Pitt zu und blickte ihn nachdenklich an.

»Wenn Sie hinuntertauchen«, sagte er kühl, »dürfen Sie das Innere des Schiffes nicht betreten. Unsere Aufgabe besteht ausschließlich darin, es zu entdecken und zu identifizieren, weiter nichts.«

»Was ist dort unten, das wir nicht sehen dürfen?«

»Fragen Sie lieber nicht.«

Pitt lächelte schief. »Geben Sie doch nach, ich bin ganz unberechenbar.«

»Sind Sie verdammt nicht«, knurrte Sandecker. »Was glauben Sie denn, was Sie in der Jacht finden würden?«

»Sagen Sie doch, *wen*.«

»Spielt das überhaupt eine Rolle?« fragte Sandecker vorsichtig. »Wahrscheinlich ist sie leer.«

»Sie wollen mich doch an der Nase herumführen, Admiral, davon bin ich überzeugt. Was geschieht denn, nachdem wir die Jacht gefunden haben?«

»Das FBI übernimmt den Fall.«

»Wir erledigen also die Dreckarbeit und treten dann ehrfürchtig beiseite.«

»So lauten die Befehle.«

»Hören Sie mal, pfeifen Sie doch auf die.«

»Auf wen?«

»Auf die Mächtigen, die da ihre kleinen Spielchen treiben.«

»Glauben Sie mir, das ist keine Bagatelle.«

Pitts Gesicht bekam einen harten Ausdruck. »Das lassen Sie uns mal beurteilen, wenn wir die Jacht finden, nicht wahr?« »Glauben Sie mir, Sie wollen gar nicht sehen, was sich eventuell im Inneren des Wracks befindet.«

Im selben Augenblick, da er die Worte aussprach, wußte Sandekker, daß er gleichsam einen Elefantenbullen gereizt hatte. Sobald Pitt erst einmal unter die Oberfläche des Flusses getaucht war, würde er ungehindert seinem eigenen Willen folgen.

29

Sechs Stunden später und zwanzig Kilometer flußabwärts kroch Ziel Nummer 17 über den Aufzeichnungsschirm des Hochauflösungssonars. Es lag in 33 Meter Wassertiefe zwischen den Persimmon und Mathias Points direkt gegenüber dem Popes Creek und drei Kilometer oberhalb der Potomacbrücke.

»Ausmaße?« fragte Pitt den Mann am Sonargerät.

»Ungefähr sechsunddreißig Meter lang und sieben Meter breit.«

»Welche Größe hat das Schiff, das wir suchen?« fragte Giordino.

»Die *Eagle* hat eine Gesamtlänge von einhundertzehn Fuß mit einer Breite von zwanzig Fuß«, antwortete Pitt.

»Das kommt hin«, meinte Giordino, der im Kopf die Meter in Fuß umrechnete.

»Ich glaube, wir haben sie gefunden«, stellte Pitt fest, während er die vom Seitentastsonar dargestellte Bauweise scharf musterte. »Machen wir noch einen Versuch – diesmal etwa zwanzig Meter nach Steuerbord – und setzen wir eine Boje aus.«

Sandecker, der draußen auf dem Achterdeck stand und das Sensorkabel im Auge behielt, beugte sich ins Ruderhaus. »Etwas gefunden?«

Pitt nickte. »Wir haben einen ersten Kontakt.«

»Werden Sie das Objekt untersuchen?«

»Zuerst setzen wir eine Boje aus, dann tauchen Al und ich hinunter und sehen es uns an.«

Sandecker starrte schweigend auf das verwitterte Deck. Dann drehte er sich um und ging zum Heck, wo er Giordino half, ein fünfzig Pfund schweres Bleigewicht, das an einer grell orangefarbenen Boje befestigt war, auf die Reling der *Hoki Jamoki* zu heben.

Pitt übernahm das Ruder und wendete das Boot. Als das Ziel auf dem Echolot auftauchte, schrie er: »Jetzt!«

Die Boje wurde über Bord geworfen, während das Boot seine Fahrt verlangsamte. Einer der Ingenieure ging zum Bug und ließ den Anker fallen. Die *Hoki Jamoki* blieb mit dem Heck stromabwärts liegen.

»Schade, daß Sie keine Unterwasser-Fernsehkamera eingebaut haben«, bedauerte Sandecker, während er Pitt in seine Taucherausrüstung half. »Sie hätten sich dann den Ausflug sparen können.«

»Vergebliche Liebesmüh«, meinte Pitt. »Die Sicht dort unten beträgt sowieso nur ein paar Zentimeter.«

»Die Strömung macht ungefähr zwei Knoten«, schätzte Sandecker.

»Wenn wir beginnen aufzutauchen, wird sie uns achteraus treiben. Am besten werfen Sie eine hundert Meter lange Rettungsleine an einer Schwimmboje aus, um uns an Bord zu ziehen.«

Giordino zog seinen Gürtel mit den Bleigewichten straff und grinste breit. »Ich bin soweit, wenn du es auch bist.«

Sandecker faßte Pitt an der Schulter. »Denken Sie daran, was ich Ihnen über das Betreten des Wracks gesagt habe.«

»Ich werde versuchen, nicht allzu gründlich nachzuschauen«, beruhigte ihn Pitt.

Ehe der Admiral noch antworten konnte, zog Pitt die Gesichtsmaske über seine Augen zurecht und ließ sich rücklings ins Wasser fallen.

Das Wasser schloß sich über ihm, und die Sonne verschwamm zu einem grünlich-orangefarbenen Fleck. Die Strömung zerrte an seinem Körper, und er mußte diagonal dagegen anschwimmen, bis er die Boje fand. Er streckte die Hand aus, packte die Leine und starrte hinunter. In nicht einmal einem Meter Entfernung verschwand die weiße Nylonschnur in undurchsichtiger Dunkelheit.

Pitt verwendete die Leine als Führung und Stütze und glitt in die Tiefe des Potomac. An seiner Gesichtsmaske schwebten dünne Algenfäden und kleine Sedimentteilchen vorbei. Er schaltete seine Taucherlampe ein, doch der schwache Strahl erhöhte seine Sicht nur um wenige Zentimeter. Er hielt an, um durch den Mund den wachsenden Druck in seinen Gehörgängen auszugleichen.

Der Druck wurde stetig größer, als er tiefer tauchte. Dann fiel die Wassertemperatur plötzlich um mehrere Grad, und die Sicht erweiterte sich auf drei Meter, als hätte er eine Tür durchschritten. Die kältere Schicht wirkte wie eine Art Kissen, das gegen die darübergelagerte Strömung drückte. Das Flußbett tauchte unter ihm auf, und Pitt machte die schattenhafte Kontur eines Schiffes zu seiner Rechten aus. Er drehte sich um und winkte Giordino, der zustimmend nickte.

Als tauchte sie aus einer Nebelwand auf, nahm der Decksaufbau der *Eagle* nach und nach Gestalt an. Sie lag wie ein lebloses Tier dort, allein in der gespenstischen Stille und in dem dunklen Gewässer.

Pitt schwamm eine Seite des Rumpfes entlang, während Giordino die andere begutachtete. Die Jacht saß vollkommen aufrecht auf Grund, ohne ein Anzeichen von Schlagseite. Außer einer dünnen Algenschicht, die sich auf der weißen Farbe bildete, sah sie genauso unversehrt aus, als befände sie sich an der Oberfläche des Flusses.

Sie trafen am Heck zusammen, und Pitt schrieb auf seine Verständigungstafel: »*Irgendwelche Beschädigung?*«

Giordino schrieb als Antwort: »*Keine.*«

Dann arbeiteten sie sich über die Decks hinweg, vorbei an den dunklen Fenstern der Kabinen und hinauf zur Kommandobrücke. Dort gab es auch nichts, das auf Tod oder Tragödie hinwies. Sie richteten das Licht ihrer Lampen durch die Brückenfenster in das dunkle Innere, sahen aber nichts als unheimliche Leere. Pitt stellte fest, daß der Telegraf im Maschinenraum auf »Alles Halt« stand.

Er zögerte einen kurzen Augenblick und schrieb eine neue Botschaft auf seine Tafel: »*Ich gehe hinein.*«

Giordinos Augen glänzten unter dem Glas der Gesichtsmaske, und er antwortete: »*Ich komme mit.*«

Wie gewöhnlich kontrollierten sie nun ihre Sauerstoffanzeiger. Sie hatten noch weitere zwölf Tauchminuten. Pitt versuchte es mit der Tür zum Ruderhaus. Sein Herz krampfte sich zusammen. Selbst mit Giordino an seiner Seite war die Stimmung bedrückend. Die Klinke ließ sich drehen, und er stieß die Tür auf. Er holte tief Atem und schwamm hinein.

Das Messing glänzte stumpf im Licht der Taucherlampen. Pitt machte die Leere im Raum neugierig. Alles befand sich an seinem Platz. Der Fußboden war sauber, nirgends lagen Bruchstücke herum. Es erinnerte ihn an die *Pilottown*.

Da sie nichts Interessantes feststellen konnten, schwammen sie eine Treppe in den Gesellschaftsraum des Deckaufbaus hinunter. In der fließenden Dunkelheit schien sich der weite Raum bis in die Unendlichkeit zu dehnen. Überall herrschte die gleiche, seltsame Ordnung. Giordino richtete seine Lampe nach oben. Die Balken und Mahagonitäfelung über ihnen sahen fürchterlich nackt aus. Dann wurde Pitt klar, was ihn irritierte: Die Decke hätte mit Gegenständen bestückt sein müssen, die schwimmfähig sind. Alles, was an die Oberfläche steigen und an Land hätte geschwemmt werden können, mußte demnach sorgfältig entfernt worden sein.

Begleitet von dem Blubbern ihrer entweichenden Luftblasen, glitten sie durch den Korridor zwischen den Kabinen. Überall die gleiche peinliche Ordnung, sogar die Betten und Matratzen waren weggeschafft worden. Ihre Lampen beschienen die Möbel, die an dem teppichbelegten Deck sicher festgeschraubt waren. Pitt untersuchte die Badezimmer, und Giordino die Schränke. Als sie die Mannschaftsquartiere erreichten, hatten sie nur noch für sieben Minuten Luft. Sie verständigten sich kurz durch Handzeichen und machten sich dann alleine auf; Giordino durchsuchte die Küche und die Vorratsräume, während Pitt den Maschinenraum übernahm.

Er fand den Lukendeckel über dem Maschinenraum verschlossen und verriegelt vor. Ohne eine Sekunde Zeit zu verlieren, zog er rasch sein Tauchermesser aus der Scheide an seinem Bein und stemmte die Dübel in den Angeln auf. Der nun gelöste Lukendeckel glitt durch seinen Auftrieb nach oben und trieb an ihm vorbei.

Ebenso eine aufgedunsene Leiche, die wie ein Springteufel durch die offene Luke brach.

30

Pitt taumelte zum Schott zurück und sah wie gelähmt, wie eine unheimliche Ansammlung von schwimmenden Trümmern und Leichen aus dem Maschinenraum hervorbrach. Sie trieben zur Decke, wo sie in grotesken Stellungen wie gefangene Luftballons hingen. Obwohl die Körpergase begonnen hatten, sich auszudehnen, war das Fleisch noch nicht in Verwesung übergegangen. Ausdruckslose Augen traten unter Haarsträhnen hervor, die sich im unruhigen Wasser bewegten.

Pitt war bemüht, das Gefühl von Schock und Abscheu zu überwinden, und wappnete sich für die scheußliche Aufgabe, vor der es nun kein Zurück mehr gab. Von Übelkeit und kalter Furcht erfüllt, glitt er durch die Luke in den Maschinenraum.

Vor seinen Augen befand sich ein Leichenschauhaus voller Toter. Bettzeug, Kleider aus halbgeöffneten Koffern, Kissen und Polster, alles, was genügend Auftrieb besaß, um zu schwimmen, mischte sich unter einen Schwarm von Leichen. Der Anblick war ein Alptraum, den man sich nie vorstellen und der selbst durch einen Horrorfilm Hollywoods nie erreicht werden konnte.

Die meisten Leichen trugen weiße Uniformen der Küstenwache, was ihr geisterhaftes Aussehen verstärkte, nur wenige einfache Arbeitskleidung; keine wies jedoch Verletzungen oder Wunden auf.

Er verbrachte nur knappe zwei Minuten dort drinnen, duckte sich, wenn eine leblose Hand seinen Arm streifte oder ein weißes, ausdrucksloses Gesicht Zentimeter vor seiner Gesichtsmaske vorbeitrieb. Er hätte schwören können, daß sie ihn alle anstarrten, etwas von ihm verlangten, das er ihnen nicht geben konnte. Einer war anders gekleidet als die übrigen, denn er trug einen Strickpullover unter einem eleganten Regenmantel. Pitt durchsuchte rasch die Taschen des Toten.

Pitt hatte genug gesehen, um diese Szene sein Leben lang im Gedächtnis zu behalten. Er kletterte hastig die Leiter empor und verließ den Maschinenraum. Sobald er diesem grausigen Ort entflohen war, hielt er an, um sein Luftanzeigegerät abzulesen. Die Nadel zeigte hundert Pfund an, was vollkommen genügte, um wieder an die Oberfläche zu gelangen, wenn er nicht trödelte. Er fand Giordino, der gerade einen eingebauten Lebensmittelschrank durchsuchte, und deutete mit dem Daumen nach oben. Giordino nickte und schwamm durch einen Korridor zum Außendeck voraus.

Eine große Welle der Erleichterung durchflutete Pitt, als die Jacht unter ihnen im Dunkel verschwand. Sie hatten keine Zeit mehr, nach der Bojenleine zu suchen, deshalb stiegen sie im Strom ihrer Luftblasen hoch, die aus dem Auslaßventil ihrer Preßluftflaschen strömten. Langsam wurde das fast braunschwarze Wasser graugrün. Endlich erreichten sie die Wasseroberfläche fünfzig Meter flußabwärts von der *Hoki Jamoki.*

Sandecker und ein paar Ingenieure der Schiffsbesatzung erblickten sie sofort und begannen die Rettungsleine einzuziehen. Sandecker hielt die hohlen Hände an den Mund und schrie: »Haltet euch fest, wir ziehen euch herein.«

Pitt winkte, er war dankbar, daß er sich auf den Rücken legen und entspannen konnte. Er war zu erschöpft, um etwas anderes zu tun, als langsam gegen die Strömung zu gleiten und zu sehen, wie die Bäume am Flußufer vorbeiglitten. Einige Minuten später wurden er und Giordino auf das Deck des alten Fischerbootes gezogen.

»Ist es die *Eagle*?« fragte Sandecker, der seine Neugierde nicht unterdrücken konnte.

Pitt wartete mit der Antwort, bis er seine Preßluftflaschen abgenommen hatte. »Ja«, bestätigte er endlich, »es ist die *Eagle.*«

Sandecker konnte sich nicht entschließen, die entscheidende Frage zu stellen, die in ihm brannte. Er umging sie also.

»Etwas gefunden, worüber Sie sprechen wollen?«

»Außen ist sie unbeschädigt. Sie sitzt aufrecht auf dem Grund, ihr Kiel steckt in etwa einem halben Meter Schlick.«

»Kein Zeichen von Leben?«

»Nicht von außen.«

Pitt wollte offensichtlich keine Auskunft geben, wenn er nicht gefragt wurde. Seine gesunde braune Hautfarbe wirkte seltsam blaß.

»Konnten Sie hineinsehen?« fragte Sandecker.

»Zu dunkel, um etwas erkennen zu können.«

»Also gut, verdammt noch mal, nun sagen Sie es schon.«

»Da Sie mich so freundlich fragen«, sagte Pitt kalt und blickte Sandecker in die Augen. »Es finden sich in der Jacht mehr Leichen als auf einem Friedhof. Sie sind im Maschinenraum vom Boden bis zur Decke aufgeschichtet. Ich habe einundzwanzig gezählt.«

»O Gott!« keuchte Sandecker entsetzt. »Konnten Sie einen von ihnen erkennen?«

»Dreizehn Mann gehörten der Besatzung an. Die übrigen sahen wie Zivilisten aus.«

»Acht Zivilisten?« Sandecker war niedergeschmettert.

»Soweit ich nach ihrer Kleidung schließen konnte. Der Zustand, in dem sie sich befanden, war nicht dafür geeignet, daß ich sie befragen konnte.«

»Acht«, wiederholte Sandecker. »Und keiner kam Ihnen bekannt vor?«

»Ich bin noch nicht einmal sicher, ob ihre eigenen Mütter sie noch identifizieren könnten. Warum? Sollte ich eine bestimmte Person erkennen?«

Sandecker schüttelte den Kopf. »Darüber darf ich nicht sprechen.«

Pitt konnte sich nicht entsinnen, den Admiral jemals so bestürzt gesehen zu haben. Er hatte seine sonst so straffe Haltung verloren. Seine stets durchdringenden, intelligenten Augen verrieten den vollen Umfang seiner Betroffenheit. Pitt wartete auf seine Reaktion, während er fortfuhr.

»Wenn ich eine Ansicht äußern müßte, würde ich meinen, daß jemand die halbe chinesische Botschaft umgebracht hat.«

»Chinesen?« Plötzlich wurden Sandeckers Augen kalt wie Eis. »Was meinen Sie damit?«

»Sieben von den acht Zivilisten stammten aus Ostasien.«

»Irren Sie sich da gewiß nicht?« fragte Sandecker, der sich wieder erholte. »Bei geringer oder gar keiner Sicht . . .«

»Die Sichtweite betrug über drei Meter. Und ich kenne den Unterschied zwischen den Augenfalten eines Kaukasiers und eines Asiaten sehr wohl.«

»Gott sei Dank.«

»Ich wäre Ihnen sehr dankbar, wenn Sie mir mitteilen wollten, was Ihrer Meinung nach Al und ich dort hätten finden sollen.«

Sandeckers Blick wurde sanfter. »Ich schulde Ihnen eine Erklärung. Aber ich kann Ihnen keine geben, weil sich Ereignisse rings um uns abspielen, von denen Sie nichts zu wissen brauchen.«

»Ich habe mein eigenes Projekt.« Pitts Stimme klang kalt. »Das hier interessiert mich nicht.«

»Ja, Julie Mendoza. Ich weiß schon.«

Pitt zog etwas aus dem Ärmel seines Taucheranzugs hervor. »Hier, fast hätte ich es vergessen. Das habe ich einer der Leichen abgenommen.«

»Was ist es?«

Pitt hielt eine triefnasse Brieftasche in die Höhe. Im Inneren steckte ein wasserdichter Ausweis mit dem Foto eines Mannes. Daneben befand sich ein Abzeichen in Form eines Schildes.

»Der Ausweis eines Secret-Service-Agenten. Sein Name War Brock, Lyle Brock.«

Sandecker nahm die Brieftasche wortlos entgegen. Er blickte auf seine Uhr. »Ich muß mit Sam Emmett vom FBI Kontakt aufnehmen. Das ist von jetzt ab sein Problem.«

»So leicht können Sie diese Aufgabe nicht abgeben, Admiral. Wir wissen beide, daß NUMA den Auftrag erhalten wird, die *Eagle* zu bergen.«

»Sie haben natürlich recht«, stimmte Sandecker müde zu. »Sie sind von diesem Projekt entbunden. Sie tun wieder Ihre sonstigen Pflichten. Ich werde die Bergung von Giordino besorgen lassen.« Er drehte sich um und trat ins Ruderhaus, um das Telefon zum Festland zu benützen.

Pitt blickte lange auf das dunkle, unheimliche Wasser des Flusses und durchlebte noch einmal die schreckliche Szene auf dem Flußgrund. Eine Zeile aus einem alten Seemannsgedicht ging ihm durch den Kopf: Ein Geisterschiff von Geistern bemannt, zu keinem Ziel unterwegs.

Dann zog er einen Vorhang vor seine düsteren Gedanken und befaßte sich wieder mit der *Pilottown.*

Am Ostufer des Flusses preßte ein in einem Eschengestrüpp verborgener Mann in einem vietnamesischen Blättertarnanzug das Auge an den Sucher einer Videokamera. Infolge der Sonne und der Luftfeuchtigkeit liefen ihm Schweißtropfen über das Gesicht. Er kümmerte sich nicht darum, sondern filmte weiter und verstellte sein

Zoom so weit, bis Pitts Oberkörper den Miniaturbildschirm ganz ausfüllte. Dann schwenkte er über die gesamte Länge des Fischerbootes und nahm jedes Besatzungsmitglied einzeln einige Sekunden lang auf.

Eine halbe Stunde nachdem die Taucher aus dem Wasser gestiegen waren, versammelte sich eine kleine Flottille von Booten der Küstenwache bei der *Hoki Jamoki.* Ein Drehkran auf einem der Schiffe hob eine große, rotgestreifte Boje mit einem Blinklicht über die Reling und setzte sie neben dem Wrack der *Eagle* aufs Wasser.

Als die Batterie seines Aufnahmegerätes leer war, packte der verborgene Kameramann seine Ausrüstung zusammen und verschwand in der einsetzenden Dämmerung.

31

Pitt studierte die Speisekarte, als der Oberkellner des Restaurants »La Bagatelle« in der K-Street Loren zu seinem Tisch führte.

Ihr Kopf auf dem schlanken Hals war hocherhoben, und ihr Haar modisch zur Seite gekämmt. Ihre Augen waren bläulich-purpurn wie Berge in der Dämmerung und betrachteten die Welt mit einem sinnlichen, rätselhaften Blick. Sie bewegte sich mit graziler Anmut, nickte und wechselte ein paar Worte mit einigen Abgeordneten, die in dem Restaurant ihren Lunch einnahmen. Die Frauen betrachteten sie mit einer Spur von Neid, während sie bei Männern ein Gefühl der Befangenheit erweckte, da sie nie wußten, ob sie Eindruck auf sie gemacht hatten oder ob sie sich in der Rolle einer Volksschullehrerin sah, deren Schüler ihr Äpfel brachten.

Sie trug eine weiche Cordsamtjacke, die mit einem einzigen Knopf am Hals geschlossen war, einen dazu passenden Rock und eine Seidenbluse mit langen Ärmeln. In einer Hand hielt sie ihr Markenzeichen, eine schmale Aktentasche, die auf ihre jeweilige Kleidung abgestimmt war.

Pitt schaute auf, und ihre Blicke begegneten einander. Sie erwiderte seinen ehrlichen, bewundernden Blick mit einem ruhigen Lächeln. Langsam senkte er den Kopf und prägte sich all ihre Kurven und Maße vom Kopf bis zu den Zehen ein. Dann stand er auf und schob ihren Stuhl zurück.

»Donnerwetter, du siehst heute wieder unmöglich aus«, begrüßte er sie.

Sie lachte. »Du hast es also weiterhin darauf abgesehen, mich zu verwirren?«

»Wieso denn?«

»Einen Moment lang bist du ein Gentleman, und in dem nächsten ein Grobian.«

»Mir wurde immer eingeprägt, daß Frauen Abwechslung lieben.«

Ihre klaren, sanften Augen sahen ihn amüsiert an. »Etwas rechne ich dir hoch an. Du bist nämlich der einzige Mann, der mir nicht schmeichelt.«

Pitt setzte sein ansteckendstes Lächeln auf. »Das kann ich mir nur deshalb leisten, weil ich keinen Gefallen von Politikern brauche.«

Sie verzog das Gesicht und schlug die Speisekarte auf. »Ich habe keine Zeit dafür, mich auf den Arm nehmen zu lassen. Ich muß ins Büro zurück und eine Unzahl von Wählerbriefen beantworten. Was könntest du hier empfehlen?«

»Ich werde vielleicht Wild bestellen.«

»Meine Waage bestätigte mir heute morgen, daß ich ein Pfund zugenommen habe. Ich werde also nur einen Salat nehmen.«

Der Kellner trat an den Tisch.

»Einen Drink?« fragte Pitt.

»Wie du willst.«

»Zwei Sazerac-Cocktails, und bitte sagen Sie dem Barkeeper, er möchte Rye statt Bourbon nehmen.«

»Sehr wohl, Sir.«

Loren legte ihre Serviette auf den Schoß. »Ich habe seit zwei Tagen bei dir vergeblich angerufen. Wo warst du denn?«

»Der Admiral hat mich zu einem dringenden Bergungsfall eingesetzt.«

»War sie hübsch?« Die Frage war so alt wie die Liebe.

»Ein Leichenbeschauer wäre vielleicht dieser Ansicht. Aber Ertrunkene haben mir noch nie sonderlich gefallen.«

»Tut mir leid«, entschuldigte sie sich ernüchtert und schwieg, bis die Drinks gebracht wurden.

»Eine meiner Hilfskräfte ist auf etwas gestoßen, das dir vielleicht von Nutzen sein könnte«, meinte sie schließlich.

»Worum handelt es sich?«

Sie nahm mehrere zusammengefaltete Blätter aus ihrer Aktentasche und reichte sie Pitt. Dann erklärte sie leise: »Nicht viel Handfestes, aber ein interessanter Bericht über die geheime Marine der CIA.«

»Wußte gar nicht, daß sie eine hätte.« Pitt überflog die Seiten.

»Seit 1963 hat sie eine kleine Flotte von Schiffen angesammelt, von der nur wenige Regierungsmitglieder wissen. Und die wenigen, die eingeweiht sind, werden nicht zugeben, daß es sie gibt. Abgesehen von Überwachungsaufgaben besteht ihre Hauptfunktion darin, Geheimoperationen durchzuführen, darunter der Transport von Menschen und die Versorgung von Agenten und Guerillakämpfern, die in das Staatsgebiet von nicht befreundeten Nationen einsickern. Ursprünglich wurde sie aufgestellt, um Störaktionen gegen Castro nach seiner Machtübernahme in Kuba zu unternehmen. Etliche Jahre später, als klar wurde, daß Castro zu stark war, um gestürzt zu werden, wurden ihre Aktivitäten eingeschränkt, teilweise, weil die Kubaner mit Vergeltungsmaßnahmen gegen amerikanische Fischerboote drohten. Von da an erweiterte die CIA-Marine ihr Operationsfeld von Mittelamerika auf die Kämpfe in Vietnam, Afrika und den Nahen Osten. Kannst du mir folgen?«

»Ja, freilich, ich habe bloß keine Ahnung, worauf du hinauswillst.«

»Nur Geduld. Vor mehreren Jahren gehörte ein bewaffneter Frachtdampfer namens *Hobson* zu der eingemotteten Reserveflotte der Marine in Philadelphia. Er wurde außer Dienst gestellt und an eine Handelsreederei, eine Scheinfirma, die für die CIA arbeitet, verkauft. Sie scheuten keine Kosten, um die *Hobson* umzubauen, damit sie äußerlich wie ein gewöhnlicher Frachtdampfer aussah. Im Inneren wurde sie jedoch mit versteckter Bewaffnung ausgestattet, darunter mit einem neuen Raketensystem, hochentwickelten Nachrichten- und Abhöreinrichtungen und einer Anlage, mit der man schnelle Patrouillen- und Landungsboote durch Schwingtüren im Bug zum Einsatz bringen konnte.

Sie wurde 1985 während der verhängnisvollen Invasion des Iran in Kuwait und Saudi-Arabien bemannt und einsatzbereit gemacht. Unter der Flagge von Panama versenkte sie still und unbemerkt zwei sowjetische Spionageschiffe im Persischen Golf. Die Russen konnten nie nachweisen, wer dafür verantwortlich war, weil sich keines der Schiffe unserer Navy in Reichweite befand. Sie glauben noch immer, daß die Raketen, die ihre Schiffe versenkten, von der saudiarabischen Küste kamen.«

»Und das alles hast du herausgefunden?«

»Ich habe so meine Quellen.«

»Hat die *Hobson* etwas mit der *Pilottown* zu tun?«

»Indirekt.«

»Sprich weiter.«

»Vor drei Jahren verschwand die *Hobson* vor der Pazifischen Küste von Mexiko mit der ganzen Besatzung.«

»Und?«

»Und drei Monate später fand die CIA sie wieder.«

»Klingt mir irgendwie bekannt«, meinte Pitt.

»Fand ich auch.« Loren nickte. »Das gleiche Spiel wie bei der *San Marino* und der *Belle Chasse.*

»Wo wurde die *Hobson* entdeckt?«

Bevor Loren antworten konnte, stellte der Kellner ihre Teller auf den Tisch. Das Wild sah verlockend aus, doch Pitt dachte im Moment nicht ans Essen. Sobald der Kellner außer Hörweite war, nickte er ihr zu.

»Nun schieß los.«

»Ich weiß nicht, wie die CIA dem Schiff auf die Spur kam, aber sie fanden sie in einem Trockendock in Sydney, in Australien, wo sie einem größeren Umbau unterzogen wurde.«

»Haben die Leute von CIA herausgefunden, für wen sie registriert war?«

»Sie fuhr unter philippinischer Flagge und war für Samar Exporters registriert. Eine Scheinfirma, die nur wenige Monate vorher in Manila als Aktiengesellschaft im Handelsregister eingetragen worden war. Ihr neuer Name lautete *Buras.*«

»*Buras*«, wiederholte Pitt. »Muß der Name einer Person sein. Wie schmeckt dein Salat?«

»Das Dressing ist sehr pikant. Und dein Wild?«

»Zart, und die Soße ganz hervorragend. Eine fürchterliche Dummheit der Piraten, ein Schiff zu stehlen, das der CIA gehörte.«

»Der typische Fall eines Diebes, der einen Betrunkenen um seine Barschaft erleichtert und dann herausfindet, daß der ein Polizeispitzel war.«

»Was geschah in Sydney danach?«

»Nichts. Die CIA, die mit der australischen Zweigstelle des Britischen Geheimdienstes zusammenarbeitet, versuchte die Besitzer der *Buras* festzunehmen, konnte sie aber nicht ausforschen.«

»Keine Hinweise, keine Zeugen?«

»Die kleine koreanische Besatzung, die sich an Bord befand, war in Singapur angeheuert worden. Sie wußten so gut wie nichts und konnten nur eine Beschreibung des Kapitäns geben, der verschwunden blieb.«

Pitt trank einen Schluck Wasser und las eine Seite des Berichtes. »Nicht viel Angaben für eine eindeutige Personenbeschreibung: Koreaner, mittelgroß, hundertfünfzig Pfund, schwarzes Haar, Lücke in den Vorderzähnen. Das paßt auf etwa fünf bis zehn Millionen Männer«, stellte er sarkastisch fest. »Jetzt fühle ich mich nur mehr halb so schlecht. Wenn nicht einmal die CIA jemanden festnageln kann, der in der Welt herumfährt und Schiffe überfällt, dann kann ich es verdammt noch mal schon gar nicht.«

»Hat St. Julien Perlmutter dich angerufen?«

Pitt schüttelte den Kopf. »Habe keinen Ton von ihm gehört. Wahrscheinlich hat er die Lust verloren und ist fahnenflüchtig geworden.«

»Ich muß ebenfalls fahnenflüchtig werden. Aber nur für kurze Zeit.«

Pitt sah sie einen Augenblick streng an, dann entspannte er sich und lachte. »Wie konnte ein so nettes Mädchen jemals Politikerin werden?«

Sie rümpfte die Nase. »Du Chauvinist.«

»Im Ernst, wo willst du hin?«

»Eine kurze, informative Vergnügungsreise auf Staatskosten auf einem russischen Kreuzfahrtschiff in der Karibik.«

»Natürlich«, sagte Pitt. »Ich hatte vergessen, daß du im Transportkomitee der Handelsmarine den Vorsitz innehast.«

Loren nickte und tupfte sich den Mund mit der Serviette ab.

»Das letzte Kreuzfahrtschiff unter dem Sternenbanner wurde 1984 außer Dienst gestellt. Das betrachten eine Menge Leute als nationale Schande. Der Präsident ist entschieden der Ansicht, daß wir in der Handelsmarine genauso wie in der Kriegsmarine präsent sein sollten. Er verlangt vom Kongreß Budgetmittel in der Höhe von neunzig Millionen Dollar, um das Dampfschiff *United States* wieder flottzumachen, die in Norfolk zwanzig Jahre lang stillgelegt war, und sie wieder in Dienst zu stellen, um auf diese Weise mit den ausländischen Kreuzfahrtlinien konkurrieren zu können.«

»Und du wirst die russischen Gepflogenheiten, ihre Passagiere mit Wodka und Kaviar zu bewirten, eingehend studieren.«

Sie sah plötzlich offiziell aus. »Nicht nur das, sondern auch die Wirtschaftlichkeit ihres von der Regierung betriebenen Kreuzfahrtschiffes.«

»Wann beginnt deine Reise?«

»Übermorgen. Ich fliege nach Miami und gehe an Bord der Leonid Andrejew. In fünf Tagen bin ich wieder zurück. Was wirst du inzwischen beginnen?«

»Der Admiral hat mir Urlaub gegeben, um die Nachforschungen über die *Pilottown* fortzusetzen.«

»War etwas von meinen Informationen für dich zu gebrauchen?«

»Jedes geringste Detail hilft mir.« Er war bemüht, sich auf einen Gedanken zu konzentrieren, der vorläufig nur ein ferner Schatten am Horizont war. Dann sah er sie an. »Hast du etwas Neues aus der Gerüchteküche im Kongreß gehört?«

»Was meinst du, Klatsch? Zum Beispiel, wer es mit wem treibt?«

»Etwas Schwerwiegenderes. Gerüchte über ein verschwundenes wichtiges Regierungsmitglied oder einen ausländischen Diplomaten.«

Loren schüttelte den Kopf. »Nein, nichts so Dramatisches. Die Szene im Capitol gibt nicht viel her, während der Kongreß Ferien macht. Warum? Weißt du etwas von einem bevorstehenden Skandal, von dem ich noch nichts weiß?«

»Es war nur so eine Frage.«

Ihre Hand schob sich langsam über den Tisch und faßte die seine. »Ich habe keine Ahnung, worauf du dich einläßt, aber bitte, sei vorsichtig. Fu Mantschu könnte erfahren, daß du ihm auf die Schliche gekommen bist und bereits auf der Lauer liegst.«

Pitt wandte sich ab und lachte. »Ich habe Sax Rohmer zum letzten Mal gelesen, als ich ein Schuljunge war: Fu Mantschu, die gelbe Gefahr. Wie bist du ausgerechnet auf ihn gekommen?«

Sie zuckte leicht mit den Schultern. »Ich weiß es wirklich nicht. Eine freie Assoziation mit einem alten Peter-Sellers-Film, der Sosan Trading Corporation und der koreanischen Besatzung der *Buras*, nehme ich an.«

Pitts Augen blickten einen Moment lang verträumt, dann öffnete er sie weit. Der Gedanke am Horizont nahm feste Gestalt an. Er winkte dem Kellner und bezahlte die Rechnung mit seiner Kreditkarte.

»Ich muß noch ein paar Anrufe erledigen«, erklärte er kurz. Er küßte sie leicht auf die Lippen und trat rasch unter die Menschenmassen auf dem Gehsteig hinaus.

Pitt fuhr schnell zum NUMA-Gebäude und schloß sich in seinem Büro ein. Er ordnete geschwind die Reihenfolge seiner Anrufe und wählte auf seinem Privatanschluß eine Nummer in Los Angeles. Beim fünften Klingelzeichen meldete sich ein Mädchen, das den Buchstaben »R« nicht aussprechen konnte.

»Casio und Company, Detektivfihma.«

»Ich möchte bitte Mr. Casio sprechen.«

»Wen darf ich melden?«

»Mein Name ist Pitt.«

»Eh hat einen Kunden. Können Sie späteh anhufen?«

»Nein!« knurrte Pitt drohend. »Ich rufe aus Washington an, und es ist dringend.«

Die einigermaßen eingeschüchterte Sekretärin antwortete: »Einen Moment, bitte.« Casio meldete sich fast sofort.

»Freut mich, von Ihnen zu hören, Mr. Pitt.«

»Tut mir leid, Ihre Besprechung unterbrechen zu müssen, aber ich brauche einige Auskünfte.«

»Ich werde mein Bestes tun.«

»Was wissen Sie über die Besatzung der *San Marino*?«

»Nicht viel. Ich habe Nachforschungen über die Offiziere angestellt, aber nichts Ungewöhnliches gefunden. Sie waren alle Profis bei der Handelsmarine. Soweit ich mich erinnere, verfügte der Kapitän über einen hervorragenden Ruf.«

»Keine Verbindung zu organisiertem Verbrechertum?«

»In den Computern des Nationalen Informationszentrums über Verbrechen fand sich kein entsprechender Hinweis.«

»Wie stand es mit der restlichen Besatzung?«

»Dort gab es nicht viel Unterlagen. Nur einige wenige waren Mitglieder der Seeleutegewerkschaft.«

»Nationalität?«

»Nationalität?« wiederholte Casio, überlegte einen Moment, dann zählte er auf: »Eine bunte Mischung. Einige Griechen, einige Amerikaner, mehrere Koreaner.«

»Koreaner?« erwiderte Pitt wie elektrisiert. »Es gab auch Koreaner an Bord?«

»Ja, das stimmt. Da Sie es jetzt erwähnen, erinnere ich mich, daß eine Gruppe von ungefähr zehn Mann, knapp bevor die *San Marino* auslief, angeheuert hat.«

»Wäre es möglich, die Schiffe und Reedereien herauszufinden, bei denen sie vor der *San Marino* in Dienst standen?«

»Das liegt alles weit zurück, aber die Personalakten sollten noch aufzutreiben sein.«

»Könnten Sie auch die Besatzung der *Pilottown* in dieser Weise überprüfen?«

»Ich wüßte keinen Grund, weshalb es nicht möglich sein sollte.«

»Ich wäre Ihnen dafür sehr dankbar.«

»Was wollen Sie eigentlich herausfinden?«

»Das sollte Ihnen eigentlich klar sein.«

»Einen Zusammenhang zwischen der Besatzung und unserer unbekannten Muttergesellschaft, nicht wahr?«

»Ins Schwarze getroffen.«

»Sie gehen bis zu der Zeit vor dem Verschwinden der Schiffe zurück«, überlegte Casio.

»Die günstigste Gelegenheit, sich eines Schiffes zu bemächtigen, hat die Besatzung.«

»Ich dachte, Meutereien haben mit der *Bounty* aufgehört.«

»Die moderne Bezeichnung dafür heißt Entführung.«

»Sie haben einen guten Riecher. Ich werde sehen, was ich tun kann.«

»Danke, Mr. Casio.«

»Wir kennen einander inzwischen recht gut. Nennen Sie mich Sal.«

»Okay, Sal, und Sie nennen mich Dirk.«

»Das werde ich tun«, versprach Casio ernst. »Leben Sie wohl.«

Nachdem Pitt aufgelegt hatte, lehnte er sich zurück und legte die Füße auf den Schreibtisch. Er hatte das gute, optimistische Gefühl, daß seine undeutliche Ahnung allmählich an Klarheit gewann. Nun wollte er noch einen kühnen Versuch unternehmen, der sich aber so verrückt ausnahm, daß es ihm beinahe lächerlich vorkam, darauf einzugehen. Er schrieb aus dem Telefonbuch für staatliche Universitäten eine Nummer heraus und wählte sie.

»Universität von Pennsylvanien, Abteilung für Anthropologie.«

»Kann ich Frau Doktor Grace Perth sprechen?«

»Einen Augenblick, bitte.«

»Danke.«

Pitt wartete fast zwei Minuten, bevor eine mütterliche Stimme »Hallo« sagte.

»Frau Doktor Perth?«

»Am Apparat.«

»Mein Name ist Dirk Pitt, und ich gehöre der Nationalen Unterwasser- und Marinebehörde an. Hätten Sie ein wenig Zeit, mir ein paar akademische Fragen zu beantworten?«

»Was möchten Sie wissen, Mr. Pitt?« fragte Dr. Perth freundlich.

Pitt versuchte, sie sich im Geist vorzustellen. Nach seinem ersten Eindruck handelte es sich wohl um eine affektierte, weißhaarige Dame in einem Tweedkostüm. Er fand das Bild aber zu stereotyp und verdrängte es gleich wieder.

»Wenn wir einen mittelgroßen, mittelschweren Mann zwischen Dreißig und Vierzig nehmen, der in Peking geboren wurde, und einen anderen Mann mit den gleichen körperlichen Eigenschaften aus

Seoul in Südkorea, wie könnte man die beiden voneinander unterscheiden?«

»Sie wollen sich wohl über mich lustig machen, nicht wahr, Mr. Pitt?«

Pitt lachte. »Nein, Frau Doktor, es ist mir wirklich ernst damit.«

»Hmmm, Chinese gegen Koreaner«, murmelte sie, während sie überlegte. »Menschen koreanischer Herkunft neigen im großen und ganzen eher zu klassischen oder extrem mongoliden Zügen. Die Gesichter der Chinesen andererseits weisen mehr allgemein asiatische Merkmale auf. Ich würde aber meine Zeit nicht damit verschwenden, zu erraten, wer wer ist, denn sie haben zu viele gemeinsame Merkmale. Es wäre viel einfacher, sie nach ihrer Kleidung oder ihrem Verhalten zu beurteilen, oder wie sie ihr Haar tragen, kurz: nach ihren kulturellen Charakteristika.«

»Ich dachte, sie hätten bestimmte Gesichtszüge, nach denen man sie einwandfrei auseinanderhalten kann, wie es bei Chinesen und Japanern möglich ist.«

»Bei den letzten beiden ist die genetische Streuung augenfälliger. Wenn Ihr Asiate einen ziemlich dichten Bartwuchs besitzt, wäre das ein deutlicher Hinweis darauf, daß er Japaner ist. Aber im Fall von Chinesen und Koreanern haben Sie es mit zwei Rassen zu tun, die sich im Laufe der Jahrhunderte so sehr miteinander vermischt haben, daß die individuellen Abweichungen von der Norm jede Unterscheidungsmöglichkeit verwischen würden.«

»Sie halten es also für hoffnungslos?«

»Äußerst schwierig, aber nicht hoffnungslos. Eine Reihe von Labortests könnte den Wahrscheinlichkeitsfaktor der Diagnose erhöhen.«

»Mein Interesse beschränkt sich ausschließlich auf das Visuelle.«

»Leben Ihre Versuchspersonen?«

»Nein, es handelt sich um Ertrunkene.«

»Schade. Bei einem lebenden Individuum gibt es geringe Merkmale im Gesichtsausdruck, die kulturell anerzogen sind und von jemandem, der große Erfahrung mit den beiden Rassen besitzt, entdeckt werden können. Auf dieser Grundlage lassen sich recht gute Resultate erzielen.«

»Da habe ich also Pech.«

»Könnten Sie mir vielleicht ihre wesentlichen Gesichtsmerkmale schildern?«

Pitt fürchtete sich zwar vor der Vorstellung, schloß jedoch die Augen und begann die Köpfe der Wasserleichen zu beschreiben, die er auf der *Eagle* gesehen hatte. Zuerst war die Erinnerung nur undeutlich, aber bald gelang es ihm, sich klar darauf zu konzentrieren und jedes Detail mit der Routine eines Chirurgen zu beschreiben, der eine Herztransplantation auf Band spricht. Inmitten der Schilderung brach er plötzlich ab.

»Ja, Mr. Pitt, sprechen Sie bitte weiter.«

»Ich habe mich soeben an etwas erinnert, das mir entfallen war. Die Gesichter von zwei der Leichen waren tatsächlich dicht behaart. Eine trug einen Schnurrbart, und die zweite einen Spitzbart.«

»Interessant.«

»Sie waren also weder Koreaner noch Chinesen?«

»Nicht unbedingt.«

»Was könnten sie außer Japanern denn sein?«

»Sie springen los, bevor Sie schauen, wohin, Mr. Pitt«, tadelte sie ihn, als würde sie einem ihrer Studenten die Leviten lesen. »Die Züge, die Sie mir beschrieben haben, sind deutlich klassisch mongolisch.«

»Aber der Bartwuchs?«

»Sie müssen auch die geschichtliche Entwicklung in Betracht ziehen. Die Japaner haben Korea seit dem sechzehnten Jahrhundert immer wieder überfallen und geplündert. Und fünfunddreißig Jahre lang, von 1910 bis 1945, war Korea eine japanische Kolonie, so daß sich also eine starke Vermischung ihrer speziellen genetischen Anlagen ergeben konnte.«

Pitt zögerte, bevor er Dr. Perth die nächste Frage stellte. Dann wählte er seine Worte außerordentlich sorgfältig. »Wenn Sie also Ihren wissenschaftlichen Ruf aufs Spiel setzen und ein Urteil über die vermutliche Rassenzugehörigkeit der Männer abgeben sollten, die ich Ihnen beschrieben habe, wofür würden Sie sich da entscheiden?«

Grace Perth antwortete wie aus der Pistole geschossen.

»Wenn ich es in Prozentsätzen ausdrücken darf, würde ich meinen, daß die Vorfahren Ihrer Testgruppe zu zehn Prozent Japaner, dreißig Prozent Chinesen und sechzig Prozent Koreaner waren.«

»Das klingt, als hätten Sie das allgemeine genetische Bild eines Durchschnittskoreaners entworfen.«

»Nehmen Sie es so, wie es in Ihr Bild paßt, Mr. Pitt. Ich bin so weit gegangen, wie ich konnte.«

»Ich danke Ihnen, Frau Doktor Perth.« Pitt jubelte beinahe.

»Ich bin Ihnen sehr verbunden.«

33

»Das ist also Dirk Pitt«, sagte Min Korjo. Sie saß in ihrem Rollstuhl und blickte über ein Frühstückstablett hinweg auf einen großen Fernsehschirm an ihrer Bücherwand.

Lee Tong saß neben ihr und betrachtete die Videoaufzeichnung von der *Hoki Jamoki,* die über der Präsidentenjacht ankerte. »Ich frage mich, wieso er das Wrack so schnell entdecken konnte. Es sieht so aus, als hätte er genau gewußt, wo er zu suchen hatte.«

Min Korjo stützte ihr Kinn in die zarten Hände und neigte den ergrauten Kopf, während sie die Augen auf den Bildschirm geheftet hielt und die dünnen, blauen Venen in ihren Schläfen vor Konzentration pulsierten. Ihr Gesicht verzog sich ärgerlich.

Sie sah aus wie eine alte ägyptische Mumie, deren Haut irgendwie gebleicht und gestrafft worden war.

»Pitt und die NUMA«, zischte sie wütend. »Was haben diese gerissenen Hunde vor? Zuerst der Hokuspokus mit der Verlautbarung über die *San Marino* und die *Pilottown* und jetzt das.«

»Es kann sich nur um einen Zufall handeln«, meinte Lee Tong. »Es besteht kein direkter Zusammenhang zwischen den Frachtschiffen und der Jacht.«

»Ich denke eher an einen Denunzianten.« Ihre Stimme klang scharf wie ein Peitschenhieb. »Wir sind vermutlich verraten worden.«

»Das ist kein zulässiger Schluß, *aunumi.*« Lee Tong fand ihren plötzlichen Zornausbruch irgendwie lustig. »Nur du und ich kennen die Wahrheit. Alle anderen sind tot.«

»Man ist niemals gegen einen Fehler gefeit. Nur Dummköpfe halten sich für vollkommen.«

Lee Tong war nicht in der Stimmung für die asiatische Philosophie seiner Großmutter. »Mach dir keine unnötigen Sorgen«, erwiderte er scharf. »Ein Aufklärungsteam der Regierung wäre sowieso irgendwann auf die Jacht gestoßen. Wir konnten den Präsidenten doch nicht bei hellichtem Tag wegbringen, ohne Gefahr zu laufen, gesehen und angehalten zu werden. Und da die Jacht nach Sonnenaufgang nicht mehr gesichtet wurde, ließ die einfachste Logik den Schluß zu, daß sie sich noch irgendwo zwischen Washington und der Chesapeake Bay auf oder in dem Fluß befand.«

»Eine Schlußfolgerung, zu der Mr. Pitt recht schnell ohne Schwierigkeiten gelangte.«

»Es ändert nichts an der Lage. Der Zeitfaktor ist noch immer auf unserer Seite. Sobald Lugowoj mit seinen Ergebnissen zufrieden ist, müssen wir nur noch die Goldladung überwachen. Danach kann Generalsekretär Antonow den Präsidenten haben. Aber wir behalten Margolin, Larimer und Moran zur Sicherheit und als künftige Stärkung unserer Verhandlungsgrundlagen. Glaube mir, *aunumi*, der schwierigste Teil der Aktion liegt hinter uns. Die Festung der Gesellschaft Bougainville befindet sich in Sicherheit.«

»Vielleicht, aber die Verfolger kommen uns für mein Gefühl beträchtlich nahe.«

»Wir haben es mit hervorragend ausgebildeten und intelligenten Leuten zu tun, die über die bestentwickelte Technologie der Welt verfügen. Möglicherweise werden sie bis auf Reichweite an uns herankommen, aber sie werden nie ganz erfassen, wie weit wir beteiligt sind.«

Min Korjo seufzte nicht ganz beruhigt und nahm einen Schluck aus ihrer immer bereitstehenden Teetasse. »Hast du in den letzten acht Stunden mit Lugowoj gesprochen?«

»Ja. Er behauptet, es habe keine Rückschläge gegeben und er könne das Projekt in weiteren fünf Tagen abschließen.«

»Fünf Tage«, wiederholte sie nachdenklich. »Es ist an der Zeit, daß wir die Endphase einleiten und unsere Zahlungsmodalitäten mit Antonow festlegen. Ist unser Schiff angekommen?«

»Die *Venice* hat vor zwei Tagen im Schwarzmeerhafen Odessa angelegt.«

»Wer ist ihr Kapitän?«

»Kapitän James Mangyai, ein vertrauenswürdiger Angestellter unserer Gesellschaft.«

Min Korjo nickte zustimmend. »Und ein guter Seemann. Er hat vor fast zwanzig Jahren bei mir angeheuert.«

»Er hat Anweisung, augenblicklich, nachdem die letzte Goldkiste an Bord gelangt ist, abzulegen und auszulaufen.«

»Gut. Nun werden wir sehen, welche Hinhaltemanöver Antonow versuchen wird. Zunächst wird er zweifellos die Zahlung aufschieben wollen, bis feststeht, daß Lugowojs Experiment ein voller Erfolg ist. Dem werden wir natürlich nicht zustimmen. Inzwischen wird er eine Armee von KGB-Agenten einsetzen, um alle ländlichen Gebiete in Amerika nach dem Präsidenten und unseren Laboreinrichtungen zu durchsuchen.«

»Weder die Russen noch die Amerikaner werden herausfinden, wo wir Lugowoj und seinen Stab versteckt haben«, behauptete Lee Tong entschieden.

»Sie haben aber immerhin die Jacht gefunden.«

Bevor Lee Tong etwas erwidern konnte, begann es auf dem Videobildschirm zu »schneien«, da das Band zu Ende war. Er ließ das Band nochmals zurückspulen. »Möchtest du es noch einmal sehen?«

»Ja, ich will mir die Taucher genauer ansehen.«

Als sich das Gerät automatisch abstellte, drückte Tong auf den Abspielknopf, und der Bildschirm erwachte wieder zum Leben.

Min Korjo sah eine Minute lang ruhig zu, dann fragte sie: »Wie lautet der letzte Lagebericht von der Liegestelle des Wracks?«

»Eine Bergungsmannschaft von der NUMA birgt die Leichen und trifft Anstalten, die Jacht zu heben.«

»Wer ist der Mann mit dem roten Bart, der mit Pitt spricht?«

Lee Tong vergrößerte die Naheinstellung, bis die zwei Männer den Bildschirm ausfüllten. »Das ist Admiral Sandecker, Leiter der NUMA.«

»Dein Mann, der Pitts Unternehmungen filmte, wurde hoffentlich nicht entdeckt?«

»Nein, er ist einer der besten Leute in der Branche, ein ehemaliger FBI-Agent. Er wurde von einer unserer Tochtergesellschaften für diesen Job angeheuert, und man hat ihm erzählt, daß Pitt in dem Verdacht steht, NUMA-Material an ausländische Quellen zu verkaufen.«

»Was wissen wir über Pitt?«

»Ich lasse mir ein komplettes Dossier von Washington herfliegen. Es muß in der nächsten Stunde hier eintreffen.«

Min Korjo preßte die Lippen zusammen und rückte näher zum Bildschirm. »Wie kann er so viel wissen? Die NUMA ist eine ozeanographische Dienststelle. Sie beschäftigen keine Scheinagenten. Warum stellt er uns nach?«

»Es wird sich lohnen, das herauszufinden.«

»Hol das Bild näher heran«, befahl sie.

Lee Tong vergrößerte das Bild wieder, ging an Sandeckers Schulter vorbei, bis es schien, als würde Pitt zu der Kamera sprechen. Dann hielt er das Bild an.

Min Korjo setzte eine Brille mit quadratischen Gläsern auf ihre schmale Nase und starrte auf das von Wind und Wetter gegerbte, aber gutaussehende Gesicht, das ihren Blick erwiderte. Ihre dunklen Augen blitzten kurz auf.

»Leben Sie wohl, Mr. Pitt.«

Dann schaltete sie ab, und der Bildschirm erlosch.

Der Rauch von Suworows Zigarette hing schwer in der Luft des Speisezimmers, während er und Lugowoj sich eine Flasche »Croft Vintage Port 1966« teilten. Suworow betrachtete die rote Flüssigkeit in seinem Glas und runzelte die Stirn.

»Diese Mongolen servieren uns nur Bier und Wein. Was würde ich für eine Flasche guten Wodka geben!«

Lugowoj wählte eine Zigarre, die ihm einer der koreanischen Kellner anbot. »Sie haben eben keine Kultur, Suworow. Zufällig ist das ein ganz ausgezeichneter Portwein.«

»Die amerikanische Dekadenz hat eben auf mich abgefärbt«, bemerkte Suworow sarkastisch.

»Nennen Sie's, wie Sie wollen, aber man findet selten Amerikaner, die wegen *unseres* disziplinierten Lebensstils zu Rußland übergehen«, erwiderte Lugowoj höhnisch.

»Sie beginnen schon zu reden wie sie, zu trinken wie sie; als nächstes werden Sie die Leute auf den Straßen ermorden und vergewaltigen wollen wie sie. Ich weiß wenigstens, wohin ich gehöre.«

Lugowoj betrachtete nachdenklich seine Zigarre. »Ich auch. Was ich hier bewirke, wird schwerwiegende Auswirkungen auf die Politik unseres Staates den Vereinigten Staaten gegenüber haben. Es ist von weit größerer Bedeutung als Ihr unbedeutender Diebstahl industriellen Know-hows.«

Suworow war offenbar durch den Wein zu mild gestimmt, um auf die Bemerkungen des Psychologen mit Verärgerung zu reagieren. »Ich werde unseren Vorgesetzten über Ihre Aktivitäten berichten.«

»Ich habe Ihnen immer wieder gesagt, daß dieses Projekt von Präsident Antonow persönlich gebilligt wurde.«

»Ich glaube Ihnen davon kein Wort.«

Lugowoj zündete die Zigarre an und blies den Rauch zur Decke. »Ihre Meinung hierzu ist völlig belanglos.«

»Wir müssen eine Möglichkeit finden, mit der Außenwelt Kontakt aufzunehmen.« Suworows Stimme war lauter geworden.

»Sie sind ja verrückt. Ich untersage Ihnen das! Ich befehle Ihnen, sich nicht einzumischen. Können Sie nicht Ihre Augen, Ihr Gehirn gebrauchen? Sehen Sie sich doch um. Das alles wurde jahrelang vorbereitet. Jede Einzelheit dieser Operation wurde sorgfältig geplant. Ohne Madame Bougainvilles Organisation hätten wir sie niemals durchführen können.«

»Wir sind sozusagen ihre Gefangenen«, protestierte Suworow.

»Was macht es schon aus, solange unsere Regierung daraus Nutzen zieht?«

»*Wir* sollten schließlich die Herren der Situation sein. Wir müssen den Präsidenten von hier weg in die Hände unseres eigenen Geheimdienstes bringen, damit er befragt werden kann. Die Staatsgeheimnisse, die man aus ihm herausholen könnte, übersteigen jegliche Vorstellung.«

Lugowoj schüttelte verzweifelt den Kopf. Er wußte nicht, was er noch an Gründen anführen sollte. Einen durch patriotischen Eifer geblendeten Verstand zur Vernunft bringen zu wollen war so, als wollte man einem Betrunkenen höhere Mathematik beibringen. Er wußte, daß Suworow, wenn der Auftrag erledigt war, ihn in einem Bericht als unverläßlich und als potentielle Bedrohung für die sowjetische Staatssicherheit bezeichnen würde. Doch innerlich lachte er, denn wenn das Experiment gelang, würde Präsident Antonow vielleicht bereit sein, ihm den Titel »Held der Sowjetunion« zu verleihen.

Er stand auf, streckte sich und gähnte. »Ich werde ein paar Stunden schlafen. Wir werden morgen früh damit beginnen, die Reaktionen des Präsidenten zu programmieren.«

»Wie spät ist es jetzt?« erkundigte sich Suworow müde. »Ich habe in diesem Grab jedes Gefühl für Tag und Nacht verloren.«

»Fünf Minuten vor Mitternacht.«

Auch Suworow gähnte und legte sich auf eine Couch. »Gehen Sie nur schlafen. Ich werde noch ein Glas trinken. Ein guter Russe verläßt doch nie den Raum, bevor die Flasche leer ist.«

»Gute Nacht«, sagte Lugowoj, drehte sich um und trat in den Korridor.

Suworow winkte ihm gleichgültig nach und tat so, als wäre er im Begriff einzudösen. Aber er beobachtete drei Minuten lang den Sekundenzeiger seiner Uhr. Dann stand er schnell auf, durchquerte den Raum und ging geräuschlos den Korridor hinunter bis zu der Stelle, wo er rechtwinklig zu dem verschlossenen Fahrstuhl abbog. Er blieb stehen, drückte sich an die Wand und spähte um die Ecke.

Lugowoj wartete geduldig und rauchte seine Zigarre. Nach weniger als vierzig Sekunden ging die Fahrstuhltür lautlos auf, und Lugowoj trat hinein. Es war genau Mitternacht. Alle zwölf Stunden, stellte Suworow fest, verließ der Psychologe des Projekts das Laboratorium und kehrte erst zwanzig bis dreißig Minuten später wieder.

Er ging zurück und am Überwachungsraum vorbei. Zwei der Forschungsteams beobachteten aufmerksam den Gehirnrhythmus und die Lebenszeichen des Präsidenten. Einer von ihnen blickte zu Suworow auf und nickte ihm zu.

»Geht alles glatt?« erkundigte sich Suworow im Konversationston.

»Wie das Debüt einer Primaballerina«, antwortete der Techniker.

Suworow trat herbei und beobachtete die Fernsehschirme. »Was geschieht mit den anderen?« erkundigte er sich und wies mit dem Kinn auf die Bilder von Margolin, Larimer und Moran in den versiegelten Kokons.

»Sie erhalten Beruhigungsmittel und intravenös stark konzentrierte Flüssigkeiten mit Proteinen und Kohlehydraten.«

»Bis sie zur Programmierung an die Reihe kommen«, fügte Suworow hinzu.

»Kann ich nicht sagen. Diese Frage müssen Sie Doktor Lugowoj stellen.«

Suworow betrachtete einen der Bildschirme, während ein Teammitglied in einem Laboratoriumskittel einen Deckel in Senator Larimers Kokon öffnete und ihm eine Spritze subkutan in den Arm verabreichte.

»Was ist mit ihm?« fragte Suworow und deutete auf ihn.

Der Techniker blickte auf. »Wir müssen alle acht Stunden ein Beruhigungsmittel verabreichen, sonst würde die Person wieder zu Bewußtsein kommen.«

»Ich verstehe schon.« Plötzlich wurde Suworow alles klar, während sich die Einzelheiten seines Fluchtplanes in seinem Kopf ordneten. Er hatte ein gutes Gefühl, besser als während der ganzen letzten Tage. Um zu feiern, kehrte er in den Speisesaal zurück und öffnete noch eine Flasche Portwein. Dann nahm er ein kleines Notizbuch aus der Tasche und kritzelte wild darin.

34

Oscar Lucas parkte seinen Wagen in einer Parklücke für VIPs vor dem medizinischen Armeezentrum Walter Reed und hastete durch einen Nebeneingang. Er lief durch ein Labyrinth von Korridoren und blieb schließlich vor einer Doppeltür stehen, die ein Sergeant der Marine bewachte, dessen Gesicht so feierlich wirkte wie die Köpfe von Mount Rushmore. Der Sergeant prüfte sorgfältig seinen Ausweis und wies ihm den Weg in den Flügel des Krankenhauses, in dem schwierige und streng geheime Autopsien vorgenommen wurden. Lucas fand rasch die Tür mit der Aufschrift *Laboratorium – Zutritt nur für Befugte* und trat ein.

»Ich hoffe, ich habe Sie nicht warten lassen«, begann er.

»Nein, Oscar«, antwortete Alan Mercier. »Ich kam selbst erst vor einer Minute.«

Lucas nickte und sah sich in dem verglasten Raum um. Außer ihm waren noch fünf Männer anwesend: General Metcalf, Sam Emmett, Martin Brogan, Mercier und ein kleiner schwächlicher Mann mit randloser Brille, der ihm als Oberst Thomas Thornburg vorgestellt wurde und den bombastischen Titel »Leiter der vergleichenden Gerichtsmedizin und klinischen Pathologie« trug.

»Da nun alle vollzählig versammelt sind«, begann Oberst Thornburg mit merkwürdiger Altstimme, »kann ich den Herren unsere Ergebnisse vorführen.«

Er ging zu einem großen Fenster und betrachtete eine riesige, zylinderförmige Maschine auf der anderen Seite des Glases. Sie sah wie eine durch eine Welle mit einem Generator verbundene Flügelturbine aus. Die Turbine war zur Hälfte im Betonboden versenkt. Innerhalb ihres inneren Durchmessers befand sich eine zylindrische Öffnung, während unmittelbar davor eine Leiche auf einer halb durchscheinenden Bahre lag.

»Eine Raumanalysiersonde, RAS, wie sie mein Team, das sie entwickelt hat, liebevoll nennt. Im wesentlichen untersucht sie den Körper elektronisch durch verstärkte Röntgenstrahlen und liefert genaue bewegliche Bilder von jedem Millimeter Gewebe und Knochen.«

»Eine Art ZAT-(zentralisierter automatischer Test)Scanner«, meinte Brogan.

»Seine Grundfunktion ist die gleiche, ja«, bestätigte Thornburg. »Aber es ist, als würde man ein Propellerflugzeug mit einer Überschall-Düsenmaschine vergleichen. Der ZAT-Scanner benötigt mehrere Sekunden, um einen einzigen Querschnitt des Körpers darzustellen. Die RAS liefert in kürzester Zeit fünfundzwanzigtausend Bilder. Die Untersuchungsergebnisse werden dann selbsttätig dem Computer eingegeben, der daraufhin seine automatische Diagnose der Todesursache mitteilt. Ich vereinfache den Vorgang natürlich ziemlich, aber das ist die allgemeinverständliche Beschreibung.«

»Ich nehme an, daß Ihre Datenbanken Ernährungs- und Stoffwechselstörungen berücksichtigen, die mit allen bekannten Giften und ansteckenden Krankheiten in Zusammenhang stehen«, warf Emmett ein. »Die gleiche Information wie unsere Computeraufzeichnungen im Büro.«

Thornburg nickte. »Ja. Nur sind unsere Daten umfassender, weil wir es gelegentlich auch mit lebendigem Gewebe zu tun haben.«

»In einem Pathologie-Labor?« fragte Lucas.

»Wir untersuchen auch Lebende. Wir erhalten häufig von unseren Geheimdiensten – und auch von unseren Verbündeten – Außenagenten, denen Giftstoffe injiziert wurden oder die künstlich mit einer ansteckenden Krankheit infiziert wurden und noch am Leben sind. Mit RAS können wir die Ursache schnellstens feststellen und ein Gegenmittel empfehlen. Wir haben schon einige gerettet, die meisten kommen jedoch zu spät hierher.«

»Sie können in wenigen Sekunden eine vollständige Analyse vornehmen und die Ursache bestimmen?« fragte General Metcalf ungläubig.

»In Wirklichkeit sogar in Mikrosekunden«, verbesserte ihn Thornburg. »Statt die Leiche zu öffnen und eine umfangreiche Reihe von Tests durchzuführen, können wir es jetzt im Handumdrehen mit einem vervollkommneten Gerät schaffen, das den Steuerzahler, das muß ich hinzufügen, ungefähr dreißig Millionen Dollar kostet.«

»Was haben Sie an den Leichen aus dem Fluß festgestellt?« kam Mercier zum eigentlichen Kern des allgemeinen Interesses.

Thornburg lächelte wie auf ein Stichwort und klopfte einem Techniker auf die Schulter, der vor einer riesigen Schalttafel mit Lampen und Knöpfen saß. »Ich werde es Ihnen vorführen.«

Instinktiv wandten sich alle Augen der nackten Leiche auf der Bahre zu. Sie bewegte sich langsam auf die Turbine zu und verschwand in dem zentralen Zylinder. Dann begann die Turbine sich mit sechzig Umdrehungen pro Minute zu drehen. Die Röntgengeräte, die um die Leiche angeordnet waren, schossen der Reihe nach Bilder, die von einer Vielzahl von Kameras auf einen Leuchtstoffschirm übertragen wurden, eine Vergrößerung erfuhren und mit den Ergebnissen in die Computerbank sich einspeicherten. Bevor sich einer der Männer im Laborkontrollraum umdrehen konnte, leuchtete auch schon die Todesursache der Leiche in grünen Buchstaben in der Mitte des Bildschirms auf. Die meisten Begriffe entstammten der anatomischen Terminologie, beschrieben die inneren Organe, ermittelten die Giftmenge und deren chemische Kurzbezeichnung. Am unteren Rand standen die Worte *Conium maculatum.*

»Was zum Teufel ist *Conium maculatum*?« fragte Lucas laut.

»Es gehört zur Familie der Petersiliengewächse«, erklärte Thornburg, »besser bekannt als Schierling.«

»Eine eher antike Hinrichtungsart«, bemerkte Metcalf.

»Ja, Schierling war im Altertum sehr beliebt. Am bekanntesten als der Trank, der dem Philosophen Sokrates verabreicht wurde. Wird heutzutage selten verwendet, ist aber leicht aufzutreiben und mit Sicherheit tödlich. Eine genügend große Dosis lähmt die Atmungsorgane.«

»Wie wurde er verabreicht?« erkundigte sich Emmett.

»Laut RAS wurde das Gift von diesem speziellen Opfer zusammen mit Pfefferminzeis gegessen.«

»Tod zum Dessert«, murmelte Mercier gleichmütig.

»Von den Besatzungsangehörigen der Küstenwache, die wir identifiziert haben«, fuhr Thornburg fort, »nahmen acht den Schierling mit dem Eis, vier mit Kaffee und einer mit einem alkoholfreien Diätgetränk ein.«

»Das alles konnte RAS bei den Leichen feststellen, die fünf Tage im Wasser gelegen hatten?« fragte Lucas verblüfft.

»Die Verwesung setzt unmittelbar nach dem Tod ein«, dozierte Thornburg, »und pflanzt sich von den Eingeweiden und den übrigen Organen, die Körperbakterien enthalten, nach außen fort. Bei Zutritt von Luft schreitet der Prozeß rasch fort. Wenn sich die Leiche aber unter Wasser befindet, wo der Sauerstoffgehalt gering ist, geht die Verwesung sehr langsam vor sich. Der Konservierungsfaktor, der uns zustatten kam, entstand durch das Eingeschlossensein der Leichen. Ein Ertrunkener zum Beispiel wird nach wenigen Tagen an die Oberfläche treiben, weil sich die Verwesungsgase ausdehnen, und durch die Einwirkung der Luft wird die Verwesung beschleunigt. Die Leichen, die Sie hierher brachten, befanden sich jedoch noch eine Stunde, bevor wir mit den Autopsien begannen, unter Wasser.«

»Der Küchenchef war ja mit dem Vergiften reichlich beschäftigt«, bemerkte Metcalf.

Lucas schüttelte den Kopf. »Nicht der Küchenchef, sondern der Steward im Speisesaal. Er ist der einzige Mann der Besatzung, der nicht gefunden wurde.«

»Ein Stellvertreter«, sagte Brogan. »Wahrscheinlich wurde der wirkliche Steward ermordet und seine Leiche versteckt.«

»Was ist mit den anderen?« fragte Emmett.

»Den Asiaten?«

»Wurden sie auch vergiftet?«

»Ja, aber auf andere Weise. Sie wurden alle erschossen.«

»Erschossen oder vergiftet, was ist nun richtig?«

»Sie wurden mit leicht zersplitternden Pfeilen getötet, die mit einem hochgradig tödlichen Gift gefüllt waren, das aus den Rückenstacheln des Teufelsfisches stammte.«

Thornburg nickte zustimmend. »Die Methode wurde äußerst fachkundig gehandhabt, besonders was die Geschosse betrifft. Ich entfernte vor zwei Jahren einen ähnlichen Pfeil aus dem Körper eines Sowjetagenten, der von Mr. Brogans Leuten hierhergebracht wurde. Meiner Erinnerung nach war das Gift durch einen Bio-Inokulator injiziert worden.«

»Ein solches Gerät ist mir nicht bekannt«, warf Lucas ein.

»Eine elektrisch angetriebene Handfeuerwaffe«, erläuterte Brogan und starrte Thornburg eisig an. »Vollkommen geräuschlos, die gelegentlich auch von unseren hiesigen Agenten benutzt wird.«

»Sie gehen mit Ihrem Arsenal ein wenig zu großzügig um, nicht wahr, Martin?« stichelte Mercier gutmütig.

»Die fragliche Waffe wurde höchstwahrscheinlich vom Hersteller hinausgeschmuggelt«, verteidigte sich Brogan.

»Konnte man eine der Leichen identifizieren?« fragte Lucas.

»Sie tauchen in den FBI-Akten nicht auf«, gab Emmett zu.

»Ebensowenig bei CIA und Interpol«, ergänzte Brogan. »Bei keinem der Geheimdienste der mit uns befreundeten asiatischen Staaten liegt etwas gegen sie vor.«

Mercier starrte die aus der räumlichen Analysiersonde hervortretende Leiche an. »Anscheinend gelangen wir jedesmal, wenn wir eine Tür öffnen, in einen weiteren leeren Raum, meine Herren.«

35

»Mit was für Ungeheuern haben wir es zu tun?« knurrte Douglas Oates, nachdem er sich General Metcalfs Bericht über die Autopsien angehört hatte. Sein Gesicht war kalkweiß, und seine Stimme kalt vor Wut. »Einundfünfzig Morde! Und zu welchem Zweck? Wo ist das Motiv zu suchen? Ist der Präsident tot oder lebt er? Wenn es sich um eine Erpressung großen Ausmaßes handelt, warum haben wir dann noch keine Lösegeldforderung erhalten?«

Metcalf, Dan Fawcett und der Verteidigungsminister Jesse Simmons saßen ihm schweigend gegenüber und antworteten nicht.

»Wir können diese Sache nicht viel länger verschweigen«, fuhr er fort. »Die Nachrichtenmedien werden sehr bald Verdacht schöpfen und selber Untersuchungen einleiten. Sie murren bereits, weil ihnen keine Interviews mit dem Präsidenten gewährt werden. Pressesekretär Thompson hat seinen Vorrat an Ausreden bereits erschöpft.«

»Warum lassen wir den Präsidenten nicht der Presse gegenübertreten?« schlug Fawcett vor.

Oates zeigte deutliche Zweifel. »Dieser Schauspieler ... wie heißt er... Sutton? Das würde er nie schaffen.«

»Nicht aus der Nähe auf einem Podium unter einem Aufgebot an Scheinwerfern, aber auf einem dunklen Schauplatz in einer Entfernung von dreißig Metern ... das könnte klappen.«

»Denken Sie da an etwas Bestimmtes?« fragte Oates.

»Wir inszenieren eine Gelegenheit für Fotos, um das Image des Präsidenten in der Öffentlichkeit zu heben. Das wird ja laufend gemacht.«

»Wie Carter beim Softballspielen und Reagan beim Holzhacken«, meinte Oates nachdenklich. »Ich könnte mir häusliche Aufnahmen auf der Farm des Präsidenten vorstellen.«

»Mit krähenden Hähnen und blökenden Schafen«, fügte Fawcett hinzu.

»Und Vizepräsident Margolin? Unser Double für ihn kann nicht einmal auf dreißig Meter im Schatten unerkannt bleiben.«

»Ein paar Anspielungen von Sutton und ein freundliches Winken des Doubles aus größerer Entfernung sollten genügen«, antwortete Fawcett, der sich an seinen eigenen Geistesblitzen immer mehr begeisterte.

Simmons sah Fawcett unverwandt an. »Wann, meinen Sie, kann alles arrangiert sein?«

»Am besten am frühen Morgen, praktisch bei Sonnenaufgang. Reporter sind Nachtvögel. Sie warten darauf, daß sich etwas für die Spätnachrichten ergibt. Vor Sonnenaufgang sind sie daher nicht in bester Form.«

Oates sah Metcalf und Simmons an. »Was meinen Sie dazu?«

»Wir müssen den Reportern einen Knochen vorwerfen, bevor ihnen langweilig wird und sie herumzuschnüffeln beginnen«, antwortete Simmons. »Ich bin dafür.«

Metcalf nickte. »Die einzige Hinhaltetaktik, die uns noch bleibt.«

Fawcett stand auf und blickte auf seine Uhr. »Wenn ich jetzt zum Luftwaffenstützpunkt Andrews fahre, müßte ich in vier Stunden auf der Farm eintreffen. Reichlich Zeit, um die Einzelheiten mit Thompson durchzugehen und die Presse zu verständigen.«

Fawcetts Hand erstarrte auf der Türklinke, als Oates' Stimme wie ein Bajonett durch den Raum stach.

»Verpfuschen Sie es nicht, Dan. Um Himmels willen, verpfuschen Sie es ja nicht.«

36

Wladimir Polewoj holte Antonow ein, als der Generalsekretär der KPdSU mit seinen Leibwächtern an der äußeren Kremlmauer entlangschlenderte. Sie kamen an der Begräbnisstätte vorbei, an der die Helden der Sowjetunion bestattet sind. Das Wetter war ungewöhnlich warm, und Antonow trug den Mantel über dem Arm.

»Sie nützen den schönen Sommertag aus?« begann Polewoj das Gespräch, als er ihn erreichte.

Antonow wandte sich um. Für ein russisches Staatsoberhaupt war er mit 62 Jahren noch jung und ging mit raschen Schritten. »Zu schön, um ihn hinter einem Schreibtisch zu vergeuden«, stimmte er mit kurzem Nicken zu.

Sie gingen eine Weile schweigend nebeneinander weiter, während Polewoj darauf wartete, daß Antonow durch ein Zeichen oder ein Wort erkennen ließ, daß er bereit sei, zur Sache zu kommen. Antonow blieb vor einer kleinen Skulptur stehen, die Stalins Grab bezeichnete.

»Kannten sie ihn?« fragte er.

Polewoj schüttelte den Kopf. »Ich befand mich damals noch zu weit unten in der Parteihierarchie, um von ihm beachtet zu werden.«

Antonows Gesichtsausdruck wurde streng, und er murmelte verkniffen: »Da hatten Sie ja verdammtes Glück.« Dann ging er weiter und trocknete sich mit einem Taschentuch den Schweiß ab, der sich auf seinem Nacken gebildet hatte.

Polewoj erkannte, daß sein Chef nicht in der Laune für belanglose Unterhaltung war, deshalb kam er gleich zur Sache. »Vielleicht tritt in dem Huckleberry-Finn-Projekt eine Pause ein.«

»Wir könnten eine brauchen«, murrte Antonow.

»Einer unserer Agenten in New York, der für die Sicherheit unserer Landsleute bei den Vereinten Nationen verantwortlich ist, ist verschwunden.«

»Wie hängt das mit Huckleberry Finn zusammen?«

»Er verschwand, während er Doktor Lugowoj beobachtete.«

»Besteht eine Möglichkeit, daß er abgesprungen ist?«

»Ich glaube nicht.«

Antonow blieb plötzlich stehen und starrte Polewoj scharf an. »Es würde eine Katastrophe für uns bedeuten, wenn er zu den Amerikanern überginge.«

»Ich bürge persönlich für Suworow«, sagte Polewoj entschieden. »Ich würde meinen Ruf dafür verbürgen, daß er loyal ist.«

»Der Name ist mir vertraut.«

»Er ist der Sohn von Viktor Suworow, dem Experten für Landwirtschaft.«

Antonow schien sich wieder beruhigt zu haben. »Viktor ist ein treues Mitglied der Partei.«

»Das ist sein Sohn gleichfalls«, bestätigte Polewoj. »Er ist nur übereifrig.«

»Was ist ihm Ihrer Ansicht nach zugestoßen?«

»Ich habe den Verdacht, daß er sich als ein Mitglied von Lugowojs Psychologenteam ausgegeben hat und, wie sie, von Madame Bougainvilles Leuten mitgenommen wurde.«

»Dann haben wir einen Sicherheitsbeamten im innersten Kreis.«

»Eine Vermutung. Wir haben dafür keinen Beweis.«

»Wußte dieser Suworow etwas?«

»Er hatte keine Ahnung. Daß er hineingezogen wurde, ist reiner Zufall.«

»Ein Fehler, Doktor Lugowoj überwachen zu lassen.«

Polewoj holte tief Luft. »Das FBI überwacht unsere Delegierten bei den Vereinten Nationen äußerst scharf. Wenn wir zugelassen hätten, daß Doktor Lugowoj und sein Psychologenteam sich in New York frei bewegten, ohne daß unsere Sicherheitsorgane ihre Tätigkeit beobachteten, wären die Amerikaner argwöhnisch geworden.«

»Sie beobachten uns also, während wir unsere eigenen Leute beobachten.«

»In den letzten sieben Monaten haben drei von unseren Leuten um politisches Asyl nachgesucht. Wir können daher gar nicht vorsichtig genug sein.«

Antonow hob die Hand. »Ich akzeptiere Ihr Argument.«

»Wenn Suworow sich tatsächlich bei Lugowoj aufhält, wird er zweifellos versuchen, mit uns Verbindung aufzunehmen und den Standort des Laboratoriums bekanntzugeben.«

»Ja, aber wenn Suworow in seiner Ahnungslosigkeit eine Dummheit macht, kann man nicht voraussagen, wie das alte Biest von Bougainville darauf reagieren wird.«

»Sie könnte zum Beispiel den Einsatz erhöhen.«

»Oder noch schlimmer, den Präsidenten an den Meistbietenden verkaufen.«

Das kann ich mir nicht vorstellen«, sagte Polewoj nachdenklich. »Ohne Doktor Lugowoj ist das Projekt zum Scheitern verurteilt.«

Antonow lächelte spöttisch. »Verzeihen Sie meine Vorsicht, Genosse Polewoj, aber ich neige dazu, die Schattenseiten der Dinge zu sehen. Auf diese Weise kann mich selten etwas überraschen.«

»Lugowojs Experiment ist in drei Tagen zu Ende. Wir sollten darüber nachdenken, wie wir es mit der Bezahlung halten sollen.«

»Was würden Sie vorschlagen?«

»Natürlich nicht zu bezahlen.«

»Wie?«

»Es gibt eine ganze Reihe von Möglichkeiten. Die Goldbarren auszutauschen, nachdem ihr Vertreter sie untersucht hat. Blei unterzuschieben, das vergoldet ist, oder Barren von geringerem Goldgehalt.«

»Und das alte Miststück würde jeden einzelnen von ihnen aufspüren.«

»Wir müssen es dennoch versuchen.«

»Wie sind die Übergabemodalitäten für das Gold?«

»Eines der Schiffe von Madame Bougainville hat bereits in Odessa angelegt und ist bereit, das Gold an Bord zu nehmen.«

»Dann werden wir genau das tun, was sie am wenigsten erwartet.«

»Nämlich?« fragte Polewoj erwartungsvoll.

»Wir halten unsere Seite der Vereinbarung ein.«

»Sie meinen, wir bezahlen?«

»Bis zur letzten Unze.«

Polewoj war verblüfft. »Entschuldigen Sie, Genosse Vorsitzender, aber ich dachte ... «

»Ich habe mich anders entschieden«, sagte Antonow mit Nachdruck. »Ich habe eine bessere Lösung auf Lager.«

Polewoj wartete mehrere Augenblicke stumm, aber Antonow hatte offensichtlich nicht vor, ihm mehr anzuvertrauen. Er blieb allmählich zurück und schließlich stehen.

Antonow marschierte, umgeben von seinem Gefolge, weiter, und seine Gedanken wandten sich schon wieder anderen Staatsproblemen zu.

Suworow drückte den Knopf seiner Nachttischlampe und blickte auf seine Uhr. Sie zeigte 4 Uhr 04. Gar nicht übel, dachte er. Er hatte sich vorgenommen, um vier Uhr morgens zu erwachen, und hatte sich nur um vier Minuten verspätet. Es gelang ihm nicht, ein Gähnen zu unterdrücken. Er zog rasch ein Hemd und eine Hose an, ohne sich um Socken und Schuhe zu kümmern. Er ging ins Badezimmer, wusch sich das Gesicht mit kaltem Wasser und durchquerte dann das kleine Schlafzimmer, um die Tür zu öffnen.

Der hell erleuchtete Korridor lag leer vor ihm. Bis auf zwei Psychologen, die die Versuchspersonen über Monitoren überwachten, schliefen alle. Während er barfuß über den Teppich ging, begann er die inneren Ausmaße des Gebäudes abzumessen und notierte sie in seinem Notizbuch. Zwischen den vier Außenmauern kam er auf eine Länge von 50 Metern bei elf Metern Breite. Die Decke war fast drei Meter hoch.

Er erreichte die Tür des Arzneimittelraumes und öffnete sie vorsichtig. Sie war nie verschlossen, weil Lugowoj nicht annahm, daß jemand Grund hatte, etwas zu stehlen. Er trat ein, schloß die Tür und schaltete das Licht an. Suworow bewegte sich rasch und fand bald die Fläschchen mit Schlafmitteln. Er stellte sie in einer Reihe auf den Waschtisch, saugte ihren Inhalt mit einer Spritze heraus und leerte die Flüssigkeit in den Ausguß. Dann füllte er die Flaschen mit Wasser und stellte sie ordentlich auf das Regal zurück.

Er kehrte ungesehen in seinen Schlafraum zurück, legte sich wieder ins Bett und starrte zur Decke.

Er war mit sich vollauf zufrieden. Seine Tätigkeit war unentdeckt geblieben, nicht der geringste Verdacht fiel auf ihn. Nun mußte er nur noch auf den richtigen Augenblick warten.

37

Es war ein schemenhafter Traum von der Art, an die er sich beim Erwachen nie erinnern konnte. Er suchte jemanden in einem verlassenen Schiff. Staub und Dunkelheit schränkten die Sicht stark ein. Wie das Tauchen nach der *Eagle*: grüne Flußalgen und rostbrauner Schlick. Sein Opfer trieb vor ihm dahin, undeutlich und immer außer Reichweite. Er zögerte und versuchte das Dunkel zu durchdringen, doch die Gestalt schien ihn zu verspotten, winkte ihn zu sich her.

Dann drang schrilles Klingeln an sein Ohr, so daß er aus seinem Traum auftauchte und nach dem Telefon griff.

»Dirk?« ertönte eine fröhliche Stimme aus einer Kehle, die er am liebsten zugedrückt hätte.

»Ja.«

»Habe Neuigkeiten für dich.«

»Was?«

»Schläfst du? Hier spricht St. Julien.«

»Perlmutter?«

»Wach auf. Ich habe etwas entdeckt.«

Jetzt knipste Pitt die Bettlampe an und setzte sich auf.

»Okay, ich höre.«

»Ich habe von meinen Freunden in Korea einen schriftlichen Bericht erhalten. Sie haben die koreanischen Schiffsregister durchgeakkert. Was sagst du dazu? Die *Belle Chasse* wurde nie verschrottet!«

Pitt warf die Decken zurück und wurde hellwach. »Nur weiter.«

»Tut mir leid, daß ich so lange gebraucht habe, um dich wieder anzurufen, aber es handelt sich um das unglaublichste Kriminalrätsel, das ich je erlebt habe. Dreißig Jahre lang hat jemand auf seine Art Verwechslungsspiele mit Schiffen getrieben, daß es schon unglaublich ist.«

»Erzähl es mir trotzdem.«

»Zuerst habe ich eine Frage an dich. Wie hieß der Name am Heck des Schiffes, das du in Alaska gefunden hast?«

»Die *Pilottown.*«

»Waren die gemalten Lettern von einem geschweißten Perlenwulst eingerahmt?«

Pitt dachte nach. »Soweit ich mich erinnere, war die Farbe verblaßt. Die erhabenen Ränder müssen abgeschliffen worden sein.«

Perlmutters schwerer Seufzer der Erleichterung war deutlich durch das Telefon zu hören. »Ich hatte sehr gehofft, daß du das sagen würdest.«

»Warum?«

»Dein Verdacht hat sich nämlich bestätigt: Die *San Marino* und die *Belle Chasse* und die *Pilottown* sind tatsächlich ein und dasselbe Schiff.«

»Verdammt noch mal!« Jetzt war Pitt aufgeregt. »Wie hast du den Zusammenhang herausgefunden?«

»Indem ich aufdeckte, was mit der echten *Pilottown* geschehen ist.« Perlmutter wurde dramatisch. »Meine Gewährsleute fanden keine Aufzeichnungen darüber, daß eine *Belle Chasse* auf den Werften von Pusan verschrottet wurde. Also ging ich meinem Verdacht nach und ersuchte sie, in allen Werften entlang der Küste nachzuforschen. Im Hafen von Inchon fanden sie einen Anhaltspunkt. Vorarbeiter auf Schiffswerften sind interessante Menschen. Sie vergessen ein Schiff nie, vor allem keines, das sie verschrottet haben. Sie tun, als mache es ihnen nichts aus, aber im tiefsten Inneren sind sie traurig, wenn ein müdes ausgedientes Schiff zum letztenmal in ihr Dock gezogen wird. Jedenfalls hat ein alter, pensionierter Vorarbeiter stundenlang von den guten alten Zeiten erzählt. Eine wahre Goldmine für Schiffskunde.«

»Was hat er gesagt?«

»Er erinnerte sich in allen Einzelheiten daran, daß er Leiter der Arbeitergruppe war, die die *San Marino* von einem Frachtschiff zu einem Erztransporter umbaute, der dann den Namen *Belle Chasse* erhielt.«

»Aber die Aufzeichnungen der Schiffswerft?«

»Wurden offenbar von den Eignern der Werft gefälscht, die übrigens zufällig unsere alten Freunde, die Sosan Trading Company waren. Der Vorarbeiter erinnerte sich auch, daß er die ursprüngliche *Pilottown* abgewrackt hat. Anscheinend hat die Sosan Trading oder die fragwürdige Firma, die dahintersteht, die *San Marino* und ihre Ladung entführt und die Besatzung ermordet. Dann bauten sie die Laderäume um, trugen sie unter einem neuen Namen ein und schickten sie über die Meere.«

»Was hat aber die *Pilottown* damit zu tun?«

»Sie wurde von der Sosan Trading Company rechtmäßig erworben Es interessiert dich vielleicht, daß das Internationale Amt für Verbrechen auf See sie im Verdacht hat, an zehn Zollvergehen beteiligt zu sein. Eine verdammt hohe Zahl! Man nimmt an, daß sie alles, von Plutonium für Libyen, Waffen für die Rebellen in Argentinien, geheime amerikanische Technologien für Rußland, was du nur willst, geschmuggelt hat. Sie fuhr unter gerissenen Unternehmern. Die Verstöße gegen das Gesetz konnten ihnen niemals nachgewiesen werden, obwohl man in fünf Fällen wußte, daß sie den Hafen mit falsch deklarierter Fracht verließ, wurde sie aber dennoch nie beim Ausladen ertappt. Als ihr Rumpf und die Maschinen schließlich verschlissen waren, wurde sie wie üblich verschrottet, und man löschte alle Eintragungen im Schiffsregister.«

»Aber warum behauptet man, sie sei gesunken, wenn es in Wirklichkeit die *San Marino* alias *Belle Chasse* war, die sie versenkt hatten?«

»Weil man in bezug auf die Herkunft der *Belle Chasse* unangenehme Fragen stellen konnte. Die *Pilottown* besaß einwandfreie Papiere, also behaupteten sie, sie sei 1979 mit einer erfundenen Ladung gesunken, und verlangten von den Versicherungsgesellschaften eine saftige Entschädigung.«

Pitt begann zu überlegen. »Hat der alte Vorarbeiter auch noch über andere Schiffsumbauten für die Sosan Trading gesprochen?«

»Er erwähnte zwei weitere, einen Tanker und ein Containerschiff«, antwortete Perlmutter. »Aber beides waren Reparaturen, keine Umbauten. Ihre neuen Namen lauteten *Boothville* und *Venice*.«

»Wie lauteten ihre früheren Namen?«

»Laut Bericht meines Freundes behauptete der Vorarbeiter, daß alle früheren Möglichkeiten zur Identifizierung entfernt worden waren.«

»Sieht offensichtlich so aus, als hätte sich jemand eine Flotte aus entführten Schiffen zugelegt.«

»Eine billige und schmutzige Art, ins Geschäft zu kommen.«

»Gibt es etwas Neues über die Muttergesellschaft?« fragte Pitt.

»Ich stehe noch immer vor verschlossenen Türen. Der Vorarbeiter sagte aber, daß meist ein großes Tier auftauchte, um die Schiffe zu begutachten, wenn sie instandgesetzt und fahrbereit waren.«

Pitt stand auf. »Noch etwas?«

»Das wäre alles.«

»Es muß aber noch etwas geben, eine Personenbeschreibung, ein Name, irgend etwas.«

»Warte einen Augenblick, ich blättere den Bericht noch einmal durch.«

Pitt hörte das Rascheln von Papier, und Perlmutter murmelte etwas in seinen Bart. »Okay, da ist noch etwas. ›Der VIP kam immer in einer großen schwarzen Limousine.‹ Die Marke ist nicht erwähnt. ›Er war für einen Koreaner groß . . . ‹ «

»Koreaner?«

»Das steht hier«, bestätigte Perlmutter. »Und er sprach Koreanisch mit einem amerikanischen Akzent.«

Die schattenhafte Gestalt in Pitts Traum kam einen Schritt näher. »St. Julien, du hast sehr gute Arbeit geleistet.«

»Tut mir leid, daß ich es nicht ganz geschafft habe.«

»Du hast einen ersten Punkt für uns erzielt.«

»Nagle den Kerl fest, Dirk.«

»Das habe ich auch vor.«

»Wenn du mich brauchst, ich bin gern bereit. «

»Danke, St. Julien.«

Pitt ging zum Schrank, schlüpfte in einen kurzen Kimono und knüpfte den Gürtel zu. Dann schlurfte er in die Küche, schenkte sich ein Glas Guavasaft mit dunklem Rum ein und wählte eine Nummer am Telefon.

Nach mehrfachem Klingeln antwortete eine gelangweilte Stimme.

»Ja?«

»Hiram, setz deinen Computer in Gang. Ich habe ein neues Problem für dich.«

38

Die Spannung wirkte in Suworows Magengrube wie ein sich zusammenziehender Knoten. Er hatte den Großteil des Abends im Abhörraum gesessen, mit den beiden Psychologen geplaudert, die die Fernmeßgeräte beobachteten, Witze erzählt und ihnen Kaffee aus der Küche gebracht. Sie hatten nicht bemerkt, daß Suworow die Digitaluhr an der Wand kaum aus den Augen ließ.

Um 11 Uhr 20 kam Lugowoj in den Raum und nahm die Routineüberprüfung der analogen Daten des Präsidenten vor. Um 11 Uhr 38 wandte er sich an Suworow. »Trinken Sie ein Glas Port mit mir, Suworow?«

»Heute abend nicht«, lehnte Suworow mit schmerzlicher Miene ab. »Ich leide unter einer schweren Verdauungsstörung. Ich werde später ein Glas Milch trinken.«

»Wie Sie wollen«, meinte Lugowoj freundlich. »Auf Wiedersehen beim Frühstück.«

Zehn Minuten nachdem Lugowoj gegangen war, bemerkte Suworow eine kleine Veränderung auf einem der Fernsehmonitoren. Sie waren zuerst beinahe nicht zu erkennen, doch dann bemerkte sie einer der Psychologen.

»Was zum Teufel ist das?« keuchte er.

»Etwas nicht in Ordnung?« fragte der andere.

»Senator Larimer ... er wacht auf.«

»Unmöglich.«

»Ich kann nichts erkennen.« Suworow kam näher.

»Seine Alpha-Aktivität ist ein klarer Zyklus von neun bis zehn Wellen pro Sekunde, den es nicht geben sollte, wenn er sich in seinem programmierten Schlafzustand befände.«

»Die Wellen von Vizepräsident Margolin verstärken sich ebenfalls.«

»Wir sollten Doktor Lugowoj holen ...«

Kaum hatte er die Worte ausgesprochen, als ihm Suworow einen harten Karateschlag an die Schädelbasis versetzte. Er setzte die Bewegung fort und führte mit der anderen Hand einen Hieb an die Kehle des zweiten Psychologen, mit dem er dem Mann die Luftröhre zerschmetterte.

Noch bevor seine Opfer zu Boden sanken, blickte Suworow auf die Uhr. Die blinkenden roten Zahlen zeigten 11 Uhr 49. Elf Minuten vor dem Zeitpunkt, da Lugowoj das Labor mit dem Fahrstuhl verlassen würde. Suworow hatte seine Bewegungen oft geübt und nicht mehr als zwei Minuten für unvorhersehbare Verzögerungen vorgesehen.

Er stieg über die leblosen Körper hinweg und lief aus dem Monitorraum in das Zimmer, in dem sich die Versuchspersonen in ihren schalldichten Kokons befanden. Er hob den Deckel des dritten ab und blickte hinein.

Senator Larimer starrte ihm entgegen.

»Wo bin ich hier? Wer zum Teufel sind Sie?« murmelte der Senator.

»Ein Freund«, antwortete Suworow, hob Larimer aus dem Kokon und trug ihn schleppend zu einem Stuhl.

»Was geht hier vor?«

»Bleiben Sie ganz ruhig und vertrauen Sie mir.«

Suworow zog eine Injektionsspritze aus der Tasche und verabreichte Larimer ein Stimulans. Er wiederholte den Vorgang bei Vizepräsident Margolin, der benommen um sich blickte und keinen Widerstand leistete. Sie waren beide nackt, so daß Suworow ihnen rasch Decken zuwarf.

»Wickeln Sie sich in die Decken ein«, befahl er.

Der Kongreßabgeordnete Alan Moran war noch nicht aufgewacht. Suworow hob ihn aus dem Kokon und legte ihn auf den Boden. Dann drehte er sich um und ging zu dem Kokon, in dem der Präsident lag. Der Schnappmechanismus unterschied sich von dem der anderen Kokons, und Suworow vergeudete kostbare Sekunden bei dem Versuch, den Deckel zu öffnen. Seine Finger schienen gefühllos zu werden, und er bemühte sich, sie unter Kontrolle zu bringen. Er begann ein Kribbeln als erstes Anzeichen von Angst zu spüren.

Auf seiner Uhr war es 11 Uhr 57. Er hatte seinen Zeitplan überschritten, seine Reserve von zwei Minuten war nun verspielt. Panik erfaßte ihn anstelle von Angst. Er langte nach unten und zog einen 22er Colt der Marke Woodsman Automatic aus einem an seiner rechten Wade befestigten Halfter. Er schraubte einen starken Schalldämpfer darauf und für einen kurzen Augenblick war er nicht er selbst, sondern ein außer sich geratener Mann, dessen Pflichtkodex und entfesselte Gefühle seinen sonst klaren Verstand trübten. Er zielte mit der Waffe auf die Stirn des Präsidenten unter dem durchsichtigen Deckel.

Trotz seines durch die Drogen benebelten Gehirns erkannte Margolin, was Suworow vorhatte. Er stolperte durch den Raum, warf sich auf den russischen Agenten und griff nach dessen Waffe. Suworow trat nur zur Seite und stieß ihn gegen die Wand. Irgendwie hielt sich Margolin dennoch auf den Beinen. Er sah alles nur undeutlich und verzerrt, und eine plötzliche Welle von Übelkeit drohte ihn zu ersticken. Er warf sich nach vorn und versuchte trotz seiner Schwäche noch einmal, dem Präsidenten das Leben zu retten.

Suworow schlug Margolin den Lauf der Pistole an die Schläfe, worauf der Vizepräsident schlaff zusammenbrach. Einen Augenblick lang erstarrte Suworow, denn er erkannte, daß sein genau geprobter Plan geplatzt war. Die Zeit war abgelaufen.

Seine letzte vage Hoffnung lag allein darin, die Trümmer seines Plans zu retten. Er vergaß den Präsidenten, stieß Margolin mit dem Fuß beiseite und schleppte Larimer durch die Tür. Er hob den noch immer bewußtlosen Moran auf seine Schulter und stieß den verständnislosen Senator durch den Korridor zum Fahrstuhl. Sie stolperten um die letzte Ecke, als die verdeckten Fahrstuhltüren aufgingen und Lugowoj einsteigen wollte.

»Bleiben Sie, wo Sie sind, Doktor!«

Lugowoj drehte sich um und starrte ihm sprachlos entgegen. Suworow hielt direkt den Colt auf ihn gerichtet. In den Augen des KGB-Agenten lag geringschätzige Verachtung.

»Sie Narr!« platzte Lugowoj heraus, als er in vollem Umfang begriff, was vor sich ging. »Sie verdammter Narr!«

»Halten Sie den Mund!« fuhr ihn Suworow an. »Und gehen Sie mir aus dem Weg.«

»Sie wissen nicht, was Sie tun.«

»Ich weiß genau, was ich tue.« Suworow stieß Lugowoj grob mit dem Ellbogen zur Seite und schob die wehrlosen Amerikaner in den Fahrstuhl.

»Sie zerstören Jahre intensiver Planung. Präsident Antonow wird Sie an die Wand stellen.«

»Ich habe keine Zeit, mit Ihnen darüber zu streiten.«

Eine Woge der Verzweiflung überschwemmte Lugowoj. »Bitte, Sie können das doch nicht tun.«

Suworow antwortete nicht. Er wandte sich um und starrte sein

Gegenüber feindselig an, während sich die Fahrstuhltüren schlossen und er hinter ihnen verschwand.

39

Während der Fahrstuhl nach oben fuhr, drehte Suworow die Pistole um und zerschlug die Deckenlampe mit dem Kolben. Moran stöhnte und schien allmählich zu sich zu kommen, rieb sich die Augen und schüttelte den Kopf, um ihn klar zu bekommen. Larimer übergab sich in eine Ecke und atmete heftig, krächzend, stoßweise.

Der Fahrstuhl hielt ohne Ruck, die Türen gingen automatisch auf und ließen einen Strom stickiger Luft ein. Das einzige Licht kam von drei schwachen Glühbirnen, die wie kränkliche Glühwürmchen an einem Draht hingen. Der plötzliche Luftstrom roch nach Dieselöl und faulenden Pflanzen.

Zwei Männer unterhielten sich in etwa drei Meter Entfernung, während sie darauf warteten, daß Lugowoj seinen vorgesehen Bericht über den erzielten Fortschritt erstattete. Sie wandten sich um und blickten erstaunt in den dunklen Fahrstuhl. Einer von ihnen hielt eine Aktentasche in der Hand. Bevor Suworow jedem der beiden zwei Kugeln in die Brust jagte, bemerkte er noch ihre mongolischen Augenfalten.

Er schlang Moran seinen freien Arm um die Taille und schleppte ihn über den rostigen Eisenboden. Larimer stieß er mit Fußtritten vor sich her wie einen schuldbewußten Hund, der von zu Hause fortgelaufen war. Der Senator schwankte wie ein Betrunkener, denn ihm war zu übel, als daß er sprechen konnte, und er war zu betäubt, um Widerstand zu leisten. Suworow schob die Pistole in den Gürtel, ergriff Larimer am Arm und führte ihn. Der Arm unter seiner Hand fühlte sich feucht und kalt an. Suworow hoffte nur, daß das Herz des betagten Senators nicht plötzlich aussetzen würde.

Suworow fluchte, als er über eine dicke Kette stolperte. Dann blieb er stehen und blickte eine umzäumte Rampe hinunter, die sich in die Dunkelheit erstreckte. Er hatte das Gefühl, sich in einer Sauna zu befinden, denn seine Kleider waren schweißfeucht, und die Haare klebten ihm auf der Stirn und an den Schläfen. Er stolperte und fiel beinahe, ehe er sein Gleichgewicht wiedergewann, ohne auf die Querlatten der Rampe zu stürzen.

Morans lebloser Körper lastete immer drückender auf ihm, und

Suworow wurde sich klar darüber, daß seine Kräfte nachließen. Er bezweifelte, daß er den Abgeordneten noch weitere fünfzig Meter tragen konnte.

Endlich traten sie aus der tunnelartigen Rampe und stolperten in die Nacht hinaus. Er blickte nach oben und war sehr erfreut, als er den sternenklaren Himmel sah. Der Boden unter seinen Füßen fühlte sich wie eine Schotterstraße an, und ringsum waren keinerlei Lichter zu sehen. In den Schatten zu seiner Linken erkannte er undeutlich den Umriß eines Wagens. Er schob Larimer in einen Straßengraben, ließ Moran erleichtert wie einen Sandsack fallen, schlug vorsichtig einen Kreis, um sich dem Wagen von hinten zu nähern.

Er blieb in der dunklen Landschaft starr stehen und lauschte. Der Motor lief, und aus dem Radio kam Musik. Die Fenster waren hochgekurbelt, und Suworow nahm zu Recht an, daß die Klimaanlage eingeschaltet war.

Er duckte sich, schlich geräuschlos wie eine Katze näher und blieb gebückt außerhalb des Beobachtungsraumes des Seitenspiegels an der Tür. Das Innere war zu dunkel, um mehr als eine undeutliche Gestalt hinter dem Lenkrad auszumachen. Falls es noch weitere Personen darin gab, war Suworows einziger Vorteil das Überraschungsmoment.

Der Wagen war eine schwere Limousine, und Suworow kam sie endlos lang vor. An den herausstehenden Buchstaben auf der Rückseite des Kofferraums erkannte er, daß es ein Cadillac war. Er hatte noch nie einen gelenkt und hoffte nur, daß er die richtigen Schalter und Hebel ohne weiteres finden würde.

Seine Finger tasteten sich zum Türgriff. Er holte tief Luft und riß die Tür auf. Das Innenlicht blitzte auf, der Mann auf dem Vordersitz wandte den Kopf und öffnete den Mund zu einem Schrei. Suworow feuerte gleich zweimal, und die Kugeln mit der hohlen Silberspitze drangen dem Fahrer unter der Achsel in den Brustkorb.

Noch bevor das Blut durchzusickern begann, riß Suworow den Körper des Lenkers aus dem Wagen und wälzte ihn von den Rädern weg. Dann schob er Larimer und Moran auf die Hintersitze. Beide Männer hatten ihre Decken verloren und waren zwar nackt, aber sie standen zu sehr unter Schockwirkung, um es zu bemerken oder sich darum zu kümmern. Dies waren nicht mehr die Verwalter der Macht vom Capitol Hill, sondern vielmehr die wächsernen Nachbildungen ihrer selbst, hilflos wie Kinder, die sich im Wald verirrt haben.

Suworow fand den Zündschlüssel und ließ den starken Motor an. Er stellte den Schalthebel auf »Fahrt«, drückte das Gaspedal so heftig auf die Bodenmatte, daß die Hinterreifen durchdrehten und Kies nach hinten schleuderten, bevor sie etwas weiter endlich griffen. Dann erst fand Suworows tastende Hand den Lichtschalter und knipste ihn an. Er lehnte sich erleichtert zurück, als er entdeckte, daß der starke Wagen genau in der Mitte der ausgefahrenen Landstraße entlangschoß.

Während er die schwere, weich gefederte Limousine über fünf Kilometer holpriger, waschbrettartiger Landstraße jagte, begann er die Umgebung in Augenschein zu nehmen. Die Zypressen an der Straße trugen lange Flechten aus Moos, die von ihren Ästen hingen. Das und die drückende Atmosphäre ließen darauf schließen, daß sie sich irgendwo im Süden der Vereinigten Staaten befanden. Er erblickte eine schmale gepflasterte Querstraße vor sich und brachte den Wagen in einer wirbelnden Staubwolke zum Stehen. An der Ecke stand ein verlassenes Gebäude, eigentlich eher eine Baracke, mit einer klapprigen, von seinen Scheinwerfern beleuchteten Tafel: *Glover Culpepper – Benzin und Lebensmittel.* Glover war offensichtlich schon vor vielen Jahren ausgezogen.

An der Kreuzung stand kein Wegweiser, also entschied er sich willkürlich und bog nach links ab. An die Stelle der Zypressen traten Ananasplantagen, und bald kam er an vereinzelten Farmhäusern vorbei. Der Verkehr war um diese Morgenstunde spärlich. Nur ein Pkw und ein kleiner Lieferwagen kamen aus der Gegenrichtung an ihm vorbei. Er gelangte zu einer breiteren Straße und erblickte eine verbogene Tafel an einem Pfosten, die sie als Bundesstraße 700 kennzeichnete. Die Zahl sagte ihm nichts, also bog er wieder links ab und fuhr weiter.

Während der ganzen Fahrt blieb Suworows Geist kalt und angestrengt wachsam. Larimer und Moran saßen schweigend und aufmerksam hinter ihm und vertrauten sich dem Mann am Lenkrad blind an.

Suworow entspannte sich und verringerte den Druck auf das Gaspedal. Im Rückspiegel zeigten sich keine Scheinwerfer eines ihn verfolgenden Wagens, und solange er die vorgeschriebene Höchstgeschwindigkeit einhielt, war die Wahrscheinlichkeit, von einem der hiesigen Sheriffs aufgehalten zu werden, recht gering. Er fragte sich, in welchem Staat er sich wohl befinden mochte. Georgia, Tennessee, Louisiana? Es konnte einer von einem ganzen Dutzend sein. Er suchte nach einem Anhaltspunkt, als er in dichter besiedelte Gegenden kam, wo unbeleuchtete Gebäude und Häuser unter einer wachsenden Zahl von Straßenlampen standen.

Nach einer weiteren halben Stunde kam er zu einer Brücke über einen Wasserlauf, der Stono River hieß. Er hatte noch nie zuvor von ihm gehört. Von der Brücke aus erblickte er in der Ferne die Lichter einer großen Stadt. Plötzlich hörten rechts von ihm die Lichter auf, und der Horizont wurde kohlschwarz. Ein Seehafen, schloß er daraus rasch. Dann beleuchteten seine Scheinwerfer einen großen schwarzweißen Wegweiser. Die oberste Zeile lautete: *Charleston* 5 Meilen.

»Charleston!« sagte Suworow in einem plötzlichen Ausbruch von Triumph laut vor sich hin und mobilisierte seine Kenntnisse in amerikanischer Geographie. »Ich bin also in Charleston, Süd-Carolina.«

Zwei Meilen weiter fand er einen durchgehend geöffneten Drugstore mit einer öffentlichen Telefonzelle. Er behielt Larimer und Moran aufmerksam im Auge, als er das Fernamt wählte und ein R-Gespräch anmeldete.

40

Eine einsame Wolke schwebte am Himmel und versprühte ein paar Tropfen Feuchtigkeit, als Pitt den Talbot neben den Türen der Abflugseite für Passagiere des International Airport von Washington abstellte. Die Morgensonne erhitzte die Hauptstadt, und der Regen dampfte und verdunstete, sobald er den Boden berührte. Pitt nahm Lorens Handkoffer aus dem Wagen und reichte ihn dem diensteifrigen Träger.

Loren entwirrte ihre langen Beine, schwang sie aus dem engen Sportwagen, hielt ihre Knie züchtig beisammen und stieg aus. Sie trug eine Sommerbluse mit kurzen Ärmeln und einen bedruckten Faltenrock mit engem Bund. Ihre Haare hatte sie keß zu einem altmodischen Pferdeschwanz zusammengebunden.

»Ich werde den Wagen parken und deinen Babysitter spielen, bis du aufgerufen wirst«, bot Pitt ihr an.

»Nicht notwendig«, wehrte sie ab. »Ich muß noch die nächsten Gesetzesvorlagen durchackern. Fahr nur zurück ins Büro.«

Er zeigte auf ihre Aktentasche, die sie fest in der linken Hand hielt. »Deine Gedächtniskrücke. Ohne sie wärst du verloren.«

»Ich habe schon bemerkt, daß du nie eine trägst.«

»Ich bin nicht der Typ dafür.«

»Du hast Angst, man könnte dich für einen Manager halten.«

»Wir sind hier in Washington, du mußt also Amtsschreiber meinen.«

»Du bist einer, das ist dir doch hoffentlich klar. Die Regierung bezahlt dein Gehalt genausogut wie meines.«

Pitt lachte auf. »Auf uns allen liegt ein Fluch.«

Sie stellte die Aktentasche auf den Boden und legte ihm die Hände auf die Brust. »Du wirst mir fehlen.«

Er umarmte sie und drückte sie sanft an sich. »Hüte dich vor stürmischen russischen Offizieren, Kabinen mit Abhörwanzen und dem Kater vom Wodka.«

»Ich werde alles beherzigen«, lachte sie über seinen lässigen Humor. »Wirst du mich abholen, wenn ich zurückkomme?«

»Deinen Flug und die Ankunftszeit habe ich ordnungsgemäß in mein Gehirn eingespeichert.«

Sie hob den Kopf und küßte ihn. Er schien noch etwas auf dem Herzen zu haben, doch schließlich ließ er sie los und trat zurück. Sie ging langsam durch die automatischen Glasschiebetüren in das Abfertigungsgebäude. Nach ein paar Schritten drehte sie sich um und winkte, doch der blaue Talbot fuhr schon davon.

Auf der Farm des Präsidenten, fünfzig Kilometer südlich von Raton in New Mexico, standen Mitglieder des Pressekorps des Weißen Hauses entlang eines Stacheldrahtzaunes, ihre Kameras waren auf ein benachbartes Luzernefeld eingestellt. Es war sieben Uhr morgens, also überschwemmten sie ihre Mägen mit schwarzem Kaffee und beklagten sich über die frühe Tageszeit, die Hitze auf der Hochebene, die wäßrigen Rühreier und den verbrannten Schinken, die ihnen von der Raststätte an der Autobahn geliefert worden waren, und über alle möglichen sonstigen, tatsächlichen oder eingebildeten Mißstände.

Der Pressesekretär des Weißen Hauses, Jacob (Sonny) Thompson, ging fröhlich durch das staubige Presselager, musterte die verschlafenen Korrespondenten wie der Anführer der Claque für ein Collegeteam und versprach ihnen großartige, einfache, vollkommen natürliche Bilder vom Präsidenten bei seiner landwirtschaftlichen Tätigkeit.

Das Zauberkunststück war sorgfältig inszeniert. Glänzend weiße Zähne mit genau sitzenden Jacketkronen, langes, glattes, schwarzes Haar, an den Schläfen grau gefärbt, dunkle Augen mit dem ein wenig starren Aussehen nach einem Gesichtslifting. Kein Doppelkinn. Kein Ansatz eines Spitzbauchs. Er bewegte sich mit einer Leichtigkeit, die nicht gut zu den Journalisten paßte, deren körperliche Betätigungen hauptsächlich darin bestanden, daß sie auf Schreibmaschinen herumhämmerten, die Druckfahnen korrigierten und Zigaretten rauchten.

Auch die Kleidung störte das Image nicht. Maßgeschneiderter leichter Leinenanzug mit dem blauen Seidenhemd und dazu passendem Schlips. Schwarze Gucci-Mokassins mit einer dünnen Schicht von New-Mexico-Staub. Ein prima, aufgeweckter Kerl, bestimmt keine Marionette. Er war stets wohlgelaunt. Die bissigen Bemerkungen der Reporter gingen ihm nie unter die Haut. Bob Finkel von der »Baltimore Sun« äußerte boshaft die Vermutung, eine geheime Untersuchung habe ergeben, daß Thompson Joseph Goebbels' Propagandaschule mit Auszeichnung absolviert habe.

Thompson blieb beim Übertragungswagen der Fernsehstation CNN stehen. Curtis Mayo, der CNN-Nachrichtensprecher für das Weiße Haus, saß gelangweilt in einem Regisseurstuhl und sah aus Prinzip verdrossen aus.

»Haben Sie Ihr Team aufgestellt, Curt?« fragte Thompson leutselig.

Mayo lehnte sich zurück, schob die Baseballmütze auf seinem dichten, gewellten Silberhaar nach hinten und schaute durch seine orangefarbenen Brillengläser. »Ich sehe nichts, das wert wäre, für die Nachwelt festgehalten zu werden.«

Thompson schüttelte den Sarkasmus ab wie der Hund das Wasser. »In fünf Minuten wird der Präsident aus diesem Haus treten, zur Scheune gehen und einen Traktor in Gang setzen.«

»Bravo«, knurrte Mayo. »Und was tut er als Zugabe?«

Mayos Stimme hatte eine Resonanz, neben der eine Kesselpauke wie ein Bongo klang; tief, dröhnend, wobei jedes Wort mit der schneidenden Schärfe eines Bajonetts hervorgestoßen wurde.

»Er wird mit einer Mähmaschine auf dem Feld hin und zurück fahren und das Gras schneiden.«

»Das ist Luzerne, Sie Stadt-Ignorant.«

»Was auch immer«, räumte Thompson mit gutmütigem Schulterzucken ein. »Jedenfalls ist es eine gute Gelegenheit, ihn in der ländlichen Umgebung, die er am meisten liebt, auf eine Filmrolle zu bannen.«

Mayo sah Thompson in die Augen und versuchte eine Andeutung von Unsicherheit in ihnen zu finden. »Was sollen wir denn nun schlucken, Söhnchen?«

»Ich verstehe Sie nicht.«

»Warum das Versteckspiel? Der Präsident hat sich seit über einer Woche nicht in der Öffentlichkeit gezeigt.«

Thompson starrte ihn mit seinen nußbraunen Augen ausdruckslos an. »Er war überaus beschäftigt und wollte seine Hausaufgaben fern vom Streß in Washington aufarbeiten.«

Mayo war damit nicht zufrieden. »Ich habe noch nie erlebt, daß ein Präsident sich so lange nicht vor unseren Kameras zeigte.«

»Daran ist doch nichts ungewöhnlich«, widersprach Thompson. »Im Augenblick hat er eben nichts zu erzählen, das von nationalem Interesse wäre.«

»War er krank oder etwas Ähnliches?«

»Keineswegs. Er ist so gesund wie einer seiner Zuchtstiere. Sie werden es ja sehen.«

Thompson durchschaute das Mißtrauen hinter diesen Worten, ging also weiter an dem Zaun entlang, unterhielt sich mit anderen Journalisten, klopfte ihnen auf die Schultern und reichte ihnen die Hand. Mayo beobachtete ihn eine Weile interessiert, bevor er widerwillig aufstand und sein Team zusammentrommelte.

Norm Mitchell, ein lässiger, gemächlich dahinschlendernder Gammlertyp, stellte seine Videokamera auf ein Stativ und richtete sie auf die hintere Veranda des Farmhauses des Präsidenten, während der kräftige Tontechniker Rocky Montrose das Aufnahmegerät auf einem kleinen Klapptisch dazuschaltete. Mayo stützte sich mit seinem Stiefel auf den Stacheldrahtzaun und hielt sein Mikrofon.

»Wo willst du bei deinem Kommentar stehen?« fragte Mitchell.

»Ich bleibe abseits der Kamera«, antwortete Mayo. »Wie weit schätzt du die Entfernung zum Haus und zur Scheune?«

Mitchell blickte durch einen Taschen-Entfernungsmesser. »Ungefähr hundert Meter von hier aus bis zum Haus. Vielleicht achtzig bis zur Scheune.«

»Wie nah kannst du ihn herausbringen?«

Mitchell beugte sich über das Okular der Kamera und verlängerte die Zoomlinse, wobei er die hintere Gittertür als Bezugspunkt verwendete. »Ich kann ihn mit einem halben Meter Spielraum in die Totale bekommen.«

»Ich möchte eine scharfe Großaufnahme.«

»Das bedeutet einen 2X-Konverter, um die Reichweite zu verdoppeln.«

»Schraub ihn auf.«

Mitchell sah ihn fragend an. »Ich kann dir aber damit kein Bild mit scharfen Details versprechen. Bei dieser Entfernung müssen wir deshalb auf Auflösung und Tiefenschärfe verzichten.«

»Kein Problem«, meinte Mayo. »Wir machen ja keine Live-Sendung.«

Montrose blickte von seinem Tonbandgerät auf. »Dann braucht ihr mich doch überhaupt nicht.«

»Nimm jedenfalls den Ton ab und zeichne meinen Kommentar auf.«

Plötzlich kam Leben in das Heer der Medienkommentatoren, als jemand rief: »Da kommt er!«

Fünfzig Kameras traten in Aktion, als sich die Gittertür öffnete und der Präsident auf die Veranda trat. Er trug Cowboystiefel und ein Baumwollhemd, das in einer ausgebleichten Jeans steckte. Vizepräsident Margolin, der den großen Stetsonhut tief in die Stirn gezogen hatte, folgte ihm über die Schwelle. Sie blieben eine Minute im Gespräch stehen, der Präsident gestikulierte lebhaft mit den Händen, während Margolin nachdenklich zuhörte.

»Stell die Kamera scharf auf den Vizepräsidenten ein«, befahl Mayo.

»Hab' ihn«, antwortete Mitchell.

Die Sonne stieg weiter am Himmel empor, und die Hitzewellen flimmerten über der rötlichen Erde. Das Farmgelände des Präsidenten erstreckte sich nach allen Seiten: Es waren meist Gras- und Luzernefelder, mit ein paar Weiden für seine kleine Herde von Zuchtrindern. Das Grün der Felder, die von riesigen Berieselungsanlagen bewässert wurden, stand im Gegensatz zu den unfruchtbaren Gebieten ringsum. Abgesehen von einer Pappelreihe an einem Bewässerungsgraben, breitete sich das Land als flache Einöde aus.

Wie konnte ein Mann, der den Großteil seines Lebens in solcher Abgeschiedenheit verbracht hatte, es zuwege bringen, Millionen von Menschen zu beeinflussen, fragte sich Mayo. Je öfter er die merkwürdige, krankhafte Selbstsucht der Politiker kennenlernte, desto mehr verachtete er sie. Er drehte sich um, spuckte auf eine Kolonie roter Ameisen und verfehlte ihren Tunneleingang nur knapp um ein paar Zoll. Dann räusperte er sich und schilderte die Szene ins Mikrofon.

Margolin drehte sich um und kehrte ins Haus zurück. Der Präsident benahm sich so, als befände sich das Pressekorps noch immer in Washington, und ging zur Scheune, ohne nur einmal in ihre Richtung zu sehen. Bald konnte man den Auspuff eines Dieselmotors hören, und er tauchte auf einem grünen John-Deere-Traktor, Modell 2640, wieder auf, an den eine Mähmaschine angekoppelt war. Der

Traktor hatte kein Schutzdach, der Präsident saß im Freien, hatte ein kleines Transistorradio am Gürtel befestigt und Kopfhörer aufgesetzt.

Die Korrespondenten begannen, ihm Fragen zuzurufen, doch er konnte sie offensichtlich infolge des knatternden Auspuffs und der Musik im Regionalprogramm nicht verstehen.

Er band sich wie ein Räuber ein rotes Taschentuch über den unteren Teil seines Gesichtes, um sich vor Staub und Auspuffgasen zu schützen. Dann schwenkte er die verstellbaren Messerschneiden des Mähers hinunter und begann das Feld zu mähen; er fuhr die langen Reihen vor und zurück und entfernte sich dabei immer mehr von den Menschen, die sich an dem Zaun drängten.

Nach etwa zwanzig Minuten packten die Korrespondenten ihre Geräte ein und kehrten zu dem Komfort der Klimaanlagen in ihren Wohnanhängern und Wohnmobilen zurück.

»Das wär's«, verkündete Mitchell. »Das Band ist aus, außer du willst, daß ich ein neues einlege.«

»Laß es.« Mayo wickelte das Kabel um das Mikrofon und reichte es Montrose. »Verschwinden wir aus dieser Affenhitze und sehen wir nach, was wir aufgenommen haben.«

Sie verschwanden in die Kühle des Wohnmobils. Mitchell nahm die Kassette heraus, die das Videoband der Kamera enthielt, steckte es in den Videorecorder und ließ es zurücklaufen. Als er es von Beginn an ablaufen lassen konnte, fischte sich Mayo einen Stuhl und setzte sich einen halben Meter vor den Monitor.

»Wonach suchen wir eigentlich?« fragte Montrose.

Mayo konzentrierte sich unverwandt auf die Bilder vor seinen Augen. »Würdest du sagen, daß das etwa der Vizepräsident ist?«

»Natürlich. Wer könnte es denn sonst sein?«

»Du hältst alles, was du siehst, für erwiesen. Schau doch näher hin!«

Mitchell beugte sich vor. »Der Cowboyhut bedeckt zwar die Augen, aber Mund und Kinn stimmen. Auch die Gestalt ist richtig. So sieht er aus, finde ich.«

»Kommt dir an seinem Benehmen irgend etwas merkwürdig vor?«

»Der Kerl hat die Hände in die Hosentaschen gesteckt«, antwortete Montrose verständnislos. »Was sollen wir daran erkennen?«

»Kommt dir an ihm nichts ungewöhnlich vor?« beharrte Mayo.

»Ich bemerke nichts an ihm.«

»Also gut, vergiß ihn«, gab Mayo nach, während auf dem Film Margolin sich umdrehte und ins Haus zurückging. »Schau dir jetzt den Präsidenten genauer an.«

»Wenn das nicht der Präsident ist«, murmelte Mitchell bissig, »dann hat er einen eineiigen Zwillingsbruder.«

Mayo überging die Bemerkung und blieb ruhig sitzen, während die Kamera dem Präsidenten über den Scheunenhof folgte und den langsamen, typischen, Millionen von Fernsehzuschauern bekannten Gang festhielt. Er verschwand im Dunkel der Scheune und tauchte zwei Minuten später auf dem Traktor wieder auf.

Mayo sprang auf. »Band anhalten!« brüllte er.

Erschrocken drückte Mitchell auf einen Knopf auf dem Recorder, und das Bild erstarrte.

»Die Hände«, rief Mayo aufgeregt. »Die Hände am Lenkrad!«

»Er hat zehn Finger«, murmelte Mitchell verärgert. »Na und?«

»Der Präsident trägt gewöhnlich einen Trauring. Sieh noch mal hin. Kein Ring am Mittelfinger der linken Hand, aber am Zeigefinger siehst du einen ziemlich großen Diamanten. Und am kleinen Finger der rechten ... «

»Ich sehe schon, was du meinst«, unterbrach ihn Montrose. »Ein flacher violetter Stein, in Silber gefaßt, wahrscheinlich ein Amethyst.«

»Trägt der Präsident nicht für gewöhnlich eine Timex-Uhr an einem indianischen, mit Türkisen eingelegten Silberarmband?« Mitchell kam nun auch in Fahrt.

»Du dürftest recht haben.«

»Die Details sind zwar verschwommen, aber ich würde sagen, daß das Ding an seinem Handgelenk ein großer Rolex-Chronometer ist.«

Mayo schlug sich mit der Faust aufs Knie. »Das ist der endgültige Beweis. Es ist schließlich allgemein bekannt, daß der Präsident nie etwas kauft oder trägt, das im Ausland hergestellt wurde.«

»Warte mal«, überlegte Montrose langsam. »Das ist doch verrückt. Wir sprechen über den Präsidenten der Vereinigten Staaten, als wäre er es gar nicht.«

»Oh, der da ist aus Fleisch und Blut«, verbesserte ihn Mayo, »aber der auf dem Traktor sitzende Körper gehört jemand anderem.«

»Wenn du recht hast, hältst du eine scharfe Bombe in den Händen«, stellte Montrose fest.

Mitchells Begeisterung begann abzuflauen. »Vielleicht sind wir auf einer vollkommen falschen Fährte. Die Beweise sind verdammt wacklig. Du kannst nicht einfach auf Sendung gehen, Curt, und behaupten, daß irgendein Clown den Präsidenten spielt, wenn du keinen unwiderlegbaren Beweis in Händen hältst.«

»Das weiß keiner besser als ich. Aber ich habe nicht die Absicht, mir diese Story entgehen zu lassen.«

»Dann wirst du also in aller Stille Nachforschungen einleiten lassen?«

»Ich sollte meine Pressekarte zurückgeben, wenn ich nicht den Mumm habe, das durchzuziehen.« Er sah auf seine Uhr. »Wenn ich jetzt wegfahre, müßte ich zu Mittag in Washington sein.«

Montrose kauerte vor dem Fernsehbildschirm. Sein Gesicht sah aus wie das eines Kindes, das seinen Zahn am nächsten Morgen in einem Glas Wasser wiederfindet.

»Da muß man sich doch allmählich fragen«, erklärte er aufgebracht, »wie oft wohl einer unserer Präsidenten einen Doppelgänger verwendet hat, um die Öffentlichkeit zum Narren zu halten.«

41

Wladimir Polewoj blickte von seinem Schreibtisch auf, als sein Hauptbevollmächtigter, die Nummer Zwei der größten Spionageorganisation der Welt, Sergej Iranow, energisch das Zimmer betrat. »Du siehst aus, als hättest du heute morgen ein heißes Eisen im Hintern stecken, Sergej.«

»Er ist entflohen«, berichtete Iranow kurz und bündig.

»Von wem sprichst du?«

»Von Paul Suworow. Es ist ihm gelungen, aus Bougainvilles verborgenem Labor auszubrechen.«

Polewojs Gesicht lief rot an. »Verdammt... doch nicht zu diesem Zeitpunkt!«

»Er hat unsere geheime New Yorker Aktionszentrale von einem öffentlichen Fernsprecher in Charleston, Süd-Carolina, aus angerufen und um Instruktionen ersucht.«

Polewoj stand auf und schritt wütend auf dem Teppich auf und ab. »Warum hat er nicht gleich das FBI angerufen und sie auch um Instruktionen ersucht? Er hätte eigentlich auch eine Anzeige im *USA Today* aufgeben können.«

»Zum Glück hat uns sein Vorgesetzter sofort eine verschlüsselte Botschaft geschickt und den Vorfall gemeldet.«

»Wenigstens einer mit ein wenig Hirn.«

»Es ist noch mehr vorgefallen. Suworow hat zwei von Doktor

Lugowojs Versuchsobjekten mitgenommen.«

Polewoj blieb stehen und drehte sich blitzschnell um. »Ich werde diesen Hurensohn erschießen lassen. Wen hat er denn erwischt?«

»Moran und Larimer.«

»Dieser Schwachkopf! Warum konnte er nicht einfach mit uns Kontakt aufnehmen und uns angeben, wo sich das Labor befindet? Dann hätten wir einschreiten und die Operation Huckleberry Finn Bougainvilles Kontrolle entziehen können.«

»Wie die Dinge so stehen, könnte Madame Bougainville jetzt wütend genug sein, um das Experiment abzublasen.«

»Und eine Milliarde Dollar in Gold verlieren? Das bezweifle ich sehr. Sie hat noch immer den Präsidenten und den Vizepräsidenten in ihren habgierigen Krallen. Moran und Larimer sind für sie kein großer Verlust.«

»Auch nicht für uns«, stellte Iranow fest. »Die Bougainvilles waren unsere Tarnung für den Fall, daß die amerikanischen Geheimdienste Huckleberry Finn erledigen. Da wir jetzt zwei entführte Kongreßabgeordnete in unserem Gewahrsam haben, könnte dieser Umstand als kriegerische Handlung oder zumindest als schwere Krise aufgefaßt werden. Es wäre am besten, wenn wir Moran und Larimer einfach beseitigten.«

Polewoj schüttelte den Kopf. »Noch nicht. Ihre Kenntnis der inneren Vorgänge im Generalstab der Vereinigten Staaten kann für uns von unschätzbarem Vorteil sein.«

»Ein gewagtes Spiel.«

»Nicht, wenn wir vorsichtig vorgehen und uns ihrer rasch entledigen, sobald und falls sich das Netz um uns zusammenzieht.«

»Dann ist es jetzt also unsere wichtigste Aufgabe zu verhindern, daß das FBI sie entdeckt.«

»Hat Suworow ein sicheres Versteck gefunden?«

»Das ist mir nicht bekannt. New York hat ihm nur aufgetragen, sich jede Stunde zu melden, bis sie die Situation überschauen und von uns aus Moskau Weisungen erhalten haben.«

»Wer leitet unsere Geheimoperation in New York?«

»Der Chef ist Basil Kobylin.«

»Informiere ihn über Suworows schwierige Lage«, befahl Polewoj, »natürlich ohne Huckleberry Finn zu erwähnen. Seine Befehle lauten, daß er Suworow und seine Gefangenen an einem sicheren Ort unterbringt, bis wir ihre Flucht aus den USA geplant haben.«

»Das wird sich nicht so leicht bewerkstelligen lassen.« Iranow nahm sich einen Stuhl und setzte sich. »Die Amerikaner suchen in jedem Winkel nach ihren vermißten Staatsoberhäuptern. Alle Flugplätze werden genau überwacht, und unsere U-Boote können höchstens bis auf fünfhundert Meilen an ihre Küstenlinie herankommen, dann entdeckt sie ihr Unterwasser-Warnsystem.«

»Es gibt noch immer Kuba.«

Iranow verzog zweifelnd das Gesicht. »Die Gewässer werden wegen des Rauschgiftschmuggels von der US-Marine und der Küstenwache zu genau überwacht. Ich muß von einer Flucht mit einem Schiff in diese Richtung dringend abraten.«

Polewoj schaute angespannt aus den Fenstern seines Büros auf den Dzershinskij-Platz. Die späte Morgensonne bemühte sich vergebens, die schmutzigen Gebäude der Stadt aufzuhellen. Ein verkniffenes Lächeln flog über seine Lippen.

»Könnten wir sie sicher nach Miami bringen?«

»In Florida?«

»Ja.«

Iranow starrte ins Leere. »Es besteht natürlich die Gefahr von Straßensperren, aber ich glaube, die könnte man überwinden.«

»Gut«, sagte Polewoj plötzlich entspannt. »Sorge dafür.«

Kaum drei Stunden nach der Flucht kam Lee Tong Bougainville aus dem Fahrstuhl des Laboratoriums und trat Lugowoj gegenüber. Es war kurz vor drei Uhr morgens, aber er sah aus, als schliefe er nie.

»Meine Männer sind tot«, stellte Lee Tong ohne eine Spur von Gefühl fest. »Dafür mache ich Sie verantwortlich.«

»Ich ahnte nicht, daß dieser Fall eintreten könnte«, verteidigte sich Lugowoj leise, aber fest.

»Wieso konnten Sie es nicht ahnen?«

»Sie hatten mir versichert, daß diese Räume ausbruchsicher sind. Ich nahm nicht an, daß er tatsächlich einen Versuch unternehmen würde.«

»Wer ist er?«

»Paul Suworow, ein KGB-Agent, den Ihre Leute irrtümlich von der Staten-Island-Fähre mitnahmen.«

»Aber Sie wußten es?«

»Er meldete mir seine Anwesenheit erst, nachdem wir ankamen.«

»Und dennoch haben Sie nichts gesagt.«

»Das stimmt, denn ich hatte Angst. Wenn dieses Experiment zu Ende ist, muß ich nach Rußland zurückkehren. Glauben Sie mir, es lohnt sich nicht, sich unseren Staatlichen Sicherheitsdienst zum Feind zu machen.«

Die tiefsitzende Angst vor dem Mann hinter einem selbst. Bougainville erkannte sie in den Augen jedes Russen, den er kennengelernt hatte. Sie fürchteten Ausländer, ihre Nachbarn, jeden Uniformierten. Sie hatten so lange damit gelebt, daß dieses Gefühl so allgemein verbreitet war wie Ärger oder Glück. Er war weit davon entfernt, Mitleid mit Lugowoj zu haben, vielmehr verachtete er ihn statt dessen, weil er freiwillig in einem so diktatorischen System lebte.

»Hat dieser Suworow dem Experiment in irgendeiner Form geschadet?«

»Nein. Der Vizepräsident hat eine leichte Gehirnerschütterung erlitten, aber er steht wieder unter Beruhigungsmitteln. Der Präsident blieb unversehrt.«

»Es wurde dadurch nichts verzögert?«

»Alles verläuft programmgemäß.«

»Und Sie rechnen damit, daß Sie das Experiment in drei Tagen abschließen können?«

Lugowoj nickte.

»Sie haben aber nur noch zwei. Ich muß Ihren Termin vorverlegen.«

Lugowoj tat so, als hätte er nicht richtig gehört. Dann wurde ihm die Situation klar. »O Gott, nein!« keuchte er. »Ich brauche jede Minute. Im Augenblick drängen mein Team und ich das Programm, das dreißig Tage dauern sollte, schon auf zehn Tage zusammen. Sie vereiteln dadurch alle unsere Vorsichtsmaßnahmen. Wir brauchen mehr Zeit, um das Gehirn des Präsidenten zu stabilisieren.«

»Das ist Präsident Antonows Problem, nicht das meine oder das meiner Großmutter. Wir haben unseren Teil der Abmachung erfüllt. Sie haben den Ihren dadurch gefährdet, daß Sie einem KGB-Mann Zutritt verschafften.«

»Ich schwöre, daß ich mit Suworows Ausbruch nichts zu tun habe.«

»Das behaupten *Sie. Ich* bin der Ansicht, daß seine Anwesenheit geplant war, wahrscheinlich sogar auf Präsident Antonows Weisung hin. Suworow hat bestimmt seine Vorgesetzten inzwischen informiert und sämtliche sowjetische Agenten in den Staaten auf uns angesetzt. Wir werden die Anlage daher verlegen müssen.«

Das war der endgültige, vernichtende Schlag. Lugowoj sah aus, als müßte er ersticken. »Unmöglich!« brüllte er wie ein verwundeter Stier. »Es ist vollkommen unmöglich, daß wir den Präsidenten und die gesamte Ausrüstung an einen anderen Ort befördern und dennoch Ihre lächerlich kurze Frist einhalten!«

Bougainvilles Augen verengten sich, und er starrte Lugowoj für einen Augenblick an. Als er wieder sprach, klang seine Stimme kalt wie Eis.

»Keine Sorge, Doktor. Ihre Aufregung ist unnötig.«

42

Als Pitt in Hiram Yaegers Büro trat, lag dieser schlafend auf der Couch. Mit seiner unordentlichen Kleidung, dem langen, wirren Haar und dem Bart glich er einem heruntergekommenen Alkoholiker. Pitt schüttelte ihn an der Schulter wach. Yaeger hob ein Augenlid, dann rührte er sich, brummte und setzte sich auf.

»Eine schwere Nacht?« erkundigte sich Pitt.

Yaeger kratzte sich mit beiden Händen am Kopf und gähnte. »Hast du einen Roten Himmelsgewürztee?«

»Nur aufgewärmten Kaffee von gestern.«

Yaeger schnalzte ablehnend. »Das Koffein wird dich noch eines Tages umbringen.«

»Koffein, Luftverschmutzung, Alkohol, Weiber: Wo liegt da der Unterschied?«

»Übrigens, ich habe sie.«

»Was hast du?«

»Ich habe sie erwischt: deine gerissene Reederei.«

»Das kann doch nicht wahr sein!« Pitt wurde lebendig. »Wo denn?«

»Ausgerechnet in deinem Hinterhof«, grinste Yaeger breit. »In New York.«

»Wie hast du das nur geschafft?«

»Dein Verdacht mit der koreanischen Beteiligung war der Schlüssel, aber noch nicht die Lösung. Ich ging von diesem Ausgangspunkt aus, versuchte es bei allen Schiffahrtslinien und Exportgesellschaften, die in Korea beheimatet sind oder unter der Flagge dieses Staates fuhren. Es gab über fünfzig, aber von keiner führte eine Spur zu den Banken, die wir früher schon überprüft hatten. Als mir kein anderer Weg mehr offen schien, ließ ich dem Computer sozusagen freie Hand: Mein Selbstbewußtsein ist seither erschüttert. Er erwies sich als besserer Spürhund als ich. Das Entscheidende war der Name: kein koreanischer, sondern ein französischer Name der Gesellschaft.«

»Französisch?«

»Ihr Standort ist das World Trade Center in Lower Manhattan, und ihre Flotte von ordentlich registrierten Schiffen fährt unter der Fahne der Republik Somalia. Was sagst du nun dazu?«

»Sprich nur weiter.«

»Eine erstklassige Gesellschaft, keine Versicherungsschwindel mit verrosteten Kähnen, von einigen Versicherungsfirmen als einwandfrei eingestuft. So verdammt sauber, daß ihr Jahresbericht geradezu von Engelsharfenmusik begleitet wird. Wenn man aber unter der Oberfläche tief genug bohrt, findet man mehr windige Strohmänner und Briefkasten-Tochtergesellschaften als Schwule in ganz San Francisco. Auf ihr Konto gehen nachgewiesene betrügerische Machenschaften mit Schiffen, unberechtigte Forderungen an Versicherungen, Chartern von Geisterschiffen mit nicht existierender Fracht, Unterschiebung von wertloser Fracht für solche von großem Wert. Und immer schön außerhalb der Gerichtsbarkeit der privaten Gesellschaften und Regierungen, die sie hereinlegen.«

»Wie heißt die Gesellschaft?«

»Bougainville Shipping. Schon jemals den Namen gehört?«

»Min Korjo Bougainville, die stählerne Lotosblume«, stellte Pitt sichtlich beeindruckt fest. »Wer kennt sie nicht? Sie steht ganz oben in einer Reihe mit den berühmten englischen und griechischen Reedereimagnaten.«

»Sie war deine koreanische Verbindung.«

»Deine Angaben sind hieb- und stichfest. Irrtum unmöglich?«

»Hält felsenfest«, antwortete Yaeger entschieden. »Verlaß dich auf mich. Alles dreifach gecheckt. Sobald ich Bougainville als Drahtzieher festgestellt hatte, mußte ich nur noch von ihr aus zurückgehen. Es kam dann eines zum anderen: Bankkonten, Kreditbriefe – du würdest es nicht glauben wollen, wie sehr die Banken die Augen vor diesen Betrügereien verschließen. Die Alte erinnert mich an die ostindischen Statuen mit zwanzig Armen, die mit heiligem Gesichtsausdruck dasitzen, während die Hände unzüchtige Gebärden vollführen.«

»Du hast es geschafft!« rief Pitt begeistert, »du hast tatsächlich das Reederei-Imperium Bougainville auf die Sosan Trading, die *San Marino* und die *Pilottown* festgenagelt.«

»Wie mit einem Pfahl durchs Herz.«

»Wie weit bist du zurückgegangen?«

»Ich kann dir die Biographie der alten Schlange fast bis zu der Zeit herunterleiern, als sie der Mutterbrust entwöhnt wurde. Ein zähes altes Luder. Begann nach dem Zweiten Weltkrieg ganz unten mit einer Menge Mut. Sie ergänzte ihre Flotte langsam durch alte, heruntergekommene Schiffe mit koreanischer Besatzung, die froh waren, für eine Schale Reis und einen Penny am Tag zu arbeiten. Da sie praktisch keine allgemeinen Unkosten hatte, senkte sie ihre Frachtpreise und baute ein blühendes Unternehmen auf. Vor ungefähr fünfundzwanzig Jahren, als ihr Enkel in die Firma eintrat, brachte dieser das Geschäft erst wirklich in Schwung. Er ist übrigens ein raffinierter Bursche. Hält sich im Hintergrund. Abgesehen von seinen Schulzeugnissen ist seine Personalakte fast leer. Min Korjo Bougainville schuf die Grundlage für Schiffahrtsverbrechen, die sich über dreißig Länder erstrecken. Als ihr Enkel, er heißt Lee Tong, zu ihr stieß, baute er die Piraten und Betrugsunternehmungen der Organisation zu einer wahren Kunst aus. Ich ließ mir die ganze Schweinerei ausdrucken. Die Durchschläge liegen auf deinem Schreibtisch.«

Pitt wandte sich um und erblickte erst jetzt eine zwölf Zentimeter dicke Mappe mit Computerausdrucken auf seinem Schreibtisch. Er setzte sich hin und überflog kurz die gefalzten Seiten. Die unglaubliche Verzweigung der Bougainvilles war erschreckend. Die einzige kriminelle Tätigkeit, vor der sie sich anscheinend scheuten, war Prostitution. Nach einigen Minuten blickte er auf und nickte Yaeger zu.

»Eine Spitzenleistung, Hiram«, lobte er aufrichtig. »Ich danke dir.«

Hiram wies mit dem Kinn auf die Ausdrucke. »Ich an deiner Stelle würde das nicht aus den Augen lassen.«

»Gibt es eine Möglichkeit, daß man uns erwischt?«

»Selbstverständlich. Unser illegales Anzapfen ist im Computerindex der Banken verzeichnet und wurde gewiß auf dem täglichen Formular ausgedruckt. Wenn ein gewiefter Bankbeamter nun die Liste überprüft, wird er sich fragen, warum eine amerikanische ozeanische Behörde in den Aufzeichnungen seines zahlungskräftigsten Kontoinhabers herumschnüffelt. Sein nächster Schritt wird darin bestehen, die Datenübertragung des Computers mit einem Suchgerät auszurüsten.«

»Die Bank würde höchstwahrscheinlich daraufhin die alte Min Korjo verständigen«, sagte Pitt nachdenklich. Dann blickte er auf. »Kann Bougainvilles eigenes Computernetz, sobald es die NUMA als Eindringling identifiziert hat, in das unsere eindringen, um zu ermitteln, was wir aus ihren Datenbanken erfahren haben?«

»Unser Netz ist genauso anfällig wie jedes andere. Aber viel werden sie nicht herausbringen, weil ich die Speicherdisketten entfernt habe.«

»Wann, glaubst du, werden sie uns aufspüren?«

»Wenn sie uns nicht schon gefunden haben, wäre ich sehr erstaunt.«

»Kannst du ihnen einen Schritt voraus bleiben?«

Yaeger sah Pitt fragend an. »Was für einen heimtückischen Plan wälzt du?«

»Geh zurück zu deiner Tastatur und bring sie gründlich durcheinander. Schalte dich in ihr Netz ein und ändere die Daten, bring die täglichen Operationen der Bougainvilles durcheinander, lösche richtige Bankaufzeichnungen, programmiere absurde Anweisungen in ihre Programme. Laß zur Abwechslung einmal jemand anderen ihnen die Hölle heiß machen.«

»Wir werden wichtige Beweise für eine Nachforschung auf Bundesebene zerstören.«

»Na und? Wir haben unsere Daten illegal erworben und können sie sowieso nicht verwenden.«

»Warte einen Augenblick. Wir könnten dabei in große Schwierigkeiten geraten.«

»Noch schlimmer, man könnte uns umbringen«, meinte Pitt mit schwachem Lächeln.

Auf Yaegers Gesicht zeigte sich ein Ausdruck, der bisher nicht zu sehen gewesen war. Ihm schwante Böses. Das Spiel hatte aufgehört, ein Spiel zu sein, und nahm gefährlichere Dimensionen an. Er hatte nie daran gedacht, daß die Suche gefährlich werden und tödlich enden könnte.

Pitt erkannte die Besorgnis in Yaegers Augen. »Du kannst sofort aufgeben und Urlaub nehmen«, schlug er vor. »Ich würde es dir wirklich nicht übelnehmen.«

Yaeger schien einen Moment lang zu schwanken, dann schüttelte er den Kopf. »Nein, ich bleibe dabei. Diesen Leuten muß einmal das Handwerk gelegt werden.«

»Mach sie gründlich fertig. Blockiere alle ihre Daten über Reederei, auswärtige Beteiligungen, Tochtergesellschaften, Grundstücksgeschäfte, alles, wo sie ihre Finger drinnen haben.«

»Okay, es geht zwar jetzt um Kopf und Kragen, aber ich werde es tun. Halt mir nur den Admiral noch ein paar Nächte vom Leib. Nachdem ich Bougainvilles Code geknackt habe, bin ich in der Lage, mehr Aufregung zu erzeugen als ein Haufen Kröten in der Schüssel mit dem Hochzeitspunsch.«

»Du drückst dich wirklich vornehm aus.«

»Ich nehme an, daß die Daten in deinen Händen nur das erste Kapitel eines Riesenskandals sind. Je tiefer wir eindringen, desto neugieriger werde ich.«

»Halte weiterhin Ausschau nach Informationen über ein Schiff namens *Eagle*.«

»Die Jacht des Präsidenten?«

»Nur ein Schiff namens *Eagle*.«

»Noch etwas?«

Pitt nickte grimmig. »Ich werde dafür sorgen, daß die Abschirmung um dein Computerarbeitszentrum verstärkt wird.«

»Macht es dir etwas aus, wenn ich hierbleibe und deine Couch benutze? Ich habe plötzlich eine Aversion dagegen entwickelt, allein in meiner Wohnung zu schlafen.«

»Mein Büro gehört ganz dir.«

Yaeger stand auf und streckte sich. Dann deutete er wieder auf die Datenblätter. »Was wirst du damit anfangen?«

Pitt betrachtete die erste Bresche, die jemals ins Verbrechensimperium der Bougainvilles geschlagen wurde. Seine privaten Nachforschungen kamen in Schwung, Puzzlestücke fielen ihm in die Hände und konnten in das Gesamtbild eingefügt werden, verschiedenste Rädchen griffen eins ins andere. Das Ausmaß übertraf bei weitem alles, was er sich anfänglich vorgestellt hatte.

»Weißt du«, meinte er nachdenklich, »ich habe nicht die leiseste Ahnung.«

43

Als Senator Larimer auf dem Rücksitz der Limousine erwachte, begann der östliche Himmel sich allmählich orangerot zu färben. Er schlug nach der Mücke, deren Summen seinen Schlaf unterbrochen hatte. Moran bewegte sich in seiner Ecke der Sitzbank, seine Augen schielten und konnten sich nicht konzentrieren, sein Geist hatte die Umgebung noch nicht erfaßt. Plötzlich wurde eine Tür geöffnet und ein Bündel Kleider auf Larimers Schoß geworfen.

»Ziehen Sie das an«, befahl Suworow brüsk.

»Sie haben mir nie gesagt, wer Sie sind.« Larimers Zunge bewegte sich nur schwerfällig.

»Mein Name ist Paul.«

»Kein Nachname?«
»Einfach Paul.«
»Sind Sie vom FBI?«
»Nein.«
»CIA?«
»Das spielt doch überhaupt keine Rolle«, erklärte Suworow. »Ziehen Sie sich an.«
»Wann treffen wir in Washington ein?«
»Bald«, log Suworow.
»Woher haben Sie diese Kleider? Woher wissen Sie eigentlich, daß sie mir passen werden?«

Suworow verlor langsam die Geduld mit dem neugierigen Amerikaner. Er unterdrückte den Impuls, dem Senator die Pistole über das Hirn zu schlagen.

»Ich habe sie von einer Wäscheleine gestohlen«, bemerkte er. »Bettler können nun mal nicht wählerisch sein. Aber dafür sind sie wenigstens sauber.«

»Ich kann nicht Hemd und Unterhosen eines Fremden tragen«, protestierte Larimer empört.

»Wenn Sie nackt nach Washington zurückkommen wollen, geht mich das auch nichts an.«

Suworow knallte die Tür zu, ging zum Fahrersitz und setzte sich wieder hinter das Lenkrad. Er fuhr aus einem malerischen Wohnviertel namens Plantation Estates zur Autobahn Nummer 7. Der frühmorgendliche Verkehr wurde schon dichter, als sie die Brücke über den Ashley River zur Autobahn 26 überquerten, auf der er nach Norden fuhr.

Suworow schätzte es, daß Larimer schwieg. Moran erwachte langsam aus seinem schlaftrunkenen Zustand und murmelte unzusammenhängend vor sich hin. Die Scheinwerfer beleuchteten ein grünes Schild mit weißen Buchstaben: *Flughafen – nächste Abfahrt rechts.* Er folgte der Abfahrt und erreichte den Städtischen Flugplatz Charleston. Jenseits der Hauptlandebahn ließ der heller werdende Himmel eine Reihe von Düsenjägern erkennen, die der Nationalen Luftabwehr gehörten.

Er folgte den am Telefon erhaltenen Weisungen, fuhr deshalb außen um den Flughafen herum und suchte eine schmale Abkürzungsstraße. Er fand sie und folgte einer Sandstraße, bis er zu einem Mast mit einem Luftsack kam, der schlaff in der feuchten Atmosphäre herunterhing.

Suworow blieb stehen und stieg aus, blickte auf seine Uhr und wartete. Weniger als zwei Minuten später konnte er das regelmäßige Knattern der Rotorblätter eines Hubschraubers hören der sich hinter einer Baumreihe näherte. Die blinkenden Positionslichter kamen in Sicht, und eine blauweiße Tropfenform schwebte einige Augenblicke über der Stelle, ehe sie neben der Limousine aufsetzte.

Die Tür hinter dem Pilotensitz schwang nach außen, ein Mann in weißem Overall sprang auf den Boden und ging auf die Limousine zu.

»Sind Sie Suworow?« fragte er.

»Ich bin Paul Suworow.«

»Okay, bringen wir das Gepäck hinein, bevor wir unerwünschte Aufmerksamkeit erregen.

Gemeinsam verfrachteten sie Larimer und Moran ins Passagierabteil des Hubschraubers und gurteten sie an. Suworow bemerkte, daß die Aufschrift auf dem Rumpf *Sumter Flug-Ambulanz* lautete.

»Geht dieses Ding zum Capitol?« fragte Larimer mit einem Anflug seiner alten Überheblichkeit.

»Ich werde Sie überallhin bringen, Sir, wohin Sie wollen«, meinte der Pilot liebenswürdig.

Suworow ließ sich auf dem leeren Sitz des Kopiloten nieder und schnallte den Gurt fest. »Man hat uns unseren Bestimmungsort nicht genannt.«

»Letzten Endes Rußland.« Das Lächeln des Piloten war alles andere denn humorvoll. »Zuerst müssen wir herausfinden, woher Sie kamen.«

»Woher ich kam?«

»Meine Weisungen lauten, mit Ihnen in der Umgebung herumzufliegen, bis Sie die Anlage finden, in der Sie und diese beiden Fettsäkke hinten die letzten acht Tage verbracht haben. Erst wenn wir diesen Auftrag erledigt haben, soll ich Sie zu einem anderen Ort zum Weiterflug bringen.«

»Also gut. Ich werde mein Bestes versuchen.«

Der Pilot stellte sich nicht vor, und Suworow war nicht so dumm, ihn nach seinem Namen zu fragen. Zweifellos war der Mann einer der schätzungsweise fünftausend von den Sowjets bezahlten »Vertrauensleuten« in den Vereinigten Staaten, die alle als Fachleute auf irgendeinem Spezialgebiet auf einen Anruf warteten, mit dem ihnen eine Weisung erteilt wurde, ein Anruf, der vielleicht nie erfolgte.

Der Hubschrauber stieg fünfzehn Meter hoch und flog dann zur Charleston Bucht. »Okay, wohin jetzt?« fragte der Pilot.

»Ich bin nicht sicher. Es war finster, und ich hatte mich verirrt.«

»Können Sie mir einen Orientierungspunkt angeben?«
»Ich habe ungefähr fünf Meilen von Charleston einen Fluß überquert.«
»Aus welcher Richtung?«
»Westen, ja, die Dämmerung setzte vor mir ein.«
»Muß der Stono River gewesen sein.«
»Stono, das stimmt.«
»Dann fuhren Sie auf der Autobahn 700.«
»Ich bin ungefähr eine halbe Stunde vor der Brücke auf sie eingebogen.«
Die Sonne hatte sich über den Horizont erhoben und durchdrang den blauen Sommerdunst, der über Charleston hing. Der Hubschrauber stieg auf dreihundert Meter und flog dann Richtung Südwesten, bis die Autobahn jenseits der Cockpitscheiben auftauchte. Der Pilot zeigte nach unten, und Suworow nickte. Sie folgten dem Verkehr stadtauswärts, während sich unter ihnen die Küstenebene von Süd-Carolina ausbreitete. Da und dort lagen einige bebaute Felder, die auf allen Seiten von Pinienwäldern umgeben waren. Sie flogen an einem Farmer vorbei, der in seinem Tabakfeld stand und ihnen mit dem Hut zuwinkte.
»Kommt Ihnen etwas bekannt vor?« fragte der Pilot.
Suworow schüttelte hilflos den Kopf. »Die Straße, von der ich abbog, kann sich überall befinden.«
»In welche Richtung fuhren Sie, als Sie zur Autobahn kamen?«
»Ich bog nach links ab, muß also nach Süden gefahren sein.«
»Dieses Gebiet heißt Wadmalaw Island. Ich werde anfangen, es in Kreisen abzusuchen. Sagen Sie mir, wenn Ihnen etwas auffällt.«
Eine Stunde verging, dann zwei. Die Landschaft unten verwandelte sich in ein Labyrinth von kleinen Wasserläufen und Flüßchen, die sich durch ebenes Land und Sümpfe schlängelten. Aus der Luft sah eine Straße genauso aus wie die andere. Schmale Bänder von rötlichbraunen Sand- oder Asphaltstraßen voller Schlaglöcher durchliefen ein üppig bewachsenes Gebiet wie Linien auf einer Handfläche. Je länger es dauerte, desto verwirrter wurde Suworow, und der Pilot verlor allmählich die Geduld.
»Wir müssen die Suche aufgeben«, sagte er, »sonst habe ich nicht genügend Treibstoff, um bis Savannah zu kommen.«
»Savannah liegt im Staate Georgia«, sagte Suworow, als würde er eine Frage im Unterricht beantworten.
Der Pilot lächelte. »Ja, ganz recht.«
»Etwa unser Abflughafen in die Sowjetunion?«

»Nur ein Aufenthalt zum Tanken.« Damit schwieg der Pilot wieder.

Suworow sah ein, daß es unmöglich war, dem Mann eine Information zu entlocken, und richtete also seine Aufmerksamkeit wieder auf den Boden.

Plötzlich zeigte er aufgeregt über das Armaturenbrett. »Dort!« überschrie er das Dröhnen des Motors. »Die kleine Kreuzung links!«

»Sie erkennen sie?«

»Ich glaube. Gehen Sie tiefer! Ich will die Tafel auf der Bruchbude lesen, die an der Ecke steht.«

Der Pilot gehorchte und ging mit dem Hubschrauber nach unten, bis er zehn Meter über den sich kreuzenden Fahrwegen schwebte. »Suchen Sie das?« fragte er ungläubig. »Glover Culpepper – Benzin und Lebensmittel?«

»Wir sind ganz in der Nähe«, antwortete Suworow. »Fliegen Sie die Straße entlang, die zu dem Fluß im Norden führt.«

»Den Küstenverbindungskanal.«

»Ein Kanal?«

»Ein seichter Kanal, der eine fast durchgehende Inlandswasserpassage von den Staaten am Nordatlantik nach Florida und zum Golf von Mexiko darstellt. Er wird hauptsächlich von kleinen Vergnügungsbooten und Schleppern benutzt.«

Der Hubschrauber knatterte über die Baumwipfel und peitschte mit dem Luftstrom seiner Rotoren Blätter und Zweige. Plötzlich hörte die Straße am Rand einer großen sumpfigen Wasserfläche auf. Suworow starrte angestrengt durch die Windschutzscheibe.

»Das Laboratorium muß hier in dieser Gegend liegen.«

»Ich sehe nichts«, sagte der Pilot, ging aber dennoch in die Schräglage und musterte den Boden.

»Landen Sie!« forderte ihn Suworow nervös auf. »Dort drüben, etwa hundert Meter von der Straße auf der Lichtung.«

Der Pilot nickte und setzte die Landekufen des Hubschraubers sanft auf die weiche, grasbedeckte Erde auf. Er stellte den Motor auf Leerlauf, so daß der Rotor sich langsam drehte, und öffnete die Tür. Suworow sprang heraus und lief stolpernd durch das Unterholz zur Straße zurück. Nach einigen Minuten wilden Herumsuchens blieb er am Ufer des Wasserlaufs stehen und sah sich verzweifelt um.

»Was gibt es denn nun für ein Problem?« fragte der Pilot beim Näherkommen.

»Es ist nicht mehr hier«, stammelte Suworow verwirrt. »Ein Lagerhaus mit einem Fahrstuhl, der hinunter ins Labor führt. Es ist fort.«

»Gebäude können nicht innerhalb von sechs Stunden verschwinden.« Der Pilot sah reichlich gelangweilt aus. »Sie müssen sich auf der falschen Straße befinden.«

»Nein, nein, das muß die richtige sein.«

»Ich sehe nur Bäume und Sumpf«, er zögerte und deutete nach vorne, »und dieses klapprige alte Hausboot auf der anderen Seite des Wasserlaufs.«

»Ein Boot!« rief Suworow, als hätte er eine Erleuchtung. »Es muß ein Boot gewesen sein.«

Der Pilot schaute in das schlammige Wasser. »Der Grund liegt hier in nur ein bis anderthalb Meter Tiefe. Es ist unmöglich, ein Schiff von der Größe eines Lagerhauses, das einen Fahrstuhl braucht, auf dem Wasserweg hierher zu bringen.«

Suworow warf verwirrt die Arme hoch. »Wir müssen weitersuchen.«

»Tut mir leid«, sagte der Pilot entschieden. »Wir haben weder die Zeit noch den Treibstoff, um weiterzusuchen: Wenn wir unsere Verabredung einhalten wollen, müssen wir jetzt gleich weiterfliegen.«

Er machte kehrt, ohne eine Antwort abzuwarten, und ging zum Hubschrauber zurück. Suworow folgte ihm langsam; er sah aus wie ein Mann, der sich in tiefer Hypnose befindet.

Während der Hubschrauber sich über die Bäume hob und auf Kurs nach Savannah ging, wurde am Fenster des Hausbootes ein Jutevorhang zur Seite gezogen, hinter dem ein alter Chinese erschien, der durch einen kostspieligen Celestron-11x80-Feldstecher schaute.

Er überzeugte sich davon, daß er das Kennzeichen auf dem Rumpf richtig gelesen hatte, legte das Fernglas zur Seite, wählte eine Nummer auf einem tragbaren Telefon mit Verschlüsselungseinrichtung und sprach etwas ganz schnell auf chinesisch.

44

»Haben Sie eine Minute Zeit für mich?« fragte Curtis Mayo, als Dan Fawcett in der Privatstraße neben dem Weißen Haus aus seinem Wagen stieg.

»Sie werden mit mir mitlaufen müssen«, antwortete Fawcett, ohne in Mayos Richtung zu blicken. »Ich komme schon so zu meiner Verabredung zu spät.«

»Wieder eine schwierige Sitzung im Krisenraum?«

Fawcett hielt die Luft an. Dann schloß er, so ruhig es seine zitternden Finger gestatteten, die Wagentür ab und nahm seine Aktentasche.

»Wollen Sie sich dazu äußern?« fragte Mayo.

Fawcett ging zur Sicherheitsschranke. »Ich habe einen Pfeil in die Luft geschossen...«

»Er ist zu Boden gefallen, ich weiß nicht, wo«, beendete Mayo, der mit ihm Schritt hielt. »Aus einem Gedicht von Longfellow. Wollen Sie meinen Pfeil sehen?«

»Eigentlich nicht.«

»Er wird in den Sechs-Uhr-Nachrichten landen.«

Fawcett verlangsamte seinen Schritt. »Worauf sind Sie eigentlich aus?«

Mayo nahm eine große Bandkassette aus der Tasche und überreichte sie Fawcett. »Vielleicht wollen Sie sich das noch vor der Sendung ansehen.«

»Warum bieten Sie mir das an?«

»Nennen Sie es professionelle Höflichkeit.«

»*Das* ist wirklich eine Neuigkeit.«

Mayo lächelte. »Wie gesagt, sehen Sie sich das Band an.«

»Ersparen Sie mir die Mühe. Was ist darauf zu sehen?«

»Eine volkstümliche Show des Präsidenten, der Farmer spielt, nur daß es nicht der Präsident ist.«

Fawcett blieb stehen und starrte Mayo an. »Das ist doch alles Unsinn!«

»Darf ich Sie wörtlich zitieren?«

»Werden Sie nicht frech!« fuhr ihn Fawcett an. »Ich bin nicht in der Stimmung für ein frisiertes Interview.«

»Okay, eine offene Frage«, begann Mayo erneut. »Wer spielt in New Mexico den Präsidenten und den Vizepräsidenten?«

»Niemand.«

»Ich verfüge aber über Beweise für das Gegenteil. Sie reichen aus, um sie als Meldung in den Nachrichten zu bringen. Wenn ich das verlautbare, werden sich alle Skandalschnüffler zwischen hier und Portland auf das Weiße Haus stürzen wie eine Armee von Killerameisen.«

»Tun Sie das, und Sie bekommen ein Dutzend faule Eier ins Gesicht, wenn der Präsident so nahe vor Ihnen steht, wie ich jetzt, und es bestreitet.«

»Nicht wenn ich herausbekomme, was er angestellt hat, während ein Double auf der Farm mit uns Verstecken spielte.«

»Ich werde Ihnen nicht Glück wünschen, denn die ganze Idee ist nur an den Haaren herbeigezogen.«

»Seien Sie ehrlich, Dan. Etwas Großes geht da vor sich.«

»Vertrauen Sie mir, Curt. Es geschieht nichts Verbotenes. Der Präsident wird in ein paar Tagen zurück sein. Sie können ihn dann selbst fragen.«

»Was bedeuten eigentlich die plötzlichen geheimen Kabinettsitzungen zu allen möglichen Tageszeiten?«

»Kein Kommentar.«

»Stimmt doch, oder?«

»Wer ist Ihre Quelle für diese Lügengeschichte?«

»Jemand, der eine Menge Wagen mit Regierungskennzeichen mitten in der Nacht in die Kellergarage des Schatzamtes fahren sah.«

»Die Leute vom Schatzamt arbeiten also offenbar bis spät in die Nacht hinein.«

»In dem Gebäude wurde jedoch kein Licht gemacht. Ich nehme an, sie schleichen sich durch den Versorgungstunnel ins Weiße Haus und treffen einander im Krisenraum.«

»Glauben Sie, was Sie wollen, aber Sie liegen vollkommen falsch. Das ist alles, was ich über das Thema zu sagen habe.«

»Ich werde es nicht fallenlassen«, kündigte Mayo herausfordernd an.

»Wie Sie meinen«, antwortete Fawcett gleichgültig. »Damit schießen Sie sich selbst ab.«

Mayo blieb zurück und sah zu, wie Fawcett durch die Sicherheitsschranke ging. Der Berater des Präsidenten hatte den Schein gut gewahrt, aber das war auch schon alles, nur Schein. Die Zweifel, die Mayo wegen finsterer Machenschaften gehegt haben mochte, die sich hinter den Wänden der Staatsverwaltung abspielten, waren nun Gewißheit.

Er war fest entschlossen, haargenau herauszufinden, was sich da wirklich abspielte.

Fawcett schob die Kassette in einen Recorder und setzte sich vor den Fernsehschirm. Er ließ das Band dreimal ablaufen, studierte jede Einzelheit, bis er wußte, was Mayo entdeckt hatte.

Müde hob er einen Telefonhörer ab und verlangte eine abhörsichere Verbindung zum Außenministerium. Bald darauf meldete sich die Stimme von Doug Oates.

»Ja, Dan, was gibt es?«

»Wir stehen vor einer neuen Entwicklung.«

»Nachrichten vom Präsidenten?«

»Nein, Sir. Ich führte soeben ein Gespräch mit Curtis Mayo von den CNN-Nachrichten. Er ist uns auf die Schliche gekommen.«

Eine gespannte Pause folgte. »Was können wir tun?«

»Nichts«, sagte Fawcett düster, »absolut nichts.«

Sam Emmett verließ das FBI-Gebäude in der Innenstadt von Washington und fuhr zum CIA-Hauptquartier in Langley, in Virginia. Ein sommerlicher Platzregen zog über ihn hinweg, durchnäßte den Wald um die Gebäude des Geheimdienstes und hinterließ den angenehmen Duft nach feuchtem Gras.

Martin Brogan stand vor seinem Büro, als Emmett durch die Vorzimmertür eintrat. Der hochgewachsene ehemalige Collegeprofessor streckte ihm die Hand entgegen. »Ich danke Ihnen, daß Sie sich bei Ihrem arbeitsreichen Tagesprogramm die Zeit genommen haben, hierher zu fahren. Es ist überaus zuvorkommend von Ihnen.«

Emmett ergriff lächelnd seine Hand. Brogan war einer der wenigen Männer in der Umgebung des Präsidenten, den er aufrichtig bewunderte. »Keineswegs. Ich bin kein Schreibtischmensch. Ich benütze jede Ausrede, um aufzustehen und mir ein wenig Bewegung zu verschaffen.«

Sie traten in Brogans Büro und setzten sich. »Kaffee oder einen Drink?« fragte Brogan.

»Nichts, danke.« Emmett öffnete seine Aktentasche und legte einen gebundenen Bericht auf den Schreibtisch des CIA-Direktors. »Das enthält alles, was das Büro bis vor einer Stunde über das Verschwinden des Präsidenten ermittelt hat.«

Brogan übergab ihm einen ebenso gebundenen Bericht. »Das ist das Material der CIA zum gleichen Fall. Verdammt wenig hinzugekommen seit unserer letzten Besprechung, muß ich leider bekennen.«

»Sie stehen da nicht allein. Auch wir sind meilenweit von einem Durchbruch entfernt.«

Brogan legte eine Pause ein, um eine dünne, fein gedrehte Toscanini-Zigarre anzuzünden. Er wirkte in seinem Nadelstreifenanzug mit Weste merkwürdig fehl am Platz. Beide Männer begannen zu lesen. Nach nahezu zehn Minuten Stille entspannte sich Brogans Gesichtsausdruck von tiefer Konzentration zu neugierigem Interesse, und er tippte auf eine Seite von Emmetts Bericht.

»Dieser Abschnitt über einen verschwundenen sowjetischen Psychologen...«

»Ich habe mir gedacht, daß Sie das interessieren würde.«

»Er und sein gesamter Stab bei den Vereinten Nationen verschwanden in derselben Nacht, in der die *Eagle* entführt wurde?«

»Ja, bisher ist keiner von ihnen wieder aufgetaucht. Es könnte ein verblüffender Zufall sein, aber ich fand, man dürfe nicht darüber hinweggehen.«

»Mein erster Gedanke dabei ist, daß dieser...«, Brogan warf wieder einen Blick in den Bericht, »... Lugowoj, Doktor Alexej Lugowoj, vom KGB den Auftrag erhalten haben könnte, seine psychologischen Tricks dazu zu benützen, den entführten Männern Staatsgeheimnisse zu entlocken.«

»Wir können uns nicht leisten, diese Theorie völlig von der Hand zu weisen.«

»Der Name«, sagte Brogan in Gedanken verloren, »klingt mir irgendwie bekannt.«

»Sie haben ihn schon einmal gehört?«

Plötzlich zog Brogan die Brauen hoch, seine Augen weiteten sich, und er griff nach seinem Gegensprechgerät. »Schicken Sie mir die neueste Akte von Interpol und der französischen Sûreté Nationale.«

»Sie glauben, daß Sie etwas haben?«

»Ein abgehörtes Gespräch zwischen Präsident Antonow und dem KGB-Chef Wladimir Polewoj. Ich glaube, dabei fiel der Name Lugowoj.«

»Beim französischen Geheimdienst?« fragte Emmett.

»Antonow befand sich auf Staatsbesuch dort. Unsere befreundeten Konkurrenten in Paris kooperieren heimlich mit uns, indem sie uns Informationen zukommen lassen, die nach ihrer Meinung ihre nationalen Interessen nicht gefährden.«

Nicht einmal eine Minute später klopfte Brogans Privatsekretärin an die Tür und übergab ihm eine Abschrift der geheimen Bandaufzeichnung. Er überflog rasch den Inhalt.

»Das klingt überaus ermutigend«, verkündete er. »Wenn man zwischen den Zeilen liest, kann man alle möglichen machiavellistischen Intrigen heraushören. Laut Polewoj verschwand der Psychologe der Vereinten Nationen von der Staten-Island-Fähre in New York, und jeglicher Kontakt zu ihm ist abgerissen.«

»Der KGB verlor mehrere Schäfchen seiner Obhut zugleich?« fragte Emmett leicht erstaunt. »Das ist ja eine ganz neue Wendung, sie müssen nachlässig geworden sein.«

»Polewojs eigene Erklärung.« Brogan reichte ihm die Papiere. »Sehen Sie selbst.«

Emmett überflog die Kopie, dann las er sie noch einmal. Als er aufblickte, lag eine Spur von Triumph in seinen Augen. »Die Russen stecken also doch hinter der Entführung.«

Brogan nickte zustimmend. »Allem Anschein nach, aber sie können es nicht allein durchgeführt haben. Sonst wüßten sie über Lugowojs Aufenthaltsort Bescheid. Eine andere Gruppe arbeitet mit ihnen zusammen, jemand hier in den Staaten, der die Macht besitzt, die Fäden der Organisation zu ziehen.«

»Sie?« fragte Emmett überfallsartig.

»Nein«, lachte Brogan. »Und Sie?«

Emmett schüttelte den Kopf. »Wenn der KGB, die CIA und das FBI im dunkeln tappen, wer mischt und verteilt denn dann die Karten?«

»Jene Person, die die beiden Russen mit ›das alte Miststück‹ und ›die chinesische Hure‹ zu titulieren pflegen.«

»Diese Kommunisten sind eben keine Gentlemen.«

»Das Codewort für ihre Operation muß also Huckleberry Finn heißen.«

Emmett streckte die Beine aus, schlug sie an den Knöcheln übereinander und lehnte sich bequem in seinem Stuhl zurück. »Huckleberry Finn«, wiederholte er, wobei er jede Silbe des durch Mark Twain berühmt gewordenen Namens dehnte. »Unser Gegenspieler in Moskau hat einen seltsamen Sinn für Humor. Was aber viel wichtiger ist, er hat uns unwissentlich eine ungeschützte Schwachstelle dargeboten, in die wir unseren Degen bohren können.«

Niemand beachtete die beiden schweigsam in einem Lieferwagen hockenden Männer, der in einer Ladezone beim NUMA-Gebäude geparkt war. Ein billiges, abnehmbares Plastikschild, das an der Tür des Führerhauses befestigt war, warb für »Gus Moore's Installationen«. Hinter der Kabine lagen auf der Plattform unordentlich verstreut Kupferrohre verschiedener Länge und alle möglichen Werkzeuge. Die Overalls der Männer wiesen Schmutz- und Ölflekke auf, und sie selbst hatten sich seit drei oder vier Tagen nicht mehr rasiert. Das einzig Merkwürdige an ihrem Äußeren war, daß sie den Eingang des NUMA-Hauptquartiers keinen Moment aus den Augen ließen.

Der Fahrer straffte sich und deutete kurz auf den Eingang. »Dort kommt er.«

Der andere hob einen von einer braunen Papiertüte umhüllten Feldstecher und musterte die aus der Glastür tretende Gestalt. Dann verglich er das Gesicht mit einem vergrößerten Hochglanzfoto.

»Stimmt.«

Der Fahrer überprüfte eine kurze Zahlenreihe auf einem kleinen schwarzen Sender. »In einhundertvierzig Sekunden von ... jetzt.« Er beendete den Satz, indem er einen Kippschalter in die Stellung »Ein« umlegte.

»Okay«, sagte sein Partner, »jetzt aber verdammt nichts wie weg von hier.«

Pitt erreichte die unterste Stufe der breiten Steintreppe, als ein Installateurlaster an ihm vorbeifuhr. Er blieb einen Moment stehen, um einen weiteren Wagen vorbeizulassen, und begann den Parkplatz zu überqueren. Er war siebzig Meter von seinem Talbot-Lago entfernt, als er sich auf das Hupen eines Wagens hin umdrehte.

Al Giordino hielt in einem Ford Bronco. Sein gelocktes schwarzes Haar war zerzaust und ungekämmt, und mehrere Tage alte Bartstoppeln zierten sein Kinn. Er sah aus, als hätte er seit einer Woche nicht geschlafen.

»Du verdrückst dich ziemlich früh«, meinte er.

»Du wirst mich vermutlich daran hindern«, antwortete Pitt grinsend.

»Du hast Glück, denn du kannst auf deinem breiten Hintern sitzen und hast nichts zu tun.«

»Bist du mit der Bergung der *Eagle* fertig?«

Giordino nickte müde. »Habe sie flußaufwärts geschleppt und sie vor drei Stunden ins Trockendock gebracht. Du kannst den Leichengestank eine Meile gegen den Wind riechen.«

»Wenigstens mußtest du die Leichen nicht selber herausholen.«

»Nein, ein Taucherteam der Marine hat sich mit dieser scheußlichen Arbeit befaßt.«

»Nimm dir noch eine Woche frei. Du hast sie dir gewiß verdient.«

Giordinos ebenmäßiges Lächeln blitzte auf. »Danke, Boß. Das habe ich auch nötig.« Dann wurde er ernst. »Etwas Neues über die *Pilottown*?«

»Wir sind im Begriff ...«

Pitt kam nicht mehr zum Ende dieses Satzes, denn eine donnernde Explosion zerriß die Luft. Zwischen den eng nebeneinander geparkten Wagen brach ein Feuerball hervor, und Metalltrümmer flogen in alle Richtungen. Ein Reifen mit chromblitzender Felge kam in hohem Bogen geflogen und landete mit lautem Getöse mitten auf Giordinos Kühlerhaube. Er prallte ab, schoß nur wenige Zentimeter oberhalb von Pitts Kopf weiter, rollte über die grüne Parkfläche und kam in einer Gruppe von Rosenbüschen endlich zum Stillstand. Das Donnern der Explosion hallte mehrere Sekunden über die Stadt, bevor es schließlich schwächer wurde und verklang.

»O Gott«, rief Giordino heiser vor Schreck. »Was war das?« Pitt rannte los, dann wurde er zusehends langsamer und verharrte schließlich vor einem wirren, glühenden Durcheinander von Metallteilen, dem Wrack eines kaum mehr erkennbaren Autos, dem eine Wolke dichten, schwarzen Rauchs entstieg. Der Asphalt darunter wies eine Vertiefung auf, schmolz in der Hitze und verwandelte sich in eine klumpige Masse.

Giordino kam hinter ihm hergelaufen. »O Gott, wem hat er gehört?«

»Mir«, stöhnte Pitt, dessen Züge vor Erregung bitter verzerrt waren, während er auf die Reste des einstmals so schönen Talbot-Lago starrte.

DRITTER TEIL

Die »*Leonid Andrejew*«

7. August 1989
Miami, Florida

45

Loren wurde von Kapitän Jakow Pokofsky begrüßt, als sie an Bord der *Leonid Andrejew* ging. Ein charmanter Mann mit dichtem, silberglänzendem Haar und Augen, die so rund und schwarz wie Kaviar waren. Obwohl er sich höflich und diplomatisch gab, spürte Loren, daß er nicht gerade darüber entzückt war, daß eine amerikanische Politikerin auf seinem Schiff herumschnüffelte und Fragen über dessen Management stellte. Nach den üblichen Höflichkeitsfloskeln führte sie der Erste Offizier zu einer Suite für VIPs, die mit Bergen von Blumen, die für ein Staatsbegräbnis gereicht hätten, überhäuft war. Sie fand, daß die Russen es verstanden, sich auf ein hohes Tier als Besuch einzustellen.

Am Abend, als die letzten Passagiere an Bord gekommen und in ihren Kabinen untergebracht worden waren, warf die Besatzung die Haltetaue ab, und das Kreuzfahrtschiff fuhr aus der Biscayne Bucht durch den Kanal auf den Atlantik hinaus. Die Lichter der Hotels in Miami Beach glitzerten in der tropischen Brise und verschmolzen langsam zu einer dünnen, leuchtenden Linie, während die Schiffsschrauben die *Leonid Andrejew* von der Küste forttrugen.

Loren zog sich aus und ging unter die Dusche. Als sie herauskam und sich abtrocknete, nahm sie vor dem bis zum Boden reichenden Spiegel eine übertriebene Mannequinpose an. Ihr Körper war in Anbetracht ihrer siebenunddreißig Jahre noch recht gut erhalten. Jogging und vier Stunden Balletttraining pro Woche hinderten die Muskeln am Erschlaffen. Sie kniff ihr Bäuchlein zwischen zwei Fingern und stellte mit Bedauern fest, daß der Wulst mehr als zwei Zentimeter betrug. Die reichliche Kost auf dem Kreuzfahrtschiff würde ihrem Gewicht nicht guttun. Sie stählte daher ihren Willen, der Verlockung von Alkohol und Nachspeisen zu widerstehen. Wenn sie Disziplin bewahrte, würde sich die Zunahme in Grenzen halten, hoffte sie insgeheim.

Sie zog über einen schwarzen Taftrock mit Spitzen eine lila Damastseidenjacke im Stil der dreißiger Jahre, löste den strengen Haarknoten und ließ ihr Haar lose auf die Schultern fallen. Die Wirkung befriedigte sie, und sie bekam Lust, vor dem Dinner am Tisch des Kapitäns einen Spaziergang auf dem Deck zu unternehmen.

Die Luft war so warm, daß sie keinen Pullover brauchte. Am Hinterende des Sonnendecks fand sie einen freien Deckstuhl, entspannte sich, zog die Knie an und schlang die Arme um die Waden. In der nächsten halben Stunde ließ sie ihre Gedanken wandern, während sie zusah, wie das Spiegelbild des Halbmondes über die dunklen Wellen glitt. Dann wurden die Decklampen vom Bug bis zum Heck plötzlich ausgeschaltet.

Loren bemerkte den Hubschrauber erst, als er sich fast über dem Heckaufbau des Schiffes befand. Er war knapp oberhalb des Meeresspiegels und ohne Positionslichter geflogen. Mehrere Besatzungsmitglieder tauchten aus dem Dunkel auf und legten schnell eine Überdeckung auf das Schwimmbecken am Bootsdeck. Dann gab ein Offizier ein Signal mit einer Taschenlampe, und der Hubschrauber landete leicht auf dem abgedeckten Schwimmbecken.

Loren stand auf und schaute interessiert über die Reling. Sie war in einer vorteilhaften Position, ein Deck weiter oben und etwa zwölf Meter von dem Becken entfernt. Die Fläche wurde durch den Halbmond schwach beleuchtet, und das ermöglichte ihr, den Großteil der Vorgänge zu beobachten. Sie sah sich nach weiteren Passagieren um, gewahrte aber nur fünf oder sechs, die sich in einiger Entfernung von etwa fünfzehn Metern befanden.

Drei Männer entstiegen der Maschine. Loren hatte den Eindruck, daß zwei von ihnen ziemlich grob angefaßt wurden. Ein Schiffsoffizier klemmte die Taschenlampe unter den Arm, um beide Hände frei zu haben, und schob einen der Männer heftig in eine offene Luke. Einen kurzen Augenblick lang verweilte der Lichtstrahl zufällig auf dem einen Gesicht, das von Totenblässe und angstvoll hervortretenden Augen gezeichnet war. Loren erkannte deutlich die Einzelheiten des Gesichts. Ihre Hände umklammerten die Deckreling, und ihr Herz erstarrte zu Eis.

Dann erhob sich der Hubschrauber in die Nacht und drehte scharf zur Küste ab. Die Abdeckung wurde schnell wieder vom Schwimmbecken entfernt, und die Besatzung verteilte sich. Nach wenigen Sekunden wurde auch die Schiffsbeleuchtung wieder eingeschaltet. Alles geschah so schnell, daß Loren sich einen Moment fragte, ob sie tatsächlich Zeugin einer Landung und eines Abflugs gewesen war.

Aber es gab keinen Irrtum bezüglich der verängstigten Kreatur, die sie auf dem Schwimmdeck unten gesehen hatte. Sie war völlig sicher, daß es der Sprecher des Repräsentantenhauses, Kongreßmitglied Alan Moran, war.

Auf der Brücke blickte Kapitän Pokofsky unverwandt auf den Radarschirm. Er war mittelgroß und wohlbeleibt. In einem Mundwinkel hing eine Zigarette. Er richtete sich auf und streifte die Jacke seiner weißen Uniform glatt.

»Sie haben wenigstens gewartet, bis wir außerhalb der Zwölfmeilenzone waren«, bemerkte er mit kehliger Stimme.

»Irgendwelche Anzeichen, daß sie verfolgt wurden?« fragte der wachhabende Offizier.

»Keine Luftkontrolle und kein Schiff, das sich auf dem Wasser näherte«, antwortete Pokofsky. »Operation glatt verlaufen.«

»Wie alle anderen«, bestätigte der Wachoffizier mit befriedigtem Lächeln.

Pokofsky erwiderte das Lächeln nicht. »Ich habe nichts dafür übrig, kurzfristige Lieferungen beim Mondenschein an Bord zu nehmen.«

»Diese muß überaus wichtig sein.«

»Sind Sie das nicht alle?« fragte Pokofsky scharf.

Der Wachoffizier fand, daß es klüger war zu schweigen. Er hatte lang genug unter Pokofsky gedient, um zu wissen, wann sich der Kapitän in einer seiner üblen Launen befand.

Pokofsky widmete sich wieder dem Radargerät und ließ den Blick über die schwarze See vor ihm schweifen. »Sorgen Sie dafür, daß unsere Gäste in meine Kabine gebracht werden«, befahl er, bevor er sich umdrehte und die Brücke verließ.

Fünf Minuten später klopfte der Zweite Offizier des Schiffes an die Tür der Kapitänskajüte, öffnete sie und geleitete einen Mann hinein, der einen verknitterten Straßenanzug trug.

»Ich bin Kapitän Pokofsky«, stellte er sich vor und erhob sich aus einem lederbespannten Lehnstuhl.

»Paul Suworow.«

»KGB oder GRU?«

»KGB.«

Pokofsky zeigte auf das Sofa. »Würden Sie mich bitte über den Grund Ihres unvorhergesehenen Eintreffens unterrichten?«

Suworow setzte sich und schätzte Pokofsky ab. Das Resultat beunruhigte ihn. Der Kapitän war offensichtlich ein abgebrühter Seemann und nicht der Mann, der sich durch einen Ausweis des Staatssicherheitsdienstes beeindrucken ließ. Suworow entschloß sich klugerweise, Vorsicht walten zu lassen.

»Gern. Ich erhielt Weisung, zwei Männer aus diesem Land zu schmuggeln.«

»Wo befinden sie sich jetzt?«

»Ich nahm mir die Freiheit, sie von Ihrem Ersten Offizier in der Gefängniszelle des Schiffs einsperren zu lassen.«

»Sind sie sowjetische Flüchtlinge?«

»Nein, sie sind Amerikaner.«

Pokofsky zog die Brauen hoch. »Wollen Sie damit sagen, daß Sie amerikanische Staatsbürger entführt haben?«

»Ja«, sagte Suworow mit eisiger Ruhe. »Zwei der bedeutendsten Politiker der Regierung der Vereinigten Staaten.«

»Ich habe Sie wohl nicht richtig verstanden?«

»Ihre Namen spielen keine Rolle. Einer ist Kongreßabgeordneter, der andere Senator.«

Pokofskys Augen leuchteten plötzlich angriffslustig. »Haben Sie eine Ahnung von der Gefahr, in die Sie mein Schiff gebracht haben?«

»Wir befinden uns in internationalen Gewässern«, erwähnte Suworow gelassen. »Was kann da schon passieren?«

»Kriege wurden schon aus viel geringeren Ursachen begonnen«, entgegnete Pokofsky scharf. »Wenn die Amerikaner davon erfahren, werden sie, internationales Gewässer oder auch nicht, keinen Augenblick zögern, ihre Marine und Küstenwache auszusenden, um dieses Schiff anzuhalten und zu entern.«

Suworow stand auf und starrte Pokofsky direkt in die Augen. »Ihr kostbares Schiff befindet sich nicht in Gefahr, Kapitän.«

Pokofsky starrte zurück. »Was meinen Sie damit?«

»Der Ozean ist ein gewaltiger Müllabladeplatz«, erklärte Suworow ruhig. »Wenn die Situation es erfordert, werden meine Freunde in ihrem Knast einfach in die Tiefe geschickt.«

46

Wie erwartet, waren die Gespräche am Tisch des Kapitäns langweilig und albern. Lorens Tischgenossen langweilten sie mit langen, weitschweifigen Beschreibungen ihrer früheren Reisen. Pokofsky hatte solche Reiseberichte schon tausendmal gehört. Er lächelte höflich und hörte mit gespielter Anteilnahme zu. Als er gefragt wurde, erzählte er, wie er mit siebzehn in die russische Marine eingetreten war, sich durch die Offiziersränge emporgearbeitet hatte, bis er einen Truppentransporter befehligte, und nach zwanzigjährigem Militärdienst zu der sowjetischen, staatlich subventionierten Passagierschiffahrtslinie versetzt worden war.

Er beschrieb die *Leonid Andrejew* als 14000-Tonnen-Schiff, das in Finnland für eine Kapazität von 478 Passagieren gebaut worden war und auf dem zwei Besatzungsmitglieder auf drei Passagiere kamen. Das moderne weiße Linienschiff besaß Schwimmbecken im Inneren und im Freien, fünf Cocktailbars, zwei Nachtklubs, zehn Verkaufsläden mit russischen Waren und Alkoholika, ein Kino und ein Theater sowie eine gut sortierte Bibliothek. Das Schiff unternahm während der Sommermonate zehntägige Kreuzfahrten von Miami zu mehreren Badeinseln in Westindien.

Während einer Gesprächspause erwähnte Loren zwanglos die Hubschrauberlandung. Kapitän Pokofsky zündete sich mit einem Streichholz umständlich eine Zigarette an und löschte die Flamme.

»Ihr Amerikaner und euer Reichtum«, meinte er leichthin. »Zwei reiche Texaner haben die Abfahrt des Schiffes in Miami versäumt und einen Hubschrauber gemietet der sie auf die *Andrejew* geflogen hat. Sehr wenige meiner Landsleute könnten sich einen solchen Luxus leisten.«

»Auch nicht viele von den meinen«, versicherte ihm Loren. Der Kapitän war nicht nur sympathisch und charmant, sondern er war auch ein vollendeter Lügner. Sie ließ das Thema fallen und stocherte in ihrem Salat.

Vor der Nachspeise entschuldigte sich Loren und ging zu ihrer Suite auf dem Sonnendeck. Sie schleuderte die Schuhe von den Füßen, hing ihren Rock und die Jacke auf und streckte sich auf dem übergroßen Bett aus.

Das Bild von Alan Morans entsetztem Gesicht ging ihr durch den Kopf, und sie versuchte sich einzureden, daß es bestimmt jemand war, der dem Abgeordneten sehr ähnlich sah, vielleicht hatte ihr auch der Strahl der Taschenlampe eine gewisse Ähnlichkeit vorgespiegelt.

Die Vernunft sagte ihr, daß es nur ein Spiel ihrer Phantasie war.

Dann fiel ihr Pitts Frage im Restaurant ein. Ob sie Gerüchte über eine hochgestellte Person der Regierung gehört habe, die verschwunden war. Nun bestärkte ihr wacher Instinkt sie, daß sie doch recht hatte.

Sie breitete einen Lageplan des Schiffes mit seinen Deckdiagrammen auf dem Bett aus. Es schien ein aussichtsloses Unterfangen, Moran in einer schwimmenden Stadt mit 230 Kabinen, den Quartieren für eine Besatzung von 300 Mann, Laderäumen und Maschinenraum, alles verteilt auf elf fast 150 Meter lange Decks, suchen zu wollen. Sie mußte auch darauf Rücksicht nehmen, daß sie eine Vertreterin der amerikanischen Regierung auf russischem Territorium war. Wohl kaum würde sie von Kapitän Pokofsky die Erlaubnis erhalten, jeden Winkel und jedes Versteck in seinem Schiff zu durchsuchen. Wahrscheinlich wäre es leichter, ihn vom Wodka zum Kentucky-Bourbon zu bekehren.

Bevor sie herumzuflattern begann wie ein aufgescheuchtes Huhn, entschloß sie sich verständlicherweise dazu, erst einmal festzustellen, wo sich Alan Moran vermutlich befand. Wenn er daheim in Washington vor dem Fernseher saß, konnte sie den ganzen Spuk vergessen und sich eine Nacht lang ordentlich ausschlafen. Sie zog sich wieder an und ging zum Fernmelderaum. Sie war froh, daß er nicht überfüllt war und sie nicht warten mußte.

Ein hübsches russisches Mädchen in adretter Uniform fragte Loren, wo sie anzurufen wünschte.

»In Washington D. C.«, antwortete sie. »Mit Voranmeldung für Miß Sally Lindemann. Ich werde Ihnen die Nummer aufschreiben.«

»Wenn Sie bitte in Kabine fünf warten wollen, werde ich Ihnen eine Satellitenverbindung herstellen«, teilte ihr das Mädchen in nahezu fehlerfreiem Englisch mit.

Loren setzte sich geduldig hin und hoffte, daß ihre Sekretärin zu Hause war. Das war auch der Fall: Eine schläfrige Stimme antwortete der Telefonistin und bestätigte, daß sie Sally Lindemann war.

»Bist du es, Chefin?« fragte Sally, als Loren durchgestellt wurde. »Ich wette, du tanzt voller Leidenschaft mit einem hübschen Playboy unter den Sternen der Karibik. Habe ich recht?«

»Nicht einmal annähernd recht.«

»Ich hätte mir beinahe denken können, daß es ein geschäftlicher Anruf ist.«

»Sally, du mußt für mich mit jemandem Verbindung aufnehmen.«

»Eine Sekunde.« Es folgte eine Pause. Als Sallys Stimme wieder erklang, überschlug sie sich fast vor Eifer. »Ich habe mir Block und Bleistift geholt. Um wen handelt es sich, und was soll ich sagen?«

»Der Kongreßabgeordnete, der gegen mein Rocky-Mountains-Wasserprojekt war und es torpedierte.«

»Du meinst dieses alte Backpflaumengesicht Mo---«

»Genau um den handelt es sich«, schnitt ihr Loren das Wort ab. »Du sollst möglichst persönlich mit ihm sprechen. Fang bei ihm zu Hause an. Wenn er ausgegangen ist, frag seine Frau, wo er zu erreichen ist. Wenn sie Schwierigkeiten macht, erklär ihr, daß es sich um eine dringende Kongreßangelegenheit handelt. Sag, was immer notwendig ist, aber mache ihn ausfindig.«

»Wenn ich ihn finde, was dann?«

»Nichts. Sag ihm, es handelt sich um einen Irrtum.«

Es folgten einige Sekunden der Stille. Dann fragte Sally vorsichtig: »Bist du betrunken, Chefin?«

Loren lachte, weil sie wußte, wie verwundert Sally sein mußte.

»Stocknüchtern.«

»Hat das bis morgen Zeit?«

»Ich muß so schnell wie möglich wissen, wo er sich aufhält.«

»Auf meinem Wecker ist es nach Mitternacht«, protestierte Sally.

»Sofort!« befahl Loren scharf. »Ruf mich augenblicklich an, sobald du sein Gesicht siehst und seine Stimme hörst.«

Sie legte auf und ging zu ihrer Suite zurück. Der Mond stand direkt über ihr, und sie blieb ein paar Minuten auf Deck und wiegte sich sehnsüchtig in dem Gedanken, daß Pitt neben ihr stünde.

Loren hatte soeben ihr morgendliches Make-up aufgelegt, als es an ihrer Tür klopfte.

»Wer ist draußen?«

»Der Steward.«

Sie ging zur Tür und öffnete. Ihr Kabinensteward hob die Hand zu einem formlosen Gruß. Er blickte irritiert auf das durch ihren lose geknoteten Morgenrock entblößte Dekolleté.

»Ein dringender Anruf für Sie vom Festland, Kongreßabgeordnete Smith«, meldete er mit stark slawischem Akzent. »Sie können ihn im Fernmelderaum entgegennehmen.«

Sie dankte freundlich für die Auskunft und zog sich eilig an. Eine andere Telefonistin führte sie zu einer Zelle, in die das Gespräch gelegt worden war. Sallys Stimme kam so klar aus dem Hörer, als stünde sie in der Zelle nebenan.

»Guten Morgen, Chefin«, sagte sie müde.

»Hast du Glück gehabt?«

»Morans Frau sagte mir, daß er mit Senator Marcus Larimer Angeln gefahren ist«, platzte Sally heraus, bevor Loren daran dachte, sie zu unterbrechen. »Sie hat behauptet, sie seien zu einem Ort namens Goose Lake gefahren, ein privates Gewässer zum Fischen für Politiker, ein paar Meilen unterhalb vom Reservat des Marinekorps in Quantico. Ich sprang also in meinen Wagen und fuhr hin. Nachdem ich mich an einem Kerl vorbeigeschwindelt hatte, der das Tor bewachte, habe ich alle Häuschen, Bootshäuser und Anlegestege abgesucht. Kein Kongreßabgeordneter, kein Senator. Dann bin ich zurück ins Capitol. Ich rief drei von Morans Mitarbeitern an und weckte sie. Erwarte von seinem Büro keine Gefälligkeiten mehr. Sie bestätigten den Angelausflug. Als zusätzliche Absicherung versuchte ich es auch bei zwei Leuten von Larimers Stab. Die verzapften den gleichen Unsinn. In Wirklichkeit hat seit über einer Woche niemand die beiden mehr zu Gesicht bekommen. Tut mir leid, daß ich dich enttäuschen muß, Chefin, aber für meine Begriffe sieht das nach einem Täuschungsmanöver aus.«

Loren bekam eine Gänsehaut. Konnte der zweite Mann, der grob aus dem Hubschrauber herausgeholt worden war, Marcus Larimer gewesen sein?

»Soll ich die Jagd fortsetzen?« fragte Sally.

»Ja, bitte.«

»Ich tue mein Bestes. Ach ja, beinahe hätte ich es vergessen. Hast du die neuesten Nachrichten gehört?«

»Wie könnte ich das um zehn Uhr morgens auf einem Kahn mitten im Ozean?«

»Es betrifft deinen Freund Dirk Pitt.«

»Ist Dirk etwas zugestoßen?« stieß Loren erschrocken hervor.

»Unbekannte haben seinen Wagen in die Luft gesprengt. Zu seinem Glück saß er zu der Zeit nicht darin. Aber es war schon verdammt knapp. Nur einige Schritte davon entfernt blieb er stehen und wechselte ein paar Worte mit einem Freund. Laut Polizeibericht hätten sie seine Reste zwei Minuten später mit einem Besen wegkehren müssen.«

In Lorens Kopf gingen ihre Gedanken drunter und drüber und kamen ins Stocken. Es ging zu schnell, als daß sie die Nachricht verarbeiten konnte. Die unsinnigen Vorfälle zerfielen in ihrem Kopf in vielfarbige Stücke wie bei einer Bettdecke aus Stoffflicken. Die Säume platzten in alle Richtungen. Sie griff nach dem einzigen Faden, den sie vielleicht erwischen konnte.

»Sal, hör genau zu. Ruf Dirk an und sag ihm, ich brauche...« Plötzlich durchfuhr ein schriller Summton ihr Trommelfell. »Kannst du mich noch hören, Sal?«

Als einzige Antwort kam ein Störgeräusch. Sie drehte sich um, damit sie sich bei der Telefonistin beschweren konnte, aber die war fort. Statt dessen standen zwei Stewards dort, oder vielmehr zwei Ringer in Stewarduniformen, und der Erste Offizier. Er öffnete die Tür zu ihrer Zelle und verbeugte sich kurz.

»Wollen Sie bitte mit mir kommen, Abgeordnete Smith? Der Kapitän möchte mit Ihnen sprechen.«

47

Der Pilot setzte den Hubschrauber in einem kleinen Flughafen auf der Palmeninsel bei Charleston auf den Boden. Er hielt sich genau an den vorgeschriebenen Abstellvorgang, indem er den Motor mit niedriger Drehzahl laufen ließ, bis er sich abgekühlt hatte. Dann stieg er aus und band eines der Rotorblätter am Leitwerksträger fest.

Rücken und Arme schmerzten von dem langen Flug, und er machte Streckübungen, während er zu einem kleinen Büro beim Landestreifen ging. Er schloß die Tür auf und trat ein.

In dem kleinen Vorraum saß ein Fremder und las lässig eine Zeitung. Für den Piloten sah er entweder wie ein Chinese oder ein Japaner aus. Plötzlich senkte er die Zeitung und richtete eine Schrotflinte mit einem Pistolengriff und abgesägten Zwillingsläufen auf ihn, die kaum zehn Zentimeter hinter den Patronen zu Ende waren.

»Was wollen Sie von mir?« fragte der Pilot verblüfft.

»Informationen.«

»Da sind Sie am falschen Ort«, erklärte der Pilot und hob instinktiv die Hände. »Wir sind eine Hubschrauber-Ambulanz, keine Bibliothek.«

»Sehr witzig«, entgegnete der Asiate. »Sie befördern aber auch Passagiere.«

»Wer hat Ihnen das auf die Nase gebunden?«

»Paul Suworow, einer Ihrer russischen Freunde.«

»Nie von ihm gehört.«

»Wie merkwürdig. Er saß den größten Teil des gestrigen Tages neben Ihnen auf dem Sitz des Kopiloten.«

»Was wollen Sie denn von mir?« wiederholte der Pilot, während die Angst langsam sein Rückgrat hinaufkroch.

Der Asiate lächelte boshaft. »Sie haben zehn Sekunden Zeit, um mir den genauen Bestimmungsort zu sagen, zu dem Sie Suworow und zwei weitere Männer geflogen haben. Wenn Sie am Ende dieser Zeitspanne immer noch hartnäckig schweigen, werde ich eines Ihrer Knie wegpusten. Zehn Sekunden später können Sie Ihrem Sexualleben Lebewohl sagen.« Er verlieh seiner Forderung Nachdruck, indem er den Entsicherungsbügel an der Schrotflinte umlegte. »Der Countdown beginnt ... jetzt.«

Drei Minuten später trat der Asiate aus dem Gebäude und schloß die Tür hinter sich ab. Dann ging er zu einem in der Nähe geparkten Wagen, setzte sich ans Lenkrad und fuhr auf einer sandigen Straße, die nach Charleston führte.

Der Wagen war kaum außer Sicht, als ein Feuerwerk orangefarbener Flammen aus dem dünnen Dach des Pilotenbüros hervorbrach und in Spiralen zu dem weißen, bewölkten Himmel emporstieg.

Pitt verbrachte den Tag damit, Reportern und Kriminalbeamten auszuweichen. Er verkroch sich in einer stillen Kneipe namens »Teufelsgabel« in der Rhode-Island-Avenue, setzte sich in einer stillen Ecke in einen gepolsterten Lederstuhl und starrte nachdenklich auf ein angebissenes Monte-Christo-Sandwich und seinen dritten Manhattan, einen Drink, den er sonst nur selten bestellte.

Eine schnippische blonde Kellnerin in Minirock und Netzstrümpfen blieb an seinem Tisch stehen. »Sie sehen am jämmerlichsten von allen hier im Lokal aus«, meinte sie mit mütterlichem Lächeln. »Haben Sie Ihre Freundin oder Ihre Frau verloren?«

»Schlimmer noch«, antwortete Pitt traurig. »Meinen Wagen.«

Sie sah ihn mit einem verständnislosen Blick an, als wäre er ein Marsbewohner, zuckte mit den Schultern und setzte ihre Runde die anderen Tische entlang fort.

Pitt rührte gedankenverloren den Manhattan um und blickte finster ins Leere. Irgendwo unterwegs hatte er die Situation aus dem Griff verloren. Die Ereignisse waren ihm über den Kopf gewachsen. Daß er wußte, wer ihm nach dem Leben trachtete, verschaffte ihm ein wenig Befriedigung. Er war ihnen demnach zu dicht auf den Fersen. Die Lösung dieser Frage erforderte keinen Scharfsinn.

Er war wütend über sich selbst, weil er mit ihren Finanzoperationen Computerspielchen für Halbstarke betrieben hatte, während sie in einer härteren Liga spielten. Pitt fühlte sich wie ein Goldsucher, der mitten in der Antarktis ein Schließfach voller Geld entdeckt hat und keine Gelegenheit besitzt, es auszugeben. Sein einziger Vorteil bestand allein darin, daß er mehr wußte, als sie annahmen.

Er schlug sich mit dem Rätsel herum, das Bougainville irgendwie mit der *Eagle* in Zusammenhang bringen mußte. Er konnte sich aber eigentlich keinerlei Motiv für die Versenkung und die Morde denken. Das einzige Bindeglied, wenn auch reichlich schwach, waren die vielen Leichen von Koreanern.

Was ging es ihn an? Das war das Problem des FBI, und er war froh, nichts damit zu tun zu haben.

Dann fand er, daß es an der Zeit war, etwas zu unternehmen, und der erste Schritt bestand darin, seine eigenen Kräfte zu sammeln. Für diesen Entschluß war gleichfalls kein Scharfsinn erforderlich.

Er stand auf und ging zur Bar. »Kann ich Ihr Telefon benützen, Cabot?«

Der Barkeeper Sean Cabot, ein Ire mit einem Koboldgesicht, blickte Pitt mißmutig an. »Orts- oder Ferngespräch?«

»Ferngespräch, aber weinen Sie nicht in Ihre Registrierkasse. Ich werde meine Kreditkarte dazu verwenden.«

Cabot nickte teilnahmslos und stellte das Telefon ans Ende der Bartheke, abseits von den anderen Gästen. »Schade um Ihren Wagen, Dirk. Ich habe ihn einmal gesehen. Der war 'ne Wucht!«

»Danke. Nehmen Sie sich selbst einen Drink und setzen Sie ihn mir auf die Rechnung.«

Cabot füllte ein Glas mit Ginger Ale aus dem Hahn und hielt es hoch. »Auf einen guten Samariter und Lebenskünstler.«

Pitt fühlt sich nicht wie ein guter Samariter und noch weniger wie ein Lebenskünstler, während er die Zahlen auf dem Tastentelefon drückte. Er gab der Telefonistin seine Kreditkartennummer an und wartete auf die Antwort des Teilnehmers.

»Casio und Company, Detektivfirma.«

»Hier Dirk Pitt. Ist Sal im Büro?«

»Einen Augenblick, Sir.«

Ein Silberstreif am Horizont. Er war wenigstens bis ins Vorzimmer vorgedrungen.

»Dirk?« fragte Casios Stimme. »Ich habe den ganzen Vormittag über Ihr Büro angerufen. Ich glaube, ich habe etwas für Sie.«

»Ja?«

»Das Durchstöbern der Akten der Seeleutegewerkschaft hat sich gelohnt. Sechs der koreanischen Seeleute, die auf der *San Marino* angeheuert haben, hatten Mitgliedskarten von früheren Einsätzen. Meist bei ausländischen Reedereien. Aber alle sechs hatten eines gemeinsam. Sie waren irgendwann für die Gesellschaft Bougainville Maritime gefahren. Haben Sie schon einmal was von der gehört?«

»Es paßt genau in mein Bild«, bestätigte Pitt. Dann erzählte er Casio, was er bei seiner Suche über den Computer gefunden hatte.

»Unfaßlich!« erklärte Casio ungläubig. »Alles paßt herrlich zusammen.«

»Was haben die Aufzeichnungen der Seeleutegewerkschaft über die Besatzung nach der Entführung der *San Marino* ergeben?«

»Nichts, sie verschwanden von der Bildfläche.«

»Wenn Bougainville sich dem eigenen Ruf entsprechend verhalten hat, wurden sie ermordet.«

Casio schwieg, und Pitt erriet, was dem Detektiv durch den Kopf ging.

»Ich schulde Ihnen Dank«, sagte Casio schließlich. »Sie haben mir den Weg zu Artas Mörder gezeigt. Aber es ist jetzt meine Angelegenheit. Von hier an mache ich allein weiter.«

»Kommen Sie mir nicht mit der alten Auge-um-Auge-Masche«, wehrte Pitt scharf ab. »Außerdem wissen Sie noch immer nicht, wer direkt dafür verantwortlich war.«

»Min Korjo Bougainville.« Casio spuckte den Namen aus. »Wer könnte es sonst sein?«

»Die Alte hat vielleicht die Befehle erteilt, aber sie hat sich nicht die Hände schmutzig gemacht. Es ist kein Geheimnis mehr, daß sie seit zehn Jahren an den Rollstuhl gefesselt ist. Seit der Zeit von Nixons Präsidentschaft wurden von ihr weder Interviews noch Fotos veröffentlicht. Woher wollen wir wissen, daß Min Korjo Bougainville nicht senil und bettlägerig dahinvegetiert? Wer sagt's, vielleicht ist sie schon tot. Unmöglich, daß sie allein Leichen im Meer verstreute.«

»Sie sprechen also von einer organisierten Killertruppe?«

»Könnten Sie sich eine wirkungsvollere Art vorstellen, die Konkurrenz auszuschalten?«

»Nun deuten Sie an, daß sie ein Mitglied der Mafia ist«, brummte Casio.

»Die Mafia tötet nur Denunzianten und ihre eigenen Mitglieder. Der Schönheitsfehler von Min Korjos Unternehmen besteht darin, daß sie durch den Massenmord an Besatzungen und das Aneignen von Schiffen anderer Reedereien ihr Vermögen fast ohne Unkosten aufbaute. Und um das zu tun, muß sie jemanden haben, der die Verbrechen organisiert und leitet. Lassen Sie sich durch Ihren Haß nicht für die harte Wirklichkeit blind machen, Sal. Sie verfügen nicht über die Mittel, um es allein mit Bougainville aufzunehmen.«

»Und Sie haben diese Möglichkeit?«

»Man braucht erst mal zwei, um dann eine Armee aufzubauen.«

Wieder herrschte Stille, und Pitt dachte, daß die Verbindung vielleicht unterbrochen worden war.

»Sind Sie noch am Apparat, Sal?«

»Ich bin noch immer dran«, meldete sich Casio schließlich mit nachdenklicher Stimme. »Was soll ich unternehmen?«

»Nach New York fliegen und Bougainville Maritime einen Besuch abstatten.«

»Sie meinen, ich soll ihr Büro durchsuchen?«

»Ich dachte, der Fachausdruck lautet ›sich Eintritt erzwingen‹.«

»Ein Bulle und ein Richter benutzen verschiedene Wörterbücher.«

»Setzen Sie nur Ihre Talente ein und sehen Sie zu, was Sie Interessantes herausfinden können, das nicht in den Computern gespeichert ist.«

»Wenn ich schon dabei bin, werde ich das Büro dann gleich mit Wanzen spicken.«

»Sie sind der Fachmann dafür. Unser Vorteil ist, daß Sie aus einer Richtung kommen, die die anderen nicht erwarten. Ich bin schon gebrandmarkt.«

»Gebrandmarkt?« fragte Casio. »Was soll das heißen?«

»Sie haben versucht, mich umzulegen.«

»Mein Gott!« murmelte Casio. »Auf welche Art und Weise?«

»Bombe in meinem Auto.«

»Diese Schweinehunde! Ich fliege noch heute nachmittag nach New York.«

Pitt schob das Telefon über die Theke und kehrte in seine Ecke zurück. Nach dem Gespräch mit Casio fühlte er sich besser und aß das Sandwich auf. Er wollte schon einen vierten Manhattan bestellen, als Giordino seinen Tisch ansteuerte.

»Eine Party in engstem Kreis?« fragte er.

»Nein, eine Scheiß-auf-die-Welt-, Ich-tu-mir-selbst-leid-, Total-unten-durch-Party.«

»Ich mache mit«, beschloß Giordino und setzte sich zu ihm. »Der Admiral macht sich deinetwegen Sorgen.«

»Sag ihm, ich werde für die Schäden auf dem Parkplatz bezahlen.«

»Sei doch einmal ernst. Der Alte ist giftiger als eine Klapperschlange, der man auf den Schwanz steigt. Den ganzen Vormittag hat er dem Justizministerium die Hölle heiß gemacht und verlangt, sie sollen eine allgemeine Untersuchung in Gang setzen, um herauszufinden, wer hinter dem Bombenanschlag stehen könnte. Für ihn ist ein Angriff auf dich gleichbedeutend mit einem Angriff auf die NUMA.«

»Das FBI schnüffelt in meiner Wohnung und in meinem Büro herum?«

Giordino nickte. »Nicht weniger als sechs Mann.«

»Und Reporter?«

»Ich habe es inzwischen aufgegeben, sie zu zählen. Was hast du denn erwartet? Die Explosion deines Wagens hat deinen Namen ins Scheinwerferlicht gerückt. Du wurdest sofort zu einer Berühmtheit. Seit sieben Jahren der erste Bombenanschlag in der Stadt. Jemand hat ein ungeschriebenes Gesetz gebrochen. Man ermordet keinen angesehenen Regierungsbeamten in gehobener Position auf eigenem Platz. Ob es dir gefällt oder nicht, alter Freund, du bist ins Zentrum des Sturms geraten.«

Pitt war beinahe stolz darauf, daß er die Fäden von Bougainvilles Netz so nachhaltig verwirrt hatte, daß sie sogar versuchten, ihn zu beseitigen. Sie mußten irgendwie erfahren haben, daß er an ihrer Fassade kratzte und immer tiefer in ihre Geheimnisse eindrang. Warum aber die übertriebene Reaktion, bei der aus dem Jäger plötzlich der Gejagte wurde?

Die absichtliche Falschmeldung, daß er die *San Marino* und die *Pilottown* entdeckt hatte, bewirkte bei ihnen zweifellos eine gewisse Alarmbereitschaft. Doch es hätte sie eigentlich nicht in solche Panik stürzen sollen, schließlich war Min Korjo keineswegs jemand, der übertrieben reagierte. Was schon durch die Tatsache bewiesen wurde, daß sie auf die frisierte Geschichte nicht hereingefallen war.

Wie hatte sie dann herausgefunden, daß er ihr auf den Fersen war?

Bougainville konnte ihn unmöglich mit dem Knacken ihres Computercodes in Zusammenhang gebracht und in so kurzer Zeit seine Liquidierung geplant haben. Dann plötzlich ging ihm ein Licht auf. Der Gedanke war die ganze Zeit unterschwellig dagewesen, aber er hatte ihn zur Seite geschoben und ihn nicht verfolgt, weil er nicht in das allgemeine Muster paßte. Nun explodierte er wie eine Leuchtrakete.

Bougainville hatte ihn demnach mit der *Eagle* in Verbindung gebracht.

Pitt war so in Gedanken versunken, daß er völlig überhörte, als ihm Giordino mitteilte, es liege ein Anruf für ihn vor.

»Deine Gedanken müssen eine Million Meilen weit weg sein«, sagte Giordino und zeigte auf Cabot, der das Bartelefon in die Höhe hielt.

Pitt ging zur Bar hinüber und meldete sich.

»Hallo.«

Sally Lindemanns Stimme sprudelte aufgeregt durch die Leitung. »Gott sei Dank, daß ich Sie endlich gefunden habe. Ich versuche schon den ganzen Tag, Sie zu erreichen.«

»Was ist denn los?« fragte Pitt. »Ist mit Loren alles in Ordnung?«

»Ich glaube, ja, und doch habe ich wieder meine Zweifel«, gestand Sally verwirrt. »Ich weiß es einfach nicht.«

»Lassen Sie sich Zeit und erzählen Sie mir alles«, forderte Pitt sie freundlich auf.

»Die Abgeordnete Smith hat mich mitten in der Nacht von der *Leonid Andrejew* angerufen und mir aufgetragen, ich soll herausfinden, wo sich der Sprecher des Repräsentantenhauses, Alan Moran, befindet. Sie gab mir keinen Grund dafür an. Als ich sie darauf fragte, was ich sagen soll, falls ich ihn finde, meinte sie, ich solle ihm erzählen, es handle sich um einen Irrtum. Begreifen Sie so was?«

»Haben Sie Moran gefunden?«

»Eigentlich nicht. Er und Senator Marcus Larimer sollen angeblich gemeinsam in einem Ort namens Goose Lake sein, um zu angeln. Ich fuhr dorthin, doch niemand wußte etwas von den beiden.«

»Was hat Loren noch gesagt?«

»Ihre letzten Worte zu mir waren: ›Ruf Dirk an und sag ihm, ich brauche . . .‹, dann wurden wir unterbrochen. Ich versuchte mehrmals, sie wieder zu erreichen, aber es meldete sich niemand.«

»Haben Sie der Telefonistin des Schiffes gesagt, es sei dringend?«

»Natürlich, sie behauptete, meine Anrufe würden in ihre Kabine gelegt, aber sie machte keinen Versuch zu antworten. Das ist eine verdammt merkwürdige Geschichte. Sieht der Abgeordneten Smith gar nicht ähnlich. Klingt irgendwie verrückt, nicht?«

Pitt schwieg und dachte darüber nach. »Ja«, meinte er schließlich, »verrückt genug, um plausibel zu klingen. Haben Sie den Fahrplan der *Leonid Andrejew*?«

»Einen Augenblick.« Sally war beinahe eine Minute nicht am Apparat. »Okay, was wollen Sie wissen?«

»Wann erreicht das Schiff den nächsten Hafen?«

»Mal sehen, sie kommt morgen um 10 Uhr vormittag in San Salvador an und fährt noch am selben Abend um 8 Uhr nach Kingston in Jamaica weiter.«

»Danke, Sally.«

»Worum geht es eigentlich?« fragte Sally. »Können Sie mir das nicht verraten?«

»Versuchen Sie weiterhin, Loren zu erreichen. Rufen Sie alle zwei Stunden auf dem Schiff an.«

»Sie werden mich doch anrufen, wenn Sie etwas finden«, fragte Sally mißtrauisch.

»Ich werde gewiß anrufen«, versprach Pitt.

Er ging zum Tisch zurück und setzte sich.

»Was war denn los?« erkundigte sich Giordino.

»Mein Reisebüro«, antwortete Pitt gespielt lässig. »Ich habe für uns eine Kreuzfahrt in der Karibik gebucht.«

48

Curtis Mayo saß an einem Schreibtisch inmitten eines im Studio nachgebauten geschäftigen Nachrichtenraumes, blickte auf den Fernsehmonitor rechts von ihm und unterhalb von Kamera Nummer zwei. Die Abendnachrichten hatten vor zehn Minuten begonnen, und er wartete auf sein Stichwort nach einem Werbespot für ein Badezimmer-Desinfektionsmittel. Die dreißig Sekunden endeten mit einem New Yorker Modemodell, das wahrscheinlich nie im Leben eine Toilettenmuschel gereinigt hatte und sittsam lächelte, während sie mit dem Produkt ihre Wange streichelte.

Der Regisseur kam in Mayos Blickfeld, zählte die letzten drei Sekunden und winkte. Das rote Licht an der Kamera blinkte, Mayo starrte in die Linse und begann den Abschnitt B seines Nachrichtenprogramms vorzulesen.

»Auf der Farm des Präsidenten in New Mexico gehen Gerüchte um, daß der oberste Mann der Nation und der Vizepräsident ihnen ähnliche Doubles verwenden.«

Während Mayo seine Story fortsetzte, ließ der Techniker in der Kontrollkabine das Band laufen, auf dem der Präsident den Traktor lenkte.

»Wenn man diese Szenen vom Präsidenten, der Luzerne auf seiner Farm mäht, aus der Nähe genauer betrachtet, lassen sie vermuten, daß er es gar nicht selbst ist. Gewisse allgemein bekannte Gewohnheiten wirken übertrieben, andere Ringe stecken an den Fingern, die Armbanduhr ist nicht diejenige, die er gewöhnlich trägt, und er scheint jetzt die Gewohnheit zu haben, sich am Kinn zu kratzen, eine Bewegung, die noch nie vorher bei ihm bemerkt wurde.

Die Reporter konnten in Hollywood John Sutton, den Schauspieler, der ihm auffallend ähnlich sieht und den Präsidenten oft bei Fernsehshows und Werbespots imitiert, nicht finden, damit er einen Kommentar dazu gab. Das wirft natürlich die Frage auf, warum die Führer der Nation Doubles brauchen. Ist es eine geheime Sicherheitsmaßnahme, oder steckt bewußt eine Täuschung aus undurchsichtigen Gründen dahinter? Wäre es möglich, daß der Streß ihrer Arbeit so groß ist, daß sie an zwei Orten zugleich in Erscheinung treten müssen? Wir können nur Vermutungen anstellen.«

Mayo ließ die Story am Faden des Verdachts baumeln. Der Techniker in der Zelle schaltete zur Studiokamera zurück, und Mayo begann seine nächste Story.

»In Miami meldet die Polizei heute einen Durchbruch bei einer Reihe von Morden, die mit dem Rauschgifthandel in Zusammenhang stehen ...«

Nach dem Programm lächelte Mayo voll grimmigen Triumphes über die Mitteilung, daß Hunderte von Anrufen das Nachrichtenbüro der Radiostation überschwemmten und mehr Informationen über die Doublestory des Präsidenten verlangten. Die gleiche Reaktion, wenn nicht noch weit heftiger, mußte sich in der Telefonzentrale des Weißen Hauses abspielen. Er fragte sich mit boshafter Schadenfreude, wie der Pressesekretär des Präsidenten wohl damit fertigwurde.

In New Mexico starrte Sonny Thompson ausdruckslos auf einen Fernsehapparat, lange nachdem Mayo ausgeblendet worden war. Er saß zusammengesunken wie ein Häufchen Unglück auf seinem Stuhl. Er malte sich im Geist aus, wie seine sorgfältig aufgebaute Existenz einem jähen Ende entgegenschlitterte. Seine Kollegen bei den Nachrichtenmedien warteten nur darauf, ihn der Sensationsgier der Zuschauer zu opfern und ihn öffentlich zu kreuzigen. Sollte er als Komplize einer Verschwörung zur Irreführung der amerikanischen Öffentlichkeit entlarvt werden, würde ihn nach seinem drohenden Abgang vom Weißen Haus keine Zeitung oder Fernsehstation jemals wieder anstellen.

John Sutton stand mit einem Drink in der Hand hinter ihm. »Die Geier kreisen schon«, spottete er.

»In ungeheuren Scharen«, murmelte Thompson.

»Was geschieht jetzt?«

»Das haben andere zu entscheiden.«

»Ich werde jedenfalls nicht ins Gefängnis wandern wie Liddy,

Colson und die übrigen«, sagte Sutton gereizt.

»Niemand wandert ins Gefängnis«, besänftigte ihn Thompson müde. »Das ist nicht Watergate. Das Justizministerium arbeitet mit uns Hand in Hand.«

»Ich werde mir auf keinen Fall wegen eines Haufens Politiker den Hals brechen.« Suttons Augen bekamen einen gierigen Glanz. »Man könnte bei dieser Sache Tausende, vielleicht sogar Millionen verdienen.«

Thompson sah ihn an. »Wie?«

»Interviews, Artikel und dann die Buchrechte, Tantiemen; die Möglichkeiten, sich dumm und dämlich zu verdienen, sind grenzenlos.«

»Und Sie glauben, Sie werden so einfach hier hinausgehen können und alles erzählen?«

»Warum nicht? Wer soll mich daran hindern?«

Nun hatte Thompson Grund zu lächeln. »Man hat Ihnen nicht gesagt, weshalb Sie engagiert wurden. Sie haben keine Ahnung, wie lebenswichtig Ihre kleine Vorstellung für die Interessen unseres Landes ist.«

»Wen kümmert das schon?« meinte Sutton gleichgültig.

»Sie werden es vielleicht nicht glauben, Mr. Sutton, aber es gibt viele anständige Menschen in unserer Regierung, die um das Wohlergehen unseres Landes ehrlich besorgt sind. Sie werden nie zulassen, daß Sie es gefährden, indem sie aus Profitgründen Geheimnisse ausplaudern.«

»Wie können diese manischen Egoisten, die das komische Haus in Washington führen, mir schon schaden? Mir auf die Finger klopfen? Mich mit zweiundsechzig Jahren in eine Freiwilligenarmee einberufen? Mich an das Finanzamt ausliefern? Davor habe ich keine Angst. Ich werde sowieso jedes Jahr überprüft.«

»Nichts so Dramatisches«, widersprach ihm Thompson. »Sie werden einfach entfernt.«

»Was meinen Sie mit ›entfernt‹?«

»Vielleicht hätte ich besser sagen sollen ›verschwinden‹«, antwortete Thompson, der sich über das in Suttons Augen erkennbare, langsame Begreifen freute. »Selbstverständlich würde Ihre Leiche nie gefunden werden.«

49

Fawcett freute sich keineswegs auf den nächsten Tag. Während er sich rasierte, warf er gelegentlich einen Blick auf den Stoß von Zeitungen, die sich vor ihm im Waschbecken stapelten. Mayos Story stand in sämtlichen Morgenausgaben des ganzen Landes auf der Titelseite. Plötzlich begann die Presse sich zu fragen, warum der Präsident seit zehn Tagen für niemanden erreichbar war. Die Hälfte der Leitartikel verlangte, daß er an die Öffentlichkeit treten und eine Erklärung abgeben sollte. Die andere Hälfte stellte die Frage: »Wo befindet sich der wirkliche Präsident?«

Fawcett wischte den restlichen Seifenschaum mit einem Handtuch ab und rieb sein Gesicht mit einer milden Aftershave-Lotion ein, ehe er dann beschloß, daß er am besten daran täte, bei dem Washington-Verwirrspiel zu bleiben und den Mund zu halten. Er würde seinen persönlichen Bereich absichern, gewandt in den Hintergrund gleiten und dem Außenminister Oates taktvoll gestatten sich der vollen Wucht des Medienangriffs zu stellen.

Die Zeit war von Tagen zu wenigen Stunden geschrumpft. Bald würden nur mehr Minuten übrigbleiben. Der innerste Kreis konnte nicht länger Zeit schinden.

Fawcett war nicht imstande, die Komplikationen vorauszusagen, zu denen es bei Bekanntgabe der Entführung kommen würde. Kein Verbrechen gegen die Regierung hatte an Schwere an dieses herangereicht.

Sein einziger Trost war, daß das große eingespielte bürokratische System irgendwie weiter funktionieren würde. Es waren die Träger der Macht, die nach Laune der Wähler eingesetzt oder weggefegt wurden, aber die Institution selbst hielt durch.

Er war entschlossen, innerhalb seines schwindenden Einflußbereiches alles zu tun, um den Übergang zum nächsten Präsidenten so reibungslos wie möglich zu gestalten. Mit etwas Glück würde er vielleicht sogar seinen Posten behalten.

Er zog einen dunklen Anzug an, verließ das Haus und fuhr zu seinem Büro, wobei er sich vor jedem Kilometer der Wegstrecke fürchtete. Oscar Lucas und Alan Mercier erwarteten ihn bereits, als er den Westflügel betrat.

»Sieht ziemlich düster aus«, war alles, was Lucas äußerte.

»Jemand muß eine Erklärung abgeben«, fand Mercier, dessen Gesicht aussah, als entstiege er direkt dem Grab.

»Soll jemand, den wir alle kennen, den kurzen Strohhalm ziehen?«

fragte Fawcett.

»Doug Oates findet, Sie seien am besten befähigt, eine Pressekonferenz abzuhalten und die Entführung bekanntzugeben.«

»Was ist mit dem Rest des Kabinetts?« fragte Fawcett ungläubig.

»Sie stimmten zu.«

»Zum Teufel mit Oates!« sagte Fawcett brutal. »Die ganze Idee ist idiotisch Er versucht nur, seinen eigenen Kopf zu retten. Ich besitze gar nicht die Legitimation, diese Bombe platzen zu lassen. Soweit es die Landbevölkerung angeht, bin ich eine Null. Nicht einer von tausend kennt auch nur meinen Namen oder weiß, welche Stellung ich in der Verwaltung einnehme. Sie wissen doch genau, was geschehen würde. Die Öffentlichkeit würde sofort spüren, daß die Führer des Staates in einem sinkenden Boot festsitzen, sich hinter geschlossene Türen zurückziehen, um ihre politische Existenz zu retten, und wenn es vorbei ist, würde jegliche Achtung, die die Vereinigten Staaten jemals in der Welt genossen haben, völlig dahin sein. Nein, tut mir leid, Oates ist der einzig richtige Mann, um die Entführung bekanntzugeben.«

»Aber bedenken Sie doch«, erwiderte Mercier geduldig, »wenn Oates gezwungen ist, die Bombe platzen zu lassen und bei einer Menge peinlicher Fragen seine Unwissenheit zu beteuern, könnte er den Anschein erwecken, als hätte er mit der Entführung etwas zu tun. Als nächster in der Nachfolge für die Präsidentschaft hat er schließlich am meisten zu gewinnen. Jeder Skandalschnüffler im Land wird ›Verschwörung‹ schreien. Erinnern Sie sich an die heftige Reaktion in der Öffentlichkeit, als der ehemalige Innenminister Alexander Haig feststellte, er habe alles unter Kontrolle, unmittelbar nachdem Reagan von Hinckley niedergeschossen wurde? Ungerechtfertigt oder nicht, er geriet in Verdacht, aus Machtgier zu handeln. Die Öffentlichkeit war nicht damit einverstanden, daß er das Land regierte. Die Basis seines Einflusses wurde zerstört, bis er schließlich zurücktrat.«

»Sie vergleichen Ketchup mit Senf«, widersprach Fawcett. »Ich erkläre Ihnen, daß das Volk in Wut geraten wird, wenn ich erkläre, daß der Präsident, der Vizepräsident und die zwei Führer im Kongreß auf geheimnisvolle Weise verschwunden und vermutlich tot sind. Verdammt, niemand würde mir glauben.«

»Wir können das Hauptproblem nicht umgehen«, sagte Mercier entschieden. »Douglas Oates muß so rein wie frischer Schnee ins Weiße Haus gehen. Wenn er von Zweifel und bösartigen Gerüchten umgeben ist, kann er beim Kitten der Scherben keine ordentliche Arbeit leisten.«

»Oates ist kein Politiker. Er hat nie auch nur leise den Wunsch geäußert, das Amt des Präsidenten zu übernehmen.«

»Er hat ja keine andere Wahl«, stellte Mercier fest. »Er muß in der Zeit bis zu den nächsten Wahlen das Amt übernehmen.«

»Kann ich also damit rechnen, daß das Kabinett zur Unterstützung hinter mir steht, während ich die Pressekonferenz abhalte?«

»Nein, damit werden sie nicht einverstanden sein.«

»Man wird mich also teeren und federn und aus der Stadt treiben«, sagte Fawcett bitter. »Ist das die allgemeine Entscheidung?«

»Sie übertreiben dabei«, beruhigte ihn Mercier sanft. »Sie werden nicht geteert und gefedert werden. Ihre Stellung ist nicht in Gefahr. Doug Oates will sogar, daß Sie dem Weißen Haus als Personalchef erhalten bleiben.«

»Und wird mich sechs Monate später auffordern zurückzutreten.«

»Für die Zukunft können wir natürlich keine Garantie abgeben.«

»Also gut.« Fawcetts Stimme zitterte vor Zorn. Er ging an Mercier und Lucas vorbei. »Gehen Sie zu Oates und richten Sie ihm aus, daß er sein Menschenopfer gefunden hat.«

Er wandte sich nicht mehr um, sondern ging durch den Korridor direkt zu seinem Büro, wo er wutentbrannt auf und ab lief. Die Bürokratie, dachte er, war im Begriff, ihn unter ihren Rädern unerbittlich zu zermalmen. Seine Vorrechte spielten jetzt keine Rolle mehr. Er fluchte laut über den ganzen Wirrwarr, zerfloß vor Selbstmitleid, ohne zu bemerken, daß die Sekretärin des Präsidenten, Megan Blair, hereinkam.

»Um Himmels willen, ich habe Sie noch nie so aufgeregt erlebt«, sagte sie

Fawcett drehte sich um und brachte ein Lächeln zustande. »Ich beklage mich nur bei den vier Wänden.«

»Das tue ich auch, besonders wenn mich meine Nichte, die zu Besuch hier ist, mit ihrer Hot-Musik wahnsinnig macht. Sie läßt diesen Lärm durch das ganze Haus dröhnen.«

»Kann ich Ihnen bei irgend etwas behilflich sein?« fragte er ungeduldig.

»Apropos beklagen«, beschwerte sie sich gereizt, »warum hat mir niemand mitgeteilt, daß der Präsident von seiner Farm zurückgekehrt ist?«

»Es muß mir entfallen ...« Er hielt inne und starrte sie ungläubig an. »Was haben Sie gesagt?«

»Der Präsident ist zurück, und niemand von Ihren Leuten hat

mich darauf aufmerksam gemacht.«

Fawcetts Gesichtsausdruck verriet tiefsten Zweifel. »Er ist doch in New Mexico.«

»Ganz gewiß nicht.« Megan Blair war unerbittlich. »Er sitzt an seinem Schreibtisch und hat mich angefahren, weil ich zu spät kam.«

Megan war keine Frau, der das Lügen leichtfiel. Fawcett blickte ihr tief in die Augen und erkannte, daß sie die Wahrheit sprechen mußte. Sie erwiderte seinen Blick fragend und legte den Kopf schief.

»Fehlt Ihnen etwas?« erkundigte sie sich.

Fawcett antwortete nicht. Er lief aus seinem Büro und durch den Korridor, wo er Lucas und Mercier traf, die noch immer in gedämpftem Ton miteinander diskutierten. Sie blickten erschrocken auf, als Fawcett einen Bogen um sie schlug.

»Folgen Sie mir!« rief er ihnen zu und winkte mit beiden Armen.

Einen Augenblick standen sie verblüfft still und blinzelten verwirrt. Dann reagierte Lucas und rannte Fawcett nach, gefolgt von Mercier.

Fawcett stürzte in das ovale Büro, blieb wie angewurzelt stehen und wurde kreideweiß.

Der Präsident der Vereinigten Staaten blickte lächelnd auf. »Guten Morgen, Dan. Sind Sie bereit, den Tagesplan mit mir durchzugehen?«

Kaum eine Meile entfernt saß Alexej Lugowoj in einem sicheren Raum der russischen Botschaft vor einem großen Monitor und betrachtete die dechiffrierten Gehirnwellen des Präsidenten. Der Bildschirm übertrug die Gedanken in englischer Sprache, während ein danebenstehender Drucker Kopien der russischen Übersetzung davon anfertigte.

Lugowoj schlürfte eine Tasse starken, schwarzen Kaffee, stand auf und hielt dabei den Blick auf die grünen Buchstaben gerichtet, während er die dichten, buschigen Brauen in mühsam unterdrücktem Triumph hob.

Aus der Entfernung übermittelte das Gehirn des Präsidenten jeden Gedanken, seine Sprechweise und sogar die von den in seiner Nähe Befindlichen gesprochenen Worte, die aufgenommen und im Gedächtnis festgehalten wurden.

Das zweite Stadium des Projektes Huckleberry Finn war ein voller Erfolg.

Lugowoj beschloß, noch ein paar Tage zu warten, bevor er in das letzte, äußerst kritische Stadium eintrat, nämlich die Eingabe von

Befehlen. Wenn alles reibungslos ablief, würde sein geliebtes Projekt von den Männern im Kreml übernommen werden, davon war er überzeugt. Und dann würde der Parteivorsitzende Antonow, nicht der amerikanische Präsident, die Politik der Vereinigten Staaten machen.

50

Die Sonne glitt im Westen unter den Horizont des Ägäischen Meeres als das Schiff die Dardanellen verließ und durch das Labyrinth der griechischen Inseln steuerte. Die Wasseroberfläche wogte in der sanften, leicht bewegten Dünung, und eine heiße Brise wehte von der afrikanischen Küste im Süden her. Bald verschwand die Orangetönung vom Himmel, das Meer verlor seine Bläue, und beide verdichteten sich zu einem soliden schwarzen Vorhang. Der Mond schien nicht, und das einzige Licht kam von den Sternen und dem weithin sichtbaren Strahl des Navigationsleuchtturms der Insel Lesbos.

Kapitän James Mangyai, der Chef des hundertzweiundsechzig Meter langen Frachters *Venice,* stand auf der Brücke und spähte scharf über den Bug hinaus. Er warf einen flüchtigen Blick auf den Radarschirm und starrte wieder erleichtert aus dem Fenster, weil ringsum auf dem Meer keine weiteren Schiffe zu orten waren.

Seit sie aus dem russischen Hafen von Odessa am Schwarzen Meer ausgelaufen waren, der jetzt sechshundert Seemeilen hinter ihm lag, war er überaus unruhig gewesen. Nun begann er wieder freier zu atmen. Es gab nur wenige Tricks, die die Russen in griechischen Hoheitsgewässern wagen würden.

Die *Venice* trug als ihre einzige Fracht die Goldsendung, die die Sowjetregierung an Madame Bougainville überwiesen hatte, und ihr Rumpf lag daher hoch im Wasser. Ihr Bestimmungshafen war Genua, wo das Gold heimlich ausgeladen, von dort nach Luzern in die Schweiz transportiert und dort aufbewahrt werden sollte.

Kapitän Mangyai hörte hinter sich auf dem Deck aus Teakholz Schritte und erkannte seinen Ersten Offizier, Kim Tschao, in der Spiegelung des Fensters.

»Wie sieht es von Ihrem Standpunkt aus, Mr. Tschao?« fragte er, ohne sich umzudrehen.

Tschao warf einen Blick auf den stündlich eintreffenden meteorologischen Bericht von der automatischen Datenanlage.

Ruhige Fahrt für die nächsten zwölf Stunden«, antwortete er langsam. »Auch die weitere Wettervorhersage ist günstig. Wir haben ziemliches Glück, denn zu dieser Jahreszeit wehen die südlichen Winde gewöhnlich viel stärker.«

»Wir brauchen auch eine ruhige See, wenn wir genau nach Madame Bougainvilles Zeitplan in Genua anlegen sollen.«

»Weshalb die Eile?« fragte Tschao. »Zusätzliche zwölf Stunden Fahrt dürften doch keine Rolle spielen.«

»Für unsere Auftraggeberin spielen sie aber eine Rolle«, erwiderte Mangyai trocken. »Sie will unsere Fracht nicht länger als notwendig im Transit haben.«

»Der Chefingenieur macht mehr Wind als ein Taifun. Er behauptet, daß er diese Geschwindigkeit nicht während der ganzen Reise aufrechterhalten kann, ohne die Maschinen zu gefährden.«

»Er sieht immer gleich schwarz.«

»Sie haben die Brücke seit Odessa nicht mehr verlassen, Kapitän. Lassen Sie sich von mir ablösen.«

Mangyai nickte dankbar. »Ich könnte wirklich ein wenig Ruhe gebrauchen. Aber zuerst muß ich noch unseren Passagier aufsuchen.«

Er übergab Tschao die Brückenwache und stieg drei Decks hinunter zu einer schweren Stahltür mittschiffs am Ende eines Durchgangs. Er drückte den Sprechknopf an einem am Schott festgenieteten Lautsprecher.

»Mr. Hong, hier spricht Kapitän Mangyai.«

Als Antwort ertönte das leise Knarren der massiven Tür, als sie geöffnet wurde. Ein kleiner Mann mit einem Mondgesicht und einer Brille mit dicken Gläsern lugte vorsichtig um die Ecke.

»Ach ja, Kapitän. Bitte, treten Sie ein.«

»Kann ich Ihnen mit etwas dienen, Mr. Hong?«

»Nein, danke, ich fühle mich recht behaglich.«

Hongs Vorstellung von Behaglichkeit wich beträchtlich von der Mangyais ab. Das einzige, das auf eine menschliche Behausung hinwies, war ein ordentlich unter einem Leinen-Klappbett verstauter Koffer, eine Decke, ein kleiner Elektrokocher mit einem Teetopf und ein an einem Schott befestigter Schreibtisch, dessen Oberfläche unter einem Berg von Geräten für chemische Analysen verschwand. Der Rest der Kabine war mit Holzkisten und Goldbarren angefüllt. Das Gold war in mehreren Reihen, dreißig Barren hoch und zehn tief, aufgeschichtet. Einige lagen auf dem Deck neben den offenen Kisten, deren nicht mit Sand bedeckte Seitenflächen folgende Beschriftung trugen:

Vorsicht
Quecksilber in Glas
Suzaka Chemische GmbH
Kyoto, Japan

»Wie kommen Sie mit Ihrer Arbeit voran?« fragte Mangyai.

»Bis wir den Hafen erreichen, müßte ich eigentlich alles untersucht und wieder verpackt haben.«

»Wie viele vergoldete Bleibarren haben die Russen dazwischengeschmuggelt?«

»Keinen.« Hong schüttelte den Kopf. »Die Zahl stimmt, und jeder Barren, den ich bis jetzt geprüft habe, ist reines Gold.«

»Merkwürdig, daß sie so gefällig waren. Die Lieferung traf zur vereinbarten Stunde ein, die Dockarbeiter brachten sie ohne Zwischenfall an Bord, und uns wurde das Auslaufen ohne die üblichen behördlichen Schikanen gestattet. Ich habe nie, bei keiner meiner früheren Berührung mit sowjetischen Hafenbehörden, eine so zügige Behandlung erlebt.«

»Vielleicht besitzt Madame Bougainville großen Einfluß im Kreml.«

»Vielleicht.« Mangyai blieb skeptisch. Er blickte neugierig auf die Stöße von glänzendem, gelbem Metall. »Ich möchte wissen, was hinter dieser Transaktion steht.«

»Ich habe nicht die Absicht, danach zu fragen«, erklärte Hong, wickelte einen Barren sorgfältig in Watte und legte ihn in eine Kiste.

Noch ehe Mangyai antworten konnte, ertönte eine Stimme über den Lautsprecher. »Kapitän, befinden Sie sich dort drinnen?«

Er ging zur Tür und öffnete sie einen Spalt weit. Der Nachrichtenoffizier des Schiffes stand draußen im Korridor.

»Ja, was gibt es?«

»Ich wollte Ihnen nur mitteilen, Kapitän, daß jemand unseren Funkverkehr absichtlich stört.«

»Sind Sie sich dessen sicher?«

»Ja, Sir«, bestätigte der junge Offizier. »Es gelang mir, die Störstelle zu orten. Sie befindet sich weniger als fünf Kilometer vor unserem Bug auf Backbord.«

Mangyai entschuldigte sich bei Hong und eilte auf die Brücke. Der Erste Offizier Tschao saß ruhig auf einem hohen Drehstuhl und beobachtete die Instrumente auf der computerisierten Schalttafel des Schiffes.

»Haben Sie irgendwelche Schiffskontakte, Mr. Tschao?« fragte

Mangyai.

Wenn Tschao durch das plötzliche Wiederauftauchen des Kapitäns überrascht war, ließ er es sich jedoch nicht anmerken. »Nichts auf dem Radar zu sehen, Sir.«

»Wie tief liegen wir?«

Tschao kontrollierte die Zahl auf dem Tiefenmeßgerät. »Fünfzig Meter oder ungefähr einhundertsechzig Fuß.«

Die schreckliche Wahrheit traf Mangyai wie ein Hammer. Er beugte sich über den Kartentisch und zeichnete ihren Kurs ein. Der Kiel der *Venice* glitt über die Tzonston-Untiefe, eines der vielen Gebiete in der Mitte der Ägäis, wo der Meeresboden zu weniger als hundert Fuß, dreißig Meter, unter die Wasserfläche anstieg. Tief genug, damit ein Schiff sicher darüber wegfahren konnte, aber seicht genug für eine routinemäßige Bergungsoperation.

»In tieferes Wasser steuern!« brüllte er.

Tschao starrte den Kapitän an und zögerte erschrocken. »Sir?«

Mangyai öffnete gerade den Mund, um den Befehl zu wiederholen, als ihm auch schon die Worte in der Kehle erstarben. Im selben Augenblick trafen zwei akustische Zielsuchtorpedos den Maschinenraum des Frachters und explodierten mit vernichtender Wirkung. Die *Venice* erbebte, als durch die in den Schiffsboden gerissenen gähnenden Lecks das Meerwasser einströmte. Ihr Todeskampf begann und dauerte nur acht Minuten, bis sie mit dem Heck voran unterging und für immer unter der leicht dahinplätschernden Dünung verschwand.

Kaum war die *Venice* versunken, als ein U-Boot in der Nähe auftauchte und begann, mit seinem Scheinwerfer die schwimmenden Wrackteile zu beleuchten. Die ohnehin nur wenigen Überlebenden, die sich am Treibgut festhielten, wurden kalt unter Maschinengewehrfeuer genommen, bis ihre zerfetzten Leichen ebenfalls untergingen. Boote wurden ausgesetzt, die mit Hilfe von einem Scheinwerfer mehrere Stunden lang suchten, bis alle Überreste herausgefischt waren, und kehrten dann zu ihrem Schiff zurück.

Darauf erlosch der Suchscheinwerfer, und das U-Boot tauchte in die Dunkelheit zurück.

51

Der Präsident saß an seinem üblichen Platz am ovalen Mahagoni-

Konferenztisch im Kabinettraum des Weißen Hauses. Außer ihm waren noch elf Männer anwesend. Er musterte die ernsten Gesichter am Tisch gedankenverloren.

»Ich weiß, meine Herren, Sie möchten wissen, wo ich mich in den letzten zehn Tagen aufgehalten habe und wo sich Vince Margolin, Al Moran und Marcus Larimer befinden. Zunächst will ich all Ihre Befürchtungen zerstreuen: Unser vorübergehendes Verschwinden war von mir eingeplant.«

»Von Ihnen allein?« fragte Oates.

»Nicht ganz. Präsident Antonow von der Sowjetunion war auch daran beteiligt.«

Die führenden Berater des Präsidenten starrten ihn einige Augenblicke lang verblüfft und ungläubig an.

»Sie haben ohne Wissen der in diesem Raum Anwesenden eine geheime Zusammenkunft mit Antonow gehabt?« Oates' Gesicht war vor Bestürzung blaß geworden.

»Ja«, gab der Präsident unumwunden zu. »Ein Gespräch unter vier Augen ohne Einmischung von außen und ohne vorgefaßte Meinungen, ohne daß die internationalen Nachrichtenmedien jedem Wort einen verborgenen Sinn beimaßen, und frei von jeder Politik. Nur unsere vier führenden Männer und seine Begleiter.« Er legte eine Pause ein, und seine Augen schweiften über die Männer vor ihm. »Eine unorthodoxe Verhandlungsweise, aber eine, von der ich glaube, daß unsere Wähler sie akzeptieren werden, wenn ihre Ergebnisse vorliegen.«

»Würde es Ihnen etwas ausmachen, Herr Präsident, uns mitzuteilen, wie und wo dieses Gespräch stattfand?« fragte Dan Fawcett.

»Nach dem Austausch der Jachten stiegen wir in einen privaten Hubschrauber um und flogen zu einem kleinen Flughafen außerhalb von Baltimore. Von dort benützten wir ein Privatflugzeug, das einem alten Freund von mir gehört, und überquerten den Atlantik in Richtung auf einen ausgedienten Behelfsflugplatz in der Wüste östlich von Atar in Mauretanien. Antonow und seine Begleitung erwarteten uns bereits, als wir eintrafen.«

»Ich dachte... vielmehr, es wurde uns berichtet«, meldete sich Jesse Simmons zögernd, »daß Antonow in der letzten Woche in Paris war.«

»Georgij unterbrach seinen Flug in Paris für eine kurze Besprechung mit Präsident L'Estrange und flog dann nach Atar weiter.« Er wandte sich um und blickte Fawcett an. »Übrigens, Dan, es war eine ausgezeichnete Maskerade.«

»Um ein Haar hätte man uns dabei ertappt.«

»Vorläufig werde ich die Gerüchte von einem Double natürlich zurückweisen und sie als zu absurd bezeichnen, als daß ich mich dazu äußern möchte. Der Presse wird alles genau erklärt werden, aber erst, wenn ich dazu bereit bin.«

Sam Emmett stützte die Ellbogen auf den Tisch und beugte sich zu dem Präsidenten hinüber. »Wurden Sie auch darüber informiert, Sir, daß die *Eagle* versenkt und ihre Besatzung ertränkt wurde?«

Der Präsident starrte einige Augenblicke seltsam vor sich hin. Dann wurde sein Blick klar, und er schüttelte den Kopf. »Nein, das ist mir neu. Ich wäre für einen vollständigen Bericht dankbar, Sam, und zwar so bald wie möglich.«

Emmett nickte. »Sie werden ihn vor sich haben, wenn wir die Sitzung schließen.«

Oates bemühte sich, seine Gefühle zu beherrschen. Daß ein Treffen auf höchster Ebene mit so ungeheuren Folgen für die Weltpolitik hinter dem Rücken des Außenministeriums stattgefunden hatte, war für ihn undenkbar. Niemand konnte sich an einen ähnlichen Fall erinnern.

»Es würde alle interessieren zu erfahren, worüber Sie und Georgij Antonow beraten haben«, sagte er steif.

»Ein sehr fruchtbarer Gedankenaustausch«, antwortete der Präsident. »Das dringlichste Thema auf der Tagesordnung war natürlich die Abrüstung. Antonow und ich haben ein Übereinkommen ausgearbeitet, durch das die Raketenproduktion gestoppt und ein Abrüstungsprogramm begonnen wird. Wir erstellten eine komplizierte Formel, die in einfachen Worten bedeutet, daß sie eine Nuklearrakete abbauen und wir auf einer Grundlage von eins zu eins das gleiche tun, wobei Kontrollteams an Ort und Stelle die Operationen überwachen.«

»Frankreich und England werden einen solchen Vorschlag niemals annehmen«, befürchtete Oates. »Ihre Kernwaffenarsenale sind unabhängig von den unseren.«

»Wir werden mit den Sprengköpfen der Langstreckenraketen beginnen und uns größenmäßig hinunterarbeiten«, erklärte der Präsident unbeeindruckt. »Europa wird schließlich unserem Beispiel folgen.«

General Clayton Metcalf schüttelte den Kopf. »Auf den ersten Blick muß ich sagen, daß mir der Plan unglaublich naiv vorkommt.«

»Es ist ein Anfang«, blieb der Präsident unnachgiebig. »Ich glaube, daß Antonows Angebot ehrlich gemeint ist, und ich beabsichtige, ihm Vertrauen entgegenzubringen, indem ich das Abrüstungsprogramm durchführe.«

»Ich behalte mir ein Urteil vor, bis ich die Möglichkeit gehabt habe, die Vereinbarungen zu prüfen«, sagte Simmons.

»Absolut begreiflich.«

»Worüber haben Sie noch gesprochen?« fragte Fawcett.

»Über ein Handelsabkommen«, antwortete der Präsident. »Mit kurzen Worten: Wenn wir den Russen erlauben, ihre landwirtschaftlichen Käufe in ihren eigenen Handelsschiffen zu befördern, will Antonow unseren Farmern Weltspitzenpreise bezahlen und vor allem von keinem anderen Land der Erde kaufen, es sei denn, wir können die gewünschten Waren nicht zur Verfügung stellen. Mit anderen Worten, die amerikanischen Farmer sind jetzt die einzigen Lieferanten der Sowjets für den Import von landwirtschaftlichen Produkten.«

»Antonow hat Ihr ganzes Paket angenommen?« fragte Oates ungläubig. »Ich kann nicht glauben, daß der alte Bär bereit ist, einer Nation einen Exklusivvertrag einzuräumen.«

»Ich bin im Besitz seiner schriftlichen Zusicherung.«

»Klingt geradezu idyllisch«, warf Martin Brogan ein. »Aber vielleicht könnte mir jemand erklären, wie Rußland es sich leisten kann, landwirtschaftliche Großeinkäufe zu tätigen. Seine Satellitenstaaten haben hohe Anleihen des Westens noch nicht einmal zurückgezahlt. Die Lage der sowjetischen Wirtschaft ist katastrophal. Die Russen können sogar ihr Militär und ihre Regierungsangestellten nur noch mit Gutscheinen bezahlen, die allein für Lebensmittel und Kleidung verwendbar sind. Was werden sie als Zahlungsmittel anbieten? Unsere Farmer sind nicht bereit, sich für die Kommunisten haushoch zu verschulden. Sie brauchen sofortige Bezahlung, um ihre eigenen jährlichen Schulden zu begleichen.«

»Es gibt auch da einen Ausweg«, sagte der Präsident.

»Ihre Ostblock-Rettungstheorie?« kam ihm Fawcett zuvor.

Der Präsident nickte. »Antonow war im Prinzip bereit, meinen Plan zur Wirtschaftshilfe zu akzeptieren.«

»Entschuldigen Sie, Herr Präsident«, sagte Oates, der die Hände zusammenpreßte, um zu verbergen, daß sie sichtbar zitterten, »aber Ihr Plan ist keine Lösung. Sie schlagen vor, daß wir den kommunistischen Ländern viele Milliarden Dollar als Finanzspritze geben, damit sie wiederum bei unseren eigenen Farmern einkaufen können. Für mich ist es eine Bauernfängerei, bei der Peter beraubt wird, um Paul zu bezahlen, und bei der unsere Steuerzahler die Zeche zahlen müssen.«

»Ich bin ganz Dougs Ansicht«, versicherte Brogan. »Welchen Vorteil sollen wir überhaupt dabei haben?«

Der Präsident blickte mit entschlossenem Gesichtsausdruck rundum. »Ich bin zu der Überzeugung gelangt, daß es die einzige Möglichkeit ist, der Welt ein für allemal zu zeigen, daß Rußlands Regierungssystem trotz seiner ungeheuerlichen Militärmaschinerie versagt hat und man es weder beneiden noch nachahmen sollte. Wenn wir meinen Plan verwirklichen, wird kein Land der Welt uns jemals wieder imperialistische Aggressionen vorwerfen können, und keine Sowjetpropaganda oder gegen uns gerichtete falsche Anschuldigungen werden je wieder ernstgenommen werden. Vergessen Sie nicht, die Vereinigten Staaten halfen nach dem Zweiten Weltkrieg unseren ehemaligen Feinden wirtschaftlich auch wieder auf die Beine. Und nun können wir das gleiche für eine Nation tun, die aus der Verteufelung unserer demokratischen Grundsätze einen Kreuzzug gemacht hat. Ich glaube aufrichtig daran, daß sich uns nie eine bessere Gelegenheit bieten wird, der Menschheit einen geraden Weg in die Zukunft zu weisen.«

»Offen gesagt, Herr Präsident«, entgegnete General Metcalf unnachgiebig, »Ihr großartiger Plan wird nichts verändern. Sobald sich die russische Wirtschaft erholt haben wird, werden die Kremlführer zu ihrer alten kriegerischen Haltung zurückkehren. Sie sind nicht bereit, ihre seit siebzig Jahren verfolgte politische und militärische Expansionsstrategie aus Dankbarkeit für die Großzügigkeit der Amerikaner aufzugeben.«

»Der General hat recht«, stimmte Brogan zu. »Unsere jüngsten Fotos der Überwachung durch Satelliten zeigen, daß die Russen, während wir hier sitzen, eine Reihe ihrer neuesten SS-30-Raketen mit Mehrfachsprengköpfen entlang der Nordostküste von Sibirien aufstellen, und jede einzelne ist auf eine Stadt in den Vereinigten Staaten gerichtet.«

»Sie werden demontiert werden« , versprach der Präsident entschieden. »Sobald wir von ihrer Existenz wissen, muß Antonow seiner Verpflichtung nachkommen.«

Oates war wütend, und es war ihm gleichgültig, wen er vor sich hatte. »All dieses Gerede ist doch reine Zeitverschwendung.« Er spuckte die Worte fast dem Präsidenten ins Gesicht. »Keines Ihrer Projekte zur Ostblockhilfe kann ohne Zustimmung des Kongresses abgewickelt werden. Und die, Sir, ist verdammt unwahrscheinlich.«

»Der Außenminister hat vollkommen recht«, schloß sich Fawcett an. »Der Kongreß muß das Geld bewilligen, und angesichts seiner derzeitigen Stimmung gegen die Einfälle der sowjetischen Truppen an den iranischen und türkischen Grenzen wird Ihr Programm ganz sicher niedergemacht und begraben werden.«

Die Männer am Tisch spürten mit Unruhe, daß die Regierung des Präsidenten nie wieder auf einer Basis des eisernen Zusammenhaltens funktionieren würde. Es würde zu Streitigkeiten kommen, die vorher vermieden worden waren. Von nun an war es mit dem Teamwork vorbei, und die bis jetzt zurückgedrängten persönlichen Zu- und Abneigungen traten nun offen zutage. Die Achtung vor dem Präsidenten und seinem Amt schmolz sichtbar dahin. Sie sahen in ihm nur einen Menschen wie sie selbst, der sogar mit mehr Fehlern behaftet war, als sie bisher bereit waren, ihm zuzugestehen. Diese Erkenntnis legte sich wie eine düstere Wolke auf den Raum, und sie waren gespannt, ob der Präsident es auch merkte.

Ein seltsamer Ausdruck von Bosheit breitete sich auf seinem Gesicht aus, und die Lippen waren im Vorgefühl eines künftigen Triumphes verzerrt.

»Ich brauche den Kongreß nicht«, äußerte er dunkel. »Er wird bei meiner Politik überhaupt gar nichts mitzureden haben.«

Während des kurzen Weges vom Kabinettraum zur südlichen Säulenhalle faßte Douglas Oates den Entschluß, seinen Rücktritt als Außenminister einzureichen. Der grobe Verstoß des Präsidenten, ihn von den Verhandlungen mit Antonow auszuschließen, war eine Beleidigung, die er nicht hinnehmen wollte. Es gab keine Bedenken, sobald der Entschluß gefaßt und gefestigt war. Er fühlte eine Katastrophe in der politischen Atmosphäre liegen und wollte damit nichts mehr zu tun haben.

Er stand auf den Stufen und wartete auf seinen Dienstwagen, als Brogan und Emmett zu ihm traten.

»Können wir mit Ihnen sprechen, Doug?« fragte Emmett.

»Ich bin nicht in der Stimmung für Konversation«, knurrte Oates.

»Es ist von entscheidender Bedeutung«, sagte Brogan. »Bitte hören Sie uns an.«

Sein Wagen war auf der Auffahrt noch nicht in Sicht, also gab Oates ihrem Drängen nach. »Ich höre.«

Brogan sah sich um, dann sagte er leise: »Sam und ich glauben daß der Präsident manipuliert wird.«

Oates warf ihm einen sarkastischen Blick zu. »Manipuliert? Verdammt, er ist ausgeflippt, und ich weigere mich, an seinem Wahnsinn teilzuhaben. An der Versenkung der *Eagle* ist mehr daran, als er zugibt, und er hat überhaupt nicht erklärt, wo sich Margolin, Larimer und Moran befinden. Tut mir leid, meine Herren, Sie beide können die ersten sein, die es erfahren. Sobald ich ins Außenministerium zurückkomme, werde ich meinen Schreibtisch räumen und eine Pressekonferenz einberufen, um meinen Rücktritt bekanntzugeben. Dann verlasse ich Washington mit dem nächsten Flugzeug.«

»Wir dachten uns, was Sie vorhaben«, sagte Emmett. »Deshalb wollten wir Sie abfangen, bevor Sie etwas Unüberlegtes tun.«

»Was wollen Sie mir eigentlich mitteilen?«

Emmett blickte Brogan hilfesuchend an, dann zuckte er mit den Schultern.

»Die Idee läßt sich schwer begreiflich machen, aber Martin und ich haben den Verdacht, daß sich der Präsident unter einer Art... nun... von Gehirnkontrolle befindet.«

Oates war nicht sicher, daß er richtig gehört hatte. Aber aus Erfahrung wußte er, daß die Chefs der CIA und des FBI nicht Männer waren, die eine so schwerwiegende Behauptung leichtfertig aufstellten.

»Durch wen kontrolliert?«

»Wir nehmen an, durch die Russen«, antwortete Brogan. »Aber wir haben noch nicht genügend Beweise beisammen.«

»Wir sind uns klar darüber, daß das alles nach *science* klingt«, erklärte Emmett, »aber es ist nicht von der Hand zu weisen.«

»Mein Gott! Stand der Präsident Ihrer Meinung nach unter diesem Einfluß, als er nach Mauretanien flog, um mit Antonow zu konferieren?«

Brogan und Emmett wechselten vielsagende Blicke. Dann erklärte Brogan: »Es gibt auf der ganzen Welt kein Flugzeug in der Luft, von dem die CIA nichts wüßte. Ich wette meinen Kopf, daß unsere Nachforschungen keine Spur von einem Flugzeug aufweisen werden, das von Maryland nach Mauretanien und zurück geflogen ist.«

Oates riß die Augen auf. »Das Treffen mit Antonow...«

Emmett schüttelte bedeutsam den Kopf. »... hat nie stattgefunden.«

»Dann war alles, die Abrüstung, das Handelsabkommen über landwirtschaftliche Produkte, eine Lüge«, stellte Oates mit leicht zitternder Stimme fest.

»Eine Tatsache, die durch sein unklares Dementi der Morde auf der *Eagle* bestätigt wird«, fügte Brogan hinzu.

»Warum hat er sich einen so verrückten Alptraum ausgedacht?«

»Es spielt wirklich keine Rolle, weshalb er das tat«, meinte Emmett. »Wahrscheinlich waren die Programme gar nicht seine eigene Idee. Es kommt nur darauf an, wie seine Verhaltensweise gelenkt wird, durch wen und von wo seine Gedankenmuster kontrolliert werden.«

»Können wir denn das ermitteln?«

»Ja«, antwortete Emmett. »Deshalb wollten wir Sie ja erreichen, bevor Sie sich absetzen.«

»Was kann ich dafür tun?«

»In Ihrem Amt bleiben«, riet Brogan. »Der Präsident ist für den Posten derzeit ungeeignet. Solange Margolin, Moran und Larimer verschwunden sind, bleiben Sie der nächste Mann in der Nachfolge.«

»Der Präsident muß im Zaum gehalten werden, bis wir unsere Untersuchung abschließen können«, sagte Emmett. »Mit Ihnen am Ruder behalten wir eine gewisse Kontrolle für den Fall, daß er aus dem Amt entfernt werden muß.«

Oates holte tief Luft. »Mein Gott! Das klingt allmählich wie eine Verschwörung zur Ermordung des Präsidenten.«

»Letzten Endes«, warf Brogan grimmig ein, »könnte es sehr wohl dazu kommen.«

52

Lugowoj wandte sich von seinen Notizen ab und blickte den Neurologen seines Teams an, der am Bedienungspult saß und die telemetrischen Signale beobachtete.

»Zustand?«

»Das Objekt befindet sich in entspanntem Zustand. Die Gehirnwellen weisen auf normale Schlafmuster hin.« Der Neurologe blickte lächelnd auf. »Er weiß es nicht, aber er schnarcht.«

»Ich nehme an, daß seine Frau es weiß.«

»Sie haben vermutlich getrennte Schlafzimmer. Seit er zurückgekehrt ist, haben sie noch keinen sexuellen Verkehr gehabt.«

»Körperfunktionen?«

»Alle Werte normal.«

Lugowoj gähnte und blickte auf die Uhr. »Zwölf Minuten nach ein Uhr nachts.«

»Sie sollten sich ein wenig aufs Ohr legen, Doktor. Die innere Uhr des Präsidenten weckt ihn jeden Morgen zwischen sechs und sechs Uhr fünfzehn.«

»Das ist kein leichtes Projekt«, murrte Lugowoj. »Der Präsident braucht zwei Stunden weniger Schlaf als ich. Ich hasse Frühaufsteher.« Er brach ab und betrachtete den polysomnographischen Bildschirm, der die physiologischen Parameter aufzeichnete, die den Schlaf des Präsidenten begleiteten. »Er scheint zu träumen.«

»Es wäre interessant zu erfahren, wovon der Präsident der Vereinigten Staaten träumt.«

»Wir werden eine ungefähre Ahnung davon bekommen, sobald die Aktivität seiner Gehirnzellen von koordinierten Denkprozessen zu unzusammenhängenden Abstraktionen übergeht.«

»Befassen Sie sich mit Traumdeutung, Doktor?«

»Das überlasse ich den Freudianern«, antwortete Lugowoj. »Ich bin einer der wenigen, die glauben, daß Träume keine Bedeutung haben. Es ist nur eine Situation, in der das Gehirn von der Disziplin des Tagdenkens befreit ist und auf die Reise geht. So wie ein Stadthund, der in einer Wohnung lebt und auf dem Lande losgelassen wird, in keine bestimmte Richtung läuft, sondern nur die neuen, ungewohnten Gerüche genießt.«

»Es gibt viele, die nicht Ihrer Meinung sind.«

»Träume sind nicht mein Spezialfach, deshalb kann ich nicht von einer rein wissenschaftlichen Basis aus argumentieren. Wenn sie wirklich eine Botschaft zu übermitteln haben, erscheint es mir aber doch merkwürdig, daß die meisten Sinne gewöhnlich dabei unbeteiligt bleiben.«

»Sie meinen das Fehlen von Geruchs- und Geschmacksinn im Traum?«

Lugowoj nickte. »Auch Geräusche werden selten aufgenommen. Das gleiche gilt für den Tastsinn und Schmerzen. Träume sind primär nur visuelle Wahrnehmungen. Meiner Ansicht nach, die sich auf ein wenig persönliche Forschung stützt, ist also ein Traum von einer einäugigen Ziege, die Feuer spuckt, nichts anderes als ein Traum von einer einäugigen Ziege, die eben Feuer spuckt.«

»Die Traumtheorie ist die Grundlage jeder psychoanalytischen Verhaltensweise. Sie haben einen so guten Ruf, daß Sie mit Ihrem Ziegentraum eine Menge feststehender Denkmäler umstürzen würden. Denken Sie nur, wie viele unserer Genossen Psychiater arbeitslos würden, wenn sich herausstellt, daß Träume ohne Bedeutung sind.«

»Willkürliche Träume werden rasch vergessen«, fuhr Lugowoj fort. »Aber die Anweisungen, die wir den Gehirnzellen des Präsidenten übermitteln, während er schläft, werden von ihm nicht als

Träume empfangen. Sie sind eingegebene Gedanken, an die man sich erinnern und auf die man durch äußere Reize reagieren kann.«

»Wann soll ich anfangen, sein Implantat zu programmieren?«

»Übermitteln Sie die Instruktionen, kurz bevor er aufwacht, und wiederholen Sie sie, wenn er sich an seinen Schreibtisch setzt.« Lugowoj gähnte wieder. »Ich gehe erst einmal zu Bett. Rufen Sie in meinem Zimmer an, wenn sich eine plötzliche Komplikation ergibt.«

Der Neurologe nickte. »Schlafen Sie gut.«

Lugowoj schaute noch mal kurz auf die Überwachungsapparaturen, bevor er den Raum verließ. »Ich möchte wissen, was sein Geist sich vorstellt!«

Der Neurologe wies lässig auf den Datendrucker. »Es sollte dort vorliegen.«

»Spielt keine Rolle«, meinte Lugowoj. »Es kann bis morgen warten.« Dann drehte er sich um und ging in sein Zimmer.

Die Neugierde des Neurologen aber war geweckt, so daß er nach dem obersten ausgedruckten Blatt griff, das die ausgewerteten Gehirnwellen des Präsidenten enthielt, und einen Blick auf den Text warf.

»Grüne, sommerliche Hügel«, murmelte er vor sich hin, während er las. »Eine Stadt zwischen zwei Flüssen mit vielen Kirchen in byzantinischem Stil mit Hunderten von Kuppeln. Eine heißt nach der heiligen Sophie. Ein Schleppkahn voller Zuckerrüben. Die Katakomben des heiligen Anton. Wenn ich es nicht besser wüßte, würde ich sagen, er träumt von der Stadt Kiew.«

Er stand neben einem Weg auf einem Hügel mit dem Blick auf einen breiten Fluß, beobachtete den Schiffsverkehr darauf und hielt einen Pinsel in der Hand. Auf dem baumbestandenen Abhang unter ihm sah er ein großes Steinpostament, auf dem eine in wallende Gewänder gekleidete Gestalt ein großes Kreuz hielt, als wäre es ein Herrscherstab. Rechts von ihm stand eine Staffelei mit einer Malerleinwand. Das Bild war beinahe fertig. Die Landschaft vor seinen Augen war in feinen Pinselstrichen ganz genau bis zu den gestielten Blättern der Bäume abgebildet. Der einzige Unterschied, wenn man nah genug hinsah, war das steinerne Monument, denn statt des langen, wallenden Bartes eines vergessenen Heiligen stellte der Kopf das genaue Abbild des sowjetischen Präsidenten Georgij Antonow dar.

Plötzlich änderte sich der Schauplatz. Nun wurde er von vier Männern aus einer Hütte fortgeschleppt. In die Wände der Hütte waren gotische Muster geschnitzt, und alles war grell blau bemalt.

Die Gesichter seiner Entführer waren nur undeutlich erkennbar, doch er konnte den Schweiß ihrer ungewaschenen Körper riechen. Sie zogen ihn zu einem Wagen. Er empfand keine Furcht, sondern eher blinde Wut, und trat mit den Füßen um sich. Seine Angreifer begannen ihn zu schlagen, aber der Schmerz war nur ein dumpfes Gefühl, als wäre die Tortur einem anderen zugedacht.

Im Eingang der Hütte erblickte er die Gestalt einer jungen Frau. Ihr blondes Haar war auf dem Kopf zu einem Knoten aufgesteckt, sie trug eine weiße Bluse und einen bäuerlichen Rock. Mit erhobenen Armen schien sie zu flehen, doch er verstand ihre Worte nicht.

Dann wurde er hinten im Wagen auf den Boden geworfen, und die Tür schlug zu.

53

Der Zahlmeister betrachtete die beiden Touristen, die über die Einstiegsrampe heraufwankten, mit ausgesprochen belustigter Miene. Sie stellten ein ungewöhnliches Paar dar. Die Frau trug ein weites, bis zu den Knöcheln reichendes Strandkleid, und mit etwas Phantasie hätte der russische Zahlmeister sie für einen bunten ukrainischen Kartoffelsack halten können. Er konnte ihr Gesicht nicht genau erkennen, denn es war teilweise von einem breitrandigen Strohhut verdeckt, der mit einem Seidentuch unter dem Kinn festgehalten wurde, aber er nahm an, daß es bei vollkommen freiem Anblick ihm den Atem verschlagen hätte.

Der Mann, der offenbar ihr Ehemann war, war betrunken. Er taumelte auf das Deck, roch nach billigem Bourbon und lachte andauernd. Er trug ein grell geblümtes Hemd und eine weiße Leinenhose, warf lüsterne Blicke auf seine häßliche Frau und flüsterte ihr Dummheiten ins Ohr. Er bemerkte den Zahlmeister und hob den Arm zu einem komischen Gruß.

»Hei-ho, Kapitän«, rief er mit breitem Grinsen.

»Ich bin nicht der Kapitän. Mein Name ist Peter Kolodno. Ich bin der Zahlmeister. Womit kann ich Ihnen behilflich sein?«

»Ich bin Charlie Gruber, und das ist meine Frau Zelda. Wir haben hier in San Salvador Fahrkarten gelöst.«

Er reichte dem Zahlmeister einige Papiere, der sie sorgfältig einige Augenblicke lang studierte.

»Willkommen an Bord der *Leonid Andrejew.*« Jetzt sprach der

Zahlmeister in offiziellem Tonfall. »Es tut mir leid, daß wir unser übliches Begrüßungszeremoniell für neu an Bord gekommene Passagiere nicht veranstalten können, aber Sie sind ziemlich spät auf unserer Kreuzfahrt zu uns gestoßen.«

»Wir segelten auf einer Luxusjacht, als der blöde Steuermann das Schiff auf ein Riff auflaufen ließ«, schwatzte der Mann, der sich Gruber nannte. »Meine kleine Frau und ich waren verdammt nah daran zu ertrinken. Konnten doch nicht einfach so früh wieder nach Sioux Falls heimkehren. So beenden wir also unsere Ferien auf Ihrem Kahn. Außerdem schwärmt meine Frau für Griechen.«

»Das hier ist ein russisches Schiff«, stellte der Zahlmeister geduldig richtig.

»Wirklich?«

»Ja, Sir, der Heimathafen der *Leonid Andrejew* ist Sewastopol.«

»Was Sie nicht sagen. Wo liegt das denn?«

»Am Schwarzen Meer.« Der Zahlmeister behielt seine höfliche Haltung bei.

»Klingt nach Wasserverschmutzung.«

Der Zahlmeister konnte nicht begreifen, wie Amerika mit Bürgern wie diesen jemals zur Supermacht hatte werden können. Er überprüfte seine Passagierliste, dann nickte er. »Ihre Kabine ist Nummer 34 auf dem Gorki-Deck. Ich werde Ihnen von einem Steward den Weg zeigen lassen.«

»Du bist in Ordnung, Kumpel.« Gruber schüttelte ihm die Hand.

Während der Steward die Grubers zu ihrer Kabine führte, warf der Zahlmeister einen Blick auf seine Hand. Charlie Gruber hatte ihm ein mickriges Trinkgeld gegeben.

Sobald der Steward ihr Gepäck abgestellt und die Tür geschlossen hatte, nahm Giordino seine Perücke ab und rieb sich den Lippenstift vom Mund. »O Gott, Zelda Gruber, wie werde ich das jemals überstehen?«

Ich finde immer noch, daß du dir zwei Grapefruits in den BH hättest schieben sollen«, lachte Pitt.

»Ich ziehe flachbrüstig vor. Auf diese Art falle ich wenigstens nicht auf.«

»Das ist wahrscheinlich ganz gut so. Für uns vier ist hier nicht genug Platz.«

Giordino zeigte mit den Armen auf die Enge der fensterlosen Kabine. »Apropos ermäßigtes Arrangement: Ich habe schon Telefonzellen größer als dies hier gesehen. Spürst du das Vibrieren? Wir müssen uns knapp neben dem Maschinenraum befinden.«

»Ich habe eine billige Kabine verlangt, damit wir auf dem unteren Deck untergebracht werden«, erklärte Pitt. »Hier unten stehen wir weniger unter Beobachtung und befinden uns außerdem näher bei den Maschinenräumen des Schiffes.«

»Du meinst, Loren könnte irgendwo unten eingesperrt sein?«

»Wenn sie etwas bemerkt oder jemanden gesehen hat, den sie nicht zu Gesicht bekommen sollte, werden die Russen nicht zulassen, daß sie mit den anderen Passagieren zusammenkommt.«

»Andererseits könnte das alles auch falscher Alarm sein.«

»Das werden wir sehr bald wissen.«

»Wie sollen wir vorgehen?« fragte Giordino.

»Ich werde mich in den Mannschaftsquartieren umsehen. Du findest die Nummer von Lorens Kabine in der Passagierliste im Büro des Zahlmeisters heraus. Dann siehst du nach, ob sie sich noch dort befindet.«

Giordino grinste schelmisch. »Was soll ich anziehen?« »Geh als du selbst. Wir halten Zelda in Reserve.«

Eine Minute nach acht Uhr abends legte die *Leonid Andrejew* vom Kai ab. Die Maschinen stampften leise, der Bug schwang herum. Die sandigen Landzungen des Hafens von San Salvador glitten vorbei, während das Schiff auf das offene Meer hinaus einem glühenden Sonnenuntergang entgegentrieb.

Die Lichter gingen an und funkelten wie ein Feuerwerk über dem Wasser, während das Schiff mit Gelächter und Musik zum Leben erwachte. Die Passagiere legten Shorts und Sporthosen ab, zogen Anzüge und Kleider an und vertrieben sich die Zeit im Hauptspeisesaal oder in einem der Cocktailräume.

Al Giordino, der den üblichen Smoking trug, schlenderte durch den Korridor vor den Penthousesuiten, als gehörte er dorthin. Er blieb vor einer Tür stehen und sah sich um. Hinter ihm näherte sich ein Steward mit einem Tablett.

Giordino trat zu einer gegenüberliegenden Tür mit dem Schild »Massageraum« und klopfte an.

»Die Masseuse beendet ihren Dienst um sechs Uhr«, belehrte der Steward ihn.

Giordino lächelte. »Ich wollte einen Termin für morgen vereinbaren.«

»Ich werde das gerne für Sie besorgen, Sir. Um wieviel Uhr paßt es Ihnen?«

»Wie wäre es mit zwölf Uhr mittags?«

»Ich werde es erledigen.« Der Arm des Stewards begann unter dem Gewicht des Tabletts nachzugeben. »Wie lautet Ihr Name und die Kabinennummer?«

»O'Callaghan, Kabine 22, Tolstoj-Deck«, antwortete Giordino. »Besten Dank für Ihre Zuvorkommenheit.«

Dann wandte er sich um und ging zum Passagierfahrstuhl. Er drückte auf den Knopf »Abwärts«, damit er klingelte, dann warf er einen Blick in den Korridor. Der Steward balancierte das Tablett und klopfte leise an eine Tür zwei Suiten hinter Lorens Kabine. Giordino konnte nicht sehen, wer öffnete, hörte aber, wie eine Frauenstimme den Steward aufforderte, einzutreten.

Ohne eine Sekunde zu vergeuden, lief Giordino zu Lorens Suite, brach die Tür kurzerhand mit einem gutgezielten Tritt neben das Schloß auf und trat ein. Die Räume waren finster, und er schaltete das Licht ein. Alles war tadellos in Ordnung und luxuriös und ohne jegliche Spur von einem weiblichen Fahrgast. Er fand auch Lorens Kleider nicht im Schrank, weder Gepäck noch sonst irgendwelche Hinweise darauf, daß sie sich jemals dort aufgehalten hatte. Er durchkämmte alle weiteren Räume der Suite äußerst sorgfältig und gewissenhaft, schaute unter die Möbel und hinter die Vorhänge, tastete mit den Händen über die Teppiche und unter Stuhlpolster und untersuchte sogar die Badewanne und Dusche nach Schamhaaren.

Nichts.

Aber die Kabine war nicht völlig ohne Leben. Die Anwesenheit einer Frau ist in einem Raum auch dann noch spürbar, nachdem sie ihn verlassen hat. Giordino sog die Luft, vermischt mit einem kaum merklichen Hauch von Parfum, ein. Er hätte Chanel No. 5 nicht von Badeölen unterscheiden können, aber dieses Aroma besaß den Duft einer Blume. Er versuchte ihn zu identifizieren, doch es gelang ihm nicht.

Er rieb Seife auf den Holzsplitter, der beim Eintreten der Tür herausgebrochen war, und drückte ihn wieder an seinen Platz. Eine schlechte Klebearbeit, gab er zu, aber sie genügte, um ein paarmal beim Öffnen und Schließen zu halten, falls die Suite von der Besatzung noch einmal überprüft wurde, bevor das Schiff in Miami anlegte.

Dann schaltete er das Licht aus, ließ das Schloß einschnappen und ging.

Pitt litt unter nagendem Hunger, während er über eine Tunnelleiter zum Maschinenraum hinunterkletterte. Er hatte seit Washington nichts mehr gegessen, und das Knurren seines Magens schien in dem engen stahlverkleideten Gang widerzuhallen. Viel lieber hätte er im Speisesaal gegessen und sich die Köstlichkeiten des Feinschmeckermenüs schmecken lassen. Doch dann schob er alle Gedanken an Essen beiseite, als er Stimmen aus der Kabine unter sich hörte.

Er kauerte sich auf der Leiter zusammen und starrte an seinen Füßen vorbei. Kaum mehr als einen Meter unter ihm tauchten die Schultern eines Mannes auf. Dann kam die mit strähnigem, ungekämmtem, blondem Haar bedeckte Schädeldecke des Mannes in Sicht. Der Matrose sprach ein paar Worte auf russisch zu jemand anderem. Es erfolgte eine Antwort, worauf das Geräusch von Schritten auf einem Metallgitter erklang. Nach drei Minuten verschwand der Kopf wieder, und Pitt hörte, wie eine Spindtür geschlossen wurde. Die Schritte entfernten sich, und es herrschte wieder Stille.

Pitt fixierte seine Füße und Unterschenkel zwischen zwei Sprossen und ließ sich hinunterhängen, so daß sein Kopf aus dem Gang hinausragte.

Vor sich sah er – allerdings verkehrt – den Umkleideraum der Besatzung des Maschinenraumes. Er war im Augenblick leer. Rasch kletterte er hinein und suchte in den Spinden, bis er einen Arbeitsanzug voller Ölflecken fand, der ihm halbwegs paßte. Er nahm auch eine Mütze, die ihm um zwei Nummern zu groß war, und schob sie in die Stirn. Nun konnte er ungestört durch die Betriebsräume wandern. Sein nächstes Problem bestand nur darin, daß er nicht mehr als ein paar Brocken Russisch konnte.

Es verging fast eine halbe Stunde, bevor Pitt in die eigentlichen Mannschaftsquartiere im Bugabschnitt des Schiffes gelangte. Gelegentlich kam er an einem Koch aus einer der Küchen, einem Quartiermeister, der einen mit Getränken für die Cocktailbar beladenen Wagen vor sich herschob, und einem Kajütendienstmädchen vorbei. Niemand schenkte ihm weitere Aufmerksamkeit, außer einem Offizier, der seine ölverschmierte Kleidung angewidert musterte.

Durch einen glücklichen Zufall stieß er auf die Wäscherei der Besatzung. Ein Mädchen mit rundem Gesicht sah ihn über einen Tisch hinweg an und fragte ihn etwas auf russisch.

Er zuckte die Schultern und murmelte: *»Njet.«*

Bündel von gewaschenen Uniformen lagen säuberlich geordnet auf einem langen Tisch. Es dämmerte ihm, daß das Wäschereimädchen ihn wohl gefragt hatte, welches sein Bündel war. Er betrachtete die Wäsche kurz und zeigte schließlich auf ein Bündel mit drei säuberlich gefalteten weißen Overalls wie der schmutzige, den er trug. Wenn er sich einen sauberen anzog, konnte er das ganze Schiff durchstreifen und vorgeben, daß er ein Besatzungsmitglied aus dem Maschinenraum war, das einen Reparaturauftrag ausführte.

Er nickte und sagte: *»Ja goloden.«*

Das Mädchen sah ihn wirklich merkwürdig an, reichte ihm aber das Bündel und ließ ihn unterschreiben, was er mit einem unleserlichen Gekritzel erledigte. Erst nachdem er eine leere Kabine gefunden hatte, in der er sich umziehen konnte, wurde ihm klar, daß er in Wirklichkeit gesagt hatte, »ich bin hungrig«.

Nachdem er von einem Anschlagebrett einen Plan der Kabinen auf den Decks der *Leonid Andrejew* abgenommen hatte, verbrachte er die nächsten fünf Stunden in aller Ruhe damit, den unteren Teil des Schiffsrumpfes zu erkunden. Da er keine Spur von Loren fand, kehrte er zu seiner Kabine zurück und stellte fest, daß Giordino aufmerksamerweise eine Mahlzeit für ihn bestellt hatte.

»Etwas gefunden?« fragte Giordino und schenkte zwei Gläser russischen Champagner ein.

»Keine Spur«, murrte Pitt müde. »Was feiern wir?«

»Ich gestatte mir ein wenig Luxus in diesem Kerker.«

»Hast du ihre Suite durchsucht?«

Giordino nickte. »Was für Parfum benützt Loren?«

Pitt konzentrierte sich einen Moment auf die aus dem Glas hochsteigenden Perlen. »Ein französischer Name; ich erinnere mich nicht. Warum fragst du?«

»Duftet es wie eine Blume?«

»Flieder ... nein, Geißblatt. Ja, Geißblatt.«

»Ihre Suite wurde gründlich saubergemacht. Die Russen haben dafür gesorgt, daß sie aussieht, als wäre Loren niemals dort gewesen, aber ich konnte ihr Parfüm noch riechen.«

Pitt stürzte wortlos das Glas Champagner hinunter und schenkte ein zweites ein.

»Wir müssen die Möglichkeit in Betracht ziehen, daß sie getötet wurde«, sagte Giordino sachlich.

»Warum verstecken sie dann ihre Kleider und ihr Gepäck? Sie können doch nicht behaupten, sie sei mit all ihren Habseligkeiten über Bord gegangen.«

»Die Besatzung könnte sie unten verstaut haben und auf einen günstigen Augenblick warten, etwa auf schlechtes Wetter, um den tragischen Unfall bekanntzugeben.«

»Ich schätze den tröstenden Zuspruch eines heiteren Reisegefährten.«

»Entschuldige, Dirk.« Giordinos Stimme klang keineswegs nach einer Entschuldigung. »Wir müssen jede Möglichkeit, gut oder schlecht, ins Auge fassen.«

»Loren lebt und befindet sich irgendwo an Bord dieses Schiffes.« Pitt blieb unerschütterlich optimistisch. »Und vielleicht auch Moran und Larimer.«

»Du nimmst zu vieles als selbstverständlich an.«

»Loren ist ein kluges Mädchen. Sie hätte Sally nicht gebeten, festzustellen, wo sich der Sprecher des Repräsentantenhauses, Moran, befindet, wenn sie nicht einen verdammt guten Grund dafür gehabt hätte. Sally behauptet, daß Moran und Senator Larimer rätselhafterweise verschwunden sind. Nun verschwindet Loren gleichfalls. Was folgerst du daraus?«

»Du schilderst es sehr überzeugend, aber was steckt hinter dem Ganzen?«

Pitt hob zweifelnd die Schultern. »Ich weiß es einfach nicht. Nur so eine verrückte Idee, als könnte alles irgendwie mit Bougainville Maritime und dem Verlust der *Eagle* zusammenhängen.«

Giordino schwieg und dachte darüber nach. »Ja«, meinte er langsam, »eine verrückte Idee, die aber durch eine Menge Umstände einigermaßen unterstützt wird. Wo soll ich anfangen?«

»Zieh dein Zelda-Kostüm an und geh an jeder Kabine auf dem Schiff vorbei. Wenn Loren oder die anderen drinnen gefangengehalten werden, ist sicherlich vor der Tür ein Wachposten aufgestellt.«

»Und das würde ihre Anwesenheit verraten. Wo wirst du dich in der Zwischenzeit aufhalten?«

Pitt breitete den Kabinenplan auf seinem Bett aus. »Einige Mitglieder der Besatzung haben ihre Quartiere im Heck. Ich werde dort herumlungern.« Er faltete den Plan wieder zusammen und schob ihn in die Brusttasche seines Arbeitsanzuges. »Wir sollten uns auf den Weg machen. Uns bleibt nicht mehr viel Zeit.«

»Wir haben mindestens bis übermorgen Zeit, bis die *Leonid Andrejew* in Jamaika anlegt.«

»So viel bleibt uns leider nicht. Sieh dir eine Seekarte der Karibik an, und du wirst merken, daß wir morgen nacht ungefähr um diese Zeit in Sichtweite der kubanischen Küste kreuzen.«

Giordino nickte verständnisvoll. »Das könnte eine goldene Gelegenheit sein, Loren und andere vom Schiff an Land zu bringen, wo man sie dann nicht mehr erreichen kann.«

»Das Schlimme daran ist, daß sie vielleicht nur so lange auf kubanischem Boden bleiben würden, bis man sie in ein Flugzeug nach Moskau setzt.«

Giordino dachte einen Moment darüber nach, dann ging er zu seinem Koffer, nahm die schäbige Perücke heraus und stülpte sie sich auf das gelockte Haar. Darauf blickte er in einen Spiegel und zog eine schreckliche Fratze.

»Schön, Zelda«, sagte er widerwillig, »gehen wir auf die Decks und sehen wir, wen wir auftreiben können.«

54

Am selben Abend berichtete der Präsident im Nationalen Fernsehen über seine Zusammenkunft mit dem sowjetischen Präsidenten Antonow und über die dabei getroffene Vereinbarung. In seiner Ansprache, die dreiundzwanzig Minuten dauerte, gab er einen kurzen Überblick über seine Hilfsprogramme für die Ostblockländer. Er gab auch bekannt, daß er die Sperren und Restriktionen für Käufe von amerikanischer hochentwickelter Technologie durch die Russen aufheben würde. Kein einziges Mal erwähnte er den Kongreß. Er sprach von den Handelsverträgen mit dem Osten, als wären sie bereits im Haushaltsplan vorgesehen und vom Kongreß bewilligt. Er schloß mit dem Versprechen, daß er als nächstes seine gesamte Energie dafür einsetzen würde, die nationale Verbrechensrate herabzusetzen.

Der darauf folgende Aufruhr in Regierungskreisen stellte alle anderen Nachrichten in den Schatten. Curtis Mayo und andere Kommentatoren richteten vernichtende Angriffe gegen den Präsidenten, weil er die Grenzen seiner Machtbefugnisse überschritten hatte. Das Schreckgespenst einer Präsidentendiktatur wurde an die Wand gemalt.

Führer des Kongresses, die während der Ferienzeit in Washington geblieben waren, versuchten mittels einer Telefonaktion ihre Amtskollegen, die sich auf Urlaub befanden oder in ihren Heimatstaaten Wahlkampagnen durchführten, in die Bundeshauptstadt zurückzuholen und eine Krisensitzung abzuhalten. Mitglieder des Repräsentantenhauses und des Senats handelten ohne den Rat ihrer Führer Moran und Larimer, die nicht zu erreichen waren, und bildeten gemeinsam eine geschlossene Front gegen den Präsidenten.

Dan Fawcett stürzte am nächsten Morgen mit hochrotem Gesicht in das ovale Büro. »Gütiger Gott! Herr Präsident, so etwas können Sie doch nicht tun!«

Der Präsident sah ruhig auf. »Sie meinen meine Ansprache von gestern abend?«

»Ja, Sir, die meine ich«, rief Fawcett erregt. »Sie haben praktisch öffentlich erklärt, daß Sie Ihre Hilfsprogramme auch ohne Billigung des Kongresses durchführen würden.«

»Hat es so geklungen?«

»Ja, genau so.«

»Gut.« Der Präsident schlug mit der flachen Hand energisch auf den Tisch. »Denn genau das habe ich vor.«

Fawcett war sprachlos. »Das widerspricht aber doch der Verfassung. Die Machtbefugnisse des Präsidenten erstrecken sich nicht so ...«

»Verdammt noch mal, versuchen Sie nicht, mir vorzuschreiben, wie ich mein Präsidentenamt ausüben soll«, schrie der Präsident plötzlich wütend. »Ich habe es satt, diese eingebildeten Heuchler auf dem Hügel anzuflehen und mit ihnen Kompromisse zu schließen. Kein Tauziehen mehr im Senat und im Repräsentantenhaus. Kein Debattieren mehr über die Parteilinien. Die einzige Art, auf die ich, zum Teufel, hier etwas erreichen kann, ist wohl, mir Boxhandschuhe anzuziehen und Schläge auszuteilen.«

»Sie steuern damit einen gefährlichen Kurs. Der gesamte Kongreß wird sich zusammenschließen und jede Vorlage, die von Ihnen kommt, blockieren.«

»Nein, das wird er nicht!« schrie der Präsident, der dabei aufsprang und um den Schreibtisch herum auf Fawcett zukam. »Der Kongreß wird einfach keine Möglichkeit mehr bekommen, meine Pläne zu durchkreuzen.«

Fawcett konnte ihn nur erschrocken und entsetzt anblicken. »Sie können die Abgeordneten nicht davon abhalten. Sie versammeln sich schon, kommen aus allen Staaten hierher geflogen, um eine Krisensitzung abzuhalten und Sie auszuschalten.«

»Wenn die das glauben«, erklärte der Präsident mit brüchiger Stimme, die Fawcett kaum wiedererkannte, »werden sie eine große Überraschung erleben.«

Der Verkehr am frühen Morgen war noch spärlich, als drei Militärkolonnen aus verschiedenen Richtungen in die Stadt einfuhren. Eine Antiterror-Sonderabteilung aus Fort Belvoir fuhr auf der Anacostia-

Autobahn nach Norden, während eine zweite aus Fort Meade über die Autobahn Baltimore-Washington nach Süden vorstieß. Zur gleichen Zeit fuhr eine dem Marinestützpunkt in Quantico zugeteilte Einheit aus dem Westen über die Rochambeau-Brücke.

Während die langen Reihen der Fünftonner beim Federal Center zusammentrafen, landete eine Staffel Kampfhubschrauber auf dem Gras vor dem Teich, in dem sich das Capitol spiegelte, und entlud seine Besatzung von Elite-Marinetruppen aus dem Camp Lejeune in Nord-Carolina. Die zweitausend Mann starke Sondereinheit bestand aus Katastrophenteams, die rund um die Uhr abrufbereit waren.

Während sie sich um die Bundesgebäude verteilten, evakuierten sie sämtliche Anwesende aus den Räumen des Capitols sowie den Büros des Repräsentantenhauses und des Senats. Dann nahmen sie ihre Stellungen ein und riegelten alle Zugänge ab.

Zuerst dachten die verblüfften Kongreßabgeordneten und ihre Hilfskräfte, daß die Gebäude wegen einer Bombendrohung durch Terroristen geräumt wurden. Ansonsten blieb nur noch als mögliche Erklärung eine nicht angesagte Militärübung. Als sie jedoch erfuhren, daß der gesamte Sitz der amerikanischen Regierung auf Befehl des Präsidenten geschlossen worden war, waren sie geschockt und empört und diskutierten voll leidenschaftlicher Entrüstung miteinander auf dem Gelände östlich des Capitols. Lyndon B. Johnson hatte einmal gedroht, den Kongreß auszusperren, aber niemand hatte es für möglich gehalten, daß es tatsächlich passierte.

Argumente und Forderungen wurden von den entschlossen wirkenden Männern in feldmäßiger Tarnkleidung, die mit automatischen M-20-Gewehren und Nahkampfwaffen ausgerüstet waren, nicht beachtet. Ein im ganzen Land wegen seiner liberalen Haltung geachteter Senator versuchte den Kordon zu durchbrechen und wurde von zwei grimmigen Soldaten zur Straße zurückgeschleppt.

Weder umzingelten die Truppen die Verwaltungsdienststellen oder selbständigen Ämter noch schlossen sie sie. In den meisten Bundesämtern ging der Dienst wie gewohnt weiter. Die Straßen blieben offen, und der Verkehr wurde so rationell umgeleitet, daß es die Bewohner der Stadt geradezu begrüßten.

Die Reporter von Presse und Fernsehen strömten auf das Gelände des Capitols. Das Gras war unter einer Decke von Kabeln und elektronischer Ausrüstung beinahe begraben. Die Interviews vor laufenden Kameras fanden in einer Atmosphäre von Hektik und in einem solchen Gedränge statt, daß sich die Senatoren und Kongreßabgeordneten anstellen mußten, um ihre Einwände gegen die beispiellose Eigenmächtigkeit des Präsidenten zum Ausdruck zu bringen.

Überraschenderweise war die Reaktion der meisten Amerikaner im ganzen Land eher belustigt als empört. Sie saßen vor ihren Fernsehschirmen und beobachteten die Ereignisse, als wäre es eine Zirkusvorstellung. Man war allgemein der Ansicht daß der Präsident dem Kongreß vorübergehend einen Schrecken einjagen wollte und in ein oder zwei Tagen den Truppen Befehl erteilen würde, wieder abzuziehen.

Im Außenministerium saßen Emmett, Brogan und Mercier mit Oates beisammen. Die Stimmung war von einem Gefühl der Unentschlossenheit und der Spannung geprägt.

»Der Präsident ist ein verdammter Narr, wenn er glaubt, daß er mächtiger ist als die verfassungsmäßig gewählten Vertreter«, stellte Oates fest.

Emmett blickte Mercier ruhig an. »Ich kann nicht begreifen, warum Sie nicht geahnt haben, was sich da zusammenbraut.«

»Er hat mich vollkommen übergangen«, wehrte Mercier schüchtern ab. »Er hat nie die leiseste Andeutung über seine Vorhaben gemacht.«

»Jesse Simmons und General Metcalf waren doch bestimmt nicht daran beteiligt?« fragte sie Oates laut.

Brogan schüttelte den Kopf. »Meine Informanten im Pentagon sagen, daß Jesse Simmons es glatt abgelehnt hat.«

»Warum hat er uns dann nicht gewarnt?« wollte Emmett wissen.

»Nachdem Simmons dem Präsidenten unmißverständlich klargemacht hatte, daß er nicht ganz bei Trost sei, war es um ihn geschehen. Eine Militärabteilung eskortierte ihn nach Hause, wo er unter Hausarrest gestellt wurde.«

»O Gott«, murmelte Oates verzweifelt, »es wird jede Minute schlimmer.«

»Was ist mit General Metcalf?« fragte Mercier.

»Ich bin sicher, daß er ebenfalls Einwände erhoben hat«, antwortete Brogan. »Aber Clayton Metcalf ist durch und durch Soldat, und es ist seine Pflicht, die Befehle seines Obersten Kommandierenden auszuführen. Er und der Präsident sind alte, enge Freunde. Zweifellos ist Metcalf der Ansicht, daß er eher dem Mann Treue schuldet, der ihn zum Stabschef ernannt hat, als dem Kongreß.«

Oates' Finger wischten ein imaginäres Stäubchen von der Tischplatte. »Der Präsident verschwindet für zehn Tage und verhält sich nach seiner Rückkehr vollkommen unverständlich.«

»Huckleberry Finn«, sagte Brogan langsam.

»Nach dem Verhalten des Präsidenten in den letzten vierundzwanzig Stunden zu schließen«, meinte Mercier nachdenklich, »sieht das Beweismaterial ziemlich überzeugend aus.«

»Ist Doktor Lugowoj schon wieder aufgetaucht?« fragte Oates.

Emmett schüttelte den Kopf. »Er ist noch immer verschwunden.«

»Wir haben von unseren Agenten in Rußland Berichte über den Doktor erhalten«, erklärte Brogan. »Sein Spezialfach in den letzten fünfzehn Jahren war Bewußtseinsübertragung. Die sowjetischen Nachrichtendienste haben für seine Forschungen ungeheure Summen zur Verfügung gestellt. Hunderte von Juden und Dissidenten, die in den vom KGB eingerichteten Kliniken für Geisteskranke verschwanden, dienten als seine Versuchskaninchen. Und er behauptet, einen Durchbruch auf dem Gebiet der Gedankeninterpretation und -beeinflussung erzielt zu haben.«

»Haben wir nicht auch ein solches Projekt am Laufen?« erkundigte sich Oates.

Brogan nickte. »Unseres hat den Codenamen *Fathom,* Ausloten, und forscht in die gleiche Richtung.«

Oates stützte den Kopf eine Weile in die Hände, dann wandte er sich an Emmett. »Sie haben noch keinen Hinweis auf Vince Margolin, Larimer und Moran?«

»Ich muß leider zugeben«, antwortete Emmett verlegen, »daß ihr Aufenthaltsort noch immer unbekannt ist.«

»Glauben Sie, daß Lugowoj das Experiment zur Bewußtseinsübertragung auch an ihnen durchgeführt hat?«

»Das glaube ich eigentlich nicht. Wenn ich in der Haut der Russen steckte, würde ich sie für den Fall, daß der Präsident nicht programmgemäß auf die Befehle reagiert, in Reserve halten.«

»Sein Bewußtsein könnte sich eventuell ihrem Griff entziehen und auf unvorhersehbare Weise reagieren«, fügte Brogan hinzu. »Das Herumexperimentieren mit dem menschlichen Gehirn ist noch keine perfekte Wissenschaft. Es gibt keine Möglichkeit vorauszusagen, was der Präsident als nächstes tun wird.«

»Der Kongreß kann nicht warten, bis man das herausfindet«, meinte Mercier. »Die Abgeordneten arbeiten mit Eifer daran, einen Ort zu finden, an dem sie zusammenkommen und das Verfahren zur Amtsenthebung einleiten können.«

»Das weiß der Präsident, und er ist nicht dumm«, erwiderte Oates. »Jedesmal, wenn die Mitglieder des Repräsentantenhauses und des

Senats eine Sitzung abhalten, wird er sie durch das Militär auflösen lassen. Solange die Streitkräfte hinter ihm stehen, befinden wir uns in einer aussichtslosen Lage.«

»In Anbetracht der Tatsache, daß eine feindselige ausländische Macht dem Präsidenten buchstäblich vorschreibt, was er tun soll, können Metcalf und der Generalstab der US-Streitkräfte ihn nicht weiterhin unterstützen«, gab Mercier zu bedenken.

»Metcalf weigert sich zu handeln, solange wir ihm nicht unanfechtbare Beweise für die Bewußtseinskontrolle liefern können«, fügte Emmett hinzu. »Aber ich vermute, daß er nur auf einen geeigneten Vorwand wartet, um sich mit dem Kongreß auf Gedeih und Verderb zu verbinden.«

Brogan meinte besorgt: »Wir wollen hoffen, daß er sich nicht zu spät zu diesem Schritt entschließt.«

»Alle Überlegungen laufen also letzten Endes darauf hinaus, daß wir vier einen Weg finden müssen, um den Präsidenten auszuschalten«, faßte Oates ihr Gespräch zusammen.

»Sind Sie heute am Weißen Haus vorbeigefahren?« fragte Mercier.

Oates schüttelte den Kopf. »Nein. Warum?«

»Es sieht aus wie ein Heerlager. Jeder kleinste Fleck des Geländes wimmelte vor Soldaten. Es heißt, daß niemand zum Präsidenten vordringen kann. Ich bezweifle sogar, daß Sie, Herr Außenminister, durch den Vordereingang hineinkämen.«

Brogan überlegte einen Augenblick. »Dan Fawcett steckt noch drinnen.«

»Ich habe mit ihm telefoniert«, berichtete Mercier. »Er hat seinen Widerstand gegen die Handlungsweise des Präsidenten etwas zu deutlich zum Ausdruck gebracht, so daß ich annehme, daß er jetzt im ovalen Büro Persona non grata ist.«

»Wir brauchen jemanden, der das Vertrauen des Präsidenten genießt.«

»Oscar Lucas«, schlug Emmett vor.

»Ein guter Gedanke.« Oates blickte auf. »Als Leiter des Secret Service geht er im Haus frei ein und aus.«

»Jemand wird Dan und Oscar persönlich Anweisungen geben müssen«, riet Emmett.

»Das werde ich besorgen«, meldete sich Brogan freiwillig.

»Haben Sie schon einen Plan?« fragte Oates.

»Nicht ad hoc, aber meine Leute werden sich da schon etwas einfallen lassen.«

»Sie müssen sehr geschickt vorgehen«, betonte Emmett ernst,

»wenn die schlimmsten Befürchtungen unserer Gründungsväter nicht wahr werden sollen.«

»Und was wäre das?« fragte Oates.

»Das Unvorstellbare«, antwortete Emmett. »Ein Diktator im Weißen Haus.«

55

Loren schwitzte fürchterlich. Sie hatte noch nie in ihrem Leben so viel geschwitzt. Ihr Abendkleid war feucht und klebte an ihrem Körper wie eine zweite Haut. Die kleine fensterlose Zelle wirkte wie eine Sauna, und es war schon eine Anstrengung, auch nur zu atmen.

Ihre gesamten körperlichen Annehmlichkeiten bestanden aus einer Toilette und einer Schlafkoje, während eine schwache, an der Decke in einem Drahtkorb befestigte Glühbirne Tag und Nacht brannte. Sie war sicher, daß die Ventilatoren ausgeschaltet worden waren, um ihr Unbehagen zu vergrößern. Als sie ins Schiffsgefängnis gebracht worden war, hatte sie keine Spur von dem Mann gesehen, der vielleicht Alan Moran war. Seit ihrer Gefangenschaft hatte sie weder zu essen noch zu trinken bekommen, und der Hunger nagte in ihrem Inneren. Niemand hatte sie seither aufgesucht, und sie fragte sich allmählich, ob Kapitän Pokofsky sie in Einzelhaft halten wollte, bis sie verhungerte.

Schließlich beschloß sie, auf ihre Eitelkeit zu verzichten, und zog das an ihr klebende Kleid aus. Sie begann Streckübungen zu machen, um sich die Zeit zu vertreiben.

Plötzlich hörte sie gedämpfte Schritte draußen im Korridor. Leise Stimmen sprachen kurz miteinander, dann wurde die Tür aufgeschlossen und geöffnet.

Loren nahm ihr Kleid von der Koje, hielt es vor sich und wich in eine Ecke der Zelle zurück.

Ein Mann senkte den Kopf, während er durch die niedrige Tür trat. Er trug einen billigen Straßenanzug, der vor Jahrzehnten modern gewesen war.

»Kongreßabgeordnete Smith, bitte verzeihen Sie die Lage, in die ich Sie zwangsweise bringen mußte.«

»Nein, ich glaube nicht, daß ich das entschuldigen werde«, sagte sie herausfordernd. »Wer sind Sie?«

»Mein Name ist Paul Suworow. Ich vertrete die Sowjetunion.«

Lorens Stimme war voller Verachtung. »Ist das ein Beispiel dafür, wie Kommunisten amerikanische Regierungsangehörige auf Besuch behandeln?«

»Nicht unter normalen Umständen, aber Sie ließen uns keine andere Wahl.«

»Erklären Sie das bitte näher.« Sie funkelte ihn an.

Er blickte sie unsicher an. »Sie wissen es bereits.«

»Warum helfen sie meinem Gedächtnis nicht ein wenig nach?«

Er zündete eine Zigarette an und warf das Streichholz unbekümmert in die Toilette. »Damals am Abend, als der Hubschrauber landete, hat Kapitän Pokofskys Erster Offizier beobachtet, daß Sie sehr nahe an der Landestelle standen.«

»Das trifft auch auf etliche andere Passagiere zu«, fuhr ihn Loren eisig an.

»Ja, aber sie waren zu weit entfernt, um ein ihnen vertrautes Gesicht zu erkennen.«

»Und Sie glauben, bei mir war es anders?«

»Warum können Sie nicht vernünftig werden, Kongreßabgeordnete? Sie können doch nicht leugnen, daß Sie Ihre Kollegen erkannt haben.«

»Ich weiß nicht, wen Sie meinen.«

»Den Kongreßabgeordneten Alan Moran und Senator Marcus Larimer«, präzisierte er und beobachtete dabei ihre Reaktion aufmerksam.

Lorens Augen weiteten sich, und plötzlich begann sie trotz der brütenden Hitze zu zittern. Zum erstenmal, seit sie eingesperrt worden war, trat Verzweiflung an die Stelle ihrer Empörung.

»Moran und Larimer befinden sich ebenfalls an Bord?«

Er nickte. »In der Zelle nebenan.«

»Das kann doch nur ein Witz sein«, stammelte sie bestürzt.

»Kein Witz«, lächelte Suworow. »Sie sind Gäste des KGB, ebenso wie Sie.«

Loren schüttelte ungläubig den Kopf. So kann das Leben einem Menschen doch nicht mitspielen, dachte sie, außer in Alpträumen. Sie glaubte der Wirklichkeit nicht mehr trauen zu können.

»Ich genieße diplomatische Immunität«, sagte sie. »Ich verlange, sofort freigelassen zu werden.«

»Sie besitzen keinerlei Macht, nicht hier an Bord der *Leonid Andrejew*«, erinnerte Suworow sie mit kalter, unbeteiligter Stimme.

»Wenn meine Regierung davon erfährt . . .«

»Das wird sie nicht«, unterbrach er sie. »Wenn das Schiff auf der

Rückfahrt nach Miami Jamaika verläßt, wird Kapitän Pokofsky voll Bedauern und Anteilnahme bekanntgeben, daß die Kongreßabgeordnete Loren Smith über Bord gegangen und vermutlich ertrunken ist.«

Lähmende Hoffnungslosigkeit erfaßte Loren.

»Was wird mit Moran und Larimer geschehen?«

»Ich bringe sie nach Rußland.«

»Aber mich werden Sie umbringen.« Es war mehr eine Feststellung als eine Frage.

»Die beiden sind hochrangige Mitglieder Ihrer Regierung. Ihre Kenntnisse werden sich als recht nützlich erweisen, sobald wir sie dazu überredet haben, sie uns zur Verfügung zu stellen. Leider sind *Sie* dieses Risiko nicht wert.«

Fast hätte Loren gesagt, »als Mitglied des Verteidigungsausschusses weiß ich ebensoviel wie sie«, erkannte aber die Falle rechtzeitig und schwieg. Suworow kniff die Augen zusammen. Er streckte die Hand aus, riß ihr das Kleid weg und warf es zur Tür hinaus. »Sehr hübsch«, meinte er. »Vielleicht könnte ich, wenn wir handelseinig würden, einen Grund finden, Sie mit mir nach Moskau zu nehmen.«

»Der armseligste Trick auf der Welt«, fuhr ihn Loren verächtlich an.

»Sie sind noch nicht einmal originell.«

Er trat vor, holte mit der Hand aus und schlug sie ins Gesicht. Sie stolperte an das Stahlschott zurück, sank in die Knie und starrte mit Angst und Abscheu in den Augen zu ihm empor.

Er packte sie an den Haaren und riß ihren Kopf zurück. Der höfliche Konversationston verschwand aus seiner Stimme. »Ich wollte immer schon wissen, wie es wäre, ein hochrangiges kapitalistisches Miststück zu ficken.«

Als Antwort packte ihn Loren blitzschnell an den Hoden und drückte sie mit aller Kraft zusammen. Suworow schrie vor Schmerz auf und schlug ihr die Faust knapp unter dem linken Auge an die Wange. Loren fiel seitwärts in die Ecke, während Suworow mit den Händen sich zwischen die Schenkel faßte und wie ein wütendes Tier in der winzigen Zelle herumrannte, bis der stechende Schmerz endlich nachließ. Dann zerrte er Loren brutal hoch und schleuderte sie auf das Bett.

Er beugte sich über sie und riß ihr die Unterwäsche vom Körper. »Du stinkendes Miststück!« knurrte er. »Du wirst dir noch einen schnellen Tod wünschen.«

Tränen des Schmerzes traten Loren in die Augen, während sie an die Grenze zur Bewußtlosigkeit geriet. Durch den Tränenschleier sah sie undeutlich, wie Suworow langsam seinen Gürtel abnahm, ihn um eine Hand wickelte und die Schnalle frei schwingen ließ. Sie versuchte ihre Muskeln für den kommenden Schlag anzuspannen, als er den Arm hob, doch sie war dazu zu schwach.

Plötzlich schien Suworow einen dritten Arm zu bekommen. Er glitt über seine rechte Schulter und schloß sich dann um seinen Hals. Der Gürtel fiel auf den Boden, und sein Körper verharrte.

Schrecken spiegelte sich in Suworows Gesicht, der Schock des Nichtverstehens; dann begriff er die Ereignisse entsetzt, als seine Luftröhre qualvoll langsam und unbarmherzig zugedrückt und die Luftzufuhr abgeschnürt wurde. Er wehrte sich zwar gegen den erbarmungslosen Druck, warf seinen Körper in der Zelle hin und her, doch der Arm ließ nicht locker. Plötzlich kam ihm blitzartig die Erkenntnis, daß dies seine letzten Augenblicke sein würden. Das Entsetzen und der Mangel an Sauerstoff verzerrten sein schon blaurot angelaufenes Gesicht. Seine erstickende Lunge rang nach Luft, und seine Arme schlugen in wilder Verzweiflung um sich.

Loren versuchte die Hände vors Gesicht zu halten, um dem scheußlichen Anblick zu entgehen, doch sie gehorchten ihr nicht mehr. Sie konnte nur sitzenbleiben und mit morbider Faszination zusehen, wie das Leben aus Suworows Körper wich, wie sein heftiges Umsichschlagen schwächer wurde, bis schließlich die Augen aus ihren Höhlen traten und der Körper erschlaffte. Mehrere Sekunden lang hielt ihn der geisterhafte Arm aufrecht, bis dieser Suworows Hals freigab und den Toten wie ein Bündel auf das Deck fallen ließ.

Eine andere Gestalt nahm Suworows Platz im Eingang der Zelle ein, und Loren starrte in ein freundliches Gesicht mit dunkelgrünen Augen und einem schwachen, spitzbübischen Grinsen.

»Unter uns gesagt«, feixte Pitt, »ich habe nie den Unsinn geglaubt, daß das Vorspiel schon das halbe Vergnügen ist.«

56

Zwölf Uhr mittags, ein strahlend azurblauer Himmel mit kleinen Wölkchen wie aus Watte, die vor einer sanften Brise aus Westen segelten; die *Leonid Andrejew* war eben dabei, in achtzehn Meilen Entfernung an Cabo Maisi, der östlichsten Spitze Kubas, vorbeizufahren.

Viele der Passagiere, die an den Swimmingpools in der Sonne lagen, bemerkten die palmenbestandene Küstenlinie am Horizont gar nicht. Für sie war es nur eine unter hundert anderen Inseln, an denen sie vorbeigekommen waren, nachdem sie Florida verlassen hatten.

Kapitän Pokofsky stand mit einem Feldstecher vor Augen auf der Brücke. Er beobachtete ein kleines Motorboot, das vom Land in einem Bogen zu seiner Steuerbordseite schwenkte. Es war alt, der Bug fast gerade, und der Rumpf schwarz gestrichen. Die über der Wasserlinie liegenden Teile waren aus poliertem Mahagoni, und auf dem Heck stand in goldenen Lettern der Name »Pilar«. Es sah aus wie ein ausgezeichnet erhaltenes Museumsstück. Auf dem Flaggenstock am Heck führte es das umgekehrte amerikanische Sternenbanner, was als Notsignal zu verstehen war.

Pokofsky trat an das automatische Schaltpult des Schiffes und drückte auf den Schalter »Langsame Fahrt«. Unmittelbar darauf spürte er, wie die Maschinen die Drehzahl verringerten. Dann wartete er einige Minuten, bis das Schiff nur noch dahinkroch, beugte sich vor und drückte auf den Hebel für »Maschinen Stop«.

Er wollte gerade auf das Brückendeck zugehen, als sein Erster Offizier die Niedergangtreppe vom darunterliegenden Deck herauflief.

»Kapitän«, keuchte er, »ich komme eben von den Zellen. Die Gefangenen sind verschwunden.«

Pokofsky richtete sich auf. »Verschwunden? Sie meinen geflohen?«

»Ja, Sir, ich war auf einer Routine-Inspektion, als ich die beiden Wachen bewußtlos in einer der Zellen eingeschlossen fand. Der KGB-Agent ist tot.«

»Paul Suworow ist ermordet worden?«

Der erste Offizier nickte. »Allem Anschein nach wurde er erwürgt.«

»Warum haben Sie mich nicht sofort über das Schiffstelefon verständigt?«

»Ich hielt es für besser, es Ihnen persönlich zu melden.«

»Sie haben natürlich recht gehabt«, gab Pokofsky zu. »Das hätte in keinem ungünstigeren Augenblick passieren können. Die Sicherheitsbeamten aus Kuba sind gerade auf dem Wege, die Gefangenen an Land zu bringen.«

»Wenn Sie sie hinhalten könnten, bin ich sicher, daß eine Durchsuchung des Schiffes die Amerikaner bald zutage bringen wird.«

Pokofsky starrte durch die Tür auf das näherkommende Boot. »Sie werden warten müssen«, meinte er zuversichtlich. »Unsere Gefangenen sind zu wichtig, um sie an Bord zurückzulassen.«

»Da ist noch etwas, Sir«, machte ihn der Erste Offizier aufmerksam. »Die Amerikaner müssen Hilfe erhalten haben.«

»Sie sind nicht allein ausgebrochen?« fragte Pokofsky erstaunt.

»Unmöglich. Zwei alte Männer in geschwächtem Zustand und eine Frau hätten nie zwei Sicherheitsbeamte überwältigen und einen KGB-Profi ermorden können.«

»Verdammt!« fluchte Pokofsky. Er schlug ärgerlich die Faust in die andere Handfläche, sowohl von Besorgnis wie von Zorn erfaßt. »Das kompliziert die Lage erheblich.«

»Könnten sich Leute von der CIA heimlich an Bord geschlichen haben?«

»Das glaube ich kaum. Wenn die Regierung der Vereinigten Staaten nur im entferntesten den Verdacht hegte, daß Männer aus der Führungsriege ihrer Regierung an Bord der *Leonid Andrejew* festgehalten werden, würde sich ihre Navy wie wilde Bären auf uns stürzen. Sehen Sie doch selbst: keine Schiffe, kein Flugzeug weit und breit, und der Kriegshafen an der Guantanamo-Bucht ist nur sechzig Kilometer entfernt.«

»Wer dann sonst?« fragte der Erste Offizier. »Mit Sicherheit kein Mann von unserer Besatzung.«

»Es kann nur ein Passagier gewesen sein«, vermutete Pokofsky. Er überlegte schweigend. Auf der Brücke herrschte vollkommene Stille. Endlich blickte er auf und begann Befehle zu erteilen. »Rufen Sie sämtliche verfügbaren Offiziere und bilden Sie Suchtrupps zu je fünf Mann. Teilen Sie das Schiff vom Kiel bis zum Sonnendeck in Sektoren auf. Alarmieren Sie die Wachen und ziehen Sie auch die Stewards heran. Überlegen Sie sich einen glaubwürdigen Vorwand für die Passagiere, weshalb Sie in ihre Kabinen eindringen müssen. Wechseln der Bettwäsche, Reparaturen der Wasserleitungen, Kontrolle der Feuerlöscher, alles, was zu der Situation paßt. Sagen oder tun Sie aber nichts, was bei den Passagieren Verdacht erregen oder sie veranlassen könnte, peinliche Fragen zu stellen. Seien Sie so geschickt wie möglich und ohne Gewaltanwendung, aber bringt die Smith und die beiden Männer rasch wieder in Gewahrsam.«

»Was soll mit Suworows Leiche geschehen?«

Pokofsky zögerte keinen Augenblick. »Bereiten Sie einen passenden Nachruf für unseren Genossen vom KGB vor«, meinte er sarkastisch. »Sobald es dunkel ist, werfen Sie ihn mit dem Müll über Bord.«

»Ja, Sir«, bestätigte der Erste Offizier lächelnd und eilte davon.

Pokofsky nahm einen Lautsprecher von einem Regal am Schott und trat auf das Brückendeck hinaus. Das kleine Motorboot trieb in fünfzig Meter Entfernung.

»Sind Sie in Seenot?« fragte er mit dröhnender Stimme.

Ein Mann von vierschrötiger Statur, dessen Haut die Farbe einer alten Brieftasche hatte, hielt die Hände trichterförmig an den Mund und rief zurück. »Wir haben Leute an Bord, die schwer erkrankt sind. Ich befürchte eine Infektion mit Leichengift. Könnten wir an Bord kommen und Ihre medizinischen Einrichtungen benützen?«

»Selbstverständlich«, antwortete Pokofsky. »Kommen Sie längsseits. Ich werde die Gangway hinunterlassen.«

Pitt beobachtete das Spektakel interessiert und durchschaute den Schwindel. Zwei Männer und eine Frau stiegen mühsam die Metalltreppe hinauf, drückten krampfhaft die Hände auf ihr Zwerchfell und taten, als hätten sie qualvolle Bauchschmerzen. Er verlieh ihnen zwei Sterne für ihre bühnenreife Darstellung.

Er nahm an, daß nach einer entsprechenden Zeitspanne für die angebliche medizinische Behandlung Loren, Moran und Larimer ihre Plätze im Motorboot eingenommen hätten. Er konnte sich auch vorstellen, daß der Kapitän die Kreuzfahrt erst fortsetzen würde, wenn das Schiff gründlich durchsucht und die Kongreßabgeordneten gefunden worden waren.

Er verließ die Reling, mischte sich unter die übrigen Passagiere, die bald zu ihren Liegestühlen und Tischen um die Swimmingpools und an den Cocktailbars zurückkehrten, und fuhr mit dem Fahrstuhl zu seinem Deck. Als sich die Türen öffneten und er auf den Korridor hinaustrat, streifte er einen Steward, der den Lift betrat.

Pitt bemerkte flüchtig, daß der Steward Asiate war, vermutlich Mongole, wenn er auf einem russischen Schiff diente. Er ging an ihm vorbei und zu seiner Kabine.

Der Steward starrte Pitt neugierig an. Dann wechselte sein Gesichtsausdruck zu offenem Staunen, während er Pitt nachsah. Er glotzte noch immer verdutzt, als sich die Tür schloß und der Fahrstuhl ohne ihn nach oben fuhr.

Pitt bog um die Ecke des Korridors und erblickte einen Schiffsoffizier mit mehreren Matrosen, die vor einer Kabine auf der gegenüberliegenden Seite, drei Türen von der seinen entfernt, warteten. Keiner von ihnen zeigte die an Bord sonst übliche Fröhlichkeit. Ihr Gesichtsausdruck war vielmehr todernst. Er fischte in seiner Tasche nach dem Schlüssel für seine Kabine, während er sie aus dem Augenwinkel beobachtete. Kurz darauf kam eine Stewardeß aus jener Kabine, richtete einige russische Worte an den Offizier und schüttelte den Kopf. Dann gingen sie zur nächsten Kabine weiter und klopften an.

Pitt trat schnell ein und schloß die Tür. Der kleine Raum sah aus wie eine Szene aus einem Marx-Brothers-Film. Loren saß auf dem oberen Pullmanbett, während Moran und Larimer sich das untere teilten. Alle drei machten sich heißhungrig über ein Tablett mit Hors d'œuvres her, das Giordino vom Buffet im Speisesaal herausgeschmuggelt hatte.

Giordino saß auf einem Hocker, der halb im Badezimmer stand, und winkte ihm lässig zu. »Hast du etwas Interessantes gesehen?«

»Die kubanischen Verbindungsleute sind eingetroffen«, antwortete Pitt. »Sie treiben längsseits und warten auf einen Passagieraustausch.«

»Die Gauner werden lang warten müssen«, knurrte Giordino.

»Ich schätze, ungefähr vier Minuten. So lang wird es dauern, bis wir alle in Ketten auf ein Boot mit Kurs auf Havanna geworfen werden.«

»Sie müssen uns finden«, äußerte Larimer mit dumpfer Stimme. Pitt hatte schon viele solcher Männer gesehen: die wachsbleiche Haut; die Augen, die einst vor Autorität gefunkelt hatten, aber nun leer waren; die abschweifenden Gedanken. Trotz seines Alters und der langen Jahre zügellosen Lebens inmitten der politischen Arena war Larimer noch immer ein kräftiger Mann. Aber sein Herz und der Kreislauf waren dem Streß und dem Bangen ums Überleben in einer bedrohlichen Situation nicht mehr gewachsen. Pitt mußte nicht Arzt sein, um zu wissen, daß der Mann dringend ärztliche Behandlung benötigte.

»Ein russischer Suchtrupp befindet sich soeben auf der gegenüberliegenden Seite des Korridors«, erklärte er.

»Wir können uns doch nicht wieder von ihnen einsperren lassen«, schrie Moran, sprang auf und blickte wild um sich. »Wir müssen fliehen.«

»Sie würden nicht einmal bis zum Fahrstuhl kommen«, fuhr Pitt ihn an und packte ihn am Arm wie ein Kind, das einen Wutanfall hat. Er hatte für Moran nicht viel übrig, denn der Sprecher des Repräsentantenhauses kam ihm wie ein hinterhältiger Schleicher vor.

»Es gibt keinen Unterschlupf, in dem wir uns verstecken können.« Lorens Stimme klang nicht ganz beherrscht.

Pitt antwortete ihr nicht, sondern ging an Giordino vorbei ins Badezimmer. Er schob den Duschvorhang zurück und drehte das heiße

Wasser auf. Kaum eine Minute später wallten Dampfwolken aus dem engen Raum.

»Okay«, verfügte Pitt, »alle zusammen in die Dusche!«

Niemand rührte sich. Alle starrten ihn an, während er wie ein Gespenst in der von Dampf erfüllten Türöffnung stand, als stamme er aus einer anderen Welt.

»Ein bißchen plötzlich!« befahl er scharf. »Sie können jede Sekunde hier sein.«

Giordino schüttelte verwirrt den Kopf. »Wie willst du drei Menschen in diese Duschkabine bekommen? Sie bietet kaum genügend Platz für einen einzigen.«

»Setz deine Perücke auf! Du gehst auch hinein.«

»Alle vier?« murmelte Loren ungläubig.

»Entweder ihr schafft es oder ihr bekommt eine kostenlose Reise nach Moskau. Übrigens quetschen Studenten immer wieder ganze Heerscharen ihrer Freunde als Happening in Telefonzellen.«

Giordino stülpte sich die Perücke über den Kopf, während Pitt wieder ins Badezimmer trat und das Wasser auf Lauwarm drehte. Er plazierte den zitternden Moran in Hockstellung zwischen Giordinos Beine. Larimer drückte seinen schweren Körper in die hinterste Ekke, während Loren auf Giordinos Rücken kletterte. Schließlich waren sie alle in die Kabine gezwängt und wurden von dem Wasser aus dem Brausekopf durchnäßt. Pitt war im Begriff, das heiße Wasser aufzudrehen, um die Dampfwolke zu verdichten, als man an die Tür klopfte.

Er lief hin und öffnete, so daß sich keine verdächtige Pause ergab. Der Schiffsoffizier verbeugte sich lächelnd.

»Mr. Gruber, nicht wahr? Tut mir sehr leid, Sie zu stören, aber wir führen eine Routinekontrolle der Feuerlöschanlagen durch. Stört es Sie, wenn wir hineinkommen?«

»Aber keineswegs«, sagte Pitt zuvorkommend. »Kein Problem bei mir, aber meine Frau steht unter der Dusche.«

Der Offizier nickte der Stewardeß zu, die sich an Pitt vorbeizwängte und so tat, als würde sie die Wasserdüsen an der Decke kontrollieren. Dann zeigte sie auf die Badezimmertür. »Darf ich?«

»Gehen Sie nur hinein«, gestattete Pitt bereitwillig. »Es wird ihr nichts ausmachen.«

Die Stewardeß öffnete die Tür und wurde von einer Dampfwolke eingehüllt. Pitt ging hin und beugte sich ins Badezimmer. »Hör mal, Liebste, unsere Stewardeß will die Feuerlöschanlagen kontrollieren. Einverstanden?«

Als die Wolke durch die Tür abzuziehen begann, sah die Stewardeß einen strähnigen Haarwust und ein Paar Augen mit dichten Brauen hinter dem Duschvorhang hervorlugen.

»Alles in Ordnung«, ertönte Lorens Stimme. »Und könnten Sie uns bitte ein paar zusätzliche Handtücher bringen, wenn Sie daran denken?«

Die Stewardeß nickte nur und sagte: »Ich bringe sie gleich.«

Pitt kauerte lässig auf einem Canapé und bot dem Ersten Offizier auch einen Platz an, der höflich ablehnend den Kopf schüttelte.

»Ich freue mich richtiggehend, daß ihr euch so für die Sicherheit eurer Passagiere interessiert«, lobte Pitt.

»Wir tun nur unsere Pflicht«, entgegnete der Erste Offizier und warf einen vielsagenden Blick auf den halbverzehrten Berg von Hors d'œuvres. »Ich sehe, Ihnen sagt auch die Küche unseres Schiffes zu.«

»Meine Frau und ich sind richtig versessen auf pikante Vorspeisen«, erklärte Pitt. »Wir essen sie lieber als ein Hauptgericht.«

Die Stewardeß kam aus dem Badezimmer und meldete dem Ersten Offizier etwas. Das einzige Wort, das Pitt verstand, war »njet«.

»Verzeihen Sie bitte die Störung«, entschuldigte sich der Offizier höflich.

»Sie sind jederzeit willkommen«, antwortete Pitt.

Sobald das Türschloß klickte, stürzte Pitt zum Badezimmer. »Bleibt alle, wo ihr seid«, befahl er. »Rührt euch nicht.« Dann legte er sich auf ein Bett und schob sich Kaviar auf dünnem Toast in den Mund.

Zwei Minuten später sprang die Tür plötzlich auf, die Stewardeß schoß herein wie ein geölter Blitz, und ihre Blicke durchsuchten die Kabine.

»Kann ich Ihnen behilflich sein?« murmelte Pitt mit vollem Mund.

»Ich habe die Handtücher gebracht«, erklärte sie.

»Werfen Sie sie nur auf das Waschbecken im Badezimmer«, ordnete Pitt lässig an.

Sie hielt sich genau daran, und als sie die Kabine verließ, lächelte sie Pitt vollkommen unbefangen zu.

Er wartete noch zwei Minuten, dann öffnete er die Tür einen Spalt weit und spähte hinaus auf den Korridor. Der Suchtrupp betrat gerade eine Kabine am Ende des Korridors. Pitt kehrte ins Badezimmer zurück, langte hinein und drehte den Wasserhahn ab.

Wer immer den Satz »Sie sehen aus wie gebadete Mäuse« geprägt hat, muß dabei an die armen Wesen gedacht haben, die in dieser Mini-Dusche zusammengedrängt waren. Ihre Fingerspitzen begannen runzlig zu werden, und ihre Kleidung war vollkommen durchtränkt. Giordino kam als erster heraus und schleuderte seine durchweichte Perücke in das Waschbecken. Loren kletterte von seinem Rücken und begann sofort, ihr Haar trockenzureiben. Pitt half Moran auf die Beine und schleppte Larimer zu einem Bett.

»Eine kluge Maßnahme«, sagte Pitt zu Loren und küßte sie auf den Nacken, »weitere Handtücher zu verlangen.«

»Ich hielt es jedenfalls in unserer Lage für das richtige.«

»Sind wir jetzt in Sicherheit?« erkundigte sich Moran. »Werden sie wiederkommen?«

»Wir haben es erst geschafft, wenn wir das Schiff verlassen haben«, erklärte Pitt. »Und wir können damit rechnen, daß sie uns noch einmal besuchen werden. Wenn sie diese Suche erfolglos abgeschlossen haben, werden sie ihre Anstrengungen bei einer zweiten verdoppeln.«

»Hast du noch mehr blendende Zaubertricks auf Lager, Houdini?« fragte Giordino.

»Ja«, antwortete Pitt, ohne mit der Wimper zu zucken, »die habe ich tatsächlich.«

57

Der zweite Ingenieur ging über einen Laufsteg zwischen den wichtigen Treibstofftanks, die zwei Decks hoch über ihm aufragten. Er unternahm eine routinemäßige Wartungskontrolle nach undichten Stellen in den Rohren, die das Öl zu den Kesseln beförderten, mit deren Dampf die 27 000 Pferdekräfte starken Turbinen der *Leonid Andrejew* angetrieben wurden

Er pfiff leise vor sich hin, seine einzige Begleitung bildete das Summen der Turbogeneratoren jenseits des Vorschiffsschotts. Er wischte immer wieder mit einem Lappen Rohrverbindungen oder Ventile ab und nickte befriedigt, wenn dieser sauber blieb.

Plötzlich blieb er stehen und horchte. Das Geräusch von Metall auf Metall kam von einem schmalen Laufsteg, der nach rechts abzweigte. Neugierig ging er langsam und ruhig den schwach beleuchteten Steg entlang. An seinem Ende, wo der Laufsteg abbog und zwischen den Öltanks und der inneren Rumpfabdeckung hindurchführte, blieb er stehen und spähte in die Dunkelheit.

Eine Gestalt in Stewarduniform befestigte etwas an der Seite des

Öltanks. Der Zweite Ingenieur trat auf leisen Sohlen näher, bis er nur noch drei Meter entfernt war.

»Was tun Sie da?« fragte er.

Der Steward drehte sich langsam um und richtete sich auf. Der Ingenieur sah, daß er Asiate war. Die weiße Uniform war mit Öl beschmutzt, und hinter ihm lag ein Seesack offen auf dem Laufsteg. Der Steward lächelte breit und traf keine Anstalten zu antworten.

Der Ingenieur trat noch ein paar Schritte näher. »Sie haben hier nichts zu suchen. Der Zutritt zu diesem Teil des Schiffs ist der Mannschaft vom Passagierdienst verboten.«

Noch immer kam keine Antwort.

Dann bemerkte der Ingenieur einen merkwürdigen, unförmigen Klumpen, der an der Seitenfläche des Öltanks befestigt war. Zwei Kupferdrähte führten von ihm zu einem Uhrmechanismus neben dem Seesack.

»Eine Bombe!« platzte er erschrocken heraus. »Verdammt, Sie legen ja eine Bombe!«

Er wirbelte herum und rannte wild schreiend über den Laufsteg. Er hatte noch keine fünf Schritte zurückgelegt, als zwischen den engen Stahlwänden ein Geräusch widerhallte, das wie zweimaliges rasch aufeinanderfolgendes Händeklatschen klang, und die Kugeln aus einer Automatik mit Schalldämpfer seinen Hinterkopf zerrissen.

Die obligaten Trinksprüche wurden ausgebracht, die Gläser mit eiskaltem Wodka geleert und schnell wieder nachgefüllt. Pokofsky spielte an der Hausbar in seiner Kabine den Wirt und wich dem eisigen, durchdringenden Blick des Mannes aus, der auf dem Ledersofa saß.

Gejdar Ombrikow, Chef des KGB in Havanna, war nicht gerade rosig gelaunt. »Ihr Bericht wird bei meinen Vorgesetzten nicht gut ankommen«, drohte er. »Ein in Ihrem Kommandobereich ermordeter Agent wird als eklatanter Fall von Nachlässigkeit betrachtet werden.«

»Das hier ist ein Kreuzfahrtschiff.« Pokofskys Gesicht rötete sich verärgert. »Es wurde zu dem Zweck entworfen und in Dienst gestellt, um dem sowjetischen Finanzministerium harte westliche Währung einzubringen. Wir sind also kein schwimmendes Hauptquartier des Komitees für Staatssicherheit.«

»Wie erklären Sie sich dann, daß unser Auslandsdirektorium zehn Agenten an Bord Ihres Schiffes entsendet hat, damit sie die Gespräche der Passagiere abhören?«

»Ich versuche, nicht darüber nachzudenken.«
»Sie sollten es aber schleunigst.« Ombrikows Ton war drohend.
»Ich habe genug damit zu tun, das Kommando für dieses Schiff zu führen«, sagt Pokofsky rasch. »Der Tag hat nicht genügend Stunden, als daß ich auch noch Spionagedienst leisten könnte.«
»Dennoch hätten Sie bessere Vorsichtsmaßnahmen treffen sollen. Wenn die amerikanischen Politiker entkommen und ihre Geschichte erzählen, werden die Auswirkungen katastrophale Folgen für unsere Auslandsbeziehungen haben.«
Pokofsky stellte seinen Wodka auf die Hausbar, ohne ihn anzurühren. »Es gibt keinen Winkel auf diesem Schiff, in dem sie sich lange verstecken können. Sie werden sich innerhalb einer Stunde wieder in unserer Gewalt befinden.«
»Das hoffe ich auch«, sagte Ombrikow scharf. »Die amerikanische Marine wird sich allmählich fragen, warum sich ein sowjetisches Kreuzfahrtschiff vor ihrer kostbaren kubanischen Basis herumtreibt, und eine Patrouille aussenden.«
»Sie würden nicht wagen, an Bord der *Leonid Andrejew* zu kommen.«
»Nein, aber mein kleines Motorboot führt die Flagge der Vereinigten Staaten. Sie werden keine Bedenken haben, zu einer Inspektion an Bord zu kommen.«
»Es ist ein interessantes altes Boot.« Pokofsky versuchte das Thema zu wechseln. »Wo haben Sie es gefunden?«
»Eine private Leihgabe von unserem Freund Castro. Es hat dem Autor Ernest Hemingway gehört.«
»Ja, ich habe vier seiner Bücher gelesen . . .«
Pokofsky wurde durch das plötzliche Erscheinen des Ersten Offiziers unterbrochen, der eintrat, ohne anzuklopfen.
»Ich bitte um Vergebung für mein Eindringen, Kapitän, aber könnte ich Sie einen Augenblick unter vier Augen sprechen?«
Pokofsky entschuldigte sich bei Ombrikow und verließ die Kabine.
»Was gibt es?«
»Wir haben sie nicht gefunden«, meldete der Offizier besorgt.
Pokofsky zögerte einige Augenblicke, zündete sich trotz des offiziellen Rauchverbots eine Zigarette an und musterte seinen Ersten Offizier mißbilligend. »Dann schlage ich vor, daß Sie das Schiff noch einmal und diesmal sorgfältiger durchsuchen. Und nehmen Sie auch die Passagiere auf den Decks genauer unter die Lupe. Vielleicht verstecken sie sich in der Menge.«

Der Erste Offizier nickte und hastete davon. Pokofsky kehrte in seine Kabine zurück.

»Probleme?« fragte Ombrikow.

Ehe Pokofsky antworten konnte, spürte er, wie ein leises Zittern durch das Schiff lief. Er wartete etwa eine halbe Minute, erstaunt, angespannt und aufmerksam, aber es schien wieder vorbei zu sein.

Dann plötzlich wurde die *Leonid Andrejew* von einer heftigen Explosion erschüttert, die sie weit nach Steuerbord drängen ließ, Menschen zu Boden schleuderte und eine Schockwelle durch das ganze Schiff jagte. An der Backbordseite des Rumpfes brach eine riesige Feuerwand heraus, es regnete glühende Stahltrümmer und Öl auf die ungeschützten Decks. Der Krach dröhnte über das Wasser, bis er schließlich erstarb und nur noch unheimliche Stille und eine dicke Säule aus schwarzem Rauch zurückließ, der sich wie ein Pilz zum Himmel erhob.

Was keiner der siebenhundert Passagiere und Besatzungsmitglieder wußte, was viele von ihnen nie mehr erfahren würden, war die Tatsache, daß tief mittschiffs die Öltanks explodiert waren, halb über und halb unter der Wasserlinie ein klaffendes Loch gerissen hatten und einen blaugrünen Flammenstrom brennenden Öls über die Deckaufbauten sprühten, der die Opfer versengte und die Teakdecks mit der Schnelligkeit eines Buschfeuers in Flammen setzte.

Beinahe sofort verwandelte sich die *Leonid Andrejew* von einem Luxus-Kreuzfahrtschiff in einen sinkenden, lodernden Scheiterhaufen.

Pitt regte sich und fragte sich benommen, was geschehen war. Eine volle Minute lang, bis der Schock abklang, blieb er auf dem Deck liegen, auf das ihn die Wucht der Erschütterung geschleudert hatte, und versuchte sich zu orientieren. Langsam stemmte er sich auf Hände und Knie, dann zog er seinen schmerzenden Körper an einem Türknopf in die Höhe. Er fühlte sich angeschlagen, aber noch funktionsfähig, nichts war gebrochen oder verrenkt, also drehte er sich um und kümmerte sich um die anderen.

Giordino hockte halb, halb lag er auf der Schwelle zur Duschzelle. Er konnte sich nur erinnern, daß er zuletzt in der Kabine gesessen hatte. Ein erstaunter Ausdruck lag in seinen Augen, aber er schien auch unverletzt zu sein. Moran und Loren waren von den Betten gefallen und lagen mitten in der Kabine. Beide waren betäubt und würden ein bis zwei Wochen lang schwarze und blaue Flecken am ganzen Körper tragen, waren aber sonst unverletzt.

Larimer kauerte zusammengekrümmt in der hinteren Ecke der Kabine. Pitt ging zu ihm und hob vorsichtig seinen Kopf. Über der linken Schläfe des Senators bildete sich eine häßliche Beule, und von der gespaltenen Lippe tropfte Blut. Er war bewußtlos, atmete jedoch gleichmäßig. Pitt schob ein Kissen von dem unteren Bett unter seinen Kopf.

Giordino ergriff als erster das Wort. »Wie geht es ihm?«

»Nur bewußtlos«, antwortete Pitt.

»Was ist geschehen?« murmelte Loren benommen.

»Eine Explosion«, sagte Pitt, »irgendwo vorn, wahrscheinlich im Maschinenraum.«

»Die Kessel?« schlug Giordino vor.

»Moderne Kessel besitzen Sicherheitsvorrichtungen, damit sie nicht explodieren.«

»Gott«, jammerte Loren, »meine Ohren klingen noch immer.«

Über Giordinos Gesicht glitt ein merkwürdiger Ausdruck. Er nahm eine Münze aus der Tasche und ließ sie über das harte, von einem Teppich bedeckte Deck rollen. Statt ihren Schwung zu verlieren und zu kreisen, bis sie umfiel, behielt sie ihre Geschwindigkeit durch die ganze Kabine bei, als würde sie von einer unsichtbaren Hand vorwärts getrieben, und klimperte gegen das Schott an der anderen Seite.

»Das Schiff hat Schlagseite«, verkündete Giordino unbeeindruckt.

Pitt ging zur Tür und öffnete sie einen Spalt breit. Der Korridor füllte sich schon mit Passagieren, die aus ihren Kabinen herausstolperten und ziellos und bestürzt umherirrten. »Damit wäre Plan B erledigt.«

Loren sah ihn fragend an. »Plan B?«

»Meine Idee, das Boot aus Kuba zu stehlen. Ich glaube nicht, daß wir dort Plätze bekommen werden.«

»Wovon sprechen Sie eigentlich?« erkundigte sich Moran. Er erhob sich unsicher auf die Füße und hielt sich als Stütze an einer Bettkante fest. »Ein Trick, es ist ein billiger Trick, um uns aufzustöbern.«

»Ein verdammt kostspieliger Trick, wenn Sie mich fragen«, murrte Giordino bösartig. »Die Explosion muß das Schiff ernsthaft beschädigt haben. Offensichtlich dringt Wasser ein.«

»Werden wir sinken?« fragte Moran ängstlich.

Pitt schenkte ihm keine Beachtung, sondern spähte wieder aus dem Türspalt. Die meisten Passagiere verhielten sich ruhig, aber einige begannen zu schreien und zu weinen. Zusehends wurde der Korridor durch Menschen verstopft, die unsinnigerweise persönliche Habseligkeiten und hastig gepackte Koffer trugen. Dann roch Pitt brennende Farbe und sah sofort danach einen Rauchstreifen. Er schlug die Tür zu, riß die Decke von den Betten und warf sie Giordino zu.

»Schnell, mach sie klitschnaß, ebenso alle Handtücher, die du in der Dusche finden kannst.«

Giordino warf einen Blick auf Pitts todernste Miene und tat, was ihm befohlen wurde. Loren kniete nieder und bemühte sich, Larimers Kopf und Schultern vom Boden hochzuheben. Der Senator stöhnte, öffnete die Augen, er blickte zu Loren empor, als versuchte er, sie zu erkennen. Moran drückte sich an das Schott und flüsterte vor sich hin.

Pitt stieß Loren grob zur Seite, hob Larimer hoch und schlug einen Arm um seine Schulter. Giordino kam aus dem Badezimmer und verteilte die nassen Decken und Handtücher.

»In Ordnung, Al. Du hilfst mir mit dem Senator. Loren, du hältst dich an den Abgeordneten Moran und bleibst knapp hinter mir.« Er brach ab und blickte alle an. »Okay, wir starten.«

Er riß die Tür auf und wurde von einer sich heranwälzenden Rauchwand eingehüllt, die aus dem Nichts auftauchte.

Das Donnern der Explosion war noch nicht verstummt, als Kapitän Pokofsky seine ungläubige Bestürzung abschüttelte und zur Brücke rannte. Der junge Wachoffizier schlug verzweifelt und aussichtslos auf das automatische Steuerpult des Schiffes ein.

»Alle wasserdichten Türen schließen und die Feuerlöschanlage einschalten!« brüllte Pokofsky.

»Ich kann nicht!« rief der Wachoffizier hilflos. »Das gesamte elektrische System ist zusammengebrochen!«

»Was ist mit den Hilfsgeneratoren?«

»Die sind auch ausgefallen.« Im Gesicht des Wachoffiziers spiegelte sich eindeutig Entsetzen. »Die Schiffstelefone sind tot. Der Havariekontrollcomputer ist erledigt. Nichts funktioniert mehr. Wir können noch nicht mal allgemeinen Alarm geben.«

Pokofsky lief auf das Brückendeck hinaus und blickte nach achtern. Das einst so schöne Schiff spie aus dem gesamten Mittschiffsteil Feuer und Rauch. Einige Augenblicke zuvor hatte noch die Musik gespielt und entspannte Fröhlichkeit geherrscht. Nun war es eine einzige Horrorszene. Der offene Swimmingpool und die Gesellschaftsdecks hatten sich in ein Krematorium verwandelt. Die zweihundert Menschen, die in der Sonne gelegen hatten, waren durch die

Flutwelle des brennenden Öls fast auf der Stelle zu Asche verbrannt. Einige hatten sich gerettet, indem sie in die Swimmingpools sprangen, starben jedoch, als sie zum Luftschöpfen auftauchten und ihnen die Hitze die Lungen verbrannte. Viele waren auf die Reling geklettert und über Bord gesprungen, während ihre Haut und ihre leichte Kleidung in Flammen standen.

Der Anblick des Blutbades lähmte und betäubte Pokofsky. Es war wie ein Abbild der Hölle. Er wußte tief in seinem Inneren, daß sein Schiff verloren war. Man konnte die Brandkatastrophe nicht stoppen, die Schlagseite nahm zu, während das Seewasser in das Innere der *Leonid Andrejew* drang. Er kehrte zur Brücke zurück.

»Geben Sie durch, daß wir das Schiff aufgeben«, befahl er dem Wachoffizier. »Die Boote an Backbord brennen. Laden Sie so viele Frauen und Kinder wie möglich in die noch unbeschädigten Boote an Steuerbord.«

Während der Wachoffizier davoneilte, erschien Chefingenieur Erik Kazinkin völlig außer Atem, weil er von unten heraufgeklettert war. Seine Brauen und die Hälfte seiner Haare waren versengt. Seine Schuhsohlen schwelten, doch er schien es nicht zu bemerken. Er schien taub gegen jeden Schmerz.

»Berichten Sie«, befahl Pokofsky ruhig. »Was ist die Ursache der Explosion?«

»Der Öltank ist explodiert«, antwortete Kazikin. »Gott weiß, warum. Er nahm auch die elektrischen Anlagen und die Hilfsgeneratoren mit. Die Kesselräume zwei und drei sind überflutet. Es gelang uns noch, die wasserdichten Türen zum Maschinenraum per Hand zu schließen, aber das Schiff leckt in beängstigendem Ausmaß. Und ohne elektrische Energie zum Ingangsetzen der Pumpen . . .« Er hob niedergeschlagen die Schultern und verstummte.

Alle Möglichkeiten, die *Leonid Andrejew* zu retten, waren damit dahin. Die Frage war nur noch, ob sie als ausgebranntes Wrack weiterschwimmen oder vorher untergehen würde. Nur wenige Menschen an Bord würden die nächste Stunde überleben, das war Pokofsky schrecklich bewußt. Viele würden verbrennen, und noch mehr würden ertrinken, weil sie außerstande waren, in die jämmerlich wenigen Rettungsboote zu gelangen, die man noch aufs Wasser setzen konnte.

»Bringen sie Ihre Männer von unten herauf«, befahl Pokofsky. »Wir verlassen das Schiff.«

»Danke, Kapitän«, sagte der Chefingenieur. Er streckte die Hand aus. »Viel Glück.«

Sie trennten sich, und Pokofsky ging zu dem ein Deck tiefer liegenden Nachrichtenraum. Der diensthabende Offizier blickte plötzlich vom Funkgerät auf, als der Kapitän eintrat.

»Senden Sie SOS!« ordnete Pokofsky an.

»Ich habe aus eigener Verantwortung sofort nach der Explosion *Mayday* gesendet, Sir.«

Pokofsky legte ihm die Hand auf die Schulter. »Ich schätze Ihre Initiative.« Dann fragte er ruhig: »Konnten Sie problemlos senden?«

»Ja, Sir. Als der Strom ausfiel, schaltete ich auf die Notbatterie um. Die erste Antwort kam von einem koreanischen Containerschiff, das sich nur zehn Meilen südwestlich von uns befindet.«

»Gott sei Dank, daß jemand in der Nähe ist. Sonst noch Meldungen?«

»Die Navy der Vereinigten Staaten in der Guantanomo-Bucht entsendet Rettungsschiffe und Hubschrauber. Das einzige sonstige Schiff innerhalb von fünfzig Meilen ist ein norwegisches Kreuzfahrtschiff.«

»Der kommt schon zu spät«, meinte Pokofsky nachdenklich. »Wir müssen unsere Hoffnungen auf die Koreaner und die amerikanische Marine setzen.«

Pitt hatte sich die nasse Decke über den Kopf gelegt und tastete sich den Korridor entlang und über die von Rauch erfüllte Treppe nach oben. Drei-, viermal stolperten er und Giordino über die Leichen von Passagieren, die erstickt waren.

Larimer bemühte sich nach Kräften, mit ihnen Schritt zu halten, während Loren und Moran hinter ihnen herstolperten und sich an den Hosen von Pitt und Giordino festhielten.

»Wie weit noch?« keuchte Loren.

»Wir müssen vier Decks hinaufsteigen, bevor wir auf das offene Promenadendeck gelangen«, keuchte Pitt.

Beim zweiten Treppenabsatz stießen sie an eine dichte Menschenmauer. Die Treppe war von Passagieren verstopft, die darum kämpften, dem Rauch zu entkommen, so daß es unmöglich war, auch nur einen Schritt weiterzukommen. Die Besatzung handelte besonnen und versuchte, den Menschenstrom zum Bootsdeck zu dirigieren, aber die Ruhe wich der unvermeidlichen, ansteckenden Panik, so daß die Stewards von der schreienden, von Entsetzen getriebenen Masse um sich schlagender Menschen niedergetrampelt wurden.

»Nach links!« brüllte Giordino Pitt ins Ohr. »Der Korridor führt zu einer anderen Treppe am Heck.«

Pitt verließ sich voll auf seinen Freund, bog in den Korridor ab und zog Larimer mit sich. Der Senator schaffte es endlich, auf der ebenen Fläche Fuß zu fassen und sein Gewicht selbst auf den Beinen zu halten. Zu ihrer großen Erleichterung nahm der dichte Rauch ab, und die Flutwelle von verängstigten Menschen ebbte ab. Als sie schließlich die hintere Treppe erreichten, fanden sie sie praktisch leer vor. Indem Giordino nicht dem Herdeninstinkt gefolgt war, hatte er sie vorübergehend in Sicherheit gebracht.

Sie kamen auf dem Deck hinter dem Aussichtsraum ins Freie. Nachdem sie einige Augenblicke gewartet hatten, bis ihre Hustenanfälle nachließen und ihre schmerzenden Lungen mit reiner Luft gefüllt waren, blickten sie schreckerfüllt über das verlorene Schiff.

Die *Leonid Andrejew* hatte zwanzig Grad Schlagseite nach Backbord. Tausende von Gallonen Öl waren ins Meer geflossen und brannten. Das Wasser um das durch die Explosion gerissene gezackte Leck war ein Flammenmeer. Die ganze Schiffsmitte glich einer lodernden Fackel. Infolge der ungeheuren Hitze wären die Stahlplatten rotglühend geworden und verbogen sich zu verzogenen, grotesken Formen. Weiße Ölfarbe verwandelte sich in schwarze Blasen, die Teakdecks waren fast durchgebrannt, und das Glas in den Bullaugen zerplatzte wie von Gewehrschüssen.

Die Flammen breiteten sich mit unglaublicher Schnelligkeit aus, weil die Meeresbrise sie zur Brücke trieb. Der Nachrichtenraum war bereits ein Raub der Flammen geworden, und der diensthabende Offizier an seinem Funkgerät verbrannt. Feuer und wirbelnder Rauch schossen durch die Niedergänge und Lüftungsschächte nach oben. Die *Leonid Andrejew* war wie alle modernen Kreuzfahrtschiffe brandsicher entworfen und gebaut worden, aber keine präzise Planung oder weitsichtige Vorsorge hätte die verheerenden Wirkungen einer Öltankexplosion einplanen können, die das Schiff wie ein Flammenwerfer mit Feuer überschüttete.

Eine ungeheure Wolke aus öligem Rauch türmte sich mehr als hundert Meter auf, flachte in den oberen Luftströmungen ab und breitete sich wie ein Leichentuch über das Schiff. Die Basis der Wolke war ein mächtiger, orange-gelber Flammenstrom, der tobend an- und abschwoll. Weiter unten, in den tieferen Abschnitten des Schiffsrumpfes, waren die Flammen acetylenblau-weiß, wurden infolge der durch die zerborstenen Platten eindringenden Luft auf Schmelztemperatur angeheizt und wirkten wie ein Hochofen.

Obwohl es vielen Passagieren gelang, sich über die Treppen hinaufzukämpfen, lagen über hundert tot unten, manche waren in ihren Kabinen überrascht worden und dort verbrannt, andere waren bei dem Versuch, nach oben zu entkommen, durch die Rauchgase erstickt. Diejenigen, die es geschafft hatten, wurden durch die Flammen in Richtung zum Heck und weg von den Rettungsbooten getrieben.

Alle Bemühungen der Besatzung, die Ordnung aufrechtzuerhalten, wurden vom Chaos vereitelt. Schließlich überließen sie die Passagiere sich selbst, und keiner wußte, wohin er sich wenden sollte. Alle Rettungsboote auf Backbord brannten, und auf Steuerbord konnten nur drei zu Wasser gelassen wer-den, bevor das Feuer die Besatzung zurücktrieb. Eines der Boote begann sogar erst zu brennen, als es auf das Wasser aufsetzte.

Nun begannen Menschen wie Lemminge ins Wasser zu springen. Die Fallhöhe betrug fast fünfzehn Meter, und etliche Passagiere, die Schwimmwesten angelegt hatten, begingen den Fehler, sie vor dem Sprung hinab aufzublasen, so daß sie sich beim Aufprall auf das Wasser den Hals brachen. Einige Frauen blieben vor Entsetzen gelähmt stehen und hatten Angst, den Sprung zu wagen. Männer fluchten verzweifelt. Die Menschen im Wasser schwammen auf die wenigen Rettungsboote zu, aber die Matrosen, die sie bemannten, starteten die Motore und fuhren außer Reichweite, um nicht durch Überbelastung unterzugehen.

Inmitten dieser hoffnungslosen Szenerie traf das Containerschiff ein. Der Kapitän brachte sein Schiff auf hundert Meter an die *Leonid Andrejew* heran und ließ seine Boote so schnell zu Wasser wie möglich. Ein paar Minuten später erschienen dann auch Rettungshubschrauber der US-Marine und begannen, Überlebende aus dem Meer aufzufischen.

58

Loren starrte versteinert und fasziniert auf die näherkommende Feuerwand. »Sollten wir nicht springen oder sonst was tun?« fragte sie unsicher.

Pitt antwortete nicht sofort. Er begutachtete das geneigte Deck und schätzte die Schlagseite auf vierzig Grad. »Man soll nichts überstürzen«, sagte er mit ausdrucksloser Ruhe. »Es wird noch gut zehn Minuten dauern, bis die Flammen uns erreichen. Je weiter sich das

Schiff nach Backbord neigt, desto geringer wird die Sprunghöhe. Inzwischen sollten wir beginnen die Liegestühle über Bord zu werfen, damit die armen Schweine im Wasser etwas haben, woran sie sich festhalten können, bis sie herausgefischt werden.«

Erstaunlicherweise reagierte Larimer als erster. Er begann, hölzerne Liegestühle auf seine kräftigen Arme zu laden und sie über die Reling zu werfen. Er sah tatsächlich aus, als mache es ihm Spaß. Moran duckte sich, schweigend und unbeteiligt, vor Angst erstarrt, an ein Schott.

»Achten Sie darauf, daß Sie keinen Schwimmer am Kopf treffen«, mahnte Pitt Larimer.

»Das würde ich nicht wagen«, antwortete der Senator mit müdem Lächeln. »Es könnte ein Wähler sein, und ich will nicht eine Stimme verlieren.«

Nachdem alle in Sicht befindlichen Stühle über die Reling gegangen waren, blieb Pitt zwei oder drei Sekunden lang stehen und schätzte die Lage ein. Die Hitze war noch nicht unerträglich. Das Feuer würde die am Heck zusammengedrängten Menschen zumindest ein paar Minuten lang noch verschonen. Er drängte sich wieder durch die dichte Menge zur Backbordreling. Die Wellen wogten nur noch sechs Meter unter ihm.

Er rief Giordino zu: »Hilf mir, diese Leute hinunterzubringen!« Dann drehte er sich um und legte die Hände trichterförmig an den Mund.

»Sie haben keine Zeit mehr zu verlieren!« schrie er, so laut er konnte, um das wilde Durcheinander der geängstigten Menge und das Brausen des Brandes zu übertönen. »Ihr müßt schwimmen oder sterben!«

Mehrere Männer verstanden den Wink, ergriffen die Hände ihrer protestierenden Frauen, stiegen auf die Reling und gerieten außer Sicht. Dann kamen drei weibliche Teenager, die ohne Zögern in die blaugrünen Wellen sprangen.

»Schwimm zu einem Liegestuhl und halt dich dran fest, um nicht unterzugehen«, wies Giordino jeden mehrmals an.

Pitt trennte Familien zu einzelnen Gruppen, und während Loren den Kindern Mut zusprach und sie ablenkte, ließ er die Eltern springen und sich an einem treibenden Liegestuhl festklammern. Dann hielt er die Kinder an den Händen über die Schiffsflanke, soweit er reichen konnte, ließ sie fallen und hielt besorgt die Luft an, bis Mutter und Vater sie sicher zu sich zogen.

Die große Flammenwand kam stetig näher, und das Atmen wurde

immer schwieriger. Die Hitze war nun so groß, als stünden sie vor einem offenen Hochofen. Mit einem kurzen Überblick über die noch Anwesenden stellte Pitt fest, daß nur noch dreißig übrig waren, es würde also knapp werden.

Ein großer dicker Mann blieb stehen und weigerte sich weiterzugehen. »Das Wasser ist voller Haie«, schrie er hysterisch. »Wir sind besser dran, wenn wir hier auf die Hubschrauber warten.«

»Die Hubschrauber können wegen der Luftwirbel durch die Hitze nicht über dem Schiff schweben«, erklärte Pitt geduldig. »Sie können wählen zwischen Zu-Asche-verbrennen oder Ins-Wasser-springen. Was wollen Sie? Schnell, Sie halten die anderen auf.«

Giordino machte zwei Schritte und hob mit seinen kräftigen Armen den unentschlossenen Dicken vom Boden und warf ihn unsanft über Bord.

»Schick mir eine Postkarte«, rief er ihm noch nach.

Diese unerwartete Einlage motivierte die wenigen noch vorhandenen Passagiere positiv. Einer nach dem anderen verließ das brennende Schiff, wobei Pitt den älteren Paaren beim Absprung half. Als der letzte endlich aus dem Weg war, sah sich Pitt nach Loren um. »Jetzt bist du dran«, bestimmte er.

»Ich gehe nicht ohne meine Kollegen«, erklärte sie mit weiblicher Entschlossenheit.

Pitt starrte hinunter, um sich zu vergewissern, daß das Wasser frei war. Larimer war so schwach, daß er kaum seine Beine über die Reling heben konnte. Giordino half ihm, während Loren Arm in Arm mit Moran sprang. Pitt sah besorgt zu, bis sie sich alle von der Schiffswand abgestoßen hatten und wegschwammen; er bewunderte Lorens Ausdauer, die Larimer ermunternde Worte zurief, während sie Moran am Kragen mit sich zog.

»Hilf ihr lieber«, rief Pitt zu Giordino.

Er mußte seinen Freund nicht erst drängen, denn er war schon ohne ein weiteres Wort bei ihr.

Pitt warf einen letzten Blick auf die *Leonid Andrejew.* Die Luft ringsum zitterte in der Gluthitze, während Flammen aus all ihren Öffnungen schossen. Die Schlagseite überschritt bereits fünfzig Grad, und das Ende konnte nur noch Minuten dauern. Der Steuerbordpropeller stand schon aus dem Wasser, und wo das Schiff ins Wasser tauchte, zischte Dampf in weißen dichten Wolken.

Als Pitt zum Sprung ansetzte, verharrte er verwundert: Er sah einen Arm in zwölf Meter Entfernung aus einem Bullauge ragen. Ohne zu zögern, hob er eine der noch triefendnassen Decken vom

Deck auf, warf sie sich über den Kopf und legte die Entfernung mit wenigen Sprüngen zurück. In der Kabine rief eine Stimme um Hilfe. Er blickte hinein und sah ein weibliches Gesicht mit entsetzt aufgerissenen Augen.

»O mein Gott, bitte helfen Sie uns!«

»Wie viele sind Sie?«

»Ich und zwei Kinder.«

»Reichen Sie mir die Kinder heraus.«

Das Gesicht verschwand für eine Sekunde, und rasch wurde ein etwa sechsjähriger Junge durch die schmale Luke geschoben. Pitt nahm ihn zwischen seine Beine und hielt die Decke wie ein Zelt über sie beide. Als nächstes kam ein kaum dreijähriges Mädchen, das unglaublicherweise tief und fest schlief.

»Geben Sie mir Ihre Hand«, befahl Pitt, obwohl er wußte, daß es hoffnungslos war.

»Ich komme nicht durch!« schrie die Frau. »Die Öffnung ist zu klein.«

»Haben Sie Wasser im Badezimmer?«

»Der Druck ist weg.«

»Ziehen Sie sich nackt aus!« schrie Pitt verzweifelt. »Verwenden Sie Ihre Kosmetika. Schmieren sie sich den Körper mit Gesichtscreme ein.«

Die Frau begriff und verschwand im Inneren der Kabine. Pitt drehte sich um, nahm unter jeden Arm ein Kind und rannte zur Reling. Zu seiner Erleichterung erspähte er Giordino, der aus dem Wasser nach oben blickte.

»Al«, rief Pitt, »fang auf!«

Falls Giordino darüber erstaunt war, daß Pitt mit zwei weiteren Kindern daherkam, so ließ er es sich zumindest nicht anmerken. Er streckte die Arme aus und fing sie mühelos auf, als wären sie Fußbälle.

»Spring!« schrie er Pitt zu. »Sie geht unter!«

Ohne zu antworten, rannte Pitt zurück zu dem Bullauge. Es war ihm nur in einem entfernten Winkel seines Denkens klar, daß die Rettung der Mutter ein Akt reiner Verzweiflung war. Er dachte nicht mehr vernünftig; seine Bewegungen schienen zu einem anderen Mann zu gehören, einem vollkommen Fremden.

Die Luft war so heiß und trocken, daß sein Schweiß verdunstete, bevor er aus den Poren drang. Die Hitze strahlte vom Deck aus und drang durch seine Schuhsohlen. Er stolperte und stürzte beinahe, als ein heftiges Zittern durch das todgeweihte Schiff lief und es plötzlich schwankte, während das Deck in noch schrägerem Winkel nach Backbord absackte. Es war ihr letzter Todeskampf, bevor sie kenterte und auf den Boden des Meeres sank.

Pitt kniete an der schrägen Kabinenwand und langte durch das Bullauge hinein. Zwei Hände umspannten seine Handgelenke, und er zog aus Leibeskräften. Die Schultern und der Busen der Frau zwängten sich durch die Öffnung. Er zog noch einmal kräftig an, und ihre Hüften quetschten sich schließlich hindurch.

Die Flammen kamen näher und leckten an seinem Rücken. Unter seinen Füßen brach das Deck ein. Er hielt die Frau um die Taille und sprang vom Rand der Kabine, während die *Leonid Andrejew* sich herumwälzte; ihre Propeller tauchten aus demWasser auf und hoben sich der Sonne entgegen. Die beiden wurden durch den heftigen Sog nach unten gedrückt und herumgewirbelt wie Puppen in einem Strudel. Pitt schlug mit der freien Hand und mit den Füßen um sich, kämpfte sich nach oben und sah, wie die schimmernde Oberflache mit quälender Langsamkeit von grün zu blau wechselte.

Das Blut pochte in seinen Ohren, und er hatte das Gefühl, als wäre seine Lunge voller wütender Wespen. Ein dünner schwarzer Schleier begann seine Sicht zu trüben. Er spürte, wie die Frau unter seinem Arm schlaff wurde und ihr Körper ihn daran hinderte weiterzukommen. Er verbrauchte das letzte bißchen Sauerstoff, und in seinem Kopf blitzte ein Feuerwerk auf. Eine Explosion wurde zu einem leuchtenden orangefarbenen Ball, der größer wurde, bis er sich in einen flimmernden Blitz verwandelte.

Er durchbrach die Wasseroberfläche, und da war sein Gesicht der Nachmittagssonne zugewandt. Dankbar atmete er die frische Luft ein, bis die Schwärze, das Pochen und Brennen in seiner Lunge aufhörten. Dann umfaßte er rasch den Bauch der Frau, drückte mehrmals kräftig darauf und zwang so das Salzwasser aus ihrer Kehle. Sie krümmte sich krampfhaft und begann zu würgen, worauf ein Hustenanfall folgte. Erst als ihre Atmung sich wieder fast normalisierte und sie stöhnte, schaute er nach den anderen aus.

Giordino schwamm auf Pitt zu und stieß einen der Liegestühle vor sich her. Die beiden Kinder saßen darauf, ohne die sie umgebende Tragödie zu erfassen, und lachten fröhlich über Giordinos Repertoire an komischen Gesichtern.

»Ich habe mich allmählich schon gefragt, ob du überhaupt noch mal auftauchen würdest«, sagte er.

»Das tun miese Typen immer«, flachste Pitt, der die Mutter der Kinder über Wasser hielt, bis sie sich genügend erholt hatte, um sich an dem Liegestuhl festzuhalten.

»Ich kümmere mich schon um sie«, versicherte Giordino. »Du solltest Loren helfen. Ich glaube, den Senator hat es erwischt.«

Pitts Arme fühlten sich an, als wären sie mit Blei gefüllt, und er war vor Erschöpfung betäubt, doch er durchfurchte das Wasser mit gleichmäßigen Stößen, bis er das schwimmende Treibgut erreichte, an dem sich Loren und Larimer festhielten.

Lorens Gesicht war aschfahl, und ihre Augen traurig, während sie den Kopf des Senators über Wasser hielt. Pitt erkannte bedrückt, daß sie sich die Mühe hätte sparen können; Larimer würde nie mehr im Senat sitzen. Seine Haut war fleckig und wurde jetzt dunkelrot. Er hatte sich bis zuletzt tapfer gehalten, aber ein halbes Jahrhundert flotten Lebens hatte die unvermeidlichen Folgen gezeitigt. Sein Herz hatte die Grenzen seiner Belastbarkeit überschritten und schließlich aus Protest seine Tätigkeit eingestellt.

Pitt löste Lorens Hände sanft vom Körper des Senators und schob ihn zur Seite. Sie sah ihn verständnislos an, als wollte sie protestieren, dann wandte sie sich ab, weil sie unfähig war zuzusehen, wie Larimer sanft schaukelnd langsam davontrieb.

»Er hätte sich ein Staatsbegräbnis verdient«, flüsterte sie heiser.

»Darauf kommt es nicht an, solange man weiß, daß er wie ein Mann gestorben ist.«

Das akzeptierte selbst Loren. Sie lehnte den Kopf an Pitts Schulter, und die Tränen auf ihren Wangen vermischten sich mit dem Salzwasser.

Pitt blickte sich um. »Wo ist Moran?«

»Er wurde von einem Marine-Hubschrauber aufgefischt.«

»Er hat dich im Stich gelassen?« fragte Pitt ungläubig.

»Der Mann im Hubschrauber schrie, daß er nur noch für eine Person Platz hatte.«

»Der ruhmreiche Sprecher des Repräsentantenhauses hat also eine Frau, die einen sterbenden Mann stützte, im Stich gelassen, während er sich selbst rettete.«

Pitts Abneigung gegen Moran schwelte auf kalter Flamme. Er war von dem Wunsch besessen, dem kleinen Frettchen seine Faust ins Gesicht zu knallen.

Kapitän Pokofsky saß in der Kabine des Motorbootes, die Hände an die Ohren gepreßt, um die schrecklichen Schreie der Ertrinkenden und das Gebrüll der anderen nicht zu hören, denen die Brandwunden schreckliche Qualen verursachten. Er konnte sich nicht dazu entschließen, die unbeschreiblichen Schreckensszenen mitanzusehen oder anzuschauen, wie die *Leonid Andrejew* zweitausend Faden tief auf den Meeresgrund hinabsank. Er war ein lebender Leichnam.

Seine glasigen, teilnahmslosen Augen blickten zu Gejdar Ombrikow auf. »Warum haben Sie mich gerettet? Warum haben Sie mich nicht mit meinem Schiff untergehen lassen?«

Es war Ombrikow klar, daß Pokofsky unter einem schweren Schock stand, doch er empfand nicht das geringste Mitleid mit dem Mann. Ein KGB-Agent war darauf geschult, den Tod zu akzeptieren. Die Pflicht war wichtiger als Rücksicht oder Mitleid.

»Ich habe keine Zeit für Rituale zur See«, sagte er kalt. »Der edle Kapitän, der auf der Brücke steht und vor der Flagge salutiert, während sein Schiff unter ihm sinkt, ist einfach Mist. Der Staatssicherheitsdienst braucht Sie, Pokofsky, und ich brauche Sie, um die amerikanischen Abgeordneten zu identifizieren.«

»Sie sind vermutlich tot«, murmelte Pokofsky geistesabwesend.

»Dann werden wir es beweisen müssen«, fuhr ihn Ombrikow rücksichtslos an. »Meine Vorgesetzten werden nur die einwandfreie Identifikation ihrer Leichen akzeptieren. Wir müssen auch die Möglichkeit ins Auge fassen, daß sie noch leben und im Wasser schwimmen.«

Pokofsky schlug die Hände vors Gesicht und zitterte. »Ich kann nicht –«

Bevor er die Worte ausgesprochen hatte, riß ihn Ombrikow grob auf die Füße und schob ihn auf das offene Deck hinaus. »Zum Teufel mit Ihnen!« brüllte er. »Suchen Sie sie!«

Pokofsky biß die Zähne zusammen und starrte auf die entsetzliche Wirklichkeit der schwimmenden Wrackteile und der Unmenge um ihr Leben kämpfender Männer, Frauen und Kinder. Er würgte einen Laut tief in seinem Inneren ab, und sein Gesicht wurde bleich.

»Nein!« schrie er. Er sprang so schnell und unerwartet über die Reling, daß weder Ombrikow noch seine Matrosen ihn zurückhalten konnten. Er tauchte sofort tief unter, bis das Weiß seiner Uniform von oben nicht mehr zu erkennen war.

Die Boote des Containerschiffs fischten so viele Überlebende so schnell heraus, wie sie sie erreichen und an Bord nehmen konnten, dann lieferten sie die Geretteten beim Schiff ab und kehrten ins Zentrum der treibenden Schiffbrüchigen zurück, um die Rettungsaktion fortzusetzen. Im Meer trieben Trümmer aller Art, Leichen jeden Alters und die um ihr Überleben Ringenden. Glücklicherweise war das

Wasser warm, niemand litt an Unterkühlung, und auch Haie wurden nicht gesichtet.

Ein Boot kam nahe an Giordino heran, der mithalf, die Mutter und die beiden Kinder an Bord zu heben. Dann kletterte er selbst hinein und bedeutete dem Steuermann, zu Pitt und Loren zu steuern. Sie gehörten zu den letzten Überlebenden, die an Bord gezogen wurden.

Während das Boot längsseits kam, hob Pitt grüßend die Hand zu der kurzen gedrungenen Gestalt, die sich über die Bordwand beugte.

»Hallo«, sagte Pitt mit breitem Grinsen. »Bin ich aber froh, Sie wiederzusehen.«

»Ich freue mich, Ihnen zu Diensten zu sein«, antwortete der Steward, dem Pitt früher beim Fahrstuhl begegnet war. Er grinste gleichfalls und entblößte eine Reihe großer Zähne im Oberkiefer, die durch eine breite Zahnlücke getrennt waren.

Er langte hinunter, faßte Loren an den Handgelenken und zog sie mühelos aus dem Wasser ins Boot. Pitt streckte seine Hand aus, doch der Steward übersah sie geflissentlich.

»Tut mir leid, wir haben keinen Platz mehr.«

»Was – was reden Sie da?« fragte Pitt. »Das Boot ist doch halb leer.«

»Sie sind an Bord meines Schiffes nicht willkommen.«

»Verdammt, es gehört doch gar nicht Ihnen.«

»O doch, es gehört mir.«

Pitt starrte den Steward ungläubig an, dann drehte er sich langsam um und warf einen Blick über das Wasser auf das Containerschiff. Auf der Steuerbordwand stand der Name *Chalmette*, aber auf den auf dem Oberdeck gestapelten Containern stand »Bougainville«. Pitt begriff die Situation und hatte das Gefühl, daß man ihm einen Tritt in den Magen versetzt hatte.

»Unsere Begegnung ist ein glücklicher Zufall für mich, Mr. Pitt, aber leider ein Mißgeschick für Sie.«

Pitt starrte den Steward an. »Sie kennen mich?«

Das Grinsen wandelte sich zu einer Fratze aus Haß und Verachtung. »Nur allzu gut. Ihre Einmischung ist Bougainville Maritime teuer zu stehen gekommen.«

»Sagen Sie mir, wer Sie sind«, rief Pitt, um Zeit zu gewinnen, während er verzweifelt den Himmel nach einem Marine-Rettungshubschrauber absuchte.

»Ich glaube nicht, daß ich Ihnen diese Freude machen werde«, zischte der Steward mit der Wärme einer Tiefkühltruhe.

Loren die das Gespräch nicht hören konnte, zog den Steward am

Arm. »Warum nehmen Sie ihn nicht an Bord? Worauf warten Sie noch?«

Er wandte sich um und schlug sie mit dem Handrücken ins Gesicht, so daß sie rückwärts stolperte und zwischen zwei Gerettete fiel, die vor Überraschung wie gebannt waren.

Giordino, der am Heck des Bootes stand, trat vor. Ein Matrose zog eine automatische Schrotflinte unter einem Sitz hervor und stieß ihm den hölzernen Kolben in den Magen. Giordinos Mund klappte auf, er schnappte nach Luft, verlor den Halt und fiel teilweise über den Bootsrand, so daß seine Arme kraftlos ins Wasser hingen.

Der Steward preßte die Lippen zusammen, und seine glatten Gesichtszüge ließen keine Gefühlsregung erkennen. Nur seine Augen glänzten bösartig. »Ich danke Ihnen für Ihre Mitwirkung, Mr. Pitt. Und insbesondere, daß Sie so aufmerksam waren, zu mir zu kommen.«

»Geh zum Teufel!« fuhr ihn Pitt an.

Der Steward hob ein Ruder über seinen Kopf. »Gute Reise, Dirk Pitt.«

Das Ruder sauste herab, traf Pitt an der rechten Seite der Brust und stieß ihn unter das Wasser. Die Luft wurde aus seiner Lunge gepreßt, und ein stechender Schmerz zuckte durch seinen Brustkorb. Er kam wieder an die Oberfläche und hob den linken Arm schützend über den Kopf, um den nächsten unvermeidlichen Schlag abzuwehren, jedoch zu spät. Das Ruder in den Händen des Stewards schmetterte Pitts ausgestreckten Arm nach unten und traf seine Schädeldecke.

Der blaue Himmel verdunkelte sich für Pitt schlagartig, während er das Bewußtsein verlor, langsam unter das Rettungsboot trieb und versank, bis er nicht mehr zu sehen war.

59

Die Frau des Präsidenten betrat sein Arbeitszimmer im ersten Stock, gab ihm einen Gute-Nacht-Kuß und ging dann zu Bett. Er saß in einem Stuhl mit gestickter Polsterung und hoher Rückenlehne und studierte einen Stoß Statistiken über die letzten Wirtschaftsprognosen, wobei er sich auf einem Schreibblock zahlreiche Notizen machte. Manche hob er auf, andere zerriß er und warf sie weg. Nach beinahe drei Stunden nahm er die Brille ab und schloß einige Augenblicke lang seine brennenden Augen.

Als er sie wieder öffnete, befand er sich nicht mehr in seinem Arbeitszimmer im Weißen Haus, sondern in einem kleinen, grauen fensterlosen Raum mit hoher Decke.

Er rieb sich die Augen, sah noch einmal umher und blinzelte in dem grauen Licht.

Er befand sich noch immer in dem grauen Raum, nur saß er jetzt auf einem harten Holzstuhl, seine Knöchel waren an dessen vierkantige Beine gefesselt, und seine Hände an die Armlehnen.

Heftige Angst durchzuckte ihn, er rief nach seiner Frau und den Agenten des Secret Service, aber es war nicht seine Stimme. Die Tonlage klang anders, tiefer, heiserer.

Bald ging in einer Nische eine Tür nach innen auf, und ein kleiner Mann mit einem schmalen, intelligenten Gesicht kam herein. Seine dunklen Augen blickten nachdenklich, und er trug eine Injektionsspritze in der Hand.

»Wie geht es uns heute, Herr Präsident?« fragte er höflich.

Seltsamerweise verstand der Präsident die Worte mühelos, obwohl sie in einer fremden Sprache geäußert wurden. Dann hörte er sich selbst wiederholt schreien: »Ich bin Oskar Belkaja, ich bin nicht der Präsident der Vereinigten Staaten, ich bin Oskar –« Er brach ab, als ihm sein Besucher die Nadel in den Arm stach.

Der gedankenverlorene Ausdruck lag unverändert auf dem Gesicht des kleinen Mannes; er schien daran festgeklebt. Er nickte zur Tür, und ein anderer Mann in einer graubraunen Gefängnisuniform trat ein und stellte einen Kassettenrecorder auf einen primitiven Eisentisch, der am Boden festgeschraubt war. Er befestigte den Recorder mit Drähten an vier kleinen Ringen in der Tischplatte und verließ dann den Raum.

»Damit Sie Ihre neue Lektion nicht auf den Boden feuern, Herr Präsident«, erklärte der hagere Mann. »Ich hoffe, Sie finden sie interessant.« Dann schaltete er den Recorder ein und verließ den Raum.

Der Präsident bemühte sich, das verwirrende Entsetzen des Alptraums abzuschütteln. Doch alles wirkte zu real, um nur eine Täuschung zu sein. Er konnte seinen eigenen Schweiß riechen, den Schmerz spüren, als die Gurte an seiner Haut scheuerten, seine verzweifelten Schreie hören, die von den Wänden widerhallten. Sein Kopf sank auf seine Brust herab, und er begann unbeherrscht zu schluchzen, während die aufgezeichnete Mitteilung immer wieder erklang. Als er sich endlich halbwegs beruhigt hatte, hob er den Kopf, als würde auf ihm ein schweres Gewicht lasten, und blickte sich um.

Er saß in seinem Arbeitszimmer im Weißen Haus.

Minister Oates nahm Dan Fawcetts Anruf auf seinem privaten Anschluß entgegen. »Wie ist die Situation dort drüben?« fragte er, ohne viel Worte zu verschwenden.

»Kritisch«, antwortete Fawcett. »Überall bewaffnete Wachen. Ich habe seit meiner Dienstzeit beim Fünften Regiment der Marines in Korea nicht mehr so viele Truppen auf einmal gesehen.«

»Und der Präsident?«

»Spuckt Anweisungen aus wie eine Maschinenpistole. Er hört auf keine Ratschläge seiner Berater mehr, mich eingeschlossen. Es wird immer schwerer, mit ihm zurechtzukommen. Noch vor zwei Wochen schenkte er abweichenden Standpunkten oder objektiven Bemerkungen seine volle Aufmerksamkeit. Jetzt nicht mehr. Man ist entweder seiner Meinung oder man steht vor verschlossener Tür. Megan Blair und ich sind die einzigen, die noch Zugang zu seinem Büro haben, und meine Tage sind auch schon gezählt. Ich werde abspringen, bevor das Dach einstürzt.«

»Bleiben Sie, wo Sie sind«, wies Oates ihn an. »Es ist für alle Beteiligten am besten, wenn Sie und Oscar Lucas weiterhin in der Nähe des Präsidenten bleiben. Sie beide sind die einzige funktionierende Verbindung für uns ins Weiße Haus.«

»Das wird aber nicht mehr funktionieren.«

»Warum?«

»Ich sagte Ihnen ja, selbst wenn ich hier bliebe, werde ich mit Sicherheit demnächst ausgesperrt. Mein Name rückt zusehends an die Spitze der schwarzen Liste des Präsidenten.«

»Dann erwerben Sie sich wieder seine Gunst«, befahl Oates. »Kriechen Sie ihm in den Hintern und stimmen Sie allen Ideen zu, die er äußert. Spielen Sie den bedingungslosen Ja-Sager und übermitteln Sie uns sofort Berichte über alle Aktionen, die er unternimmt.«

Eine lange Pause folgte. »Okay, ich werde mein Bestes tun, um Sie über alles zu unterrichten.«

»Und teilen Sie Oscar Lucas mit, er soll sich auf Abruf bereithalten. Wir werden ihn brauchen.«

»Darf ich fragen, was los ist?«

»Noch nicht.«

Fawcett drängte nicht. Er wechselte das Thema. »Wollen Sie den letzten Geistesblitz unseres Präsidenten hören?«

»Schlimm?«

»Sehr schlimm. Er spricht davon, unsere Truppen aus dem

NATO-Bündnis abzuziehen.«

Oates umklammerte den Hörer, bis seine Fingerknöchel weiß wurden. »Man muß dem Wahnsinn Einhalt gebieten«, knurrte er grimmig.

Fawcetts Stimme klang wie von weit her. »Der Präsident und ich haben einen langen gemeinsamen Weg hinter uns, und zwar zum Besten unseres Landes, das muß ich zugeben.«

»Bleiben Sie mit uns in Verbindung.«

Oates legte den Hörer auf, schwenkte seinen Drehstuhl herum und starrte gedankenverloren aus dem Fenster. Der Nachmittagshimmel hatte eine bedrohliche graue Farbe angenommen, und leichter Regen begann auf Washingtons Straßen niederzugehen, deren glitschige Flächen die Bundesgebäude in unheimlichen Verzerrungen widerspiegelten.

Am Ende würde er die Zügel der Regierung in die Hand nehmen müssen, dachte Oates bitter. Er war sich wohl dessen bewußt, daß jeder Präsident in den letzten dreißig Jahren durch Ereignisse, die sich seiner Kontrolle entzogen, verleumdet und herabgewürdigt worden war. Eisenhower war der letzte Präsident gewesen, der das Weiße Haus ebenso hochgeachtet verließ, wie er es betreten hatte. Ganz gleich, wie makellos oder geistig hervorragend der nächste Präsident auch sein mochte, er wurde von der sturen Bürokratie und den zunehmend regierungsfeindlichen Nachrichtenmedien gesteinigt. Oates verspürte keinerlei Lust, zur Zielscheibe dieser Steinwerfer zu werden.

Das gedämpfte Summen seiner Gegensprechanlage riß ihn aus seiner Träumerei. »Mr. Brogan und ein zweiter Herr wünschen Sie zu sprechen.«

»Schicken Sie sie herein«, ordnete Oates an. Als Brogan eintrat, stand er auf und kam hinter seinem Schreibtisch hervor. Sie gaben einander kurz die Hand, und Brogan stellte den Mann neben ihm als Dr. Raymond Edgely vor.

Oates ordnete Edgely richtig als Akademiker ein. Der altmodische Bürstenhaarschnitt und die Schmetterlingsschleife wiesen auf eine Persönlichkeit hin, die sich selten der Universitätsaura entzog. Edgely war schlank, trug einen zottigen, wirr abstehenden Bart, und seine buschigen dunklen Augenbrauen waren ungepflegt, aufwärts gebürstet und verliehen ihm geradezu ein mephistophelisches Aussehen.

»Doktor Edgely ist der Leiter von ›Fathom‹«, erklärte Brogan, »der Spezialabteilung der Agentur für Techniken der Bewußtseinskontrolle an der Greeley-Universität in Colorado.«

Oates ermunterte die beiden, auf einem Sofa Platz zu nehmen, und setzte sich ihnen gegenüber an einen Kaffeetisch mit Marmorplatte. »Ich erhielt soeben einen Anruf von Dan Fawcett. Der Präsident hat die Absicht, unsere Truppen aus dem NATO-Bündnis abzuziehen.«

»Ein weiterer Beweis, der unsere Vermutung nur erhärtet«, stellte Brogan fest. »Nur die Russen würden aus einem solchen Schritt Vorteile ziehen.«

Oates wandte sich an Edgely. »Hat Ihnen Martin erklärt, welchen Verdacht wir in bezug auf das Verhalten des Präsidenten hegen?«

»Ja. Mr. Brogan hat mich voll informiert.«

»Und was halten Sie von der Situation? Kann der Präsident durch geistige Beeinflussung gezwungen werden, unfreiwillig zum Verräter zu werden?«

»Ich gebe zu, daß die Handlungen des Präsidenten einen drastischen Persönlichkeitswandel dokumentieren, aber solange wir nicht eine Reihe von Tests mit ihm durchführen können, gibt es keine Möglichkeit, mit Sicherheit eine Veränderung im Gehirn oder eine Lenkung von außen festzustellen.«

»Er wird niemals seine Zustimmung zu einer solchen Untersuchung geben«, behauptete Brogan.

»Das stellt natürlich ein Problem dar.«

»Erläutern Sie uns doch, Doktor«, meinte Oates, »wie die Bewußtseinsmanipulierung des Präsidenten durchgeführt worden sein könnte.«

»Wenn wir wirklich diese Tatsache ins Auge fassen«, antwortete Edgely, »müssen wir zunächst den Betreffenden eine gewisse Zeit in einer gebärmutterähnlichen Kammer einschließen, in der er allen Einflüssen der Sinne entzogen ist. Während dieser Zeit werden seine Gehirnmuster studiert, analysiert und in einer Sprache dargestellt, die durch den Computer programmiert und übersetzt werden kann. Der nächste Schritt besteht darin, ein Implantat, in diesem Fall einen Mikrochip, mit den gewünschten Daten zu entwerfen und es dann mittels Psychochirurgie in das Gehirn des Betreffenden einzusetzen.«

»Aus Ihrem Mund klingt alles so simpel wie eine Mandeloperation«, meinte Oates.

Edgely lachte. »Ich habe natürlich den Vorgang verkürzt und übertrieben vereinfacht dargestellt, aber in Wirklichkeit ist die Prozedur unglaublich heikel und kompliziert.«

»Was geschieht, nachdem der Mikrochip im Gehirn eingesetzt ist?«

»Ich hätte erwähnen sollen, daß ein Teil des Implantats aus einem winzigen Sender bzw. Empfänger besteht, der von den elektrischen Impulsen des Gehirns gespeist wird und imstande ist, Gedankenmuster und andere Körperfunktionen zu einer zentralen Computer- und Überwachungsstelle zu senden, die so weit entfernt sein mag wie Hongkong.«

»Oder Moskau«, ergänzte Brogan.

»Und nicht die sowjetische Botschaft hier in Washington, wie Sie früher angenommen haben?« fragte Oates.

»Das kann ich sehr wohl beantworten«, warf Edgely ein. »Die Nachrichtentechnologie ist sicherlich imstande, Daten von einem Versuchsobjekt via Satellit nach Rußland zu übertragen, aber wenn ich an Doktor Lugowojs Stelle wäre, würde ich meine Überwachungsstation in der Nähe einrichten, damit ich die Auswirkungen der Handlungen des Präsidenten direkt beobachten kann. Dadurch könnte ich auch schneller reagieren und meine Kommandosignale an sein Gehirn bei unerwarteten politischen Ereignissen ändern.«

»Kann Lugowoj auch die Kontrolle über den Präsidenten verlieren?« erkundigte sich Brogan.

»Wenn der Präsident aufhört, selbständig zu denken und zu handeln, bricht er die Verbindung zu seiner normalen Umwelt ab. Dann könnte er von Lugowojs Instruktionen abweichen und sie ins Extreme übersteigern.«

»Hat er deshalb so eilig so viele radikale Programme eingeleitet?«

»Das kann ich nicht entscheiden«, antwortete Edgely. »Soviel ich weiß, reagierte er präzise auf Lugowojs Befehle. Ich werde jedoch den Verdacht nicht los, daß die Beeinflussung weit tiefer reicht.«

»In welcher Hinsicht?«

»Die von Mr. Brogans Agenten in Rußland gelieferten Berichte besagen, daß Lugowoj Experimente mit politischen Gefangenen unternommen hat, bei denen er die Flüssigkeit aus ihren Ammonshörnern – ein Organ im Randsystem des Gehirns, in dem unsere Erinnerungen gespeichert sind – in die Gehirne anderer Versuchsobjekte verpflanzt hat.«

»Eine Art von Gedächtnisinjektion«, murmelte Oates verwundert. »Frankenstein ist also Wirklichkeit geworden.«

»Gedächtnisübertragungen sind eine heikle Angelegenheit«, fuhr Edgely fort. »Man kann die endgültigen Resultate nicht mit Sicherheit voraussagen.«

»Nehmen Sie an, daß Lugowoj dieses Experiment am Präsidenten durchgeführt hat?«

»Ich sage ungern ja, aber wenn das stimmt, was man von ihm behauptet, könnte er sehr wohl einige bedauernswerte russische Gefangene monate-, sogar jahrelang darauf vorprogrammiert haben, die sowjetische Politik zu unterstützen, und dann die Ammonshornflüssigkeit zur Unterstützung des Implantates in das Gehirn des Präsidenten injiziert haben.«

»Könnte der Präsident«, fragte Oates weiter, »bei entsprechender Therapie wieder normal werden?«

»Sie meinen, sein Gehirn in den früheren Zustand versetzen?«

»Ungefähr.«

Edgely schüttelte den Kopf. »Keine bis jetzt bekannte Behandlungsmethode kann den Schaden wieder beheben. Der Präsident wird immer von den Erinnerungen eines Fremden beeinflußt bleiben.«

»Könnten nicht auch Sie seine Ammonshornflüssigkeit extrahieren?«

»Ich verstehe, was Sie meinen, aber wenn wir die fremden Gedankenmuster entfernen, würden wir die eigenen Erinnerungen des Präsidenten löschen.« Edgely machte eine Pause. »Nein, leider wurden vermutlich die Verhaltensmuster des Präsidenten unwiderruflich verändert.«

»Dann sollte er . . . für immer . . . aus seinem Amt entfernt werden?«

»Genau das würde ich vorschlagen«, antwortete Edgely, ohne zu zögern.

Oates lehnte sich zurück und verschränkte die Hände hinter dem Kopf. »Ich danke Ihnen, Doktor. Sie haben uns in unserem Entschluß bestärkt.«

»Soviel ich gehört habe, kann niemand die Pforten des Weißen Hauses passieren.«

»Wenn ihn die Russen entführen konnten«, stellte Brogan fest, »sehe ich keinen Grund, weshalb wir nicht das gleiche tun können. Aber zuerst müssen wir ihn von Lugowoj trennen.«

»Darf ich etwas vorschlagen?«

»Ich bitte darum.«

»Es gibt eine ausgezeichnete Möglichkeit, diese Situation zu unserem Vorteil zu nutzen.«

»Wie?«

»Warum stellen wir uns nicht auf diese spezielle Frequenz von ihm ein, statt seine Gehirnsignale zu unterbinden?«

»Zu welchem Zweck?«

»Damit mein Team und ich die Übertragungen unseren eigenen Überwachungsgeräten eingeben können. Wenn unsere Computer innerhalb von achtundvierzig Stunden genügend Daten erhalten, können wir an die Stelle des Gehirns des Präsidenten treten.«

»Eine Unterschiebung, um die Russen mit falschen Informationen zu versorgen.« Brogan hatte Edgelys Geistesblitz sofort erfaßt.

»Genau!« rief Edgely. »Denn sie haben allen Grund, die Daten für echt zu halten, die sie vom Präsidenten bekommen, und so können Sie mal zur Abwechslung den sowjetischen Geheimdienst nach Herzenslust an der Nase herumführen.«

»Die Idee gefällt mir«, stimmte Oates zu. »Aber das Problem bleibt bestehen, ob wir uns achtundvierzig Stunden Aufschub leisten können. Es läßt sich nicht vorhersagen, was der Präsident in diesem Zeitraum unternehmen wird.«

»Das Risiko lohnt sich«, erklärte Brogan trocken.

Jemand klopfte an die Tür, und Oates' Sekretärin steckte den Kopf herein. »Verzeihen Sie die Störung, Herr Minister, aber ich habe einen dringenden Anruf für Mr. Brogan.«

Brogan erhob sich schnell, nahm den Hörer auf Oates' Schreibtisch ab und drückte auf den Knopf. »Brogan.«

Er hörte eine Minute zu, ohne zu antworten. Dann legte er auf und wandte sich an Oates.

»Der Sprecher des Repräsentantenhauses, Alan Moran, ist soeben lebend in unserem Marinestützpunkt an der Guantanamo-Bucht aufgetaucht«, sagte er langsam.

»Margolin?«

»Keine Nachricht.«

»Larimer?«

»Senator Larimer ist tot.«

»Großer Gott!« stöhnte Oates. »Das bedeutet, daß Moran unser nächster Präsident sein könnte. Ich kann mir keinen skrupelloseren oder für das Amt weniger geeigneten Mann vorstellen!«

»Ein Schlitzohr vor den Toren des Weißen Hauses«, bemerkte Brogan. »Kein beruhigender Gedanke.«

60

Pitt war sicher, daß er gestorben war. Es gab keinen Grund, weshalb er noch am Leben sein sollte. Und doch sah er kein blendendes Licht am Ende eines langen, schwarzen Tunnels, nicht die Gesichter von Freunden und Verwandten, die vor ihm dahingegangen waren. Er hatte den Eindruck, daß er in seinem Bett zu Hause im Halbschlaf lag. Und Loren lag neben ihm, ihre Haare waren auf dem Kissen ausgebreitet, ihr Körper drückte sich an den seinen, ihre Arme umschlangen seinen Hals, sie hielt ihn fest und wollte ihn nicht davontreiben lassen. Ihr Gesicht schien zu glühen, und ihre violetten Augen blickten geradewegs in die seinen. Er fragte sich, ob sie auch tot war.

Plötzlich ließ sie ihn los, und ihr Bild begann zu verschwimmen, sie bewegte sich weg und wurde immer kleiner, bis sie ganz verschwand. Durch seine geschlossenen Lider drang schwaches Licht, und er hörte in der Ferne Stimmen. Langsam und mühsam, als hebe er mit den Lidern zwei Zentnergewichte, schlug er die Augen auf. Zuerst dachte er, er sähe eine ebene, weiße Fläche. Als sein Geist dann allmählich den Schleier der Bewußtlosigkeit beiseite schob, wurde ihm klar, daß er wirklich eine ebene, weiße Fläche sah.

Es war die Zimmerdecke.

Eine fremde Stimme sagte: »Er kommt nun zu sich.«

»Da braucht's schon mehr als drei gebrochene Rippen, eine Gehirnerschütterung und eine Gallone Meerwasser im Magen, um diesen Kerl zu erledigen.« Dieser lakonische Ton in der Stimme war unverkennbar.

Pitt schaffte ein Murmeln: »Meine schlimmsten Ängste ... Ich bin zur Hölle gefahren und lernte den Teufel kennen.«

»Sehen Sie, wie er von seinem besten Freund spricht«, beklagte sich Giordino bei einem Arzt in Marineuniform.

»Er ist in guter körperlicher Verfassung«, stellte der Arzt fest. »Er müßte ziemlich rasch wieder auf die Beine kommen.«

»Verzeihen Sie meine irdische Neugier«, fragte Pitt, »aber wo befinde ich mich?«

»Willkommen im US-Marine-Lazarett an der Guantanamo-Bucht auf Kuba«, antwortete der Arzt. »Sie und Mr. Giordino wurden von einem unserer Rettungshubschrauber aus dem Wasser gefischt.«

Pitt konzentrierte sich auf Giordino. »Bist du unverletzt?«

»Er hat eine Prellung von Melonengröße auf dem Bauch, aber er wird es überleben«, meinte der Arzt lächelnd. »Wie ich höre, hat er Ihnen übrigens das Leben gerettet.«

Pitt verjagte den Nebel aus seinem Kopf und versuchte sich zu erinnern. »Der Steward von der *Leonid Andrejew* hat mit meinem Kopf Baseball gespielt.«

»Er hat dich mit einem Ruder unter das Boot geschlagen«, erklärte Giordino. »Ich glitt über die Seitenwand, schwamm unter Wasser, bis ich deinen Arm erwischte, und zog dich an die Oberfläche. Der Steward hätte mich auch noch bewußtlos geschlagen, doch zum Glück kam rechtzeitig ein Marine-Hubschrauber, dessen Rettungsleute ins Wasser sprangen und der Mannschaft halfen, uns an Bord zu ziehen.«

»Und Loren?«

Giordino wich seinem Blick aus. »Sie gilt als vermißt.«

»Vermißt, verdammt noch mal!« fluchte Pitt. Er verzog das Gesicht bei dem plötzlichen, stechenden Schmerz in seiner Brust, als er sich auf die Ellbogen stützte. »Wir wissen beide, daß sie am Leben war und in dem Rettungsboot saß.«

Giordinos Gesicht wurde ernst. »Ihr Name stand nicht auf der Liste der Überlebenden, die der Schiffskapitän herausgegeben hat.«

»Ein Schiff von Bougainville!« platzte Pitt heraus, dessen Gedächtnis wieder funktionierte. »Der chinesische Steward, der uns umzubringen versuchte, zeigte auf die –«

»*Chalmette*«, sagte ihm Giordino ein.

»Ja, die *Chalmette*, und behauptete, sie gehöre ihm. Er nannte auch meinen Namen.«

»Stewards müssen sich die Namen der Passagiere merken. Er kannte dich als Charlie Gruber aus der Kabine vierunddreißig.«

»Nein, er beschuldigte mich richtig, daß ich mich in Bougainvilles Geschäfte einmische, und seine letzten Worte lauteten ›Gute Reise, Dirk Pitt‹.«

Giordino zuckte verwirrt mit den Schultern. »Ist mir vollkommen unverständlich, wieso er dich kannte. Aber warum sollte einer von Bougainville als Steward auf einem russischen Schiff arbeiten?«

»Ich darf nicht einmal beginnen, Vermutungen anzustellen.«

»Und warum sollte er leugnen, daß Loren gerettet wurde?«

Pitt schüttelte unmerklich den Kopf.

»Dann wird sie von den Bougainvilles gefangengehalten«, schloß Giordino, als ginge ihm plötzlich ein Licht auf. »Aber aus welchem Grund?«

»Du stellst immer mehr Fragen, die ich nicht beantworten kann«, ärgerte sich Pitt. »Wo befindet sich die *Chalmette* jetzt?«

»Auf der Fahrt nach Miami, um die Überlebenden an Land zu bringen.«

»Wie lange war ich bewußtlos?«

Etwa zweiunddreißig Stunden«, antwortete der Arzt.

Dann haben wir noch Zeit«, meinte Pitt. »Die *Chalmette* wird erst in mehreren Stunden in Florida eintreffen.«

Er setzte sich auf und schwang die Beine über den Bettrand. Der Raum begann ihm vor den Augen zu schaukeln.

Der Arzt trat zu ihm und hielt ihn an beiden Armen fest. »Ich hoffe, Sie denken nicht daran, irgendwohin zu stürzen.«

»Ich habe vor, auf dem Kai zu stehen, wenn die *Chalmette* in Miami eintrifft«, erklärte Pitt unnachgiebig.

Der Gesichtsausdruck des Arztes wurde streng medizinisch.

»Sie bleiben die nächsten vier Tage in Ihrem Bett. Sie können mit diesen gebrochenen Rippen nicht in der Weltgeschichte herumreisen, und wir wissen noch nicht genau, wie schwer Ihre Gehirnerschütterung ist.«

»Tut mir leid, Doc«, bedauerte Giordino, »aber ihr wurdet beide überstimmt.«

Pitt starrte ihn vorwurfsvoll an. »Wer soll mich daran hindern?«

»Erstens Admiral Sandecker, zweitens Außenminister Douglas Oates«, zählte Giordino so ungerührt auf, als würde er die Börsenkurse des Tages vorlesen. »Wir bekamen Befehl, dich in derselben Minute, in der du zu Bewußtsein kommst, nach Washington zu fliegen. Wir könnten sonst in große Schwierigkeiten geraten. Mir schwant, daß wir in die falsche Keksschachtel gegriffen haben, als wir entdeckten, daß der Abgeordnete Moran und Senator Larimer auf einem sowjetischen Schiff gefangengehalten werden.«

»Sie können alle warten, bis ich die *Chalmette* nach Loren durchsucht habe.«

»Das übernehme ich schon. Du fliegst in die Hauptstadt, während ich nach Miami fliege und Zollinspektor spiele. Es ist alles schon gedeichselt.«

Ein wenig beruhigt entspannte sich Pitt auf dem Bett. »Was ist mit Moran?«

»Er konnte es nicht erwarten abzuhauen«, erzählte Giordino zornig. »Sobald er an Land kam, verlangte er, die Marine solle alles stehen und liegen lassen und ihn nach Hause fliegen. Nach seiner ersten Routineuntersuchung hier hatte ich im Korridor des Lazaretts eine kleine Auseinandersetzung mit ihm. Ich war nahe daran, ihm seine Hakennase in den Hals zu boxen. Der Schuft zeigte wegen Loren nicht die geringste Besorgnis und schien sich richtig zu freuen, als ich ihm von Larimers Tod berichtete.«

»Er hat eben ein Talent dafür, diejenigen im Stich zu lassen, die ihm helfen«, zog Pitt angewidert sein Fazit.

Ein Sanitäter rollte einen Rollstuhl herein und half Pitt gemeinsam mit Giordino, sich hineinzusetzen. Pitt stöhnte auf, als erneut ein stechender Schmerz seine Brust durchbohrte.

»Sie verlassen das Lazarett gegen meinen ausdrücklichen Wunsch«, erklärte der Arzt. »Bitte, nehmen Sie das zur Kenntnis. Ich kann nicht garantieren, daß keine Komplikationen eintreten, wenn Sie sich überanstrengen.«

»Ich enthebe Sie jeglicher Verantwortung, Doc«, lächelte Pitt. »Ich werde keinem Menschen verraten, daß ich Ihr Patient war. Ihr ärztlicher Ruf wird durch mich keinen Schaden erleiden.«

Giordino legte einen Stoß von Zivilkleidung aus Navy-Beständen und einen kleinen Papiersack auf Pitts Schoß. »Da sind anständige Klamotten und der Inhalt deiner Taschen. Du kannst dich im Flugzeug anziehen, um Zeit zu sparen.«

Pitt öffnete den Sack und betastete den darin liegenden Plastikbeutel. Als er spürte, daß der Inhalt unbeschädigt und trocken war, sah er zu Giordino auf und schüttelte ihm die Hand. »Weidmannsheil, mein Freund.«

Giordino klopfte ihm auf die Schulter. »Keine Sorge. Ich werde sie finden. Hau ab nach Washington und mach ihnen die Hölle heiß.«

Niemand, der unter dem Syndrom eines märchenartigen Dauerschlafs gelitten hatte, konnte beim Aufwachen erstaunter gewesen sein als Alan Moran. Er erinnerte sich, daß er vor fast zwei Wochen auf der Präsidentenjacht eingeschlafen war; und seine nächste Wahrnehmung bestand darin, daß er irgendwo im Sumpfgebiet von Süd-Carolina in eine Limousine geschleppt wurde. Die Gefangenschaft und die Flucht von dem brennenden russischen Kreuzfahrtschiff kamen ihm wie ein verzerrter, nebelhafter Eindruck vor. Erst als er nach Washington zurückkehrte und sowohl den Kongreß als auch das Oberste Bundesgericht aus ihren geheiligten Hallen vertrieben sah, kam er wieder ganz zu sich und war imstande, seine politische Machtposition wieder einzunehmen.

Da sich die Regierung in einem chaotischen emotionalen und politischen Durcheinander befand, erkannte er sogleich, daß er die einmalige Chance hatte, seinen innersten, unergründlichen Ehrgeiz zu befriedigen, nämlich Präsident zu werden. Da er nicht mit der Unterstützung der Öffentlichkeit rechnen konnte, das Amt durch eine Wählerentscheidung zu erlangen, war er entschlossen, es in Ermangelung anderer Anwärter an sich zu reißen. Margolin war vermißt, Larimer aus dem Weg geräumt und der Präsident von der Amtsenthebung bedroht, also gab es so gut wie niemanden, der ihn daran hindern konnte.

Moran hielt in der Mitte des Jackson-Square auf der dem Weißen Haus gegenüberliegenden Seite der Pennsylvania-Avenue Hof und beantwortete Fragen, die ihm ein Heer von Korrespondenten stellte. Er war der Mann der Stunde und genoß jede Sekunde der öffentlichen Aufmerksamkeit.

»Können Sie uns sagen, wo Sie sich die letzten zwei Wochen aufgehalten haben?« fragte Ray Marsh von der *New York Times.*

»Mit Vergnügen«, antwortete Moran bereitwillig. »Marcus Larimer, Führer der Mehrheit im Senat, und ich fuhren zu einem Angelurlaub in die Karibik, teils um zu sehen, ob wir einen Schwertfisch von besonderer Größe fangen können, größtenteils aber, um über die Probleme zu sprechen, denen unsere Nation gegenübersteht.«

»Erste Berichte besagten, daß Senator Larimer bei der Tragödie der *Leonid Andrejew* ums Leben kam.«

»Zu meinem tiefsten Bedauern muß ich bestätigen, daß dies zutrifft«, erklärte Moran pathetisch. »Der Senator und ich fischten nur fünf oder sechs Meilen von dem russischen Kreuzfahrtschiff entfernt, als wir eine Explosion hörten und beobachteten, wie es von Feuer und Rauch eingehüllt wurde. Wir befahlen unserem Steuermann, Kurs auf den Ort der Katastrophe zu nehmen. Als wir eintrafen, stand die *Leonid Andrejew* vom Bug bis zum Heck in Flammen. Hunderte verängstigter Passagiere stürzten sich ins Meer, bei vielen standen sogar die Kleider in Flammen.«

Moran machte eine Pause, um die Wirkung zu erhöhen, dann berichtete er in lebhaft dramatischem Tonfall: »Gefolgt von dem Senator, sprang ich ins Wasser, um denen zu helfen, die schwer verwundet oder Nichtschwimmer waren. Wir kämpften, wie uns vorkam, stundenlang und hielten Frauen und Kinder über Wasser, bis wir sie in unser Fischerboot heben konnten. Ich verlor dabei Senator Larimer aus den Augen. Als ich ihn suchte, trieb er mit dem Gesicht nach unten auf dem Wasser. Er war offensichtlich das Opfer eines durch Überanstrengung hervorgerufenen Herzanfalls geworden. Sie können mich wörtlich zitieren: Er starb als ein wirklicher Held.«

»Wie viele Menschen haben Sie Ihrer Meinung nach gerettet?« fragte Joe Stark von der *United Press.*

»Ich weiß nicht mehr, wie viele es waren«, bedauerte Moran, dem die Lügen glatt von der Zunge gingen. »Unser kleines Boot war mit verbrannten und halb ertrunkenen Opfern gefährlich überladen. Ich blieb also im Wasser, um nicht der berühmte Strohhalm zu sein, der das Boot sozusagen zum Sinken bringt, so daß eine weitere armselige Kreatur dem Tod entrinnen konnte. Zu meinem Glück wurde ich von der Marine herausgefischt, die, das muß ich ausdrücklich betonen, großartige Arbeit leistete.«

»Wußten Sie, daß die Kongreßabgeordnete Loren Smith an Bord der *Leonid Andrejew* reiste?« fragte Marion Tournier vom Sender der *Associated Press*.

»Damals nicht«, antwortete Moran, der wieder zu seinem feierlichen Pathos zurückkehrte. »Leider erfuhr ich eben erst, daß sie als vermißt gemeldet wird.«

Curtis Mayo winkte seinen Kameraleuten und drängte sich näher an Moran heran.

»Herr Kongreßabgeordneter, wie stehen Sie zu der beispiellosen Schließung des Kongresses durch den Präsidenten?«

»Es verletzt mich zutiefst, daß eine so anmaßende Tat in unserer Regierungszeit erfolgen konnte. Es ist klar, daß der Präsident unzurechnungsfähig ist. Mit einem einzigen schrecklichen Schlag hat er unser Land aus einer Demokratie in eine Diktatur verwandelt. Ich bin fest entschlossen, dafür zu sorgen, daß er seines Amtes enthoben wird – je früher, desto besser.«

»Wie wollen Sie das erreichen?« drängte Mayo. »Jedesmal, wenn die Mitglieder des Hauses zusammenkommen, um das Impeachment-Verfahren zur Amtsenthebung einzuleiten, schickt der Präsident Truppen aus, mit denen er sie zwingt, auseinanderzugehen.«

»Diesmal wird es jedoch anders verlaufen«, sagte Moran zuversichtlich. »Morgen früh um zehn Uhr werden die Kongreßmitglieder eine gemeinsame Sitzung im Lisner-Auditorium der George Washington-Universität abhalten. Damit die Versammlung nicht durch den unbefugten und verwerflichen Einsatz des Militärs gestört oder aufgelöst wird, werden wir der Gewalt mit Gewalt begegnen. Ich habe mich mit meinen Kollegen vom Repräsentantenhaus und vom Senat aus den Nachbarstaaten Maryland und Virginia beraten, die bei ihren Gouverneuren durchgesetzt haben, daß sie unsere verfassungsmäßigen Rechte schützen, indem sie Truppen von ihrer Nationalgarde zur Verfügung stellen.«

»Werden sie Befehl haben, gegebenenfalls zu schießen?« fragte Mayo, der eine bluttriefende Story witterte.

»Wenn sie angegriffen werden«, antwortete Moran kalt, »ist die Antwort ein uneingeschränktes Ja.«

»Und so bricht der zweite Bürgerkrieg unseres Landes aus«, sagte

Oates müde, während er den Fernsehapparat abschaltete und sich Emmett, Mercier und Brogan zuwandte.

»Moran ist ebenso verrückt wie der Präsident.« Emmett schüttelte angewidert den Kopf.

»Ich bedaure das amerikanische Volk, das gezwungen ist, eine so erbärmliche Führungsclique zu akzeptieren«, brummte Mercier.

»Was halten Sie von der bevorstehenden Konfrontation im Lisner-Auditorium?« fragte Oates Emmett.

»Die Spezialeinheiten der Armee und die Einheiten, die auf dem Capitol Hill Wachdienst versehen, sind hervorragend ausgebildete Berufssoldaten. Man kann sich darauf verlassen, daß sie Ruhe bewahren und keine gefährlichen Dummheiten begehen. Die wirkliche Gefahr kommt von der Nationalgarde. Ein Wochenend-Kämpfer muß nur in Panik geraten und einen Schuß abfeuern. Dann werden wir Zeugen eines Blutbades wie damals im Kent State sein, nur noch viel schlimmer. Diesmal wird das Feuer der Garde von treffsicheren Scharfschützen erwidert werden.«

»Die Situation wird sich um so mehr verschärfen, sobald ein paar Abgeordnete im Kreuzfeuer fallen«, fügte Mercier hinzu.

»Der Präsident muß isoliert werden. Der Zeitplan muß vorverlegt werden«, verlangte Oates.

Mercier war nicht damit einverstanden. »Das würde bedeuten, daß die unserem Doktor Edgely zugestandene Zeit zur Auswertung der Gehirnsignale verkürzt werden muß.«

»Ein Massenblutbad zu verhüten ist wichtiger, als die Russen irrezuführen«, sagte Oates.

Brogan starrte nachdenklich zur Decke. »Ich glaube, wir könnten unser Hühnchen stehlen und es außerdem rupfen.«

Oates lächelte. »Ich höre bereits, wie die Zahnräder in Ihrem Kopf ineinandergreifen, Martin. Was für eine undurchsichtige Intrige hat die CIA jetzt auf Lager?«

»Wir haben die Möglichkeit, Edgely einen Vorteil zu verschaffen«, antwortete Brogan mit verschlagenem Grinsen. »Eine ganz besondere Kleinigkeit.«

61

Auf dem Luftwaffenstützpunkt Andrews wartete eine Limousine, als Pitt langsam die Gangway eines Passagier-Düsenflugzeugs der

Navy nach unten stieg. Hinter den getönten Fenstern verborgen, saß Admiral Sandecker in dem Wagen.

Er öffnete die Tür und half Pitt beim Einsteigen. »Wie war der Flug?«

»Zum Glück ruhig.«

»Haben Sie Gepäck?«

»Ich trage alles am Leib.« Pitt zuckte zusammen und biß die Zähne zusammen, während er auf den Sitz neben dem Admiral glitt.

»Sie haben große Schmerzen?«

»Ich bin ein wenig steif. Man verklebt gebrochene Rippen nicht mehr mit Heftpflaster wie früher einmal. Man läßt sie heute einfach von selbst heilen.«

»Tut mir leid, daß ich auf Ihrer sofortigen Rückkehr bestanden habe, aber in Washington braut sich ein Sturm zusammen, und Doug Oates hofft, daß Sie im Besitz von Informationen sind, die zumindest einige Unklarheiten beseitigen können.«

»Ich verstehe schon. Liegen inzwischen Nachrichten von Loren vor?«

»Leider nicht.«

»Sie lebt.« Pitt starrte aus dem Fenster.

»Ich zweifle nicht daran«, stimmte Sandecker zu. »Wahrscheinlich ein Versehen, daß ihr Name nicht auf der Liste der Überlebenden erscheint. Vielleicht wollte sie nicht genannt werden, um der Presse zu entgehen.«

»Loren hat keinen Grund, sich zu verstecken.«

Sie wird gewiß auftauchen«, tröstete ihn Sandecker. »Würden Sie mir jetzt bitte erzählen, wie Sie es geschafft haben, in die schlimmste Tragödie auf See der letzten fünfzig Jahre zu geraten?«

Pitt bewunderte den Admiral, der einem Gespräch so plötzlich eine andere Wendung gab, als springe er aus einer Sauna in den Schnee.

»In der kurzen Zeit, in der wir an Bord der *Leonid Andrejew* beisammen waren«, begann Pitt, »berichtete mir Loren, sie sei in der ersten Nacht der Kreuzfahrt auf dem Deck herumgeschlendert, als die Lampen an der Außenseite des Schiffes ausgingen und kurz danach ein Hubschrauber landete. Drei Passagiere wurden ausgeladen, von denen zwei ziemlich grob behandelt wurden. In dem schwachen Licht hatte Loren den Eindruck, daß einer von ihnen Alan Moran war. Da sie aber nicht sicher war, ob ihre Augen ihr einen Streich gespielt hätten, rief sie über das Bord-Land-Telefon ihre Sekretärin Sally Lindemann an und ersuchte sie, herauszufinden, wo sich Moran befand. Sally stieß auf falsche Spuren, die nur durch vage Berichte gedeckt waren, und Moran fand sie nirgends. Sie stellte auch fest, daß er und Marcus Larimer angeblich beisammen waren. Dann berichtete sie Loren von den negativen Resultaten ihrer Suche, die ihr auftrug, sich an mich zu wenden. Die Telefonverbindung wurde daraufhin unterbrochen. Die Russen hatten ihre Gespräche wohl abgehört und begriffen, daß sie zufällig mitten in eine heikle Operation gestolpert war.«

»Sie haben sie also gefangengenommen, genau wie ihre Kongreßkollegen, die sich auf einer Reise ohne Wiederkehr nach Moskau befanden.«

»Nur, daß Loren eher ein Risiko darstellte als einen Vorteil. Sie sollte zweckdienlicherweise über Bord gehen.«

»Und nachdem Miß Lindemann Sie erreicht hatte?« fragte Sandecker.

»Al Giordino und ich entwarfen einen Plan, flogen nach Süden, erreichten das Schiff in San Salvador und gingen dort an Bord.«

»Über zweihundert Menschen starben auf der *Leonid Andrejew*. Daß Sie noch am Leben sind, ist nur ein glücklicher Zufall.«

»Ja«, gab Pitt nachdenklich zu. »Es war auch recht knapp.«

Er schwieg und sah im Geist nur ein Gesicht vor sich – das Gesicht des Stewards, der im Rettungsboot stand und mit dem Blick eines Mannes, dem seine Arbeit Vergnügen bereitete, auf ihn hinunterstarrte: ein Mörder ohne eine Spur von Gewissen.

»Falls es Sie interessiert«, schaltete sich Sandecker ein, die Pause unterbrechend, »wir fahren von hier direkt ins Ministerium zu einer Besprechung mit Außenminister Oates.«

»Machen Sie einen Umweg über die *Washington Post*«, bat Pitt plötzlich.

Sandecker schüttelte den Kopf. »Wir können keine Zeit vergeuden, um eine Zeitung zu kaufen.«

»Wenn Oates wissen will, was ich zu berichten habe, wird er eben ein wenig warten müssen.«

Sandecker zog ein schiefes Gesicht, gab aber nach. »Aber mehr als zehn Minuten kann ich Ihnen nicht einräumen. Ich werde Oates anrufen und sagen, daß Ihr Flugzeug Verspätung hatte.«

Pitt hatte den Außenminister schon früher anläßlich der Angelegenheit mit dem nordamerikanischen Pakt kennengelernt. Das kurzgeschnittene Haar war schiefergrau, und die braunen Augen bewegten sich mit routinierter Ungezwungenheit, während er Pitt musterte.

Oates trug einen grauen, maßgeschneiderten Fünfhundert-Dollar-Anzug und glänzend polierte, schwarze Maßschuhe. Durch seine aggressive Haltung zeigte er, daß er schnellstens zur Sache kommen wollte, und bewegte sich geschmeidig, fast wie ein Leichtathlet.

»Wie schön, Sie wiederzusehen, Mr. Pitt.«

»Sehr erfreut, Herr Minister.«

Oates drückte Pitt die Hand, dann wandte er sich den anderen Männern im Konferenzraum zu und machte sie miteinander bekannt. Nur der engste Vertrautenkreis war erschienen: Brogan von der CIA, Emmett vom FBI, Alan Mercier vom Nationalen Sicherheitsdienst, den Pitt gleichfalls kannte, und Dan Fawcett, der das Weiße Haus als Sprecher vertrat. Admiral Sandecker blieb an Pitts Seite und behielt seinen Freund aufmerksam im Auge.

»Bitte, nehmen Sie Platz«, forderte Oates die Anwesenden auf.

Sam Emmett wandte sich zu Pitt und sah ihn interessiert an, wobei ihm die tiefen Falten in seinem Gesicht auffielen. »Ich habe mir die Freiheit genommen, mir Ihre Akte anzusehen, Mr. Pitt, und ich muß gestehen, Ihre Tätigkeit im Auftrag der Regierung liest sich wie ein Roman.« Er machte eine Pause, um das Dossier zu überfliegen. »Es war Ihr unmittelbares Verdienst, daß während der Vixen-Operation unzähligen Menschen das Leben gerettet wurde. Sie haben dazu beigetragen, den Fusionsvertrag mit Kanada zu verwirklichen. Sie leiteten das Projekt zur Bergung der *Titanic* und entdeckten im Anschluß daran einen wesentlichen Umstand für das Sizilianische Projekt. Sie haben es wirklich heraus, wie man in der Welt herumkommt.«

»Das passende Wort dafür ist ›allgegenwärtig‹«, warf Oates ein.

»Bevor Sie der NUMA beitraten, waren Sie bei der Luftwaffe«, fuhr Emmett fort, »und hatten den Rang eines Majors. Ausgezeichnete Dienstbeurteilung in Vietnam.« Er zögerte, sein Gesichtsausdruck wurde zusehends neugieriger. »Ich sehe hier, daß Sie sogar eine Belobigung für den Abschuß eines unserer eigenen Flugzeuge erhielten.«

»Das müßte eigentlich ich erklären«, mischte Sandecker sich ein, »weil ich mich in dem Flugzeug befunden hatte, das Dirk abschoß.«

»Mir ist klar, daß wir unter Zeitdruck stehen, aber diese Geschichte möchte ich doch zu gerne hören«, schaltete sich Oates ein.

Sandecker nickte zustimmend. »Mein Stab und ich flogen in einem zweimotorigen Turboprop-Transporter von Saigon zu einem kleinen Küstenhafen nördlich von Da Nang. Das Flugfeld, auf dem wir landen sollten, war von regulären nordvietnamesischen Truppen überrannt worden, ohne daß wir davon wußten. Unser Funkgerät funktionierte nicht, und unser Pilot konnte daher die Warnung nicht empfangen. Dirk flog in der Nähe vorbei, da er von einem Bombereinsatz zurückkehrte. Der örtliche Kommandant trug ihm auf, uns mit allen verfügbaren Mitteln abzufangen und uns zu warnen.« Sandecker blickte lächelnd zu Pitt hinüber. »Ich muß sagen, außer einer Neonreklame versuchte er einfach alles Erdenkliche. Er stellte von seinem Cockpit aus Scharaden dar, feuerte aus seinen MGs mehrere Feuerstöße vor unsere Nase, aber wir verstanden überhaupt nur Bahnhof. Als wir schließlich zum Landeanflug übergingen und vom Meer aus den Landestreifen anflogen, setzte er mit einmaliger fliegerischer Treffsicherheit gezielt unsere beiden Motoren außer Gefecht und zwang damit meinen Piloten, mit unserer Maschine nur anderthalb Kilometer vom Strand entfernt im Wasser notzulanden. Dann flog Dirk Feuerschutz für uns und griff im Tiefflug feindliche Boote an, die vom Strand ausliefen, bis wir alle von einem Patrouillenboot der Navy an Bord genommen wurden. Nachdem ich erfuhr, daß er mich vor der sicheren Gefangenschaft und möglicherweise vor dem Tod gerettet hatte, wurden wir gute Freunde. Als mich Präsident Ford mehrere Jahre später ersuchte, das Projekt NUMA zu starten, überredete ich Dirk, zu mir zu kommen.«

Oates blickte Pitt gedankenverloren an. »Sie führen ein aufregendes Leben. Ich beneide Sie.«

Ehe Pitt antworten konnte, begann Alan Mercier: »Mr. Pitt möchte sicherlich erfahren, warum wir ihn hierher kommen ließen.«

»Ich kenne den Grund sehr genau«, erklärte Pitt.

Er blickte von einem zum anderen. Alle sahen aus, als hätten sie einen Monat lang nicht geschlafen. Schließlich wandte er sich direkt an Oates. »Ich weiß, wer für den Diebstahl und die darauffolgende Freisetzung von Nervengas S im Golf von Alaska verantwortlich ist.« Er sprach langsam und deutlich. »Ich weiß, wer fast dreißig Menschen bei der Entführung der Präsidentenjacht und ihrer Passagiere ermordet hat. Ich kenne die Identität dieser Passagiere und weiß, warum sie entführt wurden. Und schließlich weiß ich, wer die *Leonid Andrejew* gesprengt und dabei zweihundert Männer, Frauen und Kinder getötet hat. Das sind weder Theorien noch Vermutungen. Die Tatsachen und Beweise sind unumstößlich.«

In dem Raum entstand fast tödliche Stille. Niemand machte auch nur den geringsten Versuch zu sprechen. Pitts Erklärung hatte sie von Kopf bis Fuß gelähmt. Emmetts Gesicht zeigte sogar Bestürzung. Fawcett hielt die Hände gefaltet, um seine Nervosität zu verbergen. Auch Oates wirkte betäubt. Brogan war der erste, der Pitt eine Frage stellte. »Ich muß annehmen, Mr. Pitt, daß Sie auf die Russen anspielen?«

»Nein, Sir.«

»Liegt es im Bereich der Möglichkeit, daß Sie sich irren?« fragte Mercier.

»Vollkommen ausgeschlossen.«

»Wenn nicht die Russen«, fragte Emmett vorsichtig, »wer dann?«

»Die Besitzerin des Reederei-Imperiums Bougainville, Min Korjo, und ihr Enkel Lee Tong.«

»Ich kenne zufällig Lee Tong persönlich«, sagte Emmett. »Er ist ein angesehener Geschäftsmann, der unsere Wahlkampagnen mit beträchtlichen Spenden unterstützt.«

»Das tut die Mafia ebenfalls, und jeder Scharlatan, der darauf aus ist, die Regierungsmaschine für sich einzuspannen«, konterte Pitt eisig. Er legte ein Foto auf den Tisch. »Das habe ich mir aus dem Archiv der *Washington Post* ausgeborgt. Erkennen sie den Mann, Mr. Emmett, der auf dem Bild zur Tür hereinkommt?«

Emmett nahm das Foto und musterte es. »Lee Tong Bougainville«, stellte er fest. »Es ist ihm nicht sehr ähnlich, aber eines der wenigen Fotos, die ich je von ihm zu Gesicht bekam. Er meidet Publicity wie Herpes. Sie begehen einen schweren Fehler, Mr. Pitt, wenn Sie ihn eines Verbrechens beschuldigen.«

»Keinen Fehler«, widersprach Pitt entschieden. »Dieser Mann hat versucht, mich umzubringen. Ich habe Grund zu der Annahme, daß er für die Explosion verantwortlich ist, durch die die *Leonid Andrejew* in Brand geriet und versank, und auch für die Entführung des Kongreßmitglieds Loren Smith.«

»Die Entführung der Kongreßabgeordneten Loren Smith ist reine Spekulation Ihrerseits.«

»Hat Alan Moran nicht berichtet, was sich an Bord des Schiffes ereignet hat?«

»Er lehnt es ab, sich von uns befragen zu lassen«, antwortete Mercier. »Wir wissen nur, was er der Presse mitgeteilt hat.«

Emmett geriet in Zorn. Er betrachtete Pitts Enthüllungen als einen Hinweis auf die dilettantische Arbeitsweise des FBI. Er beugte sich wütend über den Tisch. »Erwarten sie allen Ernstes, daß wir Ihre lächerlichen Märchen glauben?« fragte er mit krächzender Stimme.

»Es kümmert mich wenig, was Sie glauben.« Pitts Blick brachte den Direktor zum Schweigen.

»Können Sie uns verraten, wie Sie die Bougainvilles gefaßt haben?« fragte Oates.

»Ich bin erst dadurch hineingezogen worden, daß eine Freundin an dem Nervengas S starb. Ich machte mich auf die Jagd nach den Verantwortlichen, allerdings ausschließlich, um sie zu rächen. Als meine Nachforschungen sich allmählich immer mehr auf Bougainville Maritime konzentrierten, kamen plötzlich andere Aspekte ihrer illegalen Organisation an den Tag.«

»Und Sie können Ihre Beschuldigungen beweisen?«

»Selbstverständlich. Computerdaten, die ihre Piraterie, ihren Rauschgifthandel und ihre Schmuggeloperationen veranschaulichen, befinden sich in einem Safe der NUMA.«

Brogan hob die Hand. »Einen Augenblick. Sie haben erklärt, daß die Bougainvilles auch für die Entführung der *Eagle* zuständig sind?«

»Ja.«

»Und Sie wissen, wer entführt wurde?«

»Ja.«

»Unmöglich«, erklärte Brogan entschieden.

»Soll ich Namen nennen, meine Herren?« fragte Pitt. »Beginnen wir mit dem Präsidenten, dann Vizepräsident Margolin, Senator Larimer und Sprecher des Repräsentantenhauses Moran. Ich war mit Larimer beisammen, als er starb. Margolin lebt noch und wird irgendwo von den Bougainvilles gefangengehalten. Moran ist jetzt hier in Washington und hat vor, der nächste Messias zu werden. Der Präsident sitzt im Weißen Haus und erkennt nicht, welche politischen Katastrophen er auslöst, während sein Gehirn unter dem Einfluß eines sowjetischen Psychologen namens Alexej Lugowoj steht.«

Wenn Oates und die anderen vorher verblüfft gewesen waren, so wirkten sie jetzt vollkommen versteinert. Brogan sah aus, als hätte er soeben eine Flasche Tabascosoße auf einen Satz getrunken.

»Sie können das alles ja gar nicht wissen!« keuchte er.

»Offensichtlich weiß ich es aber doch«, entgegnete Pitt ruhig.

»Mein Gott, woher denn?« fragte Oates.

»Ein paar Stunden vor dem Blutbad auf der *Leonid Andrejew* tötete ich einen KGB-Agenten namens Paul Suworow. Er trug ein Notizbuch bei sich, das ich mir ausgeborgt habe. Die Seiten geben Auskunft darüber, was er getan hat, nachdem der Präsident von der *Eagle* entführt wurde.«

Pitt nahm den Tabaksbeutel unter seinem Hemd hervor, öffnete ihn und warf das Notizbuch lässig auf den Tisch.

Dort blieb es ein paar Augenblicke liegen, bis Oates schließlich danach griff und es langsam zu sich zog, als könnte es ihn in die Hand beißen. Dann begann er darin zu blättern.

»Das ist ja merkwürdig«, stellte er nach einiger Zeit fest. »Es ist in englischer Sprache geschrieben. Ich hätte eigentlich einen auf dem Russischen beruhenden Code erwartet.«

»Das ist gar nicht so merkwürdig«, fand Brogan. »Ein guter Agent schreibt in der Sprache des Landes, in dem er eingesetzt ist. Ungewöhnlich ist, daß dieser Suworow sich überhaupt Notizen gemacht hat. Ich kann nur annehmen, daß er Lugowoj überwachte und das Projekt der Bewußtseinskontrolle für ihn technisch zu schwierig war, um sich alle Fachausdrücke zu merken; deshalb hielt er seine Beobachtungen fest.«

»Mr. Pitt«, fragte Fawcett, »verfügen Sie über ausreichende Beweise, damit das Justizministerium Min Korjo anklagen kann?«

»Zur Anklageerhebung reicht es, zur Verurteilung noch nicht«, antwortete Pitt. »Die Regierung wird niemals eine sechsundachtzig Jahre alte Frau, die so reich und mächtig ist wie Min Korjo, hinter Schloß und Riegel setzen. Und falls sie findet, daß ihre Aussichten schlecht stehen, würde sie einfach das Land verlassen und ihre Operationen von einem Ort im Ausland leiten.«

»Angesichts der von ihr begangenen Verbrechen«, meinte Fawcett, »sollte es nicht allzu schwierig sein, ihre Auslieferung zu erreichen.«

»Min Korjo besitzt enge Verbindungen zu Nordkorea«, erklärte Pitt. »Sie wird dorthin übersiedeln, und Sie werden sie niemals hier vor Gericht sehen.«

Emmett dachte darüber nach und meinte ohne Gefühlsregung: »Ich glaube, wir können ab diesem Punkt den Fall selbst in die Hand nehmen.« Dann wandte er sich an Sandecker, als würde er Pitt übergehen. »Admiral, können Sie dafür sorgen, daß Mr. Pitt für weitere Befragungen zur Verfügung steht und uns die Computerdaten ausliefert, die er über die Bougainvilles gesammelt hat?«

»Sie können sich auf die volle Mitwirkung der NUMA verlassen«, beruhigte ihn Sandecker. Dann fügte er sarkastisch hinzu: »Wir sind immer gern bereit, dem FBI unter die Arme zu greifen.«

»Das wäre also erledigt«, meinte Oates, der sich als eine Art Schiedsrichter verstand. »Haben Sie eine Ahnung, Mr. Pitt, wo sie möglicherweise Vizepräsident Margolin gefangenhalten?«

»Nein, Sir. Ich glaube auch nicht, daß Suworow es wußte. Aus seinen Notizen geht hervor, daß er nach seiner Flucht aus Lugowojs Laboratorium in einem Hubschrauber das Gebiet überflog, aber weder den Ort noch das Gebäude erkennen konnte. Der einzige Hinweis, den er gibt, ist ein Fluß südlich von Charleston in Süd-Carolina.«

Oates blickte von Emmett über Brogan zu Mercier. »Also, meine Herren, wir haben einen Ausgangspunkt für die Untersuchungen, wir schulden Mr. Pitt den Dank dieser Runde«, sagte Fawcett.

»Ja, wirklich«, bestätigte Mercier. »Sie haben uns sehr geholfen.«

Mein Gott, dachte Pitt. Sie klingen allmählich wie die Räte von der Handelskammer, die einem Straßenkehrer, der hinter einer Parade saubermacht, ihren Dank aussprechen.

»Ist das alles?« fragte er.

»Im Augenblick schon«, antwortete Oates.

»Was ist mit Loren Smith und Vince Margolin?«

»Wir werden sie in Sicherheit bringen«, versprach Emmett frostig.

Pitt erhob sich mühevoll. Sandecker trat zu ihm und nahm ihn beim Arm. Dann legte Pitt die Hände auf den Tisch und beugte sich hinüber zu Emmett mit seinem bohrenden Blick, der genügt hätte, um einen Kaktus zum Eintrocknen zu bringen.

»Das würde ich Ihnen auch raten«, sagte er mit einer Stimme wie Stahl. »Das möchte ich Ihnen auch dringlichst geraten haben.«

62

Während die *Chalmette* nach Florida unterwegs war, wurde die Nachrichtenverbindung mit dem Festland immer hektischer. Der Funkraum des Schiffes wurde unaufhörlich mit Fragen bestürmt, und es war den Koreanern unmöglich, alle zu beantworten. Schließlich gaben sie es auf und gaben nur die Namen der an Bord befindlichen Überlebenden bekannt. Alle dringenden Bitten der Nachrichtenmedien um detaillierte Informationen über den Untergang der *Leonid Andrejew* blieben unbeantwortet.

Freunde und Verwandte von Passagieren, die vor Angst außer sich waren, versammelten sich bei den Büros der russischen Kreuzfahrtlinie. Da und dort wurden im Land Fahnen auf Halbmast gesetzt. Das Unglück war überall das Gesprächsthema in aller Munde. Zeitungen und Fernsehstationen verschoben vorübergehend das Aussperren des Kongresses durch den Präsidenten aus dem Rampenlicht der Öffentlichkeit und widmeten den Berichten über die Katastrophe Sonderausgaben und -sendungen.

Die Navy richtete eine Luftbrücke für die Passagiere ein, die sie aus dem Wasser gezogen hatte, und flog sie zu Marine-Luftstützpunkten und Krankenhäusern in der Nähe ihres Wohnorts. Das waren die ersten, die interviewt wurden, und ihre einander widersprechenden Berichte machten die verschiedensten Ursachen für die Explosion verantwortlich; das ging von einer schwimmenden Mine aus dem Zweiten Weltkrieg bis zu Waffen und Munition, die von den Russen nach Mittelamerika geschmuggelt werden sollten.

Allenthalben in den Vereinigten Staaten reagierten die diplomatischen Vertretungen der Sowjets böse und erhoben die Beschuldigung, die US-Marine habe fahrlässig eine Rakete auf die *Leonid Andrejew* abgefeuert: eine Anschuldigung, die in den Ostblockländern leicht geglaubt wurde, aber sonst überall mit einem ungläubigen Schulterzucken als primitive Propagandalüge abgetan wurde.

Die Erregung stieg zu einem Crescendo an, da das verursachte menschliche Leid die Öffentlichkeit auf eine Weise interessierte, wie man es seit dem Untergang der *Andrea Doria* im Jahre 1956 nicht mehr erlebt hatte. Das fortgesetzte Schweigen der *Chalmette* brachte die Reporter und Korrespondenten geradezu auf die Palme. Ein wilder Ansturm auf Boote, Flugzeuge und Hubschrauber setzte ein, die gechartert wurden, um dem sich der Küste nähernden Schiff entgegenzufahren. Genährt durch das beharrliche Schweigen des Kapitäns gerieten die wildesten Spekulationen in Umlauf, während die Spannung zu zerreißen drohte. Jeder Politiker, der es schaffte, ein Interview zu geben, verlangte eine genaue Untersuchung der Angelegenheit.

Die *Chalmette* zeigte sich bis zum Schluß unzugänglich. Als sie in den Hauptkanal einlief, wurde sie von einem Rudel von herumschwirrenden Flugzeugen begleitet und von Vergnügungsjachten und Fischerbooten eingekreist, auf denen es vor Reportern wimmelte, die durch Lautsprecher Fragen brüllten. Zu ihrer Verzweiflung winkten die Koreaner nur und riefen in ihrer Muttersprache zurück.

Langsam näherte sich das Containerschiff der Terminal-Landestelle auf Dodge Island im Hafen von Miami und wurde von einer gewaltigen Menge von über hunderttausend Menschen empfangen, die gegen einen Polizeikordon drängten, der den Zugang zum Pier abriegelte. Hunderte von Video- und Filmkameras hielten die Szene fest, während die Festmacheleinen des großen Containerschiffes über rostige Poller geworfen, Gangways an den Rumpf geschoben wurden und die Geretteten an der Reling standen und über den Aufruhr nur staunen konnten.

Einige schienen außer sich vor Freude, wieder festes Land zu sehen, andere trauerten ernst um Ehemänner oder -frauen, Söhne oder Töchter, die sie nie mehr wiedersehen würden. Plötzlich entstand in den Zuschauermassen tiefe Stille. Später beschrieb sie ein Moderator bei den Abendnachrichten im Fernsehen als »das Schweigen, das man erlebt, wenn ein Sarg in das Grab hinuntergelassen wird«.

Aufgrund der dramatischen Szenen kam unbeachtet eine Schar FBI-Agenten in der Uniform von Einwanderungsbeamten und Zollinspektoren an Bord des Schiffes und stellten die Identität der überlebenden Passagiere und der Besatzungsmitglieder der *Leonid Andrejew* fest, befragten jeden nach dem Verbleib von Kongreßmitglied Loren Smith und suchten jeden Quadratmeter des Schiffes nach einer Spur von ihr ab.

Al Giordino befragte vor allem die Leute, an deren Gesichter er sich erinnerte, da er sie im Rettungsboot gesehen hatte. Keiner von ihnen wußte mehr, was mit Loren oder dem asiatisch aussehenden Steward geschehen war, nachdem sie an Bord der *Chalmette* geklettert waren. Eine Frau glaubte zu wissen, daß sie der Kapitän des Schiffes weggeführt hatte, war sich dessen aber nicht sicher. Bei vielen der Passagiere, die nur knapp dem Tod entronnen waren, hatte ihr Gedächtnis viele Eindrücke der Katastrophe gelöscht.

Der Kapitän und seine Besatzung behaupteten, daß sie nichts wußten. Vorgehaltene Fotos von Loren wurden nicht erkannt. Dolmetscher befragten sie in koreanischer Sprache, aber ihre Antworten blieben gleich. Sie hatten sie nie gesehen. Sechs Stunden gründlicher Suchaktionen förderten nichts zutage. Endlich durften auch die Reporter an Bord klettern. Die Mitglieder der Besatzung wurden als Helden der Meere gefeiert. Bougainville Maritime und ihre mutigen Angestellten, die sich in ein Meer aus brennendem Öl gewagt hatten, um vierhundert Menschenleben zu retten, erwarben sich ein Image, das einen unverhofften Glücksfall für ihre Public Relations darstellte, und Min Korjo nützte es nach Kräften aus.

Es war dunkel und regnete, als Giordino den nun verlassen daliegenden Kai überquerte und das Zollbüro des Terminals betrat. Er blieb lange Zeit an einem Schreibtisch sitzen und starrte in die regenverhangene Dunkelheit hinaus; seine schwarzen Augen waren nur Schatten in seinem Gesicht.

Er drehte sich zu dem Telefon um und sah es an, als wäre es sein Feind. Dann machte er sich Mut, indem er Brandy aus einem Flachmann trank, der in seiner Rocktasche steckte, und eine Zigarre anzündete, die er sich von denen Admiral Sandeckers »entliehen« hatte, wählte eine Nummer, ließ es klingeln und hoffte beinahe, daß sich niemand melden würde. Dann hob jemand ab.

Giordino befeuchtete sich die Lippen mit der Zunge und sagte mit tonloser Stimme: »Verzeih mir, Dirk. Wir kamen zu spät. Sie war fort.«

Der Hubschrauber kam von Süden und schaltete seine Landelichter ein. Der Pilot brachte den Helikopter in die richtige Position und setzte ihn dann auf dem Dach des World Trade Center im unteren Manhattan auf. Die Seitentür schwang auf, und Lee Tong trat heraus. Er ging rasch zu einem privat bewachten Eingang und nahm den Fahrstuhl hinunter zur Wohnung seiner Großmutter.

Er bückte sich und küßte sie leicht auf die Stirn. »Wie war dein Tag, *aunumi*?«

»Katastrophal«, krächzte sie müde. »Jemand sabotiert unsere Bankunterlagen, unsere Transportabschlüsse, jedes einzelne Geschäft, das über einen Computer läuft. Was einmal ein Vorbild an leistungsfähigem Management war, ist nun ein einziges Schlamassel.«

Lee Tong kniff die Augen zusammen. »Wer kann dahinterstekken?«

»Alle Spuren führen zur NUMA.«

»Dirk Pitt.«

»Er ist der Hauptverdächtige.«

»Nicht mehr«, versicherte ihr Lee Tong. »Dirk Pitt ist tot.«

Sie sah zu ihm auf, ihre alten Augen blickten fragend. »Bist du sicher?«

Er nickte. »Pitt war an Bord der *Leonid Andrejew*. Ein glücklicher Zufall. Ich sah zu, wie er starb.«

»Deine Mission in der Karibik war kein voller Erfolg. Moran lebt.«

»Ja, aber Pitt ist erledigt, und die *Leonid Andrejew* gleicht die Rechnung für die *Venice* und das Gold aus.«

Min Korjo schrie ihn plötzlich an. »Dieser schmierige Abschaum Antonow hat uns um eine Milliarde Dollar in Gold betrogen und uns ein gutes Schiff mitsamt Besatzung gekostet, und du sagst, wir sind quitt?«

Lee Tong hatte seine Großmutter nie so zornig gesehen. »Ich bin auch wütend, *aunumi*, aber wir sind kaum in der Lage, der Sowjetunion den Krieg zu erklären.«

Sie beugte sich vor, ihre Hände umklammerten die Armlehnen ihres Rollstuhls so krampfhaft, daß die Knöchel durch die zarte Haut hervortraten.

»Die Russen wissen nicht, wie es ist, wenn ihnen Terroristen das Leben schwer machen. Ich will, daß du Bombenattentate auf ihre Handelsmarine, besonders auf ihre Öltanker, organisierst.«

Lee Tong legte ihr den Arm um die Schultern, als wäre sie ein gekränktes Kind. »Das hebräische Sprichwort ›Auge um Auge‹ befriedigt vielleicht eine rachedurstige Seele, erhöht aber nie das Bankkonto. Laß dich nicht vom Zorn leiten.«

»Was erwartest du denn sonst?« fuhr sie ihn an. »Antonow hat den Präsidenten und das Gold in einem Bereich, wo seine Marine es bergen kann. Wir haben zugelassen, daß Lugowoj und sein Stab den Präsidenten begleiten. Jahre der Planung und Millionen Dollar wurden vergeudet, und wofür?«

»Wir haben unsere starke Verhandlungsposition nicht verloren. Vizepräsident Margolin befindet sich noch immer sicher im Laboratorium. Und wir besitzen einen unerwarteten Trumpf in Gestalt der Kongreßabgeordneten Loren Smith.«

»Hast du sie etwa entführt?«

»Sie befand sich ebenfalls an Bord des Kreuzfahrtschiffes. Nach der Versenkung sorgte ich dafür, daß sie von der *Chalmette* ins Laboratorium geflogen wurde.«

»Sie könnte sich als nützlich erweisen«, räumte Min Korjo ein.

»Verliere nicht den Mut, *aunumi*, wir sind noch im Spiel. Antonow und sein Genosse vom KGB, Polewoj, haben die krankhafte Schwäche der Amerikaner für die Rechte des einzelnen arg unterschätzt. Es war ein schwerwiegender Fehler, daß sie den Präsidenten veranlaßt haben, den Kongreß auszusperren, um seine eigene Position zu stärken. Noch in dieser Woche wird das Impeachment-Verfahren gegen ihn eröffnet werden; damit ist er seinen Posten los.«

»Nicht, solange ihn das Pentagon unterstützt.«

Lee Tong steckte eine Zigarette in die silberne Zigarettenspitze. »Der Generalstab verhält sich abwartend. Sie können den Kongreß nicht ewig daran hindern zusammenzutreten. Sobald man für das Impeachment gestimmt hat, werden die Generäle und Admiräle unverzüglich kehrtmachen und den Kongreß und den neuen Präsidenten unterstützen.«

»Der Alan Moran heißen wird«, sagte Min Korjo, als hätte sie einen schlechten Geschmack im Mund.

»Es sei denn, wir lassen Vincent Margolin frei.«

»Und schneiden uns selbst damit die Kehle durch. Wir täten besser daran ihn endgültig verschwinden zu lassen oder dafür zu sorgen, das seine Leiche im Potomac gefunden wird.«

»Hör zu, *aunumi.*« Lee Tongs Augen leuchteten. »Wir haben zwei Möglichkeiten. Erstens ist das Labor vollkommen betriebsbereit, und Lugowojs Daten sind noch auf den Computerdisketten vorhanden. Seine Bewußtseinskontrollmethoden gehören uns, wir müssen sie nur übernehmen. Wir können Wissenschaftler anheuern, um Margolins Gehirn zu programmieren. Diesmal werden es nicht die Russen sein, die das Weiße Haus kontrollieren, sondern Bougainville Maritime.«

»Aber wenn Moran als Präsident erst einmal vereidigt wird, bevor die Bewußtseinsübertragung durchgeführt wurde, ist Margolin für uns wertlos.«

»Die zweite Möglichkeit: Wir vereinbaren mit Moran, daß er Margolin ausschaltet und wir ihm dafür den Weg ins Weiße Haus ebnen.«

»Kann man ihn kaufen?«

»Moran ist ein gerissener Drahtzieher. Seine politische Macht basiert auf heimlichen finanziellen Arrangements. Glaube mir, *aunumi*, Alan Moran wird für die Präsidentschaft jeden Preis bezahlen.«

Min Korjo sah ihren Enkel voll Hochachtung an. Er besaß eine beinahe rätselhafte Auffassungsgabe für Zusammenhänge. Sie lächelte schwach. Nichts stachelte ihr kaufmännisches Denken mehr an als das Verwandeln eines Mißerfolgs in einen Triumph. »Triff deine Abmachung«, entschied sie.

»Ich freue mich, daß du einverstanden bist.«

»Du mußt die Laboratoriumseinrichtung an einen sicheren Ort verfrachten.« Ihr Verstand stellte sich auf die neue Idee ein. »Zumindest bis wir wissen, wo wir stehen. Untersuchungsbeamte der Regierung werden die Puzzleteile bald zusammengefügt haben und ihre Suche an die örtliche Meeresküste verlagern.«

»Das glaube ich auch«, stimmte Lee Tong zu. »Ich nahm mir die Freiheit, anzuordnen, daß einer unserer Schlepper es aus den Sümpfen von Süd-Carolina zu unserem privaten Aufnahmedock befördert.«

Min Korjo nickte. »Eine ausgezeichnete Maßnahme.«

»Und eine praktische dazu.«

»Was machen wir mit der Kongreßabgeordneten?«

»Wenn sie vor der Presse auspackt, könnte sie Moran etliche peinliche Fragen über seine Anwesenheit auf der *Leonid Andrejew* stellen. Es wäre klug von ihm, auch für ihr Schweigen zu bezahlen.«

»Ja, er hat sich diesbezüglich durch seine Lügen in Schwierigkeiten gebracht.«

»Oder wir können auch bei ihr das Bewußtseinskontrolle-Experiment durchführen und sie dann nach Washington zurückschicken. Ihre Anwesenheit im Kongreß könnte sich als großer Nutzen erweisen.«

»Wenn Moran sie aber in die Abmachung einbezieht?«

»Dann versenken wir das Laboratorium zusammen mit Margolin und Loren Smith in hundert Faden tiefem Wasser.«

Ohne daß Lee Tong und Min Korjo es ahnten, wurde ihr Gespräch zum Dach eines in der Nähe befindlichen Apartmenthauses übertragen, wo eine Sekundärempfangsstation die Funkfrequenzsignale zu einem stimmaktivierten Tonbandgerät in einem mehrere Blocks entfernten, staubigen, leeren Büro in der Hudson Street übertrug.

Das Backsteingebäude aus der Jahrhundertwende sollte demnächst abgerissen werden, und obwohl die meisten Büros leerstanden, ließen sich ein paar Mieter Zeit damit, eine neue Unterkunft zu suchen.

Sal Casio hatte das zehnte Stockwerk allein zur Verfügung. Er hatte sich dort niedergelassen, weil das Hausmeisterteam sich nie die Mühe machte, den Fahrstuhl zu verlassen, und das Fenster ihm einen direkten Blick auf den Sekundärempfänger bot. Ein Feldbett, ein Schlafsack und eine kleine elektrische Kochplatte waren alles, was er brauchte, um durchzukommen; außer dem Empfänger bzw. Recorder war sein einziges Möbelstück ein alter verblaßter und zerrissener Fauteuil, den er aus einer Mülltonne in einem Seitengäßchen geholt hatte.

Er sperrte das Schloß mit seinem Hauptschlüssel auf und trat ein. In einer Papiertüte hatte er ein Corned-beef-Sandwich und drei Flaschen Bier. Im Büro war es heiß und stickig, deshalb öffnete er das Fenster und schaute auf die Lichter jenseits des Flusses in New Jersey.

Casio besorgte den langweiligen Überwachungsjob routinemäßig. Ihm gefiel die Abgeschiedenheit, die ihm die Möglichkeit bot, seinen Gedanken freien Lauf zu lassen. Er erinnerte sich an die glückliche Zeit seiner Ehe, an die Jahre, in denen seine Tochter heranwuchs, und war freundlich gestimmt. Sein langes Streben nach Vergeltung näherte sich endlich dem Ziel und neigte sich jetzt dem Ende zu. Man mußte nur noch den Epilog des Bougainville-Dramas schreiben.

Er betrachtete den Recorder, während er von dem Sandwich abbiß, und bemerkte, daß das Band während seines Ausflugs zum Lebensmittelgeschäft weitergelaufen war. Es reichte, wenn er es am

Morgen zurückspulte und abhörte, fand er. Wenn er die Aufnahme zurücklaufen ließ, während Stimmen das System neuerlich aktivierten, würde dadurch das aufgenommene Gespräch gelöscht werden.

Casio war es verwehrt zu erraten, wie entscheidend der Inhalt des Bandes war. Der Entschluß zu warten entsprach seiner Arbeitsroutine, aber die Verzögerung sollte sich noch als überaus kostspielig erweisen.

»Kann ich Sie sprechen, General?«

Metcalf war im Gehen und wollte gerade seine Aktentasche schließen. Er schaute besorgt, als er Alan Mercier in der Tür stehen sah.

»Selbstverständlich, kommen Sie herein und setzen Sie sich.«

Der Berater des Präsidenten für Nationale Sicherheit trat zum Schreibtisch, blieb aber stehen. »Ich habe Neuigkeiten, die Ihnen gar nicht gefallen werden.«

Metcalf seufzte. »Schlechte Nachrichten scheinen in letzter Zeit zur Tagesordnung zu gehören. Worum handelt es sich?«

Mercier reichte ihm eine Aktenmappe ohne Aufschrift, die mehrere maschinengeschriebene Blätter enthielt, und erklärte schnell im Flüsterton: »Weisungen direkt vom Präsidenten. Alle amerikanischen Streitkräfte in Europa müssen bis Weihnachten abgezogen sein. Er gibt Ihnen zwanzig Tage Zeit, um einen Plan für den totalen Abzug der Truppen aus dem NATO-Bündnis zu entwerfen.«

Metcalf sank in seinen Stuhl, als hätte ihn ein Hammerschlag getroffen. »Das ist nicht möglich!« murmelte er. »Ich kann nicht glauben, daß der Präsident solche Weisungen erteilt!«

»Ich war ebenso schockiert wie Sie, als er diese politische Bombe vor mir explodieren ließ«, gab Mercier zu. »Oates und ich versuchten, vernünftig mit ihm zu reden, aber es war sinnlos. Er verlangt, daß alle Waffensysteme entfernt werden – Pershing und Langstreckenraketen, das gesamte Material, die Nachschubdepots, unsere ganze Organisation.«

Metcalf war bestürzt. »Wie werden sich unsere westlichen Verbündeten dazu stellen?«

Mercier machte eine hilflose Handbewegung. »Seiner Auffassung nach, die er nie zuvor geäußert hat, soll Europa selbst für seine Sicherheit sorgen.«

»Meine Güte!« fuhr Metcalf wütend auf. »Er serviert den Russen den ganzen Kontinent auf einem goldenen Tablett.«

»Ich kann Ihnen nicht widersprechen.«

»Ich denke nicht daran, den Befehl auszuführen.«

»Was werden Sie statt dessen tun?«

»Geradewegs ins Weiße Haus gehen und zurücktreten«, sagte Metcalf resolut.

»Bevor Sie übereilt handeln, schlage ich vor, daß Sie mit Emmett zusammenkommen.«

»Warum?«

»Es gibt einen Umstand, den Sie erfahren sollten. Sam kann es besser erklären als ich.«

63

Der Präsident saß in Pyjama und Bademantel an seinem Schreibtisch, als Fawcett das Schlafzimmer betrat.

»Haben Sie mit Moran gesprochen?«

Fawcetts Gesichtsausdruck war grimmig. »Er hat sich geweigert, Ihre Vorschläge auch nur anzuhören.«

»Tatsächlich?«

»Er sagte, Sie seien als Präsident erledigt, und nichts, was Sie sagen, hätte irgendwelche Bedeutung. Dann fügte er ein paar Beleidigungen hinzu.«

»Ich möchte sie hören«, verlangte der Präsident scharf. Fawcett seufzte verlegen. »Er sagte, Sie benähmen sich wie ein Verrückter und Sie gehörten eigentlich in ein Irrenhaus. Er verglich Sie mit Benedict Arnold und behauptete, er würde Ihre Regierungsperiode aus den Geschichtsbüchern streichen lassen. Danach erging er sich in einigen weiteren belanglosen Beschimpfungen und schlug vor, sie sollten dem Land einen großen Dienst erweisen und Selbstmord begehen, weil sie dadurch den Steuerzahlern eine langwierige Untersuchung und einen kostspieligen Prozeß ersparten.«

Das Gesicht des Präsidenten verzog sich zu einer Fratze des Zorns. »Dieser scheinheilige kleine Gauner glaubt, daß er mich vor ein Gericht stellen kann!«

»Es ist kein Geheimnis, daß Moran alle Hindernisse aus dem Weg räumt, um an Ihre Stelle zu treten.«

»Seine Füße sind zu klein, um in meine Schuhe, und sein Kopf zu groß, um für das Amt zu passen.«

»Wenn man ihn so hört, sieht es so aus, als habe er die rechte Hand schon erhoben um den Amtseid zu leisten. Das beantragte Impeachment-Verfahren ist nur der erste Schritt in dem Plan, das Amt von

Ihnen auf ihn zu übertragen.«

»Alan Moran wird nie im Weißen Haus residieren.« Die Stimme des Präsidenten klang dumpf und hart.

»Ohne eine Sitzung des Kongresses gibt es kein Impeachment«, erklärte Fawcett. »Aber Sie können sie nicht für unbegrenzte Zeit aussperren.«

»Sie können erst zusammentreten, wenn ich es ihnen gestatte.«

»Was geschieht morgen früh im Lisner-Auditorium?«

»Dem Spuk werden die Truppen schnell ein Ende bereiten.«

»Angenommen, die Nationalgarde von Virginia und Maryland hält die Stellung?«

»Wie lange können sie gegen altgediente Soldaten und Marines bestehen?«

»Lang genug, um vielen den Tod zu bringen.«

»Na und?« spottete der Präsident kalt. »Je länger ich den Kongreß im Stadium der Verwirrung halte, desto mehr kann ich inzwischen erreichen. Ein paar Tote sind ein geringfügiger Preis dafür.«

Fawcett starrte ihn bestürzt an. Das war nicht derselbe Mann, der während seiner Wahlkampagne für die Präsidentschaft feierlich geschworen hatte, daß während seiner Amtszeit kein amerikanischer Junge den Befehl erhalten würde, zu kämpfen und zu sterben. Ihm blieb nichts anderes übrig, als seine Freundes- und Beraterrolle weiterzuspielen. Er schüttelte den Kopf. »Ich hoffe, Sie vernichten nicht allzuviel.«

»Bekommen Sie kalte Füße, Dan?«

Fawcett fühlte sich in die Ecke gedrängt, doch bevor er antworten konnte, trat Lucas mit einem Tablett mit Tassen und einer Teekanne in den Raum.

»Hat jemand Lust auf einen Kräutertee?« fragte er.

Der Präsident nickte. »Danke, Oscar. Das war sehr aufmerksam von Ihnen.«

»Dan?«

»Ein Schluck täte mit gut.«

Lucas schenkte ein und reichte die Tassen, wobei er eine für sich behielt. Fawcett trank seinen Tee auf einen Zug aus.

»Er könnte wärmer sein«, beschwerte er sich.

»Tut mir leid, er ist auf dem Weg von der Küche herauf abgekühlt.«

»Mir schmeckt er«, sagte der Präsident zwischen zwei Schlucken. »Ich mag kein Getränk, das mir die Zunge verbrennt.« Er machte eine Pause und stellte die Tasse auf den Schreibtisch. »Also, wo waren wir stehengeblieben?«

»Wir haben über Ihre Politik gesprochen.« Fawcett schlüpfte geschickt aus der Ecke. »Westeuropa ist wegen Ihres Entschlusses, die amerikanischen Streitkräfte aus der NATO abzuziehen, in Aufruhr. In der Embassy-Row geht der Witz um, daß Antonow die Absicht hat, sich mit einer Party im Savoy-Hotel in London in die Gesellschaft einzuführen.«

»Diese Art Humor gefällt mir nicht«, konterte der Präsident kalt. »Präsident Antonow hat mir persönlich versichert, daß er seine Grenzen nicht überschreiten wird.«

»Wenn ich mich richtig erinnere, hat Hitler das gleiche zu Neville Chamberlain gesagt.«

Der Präsident sah aus, als wollte er zornig entgegnen, doch plötzlich gähnte er und schüttelte den Kopf, um die aufsteigende Schläfrigkeit abzuschütteln. »Ganz gleich, was die Leute glauben«, sagte er langsam, »ich habe die Welt von der Bedrohung durch Atomwaffen befreit, und das ist alles, worauf es ankommt.«

Fawcett reagierte auf das Stichwort und gähnte ebenfalls. »Wenn Sie mich heute abend nicht mehr brauchen, Herr Präsident, werde ich nach Hause fahren und mich in mein weiches Bett legen.«

»Ich auch«, stimmte Lucas zu. »Meine Frau und die Kinder fragen sich allmählich, ob ich überhaupt noch lebe.«

»Selbstverständlich, tut mir leid, daß ich Sie so lange zurückgehalten habe.« Der Präsident ging zum Bett, schleuderte die Pantoffeln weg und zog den Bademantel aus. »Würden Sie bitte noch den Fernseher einschalten, Oscar? Ich möchte noch ein paar Minuten der Mitternachtsnachrichten erwischen.« Dann wandte er sich an Fawcett. »Dan, setzen Sie gleich morgen früh eine Besprechung mit General Metcalf an. Er soll mich über seine Truppenbewegungen unterrichten.«

»Ich werde dafür sorgen«, versicherte ihm Fawcett. »Gute Nacht.«

Im Fahrstuhl, der ins Erdgeschoß hinunterfuhr, sah Fawcett auf die Uhr.

»Zwei Stunden reichen.«

»Er wird schlafen wie ein Toter, und beim Aufwachen wird ihm speiübel sein«, prophezeite Lucas.

»Übrigens, wie haben Sie es eigentlich geschafft? Ich habe nicht bemerkt, daß Sie etwas in seinen Tee taten, und dennoch haben Sie alle drei Tassen aus derselben Kanne eingeschenkt.«

»Ein altes Zauberkunststück«, lachte Lucas. »Die Teekanne hat zwei Abteilungen.«

Die Fahrstuhltüren gingen auf, und sie standen vor Emmett, der sie erwartete. »Irgendwelche Probleme gehabt?« fragte er.

Fawcett schüttelte den Kopf. »Alles ging wie geschmiert. Der Präsident schläft tief und fest.«

Lucas sah ihn warnend an. »Jetzt kommt der schwierigste Teil – nämlich die Russen zu täuschen.«

»Er schläft heute nacht ungewöhnlich tief«, stellte Lugowoj fest.

Der Psychologe, der die Überwachung während der Frühmorgenschicht leitete, nickte. »Ein gutes Zeichen. Weniger Möglichkeit für den Genossen Belkaja, in die Träume des Präsidenten einzudringen.«

Lugowoj musterte den Bildschirm, der die Körperfunktionen des Präsidenten aufzeichnete. »Temperatur um ein Grad höher. Die Nasengänge verstopfen sich allmählich. Sieht so aus, als würde unsere Versuchsperson entweder eine Sommererkältung oder die Grippe bekommen.«

»Faszinierend, daß wir wissen, daß er von einem Virus befallen wird, bevor er es selbst merkt.«

»Ich glaube nicht, daß es ernst ist«, sagte Lubowoj. »Aber achten Sie lieber darauf, falls sich etwas entwickelt, das unser Projekt gefährden könnte –«

Plötzlich verblaßten die grünen Daten auf den vielen Bildschirmen in dem Bedienungspult zu verzerrten Linsen, und schließlich blieben die Monitoren dunkel.

Der überwachende Psychologe war völlig verblüfft. »Was zum Teufel –«

Dann kamen die Daten ebenso rasch, wie sie verschwunden waren, in leuchtenden, klaren Ziffern wieder. Lugowoj kontrollierte schnell die Stromkreiswarnlichter. Sie zeigten alle den Normalzustand an.

»Was war es Ihrer Meinung nach?«

Lugowoj meinte nachdenklich: »Möglicherweise ein vorübergehendes Aussetzen des implantierten Senders.«

»Kein Anzeichen einer Störung?«

»Vielleicht eine elektrische Interferenz?«

»Natürlich. Irgendeine atmosphärische Störung. Das wäre eine mögliche Erklärung. Die Symptome stimmen überein. Was könnte es sonst gewesen sein?«

Lugowoj strich sich mit der Hand müde über das Gesicht und beobachtete die Bildschirme. »Nichts«, meinte er düster. »Nichts von Bedeutung.«

General Metcalf saß in seinem Armee-Amtssitz und schwenkte den Brandy in seinem Glas herum, während er den Deckel des Berichtes auf seinem Schoß schloß. Er blickte traurig zu Emmett hinüber, der ihm gegenübersaß.

»Ein tragisches Verbrechen«, sagte er langsam. »Der Präsident besaß die besten Möglichkeiten, geschichtliche Größe zu erreichen. Nie saß ein besserer Mann im Weißen Haus.«

»Die Fakten sind alle drinnen enthalten.« Emmett zeigte auf den Bericht. »Es ist den Russen zuzuschreiben, daß er geistig nicht mehr fähig ist, im Amt zu bleiben.«

»Ich muß zustimmen, aber es fällt mir nicht leicht. Er und ich waren vierzig Jahre lang befreundet.«

»Werden Sie die Truppen abziehen und dem Kongreß gestatten, sich morgen im Lisner-Auditorium zu versammeln?« drängte Emmett.

Metcalf schlürfte den Brandy aus und nickte müde. »Ich werde morgen als erstes den Befehl zum Rückzug erteilen. Sie können den Führern des Repräsentantenhauses und des Senats mitteilen, daß sie ihre Sitzung im Capitol abhalten können.«

»Darf ich Sie um einen Gefallen bitten?«

»Selbstverständlich.«

»Wäre es möglich, die Marines um das Weiße Haus um Mitternacht abzuziehen?«

»Ich wüßte nicht, was dagegen spräche. Gibt es dafür einen besonderen Grund?«

»Eine List, General«, antwortete Emmett. »Sie werden verblüfft sein.«

64

Sandecker stand im Kartenraum der NUMA und blickte durch einen Vergrößerungsverstärker auf eine Luftaufnahme von Johns Island in Süd-Carolina. Er richtete sich auf und sah Giordino und Pitt an, die an der anderen Seite des Tisches standen. »Da komme ich nicht mehr mit«, meinte er nach einer kurzen Stille. »Wenn Suworow seine Orientierungspunkte richtig ausgemacht hat, kann ich nicht verstehen, warum er von einem Hubschrauber aus Bougainvilles Laboranlage nicht gefunden hat.«

Pitt blätterte in dem Notizbuch des Sowjetagenten. »Er benützte eine alte, aufgegebene Benzinstation als Ausgangspunkt«, er zeigte auf einen kleinen Bau auf dem Foto, »die man hier erkennen kann.«

»Wissen Emmett und Brogan, daß du davon eine Kopie angefertigt hast, bevor wir die Guantanamo-Bucht verließen?« Giordino zeigte auf das Notizbuch.

Pitt lächelte. »Was glaubst du?«

»Ich werde es nicht verraten, wenn du es nicht tust.«

»Wenn Suworow nachts flüchtete«, überlegte Sandecker, »ist es denkbar, daß er die Orientierung verloren hat.«

»Ein guter Geheimagent ist auch ein geschulter Beobachter«, erklärte Pitt. »Er hat seine Markierungspunkte präzise beschrieben. Ich bezweifle, daß er die Orientierung verloren hat.«

»Emmett läßt das Gebiet derzeit von zweihundert Agenten durchkämmen«, berichtete Sandecker. »Bis vor einer Viertelstunde hatten sie allerdings nichts gefunden.«

»Also, wo soll es denn sein?« fragte Giordino allgemein. »Auf der Luftaufnahme ist kein Bauwerk von der Größe, die Suworow angab, zu erkennen. Ein paar alte Hausboote, einige verstreute kleine Wohnhäuser, zwei altersschwache Schuppen, kein Gebäude von der Größe eines Lagerhauses.«

»Eine unterirdische Anlage vielleicht?« erwog Sandecker.

Giordino zog auch diese Möglichkeit in Betracht. »Suworow notierte, daß er den Fahrstuhl nach oben verwendete, um auszubrechen.«

»Andererseits erwähnt er, daß er über eine Rampe zu einer Schotterstraße hinunterging.«

»Eine Rampe läßt auf ein Boot schließen«, folgerte Giordino.

Sandecker sah ihn zweifelnd an. »Paßt nicht. Das einzige Gewässer in der Nähe der Stelle, an der Suworow das Labor vermutete, ist ein Wasserlauf, der einen halben bis einen Meter tief ist. Viel zu seicht, als daß ein Fahrzeug darauf schwimmt, in dem man einen Fahrstuhl braucht.«

»Es gibt noch eine Möglichkeit«, warf Pitt ein.

»Und zwar?«

»Ein Schleppkahn.«

Giordino warf Sandecker einen Blick zu. »Dirk könnte ins Schwarze getroffen haben.«

Pitt ging zum Telefon, wählte eine Nummer und schaltete den Anruf auf einen Lautsprecher.

»Datenabteilung«, meldete sich eine verschlafene Stimme.

»Bist du wach?«

»O Gott, schon wieder du, Pitt. Warum rufst du ausschließlich nach Mitternacht an?«

»Hör zu, ich brauche eine Information über eine bestimmte Art von Schiff. Können deine Computer etwas über seine Klassifizierung aussagen, wenn ich dir die Dimensionen angebe?«

»Soll das ein Witz sein?«

»Glauben Sie mir, das ist kein Witz«, knurrte Sandecker.

»Admiral!« Yaeger wurde schlagartig wach. »Ich mache mich gleich daran. Wie sind die Ausmaße?«

Pitt blätterte die richtige Seite auf und las in die Sprechmuschel. »Einundfünfzig Meter Gesamtschiffslänge zwischen den Inneren Loten zu zehn Meter Breite. Die ungefähre Höhe beträgt drei Meter.«

»Ein bißchen wenig«, murmelte Yaeger.

»Versuchen Sie es trotzdem«, forderte Sandecker ihn streng auf.

»Bleiben Sie am Apparat. Ich gehe zum Einspeichern.«

Giordino lächelte den Admiral an. »Haben Sie Lust zu einer Wette?«

»Machen Sie einen Vorschlag.«

»Eine Flasche Chivas Regal gegen eine Schachtel von Ihren Zigarren, daß Dirk recht behält.«

»Wette ich nicht«, lehnte Sandecker ab. »Meine speziell gerollten Zigarren kosten viel mehr als eine Flasche Scotch.«

Yaeger räusperte sich. »Hier ist es.« Kurze Pause. »Tut mir Leid, nicht genügend Angaben. Diese Zahlen passen ungefähr auf hundert verschiedene Schiffe.«

Pitt dachte einen Augenblick nach. »Angenommen, die Höhe ist vom Bug bis zum Heck gleich.«

»Du meinst einen flachen Decksaufbau?«

»Ja.«

»Bleib am Apparat. – Okay, du hast die Anzahl verringert. Dein Rätselschiff sieht aus wie ein Schleppkahn.«

»Heureka«, rief Giordino.

»Noch ist kein Grund zur Freude«, warnte Yaeger. »Die Dimensionen passen zu keinem existierenden Schleppkahn.«

»Verdammt«, platzte Sandecker heraus. »So nahe dran und doch –«

»Warten Sie«, unterbrach ihn Pitt. »Suworow hat uns die Innenmaße angegeben.« Er beugte sich zum Mikrofon des Sprechgeräts.

»Yaeger, füg rundherum einen halben Meter hinzu und laß es noch mal durchlaufen.«

»Das kommt schon näher«, krächzte Yaegers Stimme über den Lautsprecher. »Versuche es mit folgender Größe – das ist kein Witz – neunundfünfzig zu elf zu dreieinhalb Meter.«

»Breite und Höhe passen«, bestätigte Pitt, »aber deine Länge stimmt ganz und gar nicht.«

»Du hast mir die Innenlänge zwischen lotrechten Schotten angegeben. Ich gebe dir die Gesamtlänge einschließlich eines schrägen Bugs von siebeneinhalb Metern an.«

»Er hat recht«, stimmte Sandecker zu. »Wir haben die Schräge des Vorderendes nicht mitgerechnet.«

Yaeger fuhr fort. »Wir haben also einen Schleppkahn für Trockenladung, Stahlkonstruktion. Zweihundertachtzig bis dreihundert Tonnen – selbstschließende Abteile zum Transport von Getreide, Holz und so weiter. Wahrscheinlich von der Nashville Bridge Company in Nashville, Tennessee, gebaut.«

»Der Tiefgang?«

»Leer oder beladen?«

»Leer.«

»Fünfundvierzig Zentimeter.«

»Danke, Kumpel. Du hast es wieder einmal geschafft.«

»Was geschafft?«

»Geh wieder schlafen.«

Pitt schaltete den Lautsprecher aus und wandte sich an Sandecker. »Allmählich sehen wir klarer.«

Sandecker strahlte beinahe. »Schlaue, sehr schlaue Leute, die Bougainvilles.«

Pitt nickte. »Das muß ich zugeben. Der letzte Ort, an dem man ein kostspielig ausgestattetes Laboratorium vermuten würde, ist das Innere eines rostigen alten Schleppkahns, der in einem Sumpf vertäut ist.«

»Er besitzt auch noch den Vorteil, fahrbar zu sein«, sagte Sandekker. »Ein Schlepper kann ihn transportieren und überall dort festmachen, wo die Wassertiefe mehr als einen halben Meter beträgt.«

Pitt starrte nachdenklich auf die Luftaufnahme. »Als nächsten Schritt müssen wir feststellen, wo ihn die Bougainvilles wieder versteckt haben.«

»Der Wasserlauf, in dem der Kahn vertäut war, führt in den Stono River«, bemerkte Sandecker.

»Und der Stono River ist ein Teil des Küstenverbindungskanals«, ergänzte Pitt. »Sie können ihn in jedem der zehntausend Flüsse, Bäche, Buchten oder Meeresarme zwischen Boston und Key West schieben.«

»Keine Möglichkeit, das Gebiet einzugrenzen«, murmelte Giordino entmutigt.

»Sie werden ihn nicht in den Gewässern von Süd-Carolina lassen«, meinte Pitt. »Das wäre zu naheliegend. Meiner Meinung nach läuft es auf eine Suche in den nördlichen oder südlichen Wasserläufen in einer Entfernung von sechs- bis achthundert Meilen hinaus.«

»Eine fast unlösbare Aufgabe«, sagte Sandecker leise, »den Kahn unter den anderen herauszufinden, die die östlichen Wasserstraßen befahren. Sie sind dichter gesät als die Blätter im Oktober in New England.«

»Dennoch wissen wir mehr, als wir vorher in der Hand hatten.« Pitt war hoffnungsvoll.

Sandecker wandte sich von den Fotos ab. »Rufen Sie lieber Emmett an und erzählen Sie ihm von unserer Entdeckung. Vielleicht hat einer aus seiner Armee von Untersuchungsbeamten Glück und stößt auf den richtigen Schleppkahn.«

Die Worte des Admirals verrieten nicht, was er in Wirklichkeit dachte. Er wollte nicht preisgeben, was ihn beschäftigte.

Wenn Lee Tong Bougainville vermutete, daß ihm Ermittlungsbeamte der Regierung auf den Fersen waren, hatte er keine andere Wahl, als den Vizepräsidenten und Loren zu töten und ihre Leichen verschwinden zu lassen, um seine Spuren zu verwischen.

65

»Der Patient wird es bestimmt überleben«, sagte Dr. Harold Gwynne, der Arzt des Präsidenten, heiter. Er war ein rundlicher kleiner Mann mit einem allmählich kahl werdenden Kopf und freundlichen blauen Augen. »Sie haben eine ganz normale Grippe. Bleiben Sie zwei Tage im Bett, bis das Fieber sinkt. Ich werde Ihnen ein Antibiotikum geben und ein Medikament, das die Übelkeit bekämpft.«

»Ich kann nicht im Bett bleiben«, protestierte der Präsident schwach. »Ich habe zu viel zu erledigen.«

In seinen Worten lag wenig echter Widerstand. Die fast 40 Grad Fieber hatten ihn niedergeworfen, und er kämpfte gegen einen heftigen Brechreiz. Seine Kehle brannte, seine Nase war verstopft, und er fühlte sich von Kopf bis Fuß elend.

»Entspannen Sie sich und nehmen Sie es nicht schwer«, verordnete ihm Gwynne. »Die Welt wird für ein paar Stunden auch ohne Sie weiterlaufen.« Er stach dem Präsidenten eine Nadel in den Arm und reichte ihm dann ein Glas Wasser, um eine Tablette hinunterzuschlucken.

Dan Fawcett betrat das Schlafzimmer.

»Fertig, Doc?« erkundigte er sich.

Gwynne nickte. »Lassen Sie ihn nicht aufstehen. Ich werde gegen zwei Uhr nachmittags wieder nach ihm sehen.« Er lächelte freundlich, klappte die schwarze Tasche zu und verließ das Zimmer.

»General Metcalf wartet draußen«, meldete Fawcett dem Präsidenten.

Der Präsident stopfte sich ein drittes Kissen unter den Rücken, setzte sich mühsam auf und massierte seine Schläfen, als sich der Raum zu drehen begann.

Metcalf trat ein; seine Uniform erstrahlte im Glanz von acht Reihen farbenfroher Ordensbänder. Der General wirkte frischer als bei ihrem letzten Zusammentreffen.

Der Präsident sah ihn an, sein Gesicht war blaß, seine Augen blickten müde. Er begann unbeherrscht zu husten.

Metcalf trat ans Bett. »Kann ich Ihnen etwas besorgen, Sir?« fragte er besorgt.

Der Präsident schüttelte den Kopf. »Ich werde es schon überleben«, wehrte er ab. »Wie ist die Lage, Clayton?«

Der Präsident sprach die Männer seines Generalstabs nie mit ihrem Rang an, sondern holte sie vom hohen Roß herunter, indem er sie bei ihren Vornamen nannte.

Metcalf rutschte auf seinem Stuhl unbehaglich hin und her. »Im Augenblick ist es auf den Straßen ruhig, aber es gab einen oder zwei Zwischenfälle mit Heckenschützen. Ein Soldat wurde getötet, und zwei Marines wurden verwundet.«

»Wurden die Schuldigen festgenommen?«

»Ja, Sir.«

»Zweifellos ein paar kriminelle Radikale.«

Metcalf starrte auf seine Füße. »Eigentlich nicht. Einer war der Sohn des Kongreßabgeordneten Jacob Whitman aus Süd-Dakota, und der andere war der Sohn des Postministers Kenneth Potter. Beide sind noch nicht siebzehn Jahre alt.«

Das Gesicht des Präsidenten wirkte einen Augenblick betroffen, dann wurde es rasch wieder hart. »Sind Ihre Truppen um das Lisner-Auditorium verteilt?«

»Eine komplette Marines befindet sich auf dem Gelände um das Gebäude.«

»Das scheint mir kaum ausreichend zu sein«, fand der Präsident. »Die Einheiten der Nationalgarde aus Maryland und Virginia werden zusammen fünfmal so stark sein.«

»Die Garden werden erst gar nicht auf Schußweite an das Auditorium herankommen«, erklärte Metcalf. »Wir wollen sie ausschalten, indem wir sie aufhalten, bevor sie die Stadt erreichen.«

»Eine gute Strategie.« Die Augen des Präsidenten leuchteten auf.

»Es läuft gerade eine Sondermeldung«, berichtete Fawcett, der vor dem Fernsehapparat kniete. Er drehte den Ton lauter und trat zur Seite, so daß man den Bildschirm vom Bett aus sehen konnte.

Curtis Mayo stand neben einer von bewaffneten Soldaten blokkierten Autobahn. Im Hintergrund sah man eine Reihe von Panzern auf der Straße, die Mündungen ihrer Geschütze waren drohend auf einen Konvoi von Mannschaftstransportwagen gerichtet.

»Die Truppen der Nationalgarde von Virginia, die der Sprecher des Repräsentantenhauses Alan Moran für heute morgen zum Schutz einer Sitzung des Kongresses auf dem Gelände der George-Washington-Universität angefordert hatte, wurden außerhalb der Bundeshauptstadt von Panzerverbänden der Sondereinheiten der Armee zur Umkehr gezwungen. Ich erfahre soeben, daß sich die Garde von Maryland im Nordosten der Stadt der gleichen Situation gegenübersieht. Bisher ist es zu keinen Kampfhandlungen gekommen. Die Einheiten der Nationalgarde aus den beiden Staaten sind zwar nicht zahlenmäßig, aber infolge der besseren Ausrüstung der Armee deutlich unterlegen. Vor dem Lisner-Auditorium weist eine Kompanie Marines unter dem Kommando von Oberst Clarke, einem Träger der Vietnam Medal of Honor, die Kongreßmitglieder zurück und verwehrt ihnen den Eintritt zum Sitzungssaal. Und so hat der Präsident wieder einmal den Mitgliedern des Repräsentantenhauses und des Senats einen Strich durch die Rechnung gemacht, während er seine umstrittenen außenpolitischen Aktivitäten ohne ihre Zustimmung fortsetzt. Hier spricht Curtis Mayo, CNN-Nachrichten, auf einer Autobahn fünfzig Kilometer südlich von Washington.«

»Genug gesehen?« fragte Fawcett und schaltete den Fernsehapparat aus.

»Ja, ja«, krächzte der Präsident glücklich. »Das sollte diesen krankhaften Egoisten Moran eine Zeitlang in der Luft zappeln lassen.«

Metcalf erhob sich. »Wenn Sie mich nicht länger brauchen, Herr Präsident, würde ich gerne ins Pentagon zurückkehren. In Europa sind die Verbindungen zu unseren Divisionskommandanten ziemlich chaotisch. Sie teilen nicht gerade Ihre Ansicht, wenn es um die Rückkehr ihrer Streitkräfte in die Staaten geht.«

»Mit der Zeit werden sie bereit sein, die Risiken eines militärischen Ungleichgewichts zu akzeptieren, um das gefürchtete Schreckgespenst eines Atomkrieges zu bannen.« Der Präsident gab Metcalf die Hand. »Gute Arbeit geleistet, Clayton. Ich danke Ihnen dafür, daß Sie den Kongreß weiterhin ausgeschaltet haben.«

Metcalf ging den Korridor fünfzehn Meter entlang, bis er in das weitläufige Innere eines öden, lagerhausähnlichen Gebäudes mündete.

Der Szenenaufbau, der eine genaue Nachbildung des Schlafzimmers des Präsidenten im Weißen Haus enthielt, befand sich mitten an dem alten Ziegelbau, der das Arsenal der Navy in Washington enthielt und praktisch seit dem Zweiten Weltkrieg nicht mehr benützt worden war.

Jede Einzelheit der Nachbildung war sorgfältig geplant und ausgeführt worden. Ein Tontechniker bediente einen Stereo-Recorder, dessen Band die Straßengeräusche gedämpft in der richtigen Lautstärke wiedergab. Die Beleuchtung außerhalb der Schlafzimmerfenster gab die tageszeitliche Tönung des Himmels genau wieder, einschließlich gelegentlicher Schatteneffekte, um eine vorbeiziehende Wolke zu simulieren. Die orange-gelben Filter über den Lampen imitierten das wechselnde Sonnenlicht während des Tages. Sogar die Wasserspülung im Badezimmer nebenan erzeugte das gewohnte Geräusch des Originals, entleerte jedoch das Abwasser in einen Tank, nicht in das Kanalisationssystem der Stadt Washington. Es wimmelte hier von Wachtposten der Marines und Agenten des Secret Service, während oberhalb Männer auf Laufstegen zwischen großen Holzbalken standen, um das Beleuchtungssystem zu bedienen.

Metcalf stieg über ein Gewirr von Elektrokabeln und betrat einen großen Wohnwagen, der an der gegenüberliegenden Mauer abgestellt war. Oates und Brogan erwarteten ihn bereits und baten ihn in ein mit Nußholz getäfeltes Büro.

»Kaffee?« fragte Brogan und hielt eine Kanne in die Höhe.

Metcalf nickte dankbar, nahm eine dampfende Tasse und sank in einen Stuhl. »Mein Gott, einen Augenblick lang hätte ich doch glatt geschworen, daß ich mich im Weißen Haus befinde.«

»Martins Leute haben erstaunlich gute Arbeit geleistet«, lobte Oates. »Er hat ein Team aus Hollywood einfliegen lassen und die ganze Szenerie in neun Stunden aufgebaut.«

»Hattet ihr Probleme beim Transport des Präsidenten?«

»Das war leicht«, antwortete Brogan. »Wir haben ihn in demselben Möbelwagen transportiert wie die gesamte Einrichtung. So merkwürdig es klingen mag, die größte Schwierigkeit war die Farbe.«

»Wieso?«

»Wir mußten die Wände mit einem Material anstreichen, das nicht nach frischer Farbe roch. Zum Glück brachten unsere Chemiker im Labor eine kreideartige Substanz zustande, die sie färben konnten und die keinen Geruch hinterläßt.«

»Die Nachrichtensendung war ein blendender Einfall«, bemerkte Metcalf.

»Es hat uns auch einiges gekostet«, erklärte Oates. »Wir mußten Curtis Mayo versprechen, daß er für seine Kooperation bei der gefälschten Sendung die Exklusivrechte für die Story bekommt. Er erklärte sich auch bereit, eine Untersuchung durch die Fernsehgesellschaften zu verhindern, bis sich die Situation beruhigt hat.«

»Wie lange können Sie den Präsidenten täuschen?«

»Solange es notwendig ist«, versprach Brogan.

»Um was zu tun?«

»Um die Gehirnmuster des Präsidenten zu studieren.«

Metcalf warf Brogan einen überaus zweifelnden Blick zu. »Sie haben mich noch nicht davon überzeugt. Das Bewußtsein des Präsidenten von den Russen zurückzustehlen, die es ihm ja ursprünglich gestohlen haben, strapaziert meine Gutgläubigkeit über das zulässige Maß hinaus.«

Brogan und Oates wechselten lächelnde Blicke. »Möchten Sie sich persönlich davon überzeugen?« bot ihm Oates an.

Metcalf stellte die Kaffeetasse hin. »Das würde ich mir um nichts in der Welt entgehen lassen.«

»Hier durch«, forderte Oates ihn auf, öffnete eine Tür und bedeutete Metcalf einzutreten.

Der ganze Mittelteil und ein Ende des Wohnwagens waren mit ungewöhnlicher elektronischer und Computer-Hardware gefüllt. Das Datenüberwachungszentrum war der technischen Ausrüstung Lugowojs im Bougainville-Laboratorium um eine Computer-Generation voraus.

Dr. Raymond Edgely bemerkte sie und kam auf sie zu. Oates stellte ihn General Metcalf vor.

»Sie sind also das mysteriöse Genie, das ›Fathom‹ leitet«, sagte Metcalf. »Es ist mir eine Ehre, Sie kennenzulernen.«

»Danke, General«, erwiderte Edgely. »Minister Oates hat mir mitgeteilt, daß Sie dem Projekt mißtrauisch gegenüberstehen.«

Metcalf sah sich in der Anlage um, in der geschäftiges Treiben herrschte, und musterte die Wissenschaftler, die damit beschäftigt waren, die Digitalzonen abzulesen. »Ich gebe zu, daß ich von all dem ein wenig verwirrt bin.«

»Es ist aber im Grunde ganz einfach«, meinte Edgely. »Mein Team und ich empfangen Daten über den Rhythmus der Gehirnströme des Präsidenten und sammeln sie in Hinsicht darauf, die Kontrolle von seinem Gehirnimplantat auf unsere Anlage umzulegen, die Sie hier vor sich sehen.«

Metcalfs Skepsis schmolz allmählich. »Dann ist das alles demnach wahr. Die Russen beherrschen wirklich die Denkprozesse?«

»Natürlich. Sie haben ihn angewiesen, den Kongreß und den Obersten Gerichtshof zu schließen, damit er Projekte, die für den Ostblock vorteilhaft sind, ohne Legislatursperren in Gang setzen kann. Der Befehl, unsere Truppen aus der NATO zurückzuziehen, ist ein ausgezeichnetes Beispiel dafür. Genau das Weihnachtsgeschenk, das sich die sowjetischen Militärs wünschen.«

»Und Sie und Ihr Team können tatsächlich an die Stelle des Gehirns des Präsidenten treten?«

Edgely nickte. »Gibt es irgendwelche Botschaften, die Sie dem Kreml übermitteln wollen? Vielleicht eine irreführende Information?«

Metcalf erstrahlte wie ein Scheinwerfer. »Meine Leute von der Spionageabwehr können bestimmt eine interessante Science-fiction-Geschichte schreiben, die die Russen veranlassen wird, lauter falsche Schlüsse zu ziehen.«

»Wann werden Sie den Präsidenten aus Lugowojs Gewalt befreien können?« fragte Brogan.

»Wir können den Transfer in etwa acht Stunden vornehmen.«

»Dann wollen wir Sie nicht länger aufhalten und Sie Ihrer Arbeit überlassen«, verabschiedete sich Oates.

Sie verließen den Datenerfassungsraum und kehrten in den Vorraum zurück, wo Sam Emmett sie erwartete. Oates las aus seinem Gesichtsausdruck, daß es Ärger gab.

»Ich komme geradewegs vom Capitol Hill«, berichtete Emmett.

»Sie benehmen sich wie Tiere in einem Zoo, die man nicht gefüttert hat. Im Kongreß toben Debatten über das Impeachment. Die Partei des Präsidenten zieht eine Show der Loyalität für den Präsidenten ab, aber mehr ist es nicht – nur eine Show. Er hat keine Unterstützung auf breiter Front, sondern Parteiaustritte häufen sich massenhaft.«

»Was ist mit dem Komitee?« fragte Oates.

»Die Oppositionspartei hat durchgedrückt, daß, um Zeit zu sparen, die Untersuchung durch ein Komitee ausbleiben wird.«

»Was meinen Sie, wann wird die Entscheidung fallen?«

»Das Repräsentantenhaus könnte noch heute nachmittag über das Impeachment abstimmen.«

»Die Chancen?«

»Fünf zu eins dafür.«

»Der Senat?«

»Ist nicht drin. Eine Probeabstimmung weist darauf hin, daß der Senat mit beträchtlich mehr als der erforderlichen Zweidrittelmehrheit für eine Verurteilung stimmen wird.«

»Die haben es aber eilig.«

»Angesichts der letzten Aktionen des Präsidenten wird das Impeachment-Verfahren als dringende Maßnahme betrachtet.«

»Irgendwelche Anzeichen für eine Unterstützung von Vince Margolin?«

»Natürlich, aber niemand kann seine Seite stärken, wenn er nicht persönlich erscheint. Wenige Minuten nach der Absetzung des Präsidenten muß jemand den Eid als sein Nachfolger leisten. Es geht das Gerücht um, daß Margolin sich bis zur letzten Minute versteckt halten wird, um nicht mit der verrückten Politik des Präsidenten in Verbindung gebracht zu werden.«

»Was ist mit Moran?«

»Da wird die Sache mulmig. Er behauptet, Beweise dafür zu haben, daß Margolin Selbstmord begangen hat und daß ich diese Tatsache verheimliche.«

»Glaubt ihm jemand?«

»Ob man ihm glaubt, spielt keine Rolle. Die Nachrichtenmedien stürzen sich auf seine Behauptungen wie Ameisen auf Honig. Seine Auftritte in den Nachrichten werden allgemein beachtet, und er verlangt Schutz durch den Secret Service. Seine Mitarbeiter haben schon einen Plan für die Übergangszeit entworfen und seinen inneren Beraterkreis ernannt. Wollen Sie noch mehr hören?«

»Danke, ich habe schon ein klares Bild der Lage vor Augen«, sagte

Oates resignierend. »Alan Moran wird also der nächste Präsident der Vereinigten Staaten sein.«

»Das können wir einfach nicht zulassen«, stellte Emmett entschieden fest.

Die anderen starrten ihn an. »Wie können wir es verhindern, wenn wir Vince Margolin nicht bis morgen vorzeigen können?« fragte Brogan.

»Auf jede nur erdenkliche Weise«, forderte Emmett. Er nahm einen Ordner aus seinem Aktenkoffer. »Meine Herren, ich möchte, daß Sie sich das ansehen.«

Oates schlug den Ordner auf und studierte kommentarlos den Inhalt, dann gab er ihn an Brogan weiter, der ihn schließlich Metcalf überreichte. Als sie fertig waren, blickten sie zu Emmett, als forderten sie ihn stumm auf, als erster das Wort zu ergreifen.

»Was Sie, meine Herren, in dem Bericht gelesen haben, sind Fakten«, erklärte er.

»Warum sind Sie nicht schon früher damit herausgerückt?« fragte Oates.

»Weil es bisher nie einen Grund dafür gegeben hat, eine tiefgreifende Untersuchung über den Mann anzuordnen. Das FBI hat nicht die Gewohnheit, die Jugendsünden unserer Senatoren ans Licht zu ziehen, es sei denn, es gäbe handfeste Beweise für kriminelle Tätigkeiten in ihrer Vergangenheit. Schmutzgeschichten über Scheidungen, Bagatellfälle, sexuelle Perversionen oder Verkehrsdelikte legen wir in einem Tresor zu den Akten und schauen darüber hinweg. Morans Akte wies ihn bislang als Saubermann aus, allzu sauber für jemanden, der sich den Weg zur Spitze mit Krallen und Zähnen erzwungen hat, ohne über Bildung, durchschnittliche Intelligenz, Vorliebe für harte Arbeit, Reichtum oder wichtige Beziehungen zu verfügen. Nichts in seinem Charakter weist auf Unternehmungslust oder überragendes Talent hin. Wie Sie sehen können, sind die Ergebnisse nicht gerade die zur Empfehlung für einen Papst.«

Metcalf überflog den Bericht noch einmal. »Diese Börsenmaklerfirma in Detroit, wie heißt sie nur? Ach ja, Blackfox und Churchill.«

»Eine reine Fassade, um Morans aktive und passive Bestechungsaffären reinzuwaschen. Die Namen stammen von Grabsteinen auf einem Friedhof in Fargo im Staate Nord-Dakota. Fingierte Börsentransaktionen werden durchgeführt, um Bestechungsgelder von fragwürdigen Pressure-groups und Bauunternehmen für Verteidigungsanlagen, Spenden der Unterwelt für Gefälligkeiten, Beträge von staatlichen und städtischen Beamten zu tarnen, die staatliche

Subventionen brauchen und denen es gleichgültig ist, wie sie sie bekommen. Neben dem Sprecher des Repräsentantenhauses Moran nehmen sich die Bougainvilles wie ehrbare Leute aus.«

»Wir müssen damit an die Öffentlichkeit gehen«, verlangte Brogan unerbittlich.

»Ich würde es nicht betreiben«, warnte Oates. »Moran würde alles unternehmen, um es abzustreiten, und behaupten, es handle sich um ein Komplott, das ihn daran hindern soll, das Land zu Versöhnung und Einigkeit zu führen. Ich sehe ihn schon vor mir, wie er die amerikanische Tradition des Fair play geltend macht, während man ihn kreuzigen will. Und ehe das Justizministerium ihn in die Enge treiben kann, wird er als Präsident vereidigt sein. Seien wir uns doch darüber im klaren, man kann der Bevölkerung nicht zwei Impeachment-Verfahren in einem einzigen Jahr zumuten.«

Metcalf nickte zustimmend. »Da es unmittelbar nach der unbegreiflichen Politik des Präsidenten und Morans Hirngespinsten von dem mutmaßlichen Tod des Vizepräsidenten käme, könnte sich der Umschwung als drastischer erweisen, als die Öffentlichkeit hinzunehmen gewillt ist. Ein vollkommener Vertrauensverlust zu dem bundesstaatlichen System könnte bei den nächsten Wahlen zu einem Denkzettel für die Regierung werden.«

»Oder zu noch Schlimmerem«, fügte Emmett hinzu. »Immer mehr Menschen weigern sich, Steuern zu bezahlen, aus dem Prinzip heraus, daß es ihnen nicht gefällt, wie ihre Steuergelder ausgegeben werden. Und man kann ihnen nicht übelnehmen, daß sie nichts für eine Regierung übrig haben, die von unfähigen Führern und Künstlern im Absahnen geleitet wird. Dann werden fünf Millionen Menschen dort draußen im Lande am fünfzehnten April ihre Steuerformulare zerreißen, und eine Bundesadministration, wie wir sie kennen, wird es so nicht mehr geben.«

Die vier Männer saßen ratlos in dem Wohnwagenbüro. Die Grundzüge ihrer Annahme waren nicht unberechtigt. Ein derartiger Fall hatte sich noch nie ereignet. Die Aussichten, den Sturm unversehrt zu überstehen, waren äußerst gering.

Endlich sagte Brogan: »Ohne Vince Margolin sind wir verloren.«

»Dieser Pitt drüben bei der NUMA gab uns doch den ersten greifbaren Hinweis dazu«, erinnerte sich Brogan.

»Und zwar?« fragte Metcalf.

»Pitt gelangte zu dem Schluß, daß das Bewußtseinskontroll-Labor, in dem Margolin festgehalten wird, sich in einem Flußschleppkahn befindet.«

»Einem was?« fragte Metcalf, als hätte er nicht recht gehört.

»Einem Fluß-Schleppkahn«, wiederholte Emmett. »Gott weiß wo an dem Küstenverbindungskanal.«

»Lassen Sie ihn suchen?«

»Durch sämtliche verfügbare Agenten, die Martin und ich von unseren beiden Abteilungen entbehren können.«

»Wenn Sie mir noch ein paar Einzelheiten angeben und rasch einen Plan zur Koordinierung unserer Bemühungen skizzieren, werde ich sämtliche Kräfte, die das Verteidigungsministerium entbehren kann, in den Suchgebieten einsetzen.«

»Das wäre sicherlich eine große Hilfe«, sagte Oates. »Danke, General.«

Das Telefon läutete, und Oates hob ab. Nachdem er einige Zeit schweigend zugehört hatte, legte er auf. »Mist!«

Emmett hatte von Oates noch nie einen ähnlichen Ausdruck gehört. »Wer war das?«

»Einer meiner Leute mit einem Bericht aus dem Repräsentantenhaus.«

»Was hat er gesagt?«

»Moran hat soeben die Abstimmung über das Impeachment durchgepeitscht.«

»Dann steht außer der Prüfung durch den Senat nichts mehr zwischen ihm und der Präsidentschaft«, stellte Brogan fest.

»Er hat den Fahrplan um gute zehn Stunden beschleunigt«, meinte Metcalf.

»Wenn wir den Vizepräsidenten morgen um diese Zeit nicht herzeigen können«, bemerkte Emmett, »können wir die Vereinigten Staaten abschreiben.«

66

Giordino fand Pitt in seinem Hangar, wo er bequem auf dem Rücksitz eines riesigen, offenen Tourenwagens saß und die Füße auf die hintere Tür gelegt hatte. Giordino mußte unwillkürlich die klassischen Linien des Wagens bewundern, der aus Italien stammte, wo er 1925 von Cesare Sala gebaut worden war: Der Isotta-Fraschini mit roter Torpedo-Karosserie hatte langgestreckte, geschwungene Kotflügel, ein versenkbares Verdeck und eine zusammengerollte Kobra auf der Kühlerhaube.

Pitt betrachtete eine schwarze Tafel, die etwa drei Meter von dem Wagen entfernt auf einem Stativ stand. Eine große Seekarte, die die gesamten Binnenwasserrouten zeigte, war am äußeren Rahmen befestigt. Quer über die Tafel hatte er mehrere Bezeichnungen sowie auch, so nahm Giordino an, eine Schiffsliste geschrieben.

»Ich komme gerade vom Büro des Admirals«, berichtete Giordino.

»Was gibt's Neues?« fragte Pitt, ohne die Tafel aus den Augen zu lassen.

»Der Generalstab hat die Streitkräfte für die Treibjagd eingesetzt. Gemeinsam mit Agenten vom FBI und der CIA müßten sie eigentlich imstande sein, jeden Zoll der Küstenlinie bis morgen abend abzusuchen.«

»Auf dem Boden, zu Wasser und in der Luft«, murmelte Pitt uninteressiert, »von Maine bis Florida.«

»Warum schaust du dann so trübsinnig?«

»Eine verdammte Zeitvergeudung. Der Schleppkahn ist nicht mehr dort«, ärgerte sich Pitt und warf ein Stückchen Kreide in die Luft.

Giordino warf ihm einen spöttischen Blick zu. »Was redest du daher? Der Schleppkahn muß doch irgendwo dort drinnen sein.«

»Nicht unbedingt.«

»Du meinst, sie suchen an der falschen Stelle?«

»Wenn du an Stelle der Bougainville wärst, würdest du eine gründliche, gnadenlose Jagd erwarten, nicht wahr?«

»Elementare Überlegungen«, meinte Giordino hochmütig. »Ich würde eher dazu neigen, den Schleppkahn unter einer Baumgruppe zu tarnen, ihn in einem abgeschlossenen Lagerhaus im Hafen zu verbergen oder sein Äußeres zu verändern, so daß er aussieht wie ein riesiger Hühnerkorb oder dergleichen. Ich halte Verstecke für die naheliegendste Vorgangsweise.«

Pitt lachte. »Dein Geistesblitz mit dem Hühnerkorb ist einsame Spitze.«

»Hast du eine bessere Idee?«

Pitt stieg aus dem Isotta, ging zu der Tafel und faltete die Karte der Binnenwasserwege zusammen, so daß eine andere Karte zum Vorschein kam, die die Küstenlinie am Golf von Mexiko zeigte. »Zufällig ja.« Er tippte mit dem Finger auf einen mit roter Tinte markierten Punkt. »Der Schleppkahn, in dem Margolin und Loren gefangengehalten werden, befindet sich hier irgendwo.«

Giordino trat näher und betrachtete das bezeichnete Gebiet genauer. Dann sah er Pitt mit einem Ausdruck an, den er für gewöhnlich Leuten vorbehielt, die Hinweise auf das bevorstehende Ende der Welt vorbrachten.

»New Orleans?«

»Südlich von New Orleans«, stellte Pitt richtig. »Meiner Ansicht nach ist er jetzt dort vertäut.«

Giordino schüttelte den Kopf. »Du bist wohl völlig übergeschnappt! Du willst mir doch hoffentlich nicht einreden, daß die Bougainvilles einen Schleppkahn von Charleston um die Spitze von Florida herum und über den Golf zum Mississippi, fast dreitausend Kilometer, in weniger als vier Tagen geschleppt haben? Tut mir leid, Sportsfreund, den Schlepper gibt's noch nicht, der einen Kahn so schnell ziehen kann.«

»Zugegeben«, räumte Pitt ein. »Aber angenommen, sie hätten 1300 Kilometer abgeschnitten?«

»Wie?« fragte Giordino halb zweifelnd, halb spöttisch. »Indem sie Räder anbrachten und mit ihm über Land fuhren?«

»Das ist kein Scherz«, behauptete Pitt ernsthaft. »Indem sie ihn durch den erst kürzlich eröffneten Florida-Cross-State-Kanal von Jacksonville am Atlantik nach Crystal River am Golf von Mexiko geschleppt und sich die Umrundung der Südspitze des Staates erspart haben.«

Diese Eröffnung elektrisierte Giordino. Er schaute wieder auf die Karte und studierte den Maßstab. Dann benutzte er Daumen und Zeigefinger als Stechzirkel und maß ungefähr die nunmehr verringerte Entfernung zwischen Charleston und New Orleans ab. Als er sich schließlich umdrehte und Pitt ansah, lächelte er hilflos.

»Das haut hin.« Und dann verschwand sein Lächeln rasch. »Und was bedeutet das?«

»Die Bougainvilles müssen über eine bestens getarnte Anlegestation verfügen, bei der sie ihr illegales Frachtgut abladen. Wahrscheinlich liegt sie am Ufer des Flusses, irgendwo zwischen New Orleans und der Einfahrt zum Golf.«

»Im Mississippi-Delta?« Giordino war verblüfft. »Wie hast du nur diesen Hasen aus dem Zylinder gezogen?«

»Schau her«, forderte ihn Pitt auf, zeigte auf die Schiffsliste auf der Tafel und las sie vor. »Die *Pilottown*, *Belle Chasse*, *Buras*, *Venice*, *Boothville*, *Chalmette* – alles Schiffe, die im Ausland registriert sind, sich aber erst einmal im Besitz von Bougainville Maritime befanden.«

»Ich sehe den Zusammenhang noch immer nicht.«

»Sieh dir die Karte noch einmal an. Jedes dieser Schiffe ist nach einer Stadt am Flußdelta benannt.«

»Eine symbolische Chiffre?«

»Der einzige Fehler, den die Bougainvilles je begangen haben: Sie haben eine Bezeichnung verwendet, die ihr geheimes Operationsgebiet umschreibt.«

Giordino sah genauer hin. »Bei Gott, das paßt ja wie ein Mädchen in hautenge Shorts.«

Pitt klopfte mit den Knöcheln auf die Karte. »Ich wette meinen Isotta Fraschini gegen deinen Bronco, daß wir Loren dort finden werden.«

»Abgemacht.«

»Lauf hinüber zum NUMA-Flughafen und bestelle eine Düsenmaschine. Ich werde den Admiral anrufen und ihm erklären, warum wir nach New Orleans fliegen.«

Giordino ging schon zur Tür. »Die Maschine ist durchgecheckt und abflugbereit, sobald du hinkommst«, rief er noch über die Schulter zurück.

Pitt lief die Treppe zu seiner Wohnung hinauf und warf ein paar Kleidungsstücke in einen Reisesack. Er öffnete einen Waffenschrank, nahm eine alte Thompson-Maschinenpistole, Seriennummer 8545, sowie zwei komplette Magazine mit Patronen vom 45er-Kaliber heraus und legte sie in einen Geigenkasten. Dann griff er nach dem Telefon und rief Sandeckers Büro an.

Er stellte sich Sandeckers Sekretärin vor und wurde verbunden. »Admiral?«

»Dirk?«

»Ich habe die Gegend herausgefunden, in der der Schleppkahn liegt.«

»Wo?«

»Das Mississippidelta. Al und ich fliegen sofort hin.«

»Wie kommen Sie auf die Idee, daß er im Delta liegt?«

»Halb Vermutung, halb Schlußfolgerung, aber wir haben keinen besseren Hinweis.«

Sandecker zögerte etwas mit der Antwort. »Sie sollten lieber warten.«

»Warten? Wovon sprechen Sie?«

»Alan Moran verlangt, daß die Suche eingestellt wird.«

Pitt war bestürzt. »Warum, zum Teufel?«

»Er findet, es sei eine Vergeudung von Zeit und Steuergeldern, wenn wir weitermachen, weil Vince Margolin sowieso schon tot sei.«

»Moran redet doch nur Unsinn.«

»Er hat die Kleidung, die Margolin in der Nacht trug, in der sie alle verschwanden, als Beweis für seine Behauptung.«

»Wir müssen auch an Loren denken.«

»Moran behauptet, sie wäre auch tot.«

Pitt hatte das Gefühl, als ob er in Treibsand versänke. »Er ist ein verdammter Lügner!«

»Vielleicht, aber wenn er bezüglich Margolin recht hat, verleumden Sie den nächsten Präsidenten der Vereinigten Staaten.«

»An dem Tag, an dem dieser kleine Widerling den Eid leistet, gebe ich meine Staatsbürgerschaft zurück.«

»Damit werden Sie wahrscheinlich nicht allein dastehen«, prophezeite Sandecker ärgerlich, »aber Ihre privaten Gefühle ändern nichts an der Situation.«

Pitt blieb fest. »Ich werde Sie aus Louisiana anrufen.«

»Ich hatte gehofft, daß Sie das sagen würden. Bleiben Sie in engem Kontakt mit mir. Ich werde alles tun, um Ihnen von hier aus zu helfen.«

»Danke, Sie alter Schwindler.«

»Setzen Sie Ihren Hintern in Bewegung und sagen Sie Giordino, er soll aufhören, meine Zigarren zu klauen.«

Pitt legte grinsend auf. Er packte noch zu Ende und verließ den Hangar. Drei Minuten nachdem er abgefahren war, begann sein Telefon zu klingeln.

In dreihundert Kilometer Entfernung wartete Sal Casio mit aschfahlem Gesicht vergeblich darauf, daß Pitt sich meldete.

67

Zehn Minuten nach zwölf Uhr mittags schritt Alan Moran durch den Hauptkorridor des Capitols eine schmale Treppe hinunter und öffnete die Tür zu einem abgelegenen Büro, das er unterhielt, um ungestört zu sein. Die meisten Männer in seiner Stellung waren ständig von einem Schwarm von Hilfskräften umgeben, doch Moran war lieber allein, um nicht durch leere Konversation gestört zu werden.

Er wirkte immer argwöhnisch wie eine Antilope, die die afrikanische Steppe nach räuberischen Feinden absucht. Er hatte die ausdruckslosen Augen eines Mannes, dessen einziges Streben Macht ist,

Macht, für die ihm jedes Mittel und jeder Preis recht ist. Um seine angesehene Stellung im Kongreß zu erreichen, hatte Moran sorgfältig ein Image aufgebaut, das sich für jede Empfehlung eignete: In seinem öffentlichen Leben zeigte er eine geradezu religiöse Inbrunst, war die Personifizierung des freundlichen, schüchternen Mannes mit Sinn für herzlichen Humor, verströmte die Anziehungskraft des hilfreichen Nachbarn, der immer bereit ist, seinen Rasenmäher auszuleihen, und berief sich auf die Vergangenheit eines Mannes, der zu den Benachteiligten der Welt zählte und sich aus eigener Kraft emporgearbeitet hatte.

Sein Privatleben war ebenfalls ausgesprochen eigenartig. Er war insgeheim Atheist und hielt seine Wähler und das Volk im allgemeinen für unwissenden Pöbel, dessen ständige Beschwerden ihm die Möglichkeit verschafften, die Dinge zu seinem eigenen Vorteil zu drehen und auszunützen. Er hatte nie geheiratet, hatte keine engen Freunde und lebte einfach wie ein Asket in einer kleinen Mietwohnung. Jeden Dollar über sein Existenzminimum hinaus steckte er in seine geheime Gesellschaft in Chicago, wo er zu den Geldmitteln hinzukam, die durch illegale Beiträge, Bestechungen und andere unredliche Investitionen erworben worden waren. Von dort wurde das Geld verteilt und dazu verwendet, die Basis seiner Macht zu vergrößern, bis es nur noch wenige Männer und Frauen in Spitzenpositionen gab, die er nicht durch politische Begünstigungen und Einflußnahmen fest in der Hand hatte.

Douglas Oates, Sam Emmett, Martin Brogan, Alan Mercier und Jesse Simmons, dessen Hausarrest vor kurzem aufgehoben worden war, saßen bereits in Morans Büro, als er eintrat. Sie erhoben sich alle, als er seinen Platz hinter einem Schreibtisch einnahm. Er trug eine Überheblichkeit zur Schau, die seinen Besuchern sofort auffiel. Er hatte sie auf sein persönliches Territorium beordert, und sie hatten keine andere Wahl, als zu gehorchen.

»Ich danke Ihnen, meine Herren, daß Sie zu mir gekommen sind«, begrüßte er sie mit falschem Lächeln. »Sie kennen vermutlich den Grund?«

»Sie wollen vermutlich über Ihre mögliche Nachfolge in der Präsidentschaft sprechen«, antwortete Oates.

»Daran ist nichts *möglich*«, entgegnete Moran schroff. »Die Einleitung des Verfahrens im Senat ist für heute abend sieben Uhr angesetzt. Als nächster in der Nachfolge für das Amt des Präsidenten halte ich es für meine beschworene Pflicht, unmittelbar danach den Eid zu leisten und die Aufgabe auf mich zu nehmen, die durch den verderblichen Wahn des Präsidenten geschlagenen Wunden zu heilen.«

»Handeln Sie nicht etwas voreilig?« gab Simmons zu bedenken.

»Nicht, wenn ich dadurch den Präsidenten an weiteren staatsschädigenden Aktivitäten hindere.«

Oates war davon nicht so überzeugt. »Solange nicht erwiesen ist, daß Vince Margolin tot ist, könnten einige Leute in Ihrer vorschnellen Reaktion den unzulässigen Versuch sehen, die Macht im Staate an sich zu reißen, besonders wenn man bedenkt, daß Sie die Entfernung des Präsidenten aus dem Amt energisch betrieben haben.«

Moran funkelte Oates wütend an und richtete dann den Blick auf Emmett.

»Sie haben die Kleidung des Vizepräsidenten in Verwahrung, die im Fluß gefunden wurde?«

»Mein FBI-Labor hat die Kleider als diejenigen Margolins identifiziert«, gab Emmett zu, »aber nichts weist darauf hin, daß sie zwei Wochen lang im Wasser gelegen haben.«

»Höchstwahrscheinlich wurden sie an Land gespült und trockneten.«

»Sie haben selbst behauptet, daß der Fischer, der mit den Beweisstücken in Ihr Büro kann, erklärt hat, sie mitten im Potomac gefunden zu haben.«

»Sie sind der Leiter des FBI«, fuhr ihn Moran wütend an. »Lösen Sie doch dieses Problem. Nicht ich stehe unter Anklage.«

»Vielleicht würde es im Interesse aller hier Anwesenden liegen«, meinte Oates ruhig, »die Suche nach Margolin fortzusetzen.«

»Damit bin ich vollkommen einverstanden«, stimmte Brogan zu. »Wir können ihn nicht für tot erklären, ehe nicht seine Leiche gefunden wurde.«

»Es werden sicherlich Fragen dazu gestellt werden«, fügte Mercier hinzu. »Zum Beispiel, wie ist er denn gestorben?«

Er ist offenbar ertrunken«, antwortete Moran. »Wahrscheinlich, als die *Eagle* sank.«

»Sie haben auch nie erschöpfend darüber Auskunft gegeben«, fuhr Mercier fort, »wann und wie Sie und Marcus Larimer die *Eagle* verlassen haben und zu einem noch immer nicht genannten Urlaubsort zu Ihrem Angelausflug in der Karibik gereist sind.«

»Ich werde gern alle diese Fragen vor einem Untersuchungsausschuß des Kongresses beantworten«, erklärte Moran. »Aber sicherlich nicht hier und jetzt Leuten gegenüber, die gegen mich eingenommen sind.«

»Sie müssen verstehen, daß trotz der Fehler des Präsidenten unsere Loyalität ihm gehört«, sagte Oates.

»Das bezweifle ich keinen Augenblick«, höhnte Moran. »Deshalb habe ich Sie ja ersucht, heute morgen hierher zu kommen. Zehn Minuten nach der Abstimmung im Senat werde ich als Präsident vereidigt werden. Meine erste Handlung als Präsident wird darin bestehen, entweder Ihren Rücktritt oder Ihre Entlassung bekanntzugeben. Entscheiden Sie sich! Nach heute zwölf Uhr Mitternacht wird keiner von Ihnen mehr für die Regierung der Vereinigten Staaten tätig sein.«

Die schmale, gepflasterte Straße wand sich zwischen hohen Hügeln hindurch, die steil zum Schwarzen Meer abfielen. Auf dem Rücksitz einer Cadillac-Seville-Limousine saß Wladimir Polewoj und las den letzten Bericht von Alexej Lugowoj. Gelegentlich blickte er auf und betrachtete die hinter dem Horizont versinkende Sonne.

Wo immer die Limousine vorbeikam, sahen ihr die Leute nach. Sie war eine Sonderanfertigung mit eingebauten Holzschränken, Farbfernseher, elektrisch betätigter Trennscheibe, Bar und oben angebrachter Stereokonsole und von Polewoj bestellt gekauft und nach Moskau transportiert worden, angeblich um ihre mechanische Technologie zu studieren. Kurz nach ihrem Eintreffen hatte er sie für sich mit Beschlag belegt.

Der langgestreckte Wagen schob sich um die bewaldete Kurve eines schroffen Felsabsturzes, bis die Straße vor einem riesigen Holztor endete, das in eine hohe Ziegelmauer eingelassen war. Ein uniformierter Beamter grüßte den KGB-Chef und drückte auf einen Schalter. Das Tor ging lautlos auf, und man sah einen weitläufigen Garten, in dem blühende Blumen standen. Der Wagen glitt hinein und parkte neben einem geräumigen, ebenerdigen Haus, das nach dem Vorbild der zeitgenössischen westlichen Architektur gebaut war.

Polewoj ging über das Rund der Steinstufen hinauf und trat in einen Vorraum, wo ihn Präsident Antonows Sekretärin begrüßte und zu einem Tisch und Stühlen auf einer Terrasse mit Ausblick auf das Schwarze Meer führte.

Bald darauf erschien Antonow selbst, gefolgt von einem hübschen Hausmädchen, das eine große Platte mit geräuchertem Lachs, Kaviar und eisgekühltem Wodka trug. Antonow schien bester Laune zu sein und setzte sich lässig auf das Eisengeländer der Terrasse.

»Sie haben eine schöne neue Datscha«, sagte Polewoj.

»Danke. Ich habe sie von einem französischen Architektenteam entwerfen lassen. Sie haben mir keinen einzigen Rubel dafür berechnet. Sie würde natürlich der kritischen Überprüfung durch ein staatliches Baukomitee nicht standhalten. Zu bourgeois. Aber hol's der Teufel, die Zeiten ändern sich eben.« Dann kam er übergangslos auf ein anderes Thema zu sprechen. »Was gibt es Neues in Washington?«

»Der Präsident wird seines Amtes enthoben.«

»Wann?«

»Morgen um diese Zeit.«

»Das steht zweifelsfrei fest?«

»Ohne jeglichen Zweifel.«

Antonow griff nach seinem Wodkaglas, leerte es, und das Mädchen füllte es sofort wieder. Polewoj nahm an, daß das Mädchen zu mehr Diensten fähig war, als dem Leiter der Sowjetunion nur Wodka einzuschenken.

»Haben wir uns verrechnet, Wladimir?« fragte Antonow. »Haben wir erwartet, zu viel auf einmal zu schnell vollbringen zu können?«

»Niemand kann voraussehen, wie diese Amerikaner reagieren. Sie verhalten sich nicht auf die herkömmliche Art und Weise.«

»Wer wird der neue Präsident werden?«

»Alan Moran, der Sprecher des Repräsentantenhauses.«

»Können wir mit ihm zusammenarbeiten?«

»Meine Quellen behaupten, daß er ein verschlagener Mensch ist, aber er läßt sich vermutlich beeinflussen.«

Antonow schaute auf ein kleines Fischerboot weit draußen auf dem Wasser. »Wenn ich die Wahl hätte, wäre mir Moran lieber als Vizepräsident Margolin.«

»Ganz entschieden«, stimmte Polewoj zu. »Margolin ist ein engagierter Feind unserer kommunistischen Gesellschaft, der fest daran glaubt, daß die amerikanische Militärmaschinerie über den Stand der unseren hinaus entwickelt und ausgebaut werden sollte.«

»Gibt es etwas, das unsere Leute, natürlich äußerst vorsichtig, tun könnten, um Moran ins Weiße Haus zu helfen?«

Polewoj schüttelte den Kopf. »Sehr wenig, das das Risiko der Entdeckung und negativer Propaganda wert ist.«

»Wo befindet sich Margolin?«

»Noch immer in den Händen der Bougainvilles.«

»Besteht die Möglichkeit, daß ihn die alte chinesische Hexe rechtzeitig freiläßt um Moran auszuschalten?«

Polewoj machte eine hilflose Geste. »Wer kann ihre Pläne mit Sicherheit voraussagen?«

»Wenn Sie an ihrer Stelle wären, Wladimir, was würden Sie tun?«

Polewoj überlegte eine Weile, dann sagte er: »Ich würde mit Moran eine Abmachung treffen, um Margolin auszuschalten.«

»Hat Moran genügend Mut, um darauf einzugehen?«

»Wenn ein Mann, der in einer überaus hilflosen Lage gefangengehalten wird, zwischen Ihnen und der Führung einer Supermacht stünde, wie würden Sie sich verhalten?«

Antonow brach in Gelächter aus, das einen in der Nähe sitzenden Vogel so erschreckte, daß er aufflog. »Sie durchschauen mich wie Gas, alter Freund. Ich verstehe, was Sie meinen. Ich würde nicht zögern, ihn zu beseitigen.«

»Die amerikanischen Nachrichtenmedien berichten, daß Moran behauptet, Margolin habe Selbstmord durch Ertrinken begangen.«

»Deine Theorie von Ihnen steht also auf festen Beinen«, fand Antonow. »Vielleicht wird uns die alte Lotosblume aus Stahl letzten Endes doch einen Gefallen erweisen.«

»Unser Vertrag mit ihr hat wenigstens nichts gekostet.«

»Apropos Kosten, wie steht es mit dem Gold?«

»Admiral Bortschawskij hat mit der Bergungsoperation begonnen. Er nimmt an, daß er sämtliche Barren innerhalb von drei Wochen heben kann.«

»Das ist eine gute Nachricht. Und wie steht es mit Doktor Lugowoj? Kann er sein Projekt fortsetzen, wenn der Präsident seines Amtes enthoben wurde?«

»Ja. Der Kopf des Präsidenten birgt einen großen Schatz an Geheimnissen über die Vereinigten Staaten. Lugowoj muß ihn nur noch anzapfen.«

»Dann halten Sie das Projekt weiterhin in Gang. Stellen Sie Lugowoj eine möglichst vollständige Liste von wichtigen politischen und militärischen Persönlichkeiten zur Verfügung, die wir sondieren wollen. Alle amerikanischen Staatsmänner, die ihr Amt verlieren, werden wegen ihrer Erfahrungen befragt, auch wenn ihre Arbeit schlecht war. Die kapitalistischen Massen haben ein kurzes Gedächtnis. Die Kenntnisse, die der Präsident derzeit besitzt und die in Besprechungen mit seinen Nachfolgern noch erweitert werden, können in Zukunft für uns von großem Vorteil sein. Diesmal werden wir uns in Geduld üben und sorgsam sondieren. Das Gehirn des Präsidenten kann sich als Gans erweisen, die noch jahrzehntelang goldene Spionage-Eier legt.«

Polewoj hob sein Glas. »Einen Toast auf den besten Geheimagenten, den wir jemals angeworben haben.«

Antonow lächelte. »Möge er lange wirken.«

Auf der anderen Hemisphäre saß Raymond Edgely an einem Steuerpult und las die Aufzeichnungen auf einer Papierrolle ab. Er schob sich die Brille auf die Stirn und rieb sich die geröteten Augen. Trotz seiner scheinbaren Müdigkeit verfügte er über eisern gezügelte nervöse Energie. Sein Wettkampfeifer war geweckt. Die Gelegenheit, seinen allgemein hoch eingeschätzten Gegenspieler durch psychologische Schachzüge zu schlagen, ließ ihn jeden Gedanken an Schlaf vergessen.

Dr. Harry Greenberg, ein angesehener, selbständiger Forscher auf dem Gebiet der Psychiatrie, zündete seine Tonpfeife an. Nachdem er den Inhalt des fleckigen, gelben Pfeifenkopfs zum Glühen gebracht hatte, zeigte er mit dem Pfeifenstiel auf die Aufzeichnungen.

»Es hat keinen Sinn, noch länger zu warten, Ray. Ich bin davon überzeugt, daß wir die erforderlichen Daten beisammenhaben, um den Wechsel vorzunehmen.«

»Ich möchte nichts überstürzen, bevor ich nicht sicher bin, daß wir Alexej tauschen können.«

»Tu es«, drängte Greenberg. »Hör auf herumzufummeln und fang schon an.«

Edgely blickte die zehn Mitglieder seines Psychologenteams an. Sie erwiderten seinen Blick voller Erwartung. Dann nickte er. »Okay. Alle in Bereitschaft, um die Gedankenübertragung vom Implantat des Präsidenten auf unseren Zentralcomputer umzuschalten.«

Greenberg ging im Raum umher, sprach kurz mit jedem und kontrollierte noch einmal die Arbeitsteilung. Drei Psychologen saßen vor dem Computerpult und hielten ihre Hände über den Knöpfen bereit. Die anderen beobachteten die Bildschirme und lasen die Daten ab.

Edgely wischte sich nervös die Handflächen mit einem Taschentuch trocken. Greenberg stand seitlich hinter ihm.

»Wir dürfen uns nicht während eines Denkmusters oder mitten in Lugowojs Instruktionen einschalten«, warnte Greenberg.

»Weiß ich«, sagte Edgely, ohne den Blick von dem Bildschirm zur Übersetzung der Gehirnwellen zu wenden. »Unsere Computerübertragung muß auch mit seinem Pulsschlag und anderen Körperfunktionen genau übereinstimmen.«

Der Programmierer tippte den Befehl ein, und alle warteten und beobachteten den leeren Bildschirm, der Erfolg oder Mißerfolg anzeigen würde. Die Minuten tickten dahin, niemand sprach, die einzigen Geräusche kamen von dem leisen Summen der elektronischen Hardware, während der Computer auf die Millisekunde genau wartete, um das Kommando zu übernehmen. Dann plötzlich erschienen auf dem Bildschirm die Worte: »*Kommunikationsübertragung durchgeführt.*«

Alle sieben stießen einen Seufzer der Erleichterung aus, begannen wieder zu sprechen und gratulierten einander so begeistert, als befänden sie sich in einem NASA-Flugkontrollzentrum nach einem erfolgreichen Raketenstart.

»Glaubst du, daß Alexej darauf hereinfallen wird?« fragte Edgely.

»Keine Sorge. Er wird nie den geringsten Verdacht hegen. Alexej Lugowojs Selbstbewußtsein wird ihn nie auf den Gedanken kommen lassen, daß ihn jemand hinters Licht führen könnte.« Greenberg machte eine Pause, um einen Rauchring auszustoßen. »Er wird alles schlucken, was wir ihm eingeben, und es nach Moskau schicken, als wäre es ein Gottesgeschenk für die Gegenspionage.«

»Ich hoffe es«, stöhnte Edgely und tupfte sich die schweißnasse Stirn trocken. »Als nächster Schritt muß der Präsident in das Walter-Reed-Krankenhaus gebracht und das Implantat entfernt werden.«

»Alles zu seiner Zeit«, widersprach Greenberg und holte eine Flasche Champagner heraus, während ein Mitglied des Teams Gläser verteilte. Sie ließen den Pfropfen knallen und schenkten ein. Greenberg hob sein Glas.

»Auf Doc Edgely«, brachte er grinsend seinen Trinkspruch aus, »der das KGB um zehn Jahre zurückgeworfen hat.«

VIERTER TEIL

Die »*Stonewell Jackson*«

13. August 1989
New Orleans, Louisiana

68

Pitt schlummerte den größten Teil des Fluges über, während Giordino die Steuerung bediente. Die Nachmittagssonne strahlte vom klaren Himmel, als sie über den blaugrünen Gewässern des Pontchartrainsees niedergingen und auf dem kleinen Flughafen landeten, der bei New Orleans vom Ufer hinausragt. Das aquamarinblaue NUMA-Düsenflugzeug setzte auf der asphaltierten Landebahn auf und kam neben einem Hubschrauber zum Stehen, auf dessen Seitenwand *Delta Oil Ltd.* stand.

In der Nähe stieg ein Mann in einem Leinenanzug aus einem geparkten Wagen und kam näher. Er nahm seine Sonnenbrille ab und streckte die Hand entgegen, als Pitt aus der Kabine des Jet kletterte.

»Mr. Pitt?« fragte er, und in seinem braungebrannten Gesicht blitzten weiße Zähne.

»Ja, sehr erfreut.«

»Clyde Griffin, FBI, Spezialagent, verantwortlicher Leiter des Außenbüros in Louisiana.«

Giordino stieg aus, und Pitt nahm die Vorstellung vor.

»Was können wir für Sie tun, Mr. Griffin?«

»Direktor Emmett hat mir aufgetragen, ausdrücklich zu erklären, daß das Büro Ihnen bei Ihrer Suche keine offizielle Unterstützung leisten kann.«

»Ich erinnere mich nicht, darum ersucht zu haben«, stellte Pitt richtig.

»Ich sagte, keine ›offizielle Hilfe‹, Mr. Pitt.« Die weißen Zähne blitzten erneut bei einem breiten Lächeln. »Inoffiziell ist heute Sonntag. Der Direktor hat gemeint, daß es die Angelegenheit der Außenagenten ist, was sie an ihrem freien Tag unternehmen. Ich habe acht Mann zur Verfügung, die der Ansicht sind, daß Ihr Unternehmen wichtiger ist als ihre Golfpartie.«

»Emmett hat seinen Segen erteilt?«

»Streng vertraulich hat er angedeutet, daß er mir, wenn wir den Vizepräsidenten nicht verdammt rasch finden, einen solchen Tritt in den Hintern versetzt, daß ich mich nie wieder ans Klavier setzen kann.«

»Solche Leute sind zu gebrauchen«, fand Giordino.

»Hat man Sie darüber informiert, was wir suchen?« fragte Pitt.

Griffin nickte. »Einen Schleppkahn. Wir haben bereits zwischen hier und Baton Rouge etwa zweihundert andere überprüft.«

»Sie haben im Norden gesucht. Ich nehme aber an, daß er im Süden liegt.«

Griffin schaute zweifelnd zu Boden. »Fast alle hier eintreffenden Frachter und Tanker laden an den Stadtdocks aus. Dann wird die Ware mittels Schlepper in den Norden befördert. Wenige Schleppkähne befahren die Deltagewässer im Süden, außer denen, die Abfall und Müll befördern, um ihn im Meer zu versenken.«

»Um so mehr Grund, in dieser Richtung zu suchen.«

Griffin machte eine einladende Handbewegung zum Hubschrauber. »Meine Männer warten in Wagen entlang des Flußufers. Wir können sie von der Luft aus dirigieren.«

»Ist Delta Oil eine gute Tarnung?« fragte Pitt.

»Hubschrauber von Ölgesellschaften sind in dieser Gegend ein alltäglicher Anblick«, antwortete Griffin. »Sie werden vielfach verwendet, um Leute und Versorgungsmaterial zu den Bohrtürmen vor der Küste im Golf und zu den Pipelines in den Bayous zu befördern. Niemand schaut ein zweites Mal hin.«

Pitt entschuldigte sich, stieg noch einmal in das NUMA-Flugzeug und erschien eine Minute später mit dem Geigenkasten. Dann stieg er in den Hubschrauber und wurde der Pilotin vorgestellt, einer hageren, verträumt dreinblickenden blonden Frau namens »Slats« Hogan, die langsam und gedehnt sprach. Pitt hätte sie nie und nimmer für eine FBI-Agentin gehalten, was sie aber erstaunlicherweise war.

»Sie spielen immer während des Flugs Geige?« fragte Hogan neugierig.

»Es beruhigt meine Höhenangst«, antwortete Pitt lächelnd.

»Wir bekommen wirklich alle möglichen Typen hierher«, murmelte Hogan.

Sie gurteten sich an, Hogan startete und flog über das Stadtzentrum, bevor sie nach Süden abbog.

Eine kleine grüne Straßenbahn kroch die St.-Charles-Avenue entlang, deren Gleise glänzten, als sie die durch die Bäume fallende Sonne widerspiegelten. Pitt erkannte mühelos das massive weiße Dach des Superdomes, des größten Sportgebäudes seiner Art in der ganzen Welt. Die eng beieinander stehenden Häuser und schmalen Straßen des Französischen Viertels, der grüne Rasen des Jackson Square und die Türme der St.-Louis-Kathedrale glitten rechts unter ihnen vorbei. Dann flogen sie über die schlammigen, braungrünen Wasser des Mississippi.

»Dort liegt er«, verkündete Hogan, »Old Man River, zu dick zum Trinken und zu dünn zum Pflügen.«

»Schon mal einige Zeit auf ihm verbracht?« wollte Griffin von Pitt wissen.

»Ich habe vor ein paar Jahren ungefähr hundert Kilometer flußabwärts in Plaquemines Parish die Begutachtung von zwei historischen Wracks aus dem Bürgerkrieg durchgeführt.«

»Ich kenne das ausgezeichnete kleine Restaurant in der Parish ...«

»Ich auch. Es heißt Tom's. Ausgezeichnete Austern aus dem Golf, in einer halben Schale serviert. Sie müssen dort unbedingt die Original-Chilipfeffer-Soße von Toms Mama bestellen. Die paßt phantastisch zu den Austern.«

»Sie kommen ganz schön herum.«

»Ich versuche es zumindest.«

»Haben Sie eine Ahnung, wo der Schleppkahn versteckt sein könnte?«

»Halten Sie nach einem Anlegeplatz und einem Lagerhaus Ausschau, die verfallen und leerstehend aussehen, aber durch schwere Sicherheitsanlagen geschützt sind – übertrieben viele Wächter, hohe Zäune, vielleicht auch Hunde. Der verrostete, baufällige Kahn wird ganz in der Nähe vertäut sein. Ich schätze, irgendwo zwischen Chalmette und Pilottown.«

»Sie können Pilottown nur auf dem Wasser erreichen«, sagte Griffin. »Die Straße durch das Delta endet fünfzehn Kilometer weiter oben bei einem Ort namens Venice.«

»Das habe ich nicht gewußt.«

Sie schwiegen eine Weile, während der Fluß unter ihnen mit fast vier Knoten zwischen den großen Dämmen dahinfloß, die das Land vor Überschwemmungen schützten. Kleine Farmen mit Orangengärten und weidenden Kühen lagen auf den schmalen Streifen festen

Bodens entlang der Dämme, die dann in Sumpfgebiet übergingen. Sie flogen über Port Sulphur mit seinen großen, am Westufer errichteten Molen. Kleinere Hügel aus gelbem Schwefel erhoben sich über den sonst flachen, vergifteten Boden.

Die nächste halbe Stunde brachte den ersten von drei falschen Alarmen. Einige Kilometer unterhalb von Port Sulphur erblickten sie eine aufgelassene Konservenfabrik, neben der zwei Schleppkähne vertäut waren. Griffin verständigte sein Agententeam, das dem Hubschrauber auf der Straße am Westufer folgte. Eine kurze Überprüfung zeigte, daß das Gebäude leerstand und die leckgeschlagenen Kähne nur Wasser und Schlamm enthielten.

Sie flogen weiter nach Süden über die ausgedehnten Sümpfe und gewundenen Bayous zum Golf, machten mehrere grasende Hirsche aus, etliche Alligatoren, die sich im Schlamm sonnten, und eine kleine Ziegenherde, die mit gelassener Neugierde zu ihnen hinaufblickte, als sie vorbeiflogen.

Ein mächtiger Frachter kämpfte sich mit seinem stumpfen Bug flußaufwärts gegen den Strom. Die Fahne an seinem Heck war rot und trug einen goldenen Stern sowie Hammer und Sichel.

»Ein Russe«, bemerkte Pitt.

»Ein ansehnlicher Teil der fünftausend Schiffe, die jedes Jahr nach New Orleans kommen, gehört den Sowjets«, erklärte Griffin.

»Wollt ihr selbst nachsehen, was auf diesem Schleppkahn ist?« fragte Hogan und zeigte auf ihn, »dem dort vorne hinter dem Bagger am Ostufer.«

Griffin nickte. »Den werden wir persönlich unter die Lupe nehmen.«

Hogans blonde Mähne wippte. »Ich setze euch auf dem Damm ab.«

Sie setzte die Reifen des Hubschraubers kunstvoll auf der mit Muscheln bedeckten Straße auf, die den Damm entlanglief. Drei Minuten später lief Griffin über eine knarrende Rampe zu dem Kahn. Weitere drei Minuten später war er zurück und schnallte sich auf seinem Sitz fest.

»Kein Glück gehabt?« fragte Pitt.

»Der alte Kahn ist halb mit Öl gefüllt. Wird anscheinend als Nachfüllstation für den Bagger verwendet.«

Pitt sah auf die Uhr. Halb drei. Die Zeit verstrich. Noch ein paar Stunden, und Moran würde als Präsident vereidigt werden. »Machen wir weiter«, drängte er.

»Ihr quatscht zuviel«, sagte Hogan, während sie den Hubschrauber hochriß und gleichzeitig schräg legte, um den Fluß zu überqueren, was Giordino veranlaßte, nach seinem Magen zu greifen, um zu sehen, ob er sich noch an seinem gewohnten Platz befand.

Zwölf Kilometer weiter zogen sie wieder eine Niete, nachdem sie einen Schleppkahn erspäht hatten, der verdächtig unter einem Schiffs-Reparaturschuppen festgetäut war. Eine rasche Durchsuchung durch das Bodenteam ergab, daß er verfallen war.

Sie überflogen die Fischerorte Empire und Buras. Dann plötzlich bot sich ihnen nach einer Flußschlinge ein Anblick aus den goldenen Jahren des Flusses, eine malerische, beinahe vergessene Vision: Ein langer weißer Rumpf, breit ausgelegt, mit einer Rauchfahne über den Decks – ein Raddampfer hatte mit seinem flachen Bug am westlichen Ufer angelegt.

»Erinnert an Mark Twain«, bemerkte Giordino.

»Eine wahre Pracht.« Pitt bewunderte die Zuckerbäckerverzierungen an dem mehrstöckigen Deckaufbau.

»Die *Stonewell Jackson*«, erklärte Griffin. »Sie stellt seit siebzig Jahren eine Attraktion auf dem Fluß dar.«

Die Landungsstege führten ans Ufer, auf dem sich eine alte Festung aus Backsteinen erhob, die als Fünfeck angelegt war. Vor ihr stand eine Unmenge geparkter Wagen, und eine Menschenmenge wanderte auf dem Paradeplatz und den Schutzwällen aus Ziegeln umher. In der Mitte eines nahegelegenen Feldes erhob sich eine blaue Rauchwolke über zwei einander gegenüberstehenden Reihen von Männern, die aufeinander zu schießen schienen.

»Was ist das für eine Feier?« fragte Giordino.

»Eine Neuinszenierung des Sezessionskrieges«, antwortete Hogan.

»Das müssen Sie mir erklären.«

»Die Darstellung einer historischen Schlacht«, griff Pitt ein. »Männer melden sich als Freizeitbeschäftigung zu Brigaden und Regimentern, die tatsächlichen Kampfeinheiten aus dem Bürgerkrieg entsprechen. Sie ziehen authentische Uniformen an und schießen aus genau nachgebauten oder originalen Gewehren mit Platzpatronen aufeinander. Ich habe einmal einer Neuinszenierung in Gettysburg beigewohnt. Dies hier ist das Gebiet, in dem Admiral Farragut im Jahre 1862 die Forts erstürmte und New Orleans für die Yankees eroberte.«

Es erforderte nicht viel Phantasie, um sich das Dröhnen und Blitzen der Kanonenschüsse von damals vorzustellen, während die Kanonenboote der Union und die Batterien der Konföderierten aufeinander feuerten. Aber die Biegung des Flusses, an der sich Admiral Farragut und seine Flotte vor einem Jahrhundert die Durchfahrt erzwungen hatten, war jetzt ruhig. Das Wasser floß lautlos zwischen den mit Gesträuch bestandenen Ufern dahin, und schon seit langem hatte es die Überreste der Schiffe bedeckt, die während der Schlacht gesunken waren.

Plötzlich fuhr Hogan auf ihrem Sitz hoch und blickte über das Instrumentenbrett hinweg durch das Cockpitfenster. Keine drei Kilometer entfernt war ein Schiff mit dem Bug stromabwärts an einem alten Holzkai festgemacht, dessen Pfahlwerk unter einem großen, eisernen Lagerhaus verschwand. Hinter dem Heck des Schiffes lagen ein Schleppkahn und ein Schlepper.

»Das könnte es sein«, sagte sie.

»Können Sie den Namen auf dem Schiff lesen?« fragte Pitt von seinem hinteren Passagiersitz aus.

Hogan nahm die linke Hand für einen Moment von dem Steuerknüppel, um ihre Augen zu schützen. »Sieht aus wie ... nein, das ist eine Stadt, die wir eben überflogen haben.«

»Welche Stadt?«

»Buras.«

»Könnte es sein. Verdammt noch mal, das ist es!« In Pitts Stimme lag Triumph.

»Keine Besatzungsmitglieder auf dem Schiff zu sehen«, bemerkte Griffin. »Der von Ihnen vermutete hohe Zaun um das Anwesen ist vorhanden, aber ich sehe keinen Hinweis auf Wächter oder Hunde. Sieht ziemlich ruhig aus.«

»Verlassen Sie sich nicht darauf«, warnte Pitt. »Fliegen Sie weiter flußabwärts, Slats, bis wir außer Sicht sind. Dann kehren Sie unterhalb der Krone des Westdamms zurück und treffen mit unseren Leuten in den Suchwagen zusammen.«

Hogan flog fünf Minuten lang geradeaus weiter, dann beschrieb sie einen großen Halbkreis nach Norden und landete auf dem Fußballfeld einer High School. Zwei mit FBI-Agenten vollgestopfte Wagen warteten bereits, als der Hubschrauber landete.

Griffin drehte sich auf seinem Sitz zu Pitt um. »Ich nehme mein Team und dringe durch den Vordereingang ein, der auf die Laderampe führt. Sie und Giordino bleiben bei Hogan und fungieren als Luftbeobachter. Sollte eine Routineoperation werden.«

»Routineoperation?« erwiderte Pitt scharf. »Sie gehen zum Eingang, zeigen Ihr blank poliertes FBI-Zeichen und werden sehen, wie alle in Ehrfurcht sich verbeugen? Das wird Ihnen da niemals passieren. Diese Leute töten Menschen, wie Sie und ich Moskitos zerquetschen. Wenn Sie dort offen vorfahren, fordern Sie die Leute geradezu auf, Sie abzuschießen. Das Klügste wäre, Sie warten und fordern Verstärkung an.«

Griffins Gesicht zeigte, daß er sich nicht vorschreiben ließ, wie er seine Arbeit besorgen sollte. Er kümmerte sich nicht um Pitt und erteilte Hogan weitere Instruktionen.

»Lassen Sie uns zwei Minuten Zeit, um den Eingang zu erreichen, bevor Sie aufsteigen und über dem Lagerhaus kreisen. Rufen Sie unsere Außenstelle an und unterrichten Sie die Leute dort über die Lage. Und sagen Sie ihnen, sie sollen unsere Berichte an das FBI-Hauptquartier in Washington weiterleiten.«

Er stieg aus und kletterte in den ersten Wagen. Sie fuhren um die Sporthalle der High School zu der kaum erkennbaren Straße, die zu der Anlegestelle der Bougainvilles führte, und verschwanden hinter dem Damm.

Hogan stieg mit dem Hubschrauber auf und schaltete den Sprechfunk ein. Pitt setzte sich auf den Platz des Kopiloten und sah zu, wie Griffin und seine Männer sich einer hohen Umzäunung aus Drahtgeflecht näherten, die den Pier und das Lagerhaus einschloß. Mit wachsender Unruhe beobachtete er Griffin, der den Wagen verließ und am Eingang stehenblieb, ohne daß jemand erschien.

»Da unten tut sich ja was«, bemerkte Hogan. »Der Schlepper und der Schleppkahn bewegen sich.«

Sie hatte recht. Der Schlepper begann vom Pier abzulegen und schob den Kahn mit seiner stumpfen Schnauze vor sich her. Der Steuermann manövrierte die beiden Fahrzeuge geschickt in die Hauptfahrrinne und schlug die Richtung zum Golf ein.

Pitt setzte sein Kehlkopfmikrofon auf. »Griffin!« brüllte er, »der Schleppkahn wird aus dem Gebiet manövriert. Lassen Sie das Schiff und die Lagerhäuser. Kehren Sie zur Straße zurück und nehmen Sie die Verfolgung auf.«

»Verstanden«, bestätigte Griffins Stimme.

Plötzlich flogen auf dem Schiff die Türen auf, die Besatzung verteilte sich über die Decks und riß Leinenplanken von den zwei verborgenen Geschützständen auf dem Vorderdeck und am Heck. Die Falle war dabei zuzuschnappen.

»Griffin!« schrie Pitt in das Mikrofon. »Weg mit Ihnen. Um Himmels willen, weg!«

Die Warnung kam zu spät. Griffin sprang in den ersten Wagen, der mit aufheulendem Motor vom Damm davonraste, während die großkalibrigen Maschinengewehre einen tödlichen Kugelhagel ausspieen. Kugeln schlugen in den wild dahinrasenden Wagen, schlugen durch die Fenster, zerrissen das dünne Blech wie Pappe und drangen in die Körper der Insassen. Der hintere Wagen kam zum Stehen, Körper fielen heraus auf den Boden. Manche lagen still, manche versuchten, in Deckung zu kriechen. Griffin und seine Leute retteten sich über den Damm, aber sie waren alle schwer verwundet.

Pitt hatte den Geigenkasten aufgerissen, den Lauf des Thompson-Gewehrs aus dem Seitenfenster gesteckt und beschoß das Buggeschütz der *Buras*. Hogan erkannte sofort, was er vorhatte, und legte den Hubschrauber schief, um ihm einen besseren Schußwinkel zu bieten. Einige der Männer brachen auf dem Deck zusammen, ohne zu wissen, woher das tödliche Sperrfeuer kam. Die Schützen am Heck waren wachsamer. Sie schwenkten ihr Geschütz von Griffin und seinen Agenten weg und begannen zum Himmel emporzuschießen. Hogan unternahm einen tapferen Versuch, dem Feuer auszuweichen, das ganz knapp danebenging. Sie jagte den Hubschrauber um das Schiff, als besäße er Zauberkräfte, während die Salven des einseitigen Beschusses über den Fluß hinwegfegten.

Dann verlagerte sich die Flugbahn der Geschosse von der *Buras*, und die Kugeln schlugen in den Hubschrauber ein. Pitt riß einen Arm hoch, um seine Augen zu schützen, als die Windschutzscheibe zerbarst und ins Cockpit flog. Kugeln mit Stahlspitzen durchbohrten den dünnen Aluminiumrumpf und beschädigten den Motor.

»Ich kann nichts mehr sehen«, verkündete Hogan mit überraschend ruhiger Stimme. Ihr Gesicht war gerötet vom Blut aus mehreren Wunden, das am stärksten aus einer Schädelwunde in ihre Augen floß und sie blendete.

Bis auf einige tiefe Kratzer an seinem Arm war Pitt unverletzt geblieben. Er übergab Giordino das Maschinengewehr, der sich den Ärmel von seinem Hemd gerissen hatte und ihn um eine Schußwunde an seinem rechten Oberschenkel wickelte. Der Hubschrauber verlor an Höhe und senkte sich zusehends zur Flußmitte hin. Pitt übernahm von Hogan den Steuerknüppel und schwenkte die Maschine aus einem plötzlichen mörderischen Feuerstoß, der von dem Schlepper kam. Ein Dutzend Männer tauchten aus dem Ruderhaus und einer Luke auf dem Schleppkahn auf und schossen aus automatischen Waffen auf den schon schwer angeschlagenen Hubschrauber.

Aus dem Motor strömte Öl, und die Rotorblätter vibrierten wie verrückt. Pitt verringerte die Gesamtneigung, damit die Rotorgeschwindigkeit nicht allzu rasch abnahm. Er beobachtete, wie das Armaturenbrett unter einem Kugelhagel in Splitter ging Es war ein hoffnungsloser Kampf, und er konnte sich nicht länger in der Luft halten. Die Vorwärtsbewegung wurde langsamer, und er verlor außerdem die Kontrolle über die Seitensteuerung.

Auf der Erde hinter dem Damm lag Griffin in hilfloser Wut auf den Knien, hielt sein zerschmettertes Handgelenk umfaßt und sah zu, wie sich der Hubschrauber gleich einem großen, tödlich verwundeten Vogel. Der Rumpf war so durchlöchert, daß er es für unmöglich hielt, daß an Bord noch jemand am Leben war. Er hörte den Motor langsam absterben, sah, wie der Hubschrauber eine lange Rauchspur hinter sich herzog, während er schwankend flußaufwärts taumelte, und verlor ihn nach einem knappen Ausweichmanöver vor einer Baumgruppe dann völlig außer Sicht.

69

Sandecker saß in Emmetts persönlichem Büro im FBI-Hauptquartier und kaute, zur Untätigkeit verurteilt, müde an einem Zigarrenstummel, und Brogan spielte nervös mit einer halbvollen Kaffeetasse, deren Inhalt längst kalt geworden war.

General Metcalf trat ein und setzte sich. »Ihr seht alle aus wie Leichenträger«, zwang er sich zu einem scherzhaften Ton.

»Sind wir das nicht in gewisser Weise?« fragte Brogan. »Sobald der Senat das Urteil spricht, bleibt uns nichts anderes übrig als die Totenwache für die USA zu halten.«

»Ich komme gerade aus dem Empfangsraum des Senats,« sagte Metcalf. »Minister Oates knöpft sich zur Stunde die Mitglieder der Partei des Präsidenten vor und versucht, sie dazu zu überreden, das Verfahren zu verzögern.«

»Wie stehen seine Chancen?« fragte Sandecker.

»Gleich null. Der Senat führt nur der Form halber eine Verhandlung durch. In vier Stunden ist alles vorüber.«

Brogan schüttelte angewidert den Kopf. »Wie ich höre, hat Moran den Oberrichter O'Brien aufgefordert, sich für die Abnahme des Eides bereitzuhalten.«

»Der schmierige Bastard vergeudet wirklich nicht eine Sekunde«, murmelte Emmett.

»Gibt es etwas Neues aus Louisiana?« fragte Metcalf.

Emmett blickte den General kopfschüttelnd an. »Seit einer Stunde nichts mehr. Der letzte Bericht von dem Leiter des Außenbüros besagte, daß Pitt einen vielversprechenden Anlegeplatz untersucht.«

»Gibt es einen triftigen Grund zur Annahme, daß Margolin im Delta versteckt wird?«

»Nur ein Schuß ins Dunkel von meinem Mann für Sondereinsätze«, antwortete Sandecker.

Metcalf sah Emmett an. »Was gedenken Sie bezüglich der Bougainvilles zu unternehmen?«

»Ich habe fast fünfzig Agenten auf den Fall angesetzt.«

»Können Sie eine Verhaftung vornehmen?«

»Reine Zeitverschwendung. Min Korjo und Lee Tong wären innerhalb einer Stunde wieder frei.«

»Es muß doch genügend Beweise geben.«

»Nichts, womit der Generalstaatsanwalt etwas anfangen kann. Die meisten ihrer illegalen Operationen werden außerhalb unserer Grenzen von Staaten der Dritten Welt aus geleitet, die nicht übertrieben freundschaftliche Beziehungen zu den Vereinigten Staaten unterhalten –«

Das Telefon klingelte.

»Emmett.«

»Agent Goodman aus der Nachrichtenzentrale, Sir.«

»Was gibt es, Goodman?«

»Ich habe Verbindung mit Agent Griffin in Louisiana.«

»Wurde ja auch langsam Zeit«, fuhr ihn Emmett ungeduldig an. »Verbinden Sie mich mit ihm.«

»Bleiben Sie am Apparat.« Es entstand eine Pause, unterbrochen durch ein hörbares Klicken, dann vernahm Emmett keuchende Atemzüge. Er schaltete den Verstärker ein, damit die anderen mithören konnten.

»Hier spricht Sam Emmett. Griffin, hören Sie mich?«

»Ja, Sir, sehr deutlich.« Die Worte schienen unter Schmerzen hervorgestoßen zu werden. »Wir gerieten ... gerieten in Schwierigkeiten.«

»Was ist geschehen?«

»Wir entdeckten etwa hundertzehn Kilometer unterhalb von New Orleans ein Bougainville-Frachtschiff, das an einem Pier neben einem Schleppkahn und einem Schlepper vertäut war. Bevor mein Team und ich uns Zugang verschaffen konnten, um die Schiffe zu untersuchen, wurden wir von den schweren Geschützen, die das Schiff führt, unter Feuer genommen. Alle wurden getroffen ... wir haben zwei Tote und sieben Verwundete zu beklagen, darunter ich selbst. Es war ein richtiges Massaker.« Die Stimme erstickte und verstummte für einige Augenblicke. Als sie wieder über die Leitung kam, war sie merklich schwächer. »Ich konnte leider nicht früher Kontakt aufnehmen, weil unser Sprechgerät zerschossen wurde und ich drei Kilometer laufen mußte, bis ich ein Telefon fand.«

Emmetts Gesicht hatte einen mitfühlenden Ausdruck angenommen. Die Vorstellung, daß ein schwer verwundeter Mann sich in der sengenden Sommerhitze blutend drei Kilometer dahinschleppt, rührte sein normalerweise hartes Gemüt.

Sandecker trat näher an den Lautsprecher heran. »Was ist mit Pitt und Giordino?«

»Die NUMA-Leute und einer meiner Agenten flogen in unserem Hubschrauber, um die Operation zu überwachen«, antwortete Griffin. »Sie wurden total zerschossen und sind irgendwo flußaufwärts abgestürzt. Ich bezweifle, daß es Überlebende gibt.«

Sandecker trat leichenblaß zurück.

Emmett beugte sich über das Sprechgerät. »Griffin?« Die einzige Antwort war ein undeutliches Murmeln.

»Hören Sie mir zu, Griffin. Können Sie noch weitermachen?«

»Ja, Sir . . . werde es versuchen.«

»Der Schleppkahn, was ist mit dem Schleppkahn?«

»Der Schlepper . . . der Schlepper hat ihn weggestoßen.«

»Wohin gestoßen?«

»Flußabwärts . . . zuletzt in Richtung . . . Head of Passes gesehen.«

»Head of Passes?«

»Der Unterlauf des Mississippi, wo der Fluß sich in drei Armen ins Meer ergießt«, antwortete Sandecker. »Süd-Pass, Südwest-Pass und Pass a Loutre. Die meisten größeren Schiffe benutzen die ersten beiden.«

»Griffin, wie lang ist es her, seit der Schlepper seinen Standort verließ?«

Es kam keine Antwort, kein Summen von einer unterbrochenen Leitung, überhaupt kein Ton.

»Ich glaube, jetzt hat er das Bewußtsein verloren«, sagte Metcalf.

»Hilfe ist unterwegs. Verstehen Sie mich, Griffin?« Es kam immer noch keine Antwort.

»Warum bringen sie den Schleppkahn aufs Meer hinaus?« fragte sich Brogan laut.

»Ich kann mir keinen vernünftigen Grund dafür vorstellen«, meinte Sandecker.

Emmetts Telefon klingelte auf seiner direkten Leitung.

»Ein dringender Anruf für Admiral Sandecker«, meldete Don Miller, sein stellvertretender Direktor.

Emmett blickte auf. »Ein Anruf für Sie, Admiral. Wenn Sie wünschen, können Sie ihn im Vorzimmer entgegennehmen.«

Sandecker dankte ihm und ging ins Vorzimmer, wo Emmetts Privatsekretärin ihn zu einem Telefon auf einem unbesetzten Schreibtisch führte. Er drückte auf den blinkenden weißen Knopf. »Hier spricht Admiral Sandecker.«

»Einen Augenblick, Sir«, ertönte die vertraute Stimme der Leiterin der Telefonzentrale im NUMA-Hauptquartier.

»Hallo?«

»Hier Sandecker. Wer spricht dort?«

»Sie sind schwer zu erreichen, Admiral. Wenn ich nicht gesagt hätte, daß mein Anruf Dirk Pitt betrifft, hätte Ihre Sekretärin unsere Verbindung nie hergestellt.«

»Wer spricht denn dort?« erkundigte sich Sandecker noch einmal.

»Mein Name ist Sal Casio. Ich arbeite mit Dirk an dem Bougainville-Fall.«

Als Sandecker zehn Minuten später in Emmetts Büro zurückkehrte, wirkte er bestürzt und erschüttert. Brogan spürte sofort, daß etwas nicht in Ordnung war.

»Was gibt es? Sie sehen aus, als wären Sie einem Gespenst begegnet.«

»Der Schleppkahn«, murmelte Sandecker leise. »Die Bougainvilles haben mit Moran ein Abkommen getroffen. Sie schleppen ihn auf das offene Meer hinaus, um ihn zu versenken.«

»Was sagen Sie?«

»Loren Smith und Vince Margolin sind zum Tode verurteilt, damit Alan Moran Präsident werden kann. Der Schleppkahn wird in hundert Faden tiefem Wasser ihr Grab sein.«

70

»Gibt es einen Hinweis darauf, daß wir verfolgt werden?« fragte der Flußlotse und synchronisierte die Kontrollhebel des Rudersteuerpults mit der Präzision eines Dirigenten, der ein Orchester leitet.

Lee Tong trat von dem großen, offenen Fenster an der Rückseite des Ruderhauses zurück und ließ den Feldstecher sinken. »Nichts, außer einer merkwürdigen schwarzen Rauchwolke ungefähr drei oder vier Kilometer achtern.«

»Vermutlich ein Ölfeuer.«

»Scheint uns jedoch zu folgen.«

»Gewiß eine optische Täuschung. Der Fluß hat die Gewohnheit, merkwürdige Spiele mit unseren Augen zu treiben: Was uns wie eine Meile erscheint, sind in Wirklichkeit vier Meilen; oder es scheinen Lichter, wo keine Lichter sein können; ja manchmal sogar Schiffe, die in einem Kanal näherkommen, aber verschwinden, wenn man auf sie zufährt. Ja, der Fluß kann einen zum Narren halten, wenn er dazu gelaunt ist.«

Lee Tong schaute wieder angestrengt den Kanal hinauf. Er hatte gelernt, den unaufhörlichen Kommentar des Lotsen über den Mississippi zu überhören, bewunderte aber seine Geschicklichkeit und Erfahrung.

Kapitän Kim Pujon war ein altgedienter, erfahrener Flußlotse für die Linien von Bougainville Maritime, hatte aber seinen asiatischen Aberglauben beibehalten. Er ließ den Kanal und den Schleppkahn vor ihm selten aus den Augen, während er die Geschwindigkeit der vier 12 000 PS starken Motoren sachkundig abstimmte und die vier Vorwärts- und sechs Rückwärts-Ruder des Schleppers gefühlvoll bediente. Die mächtigen Dieselmaschinen dröhnten mit voller Kraft unter seinen Füßen, trieben den Schleppkahn mit fast dreißig Stundenkilometer Geschwindigkeit durch das Wasser und spannten die Kabel, die die beiden Schiffe zusammenhielten.

Sie kreuzten an einem landeinwärts fahrenden schwedischen Öltanker vorbei, und Lee Tong mußte sich festhalten, während der Schleppkahn und der Schlepper durch dessen Kielwasser fuhren. »Wie weit ist es noch bis zum tiefen Wasser?«

»Wir kamen vor etwa neunzehn Kilometern vom Süß- ins Salzwasser. Wir sollten in fünfzig Minuten die Küstenuntiefen überqueren.«

»Halten Sie Ausschau nach einem Forschungsschiff mit rotem Rumpf, das die blaue Flagge der britischen Flottenreserve führt.«

»Wir gehen nach der Versenkung an Bord eines Schiffes der Royal Navy?« fragte Pujon überrascht.

»Ein ehemaliger norwegischer Frachter«, erklärte Lee Tong. »Ich habe ihn vor sieben Jahren gekauft und als Forschungs- und Vermessungsschiff neu ausgerüstet – eine praktische Tarnung, um die Zollbehörden und die Küstenwache zu täuschen.«

»Hoffen wir, daß es auch diejenigen täuscht, die uns verfolgen.«

Lee Tong brummte. »Warum nicht? Jede amerikanische Suchmannschaft wird mit dem besten englischen Akzent, den man sich vorstellen kann, erfahren, daß wir aufgefischt wurden und uns hinter Schloß und Riegel befinden. Bevor das Forschungsschiff in New Orleans anlegt, werden Sie, ich und unsere Mannschaft dann längst verschwunden sein.«

Pujon deutete nach vorn. »Die Lichter von Port Eads tauchen auf. Wir werden bald in offenem Wasser sein.«

Lee Tong nickte voll grimmiger Zufriedenheit. »Wenn sie uns bis jetzt nicht anhalten konnten, werden sie zu spät, viel zu spät kommen.«

General Metcalf setzte seine lange, ehrenvolle Karriere aufs Spiel, indem er sich nicht um Morans Drohungen kümmerte, sondern eine militärische Mobilisierung in sämtlichen Staaten der Golfküste anordnete. In den Luftwaffenstützpunkten Eglin und Hurlbut in Florida wurden wendige Jagdgeschwader und Hubschrauber mit Bordkanonen zusammengezogen und donnerten nach Westen, während vom Marineluftstützpunkt Corpus Christi in Texas Kampfgeschwader aufstiegen und nach Osten jagten.

Er und Sandecker rasten im Wagen zum Pentagon, um die Rettungsoperation vom Einsatzraum aus zu leiten. Sobald die gewaltige Maschinerie in Gang gesetzt war, konnten sie nur noch die Berichte abhören und auf eine riesige Satelliten-Fotokarte starren, die von einem Projektor auf die Leinwand geworfen wurde.

Metcalf konnte seine Besorgnis nicht verbergen. Er rieb beklommen die Handflächen aneinander und beobachtete die Lichtpunkte auf der Karte, die den Fortschritt des Lufteinsatzes angaben, während die Flugzeuge sich einem rot beleuchteten Kreis näherten.

»Wie lang dauert es, bis die ersten Flugzeuge im Zielgebiet eintreffen?« fragte Sandecker.

»Zehn, höchstens zwölf Minuten.«

»Überwasserfahrzeuge?«

»Nicht unter einer Stunde«, antwortete Metcalf bitter. »Es traf uns recht ungünstig, denn kein Schiff befindet sich in nächster Nähe, ausgenommen ein Atom-U-Boot in hundert Kilometer Entfernung draußen im Golf.«

»Schiffe der Küstenwache?«

»Es liegt ein bewaffneter Rettungskutter vor Grand Island. Er könnte rechtzeitig eintreffen.«

Sandecker studierte die Satellitenaufnahme. »Nicht sicher. Er ist fünfundfünfzig Kilometer entfernt.«

Metcalf rieb sich die Hände mit einem Taschentuch trocken. »Die Situation sieht schlecht aus. Der Lufteinsatz ist bis auf die psychologische Wirkung praktisch wertlos. Wir können den Schlepper nicht von Flugzeugen angreifen lassen, ohne den Schleppkahn zu gefährden. Einer sitzt praktisch auf dem anderen.«

»Bougainville würde den Schleppkahn auf jeden Fall rasch versenken.«

»Wenn wir nur ein Wasserfahrzeug in dem Gebiet hätten. Dann könnten wir wenigstens versuchen, den Schlepper zu entern.«

»Und damit Smith und Margolin lebend retten.«

Metcalf sank auf seinen Stuhl. »Wir könnten es vielleicht noch schaffen. Ein SEAL-Sondereinsatzkommando der Marine muß in wenigen Minuten mit einem Hubschrauber eintreffen.«

»Nach dem, was die FBI-Agenten erlebt haben, könnte sie ein Blutbad erwarten.«

»Sie sind unsere letzte Hoffnung«, sagte Metcalf hilflos. »Wenn sie sie nicht retten können, kann es niemand mehr.«

Das erste Flugzeug, das auf dem Schauplatz eintraf, war kein heulender Düsenjäger, sondern ein viermotoriger Marine-Aufklärer, der vom Wetterflugdienst abgezweigt worden war. Der Pilot, ein Fünfundzwanzigjähriger mit einem Jungengesicht, tippte seinem Kopiloten auf den Arm und deutete nach links unten. »Ein Schlepper, der einen Schleppkahn schiebt. Das müssen die Schiffe sein, um die es bei der Aufregung geht.«

»Was sollen wir jetzt anfangen?« fragte der Kopilot, ein etwas älterer Mann mit schmalem Kinn und buschigem, rotem Haar.

»Übermittle der Basis die freudige Botschaft. Außer du willst die Sache geheimhalten.«

Weniger als eine Minute nachdem die Erfolgsmeldung durchgegeben war, ertönte eine barsche Stimme über Sprechfunk. »Wer ist der Flugzeugkommandant?«

»Ich.«

»Wer ist das, ich?«

»Sie sind zuerst dran.«

»Hier spricht General Clayton Metcalf vom Generalstab.«

Der Pilot lächelte und tippte sich mit dem Zeigefinger gegen die Stirn. »Sind Sie verrückt, oder ist das ein Aprilscherz?«

»Meine Vernunft steht hier wohl kaum zur Debatte, und es ist gewiß auch kein Aprilscherz. Ihren Namen und Rang, bitte.«

»Sie werden es vielleicht nicht glauben.«

»Überlassen Sie das mir.«

»Oberleutnant Ulysses S. Grant.«

»Warum sollte ich daran zweifeln?« lachte Metcalf. »Es gab einen hervorragenden Baseballspieler mit diesem Namen.«

»Mein Vater«, sagte Grant beeindruckt. »Sie erinnern sich an ihn?«

»Man erhält nicht vier Sterne, wenn man ein schlechtes Gedächtnis hat«, scherzte Metcalf. »Haben Sie Fernsehausrüstung an Bord, Oberleutnant?«

»Ja . . . ja, Sir«, stammelte Grant, als ihm bewußt wurde, mit wem er es wirklich zu tun hatte. »Wir machen Nahaufnahmen von Stürmen für die Meteorologen.«

»Ich werde Ihrem Video-Kameramann von meinem Nachrichtenoffizier die Frequenz für Satellitenübertragung zum Pentagon durchgeben lassen. Halten Sie Ihre Kamera auf den Schlepper gerichtet.«

Grant wandte sich zu seinem Kopiloten. »Mein Gott, was sagst du dazu?«

71

Der Schlepper lief nun schon an dem Ausguck der Lotsenstation von South Pass vorbei, dem letzten Außenposten des schlammigen Mississippi, und hinaus auf das offene Meer.

Kapitän Pujon informierte: »Noch fünfundfünfzig Kilometer bis zur Tiefsee.«

Lee Tong nickte, während seine Augen den kreisenden Wetterflieger beobachteten. Dann nahm er seinen Feldstecher und suchte das Meer ab. Es war nur das Schiff in Sicht, das als Forschungsschiff getarnt war und sich in ungefähr fünfzehn Kilometer Entfernung auf Backbordseite näherte.

»Wir haben sie geschlagen«, stellte er zuversichtlich fest.

»Sie können uns noch aus der Luft versenken.«

»Und riskieren, dabei den Schleppkahn auf Grund zu schicken? Das glaube ich nicht. Sie wollen den Vizepräsidenten lebend haben.«

»Wie können sie wissen, daß er sich an Bord befindet?«

»Können sie nicht, zumindest nicht mit Sicherheit. Ein Grund mehr, daß sie einen vielleicht harmlosen Schlepper, der nur einen

Abfallkahn auf hoher See entleeren will, nicht angreifen werden.«

Ein Besatzungsmitglied kletterte die Stufen zum Ruderhaus hinauf und trat durch die Tür. »Sir«, meldete er und deutete in die Richtung, »ein Flugzeug kommt von achtern.«

Lee Tong schwenkte den Feldstecher in die Richtung des ausgestreckten Arms des Matrosen. Ein Hubschrauber der US-Marine näherte sich dem Schlepper nur fünf Meter über den Wellenkämmen.

Er runzelte die Stirn und gab Befehl: »Alarmieren Sie die Besatzung.«

Der Matrose grüßte und lief hinaus.

»Ein Hubschrauber mit Bordkanone?« fragte Pujon beunruhigt. »Er könnte über uns schweben und uns in die Luft jagen, ohne daß der Schleppkahn auch nur einen Kratzer bekommt.«

»Zum Glück nicht. Es ist ein Luftlandetransporter. Wahrscheinlich mit einem SEAL-Team an Bord. Sie wollen den Schlepper erstürmen.«

Oberleutnant Homer Dodds steckte den Kopf aus der seitlichen Absprungtür des Hubschraubers und blickte nach unten. Die beiden Schiffe sehen friedlich aus, dachte er, als ein Matrose aus dem Ruderhaus trat und grüßend winkte. Nichts Ungewöhnliches oder Verdächtiges. Die Bewaffnung, vor der er gewarnt worden war, war nicht zu sehen.

Er sprach ins Mikrofon. »Haben Sie Funkkontakt hergestellt?«

»Wir haben auf jeder existierenden Marinefrequenz angerufen, sie melden sich aber nicht«, antwortete der Pilot vom Cockpit.

»Okay, lassen Sie uns über dem Schleppkahn abspringen.«

»Roger.«

Dodds griff sich ein Megaphon und sprach in das Mundstück. »Schlepper ahoi! Hier spricht die US-Navy. Setzen Sie Ihre Geschwindigkeit herab und halten Sie an. Wir kommen an Bord.«

Unten hielt sich der Matrose die Hände trichterförmig an die Ohren und schüttelte den Kopf, um zu signalisieren, daß er infolge des Auspuffgeknatters der Hubschrauberturbinen nichts verstehen konnte. Dodds wiederholte die Aufforderung, und der Matrose winkte einladend mit dem Arm. Inzwischen war Dodds nahe genug, um zu erkennen, daß er Asiate war.

Die Geschwindigkeit des Schleppers und des Schleppkahns verringerte sich, und sie begannen auf den Wellen zu schaukeln. Der Pilot ließ den Hubschrauber über dem flachen Deck des Schleppkahns schweben und wartete darauf, daß Dodds' Einsatzkommando die letzten anderthalb Meter sprang.

Dodds wandte sich um und warf einen letzten Blick auf seine Männer. Sie waren hager und hart, wahrscheinlich der zäheste, aggressivste, gemeinste Haufen von Allroundkillern in der Navy. Von allen Männern, die Dodds je befehligt hatte, waren sie die einzige Gruppe, denen der Kampf Spaß machte. Sie waren ungeduldig, hielten ihre Waffen bereit und waren auf alles vorbereitet – nur nicht auf die totale Überraschung.

Der Hubschrauber schwebte nur drei Meter über dem Schleppkahn als auf dem Schlepper ein Lukendeckel aufgerissen wurde und zwanzig Mann der Besatzung aus Sturmkarabinern der Marke Steyr-Mannlicher AUG das Feuer eröffneten.

Die Patronen Kaliber 0,223 schlugen aus allen Richtungen in die SEALs. Rauchschwaden ballten sich, und gleichzeitig hörte man das Stöhnen der Männer, die getroffen wurden. Dodds und seine Männer reagierten zwar mit wilder Aggression und mähten jeden Mann auf dem Schlepper nieder, der sich zeigte, aber die feindlichen Kugeln schlugen in ihr enges Abteil, als kämen sie konzentriert aus einem Feuerwehrschlauch, und verwandelten es so in ein Schlachthaus. Es gab kein Entrinnen. Sie waren so hilflos, als stünden sie mit den Rücken an der Wand einer Sackgasse.

Der Lärm des anhaltenden Gewehrfeuers übertönte das Geräusch des Hubschrauberauspuffs. Der Pilot wurde schon von der ersten Salve getroffen, die das Kabinendach sprengte und Metallteile und Plexiglas durch das Cockpit schleuderte. Der Hubschrauber erbebte und drehte sich mehrfach um die eigene Achse. Der Kopilot kämpfte noch mit den Steuerhebeln, doch sie sprachen nicht mehr an.

Die Jagdflugzeuge trafen jetzt ein und erfaßten sofort die Situation. Ihr Staffelführer erteilte hastig Instruktionen, ging im Sturzflug hinunter und überflog den Schlepper dicht über dem Heck, um das Feuer von dem schwer beschädigten, rauchenden Hubschrauber abzulenken. Aber die List gelang nicht. Lee Tongs Schützen beachteten sie noch nicht einmal. Ihre Verzweiflung wuchs, weil sie Befehl hatten, nicht anzugreifen, und sie flogen immer tiefer, bis ein Pilot sogar die Radarantenne des Schleppers abriß.

Der kampfunfähige Hubschrauber mit seiner kläglichen Ladung von Toten und Verwundeten war zu schwer beschädigt, um sich weiter in der Luft zu halten, gab schließlich den Versuch auf weiterzufliegen und stürzte neben dem Schleppkahn ins Meer.

Sandecker und Metcalf saßen entsetzt vor dem Bildschirm, während die Videokamera an Bord des Wetterflugzeugs das Drama aufzeichnete. Im Einsatzraum wurde es totenstill, während sie zuschauten und darauf warteten, daß die Kamera endlich ein paar Überlebende zeigte. Sechs Köpfe waren alles, was sie auf dem blauen Meer zählen konnten.

»Die Partie ist zu Ende«, konstatierte Metcalf mit eisiger Endgültigkeit.

Sandecker antwortete nicht. Er wandte sich von dem Bildschirm ab und blieb regungslos in dem Stuhl neben dem langen Konferenztisch sitzen, seine geballte Energie hatte ihn verlassen.

Metcalf horchte ohne Anteilnahme auf die Stimmen der Piloten, die über die Lautsprecher kamen. Ihr Zorn darüber, den Schlepper nicht in seine Bestandteile zerlegen zu dürfen, wurde stetig heftiger. Da man ihnen nicht mitgeteilt hatte, daß Personen im Schleppkahn gefangengehalten wurden, ließen sie ihrer Wut über das Oberkommando freien Lauf, ohne zu wissen, daß ihre heftigen Äußerungen in dem tausend Meilen weit entfernten Pentagon mitgehört und aufgezeichnet wurden.

Der Anflug eines Lächelns huschte über Sandeckers Gesicht. Er konnte nicht anders als mit ihnen fühlen.

Dann mischte sich eine freundliche Stimme ein. »Oberleutnant Grant hier. Darf ich mich direkt an Sie wenden, General.«

»In Ordnung«, antwortete Metcalf ruhig. »Sprechen Sie.«

»Ich sehe zwei Schiffe, die sich dem Einsatzgebiet nähern, Sir. Bleiben Sie auf Empfang für ein Bild von dem ersten.«

Mit einem neuen Hoffnungsfunken richteten sie die Augen auf den Bildschirm. Zuerst war das Bild nur klein und undeutlich. Dann zoomte der Kameramann auf das Schiff mit rotem Rumpf.

»Von hier oben würde ich es für ein Vermessungsschiff halten«, meldete Grant.

Ein Windstoß erfaßte die Flagge auf dem Flaggenstock und ließ ihre blaue Farbe erkennen.

»Briten«, verkündete Metcalf entmutigt. »Wir können von Ausländern nicht verlangen, daß sie um unsretwillen sterben.«

»Sie haben natürlich recht. Ich habe aber noch nie gesehen, daß ein Boot für ozeanographische Forschungen ein automatisches Geschütz trägt.«

Metcalf wandte sich um und rief: »Grant?«

»Sir?«

»Nehmen Sie mit dem englischen Vermessungsschiff Kontakt auf und ersuchen Sie es, die Überlebenden des Hubschraubers aufzunehmen.«

Bevor Grant den Befehl bestätigen konnte, verzerrte sich das Videobild, und der Bildschirm wurde dunkel.

»Wir haben keinen Bildempfang mehr, Grant.«

»Einen Augenblick, General. Mein Kameramann teilt mir soeben mit, daß die Batterien leer sind. Er wird sie sofort auswechseln.«

»Wie ist die Situation bei dem Schlepper?«

»Er und der Schleppkahn machen wieder Fahrt, nur langsamer als vorher. «

Metcalf wandte sich an Sandecker. »Das Glück steht nicht gerade auf unserer Seite, nicht wahr, Jim?«

»Nein, Clayton, bisher nicht das kleinste bißchen Glück.« Er zögerte. »Es sei denn, daß das zweite Schiff ein bewaffneter Küstenwachkutter ist.«

»Grant?« brüllte Metcalf.

»Es wird nicht mehr lange dauern, Sir.«

»Kümmern Sie sich nicht darum. Worum handelt es sich bei dem zweiten Schiff, von dem Sie sprachen? Küstenwache oder Navy?«

»Keines von beiden. Zweifellos zivil.«

Metcalf gab auf, doch Sandecker hatte einen Einfall. Er beugte sich zum Mikrofon.

»Grant, hier spricht Admiral James Sandecker. Können Sie das Schiff näher beschreiben?«

»Es ist eigentlich kein Seefahrzeug, das man auf dem Ozean erwarten würde.«

»Welche Nationalität?«

»Nationalität?«

»Seine Flagge, Mann. Welche Flagge führt es?«

»Sie werden mir nicht glauben.«

»Rücken Sie schon raus mit der Sprache.«

»Admiral, ich bin zwar in Montana geboren und auch dort aufgewachsen, aber ich habe genügend historische Bücher gelesen, um eine Fahne der Konföderierten zu erkennen, wenn ich sie sehe.«

Aus einer beinahe verschwundenen Welt tauchte die *Stonewell Jackson* auf und dampfte auf den Schlepper zu, während ihre Dampfpfeife aus Messing die Luft mit ihrem Geheul zerriß, das Meerwasser unter ihren mächtigen Schaufelrädern schäumte und sie schwarzen Rauch aus beiden hochragenden Schornsteinen spie: gleichsam die behäbige Grazie einer schwangeren südlichen Schönheit, die ihren Reifrock hochhebt, während sie durch eine Schlammpfütze schreitet.

Kreischende Möwen schwebten im Aufwind über einer riesigen Heckflagge mit den gekreuzten Stäben und Sternen der Konföderation, während ein Mann auf dem Dach des Texasdecks auf den Tasten einer altmodischen Dampfpfeifenorgel wild die alte Nationalhymne des Südens, »Dixie«, herunterhämmerte. Der Anblick des alten Flußbootes, das über das Meer heranstürmte, rührte die Seelen der über ihm fliegenden Männer der Luftwaffe. Sie wußten wohl, daß sie einem Abenteuer beiwohnten, das keiner von ihnen je wieder sehen würde.

In dem reich verzierten Ruderhaus starrten Pitt und Giordino auf den Schleppkahn und den Schlepper, dem sie mit jeder Umdrehung ihrer zehn Meter langen Schaufelräder näherkamen.

»Der Mann hatte recht«, überschrie Giordino die Dampfpfeife und die Orgel.

»Welcher Mann?« brüllte Dirk.

»Der gesagt hat, ›hebt euch das Geld der Konföderation auf; der Süden wird sich wieder erheben‹.«

»Zu unserem Glück hat er es getan«, lächelte Pitt.

»Wir holen auf.« Das kam von einem drahtigen kleinen Mann, der mit beiden Händen das zwei Meter große Steuerruder bediente.

»Sie haben an Geschwindigkeit verloren«, bestätigte Pitt.

»Wenn die Kessel nicht explodieren und der süße alte Liebling in diesem verdammten Wellengang zusammenhält . . .« der Mann am Ruder unterbrach sich mitten im Satz drehte seinen großen Kopf mit dem weißen Bart unmerklich zur Seite und ließ einen Strahl Tabaksaft mit unglaublicher Genauigkeit in einen Messingspucknapf klatschen, ehe er fortfuhr, »sollten wir sie auf den nächsten zwei Meilen einholen.«

Der zweiundsechzig Jahre alte Kapitän Melvin Belcheron führte die *Stonewell Jackson* seit sechsunddreißig Jahren. Er kannte alle Bojen, Kurven, Sandbänke und Uferlichter von St. Louis bis New Orleans auswendig. Aber das war das erste Mal, daß er sein Boot in die offene See hinaussteuerte.

Der »süße alte Liebling« war 1915 in Columbus, im Staate Kentucky am Ohiofluß, gebaut worden. Er war das letzte Schiff, das das Feuer der Phantasie während der goldenen Jahre der Dampfschifffahrt geschürt hatte, und seinesgleichen würde nie wieder gesehen werden. Der Geruch von brennender Kohle, das Zischen der Dampfmaschine und das rhythmische Klatschen der Schaufelräder würden bald nur noch der Geschichte angehören.

Der flache Holzrumpf war langgestreckt und massiv, maß 88 Meter in der Länge und vierzehneinhalb in der Breite, und die horizontal gelagerten Maschinen machten etwa vierzig Umdrehungen pro Minute. Der Raddampfer wurde auf etwas mehr als tausend Tonnen geschätzt, hatte aber trotz seiner Größe nur einen Tiefgang von achtzig Zentimetern.

Unten auf dem Hauptdeck schaufelten vier schweißbedeckte und rußgeschwärzte Männer wie wild Kohle in das Feuer unter den vier Hochdruckkesseln. Als die Druckanzeige in den roten Bereich zu klettern begann, hängte der Chefingenieur, ein bärbeißiger alter Schotte namens McGeen, seinen Hut über das Manometer.

McGeen war der erste gewesen, der für die Verfolgung eintrat, nachdem Pitt mit dem Hubschrauber im seichten Wasser bei Fort Jackson eine Bruchlandung vollführt hatte, mit Giordino und Hogan an Land gewatet war und die Lage geschildert hatte. Zuerst gab es allgemein Unglauben, doch nachdem sie ihre Wunden und den von Kugeln durchsiebten Helikopter gesehen hatten und dann hörten, wie ein Hilfssheriff die toten und verwundeten FBI-Agenten wenige Meilen flußabwärts beschrieb, ließ McGeen seine Kessel anheizen. Belcheron sammelte seine Deckbesatzung, und vierzig Mann vom Sechsten Regiment von Louisiana trampelten brüllend an Bord und schleppten zwei alte Feldkanonen mit sich.

»Legt Kohlen nach, Jungs«, drängte McGeen seine eifrigen Heizer. Er sah mit seinem gestutzten Spitzbart und den buschigen Augenbrauen im flackernden Licht der offenen Ofentüren wie der Teufel persönlich aus. »Wenn wir den Vizepräsidenten retten wollen, müssen wir mehr Dampf machen.«

Die *Stonewell Jackson* arbeitete sich hinter dem Schlepper und dem Schleppkahn her, als spürte sie, wie wichtig ihre Aufgabe war. Als sie neu gewesen war, wurde ihre Höchstgeschwindigkeit mit fünfundzwanzig Stundenkilometern angegeben, aber in den letzten vierzig Jahren waren ihr nie mehr als zwanzig abgefordert worden.[1] Sie fuhr den Fluß mit der Strömung mit dreiundzwanzig, dann fünfundzwanzig ... sechsundzwanzig ... schließlich sogar dreißig Stundenkilometern hinunter. Als sie den South Pass Channel verließ, rauschte sie mit zweiunddreißig dahin. Rauch und Funken sprühten durch die geschwungenen Aufsätze auf ihren Schornsteinen.

Die Männer vom Sechsten Regiment von Louisiana – die Dentisten, Klempner, Buchhalter, die als Hobby marschierten und das Schlachtengetümmel aus dem Bürgerkrieg kopierten – murr-

1. Auf Binnenwasserwegen wird die Geschwindigkeit in Stundenkilometern, nie in Knoten gemessen.

ten und schwitzten in den antiquierten, wollenen, erdgrauen Uniformen, die einst die Armee der Konföderierten Staaten von Amerika getragen hatte. Unter dem Kommando eines Majors schichteten sie große Baumwollballen als Brustwehr auf. Die beiden aus Fort Jackson stammenden Zwölfpfünder aus der Zeit Napoleons wurden am Bug in Stellung gebracht und ihre nicht gedrillten Rohre mit Kugellagern geladen, die sie aus McGeens Depot voller Maschinenersatzteile organisiert hatten.

Pitt starrte auf die wachsende Festung von mit Draht befestigten Ballen hinunter. Baumwolle gegen Stahl, dachte er, einschüssige Musketen gegen automatische Gewehre. Es würde einen interessanten Kampf geben.

Oberleutnant Grant wandte seine Augen von dem unglaublichen Anblick unterhalb seines Flugzeugs ab und funkte das Schiff mit der englischen Flagge an.

»Hier spricht Luftwaffen-Wetterdienst 0-4-0, wir rufen das ozeanographische Vermessungsschiff. Hören Sie mich?«

»In Ordnung, Yank, wir hören Sie deutlich«, erklang eine fröhliche Stimme wie frisch von einem Cricketfeld. »Hier spricht Ihrer Majestät Schiff *Pathfinder*. Was können wir für Sie tun, 0-4-0?«

»Ein Hubschrauber ging ungefähr fünf Kilometer westlich von Ihnen den Bach runter. Können Sie die Überlebenden herausfischen, *Pathfinder*?«

»Das müssen wir wohl, verdammt noch mal. Können die armen Kerle doch nicht ersaufen lassen, oder?«

»Ich werde über dem Absturzort kreisen, *Pathfinder*. Folgen Sie mir.«

»Ausgezeichnet. Wir sind unterwegs. Ende.«

Grant flog zu dem Gebiet über den im Wasser um ihr Leben kämpfenden Männern. Das Wasser im Golf war warm, insofern war also nicht zu befürchten, daß sie durch Unterkühlung Schaden erleiden würden, aber blutende Wunden würden sicherlich Haie anlokken.

»Dein Einfluß scheint nicht eben groß«, bemerkte sein Kopilot.

»Was meinst du damit?« fragte Grant.

»Das englische Schiff befolgt deine Aufforderung nicht. Es hat abgedreht.«

Grant beugte sich vor und brachte die Maschine in Schräglage, um aus dem gegenüberliegenden Cockpitfenster sehen zu können. Sein Kopilot hatte recht. Der Bug der *Pathfinder* hatte sich von den

Überlebenden der Hubschrauberbesatzung abgewandt und nahm Kurs auf die *Stonewell Jackson.*

»Pathfinder, hier spricht 0-4-0«, rief Grant. »Worin besteht Ihr Problem? Ich wiederhole: Worin besteht Ihr Problem?«

Es erfolgte keine Antwort.

»Wenn ich nicht unter einer verdammten Halluzination leide«, wunderte sich Metcalf, der seinen Blick auf die Video-Übertragung heftete, »hat dieses Fossil aus ›Tom Sawyer‹ die Absicht, den Schlepper anzugreifen.«

»Es sieht ganz danach aus«, stimmte Sandecker zu.

»Was meinen Sie, woher sie kommt?«

Sandecker stand mit verschränkten Armen vor ihm, sein Gesicht strahlte wie die Sonne.

»Pitt«, murmelte er leise, »du verschlagener, nicht umzubringender Teufelskerl.«

»Sagten Sie etwas?«

»Habe nur laut gedacht.«

»Was glauben Sie, daß sie erreichen können?«

»Sie wollen vermutlich den Schlepper rammen und entern.«

»Irrsinn, reiner Irrsinn«, knurrte Metcalf düster. »Die MG-Schützen auf dem Schlepper werden sie zerfetzen.«

Plötzlich reckte Sandecker den Hals, als er im Hintergrund des Bildschirms etwas bemerkte. Metcalf erfaßte es noch nicht, auch keiner der anderen.

Der Admiral faßte Metcalf am Arm. »Das englische Schiff!«

Metcalf blickte erschrocken auf. »Was ist mit ihm?«

»Mein Gott, Mann! Sehen Sie doch selbst. Es wird das Dampfschiff rammen.«

Metcalf sah, daß sich die Entfernung zwischen den beiden Schiffen rasch verringerte und daß das Kielwasser der *Pathfinder* aufschäumte, als sie weiter auf Volldampf lief.

»Grant!« brüllte er.

»Hier, Sir«

»Warum fährt das Schiff mit den Engländern nicht zu den Männern im Wasser?«

»Ich weiß es nicht, General. Ihr Kapitän bestätigte mein Ersuchen, sie zu retten, aber er fuhr statt dessen dem alten Raddampfer nach. Ich konnte ihn über Funk nicht wieder erreichen. Er kümmert sich überhaupt nicht um meine Mitteilung.«

»Erledigen Sie sie«, verlangte Sandecker. »Ordnen Sie einen Luftangriff an und machen Sie die Bastarde fertig!«

Metcalf zögerte aus Unentschlossenheit. »Um Himmels willen, sie führt doch die englische Flagge. «

»Ich wette meinen Rang darauf, daß es sich um ein Schiff der Bougainvilles handelt und die Flagge nur eine Falle ist.«

»Das können Sie nicht mit Bestimmtheit wissen.«

»Vielleicht, aber wenn Sie aus dem Raddampfer Brennholz macht, ist unsere letzte Chance dahin, Vince Margolin zu retten.«

73

Im Ruderhaus des Schleppers hatte ein Feuerstoß der SEALS das Innenleben des Steuerpults zertrümmert und die Rudersteuerung zerschlagen. Kapitän Pujon hatte also keine andere Wahl, als die Geschwindigkeit herabzusetzen und mit Hilfe der Drosselhebel zu steuern.

Lee Tong schenkte ihm keinen Blick. Er war zu sehr damit beschäftigt, dem Kommandanten der *Pathfinder* über Funk Befehle zu erteilen, während er das schlingernde Dampfboot scharf im Auge behielt.

Schließlich wandte er sich an Pujon. »Können Sie unsere Maschinen wieder auf Höchstgeschwindigkeit bringen?«

»Bestenfalls zwölf Kilometer, wenn ich einen geraden Kurs einhalten will.«

»Wie weit noch?« fragte er zum x-ten Mal seit einer Stunde.

»Laut Echolot beginnt der Meeresboden allmählich abzufallen. Noch drei Kilometer, dann sollte es reichen.«

»Drei Kilometer«, wiederholte Lee Tong nachdenklich. »Es wird langsam Zeit, die Sprengsätze anzubringen.«

»Ich werde Sie verständigen, indem ich das Nebelhorn ertönen lasse, wenn wir hundert Faden Tiefe haben«, versprach Pujon.

Lee Tong starrte über das trübe Meer, das von dem Treibgut des Mississippi verschmutzt war. Das getarnte Forschungsschiff mußte nur noch ein paar hundert Meter zurücklegen, um die brüchigen Seitenwände der *Stonewell Jackson* zu durchschneiden. Er konnte das gespenstische Jammern der Dampfpfeifenorgel hören, das der Wind herüberwehte, schüttelte ungläubig den Kopf und fragte sich, wer für das plötzliche Auftauchen des alten Flußdampfers verantwortlich war.

Er wollte gerade das Ruderhaus verlassen und zu dem Schleppkahn hinübergehen, als er bemerkte, daß eines der über ihnen kreisenden Flugzeuge plötzlich aus dem Verband ausscherte und im Sturzflug herunterstieß.

Der grauweiße F/A 21 Jagdbomber der Navy fing seinen Sturzflug in etwa sechzig Meter Höhe über den Wellenkämmen ab und feuerte zwei Raketen auf das Schiff ab. Lee Tong sah starr vor Entsetzen zu, wie die lasergesteuerten Geschosse über das Wasser glitten, in den roten Rumpf des getarnten Schiffes einschlugen und es mit einer Explosion jäh stoppten, die den gesamten oberen Decksaufbau in ein groteskes Gewirr von zerfetztem Stahl verwandelte. Dann erfolgte eine zweite, noch stärkere Explosion, die das Schiff in einen einzigen Feuerball hüllte. Einen Augenblick lang schien es in der Schwebe zu hängen, als stünde die Zeit still.

Lee Tong beobachtete in heller Verzweiflung, wie das zerschmetterte Schiff sich langsam zur Seite wälzte, seinen Geist aufgab und auf den Boden des Golfes sank. Jede Hoffnung auf ein Entkommen war für Lee Tong damit zunichte gemacht.

Glühende Trümmer der *Pathfinder* hagelten auf die *Stonewell Jackson* nieder und verursachten mehrere kleine Feuer, die von der Besatzung rasch gelöscht wurden. Die Meeresoberfläche über dem gesunkenen Schiff wurde schwarz von Ölblasen, während eine zischende Dampf- und Rauchwolke spiralförmig zum Himmel stieg.

»Mein Gott!« keuchte Kapitän Belcheron verblüfft. »Seht euch das nur an. Die Burschen von der Navy machen tatsächlich Ernst!«

Jemand wacht offenbar über uns«, bemerkte Pitt dankbar. Sein Blick wanderte wieder zum Schleppkahn zurück, und sein Gesicht zeigte keinerlei Regung. Sein Körper schwankte erheblich, denn um das Rollen des Schiffes auszugleichen, hätte er aus solidem Teakholz geschnitzt sein können. Die Entfernung zwischen den beiden Schiffen hatte sich auf etwa einen Kilometer verringert, und er konnte die kleine Gestalt eines Mannes ausmachen, der über den Bug des Schleppers auf den Schleppkahn hinunterkletterte und dort in einem Niedergang verschwand.

Ein riesiger Mann mit dem massigen Körperbau eines Kolosses schob sich die Leiter vom Texasdeck herauf und trat durch die Tür. Er trug die graue Uniform mit der Goldtresse eines Majors der Konföderierten. Das Hemd unter der offenstehenden Jacke war feucht von Schweiß, und er keuchte vor Anstrengung. Er blieb einen Augenblick stehen, wischte sich mit dem Ärmel den Schweiß von der Stirn und rang nach Luft, ehe er zu reden begann: »Verflucht, ich weiß nicht, ob ich lieber durch eine Kugel in den Kopf, durch Ertrinken oder an einem Herzanfall sterben wollte.«

Leroy Laroche leitete normalerweise bei Tag ein Reisebüro, tat abends als liebender Ehemann und Vater seine Pflicht und fungierte an Wochenenden als Kommandeur des Sechsten Regiments von Louisiana in der Armee der Konföderierten. Er war bei seinen Männern beliebt und wurde jedes Jahr wiedergewählt, um das Regiment bei der Aufführung der alten Schlachten zu führen. Die Tatsache, daß er im Begriff stand, in einen wirklichen Kampf hineinzugeraten, schien ihm nichts auszumachen

»Zum Glück hatten wir diese Baumwollballen an Bord«, wandte er sich an den Kapitän.

Belcheron lächelte. »Wir werden sie als historische Erinnerung an das Abenteuer auf See unseres süßen alten Lieblings an Bord behalten.«

Pitt sah Laroche an. »Sind Ihre Leute in Stellung gegangen, Major?«

»Geladen, vollgetankt mit Dixie-Bier und kampflustig«, antwortete Laroche.

»Was für Waffen besitzen sie?«

»Springfield-Musketen Kaliber achtundfünfzig, die die meisten Rebellen gegen Ende des Krieges trugen. Trägt eine Miniékugel vierhundertfünfzig Meter weit.«

»Und wie schnell können sie feuern?«

»Die meisten meiner Jungs feuern drei Kugeln in der Minute, einige bringen es sogar auf vier. Aber ich stelle die besten Schützen vorne hin, während die anderen dahinter nur laden.«

»Und die Kanonen? Können Sie tatsächlich damit schießen?«

»Natürlich. Sie treffen mit einer Zementdose einen Baum auf 800 Meter Entfernung.«

»Zementdose?«

»Billiger in der Herstellung als echte Kanonenkugeln.«

Pitt dachte darüber nach und grinste. »Viel Glück, Major. Sagen Sie Ihren Leuten, sie sollen die Köpfe unten behalten. Vorderlader brauchen zum Zielen mehr Zeit als Maschinengewehre.«

»Sie wissen schon, wie man sich duckt«, lachte Laroche. »Wann sollen wir das Feuer eröffnen?«

»Das überlasse ich Ihnen.«

»Entschuldigen Sie, Major«, mischte sich Giordino ein. »Hat einer Ihrer Männer zufällig eine überzählige Waffe dabei?«

Laroche öffnete den Lederhalfter an seinem Gürtel und reichte Giordino eine große Pistole. »Ein Le-Mat-Revolver«, erklärte er. »Schießt neun Kugeln vom Kaliber zweiundvierzig durch einen gezogenen Lauf. Aber wie Sie sehen, befindet sich unterhalb ein großer, nicht gedrillter Lauf mit einer groben Schrotladung. Geben Sie gut acht darauf. Mein Urgroßvater hat ihn von Bull Run bis Appomattox getragen.«

Giordino war sichtlich beeindruckt. »Ich möchte aber nicht, daß Sie meinetwegen unbewaffnet sind.«

Laroche zog seinen Säbel aus der Scheide. »Das genügt mir. Jetzt gehe ich aber lieber zurück zu meinen Männern.«

Nachdem der wohlbeleibte, fröhliche Major das Ruderhaus verlassen hatte, beugte sich Pitt hinunter, öffnete den Geigenkasten, nahm das Thompson heraus und schob ein volles Magazin hinein. Er hielt sich mit einer Hand die Seite und preßte wegen des stechenden Schmerzes in seiner Brust die Lippen fest zusammen.

»Fühlen sie sich hier oben nicht zu exponiert?« fragte er Belcheron.

»Kümmern Sie sich nicht um mich«, antwortete der Kapitän. Er zeigte auf einen gußeisernen, bauchigen Ofen. »Ich habe meine eigene Panzerung, wenn das Feuerwerk losgeht.«

»Gott sei Dank!« rief Metcalf.

»Was ist los?« fragte Sandecker.

Metcalf hob ein Stück Papier in die Höhe. »Eine Antwort von der britischen Admiralität in London. Die einzige *Pathfinder* im Dienst der Königlichen Marine ist ein Raketenzerstörer. Sie besitzen kein Forschungsschiff dieses Namens oder ein gleichartiges im Golfgebiet.« Er warf Sandecker einen dankbaren Blick zu. »Sie haben den Braten gerochen, Jim.«

»Wir hatten schließlich und endlich doch ein wenig Glück.«

»Die armen Kerle auf dem Dampfschiff haben es jetzt bitter nötig.«

»Gibt es noch etwas, das wir tun können? Haben wir etwas übersehen?«

Metcalf schüttelte den Kopf. »Von hier aus nicht. Der Kutter der Küstenwache ist nur fünfzehn Minuten entfernt, und das Atom-U-Boot liegt nicht weit hinter ihm.«

»Keiner von beiden wird rechtzeitig eintreffen.«

»Vielleicht können die Leute auf dem Dampfer den Schleppkahn irgendwie aufhalten ...« Metcalf scheute sich, den Satz zu beenden.

»Sie glauben doch nicht wirklich an Wunder, Clayton, oder?«

»Nein, eigentlich nicht.«

Ein Feuerhagel aus automatischen Waffen schlug in die *Stonewell Jackson* ein, als Lee Tongs Mannschaft auf dreihundert Meter Entfernung den Kampf eröffnete. Kugeln zischten vorbei und pfiffen, zersplitterten das glänzend weiße Holz und die Schnitzereien im Zuckerbäckerstil auf der Reling und den Deckkabinen und prallten von der Bronzeglocke des Schiffes ab. Das riesige Fenster aus Sicherheitsglas im Ruderhaus zersprang in silbrige kleine Bruchstücke. Drinnen wurde Kapitän Belcheron durch eine Kugel betäubt, die seine Schädeldecke streifte und sein weißes Haar rot färbte. Er sah nur noch undeutlich und doppelt, doch er hielt wild entschlossen die Speichen des großen Steuerrades fest, während er Tabaksaft durch das zerbrochene Fenster hinausspuckte.

Der durch einen Wald von Messingrohren geschützte Dampfpfeifenorganist begann »Gelbe Rose von Texas« zu spielen, wobei nach und nach mehrere Töne ausblieben, als in seinen Dampfpfeifen plötzlich Löcher entstanden.

Auf dem Hauptdeck duckten sich Major Laroche und sein Regiment, zusammen mit Pitt und Giordino, außer Sicht des Gegners. Die Baumwollballen bildeten eine starke Brustwehr, und keine einzige Kugel drang hindurch. Am schlimmsten war der offene Kesselbereich hinter der Haupttreppe dran. Zwei von McGeens Heizern wurden getroffen, und die oberen Rohre wurden durchlöchert, so daß kochend heißer Dampf ausströmte. McGeen stieß einen langen Seufzer aus, als er sich wunderte, daß nichts geborsten war. Die Nieten an den Kesseln waren überbeansprucht. Er begann rasch, einige der Sicherheitsventile zu öffnen, um den Überdruck im Hinblick auf die kommende Kollision abzulassen.

Die Schaufelräder der *Stonewell Jackson* trieben sie noch immer mit mehr als dreißig Stundenkilometern vorwärts. Wenn sie untergehen sollte, würde sie nicht enden wie ihre früheren Schwestern, indem sie in einem vergessenen Nebenarm des Mississippi verrottete oder für Werftholz ausgeschlachtet wurde. Sie würde in die Legende eingehen, ihr Leben auf dem Wasser stilvoll aushauchen.

Sie teilte die Wellen die an ihren Bug schlugen, kämpfte sich durch den entsetzlichen Bleihagel von vorne, der ihre filigranen Deckaufbauten zerfetzte, und näherte sich unbeirrt.

Lee Tong sah verbittert und fasziniert zu, wie das Dampfboot stetig näherkam. Er stand in einer offenen Luke auf dem Schleppkahn und sandte dem Schiff einen wahren Kugelregen entgegen, in der Hoffnung, ein entscheidendes Teil zu treffen und dadurch seine Fahrt zu verlangsamen. Aber er hätte ebensogut mit Schrotkörnern auf einen wütenden Elefanten schießen können.

Er stellte sein Steyr-Mannlicher-Gewehr beiseite und hob den Feldstecher. Niemand von der Besatzung war hinter der Barrikade aus Baumwollballen sichtbar. Auch das durchlöcherte Ruderhaus sah völlig verlassen aus. Die Goldbuchstaben des zerschossenen Namensschildes am Schiff waren sichtbar, doch er konnte nur den Namen *Jackson* erkennen.

Der flache Bug war genau auf die Backbordseite des Schleppers gerichtet. Es war ein einfältiger, nutzloser Handstreich, fand er, bloß eine Verzögerungstaktik, weiter nichts. Trotz seiner überlegenen Größe konnte der hölzerne Raddampfer den Stahlrumpf des Schleppkahns nicht ernstlich beschädigen.

Er griff wieder nach dem Steyr-Mannlicher, schob ein frisches Magazin hinein und konzentrierte sein Feuer auf das Ruderhaus mit dem Versuch, das Steuer zu beschädigen.

Auch Sandecker und Metcalf sahen zu.

Sie waren von der hoffnungslosen, unwiderstehlichen Großartigkeit des Schauspiels gefesselt. Man versuchte, mit dem Dampfboot Funkkontakt aufzunehmen, doch keine Antwort erfolgte. Kapitän Belcheron war viel zu beschäftigt, sich zu melden, und die alte Flußratte fand sowieso, daß es nichts Nennenswertes zu melden gab.

Metcalf rief Oberleutnant Grant an. »Kreisen Sie näher«, befahl er.

Grant bestätigte und flog einige enge Kreise über die unter ihm befindlichen Schiffe. Die Aufnahmen vom Schlepper waren ziemlich scharf. Sie konnten fast dreißig Mann zählen, die über das Wasser feuerten. Das Dampfboot war jedoch durch den Rauch, der aus den Schornsteinen quoll, und durch große Dampfwolken verborgen, die aus den Auslaßrohren achtern vom Ruderhaus drangen.

»Sie wird sich selbst zertrümmern, wenn sie aufprallt«, befürchtete Sandecker.

»Es ist eine glorreiche, aber sinnlose Tat«, murmelte Metcalf.

»Zollen Sie ihnen wenigstens Ihre Anerkennung. Sie tun mehr, als wir von hier aus können.«

Metcalf nickte langsam. »Ja, den Ruhm können wir ihnen nicht nehmen.«

Sandecker stand erregt auf. »Sehen Sie dort, auf dem Dampfboot, wo der Wind den Rauch zur Seite geblasen hat.«

»Was ist dort?«

»Sind das nicht zwei Kanonen?«

Metcalf wurde munter. »Bei Gott, Sie haben recht. Sie sehen aus wie Museumsstücke aus einem Stadtpark.«

Als nur noch zweihundert Meter Entfernung die Schiffe voneinander trennten, hob Laroche seinen Säbel und schrie: »Batterie eins und zwei, Kanonen richten und scharfmachen!«

»Batterie eins scharfgemacht und gerichtet«, schrie ein Mann, der eine altmodische Brille mit Stahlfassung trug.

»Batterie zwei feuerbereit, Major.«

»Dann Feuer!«

Die Abzugsleinen wurden ruckartig gezogen, und die beiden antiken Kanonen spieen ihre Ladungen von Kugellager-Kartätschen mit ohrenbetäubendem Krachen aus ihren Mündungen. Der erste Schuß durchschlug tatsächlich die Seitenwand des Schleppers, drang in die Kombüse ein und zerfetzte die Herdanlagen. Der zweite schlug ins Ruderhaus ein, riß Kapitän Pujon den Kopf ab und nahm das Ruder mit. Durch das unerwartete Feuer verblüfft, waren Lee Tongs Leute mehrere Sekunden lang wie gelähmt, rissen sich dann aber zusammen und schossen mit erneuter Wut weiter, wobei sie sich auf die engen Zwischenräume zwischen den Baumwollballen konzentrierten, aus denen die Kanonenrohre hervorragten.

Nun wurden die Kanonen zurückgerollt, während die Artilleristen schnell die Stopfer hineinstießen und wieder zu laden begannen. Kugeln pfiffen über ihre Köpfe und Schultern hinweg, und ein Mann wurde in den Hals getroffen. Aber in weniger als einer Minute waren die alten Dinger wieder feuerbereit.

»Zielt auf die Trossen!« schrie Pitt. »Trennt den Schleppkahn ab!«

Laroche nickte und gab Pitts Befehle weiter: Die Kanonen wurden hinausgefahren, und die nächste Breitseite traf den Bug des Schleppers, verursachte ein Auffliegen und Losreißen von Taurollen und Kabeln aus ihrer Verankerung, doch die kräftige Verbindung zum Schleppkahn hielt.

Kaltblütig, fast gleichgültig dem tödlichen Kugelhagel gegenüber, der über die *Stonewell Jackson* hinwegfegte, visierten die Freizeit-Soldaten mit ihren einschüssigen Musketen und warteten auf den Feuerbefehl.

Weniger als zweihundert Meter lagen zwischen den Schiffen, als Laroche wieder seinen Säbel hob. »Erstes Glied, zielt! Okay, Jungs, schickt sie zur Hölle! Feuer!«

Die Vorderseite des Dampfbootes explodierte in einer ungeheuren Wolke von Feuer und Rauch. Der Schlepper wurde von einer beinahe soliden Mauer aus Miniékugeln getroffen. Die Wirkung war verheerend. Das Glas in allen Bullaugen und Fenster zersplitterte, von den

Schotten flogen Farbsplitter, und mehrere Körper brachen tödlich getroffen zusammen und überschwemmten die Decks mit ihrem Blut.

Bevor sich Lee Tongs Schützen erholen konnten, belegte Pitt den Schlepper vom Bug bis zum Heck mit einem Geschoßhagel aus seiner Thompson-Maschinenpistole. Giordino hockte an der Baumwollbarrikade und wartete, bis sie nahe genug waren, mit dem Revolver zu feuern; währenddessen beobachtete er mit gespannter Aufmerksamkeit, wie die zweite und dritte Linie hinter den Schützen die vielen umständlichen Prozeduren des Ladens einer Vorderladermuskete durchexerzierte.

Die Konföderierten unterhielten ein mörderisches Feuer. Eine Salve folgte auf die andere, fast jeder zweite Schuß traf einen Gegner. Der Rauch und der ohrenbetäubende Lärm wurden durch die Schreie der Verwundeten noch verstärkt. Laroche, den das Blutbad und die Erregung mitrissen, brüllte und fluchte aus vollem Hals, feuerte seine Scharfschützen an, genau zu zielen, und ermunterte die Lader, schneller zu arbeiten.

Eine Minute verstrich, zwei, dann drei, während der Kampf einen wilden Höhepunkt erreichte. Auf der *Stonewell Jackson* brach ein Feuer aus, dessen Flammen an den hölzernen Flanken emporzüngelten. Im Ruderhaus riß Kapitän Belcheron an der Schnur der Dampfpfeife und brüllte etwas in das Sprachrohr, das zu McGeen im Maschinenraum führte. Die Schützen hörten auf zu feuern, und alle bereiteten sich auf die bevorstehende Kollision vor.

Eine merkwürdige Stille legte sich über das Dampfschiff, als das Krachen der Gewehre und das gespenstische Heulen der Dampfpfeifenorgel verstummte. Das Schiff war wie ein Boxer, der von einem viel stärkeren Gegner schreckliche Schläge eingesteckt hat und nun am Ende ist, aber irgendwie seine letzten Reserven für einen letzten Knockoutschlag gesammelt hat.

Das Dampfschiff traf den Schlepper mit dumpf rumpelndem Knirschen genau mittschiffs, so daß die Baumwollballen-Barrikade umfiel, der Bug zwei Meter tief eingedrückt wurde, Planken und Balken dem mächtigen Druck wie Latten nachgaben. Beide Schornsteine stürzten nach vorne und schleuderten Funken und Rauch in den Kampf, der schnell an Heftigkeit zunahm. Die Haltetaue brannten durch, wodurch die Landungsbrücken auf die Decks des Schleppers wie große Klauen fielen und damit die beiden Schiffe fest miteinander verbanden.

»Bajonett – pflanzt auf!« brüllte Laroche.

Jemand entfaltete die Kriegsfahne des Regiments und schwenkte sie wild. Musketen wurden frisch geladen und die Bajonette aufgepflanzt.

Der Dampfpfeifenorganist war auf seinen Platz zurückgekehrt und spielte wieder »Dixie«. Pitt wunderte sich darüber, daß niemand Angst zeigte, sondern daß allgemein wilde Hochstimmung herrschte. Er konnte sich nicht des Gefühls erwehren, daß er irgendwie eine Zeitschranke zurück in die Vergangenheit überschritten hatte.

Laroche riß seinen Offiziershut herunter, steckte ihn auf die Spitze seines Säbels und hob ihn hoch. »Sechstes Louisiana!« brüllte er. »Auf sie mit Gebrüll!«

Die Männer in Grau stießen den Schlachtruf der Rebellen wie Dämonen aus, die aus dem Inneren der Erde auftauchen, und stürmten an Bord des Schleppers. Laroche wurde an Kinn und Knie getroffen, humpelte, drängte aber weiter nach vorne. Pitt gab ihnen Deckungsfeuer, bis die letzte Patrone verschossen war. Dann legte er das Gewehr auf einen Baumwollballen und lief hinter Giordino her, der über einen Landungssteg hinkte, dabei sein verwundetes Bein schonte und wie ein Rasender aus dem Revolver feuerte. McGeen und seine Heizer folgten ihnen und schwenkten ihre Schaufeln wie Keulen.

Bougainvilles Männer hatten nicht die geringste Ähnlichkeit mit ihren Angreifern. Sie waren bezahlte Killer, skrupellose Männer, die weder Pardon gaben noch erwarteten, aber sie waren gewiß nicht auf den unglaublichen Ansturm der Südstaatler vorbereitet und begingen den Fehler, von den geschützten Stahlschotten hervorzuspringen und der Angriffswelle frontal zu begegnen.

Die *Stonewell Jackson* war in Feuer gehüllt. Die Artilleristen schossen noch eine letzte Ladung auf den Schlepper und zielten dabei zum Bug, während die Männer mittschiffs kämpften. Dadurch daß ihre Schüsse die an dem Schleppkahn befestigten Trossen zerfetzten, konnte die anhaltende Vorwärtsbewegung des Dampfbootes die beiden Stahlschiffe zur Seite schieben, die sich allmählich wie ein Taschenmesser um den eingedrückten Bug des Raddampfers legten.

Das Sechste Louisiana-Regiment überrannte die Decks mit vorgestreckten Bajonetten, ohne ihr todbringendes Feuer zu unterbrechen. Es gab etliche einzelne Nahkämpfe, bei denen die anderthalb Meter langen Springfield-Musketen und die darauf steckenden, 50 Zentimeter langen Bajonette, scheußliche Waffen bildeten. Keiner von den Wochenend-Soldaten legte eine Pause ein; sie kämpften mit einer seltsamen Art von Unbekümmertheit, waren in dem unvorstellbaren Lärm und der Erregung so gefangen, daß sie kaum Angst zeigten.

Giordino spürte den Einschlag zunächst nicht. Er kämpfte sich beharrlich bis in die Mannschaftsquartiere vor, feuerte auf jedes asiatische Gesicht, das sich zeigte, als er plötzlich auf dem Bauch landete, denn eine Kugel hatte das Wadenbein seines gesunden Beines durchschlagen.

Pitt hob Giordino unter den Armen hoch und schleppte ihn in einen leeren Durchgang. »Du trägst wirklich keinen Panzer, auch wenn du es anscheinend annimmst.«

»Wo zum Teufel bist du denn gewesen?« Giordino brachte die Worte gepreßt hervor, als der Schmerz sich verstärkte.

»Ich hielt mich heraus«, antwortete Pitt, »denn ich bin unbewaffnet.«

Giordino reichte ihm den Le-Mat-Revolver. »Nimm den. Für heute habe ich ohnehin genug.«

Pitt lächelte seinem Freund zu. »Tut mir leid, daß ich dich nun verlassen werde, aber ich muß in den Schleppkahn vordringen.«

Giordino öffnete den Mund zu einer lässigen Antwort, aber Pitt war schon fort. Wenig später schlängelte er sich durch die Trümmer am Bug des Schleppers. Er kam beinahe zu spät, da, von Haltetrossen befreit, der Schleppkahn etwa sechs Meter abgetrieben worden war. Der Oberkörper eines Mannes erschien in einer Luke und feuerte eine Salve ab. Pitt spürte, wie die Kugeln an seinem Haar und den Wangen vorbeizischten. Er warf sich zur Seite an die Reling und rollte sich ins Meer.

Weiter achtern wehrte sich die Mannschaft Bougainvilles mit verbissener Hartnäckigkeit und gab erst auf, als sie schließlich von den grauen Uniformen überwältigt wurde. Geschrei und Gewehrfeuer ließen langsam nach und verstummten dann vollkommen. Die Kriegsflagge der Konföderierten wurde auf dem Funkmast des Schleppers gehißt, und die Schlacht war zu Ende.

Die Amateur-Soldaten des Sechsten Regimentes von Louisiana hatten sich tapfer geschlagen. Überraschenderweise war bei dem Handgemenge kein einziger getötet worden. Achtzehn waren verwundet, davon nur zwei schwer. Laroche wankte aus der Mitte seiner jubelnden Männer und brach neben Giordino auf dem Deck zusammen. Er langte hinüber, und die beiden blutenden Männer schüttelten einander feierlich die Hand.

»Ich gratuliere Ihnen, Major«, rief Giordino erfreut, »Sie haben sich eben für das Endspiel qualifiziert.«

Ein breites Grinsen überzog Laroches blutiges Gesicht. »Bei Gott, wir haben es ihnen gründlich gegeben, nicht wahr?«

Lee Tong leerte das gesamte Magazin seiner Waffe auf die Gestalt am Bug des Schiffes und sah zu, wie sie ins Wasser fiel. Dann lehnte er sich an den Rand der Luke und sah zu, wie die konföderierte Flagge in der Brise des Golfs flatterte.

Er nahm die unerwartete Katastrophe, die seine sorgfältig vorbereitete Operation zunichte gemacht hatte, mit einer gewissen Gleichgültigkeit hin. Seine Besatzung war entweder getötet oder gefangengenommen worden, und sein Rettungsschiff war zerstört. Dennoch fühlte er keine Bereitschaft, seinem unbekannten Gegner den Gefallen zu tun, sich zu ergeben. Er war entschlossen, das Abkommen seiner Großmutter mit Moran einzuhalten und eine Fluchtmöglichkeit erst später zu entwickeln.

Er stieg über die Sprossenleiter des Aufzugsschachtes nach unten zum Labor und lief durch den Hauptkorridor, bis er zu der Tür des Raumes kam, in dem sich die Kokons befanden.

Er trat ein und blickte durch den isolierenden Plastikdeckel auf den Körper im ersten Kokon. Vince Margolin erwiderte zwar seinen Blick, sein Körper war jedoch zu betäubt, um zu reagieren, und sein Geist stand zu sehr unter Drogen, um zu begreifen.

Lee Tong ging zum zweiten Kokon und sah auf das friedlich schlafende Gesicht von Loren Smith hinunter. Sie hatte schwere Schlafmittel bekommen und befand sich in einem Zustand tiefer Bewußtlosigkeit. Ihr Tod war eine glatte Vergeudung, dachte er sich. Aber er konnte sie doch nicht am Leben und damit gegen ihn aussagen lassen. Er beugte sich vor, öffnete den Deckel, streichelte ihr Haar und betrachtete sie eingehend.

Er hatte zahllose Männer getötet, deren Züge er schon Sekunden nach ihrem Tod bereits wieder vergessen hatte. Aber die Gesichter der Frauen blieben in seiner Erinnerung lebendig. Er erinnerte sich an die erste, vor so vielen Jahren auf einem Frachtdampfer mitten im Pazifischen Ozean; ihr entsetzter Gesichtsausdruck, als ihr gefesselter nackter Körper über die Bordwand fiel, verfolgte ihn seither.

»Einen netten Raum haben Sie hier«, ertönte eine Stimme vom Eingang her, »aber Ihr Fahrstuhl ist außer Betrieb.«

Lee Tong wirbelte herum und starrte auf den Mann, der naß und triefend vor ihm stand und einen merkwürdigen, antiquierten Revolver auf seine Brust richtete.

»Sie?« keuchte er.

Pitts Gesicht – müde, hohlwangig, mit dunklen Bartstoppeln – hellte sich zu einem Lächeln auf. »Lee Tong Bougainville. Was für ein Zufall!«

»Sie leben?«

»Gut beobachtet.«

»Und sind für alles verantwortlich: die verrückten Männer in den alten Uniformen, den Raddampfer . . .«

»Etwas Besseres konnte ich in so kurzer Zeit leider nicht auftreiben«, entschuldigte sich Pitt.

Lee Tongs tiefe Verwirrung hielt nicht lang an; er krümmte langsam den Finger um den Abzug seiner MP, die er lose in der Hand hielt und deren Mündung auf das mit Teppichen ausgelegte Deck zeigte.

»Warum verfolgen Sie meine Großmutter und mich, Mr. Pitt?« fragte er, um Zeit zu gewinnen. »Warum haben Sie es sich zum Ziel gesetzt, Bougainville Maritime zu vernichten?«

»Das ist ungefähr so, als würde Hitler fragen, warum die Alliierten in Europa einmarschiert sind. In meinem Fall waren Sie für den Tod einer Freundin verantwortlich.«

»Wer war sie denn?«

»Das spielt keine Rolle mehr«, entgegnete Pitt gleichgültig. »Sie haben Sie nie kennengelernt.«

Lee Tong riß den Lauf des Karabiners in die Höhe und drückte auf den Abzug.

Pitt zog zwar schneller, aber Giordino hatte die letzte Patrone verbraucht, und der Hahn des Zylinders traf mit einem Klicken auf den leeren Zylinder. Pitt stand da wie versteinert und erwartete die Kugel.

Sie kam aber nicht.

Lee Tong hatte vergessen, einen neuen Ladestreifen einzulegen, als er seine letzte Kugel auf Pitt, der zu diesem Zeitpunkt gerade auf den Schlepper kam, abgefeuert hatte. Er senkte den Karabiner und seine Lippen verzogen sich zu einem vielsagenden Lächeln. »Anscheinend haben wir eine Pattstellung, Mr. Pitt.«

»Nur vorübergehend«, schränkte Pitt ein, spannte den Hahn wieder und hielt den Revolver auf ihn gerichtet. »Meine Leute werden jeden Augenblick an Bord kommen.«

Lee Tong seufzte und entspannte sich. »Dann bleibt mir kaum etwas anderes übrig, als mich zu ergeben und auf meine Verhaftung zu warten.«

»Sie werden nie vor Gericht stehen.«

Lees Lächeln wurde spöttisch. »Das haben Sie wohl nicht zu entscheiden. Außerdem sind Sie kaum in der Lage –«

Plötzlich drehte er den Karabiner um, packte ihn beim Lauf und hob ihn wie eine Keule hoch. Der Gewehrkolben wollte gerade schwer hinuntersausen, als Pitt den Abzug durchriß und Lee Tong die Schrotkugeln aus dem unteren Lauf in die Kehle fuhren. Der Karabiner blieb in der Luft in der Schwebe, dann entglitt er Lee Tongs Hand, der zurücktaumelte, bis er gegen die Wand stieß und schwer auf das Deck fiel.

Pitt ließ ihn dort einfach liegen und riß den Deckel von Lorens Kokon. Er hob sie vorsichtig heraus und trug sie zu dem offenen Fahrstuhl. Er drückte die Schalter, mußte aber feststellen, daß sie zwar auf »ein« standen, die Motoren des Lifts aber nicht ansprangen, als er den »Aufwärts«-Knopf drückte.

Er konnte nicht wissen, daß der Treibstoff für die Generatoren, die im Schlepper für elektrischen Strom sorgten, ausgegangen war und die Motoren ausgeschaltet hatten, so daß die Notbatterien nur noch die Beleuchtung speisten. Er durchsuchte einen Vorratsschrank und fand ein Seil, das er unter Lorens Armen festknüpfte. Dann zog er sich durch die Falltür des Fahrstuhldachs nach oben und stieg über die Schachtleiter zum Oberdeck des Schleppkahns hinauf.

Langsam und mit größter Vorsicht zog er Lorens Körper behutsam hinauf, bis sie auf dem rostigen Verdeck lag. Er war völlig erschöpft und brauchte eine Minute, um wieder zu Atem zu kommen, ehe er sich umsah. Die *Stonewell Jackson* brannte noch wild, aber die Flammen wurden mit Feuerwehrschläuchen vom Schlepper aus bekämpft. Ungefähr drei Kilometer westlich steuerte ein weißer Kutter der Küstenwache durch die leichte Dünung auf sie zu, während Pitt im Süden gerade noch den Turm eines Atom-U-Bootes ausmachen konnte.

Er nahm ein kurzes Stück Tau und band Loren lose an die Reling, damit sie nicht ins Meer rollen konnte, und stieg dann wieder nach unten. Als er die Isolierzellen betrat, war Lee Tong verschwunden. Eine Blutspur führte den Korridor entlang und endete bei einer offenen Luke zu einem weiter unten liegenden Laderaum. Er sah keinen Grund, für einen sterbenden Mörder noch irgendwelche Zeit zu verschwenden, und ging zurück, um den Vizepräsidenten zu retten.

Bevor er noch zwei Schritte gemacht hatte, riß ihn eine fürchterliche Explosion von den Füßen und schleuderte ihn einige Meter weit, wo er erst mal liegen blieb. Die Druckwelle trieb ihm die Luft aus der Lunge, und in seinen Ohren dröhnte es so sehr, daß er nicht hörte, wie das Meerwasser durch ein klaffendes Leck im Rumpf in den Schleppkahn strömte.

Pitt erhob sich mühsam auf Hände und Knie und versuchte sich zu orientieren. Während sich der Nebel vor seinen Augen allmählich hob, wurde ihm langsam klar, was geschehen war und jetzt kommen würde. Lee Tong hatte noch im Sterben eine Sprengladung gezündet, und das Wasser floß bereits über den Boden des Korridors.

Pitt taumelte schwankend zurück in die Isolier-Zelle. Der Vizepräsident blickte zu ihm auf und versuchte zu sprechen, doch bevor er noch einen Ton herausbringen konnte, hatte Pitt ihn sich schon über die Schulter gelegt und taumelte zum Aufzugsschacht.

Das Wasser reichte ihm bereits bis zu den Knien und klatschte an die Wände. Er ahnte, daß ihm nur noch Sekunden blieben, ehe der Schleppkahn seine Tauchfahrt zum Meeresboden antreten würde.

Als er den offenen Aufzugsschacht erreichte, stand ihm das Wasser schon bis zur Brust, und er watete halb, halb mußte er schwimmen.

Die Zeit reichte nicht mehr, um den Hebevorgang mit dem Seil zu wiederholen. Entschlossen schob er Margolin durch die Falltür an der Decke, faßte ihn um die Brust und begann die Eisenleiter dem kleinen quadratischen Fleck blauen Himmels entgegenzusteigen, der ihm meilenweit entfernt zu sein schien.

Dann fiel ihm ein, daß er Loren ja auf dem Oberdeck festgebunden hatte, um zu verhindern, daß sie ins Meer glitt.

Ihm wurde qualvoll bewußt, daß sie der Schleppkahn mit in den Tod reißen würde, wenn er versank.

Der Angst folgte die Verzweiflung, und dahinter der wilde Drang zu überleben, der die Grenzen von Schmerz und Erschöpfung durchbricht. Manche Menschen geben sich hoffnungslos geschlagen, manche versuchen, diese Kraftquelle zu ignorieren, während ganz wenige sich dieser Herausforderung stellen.

Während Pitt beobachtete, wie der Meeresschaum stetig im Aufzugsschacht emporstieg, kämpfte er mit äußerster Willensanstrengung darum, das Leben Margolins und Lorens zu retten. Seine Arme fühlten sich an, als würden sie aus den Schultergelenken gerissen. Vor seinen Augen tanzten weiße Flecke, und die Belastung für seine gebrochenen Rippen verwandelte den Schmerz in zermürbende Qual.

Sein Griff um die rostigen Sprossen ließ nach, und er stürzte beinahe rückwärts in das bereits um seine Fersen schäumende Wasser. Es wäre so leicht gewesen, aufzugeben, loszulassen, in Vergessenheit zu fallen und sich von jeder Pein in seinem Körper zu erlösen. Aber er ließ dennoch nicht los. Sprosse um Sprosse kämpfte er sich empor, obwohl Margolins lebloses Gewicht mit jedem Schritt schwerer wurde.

Seine Ohren gewannen zum Teil den Gehörsinn wieder und nahmen ein merkwürdiges, pochendes Geräusch wahr, was Pitt dem Pochen der Adern in seinem Kopf zuschrieb. Das Meerwasser stieg ihm schon bis zur Wade, und der Schleppkahn erbebte, denn er war kurz vor dem Absacken.

Eine alptraumhafte Welt umfing ihn. Über ihm zeichnete sich eine schwarze Gestalt ab, deren ausgestreckte Hand er bedenkenlos ergriff.

ABRECHNUNG

»Liftonic QW-607«

75

Der Sprecher des Repräsentantenhauses, Alan Moran, dessen Gesicht in einem selbstsicheren Lächeln erstrahlte, ging im Ostsaal des Weißen Hauses auf und ab und unterhielt sich mit seinen Mitarbeitern und dem engsten Kreis seiner Berater, während er auf das Ergebnis der Verhandlung wartete, die im Sitzungssaal des Senats stattfand.

Er begrüßte eine kleine Gruppe von Parteiführern, dann drehte er sich um und entschuldigte sich, als Außenminister Douglas Oates und Verteidigungsminister Jesse Simmons eintraten.

Moran ging ihnen entgegen und streckte die Hand aus, die Oates bewußt übersah.

Moran tat die Beleidigung mit einem Achselzucken ab. Er konnte es sich jetzt ja leisten. »Anscheinend haben Sie nicht vor, Cäsar zu preisen, aber Sie wollen ihn auch nicht begraben.«

»Sie haben mich soeben an einen alten Gangsterfilm erinnert, den ich als Junge im Kino gesehen habe«, erwiderte Oates eisig. »Der Titel paßt genau zu Ihnen.«

»Wirklich? Welcher Film war das?«

»›Der kleine Cäsar‹, mit Edward G. Robinson als Hauptdarsteller.«

Morans Lächeln gefror zu einem drohenden Blick. »Haben Sie mir Ihren Rücktritt schon eingereicht?«

Oates zog einen Briefumschlag aus der inneren Brusttasche. »Ich habe ihn bei mir.«

»Behalten Sie ihn!« knurrte Moran wütend. »Ich werde Ihnen nicht die Befriedigung verschaffen, sich elegant zurückzuziehen. Zehn Minuten nach meiner Vereidigung halte ich eine Pressekonferenz ab. Ich werde dabei der Nation nicht nur versichern, daß die Nachfolge reibungslos klappt, sondern auch bekanntgeben, daß Sie und das restlich Kabinett des Präsidenten eine Verschwörung geplant haben, um eine Diktatur zu errichten, und meine erste Amtshandlung als Präsident muß also darin bestehen, euren ganzen verrotteten Haufen zu feuern.«

»Wir haben nichts anderes erwartet. Integrität war noch nie einer Ihrer charakterlichen Vorzüge.«

»Es gab keine Verschwörung, und das wissen Sie ganz genau«, sagte Simmons ärgerlich. »Der Präsident war das Opfer eines Anschlags der Sowjets, die die Herrschaft über das Weiße Haus erlangen wollten.«

»Spielt doch überhaupt keine Rolle mehr«, antwortete Moran höhnisch. »Ehe die Wahrheit ans Licht kommt, ist der Schaden für Ihren kostbaren Ruf schon irreparabel. Sie werden nie wieder in Washington in der Regierung arbeiten.«

Bevor Oates und Simmons etwas entgegnen konnten, eilte ein Mitarbeiter Morans herbei und flüsterte ihm etwas ins Ohr. Er entließ seine Feinde mit einem höhnischen Blick und wandte sich ab. Dann ging er in die Mitte des Saales und ersuchte mit erhobenen Händen um Ruhe.

»Meine Damen und Herren«, verkündete er, »ich habe soeben erfahren, daß der Senat mit der erforderlichen Zweidrittelmehrheit für eine Verurteilung gestimmt hat. Unser Präsident ist somit nicht mehr im Amt, und die Vizepräsidentschaft ist ebenfalls unbesetzt. Für uns ist nun die Zeit gekommen, unser Haus in Ordnung zu bringen und einen Neubeginn zu setzen.«

Wie auf ein Stichwort erhob sich Oberrichter Nelson O'Brien, strich seinen schwarzen Talar glatt und räusperte sich.

Alle drängten sich um Moran, während seine Sekretärin ein Buch in der Hand hielt, das fragwürdigerweise als seine Familienbibel ausgegeben wurde.

In diesem Augenblick kamen Sam Emmett und Dan Fawcett herein und blieben stehen. Dann erblickten sie Oates und Simmons und gingen auf die beiden zu.

»Etwas gehört?« fragte Oates besorgt.

Emmett schüttelte den Kopf. »Nichts. General Metcalf hat eine Nachrichtensperre verhängt. Ich war nicht imstande, ihn im Pentagon zu erreichen, um den Grund dafür zu erfahren.«

»Dann ist alles zu Ende.«

Niemand antwortete, während sie sich gemeinsam umwandten und bedrückt und machtlos zusehen mußten, wie Moran die rechte Hand erhob, um den Amtseid als Präsident zu leisten, während er die linke auf die Bibel legte.

»Sprechen Sie mir nach«, begann Oberrichter O'Brien wie ein Paukenwirbel. »Ich, Alan Moran, schwöre feierlich ... daß ich das Amt des Präsidenten der Vereinigten Staaten pflichtgetreu ausüben werde«, leierte O'Brien herunter.

Plötzlich entstand im Saal hinter Oates eine unerwartete Stille. Der vom Oberrichter vorgesagte Eid wurde von Moran nicht wiederholt. Neugierig wandte sich Oates um und blickte auf die Menge. Alle sahen starr vor Staunen Vizepräsident Vincent Margolin an, der zur Tür hereinkam; Oscar Lucas schritt ihm voran, General Metcalf und Admiral Sandecker hielten sich an seiner Seite.

Moran ließ den erhobenen Arm langsam heruntersinken, und sein Gesicht wurde aschgrau. Stille senkte sich über den Raum wie eine Wolke, während Margolin durch die verblüffte Menge auf den Oberrichter zuschritt. Er streifte Moran mit einem eisigen Blick, dann lächelte er allen übrigen zu.

»Danke für die Generalprobe«, sagte er herzlich. »Aber ich glaube, von hier an kann ich es übernehmen.«

76

13. August 1989
New York City

Sal Casio wartete in der großen Vorhalle des World Trade Center, als Pitt langsam hereinkam. Casio hatte noch nie einen Mann gesehen, der so nahe an einem körperlichen Zusammenbruch war.

Pitt bewegte sich mit den müden, schleifenden Schritten eines Mannes, der enorm viel durchgemacht hat. Er trug eine geborgte Windjakke, die ihm gewiß um zwei Nummern zu klein war. Sein rechter Arm hing schlaff herab, während er den linken gegen seine Brust preßte, als müsse er sie zusammenhalten, aber sein Gesicht zeigte eine merkwürdige Mischung von Leiden und Triumph. In seinen Augen brannte jene seltsame Glut, die Casio als Rachefeuer erkannte.

»Ich bin froh, daß Sie es schaffen konnten«, sagte Casio, ohne eine Bemerkung über Pitts abgezehrtes Aussehen zu machen.

»Das hier ist Ihre Show«, entgegnete Pitt. »Ich bin nur als Begleitung hier.«

»Es gehört sich, daß wir bei der Endrunde beisammen sind.«

Casio drehte sich um und führte Pitt zu einem privaten Fahrstuhl. Er nahm einen kleinen Sender mit Drucktasten aus der Tasche, tippte den richtigen Code ein, und die Türen gingen auf. Drinnen befand sich ein bewußtloser Wächter, der mit Wäscheleinen gefesselt war.

Casio stieg über ihn hinweg und öffnete eine polierte Messingtür zu einer Schalttafel, auf der die Worte »Lifting Fahrstuhl QW-607« eingraviert waren. Er regulierte die Einstellung, dann drückte er auf einen Knopf, auf dem »100« stand.

Der Fahrstuhl schoß wie eine Rakete nach oben, und Pitts Ohren knackten dreimal, bevor sich die Aufwärtsbewegung schließlich verlangsamte und die Türen zu dem kostbar ausgestatteten Vorraum von Bougainville-Maritime-Lines endlich aufgingen.

Bevor Casio ausstieg, blieb er stehen und programmierte mit seinem Sender die Fahrstuhlsteuerung von neuem. Dann wandte er sich um und trat auf den dicken Teppich.

»Wir sind hier, um mit Min Korjo zu sprechen«, erklärte Casio höflich.

Die Frau am Empfang sah sie argwöhnisch an, besonders Pitt, und schlug ein in Leder gebundenes Notizbuch auf. »Ich finde in Madame Bougainvilles Arbeitsplan keine Eintragung für heute abend.«

Casios Gesicht legte sich in gekränkte Falten. »Sind Sie sicher?« fragte er, beugte sich über den Tisch und blickte auf den Terminkalender.

Sie wies auf die leere Seite. »Hier steht nichts –«

Casio schlug ihr mit der Handkante ins Genick, so daß sie nach vorne fiel und mit Kopf und Schultern auf der Tischplatte aufschlug. Dann griff er in ihre Bluse und zog eine automatische Westentaschenpistole heraus.

»Man würde es nie annehmen, wenn man sie so sieht«, erklärte er, »aber sie ist eine von der Leibwache.«

Casio warf Pitt die Waffe zu und ging einen Korridor entlang, in dem Bilder von der Bougainville-Maritime-Flotte hingen. Pitt erkannte die *Pilottown,* und sein müder Ausdruck verhärtete sich. Er folgte dem stämmigen Privatdetektiv zu einer reich geschnitzten Wendeltreppe aus Rosenholz, die zur Privatwohnung führte. Auf dem oberen Treppenabsatz traf Casio eine zweite, genauso bezaubernde Asiatin, die aus einem Badezimmer kam. Sie trug einen seidenen Gesellschaftsanzug mit einem Kimono-Oberteil.

Sie riß die Augen erschreckt auf und trat in einem blitzartigen Reflex mit einem Fuß nach Casios Leiste. Doch er kam dem Stoß zuvor, verlegte sein Gewicht leicht und fing den Schlag mit seinem Oberschenkel ab. Sie nahm blitzschnell die klassische Karatestellung ein und führte mehrere schnelle Schläge gegen seinen Kopf.

Einer Eiche hätte sie mehr Schaden zufügen können. Casio blockte ihren Angriff ab und sprang wie ein angreifender Offensivverteidiger vor. Sie drehte sich zwar mit beeindruckender, katzenhafter

Grazie nach links, mußte aber gleich darauf einen bösartigen linken Haken einstecken, der ihr den Kopf abzureißen schien. Sie verlor den Boden unter den Füßen und flog gegen eine Vase aus der Sung-Dynastie, worauf diese in tausend Splitter zerbrach.

»Sie haben wirklich eine sehr persönliche Art, mit Frauen umzugehen«, bemerkte Pitt lässig.

»Ein Glück für uns, daß es noch ein paar Gebiete gibt, die wir besser beherrschen als sie.«

Casio zeigte auf eine breite Doppeltür mit geschnitzten Drachen und öffnete sie leise. Min Korjo lag auf Kissen gestützt in ihrem geräumigen Bett und überflog einen Stoß von Rechnungsprüfungen. Einen Augenblick warteten die beiden Männer stumm und bewegungslos darauf, daß sie aufblickte und ihre Anwesenheit zur Kenntnis nahm. Sie sah so rührend, so zerbrechlich aus, daß andere Eindringlinge in ihrem Vorhaben schwankend geworden wären. Aber nicht so Pitt und Casio.

Endlich nahm sie ihre Lesebrille ab, sah sie an und ließ weder Unruhe noch Angst erkennen. Ihre Augen blickten nur voller Neugier auf die beiden Eindringlinge.

»Wer sind Sie?« fragte sie einfach.

»Ich heiße Sal Casio und bin Privatdetektiv.«

»Und der andere Mann?«

Pitt trat aus dem Schatten ins Licht der Scheinwerfer über ihrem Bett. »Ich glaube, Sie kennen mich.«

In ihrer Stimme lag eine Spur von Überraschung, aber sonst nichts. »Mr. Dirk Pitt.«

»Ja.«

»Warum sind Sie gekommen?«

»Sie sind eine dreckige Schmarotzerin und haben unzähligen unschuldigen Menschen das Leben ausgesaugt, um Ihr verbrecherisches Imperium aufzubauen. Sie sind für den Tod einer persönlichen Freundin von mir verantwortlich und auch für den Tod von Sals Tochter. Sie haben versucht, mich zu töten, und fragen noch, warum ich hier bin?«

»Sie irren sich, Mr. Pitt. Ich war an keinem solchen Verbrechen beteiligt. Ich wasche meine Hände in Unschuld.«

»Lauter leere Worte. Sie leben in einem Museum mit asiatischen Kunstwerken von der Außenwelt abgeschirmt, während Ihr Enkel die schmutzige Arbeit für Sie erledigte.«

»Sie behaupten, daß ich am Tod Ihrer Freundin schuld bin?«

»Sie wurde durch das Nervengift S getötet, das Sie der Regierung gestohlen und auf der *Pilottown* zurückgelassen haben.«

»Ich bedaure Ihren Verlust«, sagte sie sanft. Ihre Höflichkeit und ihr Mitgefühl enthielt keine Spur von Ironie. »Und Sie, Mr. Casio, wieso bin ich für den Tod Ihrer Tochter verantwortlich?«

»Sie wurde zusammen mit der Besatzung desselben Schiffes ermordet; nur hieß es damals *San Marino*.«

»Ja, ich entsinne mich.« Min Korjo hörte auf, die Ahnungslose zu spielen. »Das Mädchen mit dem gestohlenen Geld.«

Pitt starrte das Gesicht der alten Frau an, durchforschte es. Die blauen Augen schienen klar und glänzend, die Haut war glatt und wies nur eine Andeutung von Altersfalten auf. Sie mußte einmal eine wirklich schöne Frau gewesen sein. Aber unter der Fassade entdeckte Pitt Häßlichkeit, einen eisigen Abgrund. In ihrem Wesen lag schwarze Arglist, die ihn mit tiefer Verachtung erfüllte.

»Sie haben so viele Menschenleben auf dem Gewissen«, sagte er, »daß Sie menschlichen Leiden gegenüber völlig abgestumpft sein müssen. Rätselhaft bleibt allein, wie Sie so lange ungestraft davonkommen konnten.«

»Sind Sie gekommen, um mich zu verhaften?«

»Nein«, antwortete Casio kalt, »um Sie zu töten.«

Die durchdringenden Augen leuchteten kurz auf. »Meine Leibwächter werden jeden Augenblick hereinkommen.«

»Die Wächterin am Empfang und die vor ihrer Tür haben wir schon ausgeschaltet. Was weitere betrifft« – Casio zeigte auf eine über ihrem Bett angebrachte Fernsehkamera – »habe ich die Bänder umprogrammiert. Ihre Wächter beobachten auf den Monitoren, was sich gestern vor einer Woche in Ihrem Schlafzimmer abspielte.«

»Mein Enkel wird Sie beide aufspüren, und Ihre Todesqualen werden äußerst langsam vor sich gehen.«

»Lee Tong ist tot.« Pitt kostete jede Silbe aus.

Ihr Gesicht veränderte sich. Nun wurde es blutleer und blaßgelb. Aber nicht infolge des Schocks oder des Kummers, dachte Pitt. Sie wartete, wartete auf irgend etwas. Dann verschwand das Flackern der Erwartung so schnell, wie es gekommen war.

»Ich glaube Ihnen das nicht«, sagte sie endlich.

»Er ist mit dem Laborschleppkahn untergegangen, nachdem ich ihn angeschossen hatte.«

Casio trat an das Bett. »Sie müssen jetzt mit uns kommen.«

»Darf ich fragen, wohin Sie mich bringen?« Ihre Stimme klang noch immer sanft und freundlich, während die blauen Augen einen harten Ausdruck bekamen.

Sie bemerkten nicht, wie sich ihre rechte Hand unter den Decken bewegte.

Pitt konnte nie die instinktive Bewegung erklären, die ihm das Leben rettete. Vielleicht war es die plötzliche Erkenntnis, daß die Fernsehkamera nicht genau der Form einer Kamera entsprach. Vielleicht war es die völlige Furchtlosigkeit von Min Korjo oder der Eindruck, daß sie die Situation fest im Griff hatte, aber als der Lichtstrahl über ihrem Bett herausstach, warf er sich blitzschnell zu Boden.

Pitt wälzte sich zur Seite und zog dabei die Automatik aus der Jakke. Er sah aus dem Augenwinkel heraus, wie der Laserstrahl durch den Raum schwenkte, die Möbel entzweischnitt, die Vorhänge und Tapeten mit einem nadelfeinen Energiespeer versengte. Er hielt die Waffe in Händen und feuerte auf den elektronischen Verstärker. Beim vierten Schuß endlich erlosch der Strahl.

Casio hielt sich noch auf den Beinen. Er streckte die Hand nach Pitt aus, dann stolperte er und fiel hin. Der Laser hatte quer über seinen Bauch so glatt geschnitten wie das Skalpell eines Chirurgen. Er wand sich auf den Rücken und starrte zur Decke, nur noch Sekunden von seinem Tod entfernt. Pitt wollte ihm noch etwas sagen, fand aber keine Worte.

Der im Einsatz ausdauernd gewordene Detektiv hob den Kopf, seine Stimme war nur noch ein heiseres Flüstern: »Der Fahrstuhl ... Code vier-eins-eins-sechs.« Dann wurden seine Augen trüb, und seine Atmung setzte aus.

Pitt nahm den Sender aus Casios Tasche, erhob sich und hielt die Pistole einen Viertelmeter vor Min Korjos Herz. Auf ihrem Gesicht lag ein starres, furchtloses Lächeln. Doch dann senkte Pitt die Waffe, griff unter ihre Decke und hob sie schweigend aus dem Bett in ihren Rollstuhl.

Sie wehrte sich mit keiner Bewegung, setzte ihm nicht einmal Trotz entgegen. Sie saß zusammengesunken und stumm im Rollstuhl, während Pitt sie in den Korridor und zu dem kleinen Fahrstuhl schob, der sie zum Stockwerk brachte, in dem sich ihr Büro befand. Als sie den Empfangsraum erreichten, bemerkte sie die bewußtlose Leibwächterin und blickte zu ihm auf.

»Was nun, Mr. Pitt?«

»Der Schlußvorhang für Bougainville Maritime«, sagte er. »Morgen wird es Ihr korruptes Verbrechersyndikat nicht mehr geben. Ihre Kunstwerke werden staatlichen Museen übergeben. Ein neuer Mieter wird einziehen und Ihre Büros und Ihre Wohnung neu einrichten. Ihre gesamte Schiffsflotte wird verkauft werden. Von nun an wird der Name Bougainville nur noch eine ferne Erinnerung in Zeitungsarchiven sein. Keine Freunde oder Verwandten werden um Sie trauern, und ich werde persönlich dafür sorgen, daß Sie auf einem Verbrecherfriedhof ohne Grabstein verscharrt werden.«

Damit hatte er endlich ihre Abwehr durchbrochen, und in ihrem Gesicht lag glühender Haß. »Und Ihre Zukunft, Mr. Pitt?«

Er grinste. »Ich werde den Wagen neu bauen, den Sie in die Luft gesprengt haben.«

Sie stemmte sich mühsam im Rollstuhl hoch und spuckte ihn an. Pitt machte keine Bewegung, um den Speichel abzuwischen. Er grinste nur überlegen, blickte auf sie nieder und sah zu, wie ihre bösartige Gemeinheit explodierte, als sie ihn auf koreanisch verfluchte.

Pitt tippte die Codenummern, die Casio ihm genannt hatte, in den Sender und sah zu, wie die Türen zum Liftonic QW-607 aufgingen.

Aber da stand kein Fahrstuhl, sondern es gähnte nur ein leerer Schacht vor ihr.

»Bon voyage, Sie teuflische alte Hexe.«

Dann stieß er den Rollstuhl in die leere Öffnung, blieb stehen und hörte zu, während er wie ein Kieselstein in einem Brunnen hinunterpolterte, von den Seitenwänden des Schachtes abprallte, bis ihn das leise Geräusch des Aufschlags hundert Stockwerke tiefer erreichte.

Loren saß auf einer Bank auf der Promenade, als er durch den Haupteingang des Trade Centers kam. Sie ging auf ihn zu, und sie umarmten einander. Sie hielten sich für einige Augenblicke gegenseitig umschlungen, ohne ein Wort zu sprechen.

Sie spürte die Müdigkeit und die Schmerzen in ihm. Und sie fühlte noch etwas: einen seltsamen inneren Frieden, den sie noch nie an ihm wahrgenommen hatte. Sie küßte ihn mehrmals zärtlich. Dann nahm sie seinen Arm und führte ihn zu einem wartenden Taxi.

»Sal Casio?« fragte sie.

»Ist bei seiner Tochter.«

»Und Min Korjo Bougainville?«

»In der Hölle.«

Sie bemerkte den geistesabwesenden Blick in seinen Augen. »Du brauchst jetzt viel Ruhe. Ich werde dich lieber in ein Krankenhaus bringen.«

Plötzlich huschte der gewohnte, hinterhältige Ausdruck über sein Gesicht. »Ich hatte mir eigentlich etwas anderes vorgestellt.«

»Was?«

»Die nächste Woche in einer Suite im besten Hotel von Manhattan: Champagner, Gourmet-Diners, die auf das Zimmer gebracht werden, und du verwöhnst mich im Bett.«

Ihre Augen lächelten kokett. »Warum muß ich die ganze Arbeit machen?«

»Ich bin offensichtlich nicht in der Lage, die Initiative zu ergreifen.«

Sie schmiegte sich tröstend an ihn. »Es ist wohl das mindeste, was ich für dich tun kann, nachdem du mir das Leben gerettet hast.«

»Semper paratus«, zitierte er.

»Semper was?«

»Das Motto der Küstenwache. Allzeit bereit. Wenn ihr Rettungshubschrauber nicht über dem Schleppkahn aufgetaucht wäre, würden wir beide auf dem Grund des Golfs von Mexiko liegen.«

Sie erreichten das Taxi, und Loren stützte Pitt, während er steif einstieg und auf den Sitz sank. Sie setzte sich neben ihn und küßte seine Hand, während der Fahrer geduldig nach vorne blickte.

»Wohin?« fragte der Fahrer aber doch schließlich.

»Zum Helmsley-Palace-Hotel«, antwortete Pitt.

Loren sah ihn an. »Bekommst du im Helmsley eine Suite?« fragte sie.

»Eine Penthouse-Suite«, stellte er richtig.

»Und wer wird dieses luxuriöse Zwischenspiel finanzieren?«

Pitt blickte sie mit gespieltem Erstaunen an. »Natürlich die Regierung. Wer denn sonst?«